로 마 의 축 제 들

숨

Fasti

by Publius Ovidius Naso

로마의 축제들

–

제1판 1쇄 2010년 6월 20일

–

지은이 오비디우스
옮긴이 천병희
펴낸이 강규순

–

펴낸곳 도서출판 숲
등록 2002년 12월 14일 제20−279호
주소 경기도 고양시 일산동구 백석동 1329 밀레니엄리젠시 1203호
전화 (031)811−9339   **팩스** (031)811−9739
E−mail booksoop@korea.com

–

ⓒ 천병희, 2010. Printed in Seoul, Korea
ISBN 978−89−91290−34−1 94890
ISBN 978−89−91290−35−8(세트)
값 24,000원

–

디자인 씨디자인

윱피테르의 두상(제정 로마 초엽 1세기)

윱피테르(Iuppiter 그/Zeus)는 하늘의 신이자 올륌푸스 신들의 우두머리이다.

유노에게 헤르쿨레스의 젖을 물리는 윱피테르(야코포 틴토레토 작)

유노(Iuno 그/Hera)는 남편 윱피테르가 바람피운 여신들과 여인들은 물론이고 그 자식들도 미워하는데,
윱피테르와 알크메네 사이에서 태어난 헤르쿨레스(Hercules 그/Herakles)가 대표적이다.

페르세포네의 납치(17세기 베르니니 작)

페르세포네에게 반한 플루토(Pluto 그/Plouton)는 그녀를 납치해 사자(死者)들의 세계로 데려간다.

로마의 수호 여신 베누스와 군신 마르스 상
베누스(Venus 그/Aphrodite)는 성애(性愛)의 여신이자
로마인들의 전설적인 시조 아이네이스의 어머니이고,
마르스(Mars 그/Ares)는 로물루스와 레무스의 아버지로,
로마인들의 특별한 사랑을 받는다.

아폴로와 디아나
태양신과 동일시되는 아폴로(Apollo 그/Apollon)는
음악 · 시가 · 예언의 신이고,
그의 쌍둥이 누이 디아나(Diana 그/Artemis)는
사냥 · 달 · 출생의 여신이다.

박쿠스(기원전 500년경, 항아리 세부)

포도 재배와 포도주의 신 박쿠스(Bacchus 그/Bakchos)는 윱피테르와 세멜레의 아들이다.

박쿠스 축제(모이세스 반 우이텐브루크 작)

휴식을 취하는 헤르쿨레스(뤼시포스의 〈지친 헤르쿨레스〉 모각품, 기원전 200~220년경)

앙키세스를 업고 가는 아이네아스(베르니니 작)

메두사(베르니니 작)

지칠 줄 모르는 두 손과 머리로 세상을 떠받치고 있는 아틀라스(일 구에르치노 작)

▲ 예술의 신 아폴로와 함께 있는 무사 여신들(안톤 라파엘멩스 작)

▶ 프리마 포르타의 아우구스투스(기원후 1세기 초의 채색 대리석상)

이 책에 등장하는 이름 쓰기 비교표(신명, 인명, 지명 순)

로마 식 쓰기	그리스 식 쓰기	로마 식 쓰기	그리스 식 쓰기
사투르누스	크로노스	헤르쿨레스	헤라클레스
윱피테르	제우스	다르다누스	다르다노스
넵투누스	포세이돈	탄탈루스	탄탈로스
플루토, 디스	하데스, 플루톤	아이네아스	아이네이아스
유노	헤라	울릭세스	오뒷세우스
케레스	데메테르	아킬레스	아킬레우스
베스타	헤스티아	아이아쿠스	아이아코스
라토나	레토	이카루스	이카로스
박쿠스	디오뉘소스, 박코스	카드무스	카드모스
미네르바	아테나, 아테네	퓌르루스	퓌르로스
아폴로	아폴론	일루스	일로스
포이부스	포이보스	메데아	메데이아
디아나	아르테미스	앗티카	앗티케
베누스	아프로디테	악티움	악티온
마르스	아레스	일리움	일리온
볼카누스	헤파이스토스	트로이야	트로이아
메르쿠리우스	헤르메스	트라키아	트라케
쿠피도, 아모르	에로스	아이트나	아이트네
유벤타	헤베	이나쿠스	이나코스
제퓌루스	제퓌로스	이다	이데
아이스쿨라피우스	아스클레피오스	아켈로우스	아켈로오스
아우로라	에오스	도도나	도도네

로 마 의 축 제 들

F a s t i
O v i d i u s

오비디우스 지음 / 천병희 옮김

옮긴이의 말
로마인의 세시풍속과 별자리 신화

요즘 우리나라에서는 그리스 로마 신화에 대한 관심이 높아지고 있다. 그러나 그러한 관심이 일시적인 호기심에 그치지 않고 서양 문화를 깊이 있게 이해할 수 있는 토대로 발전하려면 그리스 로마 신화에 관한 일차 문헌들을 체계적으로 연구하는 작업이 선행되어야 할 것이다. 그러한 작업의 핵심은 그리스 로마 시대에 씌어진 일차 문헌들을 자의적으로 재구성한 신화 연구서들을 흥미 위주로 편집하는 것이라기보다는, 일차 문헌들 자체를 충실히 번역하고 이에 필요한 주석을 다는 것이다. 그래야만 이 분야에 관심 있는 이들이 관심의 대상을 더욱 정확하고 생생하게 파악할 수 있을 것이다.

라틴 문학은 서양의 중세에 그리스 문학을 전달해준 중개자 구실만 한 것이 아니라 조탁된 언어와 함축적인 표현으로 그 자체가 후세의 서양 문학에 큰 영향을 끼쳤다. 그중에서도 특히 『아이네이스』(*Aeneis*)의 작가 베르길리우스와 오비디우스가 그러한 의미에서 라틴 문학을 대표하는 작가들이라 해도 지나치지 않을 것이다.

오비디우스(Publius Ovidius Naso 기원전 43년~기원후 18년)는 베르길리우스(Vergilius)에 버금가는 라틴 작가로, 우리에게는 그리스 로마 신화를 집대성한 『변신 이야기』(*Metamorphoses*)의 작가로 널리 알려져 있다. 그러나 그의 작품으로는 그 밖에도 여러 가지 사랑 이야기를 담은 연애시 『사랑의 노래』(*Amores*), 신화적인 요소와 세속적인 풍속이 묘하게 어우러져 있는 『사랑의 기술』(*Ars Amatoria*), 신화와 전설 속의 유명한 여성들이 남편이나 애인에게 보내는 편지 형식으로 된 『여걸들의 서한집』(*Heroides*), 유배지의 비참한 생활과 로마로 귀환하고 싶은 간절한 소망을 담은 『비탄의 노래』(*Tristia*), 『흑해에서 온 서한집』(*Epistulae ex Pontos*)과 로마의 축제일을 주제로 한 『로마의 축제들』(*Fasti*)이 있다. 이 작품들은 세련된 감각과 풍부한 수사(修辭)에 힘입어 로마 시대를 넘어 르네상스 시대에도 널리 읽혔으며, 오늘날에도 라틴 문학 중에서 가장 많이 읽히는 고전들이다.

오비디우스의 『로마의 축제들』은 6월로 끝나서 아쉽지만, 이 책에는 아우구스투스(Augustus) 시대 로마인들의 생활상이 축제일과 역사적 기념일을 중심으로 월별로 상세히 기록되어 있어 달리 구할 수 없는 귀중한 정보를 제공한다. 예컨대 우리는 이 책을 통하여 로마가 4월 21일에 건국되었으며, 로마의 마지막 왕 타르퀴니우스(Tarquinius)가 2월 24일에 축출당했다는 사실을 알 수 있다. 이 작품에는 또한 별자리에 얽힌 신화와 전설도 많이 나와 독자들에게 재미있고 유익한 이야기를 들려줄 것이다.

2010년 5월
천병희

로마의 축제들 — 차례

일러두기

1) 이 책의 텍스트로는 Publius Ovidius Naso, *Fasti*, übersetzt und herausgegeben von Niklas Holzberg, Düsseldorf/Zürich, Artemis & Winkler 2001을 사용했다. 주석은 Publius Ovidius Naso, *Die Fasten*, herausgegeben, übersetzt und kommentiert von Franz Bömer, 2Bde., Heidelberg 1957/1958을 참고했다.

   현대어역으로는 A. J. Boyle/R. D. Woodard(Penguin Books 2000)와 J. G. Frazer(Loeb Classical Library 1989)의 영역본, N. Holzberg의 독역본을 참고했다.

2) 각 권 앞의 차례는 원전에 없는 것으로, 독자의 편의를 위해 옮긴이가 만든 것이다.

3) 고유명사 표기는 그리스 이름이라도 원전대로 라틴어로 읽고 그리스어를 병기했다.

   예: 윱피테르(Iuppiter 그/Zeus), 유노(Iuno 그/Hera), 디아나(Diana 그/Artemis).

4) 라틴어 발음은 고전 라틴어 발음을 따랐다. 여기서 몇 가지만 언급하면, 이중모음(diphthong) ae 는 '아이'로, 예컨대 Caesar는 카이사르로, Aeneas는 아이네아스로 읽었다. 단, 드물게 Phaëton 에서처럼 ae가 두 음절인 경우에는 '아에'로 읽었다. 이중모음 oe는 '오이'로, 예컨대 Oebalus는 오이발루스로, Poenus는 포이누스로 읽었다. i는 단어의 맨 앞에 있고 그 뒤에 모음이 따를 경우 또는 두 모음 사이에 있을 경우 영어의 y처럼, 예컨대 Iulius는 율리우스로, Troia는 트로이아로 읽었다. 단, 예외에 속하는 Iulus, Io 등 몇몇 이름은 이울루스, 이오로 읽었다. 그리고 같은 자음 이 중복될 때는 둘 다 읽었다. 모음에 두 개 이상의 자음이 따를 경우, 그 모음은 영어나 독일어에 서는 대체로 짧은 음절이 되는 것과 달리 그리스어와 라틴어에서는 긴 음절이 되는데, 긴 음절이 되자면 뒤따르는 자음들을 반드시 다 읽어주어야 하기 때문이다. 예컨대 Iuppiter는 윱피테르로, Tyrrhenia는 튀르레니아로, Anna Perenna는 안나 페렌나로 읽었다.

5) 본문 중 설명이 필요하다고 생각하는 곳에는 각주를 달았다.

6) 대조하거나 참고하기에 편리하도록 5행마다 행수를 표시했다.

제1권(liber primus)

1월(Ianuarius)

라티움[1]의 역년(曆年)에 배열되어 있는 날들과 그 내력과

별들이 뜨고 지는 일에 관하여 나는 노래할 것입니다.

카이사르 게르마니쿠스[2] 공(公)이시여, 공께서는 이 졸작을

---

1 라티움은 원래 로마(Roma)에서 남동쪽으로 20킬로미터 정도 떨어져 있는 알바 산(mons Albanus) 주위의 좁은 지역이었으나 차츰 북쪽으로는 티베리스 강까지, 남쪽으로는 시누엣사(Sinuessa) 시까지 경계가 확대되었다. 라티움이라는 이름은 역사시대(歷史時代)에 그곳에 거주하던 라티니족(Latini)에서 유래했는데, 그들은 인도유럽어를 사용하던 침입자들과 선주민들의 혼혈족이었다. 그들이 사용한 언어가 라틴어(Latinum)이다.

2 카이사르(Caesar)가(家)는 로마의 유서 깊은 귀족가문인 율리아가(gens Iulia)의 한 지파인데, 그 역사는 트로이야가 함락당한 뒤 이탈리아로 건너가 로마를 건국했다는 아이네아스의 아들 아스카니우스(Ascanius 그/Askanios), 일명 이울루스까지 거슬러 올라간다. 율리우스 카이사르(기원전 49~44년 독재관 獨裁官 dictator)의 양자 옥타비우스(Gaius Octavius: 훗날의 아우구스투스 황제 기원전 63년~기원후 14년, 재위기간 기원전 31년~기원후 14년)가 자기 이름에 이 이름을 추가하자(Gaius Iulius Caesar Octavianus) 그의 양자인 티베리우스(Tiberius Claudius Nero Caesar, 재위기간 기원후 14~37년) 황제와 후계자들도 선례를 따랐다. 율리아가의 카이사르 지파는 후세에 폭군으로 알려진 네로(Nero Claudius Caesar 본명 Lucius Domitius Ahenobarbus 재위기간 기원후 54~68년)가 죽으면서 대가 끊어졌으나, 그의 후계자들은 카이사르라는 이름을 나중의 아우구스투스(Augustus)라는 이름과 함께 일종의 칭호로 계속 사용했다. 카이사르라는 이름은 근대에도 독일의 '카이저'(Kaiser)와 러시아의 '차르'(Tzar)에 살아남아 있었다.

카이사르 게르마니쿠스(Nero Claudius Germanicus 기원전 15년~기원후 19년)는 티베리우스 황제와 형제간인 드루수스(Nero Claudius Drusus)의 아들로 티베리우스에게 입양되었다. 그는 아버

인자하신 안색으로 받아주시고 내 소심한 배[舟]를 똑바로 인도해주십시오.

공께서는 이 보잘것없는 공물(貢物)을 물리치지 마시고 5

　내가 공께 서약한 봉사에 신격(神格)으로서 임해주십시오.

공께서는 옛 연대기들에서 파낸 성스러운 의식들은 물론이고,

　개별 날짜가 어떻게 해서 그런 특성을 띠게 되었는지 아시게 될 것입니다.

공께서는 또 거기서 공의 집안 축제일들을 발견하시게 될 것이며[3]

　때로는 공의 춘부장과 조부님[4]에 관해서도 읽으시게 될 것입니다. 10

지 드루수스와 마찬가지로 게르마니아(Germania) 전선(戰線)에서 큰 전공을 세웠다. 그래서 원래 그의 아버지에게 주어진 게르마니쿠스라는 명칭은 일반적으로 그를 가리키게 되었다. 그는 게르마니아 전선에서 연승하여 알렉산데르(Alexander 그/Alexandros) 대왕에 비견되기도 했으나, 기원후 17년 동방의 속주(屬州)들을 통치하도록 파견되었다가 의문사했다. 그러나 그의 아내 대(大)아그립피나(Agrippina maior)는 그에게 아홉 자녀를 낳아주는데 그중 가이우스 카이사르(Gaius Iulius Caesar Germanicus 재위기간 기원후 37~41년), 일명 칼리굴라(Caligula: '작은 장화'라는 뜻으로 그가 부모를 따라 라인 강변에 가 있을 때 군화를 신고 다녔다 해서 붙여진 별명)는 황제가 되고 소(小)아그립피나(Agrippina minor)는 도미티우스(Gnaeus Domitius Ahenobarbus)와 결혼하여 훗날 황제가 된 네로를 낳아주었다. 그녀가 태어난 라인 강 우안(右岸)의 우비이족(Ubii) 거주지는 기원후 50년에 식민지가 되면서 콜로니아 아그립피넨시스(Colonia Agrippinensis)라고 일컬어졌는데, 여기서 독일 쾰른(Köln) 시의 이름이 유래했다. 게르마니쿠스는 시문학에 조예가 깊었다고 하며 그리스어로 희극을 썼다고 하나 현재 남아 있지 않다. 그러나 그가 그리스 학자 아라투스(Aratus 그/Aratos 기원전 315년경~240년경)의 천문학에 관한 시 『현상(現象)들』(Phaenomena 그/Phainomena)을 라틴어로 번역한 것은 단편이 남아 있다. 또한 아라투스의 이 시(詩)가 오비디우스의 『로마의 축제들』의 본보기가 되었다는 점에서 오비디우스가 이 작품을 게르마니쿠스에게 헌정한 것은 당연한 일이라 하겠다. 로마 황제 아우렐리우스(Marcus Aurelius 재위기간 기원후 161~180년)도 게르마니아 전선에서 그리스어로 『명상록』(ta eis heauton: '자기 자신에게'라는 뜻)을 썼는데, 그는 그리스 출신의 철학자 겸 웅변가인 헤로데스 앗티쿠스(Herodes Atticus 기원후 101~177년)에게서 그리스어를 배웠다고 한다. 헤로데스 앗티쿠스는 대부호이며, 그리스에 아테나이의 음악당(odeum 그/odeion) 같은 이름난 공공건물을 수없이 기증한 자선가이기도 하다.

3 그 무렵 로마에서는 공적인 축제 외에 가정에서 사적인 축제도 열렸다고 한다.

4 여기서 '춘부장'이란 티베리우스를, '조부님'이란 아우구스투스를 말한다. 주 2 참조. 아우구스투스에 관해서는 주 127 참조.

채색(彩色) 달력을 장식하고 있는, 그분들께서 갖고 계신 칭호들은

　공과 공의 계씨(季氏)이신 드루수스[5] 님께도 주어질 것입니다.

카이사르의 무구들은 다른 이들이 노래하게 하시고, 나는 카이사르의 제단과

　카이사르가 우리의 축제일들에 덧붙이신 날들을 노래하게 해주십시오.[6]

공의 가족을 찬양하려는 내 노력을 흔쾌히 재가해주시고　　　　　　　　　　15

　내 마음에서 이 크나큰 두려움을 제거해주십시오.

부디 내게 호의를 보여주시고 내 노래에 힘을 불어넣어주십시오.

　내 재능은 공의 안색에 따라 서기도 하고 넘어지기도 합니다.

내 책장은 유식한 왕자의 판단 앞에서

　마치 아폴로 신[7]에게 읽도록 보내진 듯이 떨고 있습니다.　　　　　　　　　20

공께서 법정에서 소심해진 피고인들을 위하여 변론하셨을 때

　우리는 공의 세련된 달변을 들은 적이 있고[8]

또 공께서 우리의 시 예술에 마음이 끌리실 때면

　공의 재능이 분출한다는 것을 알고 있습니다.[9]

이것이 허용되고 합당한 일이라면 공께서는 시인으로서 시인의 고삐를　　　　25

　끌어주시고 공의 인도 아래 한 해가 시종 행복하게 지나가게 해주십시오.

우리 도시의 창건자[10]는 날들을 배열할 때

5　이 드루수스(Iulius Caesar Drusus)는 티베리우스의 아들로 게르마니쿠스와는 이복형제간이다.

6　여기서 오비디우스는 아우구스투스가 많은 신전을 신축하고 중수(重修)했던 일을 암시한다. 아우
　구스투스는 기원전 28년 한 해에만도 로마 시내에 있는 신전 82채를 중수했다고 한다.

7　아폴로는 시가(詩歌)의 신이기도 하다. 이오니아(Ionia) 지방의 클라로스(Claros 그/ Klaros) 시에
　있던 아폴로의 신탁소가 유명하여 게르마니쿠스도 기원전 18년 그곳을 방문했다고 한다.

8　게르마니쿠스는 뛰어난 연설가였다고 한다.

9　주 2 참조.

10　다음에 나오는 전설적인 로마 창건자 로물루스를 말한다. 그는 로마의 초대 왕으로 기원전 753년
　에 로마를 세웠다고 한다.

한 해가 열 달이 되도록 정했습니다.[11]

로물루스여, 그대는 물론 별자리보다는 무구를 더 많이 알고 있었고

　　이웃을 정복하는 일에 더 관심이 많았을 테지요.　　　　　　　　30

그러나 카이사르 공이시여, 그분에게도 그럴 만한 까닭이 있었고

　　자신의 과오를 정당화할 만한 근거가 있었습니다.

그분께서는 아이가 어머니의 자궁을 떠나는 데 충분한 기간이면

　　한 해를 위해서도 충분한 것으로 정했기 때문입니다.

그만큼 많은 달 동안 미망인은 남편이 죽은 뒤　　　　　　　　　　35

　　쓸쓸한 집 안에서 상장을 달고 다닙니다.

자줏빛 겉옷을 입으신 퀴리누스[12]가 세련되지 못한 백성들에게

　　한 해의 질서를 부여할 때 그 점을 염두에 두었던 것입니다.

첫째 달(Martius)은 마르스의 것이고 둘째 달(Aprilis)은 베누스의 것이었으니,

　　마르스는 그분의 아버지이고, 베누스는 그분 가문의 시조 할머니입니다.[13]　　40

---

11 로물루스는 로마를 창건한 뒤 고향인 알바 롱가 시에서 한 해를 열 달(304일)로 나누는 달력을 도입했다고 한다.

12 퀴리누스는 원래 곡식과 밀접한 관계가 있는 고대 로마의 신이었으나 나중에는 신격화한 로물루스와 동일시되면서 여기서처럼 로물루스의 다른 이름이 되었다.

13 로물루스의 어머니 레아 실비아(Rhea Silvia) 또는 일리아(Ilia)는 알바 롱가의 마지막 정통 왕 누미토르의 딸로, 누미토르가 아우 아물리우스에게 축출당하면서 베스타(Vesta) 여신을 모시는 여사제가 되어 결혼할 수 없게 되지만 군신(軍神) 마르스에 의해 쌍둥이 아들 로물루스와 레무스를 낳는다. 그래서 어머니는 갇히고 아이들은 티베리스 강에 버려졌으나 훗날 로마가 세워진 곳으로 떠내려가서 암늑대의 젖을 먹고 연명하다가 목자에게 발견되어 그의 집에서 자란다. 그들은 장성하여 아물리우스를 축출하고 왕권을 누미토르에게 되돌려준다. 그 뒤 자신들이 강물에 떠내려가다가 닿았던 곳에 새 도시를 세우는데, 이 과정에서 의견 충돌로 레무스는 로물루스 또는 그의 동료들 손에 죽는다. 로물루스는 새 도시를 자기 이름에서 따와 로마라고 이름 짓고, 로마의 초대 왕이 된다. 로물루스와 율리아가는 자신들이 로마의 전신인 알바 롱가를 세운 아스카니우스, 일명 이울루스의 후손들이라고 주장하는데, 아스카니우스는 아이네아스의 아들이고 아이네아스는 베누스(Venus 그/Aphrodite) 여신과 앙키세스의 아들이므로 베누스는 그들 가문의 시조 할머니이다.

셋째 달(Maius)은 장년층(maiores)에서, 넷째 달(Iunius)은 청년층(iuniores)에서

　　이름을 따왔고 그다음 달들은 숫자에 따라 이름 지었습니다.[14]

그러나 야누스와 선조들의 혼백을 생각하여[15]

　　누마[16]가 원래의 열 달 앞에 두 달을 덧붙였습니다.

그대가 서로 다른 날들의 규칙을 모르시는 일은 없어야 할 것입니다.　　　　45

　　샛별의 임무가 똑같은 것은 아닙니다.

　　세 마디 말[17]이 들리지 않는 날은 비개정일(非開廷日)이고

　　법률행위가 허용되는 날은 개정일(開廷日)입니다.[18]

14　오늘날의 7월(Iulius)과 8월(Augustus)은 원래 Quintilis('다섯 번째 달'이라는 뜻으로 수사 quinque 에서 유래했다)와 Sextilis('여섯 번째 달'이라는 뜻으로 수사 sex에서 유래했다)라고 불렸으나, 전 자는 기원전 44년 율리우스 카이사르를 위해 Iulius로 개명되고 후자는 기원전 8년 아우구스투스 를 위해 Augustus로 개명되었다. 이어지는 September('일곱 번째 달'이라는 뜻)와 October('여덟 번째 달'이라는 뜻), November('아홉 번째 달'이라는 뜻), December('열 번째 달'이라는 뜻)도 각 각 수사(數詞) septem, octo, novem, decem에서 유래한 것이다. 달 이름은 모두 형용사이지만 명 사로 사용될 때는 '달'이라는 뜻의 명사 mensis가 생략된 것이다.

15　1월(Ianuarius)은 야누스(Ianus) 신에서, 2월(Februarius)은 februa('속죄 의식' '정화 의식'이라는 뜻)라는 말에서 유래했다는 뜻이다.

16　로마는 왕정으로 출발하여 공화정을 거쳐 제정으로 막을 내린다. 초대 왕 로물루스 다음에 에트루 리아(Etruria) 출신의 여섯 왕이 로마를 통치하는데, 누마 폼필리우스(Numa Pompilius), 툴루스 호스틸리우스(Tullus Hostilius), 앙쿠스 마르키우스(Ancus Marcius), 타르퀴니우스 프리스쿠스 (Tarquinius Priscus), 세르비우스 툴리우스(Servius Tullius), 타르퀴니우스 수페르부스(Tarquinius Superbus : '오만 왕 타르퀴니우스'라는 뜻)가 그들이다. 누마는 로마의 제2대 왕이다.

17　'세 마디 말'이란 법정관이 재판을 진행시키는 데 쓰는 'do'('나는 재가한다'는 뜻), 'dico'('나는 판결한다'는 뜻), 'addico'('나는 동의한다'는 뜻)라는 말을 뜻한다.

18　여기서 '개정일'이라고 번역한 fas 또는 fastus(=dies fastus 복수형 dies fasti)는 '말하는 날'이라는 뜻으로, 종교 축제가 없어서 법률행위에 필요한 말을 하는 날을 말한다. fastus는 공적 달력에서는 fastus의 약자 F로(1년에 약 40일 남짓) 표시된다. '비개정일'이라고 번역한 nefastus(=dies nefastus 복수형 dies nefasti)는 종교 축제가 들어 법률행위가 없는 날을 말하는데 이런 날은 달력에 nefastus 의 약자 N으로(1년에 52일) 표시된다. 반나절은 축제일이고 반나절은 개정일인 날은 nefastus

규칙들이 온종일 지속된다고는 생각하지 마십시오.

어떤 날은 아침에는 비개정일이었다가 나중에는 개정일이 되기도 합니다.   50

일단 신에게 제물을 바치고 나면 법정이 다시 열리고

명예로운 법정관(法政官 praetor)은 마음대로 판결을 내릴 수 있기 때문입니다.

그 밖에 법이 백성을 투표용 칸막이에 가두는 날들이 있는가 하면

아흐레 만에 돌아오는 날들도 있습니다.[19]

유노 숭배는 아우소니아 달력의 초하루를 요구하고   55

이두스에는 크고 흰 새끼 양이 윱피테르께 제물로 바쳐지지만,[20]

노나이[21]를 수호해주시는 신은 아무도 없습니다. 이 사흘 다음날은

(실수하지 않도록 조심하십시오) 불길(不吉)한 날이 될 것입니다.

그러한 저주는 역사에서 유래한 것입니다. 바로 이날들에

로마인들은 전쟁에서 큰 손실을 보았기 때문입니다.[22]   60

---

parte('부분적인 비개정일'이라는 뜻)의 약자 NP 또는 endotercisi(또는 intercisi '중단된 비개정일'이라는 뜻)의 약자 EN으로 표시된다.

19 '백성을 투표용 칸막이에 가두는 날들'이란 민회(民會 comitia)가 열리는 날인 comitiales(=dies comitiales 약자 C, 1년에 188~195일)를, '아흐레 만에 돌아오는 날들'이란 7일 장날들을 말하는데 달력에는 월말을 넘어 연속적으로 A~H로 표시된다. 단, 1월 1일은 언제나 A로 시작된다. 참고로, 로마력에서는 날짜를 계산할 때 어떤 단위의 첫날과 마지막 날은 앞단위와 뒷단위에도 포함시켜 계산한다.

20 유노는 그리스 신화의 헤라(Hera)에 해당하는 여신이고, 윱피테르는 그리스 신화의 최고신 제우스(Zeus)에 해당한다.
아우소니아는 이탈리아, 특히 남부 이탈리아의 다른 이름으로 주로 시(詩)에서 쓰인다.
매달 초하루가 Kalendae 또는 Calendae(약자는 CAL. 또는 KAL.)라고 불리는 것은 Nonae가 그달의 5일에 들었는지 아니면 7일에 들었는지를 이날 큰 소리로 알려주기(calare) 때문이다.

21 이두스(Idus 약자 EID)는 원래 보름날이었으나, 3월·5월·7월·10월에는 15일에 들고 나머지 달에는 13일에 든다. 노나이(Nonae 약자 NON)는 이두스 전 '9일째 되는 날'이라는 뜻으로 3월·5월·7월·10월에는 7일에 들고 나머지 달에는 5일에 든다.

22 예컨대 기원전 390년 7월 18일 로마인들은 티베리스 강의 지류인 알리아(Allia 또는 Alia) 강가에서 갈리아인들에게 참패했다.

내가 여기서 일단 말씀드린 것은 달력 전체에 적용되는 만큼

　　앞으로는 내 이야기의 맥을 끊을 필요가 없을 것입니다.

1월 1일

보십시오, 게르마니쿠스 공이시여. 야누스가 공에게 축복받은 한 해[23]를

　　알리고 있습니다. 그는 또 내 노래에도 맨 먼저 등장합니다.

쌍두(雙頭)의 야누스여, 소리 없이 흘러가는 한 해의 근원이여,　　　　　　　　65

　　신들 중에서 유일하게 자기 등을 볼 수 있는 이여,

자신들의 노력으로 비옥한 땅과 바다에 평화를 보장하는

　　우리 장군들을 도와주시고

원로원과 퀴리누스의 백성들을 도와주시고

　　머리를 끄덕이시어 그대의 찬란한 신전의 문을 열어주소서.　　　　　　70

축복받은 날이 밝아오고 있습니다. 그대들은 나쁜 것은 말하지도 생각지도 마시오.

　　오늘은 좋은 날이니 좋은 말만 해야 할 것이오.

소송에 귀 기울이지 말고 사악한 말다툼일랑 당장 멀리하시오.

　　오늘은 그대들의 일을 뒤로 미루시오, 시기심 많은 무리들이여!

대기(大氣)가 향기로운 불꽃으로 빛나고, 불타는 제단의 화로에서　　　　75

　　킬리키아[24]의 사프란이 바지직대고 있는 것이 보이십니까?

불꽃은 신전들의 황금 벽들을 광휘(光輝)로 어루만지고

　　신전들의 지붕에 떨리는 불빛을 뿌리고 있습니다.

새하얀 옷을 입은 행렬이 타르페이유스 성채[25]로 오르고 있으니

23　그가 게르마니아 전선에서 승리를 거둔 기원후 17년을 가리키는 것으로 보는 이들도 있다.

24　킬리키아(Cilicia 그/Kilikia)는 소아시아의 남동해안에 있는 지방이다.

25　'타르페이유스(Tarpeius) 성채'란 카피톨리움 언덕의 남서쪽 급경사면에 있는 바위를 말한다. 1월

　　1일에는 새로 선출된 집정관(執政官 consul)들이 시민들의 행렬이 따르는 가운데 카피톨리움 언덕

백성들이 입고 있는 옷[26]은 축제일의 정신에 부합하는 것입니다.　　　　　　　80

이제 새 속간(束桿 fasces)[27]이 앞장서고 새 자줏빛이 눈부신 가운데

　　번쩍이는 상아 의자는 새 무게를 느낍니다.

멍에를 메어본 적이 없는 황소들이 도끼 밑으로 목을 내미니

　　이것들은 팔레리이 들판[28]의 풀을 먹고 자란 황소들입니다.

윱피테르께서는 자신의 성채에서 온 세상을 굽어보시지만　　　　　　　85

　　그분께는 로마의 것이 아닌 것은 아무것도 보이지 않습니다.

반갑도다, 즐거운 날이여. 언제나 더 행복한 날로 돌아오라,

　　세계를 지배하는 백성들이 경배할 만한 가치가 있는 날이여.

하지만 내 그대를 어떤 신이라고 불러야 합니까, 두 얼굴의 야누스여?

　　그라이키아[29]에는 그대와 같은 신성(神性)이 없기 때문입니다.　　　　90

동시에 하늘의 신들 가운데 어째서 그대만이 등 뒤쪽에서 일어나는 일과

　　앞쪽에서 일어나는 일을 보는 것인지 그 까닭을 말씀해주십시오.

의 윱피테르 신전에 올랐다. 그들의 권위의 상징은 다음에 나오는 속간, 자줏빛 가장자리 장식을
댄 겉옷(toga), 상아로 만든 안락의자였다.

26 고대 로마인들은 축제 때 흰옷을 입었다.

27 속간(束桿 fasces)은 다발로 묶은 막대기에 도끼를 매어 붙인 것으로 집정관의 권위의 상징이었다.
이탈리아의 파시스트(Fascist)당은 이것에 상당하는 이탈리아어 fascio에서 당명을 따오면서 속간
을 자신들의 상징으로 삼았다.

28 팔레리이는 로마 북쪽 에트루리아 지방에 있는 도시이다.

29 그라이키아(Graecia)는 그리스(Greece)의 라틴어 이름이다. 기원전 8세기에 그리스인들이 이탈리
아의 나폴리 만 북쪽에 퀴메(Kyme 라/Cumae)라는 식민시를 세우면서 이 도시를 세운 서부 그리스
의 한 부족 이름이었던 Graioi(라/Graii)에서 Graeci('그리스인들'이라는 뜻)와 Graecia('그리스'라
는 뜻)라는 라틴어가 파생했으며, 여기에서 다시 영어의 Greek, Greece와 독일어의 Grieche,
Griechenland와 프랑스어의 Grèc 또는 Grècque, Grèce 등이 파생했다. 그러나 그리스인들 스스로
는 기원전 7세기부터는 자신들을 헬라스인들(Hellenes), 자신들의 나라를 헬라스(Hellas)라고 불렀
으며 지금도 그렇게 부르고 있다.

32

서판(書板)을 손에 들고 내가 이런 생각에 몰두해 있을 때

   갑자기 집이 조금 전보다 더 밝아 보였습니다.

그때 신성한 야누스가 쌍두의 놀라운 모습으로   95

   내 눈앞에 양면(兩面)의 얼굴을 내밀었습니다.

어찌나 놀랐는지 나는 모골이 송연하고

   갑작스러운 냉기에 심장이 얼어붙는 것 같았습니다.

그분은 오른손에 지팡이를 들고 왼손에 열쇠를 쥔 채

   앞쪽의 입으로 이렇게 말했습니다.   100

"그대, 날들에 관해 노래하려고 애쓰는 시인이여, 겁내지 말고

   그대가 원하는 것을 듣고 내 말을 명심하도록 하시오.

옛사람들은(나는 먼 옛날에도 있었으니까) 나를 카오스[30]라고 불렀소.

   그대는 보시오, 내가 오래전 일들을 노래하는 것을!

이 맑은 대기와 그 밖에 다른 세 가지 요소,   105

   즉 불과 물과 땅은 한 덩어리였소.

사물들의 불화(不和)로 이것들이 일단 갈라서고

   제각기 덩어리에서 이탈하여 제자리를 찾았을 때

불은 위로 올라가고 대기는 그 옆자리를 차지했으며

   땅과 바다는 중간에 자리 잡았소.   110

전에는 얼굴 없는 둥근 덩어리에 불과하던 나는

   그때 신에게 어울리는 외모와 사지를 갖게 되었소.

그래서 지금도 한때 뒤죽박죽이었던 내 모습의 작은 흔적으로

   내 앞과 뒤가 같은 것처럼 보이는 것이오.

---

30 chaos가 chaskein('입을 벌리다' '하품하다'라는 뜻)에서 유래했듯이 Ianus도 hiare('입을 벌리다'라는 뜻)에서 유래했다고 보는 것이다.

그대는 또 그대가 묻고 있는 외모의 다른 원인도 듣도록 하시오.   115

　　그러면 그대는 그와 동시에 내 임무도 알게 될 것이오.

그대가 어디에서 무엇을 보든, 그것이 하늘이든 바다든 구름이든 땅이든,

　　그 모든 것을 내 손으로 닫기도 하고 열기도 하지요.

광대한 우주를 지키는 일은 오직 내 소관이며

　　나만이 그것의 돌쩌귀를 돌릴 권한이 있지요.   120

내가 고요한 집에서 평화를 내보내고 싶으면

　　평화는 끝없는 거리를 활보하고,

가혹한 빗장이 전쟁을 가둬두지 않으면

　　온 세상이 살육의 피투성이가 될 것이오.

나는 부드러운 호라이 여신들[31]과 함께 하늘의 문을 지키고 있으니   125

　　윱피테르 자신의 출입도 내 소관에 속하지요.

그래서 나는 야누스[32]라고 불리는 것이오. 사제들이 내게 보리 케이크[33]와

　　소금 섞은 밀을 바칠 때면 그대는 내 이름들을 듣고 웃게 될 것이오.

나는 하나인데 제물 바치는 자의 입은 나를 때로는 파툴키우스[34]라 부르고

　　때로는 클루시우스[35]라 부르기 때문이오.   130

세련되지 못한 고대에는 틀림없이 이런 상이한 이름들로

　　내 상이한 기능을 나타내려고 했겠지요.

---

31 호라이 여신들은 윱피테르와 여신 테미스의 딸들로, 계절의 여신들이다. 그리스 시인 헤시오도스에 따르면(『신들의 계보』[*Theogonia*] 901행 참조) 그들은 에이레네(Eirene : '평화'라는 뜻)와 에우노미아(Eunomia : '좋은 질서'라는 뜻), 디케(Dike : '정의'라는 뜻)의 세 명으로 풍년을 보장하는 사회적 조건들이라고 할 수 있을 것이다.

32 야누스라는 이름은 ianua('문'이라는 뜻)라는 말에서 유래했다는 것이다.

33 매달 1일에는 야누스에게 케이크를 바쳤다고 한다.

34 파툴키우스(Patulcius)는 patere('열려 있다'는 뜻) 동사에서 유래한 이름으로, '여는 자'라는 뜻이다.

35 클루시우스(Clusius)는 claudere('닫다'는 뜻) 동사에서 유래한 이름으로, '닫는 자'라는 뜻이다.

내 권능을 말해주었으니 이번에는 내 외모의 원인을 배워 알도록 하시오.

　하지만 그대는 이미 그 원인을 웬만큼 알고 있을 것이오.

모든 문은 두 얼굴을 갖고 있소. 하나는 안쪽에 있고 다른 하나는 바깥쪽에　135

　있는데, 하나는 백성을 보고 있고 다른 하나는 집 안의 화로를 보고 있지요.

마치 그대들의 문지기가 그대들의 집 문턱 옆에 앉아

　출입을 감시하듯이,

하늘나라 궁전의 문지기인 나도

　동쪽과 서쪽을 동시에 바라보고 있는 것이라오.　140

그대도 보다시피 헤카테 여신[36]도 세 갈래 길을 지키기 위해

　세 방향으로 얼굴을 향하고 있지 않던가요!

그래서 나도 머리를 돌리느라 시간을 낭비하지 않도록

　몸을 돌리지 않고도 양쪽을 보도록 허락받았지요.”

그분은 그렇게 말했고 내가 더 물어보고 싶다면　145

　그래도 괜찮다는 표정을 지어 보였습니다.

그래서 나는 용기를 내어 아무 두려움 없이 신에게 감사드리고

　눈을 내리깐 채 몇 마디 말을 보탰습니다.

“자, 새해는 봄에 시작하는 것이 더 좋을 텐데

　어째서 추울 때 시작하는지 그 까닭을 말씀해주십시오.　150

봄에는 온갖 꽃이 피고 계절들이 새로 시작되고

　물오른 가지에서 새싹이 돋아납니다.

그때는 나무들이 새로 피어난 잎으로 덮이고

---

36 헤카테는 늦어도 기원전 5세기경에는 저승 · 마술 · 달밤 · 횃불 · 삼거리와 관계가 있는 그리스의
여신인데, 머리 또는 몸통이 셋이며 얼굴은 저마다 다른 방향을 향하고 있는 것으로 여겨졌다.

씨앗도 움이 터 땅 위로 올라옵니다.

그리고 새들의 즐거운 노랫소리가 따뜻한 대기를 가득 채우며   155

풀밭에서는 가축 떼가 신나게 뛰어놉니다.

그때는 햇볕이 포근하고 낯설어진 제비가 돌아와

높은 처마 밑에 진흙으로 둥지를 짓습니다.

그때는 땅이 경작(耕作)을 받아들이고 쟁기 밑에서 새로워집니다.

이때야말로 한 해의 시작이라고 불려 마땅할 것입니다.”   160

나는 장황하게 물었습니다. 그러나 그분은 오래 기다리지 않고

다음 두 행으로 요약해서 말했습니다.

“동지는 묵은 태양이 새 태양으로 바뀌는 날이라

태양도 한 해도 똑같이[37] 그때 시작되는 것이라오.”

그 뒤 나는 놀라서 왜 법정이 한 해의 첫날에 개정되는지 물었습니다.   165

“그 이유를 듣도록 하시오” 하고 야누스가 말했습니다.

“내가 한 해의 시작을 업무에 맡긴 것은

그러지 않으면 그것이 한 해 내내 나태의 전조가 되기 때문이오.

그래서 각자는 잠시 자기 업무를 맛보기로 해보고

나중에 정상 업무에서 일어나는 일을 보여주는 것으로 만족하는 것이라오.”   170

다음에 내가 말했습니다. “내가 다른 신들을 달랠 때도, 야누스 님, 어째서 나는

맨 먼저 그대에게 향과 물 타지 않은 포도주[38]를 바치는 것입니까?”[39]

“그것은 그대가 문지기인 나를 통하여” 하고 그분은 말했습니다.

---

37 한 해는 동지에서 다음 동지까지라는 것이다.

38 고대 그리스인들은 반드시 포도주에 물을 1 대 3 또는 2 대 3의 비율로 타서 희석시켜 마셨는데, 문맥으로 보아 로마인들도 그렇게 했던 것으로 생각된다.

39 고대 그리스에서도 먼저 화로의 여신 헤스티아(Hestia 라/Vesta)에게 기도를 올리고 나서 제물을 바쳤다고 한다.

36

"그대가 원하는 모든 신에게 접근하기 때문이지요."

"하지만 우리는 왜 그대의 초하룻날에 즐거운 말을 하고   175

　서로 덕담을 주고받는 것입니까?"

그러자 그 신은 오른손에 들고 있던 지팡이에 기대시며

　말했습니다. "시작에는 전조가 들어 있는 법이라오.

그대들은 맨 처음 듣는 말에 조심스럽게 귀를 세우고

　복점관(卜占官)⁴⁰은 맨 처음 눈에 띄는 새를 풀이하지요.   180

이때는 신들의 귀도 신전처럼 열려 있어서, 어떤 혀도

　헛된 기도를 올리지 않고 말하여진 것은 무게가 나가는 법이라오."

야누스가 말을 끝내자 나는 오랫동안 침묵을 지키지 않고

　그분의 마지막 말씀에 질문을 덧붙였습니다.

"대추야자의 열매와 쭈글쭈글한 무화과와" 하고 나는 말했습니다.   185

　"눈처럼 흰 단지에 든 꿀을 주는 것은 무슨 뜻입니까?"

"그것들은 그 향미(香味)가 사물들에도 스며들어" 하고 그분은 말했습니다.

　"한 해가 달콤하게 시작해서 달콤하게 끝난다는 전조라오."

"단것을 선물하는 까닭은 알겠습니다. 돈을 선물하는 까닭도 말씀해주십시오.

　그대의 축제에 관해 나는 아무것도 놓치고 싶지 않습니다."   190

그분은 웃으며 말했습니다. "만약 그대가 손에 들어온 돈보다 꿀을

　더 달콤하다고 여긴다면 그대는 그대의 세기를 잘못 알고 있는 것이오.

사투르누스⁴¹가 통치할 때도 돈벌이가 마음에

---

40 복점관의 라틴어 augur는 avis('새'라는 뜻)와 GAR-('지저귀다'라는 뜻)의 합성어이다. 복점관은
주로 새들의 울음소리를 듣거나 날아가는 방향 등을 관찰함으로써, 즉 auspicium('새들의 관찰'이
라는 뜻)을 통하여 미래사의 길흉을 점치곤 했다.

41 사투르누스는 윱피테르의 아버지로, 헤시오도스에 따르면(『일과 날』[*Erga kai hemerai* 라/*Opera et*

달콤하지 않은 자를 나는 거의 보지 못했소.

소유욕은 시간이 갈수록 자라나 지금 절정에 달했으며

더 이상 나아갈 여지가 없소.

백성이 가난하고 로마가 새로 탄생하고

오두막이 마르스의 아들 퀴리누스[42]를 맞아들이고

강가의 풀이 그에게 검소한 침대를 제공하던

그 옛날보다도 지금 부(富)는 더 큰 가치가 있소.

읍피테르께서 좁은 신전 안에서 똑바로 서 계실 수가 없었고

그분께서 오른손에 들고 계시는 벼락은 진흙으로 빚은 것이었소.

카피톨리움[43]은 지금의 보석 대신 나뭇잎으로 장식되어 있었고

---

dies] 111행 이하 참조) 그가 통치하던 시대는 황금시대였다고 한다. 헤시오도스는 이 시에서 인간들의 시대를 황금·은·청동·영웅·철의 다섯 시대로 구분하고 있다.

42 주 12 참조. 로물루스는 팔라티움(Palatium) 언덕 위 카쿠스 계단(Scalae Caci) 옆에 있던 이른바 로물루스의 오두막(Casa Romuli)에 살았던 것으로 믿어졌다.

43 카피톨리움은 고대 로마의 일곱 언덕 가운데 하나로 포룸 로마눔(forum Romanum)의 서쪽에 있다. 그곳에는 봉우리가 둘 있는데 남서쪽 봉우리는 카피톨리움으로, 북쪽 봉우리는 arx('성채'라는 뜻)로 알려져왔다. 그러나 이 이름들은 고대 작가들과 근대 작가들이 언덕 전체뿐만 아니라 봉우리들 가운데 하나를 가리키는 데 사용해왔다. 카피톨리움에는 읍피테르(Iuppiter Optimus Maximus: '최선 최대의 읍피테르'라는 뜻)와 유노(Iuno)·미네르바(Minerva 그/Athene 또는 Athena) 두 여신에게 봉헌된 신전이 있었다. 기원전 390년 갈리아(Gallia)인들이 쳐들어왔을 때 마지막 보루로, 이곳을 지키고 있던 로마군의 지휘관 만리우스 카피톨리누스는 잠이 들었다가 거위 울음소리를 듣고 깨어나서 수비대를 모아 갈리아인들의 야습을 막아냈다고 한다.

로마의 일곱 언덕은 카피톨리움, 팔라티움(Palatium 또는 mons Palatinus: 카피톨리움에서 남동쪽으로 조금 떨어진 곳에 있다), 아벤티눔(Aventinum 또는 mons Aventinus: 카피톨리움의 맨 남쪽에 있다), 몬스 카일리우스(mons Caelius: 카피톨리움의 남동쪽에 있다), 몬스 에스퀼리누스(mons Esquilinus: 로마의 북동쪽에 있다), 콜리스 비미날리스(collis Viminalis: 몬스 에스퀼리누스와 콜리스 퀴리날리스 사이에 있다), 콜리스 퀴리날리스(collis Quirinalis: 카피톨리움의 북쪽에 있다)다. 앞의 넷은 mons('산'이라는 뜻), 마지막 둘은 collis('언덕'이라는 뜻)라고 불렸는데 이러한 명칭은 높이와는 무관하다. 왕정시대에 이미 카피톨리움에는 아테나이(Athenai 라/Athenae)의 아크로폴리스(akropolis)에 버금가는 성채가 언덕 위에 축조되었으며, 아벤티눔은 종교 행사의 중심지가 되었다.

원로원 의원은 손수 자기 양 떼를 쳤다오.

짚을 깔고 편안히 자고 건초를 머리에 베는 것을   205

　어느 누구도 부끄럽게 여기지 않았소.

법정관은 쟁기질하다 말고 백성에게 판결을 내렸고,

　얇은 은화(銀貨)도 범죄로 여겼다오.

그러나 이곳의 행운이 고개를 들고

　로마의 정수리가 신들에게까지 닿은 뒤로는   210

부가 늘면서 부에 대한 광적인 욕구도 늘었소.

　그리고 사람들은 가장 많이 갖고 있으면서도 더 많은 것을 추구했지요.

그들은 쓰기 위해 벌려고 하고 써버린 것을 다시 벌려고 함으로써

　이런 순환을 통하여 악덕을 키웠지요.

그들은 물을 마실수록 더 갈증을 느끼는,   215

　수종증(水腫症)으로 배가 부어오른 사람들과도 같았소.

지금은 돈이 제일이오. 재력이 관직도 가져다주고

　재력이 우정도 가져다주며 가난한 자는 어디서나 유린당하지요.

하거늘 돈을 받는 것이 좋은 전조인지, 옛날 동전이

　왜 우리의 손을 즐겁게 해주는지 그대는 묻고 있단 말이오?   220

옛날에는 구리를 선물했으나 지금은 금이 더 좋은 전조로 통하니까

　옛날 돈이 새 돈에게 져서 자리를 내준 것이지요.

우리 역시 옛 신전을 칭찬하면서도 황금 신전을 좋아하오.

　신에게는 장엄함이 어울리니까요.

우리는 옛날을 찬양하면서 오늘 이 시대를 즐기고 있소.   225

　하지만 두 가지 관습이 다 존중되어 마땅하오.”

그분은 충고를 끝냈습니다. 나는 열쇠를 가진 신에게

또다시 전처럼 상냥하게 말을 걸었습니다.

"나는 정말 많은 것을 배웠습니다. 하지만 왜 동전[44]의 한쪽에는 배가

찍혀 있고 다른 쪽에는 쌍두의 형상이 찍혀 있는 것입니까?"   230

"이중의 형상에서 그대는 나를 알아볼 수 있을 것이오" 하고 그분이 말했습니다.

"만일 세월이 오래된 각인을 지워버리지 않는다면 말이오.

이번에는 배의 내력을 내가 말해주겠소. 낫을 든 신[45]이 배를 타고

온 세상을 떠돌아다니다가 투스쿠스 강[46]에 닿았소.

나는 사투르누스가 이 땅에서 환영받던 일을 기억하고 있소.   235

그분은 윱피테르에 의해 하늘의 권좌에서 추방당했던 것이오.

그때부터 죽 이곳 백성은 '사투르누스 백성'이라는 이름을 견지했고,

나라 이름도 신이 숨었다(latente)[47] 해서 라티움이라고 했지요.

---

44 로마의 동전 아스(As)를 말한다.

45 '낫을 든 신'이란 그리스 신화의 크로노스(Kronos)를 말한다. 그는 어머니 가이아(Gaia 라/Gaea) 가 준 아다마스(adamas)라는 견고한 금속으로 만든 낫으로 아버지 우라노스(Ouranos 라/Uranus) 의 남근을 잘라 바다에 던져버리고 자신이 우주의 지배자가 된다(헤시오도스, 『신들의 계보』 176~182행 참조). 로마인들은 크로노스를 농업의 신 사투르누스(Saturnus: 그들은 사투르누스라 는 이름이 '씨뿌리기'라는 뜻의 라틴어 satus에서 온 것으로 보았다)와 동일시했는데(주 41 참조), 그렇다면 낫은 그의 상징적인 도구라 할 수 있을 것이다. 사투르누스는 흔히 낫을 휘두르고 있는 모습으로 그려지곤 했는데, 그는 그리스 신화의 크로노스와 동일시되고 또 크로노스는 '시간'이라 는 뜻의 크로노스(chronos)와 혼동됨으로써 사투르누스의 낫은 흔히 때가 되면 모든 것을 베어들 이는 시간의 칼날과 동일시되곤 했다. 크로노스는 아버지 우라노스를 권좌에서 축출했듯이 자신도 아들 제우스(Zeus 라/Iuppiter)에게 축출당한다. 그리스 신화에서 크로노스는 일반적으로 저승의 가장 깊숙한 곳인 타르타로스(Tartaros)에 갇혀 있는 것으로 되어 있으나, 여기서는 배를 타고 티베 리스 강을 거슬러 로마에 온 것으로 되어 있다.

46 티베리스 강의 다른 이름이다. 티베리스 강은 이탈리아의 압펜니누스 산맥(Appenninus)에서 발원 하여 서쪽의 에트루리아(Etruria)와 동쪽의 움브리아(Umbria) 그리고 사비니족의 나라와 남쪽의 라티움 사이로 400킬로미터를 흘러 오스티아(Ostia) 항(港)에서 바다로 흘러든다. 로마는 티베리스 강의 좌안에 자리 잡고 있는데 오스티아 항에 있는 하구에서 상류로 25킬로미터쯤 떨어져 있다. 투스쿠스는 에트루스쿠스(Etruscus: Etruria의 형용사)의 다른 말이다.

그런데 경건한 후세 사람들이 이방의 신의 도래를 기념하고자

　동전에 배를 각인했던 것이오. 　　　　　　　　　　　　　　　240

나 자신은 모래가 많은 티베리스 강의 조용한 물결에

　왼쪽 옆구리가 씻기는 땅[48]에 살고 있었소.

지금 로마가 서 있는 이곳에는 베지 않은 숲이 푸르렀고

　이토록 강력한 나라가 약간의 소 떼를 위한 초지였다오.

내 성채는 오늘날 내 이름에서 따와 흔히 　　　　　　　　　245

　야니쿨룸이라고 일컬어지는 언덕[49]이었소.

대지(大地)가 신들을 감당하고 인간들이 사는 곳에

　신들이 섞이던 그때는 내가 왕이었다오.[50]

아직은 정의의 여신이 인간의 범죄에 의해 추방되지 않았고

　—그녀는 지상을 떠난 마지막 신이었소[51]— 　　　　　　250

공포 대신 경외가 폭력을 쓰지 않고 백성을 다스렸소. 정의로운 자들에게

　정의를 행사한다는 것은 일도 아니었지요. 전쟁은 나와 무관했고

평화와 문을 지키는 것이 내 소관이었다오.[52] 이것이” 하고 그분은

　열쇠를 가리키며 말했습니다. “내가 갖고 다니는 무기라오.”

---

47 오비디우스에 따르면 사투르누스가 윱피테르의 눈에 띄지 않으려고 숨어 살았던(latere. latente는 현재분사이다) 데서 라티움(Latium)이라는 지명이 유래했다는 것이다.

48 티베리스 강의 우안(右岸)이라는 뜻이다.

49 티베리스 강의 우안에 있는 야니쿨룸(Ianiculum) 언덕은 로마의 일곱 언덕에 포함되지 않는다.

50 여기서 야누스는 라티움의 초기 왕으로 역사화되고 있다.

51 황금시대에 정의의 여신(Iustitia 그/Dike)은 지상에 살면서 자유롭게 인간들과 교류했으나, 백은시대에는 지상에 머물되 은둔생활을 했으며 청동시대가 와서 전쟁이 일어나자 지상을 떠나 하늘로 올라가서는 처녀자리(Virgo 그/Parthenos)라는 별자리가 되었다고 한다(아라투스, 『현상들』 96~136행 참조). 오비디우스도 인류의 여러 시대를 언급했는데, 이에 관해서는 『변신 이야기』 1권 89~150행 참조.

52 야누스의 평화와의 친화성이 다시 한 번 강조되고 있다.

그 신은 입을 다물었습니다. 그러자 내가 다시 입을 열어 255

　　내 목소리로 신의 목소리를 이끌어냈습니다.

"아치 길이 많은데 왜 그대는 하필이면 그대의 신전이 두 포룸[53]을 이어주는

　　여기 이 아치 길에서만 경배받는 것입니까?"

그분은 가슴까지 내려오는 수염을 손으로 쓰다듬으며 지체 없이

　　오이발루스의 후손인 타티우스[54]의 전역(戰役)과 260

경박한 여자 파수꾼[55]이 어떻게 팔찌에 매수되어 사비니족을

　　소리 없이 성채의 꼭대기에 오르는 길로 인도했는지 이야기해주었습니다.

"그곳에서부터" 하고 그분은 말했습니다. "지금도 그러하지만

　　가파른 언덕길이 포룸들을 지나 골짜기들로 나 있었지요.[56]

사투르누스의 시기심 많은 따님[57]이 빗장들을 벗겨둔 성문에 265

---

53 여기서 두 포룸이란 포룸 로마눔(그냥 포룸이라고도 한다)과 포룸 율리움(forum Iulium 또는 Caesaris: 기원전 46년 율리우스 카이사르가 봉헌했다)을 말한다.

54 오이발루스의 후손인 타티우스란 로물루스를 공격한 사비니족의 왕 티투스 타티우스(Titus Tatius)를 말한다. 라티움 북동쪽의 산악지방에 살던 사비니족은 자신들이 스파르타인들의 후손이라고 주장했는데, 오이발루스는 스파르타의 왕으로 튄다레우스 왕의 아버지이자 절세미인 헬레나(Helena 그/Helene)의 할아버지이다.

55 타르페이야(Tarpeia). 그녀는 사비니족의 황금이 탐나 그들이 왼팔에 차고 다니는 것, 즉 팔찌를 받기로 하고 그들에게 몰래 카피톨리움 성채를 열어주었으나 역시 왼팔로 들고 다니던 그들의 방패에 눌려 죽었다고 한다.

56 티투스 타티우스는 먼저 카피톨리움의 성채를 함락한 뒤 가까이의 팔라티움에 자리 잡은 로물루스와 나머지 로마군을 공격하려 했던 것이다. 카피톨리움과 팔라티움 사이는 원래는 늪지다.

57 여기서 사투르누스의 따님(Saturnia)이란 유노를 말한다. 그리스의 영웅 아킬레스의 부모인 펠레우스와 테티스가 결혼식을 올릴 때 하객으로 초대받지 못한 불화의 여신 에리스(Eris)가 이에 앙심을 품고 연회장에 '가장 아름다운 이에게'라는 문구를 새긴 사과를 하나 던진다. 그러자 유노와 미네르바, 베누스는 서로 그 사과가 자기 것이라고 주장하다가 윱피테르의 주선으로 당시 트로이야 근처의 이다(Ida) 산에서 목동생활을 하던 트로이야의 왕자 파리스(Paris)에게 가서 심판받게 된다. 유노는 아시아에 대한 통치권을, 미네르바는 전쟁에서의 승리를, 베누스는 절세미인을 약속했는데, 파리스는 미인 콘테스트에서 베누스에게 유리한 판정을 내린다. 파리스는 그 대가로 헬레나

이미 적군이 이르렀을 때

나는 그토록 강력한 여신과 싸우기가 두려워서

　약삭빠르게 내 자신의 재주를 이용했으니,

나는 있는 힘을 다해 샘들의 입을 열어[58]

　갑자기 물줄기가 솟아오르게 했던 것이오.　　　　　　　　　　　270

그리고 나는 끓는 물이 타티우스의 길을 막도록

　수맥에 미리 유황을 던져놓았소.

사비니족이 도망쳐 그 목적이 달성되었을 때

　나는 다시 안전해진 그 장소를 본래 모습으로 돌려주었소.

나를 위해 작은 신전 옆에 제단이 세워졌고　　　　　　　　　　　275

　이 불은 나를 위해 케이크[59]와 밀을 태우고 있는 것이오."

"왜 그대는 평화로울 때는 닫혀 있고 전시에는 열려 있습니까?"

　그분은 지체 없이 내 질문에 답변했습니다.

"내 문이 빗장도 걸리지 않은 채 열려 있는 것은

　전쟁터에 나간 백성이 귀향할 수 있게 하기 위함이지요.　　　　280

평화로울 때 내가 닫혀 있는 것은 평화가 떠나지 못하게 하려는 것이오.

　카이사르의 뜻에 따라 나는 오래오래 닫혀 있을 것이오."

그분은 그렇게 말하고 두 눈을 들어 사방을 보며

를 아내로 삼게 되지만, 함께 콘테스트에 참가했던 유노와 미네르바는 트로이야와 베누스를 집요
하게 미워하게 되어 결국 트로이야는 멸망하고 만다. 특히 유노는 트로이야가 멸망한 뒤에는 아이
네아스가 이끄는 트로이야의 망명자들이 세운 로마를 미워하게 된다.

58 열고 닫는 것은 야누스의 장기(長技)이다. 로마의 폰스(Fons)는 샘의 신으로서 야니쿨룸 언덕에 제
단을 갖고 있었는데, 야누스의 아들로 간주되었다고 한다.

59 야누스에게 바치던 의식용 케이크에 관해서는 127~128행 참조.

온 세상에서 일어나는 일을 두루 살폈습니다. 그곳에는 평화가 있었습니다.

그리고 게르마니쿠스 공이시여, 레누스[60] 강은 이미 자신의 물줄기들을 그대에게 285

노예로 넘겨주었습니다. 그것은 또 그대의 개선행진[61]의 원인이었습니다.

야누스여, 평화와 평화에 봉사하는 자들이 영원하게 해주시고

평화의 창조자가 결코 자기 일을 방치하지 않게 해주소서.

그러나 내가 축제력에서 직접 배운 바에 따르면,

이날 원로원은 두 신전을 봉헌했습니다. 290

갈라진 강물에 안겨 있는 섬이 요정 코로니스가

포이부스에게 낳아준 아드님을 받아들였습니다.

윱피테르께서도 몫을 받으셨습니다. 그러니 한 장소가 두 분을 받았고

손자의 신전이 위대하신 할아버지의 신전과 한데 붙어 있습니다.[62]

1월 3일

내가 별들이 뜨고 지는 것에 관해 말하는 것을 무엇이 295

제지하겠습니까? 그것은 내 약속의 일부입니다.

맨 처음으로 이런 일들에 관해 알려고 했고

---

60 레누스는 라인(Rhein 영/Rhine) 강의 라틴어 이름이다.
61 티베리우스 황제는 게르마니아 전선에서의 공적을 인정하여 게르마니쿠스에게 기원후 17년 5월
26일 로마에서 개선행진을 하도록 허락했다고 한다.
62 티베리스 강 가운데 있는 섬에는 의신(醫神) 아이스쿨라피우스와 윱피테르의 신전이 있었는데, 아
이스쿨라피우스는 아폴로의 아들이고 윱피테르는 아폴로의 아버지이다. 포이부스(Phoebus 그/
Phoibos)는 태양신으로서 아폴로의 별명으로, '빛나는 자' '정결한 자'라는 뜻이다. 코로니스는 플
레귀아스(Phlegyas)의 딸로 아폴로에게 사랑받아 임신까지 했으나 다른 남자와 결혼한 까닭에 아
폴로의 사주를 받은 디아나에게 살해당한다. 나중에 아폴로는 이를 후회하여 그녀의 부정(不貞)을
알려주었던 까마귀를 흰색에서 검은색으로 변하게 했다고 한다.

하늘나라까지 올라가려고 노력했던 이들[63]은 행복하도다!

그들은 인간들의 악덕과 공간을

　동시에 초월했다고 믿어도 좋을 것입니다.　　　　　　　　　300

그들의 고매한 정신은 베누스나 술도 꺾을 수 없었고

　시민적 임무나 군무(軍務)도 꺾지 못했습니다.

하찮은 야망도, 자줏빛 관복의 영광도,

　거부(巨富)를 향한 열망도 그들을 움직이지 못했습니다.

그들은 머나먼 별들을 우리의 시계로 옮겼고　　　　　　　　305

　하늘을 자신들의 천재에 종속시켰습니다.

하늘은 그렇게 올라가는 것입니다. 올림푸스 산 위에 옷사 산을 쌓고

　펠리온 산의 정상이 가장 높은 별들에 닿을 필요가 어디 있겠습니까![64]

나도 그들을 길라잡이 삼아 하늘을 측량하며

　떠도는 별자리들에 제 날들을 배당할 것입니다.　　　　　　310

그래서 노나이[65] 전(前) 세 번째 밤이 다가오고

　땅에 하늘의 이슬이 뿌려지면[66]

여덟 발 게자리[67]의 집게발을 찾아도 헛일입니다.

---

63 고대의 천문학자들을 말한다.

64 오비디우스는 여기서 그리스 신화에 나오는 거한(巨漢)들인 오투스(Otus 그/Otos)와 에피알테스(Ephialtes) 형제의 이야기를 소개하고 있다. '알로에우스(Aloeus)의 아들들'이라고 일컬어지는 이들 형제는 실제로는 해신 넵투누스의 아들들로, 어린 나이에 거한이 되자 신들과 싸우기 위해 하늘에 오르려고 그리스 텟살리아(Thessalia) 지방에 있는 높은 산들인 올림푸스(2,917미터)와 옷사(1,978미터)와 펠리온(1,551미터)을 차곡차곡 쌓아올리다가 제우스의 벼락에 맞아 죽는다.

65 노나이에 관해서는 주 21 참조.

66 게자리는 1월 3일에는 오비디우스의 말처럼 저녁이 아니라 아침에 진다고 한다.

67 게자리에 얽힌 신화는 다음과 같다. 헤르쿨레스가 네메아(Nemea)의 사자를 목 졸라 죽인 다음 레르나(Lerna)의 거대한 휘드라(hydra 물뱀)와 싸울 때 다른 동물들은 모두 헤라클레스에게 호의적이었으나, 늪에서 나온 게 한 마리가 헤라클레스의 발을 물다가 밟혀 죽자 헤라가 이를 가상히 여

게가 서쪽 바다 속으로 거꾸로 곤두박질하여 떨어지기 때문입니다.

1월 5일

먹구름에서 쏟아지는 비와 떠오르는 거문고자리[68]는

노나이가 되었다는 신호입니다.

1월 9일

노나이에 잇달아 나흘을 보태십시오.

그러면 야누스를 달래는 아고날리아 제(祭)의 아침이 밝아옵니다.[69]

겨 하늘의 별자리가 되게 했다고 한다. 일부일처제의 철저한 옹호자인 헤라는 남편 제우스가 사랑한 다른 여신들과 여인들뿐만 아니라 거기에서 태어난 자식들을 집요하게 못살게 굴었는데, 대표적인 예가 알크메네(Alkmene)의 아들 헤르쿨레스와 세멜레(Semele)의 아들 박쿠스이다.

68 거문고자리의 신화는 다음과 같다. 메르쿠리우스는 아르카디아 지방에 있는 퀼레네 산(2,376미터)의 한 동굴에서 태어나던 날 동굴 앞에서 풀을 뜯던 거북을 죽여 그 껍질을 공명판으로 삼고 훔쳐온 아폴로의 소 떼 가운데 제물로 바친 소의 내장을 현(絃)으로 삼아 뤼라라는 발현악기를 만든다. 이때 현을 일곱 개로 한 것은 아틀라스(Atlas)의 딸들인 플레이야데스(Pleiades : 그중 한 명인 마이아Maia가 헤르메스의 어머니이다)가 일곱 명이었기 때문이다. 나중에 절도행각이 발각되자 메르쿠리우스는 소 떼를 가지는 대신 새로 만든 뤼라를 아폴로에게 넘겨주고 아폴로가 들고 다니던 지팡이를 받는다. 메르쿠리우스는 이 지팡이를 들고 아르카디아 지방을 쏘다니다가 뱀 두 마리가 서로 감고 싸우는 것을 보고 둘 사이에 지팡이를 놓자 서로 떨어진다. 그래서 그의 지팡이는 평화의 중재자를 뜻하게 된다. 그 뒤 아폴로가 뤼라를 무사 여신 중 한 명인 칼리오페의 아들 오르페우스(Orpheus)에게 넘겨주자 오르페우스는 자신의 노래로 나무와 바위와 야수들까지 감동시켰다고 한다. 오르페우스가 뱀에 물려 죽은 아내 에우뤼디케(Eurydike)를 찾으러 저승(Hades)에 갔을 때 그가 다른 신들은 모두 찬미했으나 박쿠스를 찬미하는 일은 깜빡 잊고 말았다. 그래서 그가 지상에 올라왔을 때 박쿠스가 자신을 따르는 광란하는 여신도들을 보내 그를 갈기갈기 찢어 죽이게 한다. 무사 여신들은 오르페우스의 시신을 묻어준 다음 뤼라를 넘겨줄 만한 마땅한 사람이 없어 오르페우스와 자신들에 대한 기념이 되도록 그것을 하늘로 올려 별자리가 되게 해달라고 윱피테르에게 간청하자, 윱피테르가 이를 허락했다고 한다. 거문고자리는 11월 초에 뜬다.

69 아고날리아(Agonalia) 제는 1월 9일 외에 3월 17일, 5월 21일, 12월 11일에도 열린다.

이 말의 어원은 허리띠를 매고 신들을 위해 일격에

　제물을 쓰러뜨리는 조수(助手)에게서 비롯된 듯합니다. 　　　　　　320

그는 빼어든 칼을 뜨거운 피로 물들이기 전에 언제나

　"진행할까요?"(agatne)라고 묻고 명령이 없으면 진행하지 않기 때문입니다.

어떤 사람들은 가축이 그냥 오는 것이 아니라 끌려오기(agantur) 때문에

　이날을 아고날리아라고 부르게 되었다고 믿습니다.

또 이 축제일을 고대인들은 글자 하나를 제자리에서 빼고 　　　　　　325

　아그날리아(Agnalia)라고 불렀다고 생각하는 사람들도 있습니다.[70]

아니면 가축이 물에 비친 칼을 두려워하기 때문에

　가축의 고뇌(苦惱 agonia)에서 이날이 그렇게 불리는 것일까요?

이날은 또 고대에 개최되던 경기(競技 agones)들에서

　그라이키아식 이름을 갖게 되었을 수도 있습니다. 　　　　　　330

그리고 고대어(古代語)에서 가축은 아고니아(agonia)라고 불렸는데,

　내 판단에는 이 마지막 이유가 합당해 보입니다.

그것은 확실치 않습니다. 그러나 성물의 왕[71]이

　털북숭이 숫양으로 신들을 달래야 하는 것은 확실합니다.

제물이 빅티마(victima)라고 불리는 것은 그것이 승리자(victrix)의 오른손에 　　　335

　쓰러지기 때문이고, 호스티아(hostia)[72]라는 말은 제압된 적들(hostes)에서

70　아그날리아라는 이름이 마치 '새끼 암양'이라는 뜻의 agna에서 유래한 것처럼.

71　'성물의 왕'(rex sacrorum)은 기원전 510년에 왕정이 소멸된 뒤 왕들이 수행하던 종교적 역할의 일부를 맡게 되는데, 대사제(pontifex maximus)가 임명한 유일한 종신(終身) 남자 사제이다. 그는 역시 몇 가지 종교적인 의무를 지게 되는 아내(regina: '여왕'이라는 뜻)와 함께 여러 가지 국가적 제사에 참석하여 제물을 바치곤 했다. 귀족 출신인 그는 보통 대사제보다 사회적인 지위는 높으나 종교적인 권위는 약한 편이었다.

72　hostia도 제물로 바쳐진 가축이라는 뜻이다.

유래한 것입니다. 이전에는 사람들이 신들을 달래고 싶을 때는

　밀과 깨끗한 소금의 투명한 알갱이면 충분했습니다.[73]

아직은 외국의 배가 바닷물을 지나 나무껍질에서 솟아난 뮈르라의 눈물[74]을

　멀리서 실어오지 않았던 것입니다.　　　　　　　　　　　　　　　340

아직은 에우프라테스 강이 향(香)을, 인디아[75]가 향연을 보내지 않았고

　아직은 붉은 사프란의 수꽃술이 알려져 있지 않았던 것입니다.

제단은 사비니 향나무의 연기로 만족했고

　월계수가 탁탁 소리를 내며 탔습니다.

들꽃으로 엮은 화관에 제비꽃을 덧붙일 수 있는 자가 있으면　　　　　345

　그는 부자였습니다.

오늘날에는 도끼에 죽은 황소의 내장을 여는 칼도

　그때는 제사와는 아무 상관이 없었습니다.

케레스[76]가 맨 처음으로 욕심 많은 암퇘지의 피를 즐겼으니

---

73 거칠게 빻은 밀가루에 소금을 섞은 것을 mola salsa(여기서 '제물을 바치다'는 뜻의 immolare라는 말이 유래했다)라고 하는데, 고대 로마인들은 제물을 바치기 전 제물의 등에다 이것을 뿌렸다.

74 '뮈르라의 눈물'이란 아라비아 반도에서 나는 몰약(沒藥)의 수지(樹脂)를 말하는데, 향료와 약재로 사용되었다. 뮈르라(Myrrha)에 얽힌 신화는 다음과 같다.
퀴프루스(Cyprus 또는 Cypros 그/ Kypros) 왕 키뉘라스에게는 뮈르라 또는 스뮈르나(Smyrna)라는 딸이 있었다. 그런데 그녀는 베누스 여신을 존경하지 않았기 때문에 또는 키뉘라스가 제 딸이 베누스보다 더 예쁘다고 자랑했기 때문에 베누스의 미움을 사는 바람에 아버지에게 연정을 품게 되고 유모의 주선으로 아버지와 동침하게 된다. 그러나 결국에는 들켜 아버지가 죽이려 하자 그녀는 사우디아라비아로 도망친다. 그곳에서 신들은 그녀를 뮈르라나무로 변신시킨다. 그녀는 그때 임신 중이었는데, 나무가 갈라지면서 미소년 아도니스(Adonis)가 태어났다고 한다.

75 인도.

76 케레스(Ceres)는 농업과 곡식의 여신으로 그리스 신화의 데메테르(Demeter)와 동일시되었다. 그리스에서 데메테르를 기리는 주요 축제는 테스모포리아 제(Thesmophoria)이다. 여인들만 참가하는 이 축제에서는 돼지를 제물로 바쳤는데, 그것은 가축들 중에서 돼지가 곡식에 가장 큰 피해를 주었기 때문이다.

해코지하는 가축의 죽음은 곡식을 해친 데 대한 정당한 응징이었습니다.   350

여신은 초봄의 물오른 새싹들을 털이 뻣뻣한 돼지가

　　주둥이로 파헤쳐놓았다는 것을 알았기 때문입니다.

돼지는 벌 받았던 것입니다. 숫염소야, 너도 돼지의 선례를 보고 놀라

　　포도나무의 어린 가지를 마땅히 삼갔어야지.

숫염소가 포도나무에 이빨을 밀어넣는 것을 보고 있다가   355

　　누가 이런 말로 분통을 터뜨렸습니다.

"숫염소야, 포도나무를 갉아 먹으렴! 하지만 네가 제단 앞에 서게 되면

　　포도나무는 네 뿔에 끼얹어질 것[77]을 대주게 될걸."

그의 말대로 되었습니다. 박쿠스[78]여, 그대의 적은 그 죄로 그대에게 넘겨졌고

　　그의 뿔에는 물 타지 않은 포도주가 끼얹어졌습니다.   360

암돼지는 죗값을 받았고, 새끼 염소도 죗값을 받았습니다.

　　그런데 소와 평화로운 양 떼여, 너희들은 무슨 죄를 지었지?

아리스타이우스[79]는 자신의 벌 떼가 모조리 죽고

　　벌집도 짓다 말고 버려진 것을 보고 눈물을 흘렸습니다.

그의 검푸른 어머니[80]도 그의 슬픔을 위로할 수 없었습니다.   365

　　그녀는 자기가 한 말에 이런 말을 덧붙였습니다.

---

77 로마에서는 제물로 바쳐질 가축에게 소금 섞은 밀가루를 뿌렸을 뿐 아니라 포도주도 발라주었다.

78 박쿠스는 주신(酒神) 디오뉘수스의 다른 이름이다.

79 아리스타이우스는 아폴로와 요정 퀴레네 사이에서 태어난 아들이다. 아폴로는 무예와 사냥에 능한 요정 퀴레네가 무장도 하지 않고 맨손으로 사자와 싸우는 모습에 첫눈에 반해 그녀를 북아프리카로 데려가 동침하여 아리스타이우스의 아버지가 된다. 아리스타이우스는 양봉과 올리브 재배에 능한 목자(牧者)로 성장하지만, 어느 날 오르페우스의 아내 에우뤼디케를 보고 반해 뒤쫓는다. 그녀가 도망치다가 독사를 밟고 그 독사에게 물려 죽자, 그녀의 친구들인 나무의 요정들이 화가 나 그의 벌 떼를 죽게 만들었던 것이다. 베르길리우스, 『농경시』(*Georgica*) 4권 315~558행 참조.

80 그의 어머니 퀴레네는 강물의 요정이다.

"애야, 눈물을 거두어라! 네 손실은 프로테우스[81]가 복구해줄 것이고

　그분은 또 어떻게 해야 네가 잃어버린 것을 되찾을 수 있는지 일러줄 것이다.

하지만 그분이 변신술로 너를 속이지 못하도록

　그분의 두 손을 튼튼한 포승줄로 묶도록 해라."　　　　　　　　　　　　370

젊은이는 예언자를 찾아가서 자고 있던 바다 노인의

　축 늘어진 두 팔을 묶었습니다.

프로테우스는 변신술로 자신의 겉모습을 바꿨지만

　곧 포승줄에 제압되어 본래 모습으로 돌아갔습니다.[82]

그리고 그는 물방울이 듣는 얼굴과 검푸른 수염을 들더니　　　　　　　　375

　말했습니다. "너는 네 벌 떼를 되찾을 기술을 구하는 게냐?

수송아지 한 마리를 잡아 그 사체를 땅에 묻도록 하라.

　그러면 묻힌 수송아지가 네가 구하는 것을 주리라."

목자는 시키는 대로 했습니다. 썩은 수소에서 수많은 벌 떼가

　우글대며 나왔으니, 한 생명이 죽어 수천에게 생명을 주었던 것입니다.　　380

죽음은 양(羊)도 요구했습니다. 어느 경건한 노파가 시골의 신들에게

　바치곤 하던 나뭇가지들을 양이 사악하게도 잘라 먹었던 것입니다.

털북숭이 양과 쟁기질하는 소도 제단에 제 생명을 올려놓거늘

　그 밖에 또 무엇이 안전할 수 있겠습니까?

페르시아는 햇빛으로 둘러싸인 휘페리온[83]을 말[馬]로 달래니,　　　　385

---

81 프로테우스(Proteus)는 그리스 신화에서 바다 신으로 흔히 '바다 노인'이라고 불리는데, 변신술에 능하고 예언의 능력이 있다.

82 이집트에 표류했던 그리스의 영웅 메넬라우스(Menelaus 그/Menelaos)도 고향으로 돌아가는 길을 알아내기 위해 바다표범들 사이에 누워 쉬고 있던 프로테우스를 이와 비슷한 방법으로 기습하여 붙잡는데, 이에 관해서는 호메로스(Homeros), 『오뒷세이아』(Odysseia) 4권 349~570행 참조.

83 휘페리온은 헤시오도스의 시에서는 티탄 신족의 한 명으로 태양신 헬리오스(Helios)의 아버지이지만, 여기에서는 호메로스의 시에서처럼 태양신 자신을 가리킨다. 그리스의 철학자이자 역사가인

재빠른 신에게 느린 제물을 바치지 않으려는 것입니다.

쌍둥이 누이 디아나에게는 처녀 대신 암사슴이 쓰러진 까닭에

　오늘날에도 그녀에게는 설사 처녀를 대신하지 않더라도 암사슴이 쓰러집니다.[84]

나는, 사파이이족[85]과 하이무스[86] 산이여, 그대의 눈 속에 사는

　모든 자들이 삼거리의 여신[87]에게 개의 내장을 바치는 것을 보았습니다.　　　390

그리고 농촌의 **빳빳한** 수호자[88]에게는 어린 당나귀가 쓰러집니다.

　그 이유는 외설스럽지만 그 신에게는 잘 어울립니다.

그라이키아여, 그대는 담쟁이덩굴 관을 쓴 박쿠스의 축제를 개최하곤 했는데

크세노폰(Xenophon)도 페르시아인들이 태양신에게 말을 제물로 바쳤다고 말하고 있다(『퀴로스의 교육』[Kyrou paideia] 8권 3장 24절 참조).

84 파리스가 헬레네를 납치한 까닭에 트로이야를 치려고 그리스 함대가 아울리스(Aulis) 항에 집결했을 때 그리스군의 총사령관 아가멤논(Agamemnon)이 아폴로의 쌍둥이 누이인 디아나의 원림(園林)에 들어가 여신에게 바쳐진 사슴을 쏘아 죽이고는 여신도 이렇게 활을 잘 쏠 수는 없을 것이라고 호언장담한다. 그러자 활과 사냥의 여신이며 어린 짐승의 보호자이기도 한 디아나가 화가 나 그리스 함대가 출항할 수 없도록 역풍을 보낸다. 아가멤논이 딸 이피게니아(Iphigenia 그/Iphigeneia)를 제물로 바치기 전에는 여신이 노여움을 풀지 않을 것이라고 예언자 칼카스(Kalchas)가 말하자 아가멤논은 딸을 데려와 눈물을 흘리며 제물로 바치게 한다. 그러나 일설에 따르면 이피게니아가 제물로 바쳐지는 순간 여신이 그녀를 사슴으로 대치하고는 흑해 북안의 크림 반도에 있던 타우리족(Tauri 그/Tauroi)의 나라로 데려가 자신의 신전 여사제로 삼았다(에우리피데스Euripides, 『타우리케의 이피게니아』[Iphigenia in Tauris 그/Iphigeneia he en Taurois] 참조).

85 사파이이족은 그리스 북동쪽 트라케 지방에 살던 부족이다.

86 하이무스는 북(北)트라케, 즉 오늘날의 발칸 반도에 있는 산맥이다.

87 여기서 '삼거리의 여신'(Trivia 그/Trioditis)이란 헤카테 여신을 말한다. 주 36 참조. 이 명칭은 가끔은 디아나 여신에게도 붙여진다.

88 프리아푸스를 말한다. 고대 로마에서는 정원이나 집 안에 프리아푸스의 빨간 남근상을 허수아비로 세웠는데, '빳빳한'이라는 말은 그의 큼직한 남근을 빗대어 한 말이다. 그는 성애(性愛)와 다산과 행운과 관계가 있는 것으로 생각되었다. 그에 대한 숭배는 그리스에서 로마로 건너왔으며, 그리스에서도 그의 이름은 기원전 4세기에 처음 확인되고 있다. 프리아푸스는 베누스와 박쿠스의 아들이라고 하는데, 그의 남근이 기형적으로 큰 것은 헤라가 그의 어머니를 미워했기 때문이라고 한다.

그것은 세 번째 겨울[89]의 정해진 시기에 개최되었습니다.

해방자[90]에게 봉사하는 신들도 그리로 갔고   395

　농담을 싫어하지 않는 모든 자들,

즉 판[91]들과 사랑에 빠진 젊은 사튀루스[92]들과

　하신(河神)들과 외딴 들판에 나타나는 여신들[93]도 그리로 갔습니다.

늙은 실레누스[94]도 등이 굽은 당나귀를 타고 그리로 갔고

　남근으로 겁 많은 새 떼를 쫓는 빨간 이[95]도 그리로 갔습니다.   400

그들은 즐거운 주연에 적합한 원림(園林)을 찾아낸 다음

　푹신한 풀방석 위에 앉았습니다.

리베르[96]가 포도주를 대주었고 화관은 각자 가져왔으며

　포도주에 조금씩 탈 물은 시내가 대주었습니다.

물의 요정들도 그곳에 있었는데, 그중 일부는 빗질하지 않은 머리가   405

89　'한 해 걸러 겨울에'라는 뜻이다.

90　해방자(Lyaeus 그/Lyaios)는 박쿠스의 별명으로 '근심에서 해방시켜주는 자'라는 뜻이다.

91　판(Pan)은 염소 뿔에 염소 발굽을 가진 숲의 신이다.

92　사튀루스들은 박쿠스의 종자(從者)들로 말의 꼬리 또는 염소의 다리가 달린 음탕하기로 이름난 숲의 정령들이다.

93　요정들을 말한다.

94　실레누스들도 그리스 신화에 나오는 숲의 정령들로 기원전 6세기까지만 해도 사튀루스들과 동일시되곤 했다. 그들은 앗티카의 도자기에서 말의 귀와 또 때로는 말의 다리와 꼬리가 달린 것으로 그려졌다. 기원전 5세기에 그중 한 명이 개성을 갖게 되었는데 그가 바로 실레누스이다. 배불뚝이 대머리에 큰 귀와 사자코를 가진 유쾌한 노인 실레누스는 늘 취해 있지만 지혜롭기로도 유명했다. 만지면 모든 것이 황금으로 변했다는 프뤼기아(Phrygia) 왕 미다스(Midas)—그 소원을 들어준 것이 실레누스다—가 자신의 정원을 찾아오곤 하던 실레누스를 샘물에 포도주를 타서 취하게 한 다음 사로잡아 그의 지혜를 떠보았을 때, 그는 인간은 아예 태어나지 않는 것이 최선이고 일단 태어났으면 되도록 일찍 죽는 것이 차선이라고 대답했다고 한다.

95　프리아푸스.

96　리베르는 원래 이탈리아의 식수(植樹)와 결실의 신이었으나, 나중에는 박쿠스와 동일시되었다.

흘러내렸고 일부는 머리가 손으로 교묘하게 손질되어 있었습니다.

어떤 요정은 옷을 장딴지 위로 걷어붙인 채 시중들었고

　　다른 요정은 열어젖뜨린 옷 사이로 젖가슴을 드러내고 있었습니다.

이 요정은 어깨를 드러냈고 저 요정은 풀밭에서 치마를 끌고 다녔으며

　　어떤 가죽 끈도 그들의 부드러운 발을 방해하지 않았습니다.　　410

그리하여 어떤 요정들은 사튀루스들 속에 애욕의 불을 붙였고

　　어떤 요정들은 머리에 소나무 관을 쓰고 있는 그대[97]에게 그렇게 했습니다.

실레누스여, 그대 애욕에 물리지 않는 이여, 그들은 그대도 불태웠소.

　　그대의 호색(好色)이 그대를 늙지 않게 해주는 것이오.

그러나 정원의 영광이자 보호자인 빨간 프리아푸스는　　415

　　그들 모두 가운데서도 로티스[98]의 포로가 되었습니다.

그는 그녀를 원하고 그녀를 바라고 그녀만을 위해 한숨짓고

　　그녀에게 신호를 보내고 머리를 끄덕여 그녀의 주의를 끕니다.

그러나 미인은 거만하고 미모에는 오만이 따르는 법.

　　그녀는 조소하는 얼굴로 그를 우롱합니다.　　420

밤이 되자 그들은 술에 취해 졸더니

　　잠에 제압되어 여기저기 누웠습니다.

로티스는 놀이에 지친 나머지 혼자 멀리 떨어져

　　단풍나무 가지 밑의 풀밭에 누워 잤습니다.

그러자 그녀를 사랑하는 이가 일어나 숨을 죽이고　　425

　　살그머니 소리 없이 발끝으로 그녀에게 다가갑니다.

그는 눈처럼 흰 요정의 외딴 잠자리에 이르렀을 때

---

97 판.

98 물의 요정 로티스(Lotis)는 프리아푸스에게 쫓기다가 로투스(lotus)나무로 변했다고 한다(오비디우스, 『변신 이야기』 9권 340~362행 참조).

자신의 숨소리가 들리지 않도록 조심했습니다.

그는 벌써 그녀 바로 옆의 풀밭에서 몸의 균형을 잡았으나

　　그녀는 여전히 곯아떨어져 자고 있었습니다.　　　　　　　　　　　430

그는 이때다 싶어 그녀의 발에서 옷을 벗기고

　　자신의 욕망에 이르는 행복의 길로 들어서기 시작했습니다.

그런데 그때 느닷없이 실레누스가 타고 다니던 당나귀가

　　거친 목에서 때아니게 울부짖는 소리를 내지 뭡니까!

요정은 깜짝 놀라 일어서더니 두 손으로 프리아푸스를 밀치고　　　435

　　도망치며 온 원림을 깨웁니다.

그러자 남근이 너무나 뚜렷이 준비 태세를 갖추고 있던 신은

　　달빛에 모두의 웃음거리가 되고 말았습니다.

소음을 야기한 자[99]는 죽음으로 죗값을 치렀습니다.

　　지금도 그것은 헬레스폰투스[100]의 신에게는 반가운 제물입니다.　　440

새들이여, 너희들 시골의 위안이여,

　　너희들은 전에는 해를 입지 않았지. 숲에 출몰하여

둥지를 짓고 깃털로 알을 품고 힘들이지 않고

　　감미로운 곡조를 노래하는 무해한 종족이여.

그러나 다 소용없는 짓. 너희들 말에 너희들 죄가 있고　　　　　　445

　　신들도 자신들의 생각을 너희들이 누설하는 것으로 믿으심이라.

하긴 모함은 아니지. 너희들이 신들에 가까운 만큼

　　너희들이 깃털이나 목소리로 주는 징표[101]도 그만큼 더 확실하니까.

---

99 당나귀.

100 헬레스폰투스는 에게 해와 내해(內海)인 마르마라(Marmara) 해를 이어주는 오늘날의 다르다넬스 (Dardanelles) 해협이다. 프리아푸스는 이 해협 동쪽에 있는 람프사코스(Lampsakos) 시 일대에서 특히 경배받았는데, 그에게는 당나귀를 제물로 바쳤다고 한다.

오랫동안 안전했던 새들의 종족도 결국 제물이 되었고

신들은 배신자의 내장을 즐겼습니다.   450

그래서 지금 흰 암비둘기가 배우자와 떨어져

이달리움[102]의 화로에서 가끔 태워지곤 하는 것입니다.

거위도 카피톨리움 언덕을 구해주었건만[103] 그도 소용없이

자기 간(肝)을, 이나쿠스의 따님[104]이여, 그대의 접시에 바칩니다.

밤에는 밤의 여신을 위해 볏이 있는 수탉을 잡는데   455

수탉이 그 울음소리로 따뜻한 낮을 깨우기 때문입니다.

한편 밝은 돌고래자리[105]가 바닷물 위로 떠올라

101 복점관에게.

102 이달리움(Idalium 그/Idalion)은 동지중해의 퀴프루스(Cyprus) 섬에 있는 도시이다. 이곳의 화로에서는 사냥하다가 멧돼지에게 찢겨 죽은, 베누스 애인인 미소년 아도니스를 기념하여 비둘기가 산 채로 태워지곤 했다고 한다. 퀴프루스는 베누스와 인연이 깊은 곳으로, 그녀가 바다 거품에서 태어났을 때 맨 처음으로 이곳에 상륙했다고 하여 이곳의 파푸스(Paphus 그/Paphos) 등에서는 그녀에게 큰 신전을 봉헌했다.

103 주 46 참조.

104 이오(Io)를 말한다. 이오는 그리스 아르고스(Argos) 지방의 하신(河神)인 이나쿠스의 딸로, 윱피테르의 사랑을 받게 되자 유노에 의해 또는 윱피테르에 의해 암소로 변한다. 그녀는 유노가 보낸 쇠파리에게 쫓겨 유럽과 아시아 땅을 떠돌아다니다가 이집트로 들어가 본래 모습으로 돌아가고 윱피테르에 의해 아들 에파푸스(Epaphus 그/Epaphos)를 낳는다(오비디우스, 『변신 이야기』 1권 583행 이하 참조). 이오는 나중에 역시 소의 특징을 띠고 있는 이집트의 이시스(Isis) 여신과 동일시되었다. 이시스에게는 거위를 제물로 바쳤다고 한다.

105 돌고래자리의 신화는 다음과 같다.

해신 넵투누스는 바다 노인 네레우스(Nereus)의 딸 50명 가운데 암피트리테를 아내로 삼고 싶어하지만 암피트리테는 처녀성을 지키기 위해 아틀라스 산으로 가 숨는다. 넵투누스는 많은 수색자를 보내 찾게 하는데 돌고래도 그중 한 명이었다. 돌고래는 여러 섬 주위를 돌아다니다가 마침내 암피트리테를 찾아내어 그녀를 설득한다. 그리하여 그를 가상히 여긴 넵투누스는 그의 형상을 별들 사이로 올려놓았다고 한다. 그리고 넵투누스의 상(像)을 만드는 이들은 그가 손에 돌고래를 들고 있

자신의 고향인 바닷물 밖으로 얼굴을 내밉니다.

1월 10일

이튿날은 겨울의 중간을 의미합니다. 겨울의 나머지가

벌써 지나간 것과 같기 때문입니다.

1월 11일

이튿날 티토누스의 아내[106]가 그의 곁을 떠나면 그녀는

사제들이 개최하는 아르카디아 여신[107]의 축제를 보게 될 것입니다.

거나 돌고래 위에 발을 올려놓은 모습으로 나타내려고 하는데, 그렇게 하는 것이 그의 마음에 들 것이라고 믿기 때문이라고 한다.

일설에 따르면 튀르레니아의 선주(船主)들이 어린 박쿠스 일행을 낙소스(Naxos) 섬에 있는 그의 유모들에게 데려다주기로 했는데 박쿠스를 팔아 몸값을 챙기려고 뱃머리를 다른 곳으로 돌린다. 그래서 박쿠스가 일행에게 노래 부르게 하자 선주들이 춤추다가 물에 빠져 돌고래가 되는데, 박쿠스는 사람들이 그 돌고래들을 기억하도록 그중 한 마리의 형상을 별들 사이에 올려놓았다고 한다.

또 일설에 따르면 그것은 현악기 키타리스(kitharis)의 연주자 아리온을 시킬리아(Sicilia) 해에서 그리스 라코니케(Laconice 또는 Laconia 그/Lakonike) 지방의 타이나론(Tainaron) 곶으로 날라주던 돌고래라고 한다. 아리온은 뛰어난 연주자로 여러 섬을 돌아다니며 생계를 꾸려갔는데, 어느 날 그의 젊은 노예들이 주인을 바닷물에 던져버리고 그의 재물을 나눠 갖기로 한다. 아리온은 그들의 음모를 눈치채고 그가 경연에서 우승했을 때 입곤 하던 겉옷을 입고 자신의 불운을 탄식한다. 그러자 돌고래들이 그 소리에 이끌려 그의 노래를 듣고자 심해에서 헤엄쳐 올라온다. 아리온이 신들에게 도움을 청하며 돌고래들 위로 뛰어내리자 그중 한 마리가 그를 등에 태우고 타이나론 해변으로 데려다주었는데, 이를 기념하기 위하여 고대의 천문학자들이 그 돌고래를 별들 사이에 그려 넣었다고 한다. 돌고래자리가 아침에 뜨는 것은 오비디우스 시대에는 12월 31일이었다고 한다.

106 새벽의 여신 아우로라를 말한다. 티토누스는 트로이야 왕 라오메돈의 아들로 트로이야의 마지막 왕 프리아무스와는 형제간이다. 새벽의 여신 아우로라는 미남 청년 티토누스를 보고 반해서 납치해가 두 아들을 낳는다. 아우로라는 그가 죽지 않게 해달라고 윱피테르에게 간청하여 승낙받았으나, 영원한 청춘을 간청하기를 잊은 까닭에 티토누스가 점점 오그라들어 나중에는 거의 목소리만 남게 되자 아우로라는 그를 매미로 변신시켜 해마다 허물을 벗게 했다고 한다.

107 다음에 나오는 카르멘타를 말한다. 그녀의 축제일이 카르멘탈리아 제이다. 카르멘타는 고대 이탈

투르누스[108]의 누이여, 같은 날 아침은 처녀수로(處女水路)가

　마르스 들판을 에워싸는 곳에서 그대도 신전에 모셨습니다.

어디서 내가 이 축제의 내력과 관행을 알 수 있겠습니까?　　　　　　　465

　누가 바다 한가운데서 내 배를 인도할 것입니까?

노래(carmen)에서 이름을 따온 이(Carmenta)여, 그대가 몸소 가르쳐주시고

　내 계획에 호의를 보이십시오. 그대의 명예가 실추하지 않도록 말입니다.

그 나라의 전설이 맞는다면 달보다 먼저 생겨난[109] 그 나라는

　위대한 아르카스[110]에게서 이름을 따왔습니다.　　　　　　　　　　　470

그곳에서 에우안데르가 왔으니, 그는 친가[111]와 외가가

　다 유명했지만 신성한 어머니 쪽에서 더 고귀한 피를 타고났습니다.

왜냐하면 그녀[112]의 혼이 하늘의 불을 받아들이자마자

　그녀는 신으로 충만하여 진실한 예언을 노래했기 때문입니다.

그녀는 격동이 자신과 아들을 기다리고 있음을 예언했고　　　　　　475

　그 밖에도 시간에 의해 진실로 입증된 많은 것을 예언했습니다.

그녀의 말은 아주 잘 맞았으니, 그녀와 함께 젊은이는 추방되어

リ아의 여신이었으나, 여기서는 그리스 아르카디아 지방에서 로마가 건설될 곳으로 건너와 정착한 그리스인 에우안데르의 어머니로 나온다. 에우안데르는 이탈리아에 알파벳을 전했다고 한다.

108 투르누스는 아이네아스가 이탈리아로 건너왔을 때 그를 적대시하던 이탈리아의 영웅이다(베르길리우스, 『아이네이스』 7~12권 참조). '투르누스의 누이'란 샘의 요정 유투르나(Iuturna)를 말한다. 1월 11일은 마르스 들판의 동쪽, 처녀수로(Aqua Virginea) 아래 있던 그녀의 신전이 봉헌된 날이다. 그녀는 또 포룸에 연못을 하나 갖고 있었는데, 특히 생계가 물과 관계 있는 사람들에게 경배받았다고 한다. 처녀수로는 로마의 수로(水路) 이름이며, 마르스 들판은 카피톨리움 서쪽에 있었는데 선거 집회장과 옥외 체조장, 연병장으로 사용되었다.

109 아르카디아 지방이 달보다 먼저 생겨났다는 것에 관해서는 2권 290~300행 참조.

110 아르카스는 윱피테르와 칼리스토의 아들로, 그에게서 아르카디아라는 지명이 유래했다.

111 에우안데르의 아버지는 메르쿠리우스로 알려져 있다.

112 앞에 나온 카르멘타.

아르카디아 땅과 파르라시아[113]의 화로를 떠났습니다.

그가 눈물을 흘리자 어머니가 말했습니다. "제발 눈물을 거두어라.

　너는 이 운명을 남자답게 참고 견뎌야 한다.　　　　　　　　　　480

그렇게 정해져 있었기에 너는 네 죄가 아니라 신에 의해 추방당한 것이다.

　어떤 신이 화가 나 너를 도시에서 추방했단 말이다.

네가 참고 견디고 있는 것은 벌이 아니라 신의 노여움이다.

　큰 재앙 속에서도 죄가 없다는 것은 대견한 일이다.

각자가 자신의 행위에 대해 가슴속에 희망을 품느냐 아니면　　　　485

　공포를 품느냐 하는 것은 자신의 양심에 달려 있다.

그리고 마치 네가 처음 그런 재앙을 당한 것처럼 슬퍼하지 마라.

　그런 폭풍에는 가장 위대한 사람들도 압도당했다.

카드무스[114]도 같은 고통을 당했으니, 그는 튀루스의 해안에서

　쫓겨나 아오네스족의 땅에 망명자로 멈추어 섰다.　　　　　　490

튀데우스[115]와 파가사이 출신인 이아손[116]과 그 밖에 일일이

　열거하기에는 너무나 많은 다른 사람들도 같은 고통을 당했다.

---

113 파르라시아는 남아르카디아에 있는 지역이자 도시이다.

114 카드무스는 페니키아의 튀루스 왕 아게노르의 아들로, 황소로 변신한 윱피테르에게 납치된 누이 에우로파를 찾아서 고향을 떠나 떠돌아다니다가 아폴로의 지시에 따라 그리스의 보이오티아 (Boeotia 그/Boiotia) 지방에 테바이시를 세운다. 아오네스족(Aones)은 보이오티아의 원주민으로, 여기서는 보이오티아인들이라는 뜻으로 쓰였다.

115 튀데우스는 테바이를 공격한 일곱 장수 가운데 한 명으로, 사람을 죽이고 고향인 칼뤼돈(Calydon 그/Kalydon)을 떠나 아르고스(Argos)에 정착했다.

116 이아손은 삼촌인 펠리아스(Pelias)에게 찬탈된 또는 살해된 아버지 아이손(Aison)의 왕권을 찾으러 텟살리아의 파가사이 만에 있는 이올쿠스(Iolcus 그/Iolkos) 시에 갔다. 흑해 동안의 콜키스(Colchis 그/Kolchis)에 있는 황금 양모피를 찾아오면 왕권을 돌려주겠다는 펠리아스의 말을 듣고 그리스의 영웅들을 모아 아르고(Argo)호를 타고 가서 그곳의 왕녀 메데아의 도움으로 천신만고 끝에 그것을 그리스로 가져오지만, 펠리아스가 약속을 지키지 않아 코린투스로 망명한다.

모든 나라가 용감한 사람에게는 고향이니, 마치 물고기들에게는 바다가 그렇고

　　새들에게는 허공에 열려 있는 모든 공간이 그런 것과 같다.

폭풍이 일 년 내내 미쳐 날뛰는 것은 아니다.　　　　　　　　　　　　495

　　그러니 내 말을 믿어라. 너에게도 봄철이 올 것이다.”

에우안데르는 어머니의 말에 기운이 나서 배를 타고

　　물살을 가르며 헤스페리아[117]에 도착합니다.

그리고 그들은 현명한 카르멘타의 지시에 따라

　　배를 투스쿠스 강[118]으로 몰아 강물을 거슬러 올라갔습니다.　　　　500

그녀는 타렌툼[119]의 여울과 인접한 강기슭과

　　오두막이 흩어져 있는 외딴 들판을 봅니다.

그리고 그녀는 그대로 머리를 흩날리며 고물에 서서

　　키잡이의 손을 응시하고 있었습니다.

그러더니 그녀는 오른쪽 강가로 팔을 뻗으며　　　　　　　　　　　505

　　신이 들려 소나무 갑판을 세 번 밟습니다.

땅을 밟으려고 배에서 급히 뛰어내리려던 그녀를

　　에우안데르는 간신히 손으로 제지할 수 있었습니다.

“만세, 우리가 찾던 나라의 신들이시여” 하고 그녀는 말했습니다.

　　“그리고 그대도, 하늘에 새로운 신들[120]을 주게 될 나라여.　　　　510

그리고 손님을 환대하는 이 땅을 적셔주는 강들과 샘들도.

　　또한 원림들과 숲의 요정들과 물의 요정들의 무리도!

---

117 헤스페리아(Hesperia)는 '서쪽 나라'라는 뜻으로, 여기서는 이탈리아를 말한다.

118 주 46 참조.

119 여기에 나오는 타렌툼(Tarentum)은 마르스 들판의 티베리스 강 쪽에 있는 곳으로, 그곳에는 훗날 조선소들이 들어섰다.

120 로물루스(2권 475행 이하 참조)와 카이사르(3권 696행 이하 참조)의 신격화를 암시하는 듯하다.

그대들은 우리 모자에게 상서로운 전조와 함께 모습을 드러내시고

　저 강가에 닿는 발에 행운이 따르게 해주소서.

내가 잘못 알고 있는 것이 아니라면 여기 이 언덕들은 거대한 성벽이 되고　　515

　모든 나라가 이 나라에서 법(法)을 가져가게 되리라.

온 세상이 오래전부터 이 언덕들에게 약속되어 있노라.

　이곳에 그런 운명이 주어져 있다고 누가 믿겠는가?

머지않아 다르다니아[121]의 함선들이 이 해안에 닿을 것인즉

　여기서도 한 여인이 새로운 전쟁의 불씨가 되리라.[122]　　520

내 손자 팔라스여, 왜 너는 파멸을 가져다줄 무구를 입는 것이냐?

　입으려무나. 결코 만만치 않은 영웅이 네 죽음을 복수해주리라.[123]

트로이야여, 너는 정복되었지만 정복할 것이고, 넘어졌지만

　다시 일어서리라. 네 붕괴가 네 적들의 집들을 깔아뭉개리라.

정복자 화염이여, 넵투누스의 페르가마[124]를 삼키려무나!　　525

　그런다고 그 재가 온 세상 위로 높이 솟아오르는 것을 막을 수 있겠느냐?

머지않아 아이네아스는 성물들과 성스러운 아버지를 모셔오리라.[125]

121　다르다니아는 윱피테르의 아들로 트로이야 왕가의 선조가 된 다르다누스가 트로이야 가까운 곳에
　　세운 도시이지만, 흔히 트로이야의 다른 이름으로 쓰인다. 여기서 카르멘타는 아이네아스가 이끄
　　는 트로이야인들의 함선들이 이곳에 도착하리라는 것을 예언하고 있다.

122　트로이야인들은 헬레나 때문에 그리스인들과 싸웠듯이 라티누스 왕의 딸 라비니아 때문에 라티움
　　인들과 싸우게 될 것이라는 뜻이다(베르길리우스, 『아이네이스』 7~12권 참조).

123　에우안데르의 아들 팔라스가 투르누스의 손에 죽자 아이네아스가 그 원수를 갚기 위해 투르누스
　　를 죽인다(베르길리우스, 『아이네이스』 8권 104행 이하; 10권 362행 이하; 12권 697행 이하 참조).

124　페르가마(Pergama 그/Pergamon, Pergamos 또는 Pergama)는 트로이야의 성채로, 해신 넵투누스
　　와 아폴로가 쌓아준 것이다.

125　트로이야가 함락되자 아이네아스는 아버지 앙키세스(Anchises)를 모시고 트로이야의 성물들을 이
　　탈리아로 가져와서 그것들을 베스타(사투르누스와 레아의 딸로 화로의 여신)의 신전에 모셨는데,
　　그 신전에서 타고 있던 성화(聖火)도 아이네아스가 트로이야에서 가져온 것이라고 한다(베르길리
　　우스, 『아이네이스』 2권 297행 참조).

베스타 여신이여, 일리움[126]의 신들을 맞으소서.

때가 되면 한 분[127]이 그대들과 세계를 지킬 것이며

---

126 일리움(주로 서사시에서 쓰인다)은 트로이야 왕 일루스에게서 유래한 이름으로 트로이야 시를 가리킨다. 그리고 트로이야는 트로이야 왕 트로스(Tros)에게서 유래한 이름으로 트로이야 시 또는 그 주변 지역, 즉 트로아스(Troas 그/Troias) 지방을 가리킨다.

127 여기서 '한 분'이란 다음에 나오는 로마 최초의 황제 아우구스투스를 말한다. 본명은 가이유스 옥타비우스(Gaius Octavius)로, 부유한 기사계급 출신인 가이유스 옥타비우스(Gaius Octavius)와 아티아(Atia) 사이에서 태어났다. 아티아는 율리우스 카이사르의 누이 율리아(Iulia)와 그녀의 남편 아티우스 발부스(Marcus Atius Balbus)의 딸이다. 옥타비우스는 카이사르의 양자가 되자 가이유스 율리우스 카이사르 옥타비아누스(Gaius Iulius Caesar Octavianus)로 개명했다. 기원전 44년 카이사르가 암살당하자 그의 후계자로 지명된 옥타비아누스는 유학 중이던 그리스를 떠나 19세에 로마로 돌아왔다. 카이사르의 고참병들과 카이사르에게 반대하던 온건 공화주의자들의 지지를 등에 업고 카이사르파의 우두머리인 안토니우스(Marcus Antonius), 우유부단한 레피두스(Marcus Lepidus)와 함께 기원전 43년 제2차 삼두정치(三頭政治)를 열고 아프리카와 시킬리아와 사르디니아(Sardinia)를 자신의 속주로 받았다. 기원전 42년 카이사르가 신격화되자 옥타비아누스는 '신의 아들'(divi filius)이 되어 그 후광을 업게 되었다. 안토니우스는 옥타비아누스의 누이 옥타비아(Octavia)와 결혼하고 옥타비아누스는 리비아(Livia)와 결혼하는데, 그녀가 자식을 낳아주지 않았는데도 그는 그녀에게 평생 동안 헌신적이었다. 그사이 옥타비아누스의 영향력이 커져 그가 레피두스를 은퇴시키고 로마제국의 서부를 혼자 지배하게 되자 안토니우스는 이집트(라/Aegyptus) 여왕 클레오파트라(Cleopatra 그/Kleopatra)와 손잡았다. 그러나 그것 때문에 로마에서는 안토니우스의 인기가 떨어졌다. 기원전 31년 악티움 해전에서 안토니우스와 클레오파트라의 연합함대가 패하자 안토니우스는 자살한다. 같은 해 옥타비아누스는 집정관으로 선출됨으로써 자신의 권위를 확립하고, 기대와는 달리 로마에 공화정을 부활할 의사를 드러내지 않았다. 기원전 27년 그는 자신의 절대권력을 내놓고 국가의 통치를 원로원(senatus)에 넘겨줌으로써 형식적으로는 공화정을 부활시켰다. 그러나 그는 집정관직을 유지했고 에스파냐(라/Hispania)와 갈리아(Gallia: 프랑스와 북이탈리아)와 쉬리아(Syria)와 이집트를 자신의 속주로 갖고 있었으며, 대부분의 군대에 대한 통수권과 그 밖의 다른 권력도 내놓지 않았다. 게다가 그는 무나티우스(Lucius Munatius Plancus)의 제의로 아우구스투스(Augustus 그/sebastos: '존엄한 자'라는 뜻)라는 칭호를 받아 제국 위에 군림하게 되었다. 그 뒤 그는 이 칭호로 불렸으며, 이 칭호는 임페라토르(Imperator: '원수元帥'라는 뜻으로 여기에서 emperor라는 영어가 유래했다)라는 칭호와 함께 로마 황제들의 공식 칭호가 되었다. 그는 또 처음에는 비공식적이었지만 프린켑스(princeps: '으뜸가는 자' '제1인자'라는 뜻)라고도 불렸는데, 공화정 시대에 쓰이던 이 명칭은 전(前) 집정관 등 유력한 정치가들을 가리키며 주로 복수형으로 쓰였다. 아우구스투스 자신은 이 명칭을 선호했다고 한다. 기원전 2년 원로원은 멧

신[128]이 친히 그대들의 의식(儀式)을 지휘하시리라. 530

아우구스투스 집안이 계속해서 조국의 수호자가 되리라.

이 집안이 제국의 고삐를 잡도록 정해져 있음이라.

그 뒤 신의 아들과 손자[129]가 마음이 내키지 않더라도

아버지의 짐을 신과 같은 심성으로 지게 되리라.

그리고 훗날 내가 신성한 제단들에서 경배받게 될 것처럼 535

율리아 아우구스타[130]도 새로운 신이 되리라."

그녀가 하는 말이 우리 시대에 이르렀을 때

그녀는 이야기 도중 예언의 입을 다물었습니다.

그러자 에우안데르가 배에서 내려 망명자로서 라티움 땅에 섰습니다.

이곳이 망명처가 된 자는 행복하도다! 540

살라(Marcus Valerius Messalla Corvinus)의 발의로 그에게 파테르 파트리아이(pater patriae: '조국의 아버지'라는 뜻)라는 공화정 시대의 존칭을 부여했다. 그는 검소함과 근면과 성실한 결혼생활과 다산이라는 고대 로마의 전통과 미덕을 부활시키기 위해 도덕 개혁을 추진하여 베르길리우스·호라티우스(Quintus Horatius Flaccus) 같은 당대 시인들의 지지를 받았다. 그는 집안의 유망한 젊은이들이 요절하자 아내 리비아의 전 남편 티베리우스(Tiberius Claudius Nero)의 아들 티베리우스(Tiberius Claudius Nero Caesar 재위기간 기원후 14~37년)를 양자로 삼았다. 기원후 14년에 죽었을 때 그는 신격화되었다. 그의 생활은 그가 설교한 미덕과 일치했다고 한다. 그가 권력을 잡기 전에 이미 공화정은 무너졌지만, 그는 여러 분파적 이해관계를 침해하지 않고 로마의 전통에 따라 국내 평화를 확립하려고 노력했으며, 그 점에서 큰 업적을 남긴 것으로 평가받고 있다. 그러나 그는 현실적인 목적을 위해서라면 이상(理想)조차도 무자비하게 이에 종속시키는 인물이라는 인상을 주기도 한다.

128 아우구스투스.

129 티베리우스. 주 127 참조. 그는 신격인 아우구스투스에게 입양됨으로써 신격인 율리우스 카이사르의 손자가 된 것이다.

130 율리아 아우구스타(Iulia Augusta)란 아우구스투스의 아내 리비아를 가리킨다. 율리아라는 이름은 그녀가 아우구스투스 집안에 입양되었음을 뜻한다. 아우구스타는 아우구스투스의 여성형으로, 이 칭호는 도미티아누스(Titus Flavius Domitianus 재위기간 기원후 81~96년) 황제 이후로는 황후에게 부여되었다.

그 뒤 오래지 않아 새 집들이 들어섰고 아우소니아[131]의 언덕들에서

　아르카디아인[132]을 능가하는 자는 아무도 없었습니다.

보십시오, 저기 몽둥이를 든 영웅[133]이 온 세계를 떠돌아다니다가

　긴 여행 끝에 에뤼테아의 소 떼를 몰고 오고 있습니다!

그가 테게아의 집에서 환대받는 동안　　　　　　　　　　　　　　　　545

　소 떼는 지키는 사람도 없이 넓은 들판을 돌아다니고 있습니다.

때는 아침이었습니다. 티륀스의 소몰이꾼[134]이 잠에서 깨어나

　소를 세어보고는 소 떼에서 두 마리가 비는 것을 알게 됩니다.

그는 찾아보지만 은밀히 도둑맞은 소들의 흔적을 발견하지 못합니다.

　야만적인 카쿠스가 그것들을 자신의 동굴로 거꾸로 끌고 갔던 것입니다.　550

카쿠스 그자는 아벤티눔 숲의 공포요 수치이며

　이웃과 이방인들에게 적잖은 재앙이었습니다.

---

131 아우소니아는 이탈리아, 특히 남이탈리아를 가리키는 말이다. 주 20 참조.

132 에우안데르.

133 그리스 영웅 헤르쿨레스는 몽둥이로 적을 제압했던 것이다. 그는 윱피테르와 알크메네(Alcmene 그/Alkmene)의 아들로, 유노의 미움을 사게 되어 미치는 바람에 아내 메가라(Megara)와의 사이에서 태어난 자식들을 죽인다. 그 죄로 그는 티륀스(Tiryns) 왕 에우뤼스테우스(Eurystheus) 밑에서 12년 동안 12가지 고역을 치르게 된다. 그중 하나가 서쪽 끝에 있는 에뤼테아 섬에 사는 삼두(三頭) 또는 삼신(三身)의 괴물 게뤼온(Geryon 또는 Geryones)의 소 떼를 몰고 오는 것이었다. 헤르쿨레스는 천신만고 끝에 그 소 떼를 몰고 돌아오는 길에 에우안데르(그/Euandros: '착한 남자'라는 뜻)의 집에 들른다. 에우안데르의 집은 자기 고향인 아르카디아의 도시 테게아(Tegea)에서 이름을 따와 '테게아의 집'이라고 불렸던 것이다. 그날 밤 헤르쿨레스의 소 떼 가운데 몇 마리를 훔쳐간 카쿠스(Cacus 그/Kakos: '나쁜 남자'라는 뜻)는 로마의 일곱 언덕 중 하나인 아벤티눔의 동굴에 살았는데 볼카누스(Volcanus 또는 Vulcanus 그/Hephaistos)의 아들이라고 한다. 물키베르(Mulciber)는 볼카누스의 별명 가운데 하나로, 그 어원과 의미는 확실하지 않다.

134 헤르쿨레스. 티륀스는 펠로폰네수스(Peloponnesus 그/Peloponnesos) 반도 북동부에 있는 도시로, 헤르쿨레스는 그곳의 왕 에우뤼스테우스 밑에서 12고역을 치른다. 주 133 참조.

그자의 얼굴은 험상궂고 힘은 거대한 덩치 못지않았습니다.

이 괴물의 아버지는 물키베르였습니다.

그자는 집 대신 긴 은신처가 있는 거대한 동굴에서 살고 있었는데   555

그곳은 하도 외져서 들짐승도 찾아낼 수 없을 정도였습니다.

문설주 위에는 머리들과 팔들이 걸려 있고

지저분한 땅바닥은 인골(人骨)로 하얬습니다.

읍피테르의 아들[135]이 잃은 소를 뺀 나머지 소 떼를 몰고 떠날 때

도둑맞은 소들이 거친 목소리로 울부짖습니다.   560

그는 "너희의 부름을 받아들이겠다!"고 말하고는 목소리를 좇아

숲을 지나 불경한 동굴로 복수하러 갑니다.

그러나 그자가 바윗덩어리로 입구를 막으니

황소 열 쌍도 그것을 옮길 수 없었을 것입니다.

그런데 헤르쿨레스는 양어깨로—그는 양어깨로 하늘을 떠멘 적이   565

있습니다[136]— 떠밀며 그 엄청난 짐을 움직이고 흔들어댑니다.

그가 일단 그것을 밀어내자 그 굉음에 하늘도 놀랐고

난타당한 땅은 엄청난 무게에 가라앉았습니다.

카쿠스는 처음에 손으로 싸우며 바윗돌들과

통나무들로 무시무시한 전쟁을 수행합니다.   570

그러나 그것들이 아무 도움이 안 되자 그자는 비열하게도

자기 아버지의 기술에 호소하여 포효하는 입에서 화염을 토합니다.

---

135 헤르쿨레스.

136 헤르쿨레스의 12고역 중에는 서쪽 끝에서 요정 헤스페리데스들(Hesperides)이 지키고 있던 황금사
과들을 따오는 것도 있었다. 그는 프로메테우스(Prometheus)의 조언에 따라 아틀라스(Atlas)를 시
켜 그것들을 따오게 하고 그동안 자신은 아틀라스가 떠메고 있던 하늘을 떠메고 있었던 것이다.

그자가 화염을 내뿜을 때마다 그대는 튀포에우스[137]가 숨 쉬고

　　아이트나의 불에서 갑작스럽게 섬광이 분출하는 줄 아실 것입니다.

그러나 알카이우스의 손자[138]가 그자를 낚아채더니　　　　　　　　　　575

　　옹이투성이의 몽둥이를 휘둘러 서너 번 그자의 얼굴을 칩니다.

그자는 피투성이가 된 연기를 토하고 쓰러지더니

　　죽어가면서 넓은 가슴으로 땅바닥을 칩니다.

그러자 승리자가 황소들 가운데 한 마리를, 윱피테르여, 그대에게

　　제물로 바치고 에우안데르와 그의 농부들을 부릅니다.　　　　　　580

그리고 그는 도시의 일부가 소에서 이름을 따온 그곳[139]에 자신을 위해

　　'가장 위대한 제단'이라고 불리는 제단을 세웠습니다.

에우안데르의 어머니도 지상에서 헤르쿨레스의 봉사가

　　더 이상 필요 없는 때가 다가왔음[140]을 숨기지 않습니다.

행복한 예언녀는 살아생전에 신들의 은총을 받았듯이　　　　　　　585

　　지금은 스스로 여신이 되어 야누스 달의 이날을 차지하고 있습니다.

---

137 튀포에우스는 대지의 여신 가이아(Gaea 그/Gaia)와 타르타루스 사이에서 태어난 반인반사(半人半蛇)의 거대한 괴물이다. 가이아는 제 자식들인 티탄 신족을 윱피테르가 무찔러 지하에 가두자 분개하여 그런 괴물을 낳아서 윱피테르를 축출하려 했다. 그러나 윱피테르는 고전 끝에 벼락으로 그를 제압하고, 도망치는 그에게 시킬리아의 아이트나 산을 던진다. 아이트나의 화산 활동은 튀포에우스가 그 밑에 깔려 숨 쉬는 것이라고 한다.

138 헤르쿨레스의 명목상의 아버지 암피트뤼온(Amphitryon)은 알카이우스(Alcaeus 그/Alkaios)의 아들이다.

139 포룸 보아리움(forum Boarium: '우시장' '쇠전'의 뜻). 그곳에 있는 아라 막시마(Ara Maxima: '가장 위대한 제단'이라는 뜻)에서는 매년 8월 12일 그리스풍의 축제가 열렸다고 한다. 그곳에서 출토된 도자기들 중에는 기원전 8세기에 만들어진 것도 있다고 한다. 일설에 따르면 에우안데르가 헤르쿨레스를 위해 제단을 세웠다고 한다.

140 헤르쿨레스는 12고역을 마친 뒤 불멸의 명성을 얻고 신격화되었다. 드디어 유노와도 화해한 헤르쿨레스는 유노의 딸 유벤타와 결혼한다.

1월 13일

이두스[141]에는 위대한 윱피테르의 신전에서 정결한 사제가

　거세한 숫양의 내장을 화염에 바칩니다.

그날에는 모든 속주(屬州)가 우리 국민으로 복권되었고[142]

　공의 조부님께서는 '아우구스투스'(Augustus)라는 칭호를 받으셨습니다.　590

귀족들의 홀에 전시되어 있는 밀랍 상들을 통독해보십시오.

　그토록 높은 칭호는 아무도 받은 적이 없습니다.

아프리카는 자신의 정복자에게 자기 이름을 주고,[143] 다른 이름은

　그가 이사우리족[144]이나 크레타[145]를 정복했음을 증언해줍니다.

---

141 이두스에 관해서는 주 21 참조. 야누스가 시작의 신이라면 최고신인 윱피테르는 정점 또는 정상의 신이다. 그래서 그에게 한 달의 정점인 이두스가 바쳐졌던 것이다. 이날에는 윱피테르의 플라멘(flamen Dialis)이 카피톨리움 언덕 정상에 있는 윱피테르 옵티무스 막시무스(Iuppiter Optimus Maximus: '최선 최대 신 윱피테르'라는 뜻)에게 매번 흰 새끼 양을 바쳤는데, 오비디우스에 따르면 1월의 이두스에는 거세한 숫양이 바쳐졌다는 것이다.

플라멘(flamen 복수형 flamines: '사제' '제관'이라는 뜻)은 특정한 의식을 위해 임명된 로마의 사제들로 공화정 시대에는 15명이나 되었다. 대(大)플라멘들(flamines maiores)은 윱피테르의 플라멘, 마르스의 플라멘(flamen Martialis), 퀴리누스(=로물루스)의 플라멘(flamen Quirinalis)의 세 명으로 귀족들 중에서 임명되었다. 소(小)플라멘들(flamines minores)은 케레스(Ceres)·카르멘타(Carmenta)·플로라(Flora) 등을 위하여 평민 계급에서 12명이 임명되었다. 그들의 임기와 선출 방식에 관해서는 알려진 바 없다. 나중에 율리우스 카이사르와 그 뒤의 황제들이 신격화되면서 그들을 위해서도 로마와 속주에 플라멘들이 임명되었다.

142 옥타비아누스는 기원전 27년 1월 13일 자신의 절대권력을 내놓고 아우구스투스라는 칭호를 받았지만 자신의 속주들에 대한 권리는 내놓지 않았다. 주 127 참조.

143 스키피오(Publius Cornelius Scipio Africanus). 일명 대(大)아프리카누스. 그는 군대를 거느리고 아프리카로 건너가 기원전 202년 차마(Zama) 전투에서 한니발(Hannibal)을 패배시킴으로써 제2차 포이니 전쟁을 승리로 이끌었다.

144 세르빌리우스(Publius Servilius Vatia Isauricus). 그는 소아시아 남동쪽에 있는 킬리키아(Cilicia) 지방에서 해적들을 소탕하고 그 북쪽의 타우루스(Taurus) 산맥 북쪽 사면에 살던 이사우리족(Isauri)을 정벌했다.

145 메텔루스(Quintus Carcilius Metellus Creticus). 기원전 69년 집정관으로 선출된 그는 이듬해에 크

66

이분[146]은 누미디아인들이, 저분[147]은 멧사나가 높여주었습니다.

　　또 다른 분[148]은 누만티아의 도시에서 명성을 얻었습니다.

그리고 게르마니아는 드루수스[149]에게 죽음과 이름을 주었습니다.

　　아아, 슬프도다. 그분[150]은 그토록 용감하셨거늘 그토록 단명하시다니!

만약 카이사르[151]께서 자신이 정복한 자들에게서 칭호를 받으신다면

　　온 세계의 부족들만큼 많은 칭호를 갖게 되실 것입니다.

어떤 분들은 한 가지 사건으로 유명해져, 빼앗은 목걸이[152]나

　　전투에서 도와준 까마귀[153]에게서 칭호를 얻기도 합니다.

폼페이우스여, 마그누스[154]라는 그대의 이름은

레타의 도시들을 차례차례 정복했다.

146 메텔루스(Quintus Caecilius Metellus Numidicus). 누미디아(Numidia)는 오늘날의 동(東)알제리
(Algeria)와 튀니지(Tunisia)에 해당하는 곳으로, 그곳의 왕 유구르타(Iugurtha)가 반란을 일으키자
기원전 109년 집정관으로 선출된 메텔루스는 그곳에 파견되어 연전연승했다.

147 발레리우스(Manius Valerius Maximus Messal[l]a). 기원전 263년 집정관으로 선출된 그는 시킬리
아 섬 북동쪽의 멧사나(Messana)를 카르타고(Carthago)인들에게 맞서 지켰다.

148 스키피오(Publius Cornelius Scipio Aemilianus Numantinus). 일명 소(小)아프리카누스. 마케도니
아(Macedonia 그/Makedonia)의 정복자 파울루스(Lucius Aemillius Paullus)의 차남인 그는 대(大)
아프리카누스의 아들 스키피오(Publius Scipio)에게 입양되어 제3차 포이니 전쟁에서 포위된 카르
타고를 함락하고 도시를 파괴한 뒤 로마로 개선했다. 또한 그는 기원전 133년 집정관으로서 에스
파냐 북동부의 누만티아 시에 파견되어 오랫동안 로마에 저항하던 이 도시를 함락했다.

149 드루수스(Nero Claudius Drusus Germanicus). 오비디우스가 이 작품을 헌정한 게르마니쿠스의 아
버지(주 2 참조)인 그는 게르마니아인들을 연파했으나, 기원전 9년 낙마(落馬)로 인한 부상 때문에
죽는다.

150 드루수스. 주 149 참조.

151 아우구스투스를 말하는 것으로 생각되지만, 율리우스 카이사르에게도 적용될 수 있을 것이다.

152 만리우스(Titus Manlius Torquatus)는 기원전 361년 갈리아인들이 쳐들어왔을 때 갈리아의 거한(巨
漢)과 일대일로 싸워서 죽이고 그의 목걸이(torquis)를 빼앗은 로마의 영웅이다.

153 발레리우스(Marcus Valerius Messalla)는 전투에서 까마귀(corvus)가 그와 맞선 갈리아인을 공격한
까닭에 코르비누스(Corvinus)라는 별명을 얻었다고 한다.

154 폼페이우스(Gnaeus Pompeius Magnus 기원전 106~48년)는 로마의 장군으로 시킬리아와 아프리

그대 행적의 척도이지만, 그대를 정복한 분의 이름은 더 위대했소이다.

하지만 어떤 별명도 파비이가(家)¹⁵⁵를 능가하지는 못합니다.   605

  그 집안은 자신들의 봉사 덕분에 '가장 위대한 집안'이라고 불립니다.

그런데 이들은 모두 인간적인 명예로 칭송받지만 아우구스투스 그분만은

  최고신 윱피테르와 어깨를 겨누는 이름을 갖고 계십니다.

우리 선조들은 신성한 것을 '아우구스툼'(augustum)이라 부르고,

  사제들의 손으로 봉헌된 신전들도 '아우구스타'(augusta)라 불립니다.   610

그리고 '복점'(卜占 augurium)이라는 말도 같은 어원에서 비롯되었으며,

  윱피테르께서 자신의 힘으로 늘려주시는(auget) 모든 것도 마찬가지입니다.

그분께서 우리 지도자의 제국과 연세를 늘려주시고

카에서 전공을 세워 기원전 81년 또는 80년에 마그누스('위대한 이'라는 뜻) 칭호를 받았다. 그는 흑해 남안(南岸)에 있던 폰투스(Pontus)의 왕으로 로마를 집요하게 괴롭히던 미트리다테스 (Eupator Mithridates 또는 Mithradates Ⅵ)에게 완승을 거두고 비튀니아(Bithynia)와 폰투스와 쉬리아 주를 만들어 동로마제국의 초석을 놓았다. 그 뒤 그는 로마의 실세로 떠올라 갈리아의 정복자 카이사르(Iulius Caesar), 스파르타쿠스(Spartacus)의 노예 폭동(기원전 72~71년)을 진압한 크랏수스와 더불어 제1차 삼두정치(triumviratus)를 연다. 그러나 기원전 49년 다시 내전이 일어나면서 카이사르에게 맞서 싸웠지만, 기원전 48년 그리스 남(南)텟살리아 지방의 파르살루스 (Pharsalus 그/Pharsalos) 시에서 완패하자 이집트로 도망쳤다가 그곳에서 살해당했다.

155 파비이가는 로마에서 매우 오래된 귀족 가문의 하나로, 자신들이 헤르쿨레스의 자손들이라고 주장한다. 파비이(Fabii)는 파비우스(Fabius)의 복수형이다. 이 가문은 세 형제가 기원전 485~479년에 잇달아 일곱 번이나 집정관으로 선출됨으로써 두각을 나타내기 시작했다. 이 가문이 가장 큰 명성을 얻은 것은 이 가문에 속한 사람들이 기원전 479년 로마 북쪽 20킬로미터 지점에 있는 에트루리아의 베이이(Veii) 시를 완전히 자담(自擔)으로 공격하기로 자원했을 때였다. 306명이 로마를 떠나 로마 위쪽 몇 킬로미터 지점에서 티베리스 강으로 흘러드는 크레메라(Cremera)라는 작은 시냇가에 요새를 쌓았으나 복병을 만나 전부 죽고 젊은이 하나만 살아남았는데, 후일 이 가문 사람들은 모두 그의 자손들이다. 막시무스('가장 위대한 이'라는 뜻) 칭호를 처음으로 쓴 것은 퀸투스 파비우스 막시무스(Quintus Fabius Maximus Rullianus 또는 Rullus)이다. 그는 삼니움(Samnium: 로마의 동남쪽 캄파니아 Campania 지방 북쪽에 있는 산악지대)인들과의 전쟁에서 공을 세웠고, 다섯 번 또는 여섯 번 집정관으로 선출되었으며, 기원전 315년에는 독재관이 되었다.

그분의 참나무잎 관[156]이 공의 문들을 지켜주기를!

그토록 위대한 칭호의 계승자[157]는 신들의 보호를 받으시며 615

아버지와 똑같은 전조 아래 세계의 짐을 떠맡게 되시기를!

1월 15일

티탄[158] 신이 이두스를 세 번째[159]로 되돌아보면

파르라시아의 여신[160]을 위해 또 한 번 축제가 열립니다.

아우소니아의 어머니들은 이륜 포장마차(carpentum)[161]를 타곤 했는데, 생각건대

그것은 에우안데르의 어머니(Carmenta)에게서 이름을 따왔기 때문입니다. 620

이런 특권[162]을 박탈당하자 모든 어머니들은 배은망덕한 남편의 대(代)를

156 참나무잎 관(corona querna civica)은 전투에서 시민, 즉 함께하는 병사의 목숨을 구한 자에게 주어
졌는데 아우구스투스는 기원전 27년 8월 27일 이 관을 받아 자신의 궁전 지붕에 걸어두었다고 한
다. 참나무는 윱피테르의 나무이다. 예컨대 그리스 에피루스(Epirus 그/Epeiros) 지방의 도도나에
있던 윱피테르의 오래된 신탁소에서는 사제들이 윱피테르에게 바쳐진 참나무가 바람에 살랑거리
는 소리를 듣고 신의(神意)를 풀이했다고 한다. 오비디우스도 베르길리우스(『농경시』 4권 560행
참조) · 호라티우스(『송시』 1권 12가 49~60행 참조)와 마찬가지로 아우구스투스를 윱피테르에 견
주고 있는데, 이에 관해서는 1권 650행과 2권 131~132행, 『변신 이야기』 15권 858행 이하 참조.

157 티베리우스.

158 태양신 헬리오스(Helios 라/Sol)를 말한다. 티탄 신족에는 가이아와 우라누스의 아들들뿐 아니라
그들의 자녀 가운데 일부인 프로메테우스와 아틀라스, 헬리오스 등도 포함된다. 참고로, 오비디우
스는 앞서 태양신을 그의 아버지로 알려진 휘페리온과 동일시한 바 있다(385행과 주 83 참조).

159 로마인들은 날짜를 계산할 때 첫날과 마지막 날을 포함하여 계산하기 때문에 15일은 13일에서 세
번째 날이 되는 것이다. 카르멘탈리아 제처럼 사흘 동안 계속될 경우 가운데 하루는 빼고 13일과
15일에만 축제가 열려 이틀 모두 홀수 날이 되는데, 로마인들은 홀수 날은 길일로, 짝수 날은 불길
한 날로 여겼다고 한다.

160 카르멘타 또는 카르멘티스. 파르라시아에 관해서는 주 113 참조.

161 카르펜툼(carpentum)이라는 라틴어는 카르멘타라는 이름에서 유래했다는 것이다. 그러나 이 말이
켈트(Kelt)어(語)에서 유래했다고 보는 이들도 있다.

162 카밀루스(Marcus Furius Camillus)가 아폴로에게 한 서약(주 169 참조)을 이행할 수 있도록 로마

출산을 통해 이어주는 일을 그만두기로 작정했습니다.

출산을 피하기 위해 그들은 자라고 있는 짐을

　　은밀히 무턱대고 쿡쿡 찔러 자궁에서 밀어냈습니다.

원로원은 부인들의 대담하고도 잔인한 행위를 질책했으나　　　　　　625

　　빼앗겼던 권리를 그들에게 돌려주었다고 합니다.

이제 원로원은 남자아이들과 여자아이들의 출생을 위해

　　테게아의 어머니[163]의 축제를 반복하라고 지시합니다.

가죽[164]은 신전 안으로 갖고 들어가서는 안 됩니다.

　　이는 정결한 화로들이 죽은 것으로 더럽혀지지 않게 하려는 것입니다.　　　630

그대가 옛 의식을 좋아하신다면 그녀에게 올리는 기도들에 참석해보십시오.

　　그러면 그대는 전에는 들어보지 못한 이름들을 듣게 되실 것입니다.

마이날루스[165]의 여신이여, 그대의 언니들이든 아니면 망명 동지들이든

　　거기서 그들은 포르리마(Porrima)와 포스트베르타(Postverta)를 달랩니다.

그중 한 명은 지난(porro) 일을, 다른 한 명은　　　　　　635

　　앞으로 일어날(venturum postmodo) 일을 노래했던 것으로 생각됩니다.

1월 16일

빛나는 여신[166]이여, 이튿날 아침은 고귀한 여신 모네타[167]가

여인들이 금을 모아주자 원로원은 로마의 여인들에게 이륜 포장마차를 탈 권리를 주었으나, 제2차 포이니 전쟁 중에 그 권리를 박탈했다고 한다.

163　여기서 카르멘타는 출산의 여신으로서 경배받고 있다.

164　가죽은 죽은 짐승의 유물이기 때문이다.

165　마이날루스는 그리스 아르카디아 지방에 있는 산이다.

166　다음에 나오는 콩코르디아('화합'이라는 뜻) 여신을 말한다. 기원전 367년 독재관 카밀루스(주 162와 169 참조)가 귀족과 평민 사이의 불화가 해결된 것을 기념해 포룸의 북서쪽에 신전을 지어 봉헌했는데, 그것은 카피톨리움 언덕 꼭대기에 모셔진 유노 모네타(Moneta)의 신전 아래에 있었다.

발걸음을 높이 드는 곳에서 그대를 눈처럼 하얀 신전에 모셨습니다.

신성한 손들이 그대를 세운 지금, 콩코르디아 여신이여,

　그대는 라티움의 군중을 잘 굽어보고 있습니다.　　　　　　　　　640

에트루리아[168]인들의 정복자인 푸리우스[169]가

　옛 신전을 서약했고 또 서약한 것을 이행했습니다.

그 이유는 대중이 무장하고는 귀족들에게서 이탈하고

　로마가 자신의 힘을 두려워하고 있었기 때문입니다. 최근에 있었던 일이

더 좋은 이유가 되겠습니다. 존경하는 지도자[170]여, 게르마니아가　　　645

　그대의 명령에 따라 머리를 풀고 항복했기 때문입니다.

그래서 그대는 정복당한 민족의 전리품을 바치고

　그대가 공경하는 여신께 신전을 지어드렸습니다.

그대의 자당(慈堂)[171]께서는 자신의 행적과 제단으로 여신을 정착시키셨으니,

　그분만이 위대한 윱피테르[172]의 배우자가 될 자격이 있다고 생각됐던 것입니다.　　650

167　모네타는 유노 여신의 의식(儀式) 때 쓰는 이름으로 '기억나게 하는 여자', 바꾸어 말하면 '여신은 이전에 로마에 호의적이었음을 기억해야 할 것'이라는 뜻이라고 한다.

168　에트루리아인들(Etrusci 또는 Tusci 그/Tyrrhenoi)이 살던 중서부 이탈리아 지방이다. 에트루리아 인들은 로마인들보다 먼저 그곳에 정착하여 북으로 포(Po) 강에서 남으로는 초기 로마를 포함하여 그 남동쪽의 캄파니아(Campania) 지방에 이르는 영토를 차지하고 고도의 문명을 꽃피웠으나, 북 쪽의 갈리아인들과 남쪽의 로마인들에게 밀려 기원전 3세기 말에는 전 영토가 로마에 편입되었다.

169　카밀루스(주 162와 166 참조)는 기원전 396년 에트루리아의 대도시 베이이(주 155 참조)를 함락 했는데, 전쟁 중 만약 전쟁에서 이기게 해주면 델피(Delphi 그/Delphoi)에 있는 아폴로의 성역(聖 域)에 황금 수조(水槽)를 바치겠노라 서약했다고 한다.

170　티베리우스. 그는 판노니아(Pannonia: 동오스트리아)와 달마티아(Dalmatia) 지역에서 일어난 반 란을 진압하고 라인 강 경계를 안정시킨 뒤, 기원후 10년에 게르마니아에서 획득한 전리품으로 콩 코르디아 신전을 다시 지어 봉헌했다고 한다.

171　아우구스투스의 부인으로 티베리우스 황제의 생모인 리비아를 말한다. 티베리우스의 공적에 관한 언급은 이 시(詩)가 아우구스투스 사후(기원후 14년)에 씌어졌음을 말해준다.

172　아우구스투스. 주 156 참조.

1월 17일

이날이 지나면, 포이부스[173]여, 그대는 염소자리[174]를 떠나

젊은 물병자리[175]를 통과하는 진로로 나아가게 될 것입니다.

---

173 포이부스는 태양신으로서의 아폴로를 말한다.

174 염소자리(Capricornus 그/Aigokeros: '염소 뿔'이라는 뜻)의 신화는 다음과 같다.

카프리코르누스는 외모가 아이기판(Aegipan 그/Aigipan: '염소 판'이라는 뜻으로 판Pan 신의 다른 이름인지 아니면 다른 존재인지 확실하지 않다)과 비슷하며 그에게서 유래했다고 한다. 그는 하체는 동물이고 머리에는 뿔들이 나 있으며 크레타의 이다 산에서 윱피테르와 함께 자랐는데, 윱피테르가 티탄 신족과 싸울 때 파니코스(Panikos: '판 신의'라는 뜻으로 영어의 panic과 같은 말이다)라는 나팔을 만들어 불어서 티탄 신족이 깜짝 놀라 도망치게 만든다. 윱피테르는 권좌에 오르자 이를 가상히 여겨 그와 그의 어머니 아이가(Aiga: '암염소'라는 뜻)를 별 사이로 올려놓았다고 한다. 그가 물고기 꼬리를 갖고 있는 것은 바다에서 나팔을 발명했기 때문이라고 한다. 일설에 따르면 그의 하체가 물고기 모양을 하고 있는 것은 그가 티탄 신족에게 돌멩이 대신 뼈 고둥들을 던져댔기 때문이라고 한다. 또한 일설에 따르면 이집트에 모여 있던 여러 신이 거대한 괴물 튀폰(Typhon 주 137 참조)에게 기습당하자 깜짝 놀라 각각 다른 모습으로 변신하는데, 메르쿠리우스는 따오기로, 아폴로는 까마귀로, 디아나는 고양이로 변신한다. 그래서 이집트인들은 이 동물들을 신성시한다는 것이다. 이때 판 신은 강물 속으로 뛰어들어 뒷부분은 물고기로 변하고 나머지 부분은 염소로 변하여 튀폰에게서 벗어난다. 그러자 윱피테르가 그의 재주에 감탄하여 그의 모습을 별 사이로 올려놓았다고 한다.

이 신화에는 몇 가지 의문점이 있다. 판 신은 그리스 고전기(기원전 480~323년)의 문학에서는 대체로 사람의 모습에 염소의 다리와 뿔을 가진 것으로 되어 있다. 아이기판이라는 이름은 판의 이형(異形)일 것으로 추정된다. 위 신화에서 카프리코르누스는 동물의 하체에 물고기의 꼬리를 갖고 있는데, 이것은 그리스의 전통적인 아이기판의 모습을 카프리코르누스에 해당하는 바빌로니아(Babylonia)의 별자리 모습에 맞추다 보니 그렇게 된 것으로 생각된다. 바빌로니아의 별자리 모습은 상반신은 염소이고 하반신은 물고기의 꼬리이기 때문이다. 카프리코르누스는 또 이다 산에서 윱피테르와 함께 자랐다고 했는데, 전통적인 그리스 신화에서는 유모 아말테아와 쿠레테스들과 다른 요정들만이 윱피테르와 함께한 것으로 되어 있다. 아말테아는 유모가 아니라 윱피테르에게 젖을 먹인 염소라는 설도 있으나 이 경우에는 그 염소의 이름이 왜 카프리코르누스가 되었는지 알 수 없다. 그 밖에 윱피테르가 티탄 신족과 싸운 곳은 크레타의 이다 산이 아니라 그리스의 텟살리아 지방으로 알려져 있다.

175 물병자리(Aquarius 그/Hydrochoos: '물 붓는 이'라는 뜻)에 관한 신화와 전설은 다음과 같다.

이 별자리에 그런 이름이 붙게 된 것은 '물 붓는 이'가 항아리를 들고 서서 어떤 액체를 붓고 있는

1월 23일

그날부터 일곱 번째 뜬 해가 물결 속으로 지고 나면[176]

　하늘 어디에도 거문고자리는 빛나지 않을 것입니다.[177]

1월 24일

거문고자리가 진 이튿날 밤이 되면 사자자리[178]의 가슴 한복판에서

　반짝이던 불은 하늘에서 사라져버릴 것입니다.

달력에 표시되어 있는 절기들을 세 번 네 번 읽어봐도

형상이기 때문이다. 어떤 사람들은 그것이 가뉘메데스의 모습이라고 주장하면서 그 증거로 호메로스를 내세우고 있다. 호메로스는 트로이야 왕 트로스의 아들 가뉘메데스가 빼어난 미소년인지라 하늘로 납치당해 제우스의 술 따르는 시종이 되었다고 말하고 있기 때문이다(『일리아스』 20권 231~235행 참조). 그래서 항아리에서 쏟아지는 액체는 신들이 마시는 신주(神酒), 즉 넥타르 (nectar)로 해석되고 있다. 일설에 따르면 그것은 데우칼리온의 모습이라고 한다. 그의 치세 때 하늘에서 많은 물이 쏟아져 대홍수가 일어났기 때문이다. 또 일설에 따르면 그것은 초기 아테나이 (Athenai) 왕 케크롭스인데, 그는 포도주가 만들어지기 전에 통치했고 포도주가 인간들에게 알려지기 전에는 신들에게 제물을 바칠 때 물을 사용했기 때문이라는 것이다. 이 별자리는 그리스뿐 아니라 이집트와 바빌로니아의 기록에도 물과 관련되어 있는데, 그것은 이 별자리가 우기(그리스에서는 겨울)에 나타나기 때문이다.

176 고대 그리스인들은 태양신은 낮에 황금마차를 타고 동쪽에서 서쪽으로 하늘을 통과한 다음 저녁에는 대지를 감싸고 흐르는 강인 오케아누스(Oceanus 그/Okeanos)로 내려가 그곳에서 황금접시를 타고 밤에 다시 동쪽으로 이동한다고 생각했다.

177 오비디우스는 거문고자리가 저녁에 지는 것은 2월 2일이라고도 말한다(2권 75행 참조).

178 사자자리에 관한 신화와 전설은 다음과 같다.
　사자자리는 밝은 별자리 가운데 하나이다. 사자는 백수의 왕이어서 윱피테르가 그렇게 만들어주었다고 한다. 일설에 따르면 이 별자리는 헤르쿨레스의 12고역 가운데 첫 번째인 네메아(Nemea: 뮈케나이Mycenae 근처에 있던 도시)의 사자와 벌인 싸움을 입증하기 위한 것이라고 한다. 헤르쿨레스는 무서운 괴물들의 자식으로 유노가 기르고 있던 이 사자가 칼이나 화살, 불로는 제압할 수 없다는 것을 알고 맨손으로 목 졸라 죽이고 나서 그 뒤로는 이 사자의 가죽을 입고 다녔다.
　사자자리의 별은 모두 19개로 알려져 있는데 가슴에는 별이 한 개 있다.

655

나는 파종제를 찾을 수 없었습니다.[179]

무사[180] 여신이 그것을 보고 말했습니다. "그날은 그때그때 정해지거늘

　어째서 그대는 달력에서 유동적인 축제를 찾는 것이오?　　　　　　　660

그 축제는 날짜는 정해져 있지 않지만 시기는 정해져 있으니

　그것은 파종이 끝나고 들판이 비옥해질 때라오."

젊은 황소들이여, 머리에 화관을 쓰고[181] 그득한 구유 옆에 자리 잡고 서라.

　따뜻한 봄이 되어야 너희들의 노역도 돌아오리라.

농부는 작업을 마친 쟁기를 기둥에 걸어두시오.　　　　　　　　　　　665

　언 땅은 절대로 쟁기질해서는 안 되기 때문이오.

마름이여, 파종이 끝나면 그대는 대지를 쉬게 하고

　땅을 경작한 일꾼들도 쉬게 하시오.

179 로마의 어떤 축제들은 날짜가 유동적이어서 달력에 표시되지 않았는데 파종제(播種祭 feriae sementivae)도 그중 하나이다. 이들 축제의 날짜를 정하는 것은 사제단의 권한에 속했으며 대체로 날씨를 고려하여 정했다고 한다. 로마의 사제단은 그 밖에 로마의 음력 기준 달력을 태양년(太陽年)에 맞추기 위해 윤년(閏年)을 넣는 일도 맡았는데, 정치적인 고려 때문에 비효율적으로 처리하여 기원전 191년에는 로마의 달력이 태양년보다 거의 4개월이나 앞서갔다고 한다. 사제단은 입양이나 상속 같은 민법에 속하는 분야에서도 권위를 행사했다고 한다. 사제라는 뜻의 라틴어 pontifex는 원래 '다리 만드는 사람'이라는 뜻인데, 그것은 그들이 로마에서 가장 오래된 pons Sublicius('말뚝 다리'라는 뜻)에서 특정 의식들을 거행했기 때문이라고 한다. 그러나 pontifex는 매우 오래된 말로 '길'이라는 뜻의 초기 인도유럽어 pont-에서 유래한 것으로 보는 이들도 있다.

180 무사 여신들은 윱피테르와 므네모쉬네(Mnemosyne: '기억'이라는 뜻) 여신의 딸들로 시가(詩歌)의 여신들이다. 그들의 수는 3명, 7명 또는 9명이라고도 하는데 고전기에는 9명으로 정립되었다. 그들은 또 로마 시대 후기에 이르러 각각 한 가지 기능을 맡게 되는데, 대체로 칼리오페(Calliope 그/Kalliope)는 서사시를, 클리오(Clio 그/Kleio)는 역사를, 에우테르페(Euterpe)는 피리와 피리가 반주하는 서정시를, 멜포메네(Melpomene)는 비극을, 테릅시코레(Terpsichore)는 무용을, 에라토(Erato)는 뤼라(lyra)와 뤼라가 반주하는 서정시를, 폴뤼힘니아(Polyhymnia 그/Polymnia)는 찬신가와 나중에는 무언극을, 우라니아(Urania 그/Ourania)는 천문학을, 탈리아(Thalia 그/Thaleia)는 희극과 목가(牧歌)를 관장하는 것으로 받아들여졌다.

181 축제 때 동물들을 치장하던 일에 관해서는 5권 52행(말)과 6권 311행(당나귀) 참조.

마을은 축제[182]를 개최할지어다. 농부들이여, 그대들의 지역을 정화하고

　　지역의 화로들에 해마다 바치는 케이크를 올리시오!　　　　　　　　　　670

곡물의 어머니들인 텔루스 여신과 케레스[183]를

　　그분들 자신의 밀과 새끼 밴 암퇘지 고기로 달래시오.

케레스와 대지의 여신은 공동의 임무를 수행하니

　　한 분은 곡물이 생장하게 하고 한 분은 공간을 제공하지요.

그대들 노역을 함께하는 분들이여, 그대들은 옛 시대를 개혁하고　　　　　　675

　　도토리를 더 영양가 있는 음식으로 대치했거늘

욕심 많은 농부들을 가장 풍성한 수확으로 만족시켜

　　그들이 경작의 정당한 대가를 거두게 해주소서.

연약한 씨앗들이 지속적으로 성장하게 해주시고

　　새싹들이 차디찬 눈 속에서 시들지 않게 해주소서.　　　　　　　　　　680

우리가 씨를 뿌리면 맑은 바람으로 하늘이 개게 해주시고

　　씨앗이 묻히면 그 위에 하늘의 물을 뿌려주소서.

그리고 농사에 해로운 새들이 떼 지어

　　곡식밭을 습격하고 유린하지 못하게 하소서.

개미들이여, 너희들도 땅속에 묻힌 곡식을 아끼도록 하라.　　　　　　　　685

　　그래야만 수확이 끝난 뒤 너희들은 더 많은 전리품을 받게 되리라.

그동안 곡식이 꺼칠꺼칠한 노균병(露菌病)에 걸리지 않고 무럭무럭 자라고

　　하늘의 악천후 속에서 노랗게 변색되지 않기를!

182　시골 마을(pagus)에서 해마다 개최되던 축제는 파가날리아 제(Paganalia)라고 한다. 이때는 사람
　　도 가축도 일을 쉬었으며, 사람들은 곡식과 가축 떼를 지켜달라고 기도했다고 한다.

183　텔루스와 케레스는 각각 그리스 신화에서 대지의 여신 가이아와 곡물의 여신 데메테르(Demeter)
　　에 해당하는 로마의 여신들이다. 이 두 여신에게 바쳐진 파종제는 이틀 동안 개최되는데, 첫날은
　　텔루스에게, 그리고 7일 뒤의 둘째 날은 케레스에게 바쳐졌다고 한다.

그리고 곡식이 시들지도 말고 지나치게 웃자라

과도한 부유함 때문에 죽지도 말기를!   690

그리고 들판에는 눈에 해로운 독보리[184]가 없고

경작지에는 불모(不毛)의 메귀리가 자라지 않기를!

대신 들판은 밀과 보리와 두 번씩이나 불을 견디게 될 스펠트 밀[185]을

이자를 듬뿍 얹어 되돌려주기를!

농부들이여, 이것들을 나는 그대들을 위해 빌거늘 그대들도 이것들을 비시오.   695

두 분 여신은 우리의 소원을 이루어주소서.

오랫동안 전쟁이 남자들을 붙잡았습니다. 칼이 쟁기보다

더 가까이 있었고 밭갈이하는 황소가 말에게 길을 양보했습니다.

괭이는 놀고 곡괭이는 창(槍)으로 변하고

묵직한 써레로는 투구를 만들었습니다.   700

신들과 공의 가문[186]에 감사드립니다. 벌써 오랫동안

전쟁은 사슬에 묶여 공들의 발아래 누워 있음입니다.

황소는 멍에 밑으로 들어가고 씨앗은 갈아놓은 땅 밑으로 들어갈지어다.

평화는 케레스의 유모이고 케레스는 평화의 양녀입니다.

1월 27일

다음달 초하룻날이 되기 엿새 전에   705

레다가 낳은 신들[187]에게 신전이 봉헌되었습니다.

---

184 로마인들은 독보리를 먹으면 눈이 침침해진다고 믿었다.

185 스펠트 밀은 빵으로 굽기 전에 먼저 불에 그슬렸다고 한다. 2권 520행 참조.

186 게르마니쿠스의 가문은 곧 아우구스투스 황제의 가문이기도 하다.

187 카스토르와 폴룩스를 말한다. 백조로 변신한 윱피테르와 스파르타 왕비 레다(Leda) 사이에서 태어
난 그들은 그래서 디오스쿠리들(Dioscuri 그/Dioskouroi: '제우스의 아들들'이라는 뜻, 일명

이들 형제 신들에게 신들의 가문에서 태어난 형제께서

　　유투르나의 연못가에 신전을 세워주었던 것입니다.

1월 30일

내 노래 자체가 나를 평화의 제단[188]으로 인도했습니다.

　　그날은 그믐 전날이 될 것입니다.　　　　　　　　　　　　　710

평화여, 그대는 치장한 머리에 악티움[189]의 월계관을 쓰고

　　우리와 함께하고 세계 어디에서나 상냥하게 대해주소서!

적군이 없으면 개선행진의 기회도 없겠지만,

　　그대는 우리 지도자들에게 전쟁보다 더 큰 영광이 될 것입니다.

군인은 오직 무장한 침입자를 막기 위해 무기를 들 것이며,　　　715

　　나팔은 오직 장엄한 행렬을 위해서만 불지어다.

온 세계가 아이네아스의 자손들[190]을 두려워할지어다.

　　로마를 무서워하지 않는 나라가 있다면 그 나라는 로마를 사랑할지어다.

Gemini 그/Didymoi: '쌍둥이'라는 뜻)이라고도 불린다. 기원전 496년 로마인들이 레길루스 (Regillus) 호반에서 라티니족의 연합군과 싸울 때 독재관 포스투미우스(Aulus Postumius Albus)가 그들 형제에게 신전을 지어주기로 서약했는데, 그것은 그들이 로마 기병대의 선두에서 적과 싸우는 모습이 보였고 전투가 끝난 뒤에는 로마에 승전보를 전했기 때문이라고 한다. 그리고 포룸 안에 있는 샘인 유투르나 연못(Lacus Iuturnae)가에서 그들이 자신들의 말에게 물을 먹이는 모습이 보이자 바로 그곳 베스타 여신의 신전 옆에 그들의 신전을 세워주었다고 한다. 그러나 여기서 말하는 것은 기원후 6년 티베리우스 황제가 다시 지어 자신과 자신의 죽은 동생 드루수스(주 2 참조)의 이름으로 봉헌한 신전을 말한다.

188 '평화의 제단'은 아우구스투스가 에스파냐와 갈리아 전쟁에서 돌아온 것을 기념하기 위해 마르스 들판에 세워져 기원전 9년 1월 30일에 봉헌되었다고 한다.

189 기원전 31년 9월 2일 악티움(주 127 참조) 곶 앞바다에서 옥타비아누스(=아우구스투스)는 안토니우스와 클레오파트라의 연합함대를 대파함으로써 로마의 오랜 내전을 종식시켰다.

190 아이네아스의 자손들로서의 로마인들을 말한다.

사제들이여, 평화의 제단에서 타고 있는 화염에 향을 더 뿌리고
　이마에 포도주를 바른, 눈처럼 흰 제물을 넘어뜨리고　　　　　720
평화를 보장하는 가문이 평화와 함께 영원히 지속되게 해달라고
　경건한 기도를 들어주시는 신들에게 간청하십시오!

그러나 어느새 내 작업의 첫 부분이 끝났으니
　이 책자도 자기 달과 함께 끝날 것입니다.

제2권(liber secundus)

2월(Februarius)

1월은 끝났습니다. 내 노래와 함께 해[年]도 자랍니다.

　이달이 둘째 달이듯이 내 책도 제2권이 될지어다.

내 비가의 시행들¹이여, 이제 비로소 돛을 더 활짝 펴고 달릴지어다.

　기억하건대, 이제까지 너희들의 일은 간단한 것이었지.

내가 아직 젊은 나이에 운각(韻脚)을 갖고 놀기 시작했을 때,　　　　　　　　5

　너희들은 연애시에서 유순한 조수(助手)들이었지.

그런데 같은 사람인 내가 달력에 표시되어 있는 축제와 날짜들을

　노래하는 지금, 거기에서 이리로 길이 나 있다고 누가 믿겠는가?

이것은 내 군 복무입니다. 나는 내 능력에 맞게 무장하고 있습니다.

　내 오른손은 결코 무용지물이 아닙니다.　　　　　　　　　　　　10

나는 강한 팔로 투창을 던지지도 않고

　군마(軍馬)의 등에 올라앉지도 않으며

투구를 쓰지도 않고 날카로운 칼을 차지도 않습니다.

1　비가 시행들(elegi)은 헥사메터(hexameter)와 펜타메터(pentameter)로 이루어지는 대구(對句 영/
　elegiac couplet, 독/Distichon)를 말한다. 오비디우스는 『사랑의 노래』, 『여걸들의 서한집』, 『사랑
　의 기술』, 『사랑의 치료약』(*Remedia amoris*) 같은 연애시에서 이 시행들을 사용한 바 있다.

─그런 무기들이라면 누구나 다룰 수 있습니다─

그렇지만 카이사르[2] 폐하, 나는 열의에 넘치는 가슴으로   15

　　폐하의 칭호들을 좇으며 폐하의 업적을 뒤따르고 있습니다.

하오니 폐하께서는 부디 적군을 진압하다가 짬이 나시면

　　내 보잘것없는 선물에 잠시 상냥한 눈길을 주소서!

로마인들의 선조는 정화의 수단들을 페브루아라고 불렀습니다.

　　오늘날에도 그것이 그 말의 의미라는 증거가 많이 있습니다.   20

사제[3]들은 성물의 왕[4]과 플라멘[5]들에게 양모를 요구하는데

　　그것은 옛 라틴어에서는 페브루아라고 불렸습니다.

릭토르[6]가 어떤 집들을 정화하기 위해 쓰는

　　볶은 스펠트 밀과 소금도[7] 같은 이름으로 불렸습니다.

정결한 나무[8]에서 베어져 그 잎들로 사제들의 신성한 이마를   25

2　아우구스투스. 아우구스투스에게 바치는 이 헌시가 이 작품 전체의 헌시로, 원래 이 작품의 제1권
　　앞에 있었을 것으로 보는 이들도 있다.

3　사제(pontifex)는 '다리 만드는 자'라는 뜻으로(1권 주 179 참조) 로마의 국가 종교 전반을 관장했
　　는데, 그들의 수장(首長)이 대사제(大司祭 pontifex maximus)이다. 사제는 원래 3명이었으나 기원
　　전 300년경에는 9명으로 늘어났으며 율리우스 카이사르 때에는 16명이었다. 율리우스 카이사르
　　에 이어 아우구스투스와 다른 로마 황제들이 모두 대사제로 선출되었는데, 이는 황제가 국가 종교
　　의 수장으로서 국가의 종교정책에 영향을 줄 수 있는 길을 열었다.

4　성물의 왕에 관해서는 1권 주 71 참조.

5　플라멘에 관해서는 1권 주 141 참조.

6　릭토르(lictor)는 로마의 고관들을 수행하는 공적인 시종들을 말한다. 주로 해방 노예들이었던 그
　　들은 길을 비키게 하기도 하고 형벌을 집행하기도 했다. 집정관은 12명을, 독재관은 24명을, 법정
　　관은 6명을 거느렸다. 여기서는 어떤 릭토르를 말하는지 확실하지 않다.

7　당시에는 시신을 매장하고 나면 그가 살던 집을 볶은 스펠트 밀과 소금으로 정화했다고 한다.

8　여기서 '정결한 나무'란 '길(吉)한 나무'(arbor felix)를 말하는 것으로 간주되는데, 고대 로마의
　　사제들은 흰 열매를 맺으면 길한 나무로, 검은 열매를 맺으면 불길한 나무로 여겼다고 한다.

가리고 있는 나뭇가지에도 같은 이름이 주어졌습니다.

나는 플라멘의 아내가 페브루아를 요구하는 것을 내 눈으로 보았습니다.

그녀가 페브루아를 요구하자 그녀에게 소나무 가지가 주어졌습니다.

요컨대 우리 몸을 정화하는 데 쓰이는 것은 무엇이든

수염을 깎지 않은 우리 조상들의 시대에는 이 이름으로 불렸습니다.   30

이달의 이름은 그런 것들에서 비롯된 것입니다. 그것은 루페르키들[9]이

자신들의 정화 도구인 가죽 끈들로 온 땅을 정화하기 때문이거나,

아니면 무덤들이 달래지고 사자(死者)들의 날들[10]이 지나고 나면

계절이 정결해지기 때문일 것입니다.

우리 조상들은 모든 죄와 모든 악의 원인이   35

정화로 제거될 수 있다고 믿었습니다.

이러한 관습은 그라이키아가 시작했습니다. 그곳 사람들은

범죄자들이 정화받음으로써 범행에서 벗어날 수 있다고 여깁니다.

펠레우스[11]는 악토르의 손자[12]를 정화해주었고, 아카스투스[13]는

---

9 루페르키들(Luperci: '늑대 사람들'이라는 뜻)은 2월 15일에 개최되는 로마의 루페르칼리아 제 (Lupercalia)를 주관하는 남자 사제 집단으로, 정확한 수는 알려져 있지 않다. 그들은 루페르키 퀸 크티알레스(Quinctiales) 또는 퀸틸리이(Quintilii)와 루페르키 파비아니(Fabiani) 또는 파비이 (Fabii)라는 두 집단으로 나뉘는데, 각각 로물루스와 레무스가 창설했다고 믿었다. 그들의 의식의 중심지는 루페르칼(Luperca)인데, 루페르칼은 팔라티움 언덕 기슭에 있는 동굴로 바로 이곳에서 암늑대가 로물루스와 레무스에게 젖을 먹였다고 한다. 루페르키들에 관해서는 267행 이하 참조.

10 '사자들의 날들'(dies ferales 또는 dies parentales)은 2월 13일에 시작하여 2월 21일까지 계속된다. 533행 이하 참조.

11 펠레우스는 그리스의 영웅으로, 바다의 여신 테티스(Thetis)와 결혼하여 호메로스의 『일리아스』의 주인공인 아킬레스의 아버지가 된다.

12 악토르의 손자란 아킬레스의 죽마고우이자 시종인 파트로클루스(Patroclus)를 말한다. 파트로클 루스가 소년 시절 본의 아니게 친구를 죽이자 펠레우스가 그의 죄를 정화해주었다.

13 아카스투스는 펠리아스(Pelias)의 아들로, 그리스 텟살리아 지방에 있는 이올쿠스(Iolcus 그/ Iolkos) 시의 왕이었는데, 펠레우스가 아우 텔라몬(Telamon)과 힘을 모아 배다른 형인 포쿠스

펠레우스 자신을 하이모니아[14]의 물로 포쿠스의 피에서 정화해주었습니다.　　40

남의 말을 잘 믿는 아이게우스[15]는 파시스의 마녀가 고삐 단 용(龍)들이 끄는

　　수레를 타고 허공을 날아왔을 때 그럴 자격도 없는 그녀를 환영했습니다.

암피아라우스의 아들[16]이 나우팍투스의 아켈로우스에게 "내 죄를

　　지워주시오!"라고 말하자 아켈로우스가 그의 죄를 지워주었습니다.

아아, 너무나 어리석도다, 음침한 살인죄를　　45

　　강물이 씻어버릴 수 있다고 믿는 그대들이야말로!

그대가 옛 순서를 몰라 실수하는 일이 없도록

　　첫 달은 예나 지금이나 야누스의 달입니다.

야누스 다음 달은 옛 해[年]의 마지막 달이었습니다.[17]

(Phocus 그/Phokos)를 죽였을 때 그의 죄를 정화해주었다.

14　오비디우스는 그리스의 텟살리아 지방을 하이모니아(Haemonia)라고도 부른다 (5권 381행 참조).

15　아이게우스는 아테나이(Athenae)의 왕으로 영웅 테세우스의 아버지이다. 그는 흑해 동안(東岸)에 있는 콜키스(Colchis 그/Kolchis) 시의 왕 아이에테스(Aeetes 그/Aietes)의 딸 메데아가 코린투스에서 아테나이로 도망쳐왔을 때 그녀를 환영해주었다. 파시스(Phasis)는 콜키스의 강으로 '콜키스의 마녀'란 메데아를 말한다. 메데아는 그리스의 영웅 이아손이 황금 양 모피를 찾아 콜키스에 왔을 때 그에게 반해 그가 황금 양 모피를 손에 넣도록 도와주고 그의 아내가 되어 그리스로 갔다. 그러나 훗날 이아손이 자기를 배신하고 코린투스의 공주 글라우케(Glauce 일명 Creusa 그/Glauke)와 재혼하려 하자, 자기와 이아손 사이에서 태어난 두 아이와 글라우케를 죽이고 용들이 끄는 수레를 타고 아테나이로 도주해 그곳의 왕 아이게우스와 결혼한다.

16　'암피아라우스(Amphiaraus 그/Amphiaraos)의 아들'이란 알크마이온을 말한다. 아르고스의 예언자 암피아라우스는 테바이를 공격하는 일곱 장수가 아드라스투스 외에는 모두 전사하게 되리라는 것을 알고 참전하기를 거절한다. 하지만 그의 아내 에리필라(Eriphyla 또는 Eriphyle 그/Eriphyle)가 황금 목걸이에 매수되어 참전을 강요하자 마지못해 출전한 그는 아들 알크마이온에게 자기가 죽은 뒤 테바이를 재차 공격하고 자기의 죽음을 복수하라고 일렀다. 그리하여 알크마이온은 테바이를 재차 공격하여 함락하지만, 어머니를 죽인 죄로 복수의 여신들에게 계속 쫓기게 되자 그리스 중서부 지방을 흐르는 강이자 하신(河神)인 아켈로우스(Achelous)를 찾아가 그의 도움을 청한다. 나우팍투스(Naupactus 그/Naupaktos)는 그리스 중서부 아이톨리아(Aetolia 그/Aitolia) 지방에 있는 도시로 코린투스 만에 위치한다.

테르미누스여, 그대는 한 해의 마지막 축제였소이다. 50

야누스의 달이 맨 먼저인 것은 문(ianua)이 맨 먼저이기 때문입니다.

사자(死者)들에게 바쳐진 달은 맨 마지막 달입니다.

멀리 뚝 떨어져 있던 달들을 나중에

10인 위원회[18]가 한데 묶어놓은 것으로 믿고 있습니다.

2월 1일

달이 시작되자마자 프뤼기아의 어머니[19] 옆에서 55

유노 소스피타[20]는 새 신전 덕분에 명예가 높아졌다고 합니다.

초하루마다[21] 여신에게 봉헌된 그 신전들은 지금

어디 있느냐고요? 그것들은 세월의 무게에 스러져버렸습니다.

나머지 다른 신전들도 그와 비슷하게 폐허가 되지 않은 것은

17 옛 로마 달력에서는 1월은 한 해의 첫째 달이고 2월은 마지막 달이었는데 10인 위원회(decemviri)가 2월을 1월 바로 다음으로 옮겨놓았다는 오비디우스의 견해는 다른 곳에서는 확인할 수 없다. 또한 오비디우스는 한 해의 마지막 축제는 2월 23일에 개최되는 경계(境界)의 신 테르미누스(Terminus)의 축제라고 말하고 있다. 그렇다면 테르미누스의 축제가 지난해의 마지막 경계를 이루는 것이 적절할 법한데, 『로마의 축제들』에서 2월의 마지막 축제들은 24일에 개최되는 왕의 도주(Regifugium)와 27일에 개최되는 경마제(競馬祭)인 에퀴르리아 제이다.

18 10인 위원회 하면 먼저 생각나는 것이 기원전 451/450년 이른바 십이동판법(十二銅版法 tabulae duodecim 또는 lex[leges] duodecim tabularum)을 제정하도록 위임받은 10인 위원회(decemviri legibus scribundis)인데, 여기서는 이 10인 위원회를 말하는 것인지 확실하지 않다.

19 '프뤼기아(Phrygia)의 어머니'란 지모신(地母神 Magna Mater) 퀴벨레를 말한다. 프뤼기아는 소아시아의 서북지방으로 가끔 트로이야와 동일시되곤 한다.

20 유노 소스피타(Iuno Sospita)는 '구원의 여신 유노'라는 뜻으로, 그녀의 신전은 전에 지모신 퀴벨레의 신전 옆에 있었으나 오비디우스 시대에는 남아 있지 않은 것으로 알려져 있다. 그녀의 신전은 포룸 홀리토리움(forum Holitorium: '채소 시장'이라는 뜻)에도 있었는데 여기서 이 신전을 말하는 것은 아닌 듯하다. 유노 소스피타는 이탈리아의 라누비움 시에서 특히 경배받았는데, 이곳에서 그녀는 염소 가죽 망토를 걸치고 방패와 창으로 무장한 전투적인 모습으로 묘사되었다고 한다.

21 매달 초하루는 유노에게 바쳐진 날이라는 데 관해서는 1권 55행 참조.

우리 신성한 지도자의 선견지명과 배려 덕분입니다.[22]

그분 밑에서 신전들은 나이를 느끼지 못합니다.

　그분은 인간뿐만 아니라 신들께도 호의를 베푸시는 것입니다.

신전들의 건축자이시여, 신전들의 신성한 재건축자이시여, 폐하께서 그분들을

　보살펴드리셨듯이 저 위의 신들께서도 폐하를 보살펴주시기를 기원합니다!

폐하께서 그분들에게 드리신 긴 수명을 하늘의 신들께서도 폐하께 드리시기를!

　그리고 그분들께서는 폐하의 집 앞에서 늘 파수를 보아주시기를!

이날에는 또 외지에서 흘러온[23] 티베리스 강이 바닷물을 찾는 곳에서,

　이웃인 알레르누스[24]의 원림(lucus)에서 축제가 열립니다.

누마의 성역[25]에서, 카피톨리움의 천둥신의 신전[26]에서,

　읍피테르의 성채 꼭대기에서 양을 잡아 제물로 바칩니다.

가끔은 구름에 덮인 하늘이 큰비를 내리기도 하고

　아니면 내린 눈에 대지가 가려지기도 합니다.

2월 2일

이튿날 티탄 신[27]이 서쪽나라의 물결 속으로 사라지기 전에

　자신의 자줏빛 말들에서 보석을 박은 멍에를 풀 때

22　아우구스투스가 신전들을 중수했던 일에 관해서는 1권 주 6 참조.

23　티베리스 강은 로마에서 멀리 떨어진 북동 에트루리아 지방의 아르레티움(Arretium: 오늘날의 Arezzo)에서 발원하기 때문에 '외지에서 흘러온'(advena)이라고 불리는 것이다.

24　알레르누스(Alernus)는 저승과 관련이 있는 신으로 추정되지만, 그에 관해서는 달리 알려진 바 없다. 그는 티베리스 강 하구에 오래된 원림을 갖고 있었다.

25　여기서 '누마의 성역'이란 베스타의 신전을 말한다.

26　아우구스투스는 에스파냐에서 전역을 치르는 동안 하마터면 벼락을 맞을 뻔한 뒤 카피톨리움 언덕 위에 천둥신 읍피테르(Iuppiter Tonans)에게 신전을 봉헌했다고 한다.

27　태양신.

누군가 밤에 별들을 쳐다보다가 말할 것입니다.

　　"오늘 거문고자리는 어디 있지? 어제는 밝게 빛나더니!"[28]

거문고자리를 찾다가 그는 사자자리의 등[29]도 갑자기

　　흐르는 물결 속에 반쯤 잠겨 있음을 알아차리게 될 것입니다.

2월 3일

요사이 별들로 장식되어 있는 것이 보이던 돌고래자리[30]는

　　이튿날 밤 폐하의 시야에서 사라지게 될 것입니다.   80

그는 중매에 성공했거나 아니면

　　레스보스의 뤼라와 그 임자[31]를 날라주었을 것입니다.[32]

어떤 바다가, 어떤 육지가 아리온을 모르겠습니까?

　　그는 자신의 노래로 흐르는 물을 붙잡곤 했습니다.[33]

때로는 늑대가 새끼 양을 쫓다가 그의 목소리를 듣고 멈추어 섰고   85

　　때로는 새끼 양이 탐욕스런 늑대를 피해 달아나다가 멈추어 서곤 했습니다.

28 오비디우스는 거문고자리가 저녁에 지는 것은 1월 23일이라고도 말하고 있다. 그러나 오비디우스 시대에 거문고자리가 실제로 지는 것은 2월 9일이었다고 한다.

29 '사자의 등'이 사자자리의 어떤 별을 말하는지 확실하지 않지만, 만약 그의 심장으로 간주되는 밝은 별(Basilicus)을 말한다면 이 별이 저녁이 아니라 아침에 지는 것은 2월 6일이었다고 한다.

30 돌고래자리가 저녁에 지는 것은 2월 2일이었다고 한다.

31 다음에 나오는 아리온을 말한다. 아리온은 레스보스(Lesbos) 섬의 메튐나(Methymna) 시 출신이다. 레스보스는 소아시아 앞바다에 있는 큰 섬으로, 여류시인 삽포(Sappho)의 고향이기도 하다.

32 돌고래자리의 신화에 관해서는 1권 주 105 참조. 여기서 '중매에 성공했다'는 것은 돌고래가 넵투누스를 위해 훗날 그의 아내가 된 암피트리테를 찾아내는 데 성공했다는 뜻이다.

33 아우구스투스 시대의 시인들은 시(詩)가 마력을 갖고 있다고 주장했는데, 이에 관해서는 특히 베르길리우스의 『전원시』(Bucolica) 8권 1~5행 참조. 누구보다도 오르페우스(Orpheus)가 그러한 능력의 본보기로 여겨졌으며, 이에 관해서는 베르길리우스의 『전원시』 3권 46행; 『농경시』(Georgica) 4권 471~484행과 오비디우스의 『변신 이야기』 10권 40~44행, 86~105행 참조.

때로는 개들과 토끼들이 같은 그늘에 누웠고

　암사슴이 바위 위에서 암사자 옆에 서 있곤 했습니다.

그리고 수다스런 까마귀가 팔라스[34]의 새 옆에 사이좋게 앉아 있었고

　비둘기와 매가 한데 어울렸습니다.　　　　　　　　　　　　90

퀸티아[35]도, 감미로운 목소리의 아리온이여, 마치 그것이 오라비[36]의

　곡조인 양 그대의 곡조에 매료되었다고 했소이다.

아리온의 명성은 시킬리아의 도시들에 자자했고

　아우소니아의 해안은 그의 뤼라 소리에 사로잡혔습니다.

그곳에서 집으로 돌아가려고 아리온은 배를 탔고　　　　　　　　95

　그의 예술이 벌어준 재물을 싣고 가고 있었습니다.

불운한 이여, 그대는 아마도 바람과 파도를 두려워했겠지요.

　하지만 그대에게는 바다가 그대의 배보다 더 안전했소이다.

키잡이가 칼을 빼든 채 버티고 서 있었고, 공범인

　나머지 승무원들도 손에 무기를 들고 있었기 때문이외다.　　100

칼로 어쩌자는 게요? 선원이여, 흔들리는 배의 키를 잡도록 하시오.

　그대의 손가락은 결코 이런 무기들을 쥐어서는 안 될 것이오.

그는 겁에 질려 말했습니다. "나는 살려달라고 하지는 않겠소.

　하지만 뤼라를 들고 잠시 노래할 수 있게 해주시오."

그들은 허락하며 그러한 유예(猶豫)를 비웃었습니다.　　　　105

34　팔라스(Pallas)는 미네르바 여신의 별명 중 하나로 '처녀' 또는 '무기를 휘두르는 이'라는 뜻이다.
　　후기 신화에 따르면 팔라스는 미네르바가 어릴 때 본의 아니게 죽인 여자 친구의 이름이었다고 한
　　다. '팔라스의 새'란 부엉이를 말한다.

35　퀸티아(Cynthia)는 디아나 여신의 별명이다. 그녀는 쌍둥이 오라비 아폴로와 함께 델로스(Delos)
　　섬의 퀸투스(Cynthus 그/Kynthos) 산에서 태어난 까닭에 그런 별명이 붙었다. 그래서 아폴로도
　　퀸티우스(Cynthius)라는 별명을 갖고 있다.

36　아폴로.

그는, 포이부스여, 그대의 머릿결에나 어울릴 만한 화관을 씁니다.

그는 튀루스[37]의 자줏빛 염료에 두 번 담근 겉옷을 입었습니다.

　그의 엄지가 뜯는[38] 현(絃)들이 소리들을 되돌려주니

그것은 백조가 눈처럼 하얀 이마에 잔혹한 화살을 맞았을 때 부르는

　눈물겨운 만가(輓歌)와도 같았습니다.　　　　　　　　　　　　110

느닷없이 그는 치장(治粧)한 채로 물결 속으로 뛰어들었습니다.

　그러자 물이 튀어올라 하늘색 고물을 칩니다.

그러자— 누가 믿을 수 있겠습니까?— 돌고래 한 마리가

　등을 구부려 자신에게는 익숙지 않은 짐을 실었다고 합니다.

그는 키타라를 들고 거기 앉아 노래로 뱃삯을 치르고　　　　　　115

　노래로 바닷물을 잔잔하게 만듭니다.

경건한 행위는 신들께서 보고 계십니다. 읍피테르께서는 돌고래를

　별자리들 사이로 받아들이고 그에게 아홉 개의 별[39]을 덧붙여주셨습니다.

2월 5일

지금이야말로 내가 교체하는 시행들[40]로 신성한 노나이[41]를 노래하는 동안

37　튀루스는 페니키아 지방의 항구 도시로 로마와 지중해 세계의 패권을 다투던 카르타고(Carthago)
　　의 모국이기도 하다. 이 도시는 고운 직물과 자줏빛 염료의 산지로 유명했다.

38　그리스 로마 시대의 현악기인 뤼라는 활을 쓰지 않고 오늘날의 기타처럼 손가락으로 현을 뜯는 발
　　현악기(撥絃樂器)이다. 이 점에서는 뤼라를 개량한 키타라(cithara 그/kithara)도 마찬가지이다.

39　돌고래자리의 별은 모두 9개인데 이 수는 시가(詩歌)의 여신 무사들의 수와 같아서 동물 가운데
　　특히 돌고래가 음악을 좋아하는 것이라고 한다.

40　'교체하는 시행들'이란 헥사메터와 펜타메터가 교체하는 비가 시행들을 말한다. 이에 관해서는
　　주 1 참조.

41　노나이에 관해서는 1권 주 21 참조. 기원전 2년 2월 5일(노나이)에 아우구스투스는 '조국의 아버
　　지'(Pater Patriae)라는 칭호를 받았다.

내게 일천의 목소리와, 마이오니아인[42]이여, 그대가   120

아킬레스[43]를 노래하던 그러한 기백이 있으면 좋으련만!

　　신성한 노나이를 노래하는 것은 내 축제력에 최대의 명예가 될 것입니다.

나는 재주가 모자라고 주제(主題)는 내 힘을 넘어섭니다.

　　하지만 나는 이날을 각별하게 노래해야 합니다.

왜 나는 지각없이 비가의 시행들에 그렇게 무거운 짐을   125

　　지우려 했던가? 그 주제는 영웅 시행에나 맞는 것입니다.[44]

조국의 신성한 아버지[45]시여, 이 이름은 평민과 원로원이

　　폐하께 드린 것이며 우리 기사(騎士)들[46]이 폐하께 드린 것입니다.

그러나 이 이름은 역사가 먼저 폐하께 드린 것이고, 폐하께서는 나중에야

　　바른 이름을 받으신 것입니다. 폐하는 오랫동안 세계의 아버지이셨습니다.   130

폐하는 윱피테르께서 높은 하늘에서 갖고 계시는 이름을 지상에서 갖고

　　계십니다. 폐하는 인간들의 아버지이시고, 그분은 신들의 아버지이십니다.

로물루스여, 그대는 양보하시오. 그분은 그대의 성벽들을 보호하고

　　강화하십니다. 그대가 준 성벽들은 레무스가 뛰어넘을 수 있었습니다.[47]

타티우스와 소도시 쿠레스[48]와 카이니나는 그대의 힘을 느꼈습니다.   135

42　호메로스. 마이오니아는 소아시아 중서부 지방인 뤼디아(Lydia)의 옛 이름으로, 일설에 따르면 호메로스는 이곳 출신이라고 한다.

43　아킬레스는 펠레우스와 테티스의 아들로 호메로스의 서사시 『일리아스』의 주인공이다.

44　영웅 시행이란 서사시에서 쓰이는 헥사메터를 말한다. 연애시 등에 오비디우스가 비가 시행을 쓴 일에 관해서는 주 1 참조.

45　아우구스투스.

46　오비디우스는 기사계급 출신이다.

47　초기의 로마 성벽들과 레무스의 피살에 관해서는 4권 835～844행 참조.

48　타티우스는 사비니족의 왕이고 쿠레스(Cures)는 그들의 수도이며, 카이니나(Caenina)는 그들과 동맹을 맺은 라티움 지방의 도시이다.

그분의 지도 아래에서는 태양이 어느 쪽을 비치든 그것은 로마의 것입니다.

그대가 정복하여 갖고 있던 땅은 협소했습니다.

높은 곳에 계시는 윱피테르 아래 있는 것은 모두 카이사르의 것입니다.

그대는 여인들을 납치하지만[49] 그분은 자신의 치세 때 여인들이 정숙하기를[50]

　요구하십니다. 그대는 범죄자들을 원림에 받았으나[51] 그분은 내쫓으셨습니다.　　140

그대는 즐겨 폭력을 썼으나 카이사르 아래에서는 법(法)이 꽃을 피웁니다.

그대의 이름은 '도미누스'[52]이지만, 그분의 이름은 '프린켑스'입니다.

그대는 레무스가 고발하지만,[53] 그분은 적들을 용서하셨습니다.

아버지가 그대를 그렇게 하셨듯이,[54] 그분은 아버지를 신으로 만드십니다.[55]

벌써 이다의 소년[56]이 허리 부분까지 물 위로 떠올라　　145

넥타르[57]와 섞인 흐르는 물을 쏟고 있습니다.

자, 보라! 북풍을 두려워하곤 하던 자도 기뻐할지어다.

49　로물루스가 사비니족 여인들을 납치한 일에 관해서는 429~434행과 3권 199~228행 참조.

50　아우구스투스는 건전한 가정과 성생활을 권장한 것으로 알려져 있다.

51　로물루스가 범죄자들을 카피톨리움 언덕에 수용했던 일에 관해서는 3권 431~434행 참조.

52　도미누스(dominus)는 '가장'(家長) 또는 '노예들의 주인'이라는 뜻인데, 로물루스가 그런 이름으로 불렸다는 증거는 없다. 프린켑스(princeps)는 '일인자' 또는 '으뜸가는 자'라는 뜻으로, 아우구스투스는 도미누스라는 칭호를 거절하고 이 칭호를 받았다고 한다. 1권 주 127 참조.

53　레무스가 로물루스를 고발한 일에 관해서는 5권 41행 이하 참조.

54　로물루스가 아버지 마르스(Mars) 신에 의해 신격화된 일에 관해서는 475행 이하 참조.

55　율리우스 카이사르를 양자 옥타비아누스(뒷날의 아우구스투스)가 기원전 42년 1월 1일 신으로 선언했다.

56　'이다의 소년'이란 트로이야 왕 트로스(Tros)의 아들로 윱피테르의 술 따르는 시종이 된 가뉘메데스를 말한다. 그 공로로 가뉘메데스는 물병자리라는 하늘의 별자리가 되었다고 하는데, 이에 관해서는 1권 주 175 참조. 물병자리가 실제로 뜬 것은 2월 5일이 아니라 1월 22일이며 눈에 보이게 뜬 것은 2월 22일이었다고 한다.

57　넥타르(nectar 그/nektar)는 신들이 마시는 술을 말한다.

서쪽에서 부드러운 바람이 불어옴이라.

2월 9일

닷새 뒤에 샛별이 찬란한 빛과 함께 바닷물에서 떠오르면

    그때는 봄이 시작됩니다.[58]   150

하지만 속지 마십시오. 아직도 추위가 남아 있습니다.

    떠나는 겨울은 큰 흔적을 남기는 법입니다.

2월 11일

세 번째 밤이 다가오면 폐하께서는 곰의 감시자[59]가

    두 발을 앞으로 내밀었음을 보시게 될 것입니다.

나무의 요정들과 사냥꾼 디아나와 함께   155

    칼리스토[60]는 신성한 단체의 일원이었습니다.

그녀는 여신의 활에 손을 얹고 말했습니다. "내가 지금 만지고 있는

    이 활이 내 처녀성의 증인이 되게 하소서."

퀸티아가 칭찬하며 말했습니다. "네 약속을 지키도록 하여라.

    그러면 너는 나를 따르는 동아리들 중에서 일인자(princeps)가 되리라."   160

그녀는 약속을 지켰을 것입니다. 아름답지만 않았더라면 말입니다.

    그녀는 인간들은 피했으나 융피테르 때문에 죄를 짓습니다.

---

58   오비디우스 시대에는 봄이 2월 9일에 시작되었음을 알 수 있다.

59   '곰의 감시자'란 아르크토퓔락스(Arctophylax: '곰을 지키는 자'라는 뜻), 일명 목동자리(또는 목동좌[Bootes: '소몰이꾼' '소 치는 목자'라는 뜻])를 말한다. 이 별자리가 누워서 뜨는 까닭에 오비디우스는 여기서 '두 발을 앞으로 내밀었다'고 말하는 것이다.

60   칼리스토는 그리스 아르카디아 지방의 요정으로 제우스에 의해 임신할 때까지는 디아나 여신의 총애를 받았다. 오비디우스, 『변신 이야기』 2권 409~507행 참조.

포이베[61]는 수많은 들짐승을 사냥한 뒤 숲에서 돌아오고 있었는데

　때는 한낮이거나 한낮이 조금 지난 무렵이었습니다.

여신은 원림에 도착하자마자— 그 원림에는 참나무가 우거져 있고　　165

　그 한가운데에는 찬물이 솟아나는 깊은 샘이 있었습니다—

말했습니다. "여기 숲 속에서 우리 목욕하도록 하자, 테게아[62]의 처녀여."

　그녀는 얼굴이 붉어졌습니다. 처녀라는 말은 거짓이었기 때문입니다.

여신은 요정들에게도 말했고 요정들은 옷을 벗습니다.

　칼리스토는 부끄러워 머뭇거리고 그래서 의심을 사게 됩니다.　　170

그녀는 투니카를 벗었습니다. 그러자 그녀의 불룩한 배가

　그 자체의 무게로 그녀를 배신하고 고발합니다.

그녀에게 여신이 말했습니다. "거짓 맹세를 한 뤼카온[63]의 딸이여,

　처녀들의 집단을 떠나고 깨끗한 물을 더럽히지 않도록 하라!"

달이 뿔[64]들로 열 번이나 다시 원(圓)을 채웠을 때,　　175

　처녀라고 믿었던 그녀는 어머니가 되었습니다.

모욕당한 유노는 노발대발하여[65] 소녀의 모습을 바꿔놓았습니다.

　왜 그러시죠? 그녀는 윱피테르의 본의 아닌 희생자였습니다.

61　포이베는 달과 사냥의 여신으로서의 디아나를 말한다.

62　테게아는 아르카디아 지방의 옛 도시이다. 여기서 '테게아의 처녀'란 칼리스토를 말한다.

63　일설에 따르면 칼리스토는 아르카디아 왕 뤼카온(Lycaon 그/Lykaon)의 딸이라고 한다. 그의 이름은 늑대(그/lykos)와 관련이 있는 것으로 생각되며 그는 실제로 늑대로 변했다고 한다. 그 까닭은 그가 윱피테르 뤼카이오스(Iuppiter Lykaeus: '뤼카이온[Lykaion] 산의 윱피테르'라는 뜻)에게 아이를 제물로 바쳤기 때문이라고도 하고 그가 윱피테르를 자기 집에서 접대할 때 인육을 먹이려 했기 때문이라고도 한다. 오비디우스, 『변신 이야기』 1권 216~239행 참조.

64　여기서 '뿔'이란 달의 활 모양의 현(弦)을 말한다.

65　유노는 일부일처제를 옹호하는 여신으로 남편 윱피테르가 바람피운 여신이나 여인들을 못살게 군다. 박쿠스의 어머니로 유노의 꾐에 빠져 벼락을 맞아 죽은 세멜레(Semele), 암소로 변해 온 세상을 떠돌아다닌 이오(Io), 암곰으로 변한 칼리스토가 대표적인 피해자이다.

유노는 시앗에게서 짐승의 흉측한 몰골을 보고 말합니다.

　"융피테르여, 그대는 저것과 서로 포옹하세요!"　　　　　　　　180

최근에 최고신 융피테르의 사랑을 받았던 그녀는

　털북숭이 암곰이 되어 가꾸지 않은 산들을 헤매고 다녔습니다.

그녀가 몰래 뱄던 남자아이[66]가 어느새 삼오 십오 열다섯 살이

　되었을 때 모자가 상봉하게 되었습니다.

그녀는 그를 알아보는 양 정신없이 멈춰 서서 으르렁거렸습니다.　　185

　으르렁거리는 것이 그녀가 어머니로서 할 수 있는 말의 전부였습니다.

소년은 영문도 모르고 그녀를 날카로운 투창으로 꿰뚫었을 것입니다.

　그들이 둘 다 하늘에 있는 집으로 낚아채어지지 않았더라면 말입니다.

그들은 별자리로 나란히 반짝이고 있습니다. 우리가 아르크토스라고

　부르는 것이 앞장서고 아르크토필락스가 뒤따르는 것처럼 보입니다.　　190

아직도 사투르누스의 따님[67]은 노발대발하며 마이날루스[68]의 암곰이

　물에 닿아 목욕하지 못하게 하라고 백발의 테튀스[69]에게 간청하고 있습니다.

2월 13일

이두스에는 섬[70]이 갈라진 물을 부수는 곳에서

66　융피테르와 칼리스토의 아들 아르카스는 아르카디아인들의 선조로, 그에게서 아르카디아라는 이름이 유래했다. 어느 날 그는 전에 칼리스토였던 암곰을 만나 그것이 어머니인 줄 모르고 죽이려 했으나, 융피테르가 이들 모자를 불쌍히 여겨 하늘로 올린 뒤 각각 아르크토필락스(주 59 참조)와 큰곰자리가 되게 했다. 오비디우스, 『변신 이야기』 2권 409~507행 참조. 그리스인들은 큰곰자리를 수레(hamaxa)라고도 부르는데, 이 경우 아르크토필락스는 보오테스(주 59 참조)라고 불린다.

67　유노.

68　마이날루스는 아르카디아 지방에 있는 산이다. 북반구에서 큰곰자리는 북극성 주위를 돌며 결코 지는 일이 없는데, 일찍이 호메로스도 알고 있던(『일리아스』 18권 487~489행; 『오뒷세이아』 5권 273~275행 참조) 이러한 현상은 유노의 풀리지 않는 노여움 탓이라고 해석되었다.

69　테튀스는 대지를 감돌아 흐르는 강인 오케아누스의 누이이자 아내이다.

농촌의 파우누스 제단[71]에 연기가 피어오릅니다.

이날은 삼백하고도 여섯 명의 파비이가(家) 사람들이   195

   베이이(Veii)의 무기들에 죽은 날입니다.[72]

한 가문에서 도시의 방어와 부담을 맡았으니,

   한 씨족이 무기를 대겠다고 제의하고 또 무기를 손에 들었던 것입니다.

같은 진영에서 명문 출신 전사들이 진격하니

   그들은 저마다 지휘관이 되기에 손색이 없었습니다.   200

카르멘타 문[73]의 오른쪽 아치를 통과하는 것이 가장 빠른 길입니다.

   하지만 그대가 누구건 그것을 통과하지 마시오. 그것은 저주받았습니다.

소문에 따르면 삼백 명의 파비이가 사람들은 그것을 지나갔다 합니다.

   문은 잘못이 없습니다. 그러나 그것은 저주받았습니다.

그들이 속보로 행군하여 세찬 크레메라 강에 이르렀을 때   205

   그것은 겨울비에 혼탁하게 흐르고 있었습니다.

그들은 그곳에 진(陣)을 쳤습니다. 그들이 칼을 빼들고

   용감하게 튀르레니아[74]의 대열을 돌파하니

그것은 리뷔아[75]의 사자들이 넓은 들판에 멀리 흩어져 있는

---

70   '섬'이란 티베리스 강 안에 있는 섬을 말한다.

71   티베리스 강의 섬에 있는 농촌의 신 파우누스(Faunus)의 신전은 기원전 193년 2월 13일에 봉헌되었다고 한다.

72   이에 관해서는 1권 주 155 참조. 그러나 역사가들에 따르면 306명의 파비이가 사람들이 전멸한 것은 기원전 477년 7월 18일이었다고 한다. 리비우스(Titus Livius 기원전 59년~기원후 17년)의 『건국 이후의 로마사』(*Ab urbe condita libri*) 6권 1장 11절 참조(이하 이 책은 아라비아숫자로 권·장·절만 표시한다).

73   카르멘타 문(porta Carmentalis)은 카피톨리움 언덕 기슭에 있는 카르멘타(Carmenta)의 사당 옆에 있기 때문에 그런 이름이 붙었다.

74   튀르레니아는 에트루리아의 그리스어 이름이다.

75   리뷔아는 북아프리카를 가리키는 말이다.

가축 떼를 습격하는 것 같았습니다.   210

적군은 사방으로 도망치다가 불명예스럽게도 등에 부상을 입고,

　　대지는 에트루리아의 피로 붉게 물듭니다.

그들은 잇달아 그렇게 쓰러졌습니다. 열린 곳에서는 이길 수 없자

　　그들은 무장한 복병들을 준비합니다.

그곳에는 들판이 하나 있었는데 그 끝자락들은 언덕과   215

　　산에 사는 짐승들을 숨겨주기에 알맞은 숲으로 둘러싸여 있었습니다.

그들은 들판 한가운데에 소수의 인원과 흩어진 소 떼를 조금 남겨두고

　　나머지 무리는 덤불 속에 숨어 기다리고 있었습니다.

보십시오. 마치 비나 또는 따뜻한 서풍에 녹은 눈에

　　부풀어 오른 급류가   220

곡식밭이며 길을 휩쓸고 이전처럼

　　강둑의 익숙한 경계 안에 그 물을 가두어두지 않듯이,

그처럼 파비이가 사람들은 이리저리 돌진하며 골짜기를 메웠고,

　　눈에 보이는 것은 모조리 눕혔으며, 달리 두려운 것이 없었습니다.

어디로 돌진하시는가, 고귀한 가문이여? 적군을 믿다니 그것은 그대들의   225

　　잘못이오. 순진한 명문가여, 허공을 나는 음흉한 무기들을 조심하시오!

속임수에 용맹이 쓰러진 것입니다. 곳곳에서 적군이

　　열린 들판으로 쏟아져 나와 사방을 에워쌉니다.

소수의 용사들이 그토록 많은 자들에게 대항하여 무엇을 할 수 있겠습니까?

　　또는 그런 참담한 상황에서 그들에게 무엇이 남아 있겠습니까?   230

마치 개 짖는 소리에 수풀에서 멀리 쫓겨나온 멧돼지가

　　엄니를 드러내며 날랜 개 떼를 쫓아버리지만

이내 그 자신이 죽듯이, 그처럼 그들도 죽지만 복수를 못한 것은 아니고

　　부상당하면 그것을 손으로 되돌려주곤 합니다.

96

단 하루가 파비이가 사람들을 모두 싸움터로 보냈고

   싸움터로 보내진 자들을 죽인 것도 단 하루였습니다.

그렇지만 헤르쿨레스에게서 유래한 가문[76]의 씨가 살아남은 것은

   신들의 배려라고 믿어도 좋을 것입니다.

모든 파비이가 사람들 중에서 아직은 무기를 쓸 수 없는

   나이 어린 소년 한 명만이 살아남았으니,[77]

그것은 물론, 막시무스[78]여, 언젠가 그대가 태어나

   지연 전술로 나라를 구할 수 있게 하려는 것이었소이다.

235

240

2월 14일

세 별자리가 나란히 붙어 있으니, 까마귀자리와 뱀자리와

   그 중간에 있는 컵자리[79]가 곧 그것들입니다.

그들은 이두스에는 숨어 있다가 이튿날 밤에 뜹니다.

   왜 그들 셋이 붙어 있는지 내가 그대에게 노래로 말하겠습니다.

포이부스는 제우스를 위해 성대한 잔치를 준비하고 있었습니다.

   (내 이야기는 오래 걸리지는 않을 것입니다.)

"가서, 내 새[80]야" 하고 그분은 말했습니다. "이 잔치가 늦어지지 않도록

245

---

76   파비이가 사람들은 자신들이 헤르쿨레스의 후손들이라고 주장했다.

77   이에 관해서는 리비우스, 2권 50장 11절 참조.

78   여기에서 '막시무스'란 퀸투스 파비우스 막시무스 베르루코수스(Quintus Fabius Maximus Verrucosus 기원전 275년경~203년)를 말한다. 그는 제2차 포이니 전쟁(bellum Punicum secundum 기원전 218~202년) 때 장군 겸 집정관으로서 한니발(Hannibal)을 지연 전술로 격파해 '지연자'(Cunctator)라는 별명을 얻게 되었다.

79   여기서 컵자리라고 번역한 Crater(그/Krater)는 컵이라기보다는 포도주에 물을 타는 희석용 동이이다. 까마귀자리와 바다뱀자리(Anguis 또는 Hydrus 또는 Hydra)의 그리스 이름은 각각 Korax와 Hydros(또는 Hydra 또는 Drakon)이다.

80   까마귀는 아이스쿨라피우스의 어머니 코로니스의 이야기에서도 아폴로의 새[鳥]로 나온다. 코로니

흐르는 샘에서 맑은 물을 길어오도록 하라!"   250

까마귀는 도금한 컵을 구부정한 발톱으로 차고는

　하늘의 길을 높이 날아갔습니다. 무화과나무가 한 그루 있었는데

아직은 딱딱한 열매들이 주렁주렁 매달려 있었습니다.

　까마귀가 부리로 맛을 보았으나 아직은 쪼기에 적당하지 않았습니다.

까마귀는 명령은 잊어버리고 나무 밑에 앉아 있었다고 합니다.   255

　무화과 열매가 천천히 익을 때까지 말입니다.

까마귀는 마침내 배불리 먹고 나서 검은 발톱으로 긴 물뱀 한 마리를 낚아채어

　주인에게 돌아가 지어낸 이야기를 들려줍니다.

"이 녀석 때문에 늦었습니다. 이 녀석이 흐르는 샘물 옆에 앉아

　샘도 막고 제 임무도 막았습니다."   260

"너는 네 잘못에" 하고 포이부스가 말했습니다. "거짓말까지 덧붙이는구나.

　그리고 너는 예언의 신을 감히 거짓말로 속이려 드는 게냐?

나무에 달린 무화과들이 익을 때까지는

　너는 어떤 샘에서도 시원한 물을 마시지 못하리라."[81]

그는 그렇게 말했습니다. 그리하여 이 옛날 사건을 영원히 기념하기 위해   265

　뱀과 새와 컵은 별자리가 되어 함께 반짝이고 있는 것입니다.

2월 15일

이두스 다음 세 번째 새벽이 벌거벗은 루페르키들[82]을 보게 되면

스가 다른 남자와 결혼했다고 까마귀가 일러바치자 아폴로는 그녀의 배신에 격노하여 코로니스를
죽이지만, 나중에 이를 후회하여 원래 흰색이었던 까마귀를 검은 새로 만들었다고 한다. 오비디우
스, 『변신 이야기』 2권 531~632행과 1권 주 62 참조.

81　까마귀가 여름에 심한 갈증을 느끼는 데 대한 일종의 기원설명(起源說明 aetiologia 영/aetiology)
이다.

쌍(雙)뿔을 가진 파우누스[83]의 축제가 개최됩니다.

말씀해주소서, 피에리아의 여신들[84]이여, 이 축제의 기원은 무엇이며

　어느 곳을 떠나 그것이 라티움의 집들로 왔는지! 　　　　　　　　　270

옛 아르카디아인들은 가축 떼의 신인 판을 숭배했다는데

　그는 주로 아르카디아의 언덕들에 머물렀습니다.

폴로에[85]가 그 증인이며, 스튐팔루스[86]의 물결과

　바다로 달려가는 라돈[87]의 급류가 그 증인입니다.

소나무 숲에 둘러싸인 노나크리스[88]의 언덕들과 　　　　　　　　　275

　높다란 트리크레네[89]와 파르라시아[90]의 눈[雪]이 그 증인입니다.

그곳에서 판은 가축 떼의 신이었고 암말들의 신이었으며

　양 떼를 지켜주는 대가로 공물(供物)을 받았습니다.

그 뒤 에우안데르가 숲의 신들을 이리로 모셔왔습니다.

　지금 도시가 서 있는 곳에는 도시의 부지밖에 없었습니다. 　　　　280

그리하여 우리는 펠라스기족[91]의 신과 축제를 존중하게 된 것이며

82　루페르키들에 관해서는 주 9 참조.

83　파우누스는 들판과 가축 떼와 농촌의 신으로 이탈리아 토속 신이다. 그는 루페르칼리아 제에서 경
　　배받았으며 예언 능력도 있었는데, 때로는 그리스의 판(Pan) 신과 동일시되곤 했다.

84　피에리아(Pieria)의 여신들이란 무사 여신들을 말한다. 그리스의 올림푸스 산 북쪽 사면에 있는 피
　　에리아 지방이 무사 여신들의 고향으로 믿어졌기 때문에 그렇게 불리는 것이다.

85　플로에(Phloe)는 아르카디아 지방의 산이다.

86　스튐팔루스는 아르카디아 지방의 호수이다.

87　라돈은 아르카디아 지방의 강이다.

88　노나크리스는 아르카디아 지방의 산 이름이자 그 기슭에 있는 도시의 이름이다.

89　트리크레네는 아르카디아 지방의 산이다.

90　파르라시아에 관해서는 1권 주 113 참조.

91　펠라스기족(Pelasgi 그/Pelasgoi)은 고대 그리스의 원주민으로 '그리스인들' 또는 '아르카디아인
　　들'이라는 뜻으로 쓰일 때도 있다.

윱피테르의 플라멘은 축제를 옛날 그대로 개최하고 있습니다.[92]

그렇다면 왜 그들은 뛰는 것이며, 왜 그들은 옷을 벗고 알몸으로

　　뛰는 것— 그렇게 뛰는 것이 그들의 습관이기 때문입니다— 이냐고[93]

그대는 묻겠지요? 신 자신이 높은 산들을 급히　　　　　　　　　285

　　쏘다니는 것을 좋아하고, 신 자신이 갑자기 도망칩니다.

신 자신이 알몸이며 또 자기 종자(從者)들에게 알몸으로 다니라고

　　명령합니다. 또 옷은 달리는 데에는 불편합니다.

아르카디아인들은 윱피테르께서 태어나시기 전에 대지에 살고 있었다고 하며

　　그 부족은 달[月]보다 더 오래되었습니다.[94]　　　　　　　　　290

그들은 들짐승처럼 살았고 무익한 삶을 살았으며

　　아직은 예술을 모르는 미개한 군중이었습니다.

그들에게는 나뭇잎이 집이었고 풀이 곡식이었으며

　　두 손으로 떠 마시는 물이 넥타르였습니다.

구부정한 쟁기 아래 숨을 헐떡이는 황소도 없었고,　　　　　　　295

　　농토를 소유한 농부도 없었습니다.

아직은 말[馬]이 쓸모가 없었고 각자 자기 발로 걸어다녔습니다.

　　그리고 양은 제 양털을 입고 다녔습니다.

노천에 살면서 단련되어 그들은 알몸으로 다녔고

　　폭우와 더운 남풍도 능히 견뎌냈습니다.　　　　　　　　　　300

지금까지도 옷을 벗은 종자들은 옛 관습을 일깨워주며

　　그들의 옛날 재산이 얼마나 보잘것없었는지 증언해주고 있습니다.

92　유피테르의 플라멘이 루페르칼리아 제에 참가했다는 것은 다른 데서는 확인할 수 없다.

93　루페르칼리아 제의 가장 두드러진 특징은 발가벗고서 팔라티움 언덕 주위를 뛰는 것이었다.

94　아르카디아인들이 달보다 더 오래되었다는 데 관해서는 1권 469행 참조.

그러나 왜 파우누스가 유별나게 옷을 피하는지에 관해서

    재미있는 옛 이야기가 전해 내려옵니다.

티륀스 출신 젊은이[95]가 우연히 자기 여주인을 배행(陪行)하고 있었습니다.   305

    파우누스는 높은 언덕에서 그 두 사람을 보았고, 보자마자 달아올랐습니다.

"그대들 산의 요정들이여" 하고 그분은 말했습니다.

    "나는 그대들과는 볼일이 없소. 저 여인이 나를 달아오르게 할 것이오."

마이오니아의 여인[96]이 걸을 때 향기로운 머리털이 어깨 위로 흘러내렸고

    가슴은 황금 장식으로 반짝였습니다.   310

황금 양산이 따뜻한 햇볕을 막아주고 있었습니다.

    그러나 그것을 받치고 있는 것은 헤르쿨레스의 손이었습니다.

어느새 그녀는 박쿠스의 숲과 트몰루스[97]의 포도밭에 도착했고

    이슬에 젖은 태백성(太白星)이 거무스름한 말을 타고 나타났습니다.

그녀는 응회암(凝灰岩)과 부석(浮石)으로 된 동굴에 들어갔는데   315

    그 입구에는 시내가 재잘거리며 흐르고 있었습니다.

하인들이 식사와 마실 포도주를 준비하는 동안

    그녀는 알카이우스의 손자[98]에게 자기가 입고 있던 옷을 입힙니다.

그녀는 그에게 가이툴리족[99]의 자줏빛 염료에 담갔던

---

95 '티륀스 출신의 젊은이'란 헤르쿨레스를 가리킨다. 그는 이올레(Iole)의 오라비이자 오이칼리아 (Oechalia 그/Oichalia) 왕 에우뤼투스(Eurytos 그/Eurytos)의 아들인 이피투스(Iphitus 그/ Iphitos)를 살해한 죄로 1년 또는 3년 동안 노예로 팔려가야 한다는 델피의 신탁을 받게 되어 뤼디 아 여왕 옴팔레에게 팔린다. 여기서 '여주인'이란 옴팔레를 말한다.

96 '마이오니아의 여인'이란 옴팔레를 말한다. 마이오니아는 뤼디아의 옛 이름이다.

97 트몰루스는 뤼디아 지방에 있는 산으로, 비탈진 포도밭으로 유명했다.

98 헤르쿨레스.

99 가이툴리족(Gaetuli)은 북서아프리카에 살던 부족으로, 당시에는 그들이 조개류에서 채취한 자줏 빛 염료가 유명했다.

비쳐 보이는 옷들을 주고, 방금 찼던 멋있는 허리띠를 줍니다.　　　　320

그의 배에는 허리띠가 너무 작아서 그는 자신의 큰 손들을

　　밖으로 내려고 옷들의 죔쇠들을 풀었습니다.

그는 자신의 팔에 맞게 만들지 않은 팔찌들을 부수었고

　　그의 큰 발들은 그녀의 작은 샌들을 찢어놓았습니다.

그녀 자신은 묵직한 몽둥이와 사자 가죽과 그의 화살통에 들어 있던　　325

　　허공을 나는 작은 무기인 화살들을 집어 듭니다.[100]

그런 모습으로 그들은 식사를 하고 그런 모습으로 잠에 몸을 맡깁니다.

　　그들은 나란히 붙어 있는 침대들에 떨어져 누웠습니다.

그 까닭은 그들은 날이 새면 포도 덩굴의 발견자[101]를 위해

　　정결하게 축제를 개최할 준비를 하고 있었기 때문입니다.[102]　　330

한밤중이었습니다. 뻔뻔스러운 애욕이 무슨 짓인들 못하겠습니까?

　　파우누스는 어둠을 지나 이슬에 젖은 동굴로 다가갑니다.

그는 하인들이 포도주와 잠에 곯아떨어져 있는 모습을 보고는

　　주인들도 똑같이 숙면하고 있으리라는 희망을 품습니다.

조급한 호색가는 안으로 들어가서 이리저리 헤매며　　335

　　조심스럽게 손을 내밀고, 그 손을 뒤따라갑니다.

드디어 그는 잠자는 침상들이 있는 곳에 이르렀으니,

　　처음에는 행운을 잡은 셈이었습니다.

그러나 갈색 사자의 뻣뻣한 털을 만졌을 때

100　흔히 헤르쿨레스는 옴팔레 밑에 있을 때 여장을 했던 것으로 알려져 있는데, 여기서는 둘이 서로 옷을 바꿔 입은 것으로 되어 있다. 그는 네메아(Nemea)의 사자를 맨손으로 목 졸라 죽인 뒤 그 가죽을 입고 다녔다.

101　박쿠스.

102　그리스 로마인들은 축제를 앞두고는 으레 성교(性交)를 삼갔던 것으로 알려져 있다.

그는 질겁하며 손을 멈추었고,   340

마치 나그네가 뱀을 보고 가끔 뒷걸음질 치듯이

　　공포에 정신을 잃고 뒤로 물러섰습니다.

그리고 나서 그는 옆 침상의 부드러운 천을 만졌고

　　그 기만적인 촉감에 속게 됩니다.

그는 더 가까이 있는 침상에 올라 그 위에 눕는데   345

　　그의 남근은 뿔보다 더 단단했습니다.

한편 그는 옷의 끝단을 들어올립니다.

　　그런데 거친 다리에 털이 북슬북슬 나 있었습니다.

그가 나머지를 시험해보았을 때 티륀스의 영웅이 밀치는 바람에

　　그는 침상에서 굴러떨어졌습니다.   350

소란이 벌어지자 마이오니아의 여인은 하인들을 불러 횃불을 가져오게

　　했습니다. 횃불들이 안으로 들어오자 사실이 드러났습니다.

그는 높다란 침상에서 쿵 하고 떨어진 뒤 신음하며

　　딱딱한 바닥에서 간신히 사지를 일으켜 세웁니다.

알카이우스의 손자는 웃고 있고, 그가 누워 있는 것을 보는 자는 누구나   355

　　웃고 있고, 뤼디아의 소녀103도 자신의 구혼자를 보고 웃고 있습니다.

신104은 옷에 농락당한 적이 있는지라 눈을 속이는 옷을 좋아하지 않아

　　자신의 숭배자들을 알몸으로 자신의 축제에 오라고 초대하는 것입니다.

나의 무사 여신이여, 이방의 원인에 라티움의 원인을 덧붙이시고105

103　옴팔레.
104　판.
105　오비디우스는 여기서 루페르키들이 발가벗고 뛰는 까닭을 하나 더 덧붙이고 있다.

내 말[馬]이 스스로 먼지를 일으키며 달리게 해주소서!   360

관습에 따라 암염소 한 마리가 발에 발굽이 있는 파우누스에게 제물로 바쳐졌고

   한 무리의 군중이 그 검소한 잔치에 초대받아 왔습니다.

사제들이 내장을 버드나무 꼬챙이에 꿰어 장만하고

   해가 중천에 떠 있을 때,

로물루스 형제와 젊은 목자들이   365

   들판에서 햇볕을 받으며 알몸을 단련하고 있었습니다.

그들은 지렛대와 투창과 무거운 돌 던지기로

   자신들의 팔 힘을 시험해보고 있었던 것입니다.

언덕 위에서 한 목자가 소리쳤습니다. "로물루스와 레무스여,

   도둑 떼가 길 없는 시골을 지나 우리 황소들을 몰고 가고 있어요."   370

무장할 시간이 없었습니다. 형제는 서로 다른 방향으로 갔습니다.

   도둑 떼와 마주쳐 약탈물을 도로 찾아온 것은 레무스였습니다.

그는 돌아와서 꼬챙이에서 지글거리는 내장을 뽑으며 말했습니다.

   "이것은 분명 승리자만이 먹게 되리라." 그는 그렇게 말하고

그렇게 했습니다. 파비이가 사람들과 함께 말입니다. 로물루스가 허탕치고   375

   돌아와 보니 식탁은 비어 있고 남은 것은 뼈밖에 없었습니다.

그는 웃었으나, 레무스와 파비이가 사람들은 승리할 수 있었는데

   자신의 퀸틸리이가 사람들[106]은 그럴 수 없었던 것에 속이 상했습니다.

이 사건의 외형이 아직도 남아 있어 루페르키들은 알몸으로 뛰는 것입니다.

   그리고 그날의 성공은 지속적인 명성을 누리고 있습니다.   380

그대는 아마도 그곳이 루페르칼이라고 불리는 까닭이 무엇이며

---

106   이에 관해서는 주 9 참조.

그날에 그런 이름이 주어진 까닭이 무엇인지 물을 것입니다.

베스타 여신의 처녀인 실비아는 자신의 숙부가 왕위를 찬탈하여

　왕권을 쥐고 있을 때 하늘의 씨를 낳았습니다.[107]

그 자[108]는 아이들을 내다버려 강물에 빠져 죽게 하라고 명령했습니다.　　　　385

　그대[109]는 무슨 짓을 하는 게요? 그중 한 명이 로물루스가 될 것이란 말이오.

하인들은 마지못해 그 눈물겨운 명령에 따라

　(그러나 울면서) 쌍둥이를 외딴 곳으로 데려갑니다.

티베리누스[110]가 그 물에 빠져 죽은 뒤로 티베리스라는 이름이 붙은

　알불라[111]는 마침 겨울비에 부풀어 올라 있었습니다.　　　　390

지금은 포룸들이 있는 이곳과, 키르쿠스 막시무스여,[112] 그대의 골짜기가

　있는 곳에서는 배들이 둥둥 떠다니는 광경을 그대는 볼 수 있었을 것입니다.

이곳까지 왔을 때(더 멀리는 갈 수 없었기 때문입니다)

　그들 가운데 누가 말했습니다.

"서로 얼마나 닮았는가! 둘 다 얼마나 잘생겼는가!　　　　395

　그러나 둘 중 이 애가 더 발랄하구나.

혈통이 생김새에 드러나고 외모가 속이는 것이 아니라면

　너희들 안에는 어떤 신이 들어 있는 것 같구나.

107　아물리우스는 알바 롱가의 정통 왕인 형 누미토르를 축출한 뒤 형의 아들들은 죽이고 딸 레아 실비아(Rhea Silvia)는 자식을 낳지 못하도록 베스타 여신의 여사제로 만들지만, 그녀는 군신 마르스에 의해 쌍둥이 아들 로물루스와 레무스를 낳게 된다. 1권 주 13 참조.

108　아물리우스.

109　아물리우스.

110　티베리누스는 알바 롱가의 왕들 중 한 명으로, 티베리스 강에 빠져 죽었다고 한다.

111　알불라는 티베리스 강의 옛 이름이다.

112　포룸 로마눔과 포룸 보아리움. 키르쿠스 막시무스는 팔라티움 언덕과 아벤티눔 언덕 사이에 있는 경주장(競走場)이다.

하지만 신이 정말로 너희들 출생의 장본인이라면

이런 위기에 와서 너희들을 구해주시겠지. 400

너희들의 어머니가 도와주겠지. 그녀 자신이 도움을 필요로 하지 않는다면.

그녀는 같은 날 어머니가 되었다가 자식을 잃었으니 말이야.

함께 태어나 함께 죽게 될 육신들이여, 함께 물결 밑으로 들어가거라!"

이렇게 말하고 그는 아이들을 내려놓았습니다.

쌍둥이는 똑같이 비명을 질렀습니다. 그들은 느낀 것 같았습니다. 405

그러나 하인들은 뺨에 눈물을 흘리며 집으로 돌아갔습니다.

속이 빈 함지박은 그 안에 놓여 있던 아이들을 물결 위로 떠받쳐줍니다.

아아, 얼마나 큰 운명을 작은 널빤지가 받쳐주었던가!

함지박은 우거진 숲 쪽으로 밀려갔다가 차츰 물이 빠지자

진흙에 앉습니다. 그곳에는 나무가 한 그루 있었는데 410

그 흔적이 아직도 남아 있습니다. 그 이름은 지금은

루미나[113]의 무화과나무이지만, 전에는 로물루스의 무화과나무였습니다.

새끼를 낳은 암늑대 한 마리가 놀랍게도 버림받은 쌍둥이에게 다가갔습니다.

야수가 소년들을 해치지 않았다면 누가 믿을 수 있겠습니까?

해치기는커녕 그것은 도와주기까지 합니다. 친척들의 손이 415

죽이려고 붙잡았던 그들에게 암늑대는 젖을 먹입니다.

그것은 멈춰 서서 부드러운 아이들에게 꼬리치며

혀로 그들의 두 몸을 핥아 모양을 만들어줍니다.

그대는 알고 있었겠지만 그들은 마르스의 아들들입니다. 그들은 두려움 없이

젖꼭지를 빨며 자신들에게 정해지지 않은 젖을 먹고 자랍니다. 420

---

113 루미나(Rumina)는 젖 먹이는 여인의 여신으로, ruma 또는 rumis('젖꼭지'라는 뜻)라는 말에서 유래했다. '루미나의 무화과나무'(ficus Ruminalis)라는 말은 무화과나무의 수액이 젖과 비슷해 보인다는 점에서 재미있는 발상이라 하겠다.

암늑대(lupa)는 그곳에 이름을 주고, 그곳은 루페르키들에게 이름을 주었습니다.

　　유모는 젖을 먹인 데 대해 큰 보답을 받은 것입니다.

루페르키라는 이름은 뤼카이우스[114] 산에서 유래했을 수도 있습니다.

　　파우누스는 아르카디아에 신전을 갖고 있기 때문입니다.

신부여, 그대는 무엇을 기다리고 있는 것이오? 아무리 효과 있는 약초도,　　　425

　　어떤 기도도, 어떤 주문(呪文)도 그대를 어머니로 만들지 못할 것이오.

그대는 다산(多産)을 가져다주는 오른손의 가격을 참을성 있게 받아들이시오.

　　그러면 그대의 시아버지는 바라던 대로 할아버지라고 불리게 될 것이오.

한때는 부인이 가혹한 운명에 따라 남편에게

　　사랑의 담보인 아이를 드물게 낳아준 적이 있었습니다.　　　430

로물루스가 외치곤 했습니다. (그의 치세 때 그런 일이 일어났습니다.)

　　"사비니족 여인들을 납치한 것이 내게 무슨 이익이 된단 말인가?

내가 저지른 불의가 내게 남자들의 힘이 아니라 전쟁만 가져다준다면.

　　며느리를 보지 않았더라면 더 좋았을 것을!"[115]

에스퀼리우스 언덕 아래 여러 해 동안 도끼가 닿지 않은 원림이　　　435

114　뤼카이우스라는 산 이름은 그리스어 lykos('늑대'라는 뜻)에서 유래한 것으로 생각된다. 뤼카이우스 산의 윱피테르를 위해 개최되던 뤼카이아 제(Lycaea 그/Lykaia)에서 루페르칼리아 제의 이름이 유래했다고 보는 이들도 있다.

115　로물루스는 로마를 건설한 뒤 도망쳐온 범죄자들에게 은신처를 제공하는 방법으로 새 도시의 인구를 늘린다. 그리하여 초기 로마의 시민들이 대부분 남자들로 구성되자 그들에게 아내를 구해주려고 8월 21일 로마에서 열리는 콘수알리아 제(Consualia)—구덩이에 저장된 곡식의 수호신 콘수스(Consus)를 위한 축제—를 구경하러 온 젊은 사비니족 여인들을 납치한다. 그리하여 로마가 사비니족과 전쟁에 휘말리게 된 뒤로 납치된 사비니족 여인들이 출산을 하지 못하자, 사비니족 여인들은 로마인 남편들과 함께 에스퀼리우스 언덕 기슭에 있는 출산의 여신 유노 루키나(Iuno Lucina)의 원림을 찾아가 기도한다. 여신의 기상천외한 대답에 모두 어리둥절했으나, 얼마 전 에트루리아에서 온 복점관 한 명이 그 뜻을 풀이한다.

하나 있었는데 그것은 위대한 유노[116]에게서 이름을 따왔습니다.

그곳에 이르러 남편들과 아내들이 탄원하기 위해

　　똑같이 무릎을 꿇었을 때

갑자기 숲이 흔들리고 나무의 우듬지들이 떨리면서

　　여신이 자신의 원림에서 놀라운 말을 했습니다.　　　　　　　　　440

"신성한 숫염소가 이탈리아의 어머니들 속으로 들어갈지어다."

　　모호한 말에 놀라 무리는 어리둥절했습니다.

복점관이 한 명 있었습니다. 세월이 많이 흘러 그의 이름은 사라졌으나

　　그는 얼마 전에 에트루리아에서 추방자로 왔습니다.

그가 숫염소를 잡습니다. 그리고 소녀들은 그의 명령에 따라　　　　　445

　　그 가죽으로 만든 가죽 끈으로 자신들의 등을 치도록 내맡겼습니다.

달이 열 번 돌아 다시 새 뿔이 났을 때

　　갑자기 남편은 아버지가 되고 아내는 어머니가 되었습니다.

감사합니다, 루키나(Lucina) 여신이여! 그대에게 그런 이름이 주어진 것은

　　원림 때문이거나, 아니면 생명의 빛(lux)이 그대에게서 시작되기　　　450

때문입니다. 상냥하신 루키나 여신이여, 부디 임신부들을 아껴주시고

　　다 자란 짐을 자궁에서 부드럽게 뽑아내소서.

이날이 밝아오면 바람을 믿지 마십시오.

　　그때는 미풍(微風)이 신뢰를 저버립니다.

바람의 입김은 변덕스럽고, 아이올루스[117]의 감옥 문은　　　　　　　455

116　유노 루키나.

117　아이올루스(Aeolus 그/Aiolos)는 바람의 통치자로 필요에 따라 온갖 바람을 자기 집에 가둘 수 있다. 호메로스, 『오뒷세이아』 10권 1~27행과 베르길리우스, 『아이네이스』 1권 52행 참조.

엿새 동안 빗장이 벗겨진 채 활짝 열려 있습니다.

변덕스러운 물병자리는 어느새 항아리를 기울이고는 졌습니다.

　물고기자리여, 이제는 그대가 하늘의 마차[118]를 맞이할 차례로구나.

사람들이 말하기를, 그대와 그대의 아우[119]는(그대들은 별자리로서 나란히

　빛나고 있기 때문이오) 두 분 신을 등에 태워드렸다고 하오.　　　　　　460

전에 윱피테르께서 하늘을 지키려고 무기를 집어 드셨을 때

　디오네[120] 여신은 무시무시한 튀폰[121]에게서 도망치다가

어린 쿠피도[122]를 데리고 에우프라테스 강에 이르러

　팔라이스티네[123]의 강가에서 쉬고 있었습니다.

강둑 위에는 미루나무들과 갈대들이 무성하게 자라고 있었고　　　　　　465

　버드나무들도 그들이 은신처를 발견할 수 있을 것이라는 희망을 주었습니다.

118　태양신의 마차를 말한다.

119　메소포타미아의 천문가들은 하나의 물고기자리만 보았으나 그리스 로마의 천문가들은 두 개의 물
　　　고기자리를 구별하고 있다.

120　호메로스에 따르면 디오네는 제우스(라/Iuppiter)의 아내로 아프로디테의 어머니이다(『일리아스』
　　　5권 370~371행 참조). 그러나 헤시오도스에 따르면 디오네는 제우스의 아내가 아니라 오케아노
　　　스의 딸들 중 한 명이고(『신들의 계보』 353행 참조), 아프로디테는 우라누스(Uranus 그/Ouranos)
　　　의 바다에 버려진 남근 주위에 일기 시작한 거품에서 태어났다고 한다(같은 책 188~200행 참
　　　조). 한편 오비디우스는 여기서 디오네를 아프로디테와 동일시하고 있다.

121　튀폰에 관해서는 1권 주 137 참조.

122　쿠피도(Cupido: '욕망'이라는 뜻)는 그리스 신화의 에로스(Eros)에 해당하는 로마의 신이며, 에로
　　　스는 아모르(Amor: '사랑'이라는 뜻)라고도 불린다. 에로스는 초기 신화에서는 종족의 보존과 확
　　　대를 위한 우주적 생식력의 신이었으나, 헬레니즘 시대 이후로는 아프로디테와 아레스의 아들로
　　　서 화살들을 갖고 다니는 동자 신(童子神)으로 더 잘 알려져 있다. 그는 두 가지 화살을 갖고 다니
　　　는데, 황금촉의 화살은 그것을 맞는 이에게 애욕을 불러일으키고 납촉의 화살은 그것을 맞은 이가
　　　자기를 좋아하는 이에게서 등을 돌리게 한다고 한다.

123　팔라이스티네(Palaestine)는 쉬리아의 한 지역이다. 여기서 '팔라이스티네 강가'란 쉬리아와 메소
　　　포타미아의 경계를 이루는 에우프라테스 강가를 말한다.

그녀가 숨어 있을 때 바람에 숲이 살랑거렸습니다. 그녀는 파랗게

　겁에 질리고 적군의 무리가 가까이 있는 줄 알았습니다.

그녀는 소년을 품에 안고 말합니다.

　"구해주시오, 요정들이여. 그대들은 두 신을 도우시오!"　　　　　　　　470

그녀는 지체 없이 앞으로 뛰어나갔고 쌍둥이 물고기가 그녀를

　등에 태웠습니다. 그 보답으로, 그대도 아시다시피, 그 별자리는 그런 이름을

얻게 되었습니다. 그래서 겁 많은 쉬리아인들은 그런 종류의 물고기를

　식탁에 올리는 것을 죄악시해 물고기로 자신들의 입을 더럽히려 하지 않습니다.[124]

2월 17일

이튿날은 비어 있습니다. 그러나 세 번째 날은 퀴리누스[125]의 날입니다.　　　　475

　그분이 그렇게 불리는 것은(그분은 전에는 로물루스였습니다)

옛 사비니족이 창(槍)을 쿠리스(curis)라고 불렀기 때문이거나

　(호전적인 그 신은 투창으로 별들 사이에 자리 잡았던 것입니다),[126]

퀴리테스들[127]이 자신들의 이름을 자신들의 왕에게 주었기 때문이거나,

　그분이 쿠레스[128]를 로마에 합병했기 때문입니다.　　　　　　　　　　480

그분의 아버지인 무기의 주인[129]은 새로운 성벽들이 일어서고

124　쉬리아인들은 그리스의 아프로디테에 해당하는 서아시아의 풍요의 여신 아스타르테(Astarte)가
　　　물고기로 변신했다고 믿었기 때문에 물고기를 잘 먹지 않았다고 한다.

125　퀴리누스에 관해서는 1권 주 12 참조.

126　퀴리누스는 원래 사비니족의 신이었다는 것이다. '별들 사이에 자리 잡았다'는 것은 별자리가 되
　　　었다는 뜻이 아니라 불멸의 명성을 얻었다는 뜻으로 생각된다.

127　퀴리테스들(Quirites)이란 시민적ㆍ비군사적 기능을 하는 로마인들을 말하며, '남자들 또는 사람
　　　들의 모임'이라는 뜻의 옛말 covirites에서 유래했을 것으로 추정된다.

128　쿠레스(Cures)는 사비니족의 수도이다.

129　마르스. 윱피테르와 마르스와 로물루스는 할아버지와 아버지와 아들 사이이다.

로물루스의 손이 수많은 전쟁을 수행한 것을 보고는 말했습니다.

"융피테르여, 로마는 힘과 기운이 넘칩니다.

그러니 그것은 내 피붙이의 봉사를 필요로 하지 않습니다.

아들을 아비에게 돌려주소서. 비록 둘 중 한 명은 죽었으나   485

남은 한 명이 내게는 그 자신과 레무스가 될 것입니다.

'당신께서 푸른 하늘로 들어올리실 자가 한 명 있을 것이다'[130]라고

말씀하신 적이 있거늘, 융피테르의 말씀이 이루어지게 하소서."

융피테르께서는 머리를 끄덕여 동의하셨고 그분께서 머리를 끄덕이시자

양극(兩極)이 흔들렸고 아틀라스가 하늘의 무게를 느꼈습니다.   490

옛사람들이 암양의 늪이라고 부르던 곳이 있었습니다.

그곳에서, 로물루스여, 그대는 그대의 백성에게 판결을 내리고 있었습니다.

해가 사라지고 구름이 일어 하늘을 가리더니

비가 억수로 쏟아졌습니다.

그러자 천둥이 치고 번개가 하늘을 찢습니다.   495

백성은 달아나고 왕은 아버지의 전차를 타고 하늘로 날아올랐습니다.

사람들이 비통해하는 가운데 원로들은 살인 누명을 썼고,

그러한 의혹은 어쩌면 사람들의 마음속에 자리 잡았을 것입니다.

그러나 율리우스 프로쿨루스가 알바 롱가에서 돌아오고

있었습니다.[131] 달이 비치고 있어 횃불은 필요 없었습니다.   500

그때 갑자기 그의 왼쪽에 있던 산울타리가 흔들리고 떨렸습니다.

---

130 오비디우스, 『변신 이야기』 14권 814행 참조.

131 신격화된 로물루스가 카이사르가(家)의 선조인 율리우스 프로쿨루스(Proculus)에게 나타났다는 이야기는 키케로(Marcus Tullius Cicero 기원전 106~64년)의 『국가론』(De re publica) 2권 10장 20절과 리비우스, 1권 16장 5절에도 나온다.

그는 뒷걸음질 쳤고 모골이 송연했습니다.

그가 보기에 로물루스가 사람보다 더 큰 아름다운 모습으로

  자포(紫袍)를 입고는 거기 길 한가운데 서서 말하는 것 같았습니다.

"그대는 퀴리테스들이 슬퍼하지 못하게 하시오.   505

  그들은 눈물로 내 신성(神性)을 더럽혀서는 안 될 것이오.

무리는 경건하게 향연(香煙)으로 새로운 퀴리누스를 달래고,

  자신들의 선조들이 가꾸던 기술인 전쟁의 기술을 가꾸어야 할 것이오!"

그렇게 명령하고는 그분은 사람들의 시야에서 가벼운 대기 속으로 사라졌습니다.

  프로쿨루스는 백성들을 불러 모아놓고 명령받은 것을 전했습니다.   510

신에게 신전들이 세워지고, 한 언덕[132]이 또한 그분에게서 이름을 따왔습니다.

  그리고 정해진 날들에 우리 선조들의 축제[133]가 되풀이되고 있습니다.

왜 이날이 바보들의 축제라고도 불리는지 그 까닭을

  들어보십시오. 그 까닭은 시시하지만 적절합니다.

옛날에는 전문적인 농사꾼이 땅을 갈지 않았습니다.   515

  가혹한 전쟁이 활동적인 남자들을 지치게 만들었던 것입니다.

구부정한 쟁기보다는 칼이 더 많은 영광을 가져다주었습니다.

  소홀히 한 농토는 그 주인에게 조금밖에 돌려주지 않았습니다.

그러나 옛사람들은 스펠트 밀을 파종하고 스펠트 밀을 수확했으며

  베어온 스펠트 밀 가운데 맏물을 케레스에게 바치곤 했습니다.   520

그들은 경험으로 배워 스펠트 밀을 불에 그슬렸는데

  자신들의 잘못 탓에 큰 피해를 보았습니다.

132 로마의 일곱 언덕 중 맨 북쪽에 있는 퀴리날리스 언덕을 말한다.

133 다음에 나오는 퀴리날리아 제를 말한다.

때로는 스펠트 밀 대신 새까만 재를 쓸어 모았고

때로는 오두막 자체에 불이 났기 때문입니다.

그리하여 그들은 가마솥을 여신으로 만들었습니다.   525

농부들은 자신들의 곡식을 아껴달라고 기쁜 마음으로 가마솥에 기도합니다.

오늘날에는 수석 족구장(首席族區長)이 가마솥 축제를 지낼 시기를

정해진 문구로 포고하는데, 그것은 그 날짜가 정해져 있지 않기 때문입니다.[134]

포룸 둘레에는 빙 돌아가며 게시판들이 걸려 있고

그 위에는 족구마다 확실하게 표시가 되어 있습니다.   530

그러나 백성 중에 바보 같은 자들은 어느 것이 자기들 족구인지 몰라

축제를 연기할 수 있는 마지막 날까지 연기합니다.

2월 21일

무덤에도 경의를 표합니다. 사람들은 조상들의 혼백을 달래고

그분들의 무덤에 작은 선물을 바칩니다.[135]

혼백들은 많이 요구하지 않습니다. 그들은 값비싼 선물보다 경건을   535

---

134 로마의 주민들은 원래 티티엔세스·람네스·루케레스의 세 부족으로 나뉘고, 세 부족은 다시 각각 10개의 족구(族區 curia)로 나뉘었다. 모두 30개의 족구에서 저마다 종신직 족구장(curio)이 선출되고, 이들 30명의 족구장 가운데 한 명의 수석 족구장(curio maximus)이 선출되었다. 수석 족구장의 임무 중에는 날짜가 유동적인 가마솥의 여신(Fornax)을 위한 축제인 포르나칼리아 제를 각각의 족구가 언제 지내야 할 것인지 30개의 현수막으로 포룸에 게시하는 것도 포함된다. 수석 족구장이 정해준 날짜에 자기 족구에서 포르나칼리아 제를 지내지 못한 자들에게는 2월 17일 '바보들의 축제'(stultorum festa)에서 그것을 지낼 기회가 한 번 더 주어졌다.

135 이에 관해서는 33～34행과 주 10 참조. 2월 13일부터 2월 21일까지 계속되는 '사자(死者)들의 날들'(dies ferales 또는 dies parentales)에는 죽은 가족들, 그 명칭으로 미루어 특히 부모를 추모했는데, 관리들은 자줏빛 단을 댄 겉옷을 입지 않고, 신전들은 문을 닫았으며(563행 참조), 제단에는 불을 피우지 않았으며(564행 참조), 결혼식도 올리지 않았다(557～560행 참조). 파렌탈리아 제는 마지막 날에 열리는 공적 의식인 페랄리아 제로 끝난다.

더 높이 삽니다. 저 아래 스튁스[136] 강에는 욕심 많은 신이 없습니다.

화환을 감은 기왓장과 뿌려진 곡식과

　　약간의 소금 알갱이와 물 타지 않은 포도주에 담근 빵과

묶지 않은 제비꽃이면 충분합니다.

　　그것들을 질그릇에 담아 길 한가운데 갖다놓으십시오!　　　　　　　　540

더 큰 선물도 금지된 것은 아니지만 그 정도로도 그림자[137]를 달랠 수 있습니다.

　　화덕을 세우고 기도와 적절한 말을 덧붙이십시오!

정의로운 라티누스[138]여, 이 관습을 그대의 나라에 도입한 것은

　　경건의 적절한 본보기인 아이네아스였소이다.

그분은 아버지의 혼백에 성대한 선물들을 바쳤는데　　　　　　　　　　　545

　　그분에게서 백성이 경건한 의식을 배웠던 것입니다.

그러나 한번은 호전적인 팔로 장기전을 수행하다가

　　그들은 파렌탈리아 제를 거른 적이 있었습니다.[139]

그들은 그 벌을 받았습니다. 그 불길한 행위가 있은 뒤로 로마는

　　근교에서 타는 화장용 장작더미[140]에 뜨겁게 달아올랐다고 합니다.　　550

나로서는 믿기 어려우나 사람들 말로는 우리 조상들이

　　고요한 밤 시간에 무덤에서 나와 통곡했다고 합니다.

그리고 형체 없는 혼백들의 공허한 무리가 도시의 거리와

　　넓은 들판을 울부짖으며 지나갔다고 합니다.

136　스튁스는 저승에 있는 강으로, 신들은 으레 이 강에 걸고 가장 엄숙한 맹세를 했다.

137　'그림자'란 혼백을 말한다.

138　라티누스는 라티움 지방의 옛 도시 라우렌툼의 왕으로, 라비니아의 아버지이며 아이네아스의 장인(丈人)이다.

139　베르길리우스, 『아이네이스』 5권 42~103행 참조.

140　십이동판법(十二銅版法)에 따르면 죽은 자는 로마의 성벽 밖에서 화장해 매장하게 되어 있다.

그 뒤 빠뜨렸던 선물들이 무덤들에 바쳐졌고,   555

    그러자 무시무시한 유령의 출몰도 끝났습니다.

하지만 이 기간에는, 결혼하지 않은 소녀들이여, 서둘지 말 것이며,[141]

    결혼식 때 타는 관솔 횃불[142]은 정결한 달들을 기다릴지어다.

그리고 소녀여, 졸라대는 어머니에게는 그대가 성숙해 보이더라도

    구부정한 창[143]으로 그대의 머리를 빗지 마시오.   560

결혼의 신 휘메나이우스[144]여, 그대의 횃불들을 감추고

    시커먼 화염을 멀리하시오. 슬픈 무덤을 비추는 것은 다른 것들이외다.

신들도 닫힌 신전 문들로 가려져야 합니다.[145]

    제단에는 향이 타지 않게 하고 화로에는 불이 피어 있지 않게 하십시오.

지금은 가벼운 혼백과 무덤에서 나온 시신이 돌아다니고,   565

    지금은 그림자가 차려놓은 음식을 먹습니다.

그러나 그것은 한 달 중에서 내 비가의 시행들이 갖고 있는

    운각만큼 많은 날들[146]이 남아 있을 때까지만 계속됩니다.

이날은 페랄리아(Feralia)라고 불리는데, 사자들에게 마땅히 바쳐야 할 것을

---

141 시인은 사자(死者)들의 축제 기간에는 결혼하지 말라고 하는데, 이에 관해서는 3권 393~396행
과 5권 487~490행 참조.

142 결혼식 행렬에서는 어린 소년이 신부 집 화로에서 점화한 횃불을 들고 신부를 신랑 집으로 인도했
다. 횃불에 쓸 나무로는 산사나무를 권장했으나 소나무도 썼다고 한다.

143 고대 로마에서는 죽은 검투사의 몸에 꽂혔던 창(caelibaris hasta)으로 신부의 머리를 빗겨주는 관
습이 있었다.

144 휘메나이우스(Hymenaeus 그/Hymenaios)는 그리스의 결혼의 신이다.

145 사자들을 위한 축제 기간 동안 신전의 문을 닫았던 일에 관해서는 5권 485~486행 참조.

146 11일을 말한다. 비가 시행은 헥사메터의 6운각과 펜타메터의 5운각을 합쳐 11운각이다. 그 경우
페랄리아 제는 2월 21일이 아니라 18일이 되는데, 믿어지지 않지만 오비디우스가 2월은 31일이
아니라 28일까지만 있다는 것을 순간적으로 잊은 것으로 보인다.

이날 바치기(ferunt) 때문입니다. 이날은 혼백을 달래는 마지막 날입니다.   570

보십시오, 저기 어떤 노파[147]가 소녀들 사이에 앉아 타키타[148]를 위해
　의식을 행하고 있습니다. 하지만 그녀 자신은 침묵하지(tacet) 않습니다.
그녀는 세 손가락으로 향연 세 알을 집어 작은 생쥐가 자신을 위해
　비밀 통로를 만들어놓은 문지방 밑에 갖다놓습니다.
그리고 나서 노파는 마법에 걸린 실들에 거무스름한 납을 달고   575
　입안에서 검은콩 일곱 알을 이리저리 굴립니다.
그리고 그녀는 역청을 칠하고 청동 바늘로 꿴 정어리의 대가리를
　불에다 굽습니다. 그녀는 또 그 위에 포도주를
한 방울씩 떨어뜨립니다. 남는 포도주는 그녀와 그녀 친구들이 마시는데
　그녀가 더 많이 마십니다.   580
"우리는 적대적인 혀들과 적들의 입을 묶어놓았어!"라고 말하며
　그녀는 술에 취해 비틀비틀 떠나갑니다.
그대는 침묵의 여신은 누구냐고 당장 물으실 것입니다.
　내가 옛 노인들에게서 알게 된 것을 들려드리겠습니다.
윱피테르께서는 유투르나[149]를 향한 지나친 사랑에 제압되어   585
　그토록 위대하신 신께서 겪어서는 안 될 많은 고통을 당하셨습니다.
그녀가 때로는 숲 속에서 개암나무 덤불에 숨는가 하면

---

147 이 노파는 로마의 공식적인 의식(儀式) 밖에서 활동하는 직업적 예언자 또는 마술사의 한 명이라
　고 생각된다.
148 타키타(Tacita)는 침묵의 여신으로 일명 무타(Muta)이다. 그녀는 라레스들의 어머니이며, 그녀의
　옛 이름은 라라(Lara)이다.
149 유투르나는 로마의 물의 요정이다. 다음에 나오는 그녀에 관한 오비디우스의 이야기는 다른 곳에
　는 나오지 않는다.

때로는 자기 친족들이 있는 물 속으로 뛰어들었기 때문입니다.

그분께서는 라티움에 사는 요정들을 불러 모으시고는

    그들 무리의 한가운데에서 큰 소리로 이런 말씀을 하셨습니다.   590

"너희들의 언니는 자신을 시기하여 자신에게 유익한 일을

    피하는구나. 최고신과 살을 섞는 일 말이다.

너희들은 우리 둘을 돕도록 하라. 내게 큰 즐거움이 되는 것이

    너희들의 언니에게는 큰 이익이 될 것이기 때문이다.

그녀가 도망치거든 물 속으로 뛰어들지 못하게   595

    너희들은 강둑 가장자리에서 그녀를 막도록 하라."

그분께서 그렇게 말씀하셨습니다. 그러자 티베리스 강의 모든 요정들과,

    신과 같은 일리아[150]여, 그대의 신방(新房)을 돌보는 요정들이 동의했습니다.

그런데 라라라는 물의 요정이 있었습니다. 그녀의 옛 이름은 첫 음절을

    두 번 반복하여 랄라[151]였는데, 그녀가 라라라는 이름을 갖게 된 것은   600

그녀의 실수 탓이었습니다. 하신(河神) 알모[152]가 그녀에게 누차

    "내 딸아, 네 혀를 억제하여라"라고 말하지만 그녀는 억제하지

않습니다. 그녀는 언니 유투르나의 연못들에 도착하자마자

    "강둑을 멀리해요"라고 말하며 윱피테르께서 하신 말씀을 전합니다.

그녀는 또 유노에게 가서 결혼한 아내들을 동정하며 덧붙였습니다.   605

    "그대 남편은 유투르나를 사랑하고 있어요."

---

150 일리아(Ilia)는 '일리움', 즉 '트로이야의 여인'이라는 뜻으로 로물루스와 레무스의 어머니가 된 레아 실비아의 다른 이름이다. 일설에 따르면 그녀는 티베리스 또는 그 지류인 아니오(Anio) 강에 투신하여 하신의 아내가 되었다고 한다. 1권 주 13 참조.

151 오비디우스는 랄라(Lala)라는 이름이 '재잘거리다' '지껄이다'는 뜻의 그리스어 laleo에서 유래한 다고 생각하는 것 같다.

152 알모(Almo)는 티베리스 강의 지류 겸 그 하신이다.

그러자 읍피테르께서 크게 노하시어 그녀가 지각없이 놀린

그녀의 혀를 뽑은 다음 메르쿠리우스를 부르십니다.

"그녀를 혼백들에게로 데려가거라. 그곳은 침묵하는 자들에게 적합한 곳이다.

그녀는 요정으로 남되 지하 늪의 요정이 될 것이다."   610

읍피테르의 명령은 이루어지는 법입니다. 그들은 도중에 원림을 만났습니다.

그때 그녀는 길라잡이 신[153]의 마음에 들었다고 합니다.

그분은 그녀를 겁탈하려 하지만 그녀는 말 대신 얼굴 표정으로 탄원합니다.

그녀는 벙어리가 된 입으로 말하려고 애써보지만 소용없는 짓입니다.

그녀는 잉태하여 쌍둥이를 낳았는데, 그들은 갈림길들을 지키며   615

우리 도시에서 언제나 망을 봅니다. 라레스들[154] 말입니다.

2월 22일

그 이튿날은 사랑스런(cari) 친족들에게서 카리스티아(caristia)라는 이름을

받았습니다. 한 무리의 친족이 가족이 모시는 신들을 찾아옵니다.

물론 무덤들과 죽은 친척들로부터 살아 있는 이들에게로

시선을 향한다는 것은 즐거운 일이며,   620

그토록 많은 사람들을 잃은 뒤 살아남은 혈족을 바라보고

촌수를 따져보는 것도 즐거운 일입니다.

하지만 죄 없는 이들만 올지어다. 여기서 멀리 떨어질지어다.

---

153 메르쿠리우스(그리스 신화의 헤르메스)는 신들, 특히 제우스의 사자(使者)이며 사자(死者)들을 저
승으로 인도하는 역할도 한다.

154 라르(Lar 복수형 Lares)는 로마의 가정(家庭)의 수호신으로, 로마의 벽화나 조각에서는 흔히 짧은
셔츠를 입고 춤추는 젊은이의 모습으로 그려지곤 했다. 가정 또는 화로라는 뜻으로 쓰일 때는 단
수로 쓰이지만 그 밖에는 주로 복수형으로 쓰인다. 라레스들은 로마의 공적(公的)인 수호신들로
프라이스티테스(Praestites: '앞에 서서 막아주는 이들'이라는 뜻)와 콤피탈레스(Compitales: '교차
로를 지키는 이들'이라는 뜻)라는 별명이 있다.

불경한 형제와 제 자식에게 가혹한 어머니는,

그리고 아버지가 너무 오래 사는 자와 어머니의 나이를 세어보는 자와   625

  며느리를 미워하고 학대하는 모진 시어머니도.

탄탈로스가(家)의 형제들[155]이나 이아손의 아내[156]나

  농부들에게 볶은 씨앗을 준 여인[157]이나

프로크네 자매와 이들에게 가혹했던 테레우스[158]나

  누구든 범죄로 재산을 늘리는 자는 이곳에 오지 말지어다.   630

그대들 선한 이들이여, 가족의 신들에게 분향하시오.

  오늘은 콩코르디아 여신이 특별히 왕림하신다 하오.

그대들은 음식을 바치시오. 접시에 담아 바치는 것을

  허리띠를 두른 라레스들이 반가운 선물의 담보로 들도록 말입니다.

드디어 이슬에 젖은 밤이 편히 자기를 청하면   635

  그대들은 가득 찬 포도주 잔을 들고 기원하십시오.

"그대들의 건강을 위하여. 폐하의 건강을 위하여, 조국의 아버지여, 최선의

  카이사르[159]여!" 그대들은 이렇게 좋은 말을 한 뒤 포도주를 부어드리시오.

---

155 아트레우스와 튀에스테스(Thyestes). 이들은 탄탈루스의 손자들로 형제간 불화의 본보기이다.
156 이아손의 아내 메데아. 주 15와 1권 주 116 참조.
157 이노. 3권 853행 이하 참조.
158 프로크네와 필로멜라(Philomela 그/Philomele) 자매는 아테나이 왕 판디온(Pandion)의 딸들이다. 그중 프로크네는 트라케 왕 테레우스와 결혼하여 이튀스(Ithys)라는 아들을 두었으나, 테레우스가 처제 필로멜라를 겁탈한 뒤 혀를 자른 사실이 드러나자 제 자식인 이튀스를 죽여서 그 고기를 요리해 테레우스 앞에 내놓는다. 테레우스가 나중에야 이를 알고 두 자매를 죽이려 하자 윱피테르가 테레우스는 후투티로, 프로크네는 나이팅게일로, 필로멜라는 제비로 변하게 한다(오비디우스, 『변신 이야기』 6권 424~674행 참조). 라틴 작가들에 따르면 필로멜라가 나이팅게일로, 프로크네가 제비로 변했다고 한다.
159 아우구스투스. 라레스들에게 제물을 바치듯이 전란에서 조국을 구해준 아우구스투스를 위해서도 건배하라는 뜻이다.

2월 23일

밤이 지나고 나면 경작지의 경계를 표시하는 신에게

    늘 바치곤 하던 선물을 바치도록 하십시오.[160]   640

테르미누스여, 들판에 돌로 묻혀 있든 아니면

    말뚝으로 묻혀 있든 그대 역시 옛날부터 신입니다.

두 땅 임자가 저마다 화환과 케이크를 하나씩 가져와

    서로 다른 쪽에서 그대에게 화환을 바칩니다.

그들은 제단을 세웁니다. 그러면 농부의 아내가 따뜻한 화로에서 꺼낸 불을   645

    깨진 질그릇 파편에 담아 손수 이곳으로 가져옵니다.

노인은 나무를 패어 장작개비들을 솜씨 좋게 쌓고

    가지들은 힘들여 단단한 땅에 박습니다.

그러고 나서 그는 마른 나무껍질로 불을 지피고,

    소년은 손에 넓적한 바구니를 들고 그의 옆에 서 있습니다.   650

그가 불 속에 곡식을 세 번 던지고 나면 그의 어린 딸이

    잘라놓은 벌집들을 건네줍니다. 다른 사람들은

포도주 항아리를 들고 있습니다. 불길에는 모든 것이 조금씩 바쳐집니다.

    흰옷을 입은 무리가 말없이 지켜보고 있습니다.

공동의 경계 신 테르미누스에게는 새끼 양의 피가 뿌려지지만   655

    젖먹이 새끼 돼지를 바쳐도 개의치 않습니다.

순박한 이웃사람들이 만나 잔치를 벌이며,

---

160   경계의 신 테르미누스(Terminus)를 위한 테르미날리아 제(Terminalia)는 에트루리아 출신의 로마 왕 누마가 로마에 도입했는데, 누마는 모든 지주는 돌로 자기 땅의 경계를 표시하게 했다고 한다. 이 돌들은 읍피테르 테르미날리스(Iuppiter Terminalis: '경계의 신으로서의 읍피테르'라는 뜻)에게 바쳐진 것으로, 농부가 이 돌을 갈아엎으면 그와 쟁기를 끄는 짐승이 죽임을 당해도 항의하지 못했다고 한다.

신성한 테르미누스여, 노래로 그대를 찬양합니다.

"그대는 백성들에게도, 도시들에도, 광대한 왕국들에도 경계를 주십니다.

  그대가 없다면 모든 경작지는 다툼거리가 될 것입니다.   660

그대는 어느 누구의 호감도 사려 하지 않고 황금에 매수되지 않으며

  그대에게 맡겨진 농토를 성실하게 지키십니다.

만약 그대가 이전에 튀레아¹⁶¹ 땅의 경계를 표시해두었더라면

  저 삼백 명의 목숨이 죽지 않았을 것이며, 무기 더미 위에서

오트뤼아데스의 이름을 읽을 수 없었을 것입니다.   665

  오오, 그는 조국에 얼마나 많은 피를 바쳤던가!

새로 카피톨리움을 지을 때 어떤 일이 일어났습니까?

  신들의 무리는 모두 떠나고 그분에게 자리를 내주었습니다.¹⁶²

그러나 옛사람들의 말에 따르면 테르미누스는 그가 발견된 사당 안에

  그대로 머물렀고, 지금은 위대하신 읍피테르와 신전들을 공유합니다.¹⁶³   670

지금도 그가 머리 위의 별들만 볼 수 있도록

  신전 지붕에는 조그마한 구멍이 나 있습니다.¹⁶⁴

테르미누스여, 그 뒤로 그대는 이동의 자유를 잃어버렸습니다.

---

161 튀레아는 그리스의 아르고스와 스파르타 사이에 있는 지역과 도시로, 두 도시가 이곳에 대한 영유
     권을 다투었다. 그러다가 기원전 545년 300명의 아르고스 전사들이 같은 수의 스파르타 전사들과
     싸우게 되는데, 스파르타 전사들 중에서는 오트뤼아데스만이 유일하게 살아남는다. 그러나 그는
     혼자 고향으로 돌아가는 대신 죽은 전사들의 방패들을 쌓고 그 위에다 자신의 피로 읍피테르에게
     헌사를 쓴 뒤 자살했다고 한다(헤로도토스, 1권 82장 참조).
162 카피톨리움 언덕에 읍피테르 옵티무스 막시무스(Iuppiter Optimus Maximus: '최선 최대의 읍피
     테르'라는 뜻)의 대신전을 지을 때 그곳에 사당이 있던 다른 많은 신들은 자리를 내주고 떠났지만
     테르미누스는 떠나기를 거절한 까닭에 새 신전에 병합되었다.
163 경계석은 일단 놓인 뒤에는 신성하여 움직일 수 없다는 뜻이다.
164 테르미누스에게는 노천에서 제물이 바쳐져야 하므로 제단 위의 지붕에 구멍을 뚫었던 것이다.

사람들이 그대를 갖다놓은 곳에 그대로 머물러 계십시오.

그대는 읍피테르보다 사람을 중시하는 것으로 보이지 않도록   675

    아무리 애원해도 이웃 사람에게 한 치도 양보하지 마십시오.

그리고 사람들이 쟁기나 곡괭이로 치더라도 그대는 외치십시오.

    '이 농토는 당신 것이 아니라 그 사람 것이오.'"

도로가 백성을 라우렌툼[165] 들판으로 인도하는 곳에서

    ―그 들판은 전에 다르다니아의 지도자[166]가 자기 영토로 요구했습니다―   680

시내에서 여섯 번째 돌[167]은 털북숭이 양(羊)의 내장이, 테르미누스여,

    그대에게 제물로 바쳐지는 것을 보고 있습니다.

다른 민족의 땅에는 확실한 경계가 있으나

    로마 시와 세계는 넓이가 똑같습니다.[168]

2월 24일

이번에 나는 왕의 도주(Regifugium)에 관해 이야기해야 합니다.   685

    이달의 끝에서 여섯 번째 날은 거기서 이름을 가져왔습니다.

로마 민족을 다스린 마지막 왕은 타르퀴니우스로

    그는 불의한 사람이지만 전쟁에는 강했습니다.

그는 몇몇 도시를 함락하고, 다른 도시들을 파괴했으며,

---

165 로마에서 바다 쪽으로 나 있는 비아 라우렌티나(via Laurentina) 가도를 말한다. 라우렌툼에 관해서는 주 138 참조.

166 '다르다니아의 지도자'란 아이네아스를 말한다. 다르다니아에 관해서는 1권 주 121 참조. 아이네아스는 처음 이탈리아에 도착했을 때 라티누스 왕이 다스리던 라우렌툼 해안에 상륙했다.

167 비아 라우렌티나의 로마로부터 여섯 번째 표석(標石)에서 공적인 테르미날리아 제가 치러진다는 뜻이다.

168 로마와 세계를 동일시하는 데 관해서는 1권 85행 참조.

야비한 술책으로 가비이[169]를 제 것으로 만들었습니다.   690

세 아들 중에서 수페르부스[170]의 진정한 아들인 막내[171]는

   고요한 밤에 적진 한가운데로 들어갔습니다. 적군이 칼을 빼들었습니다.

"무장하지 않은 나를 죽이시오"라고 그는 말했습니다.

   "그것은 내 형제들이, 아니 잔인한 채찍으로 내 등을 찢어놓은

내 아버지 타르퀴니우스도 원하는 바요."   695

   (그는 그런 핑계를 대기 위하여 채찍을 맞았던 것입니다.)

달이 떠 있었습니다. 그들은 젊은이를 보고 칼을 도로 칼집에 넣고는

   그가 옷을 벗자 그의 등에 난 상처를 살펴봅니다.

그들은 또 울면서 자기들과 함께 전쟁을 수행하자고 간청합니다.

   그는 아무 영문도 모르는 그들에게 교활하게도 그러겠다고 승낙합니다.   700

그는 권력을 쥐자마자 친구들 가운데 한 명을 아버지에게 보내

   가비이를 파괴하기 위해 어떤 방법을 제시하는지 알아오게 합니다.

왕궁 가까이에 향기로운 식물로 가득한 잘 가꾸어진 정원이 하나 있었는데

   그 땅바닥은 졸졸 흐르는 시냇물로 나뉘어 있었습니다.

거기서 타르퀴니우스는 아들의 은밀한 전갈을 받고는   705

   막대기로 가장 키가 큰 백합들을 베어 쓰러뜨립니다.

---

169 가비이는 라티움 지방의 도시로, 로마에서 가까운 곳에 있다.

170 수페르부스(Superbus: '오만한 자'라는 뜻)는 에트루리아 출신의 로마 왕들 중 마지막 왕으로, 기원전 510년에 추방당한 타르퀴니우스(Tarquinius)의 별명이다.

171 섹스투스 타르퀴니우스(Sextus Tarquinius). 그가 술책으로 가비이를 함락하고 루크레티아를 겁탈한 일에 관해서는 리비우스, 1권 53~60장 참조. 수페르부스의 치세 때 그의 아들 섹스투스가 첫 번째 타르퀴니우스 왕인 타르퀴니우스 프리스쿠스(Priscus: '먼젓번의' 또는 '오래된'이라는 뜻)의 종손(從孫) 루키우스 타르퀴니우스 콜라티누스(Lucius Tarquinius Collatinus)의 젊은 아내 루크레티아를 겁탈했는데, 그녀가 창피하여 자살하자 그녀의 비극적인 죽음에 분개한 로마인들은 수페르부스와 타르퀴니우스 일가를 로마에서 추방했다.

사자(使者)가 돌아가 백합들이 베어져 쓰러졌다고 전하자
　아들이 말합니다. "아버지의 명령을 알겠노라."
그가 지체 없이 가비이 시 출신의 일인자들을 죽이자
　성벽들은 대장들을 잃고 항복하고 맙니다. 710

보십시오, 무서운 광경입니다. 뱀 한 마리가 제단 한가운데에서
　기어 나오더니 불을 끄고 제물로 바친 내장을 낚아챕니다.
포이부스에게 묻자 그분이 주신 신탁은 이러합니다.
　"먼저 어머니에게 입 맞춘 자가 승리자가 되리라."
쉽게 믿는 대중은 신의 뜻을 잘못 이해하고 715
　저마다 자기 어머니에게 달려가 입 맞추었습니다.
현명한 브루투스¹⁷²는, 무서운 수페르부스여, 그대의 덫에
　걸려들지 않으려고 바보 행세를 했습니다.
그는 엎드려 어머니 대지에 입 맞추었던 것입니다.
　그러나 다른 사람들은 그가 걸려 넘어진 줄 알았습니다. 720

그사이 아르데아¹⁷³는 로마의 군기(軍旗)들에 둘러싸여
　장기간의 포위 공격을 견뎌내고 있습니다.

172 왕궁에 뱀이 나타나자 수페르부스는 어수룩해 보이는 친척인 브루투스(Lucius Iunius Brutus)를
그의 두 아들과 함께 그리스의 델피(Delphi 그/Delphoi)에 있는 아폴로의 신탁소로 보내 그것이
무슨 전조인지 알아오게 했다. 그곳에서 브루투스의 두 아들은 다음에 누가 로마의 통치자가 될
것인지 물었다. 신탁이 "먼저(princeps) 어머니에게 입 맞추는 자"라고 대답하자 브루투스는 어리
석은 체하며 땅바닥에 쓰러져 어머니 대지에 입을 맞추었다. 그는 루크레티아가 섹스투스 타르퀴
니우스에게 겁탈당하자 타르퀴니우스 일가를 몰아내고 로마 최초의 두 집정관 가운데 한 명이 되
었다.

173 아르데아는 라티움 지방에 있던 루툴리인들(Rutuli)의 해안 도시이다.

124

별로 할 일이 없고 적군이 맞서 싸우기를 두려워하는 동안

　진영에서는 놀이판이 벌어지고 병사들은 여가를 즐깁니다.

젊은 타르퀴누스[174]가 친구들에게 술과 음식을 대접합니다.　　　　　　　725

　그들 사이에서 왕자(王子)[175]가 말합니다.

"아르데아가 애태우는 우리를 지겨운 전쟁으로 붙들고 있고

　우리가 우리 조상들의 신들에게로 개선하는 것을 허용하지 않는 동안

아내들은 과연 우리에게 성실한 것일까요?

　우리가 아내들을 염려하듯 아내들도 우리를 염려하고 있을까요?"　　　730

그러자 저마다 자기 아내를 칭찬합니다. 토론은 점점 열기를 띠고

　술을 마셔대자 그들은 혀와 심장이 달아오릅니다.

그때 콜라티아[176]에서 명성을 얻은 자가 일어나 말합니다.

　"말이 무슨 필요가 있겠소. 행동을 믿도록 합시다.

아직 밤이 남았소. 자, 말을 타고 도시로 달려갑시다!"　　　　　　　　735

　그 말이 그들의 마음에 듭니다. 말들에게는 고삐가 매달립니다.

말들은 주인들을 태워 날랐습니다. 그들은 먼저 왕궁을 찾습니다.

　문을 지키는 자는 아무도 없습니다.

보십시오, 그들이 가서 보니 왕의 자부(子婦)들은 목에 화환을 감고는

　포도주를 갖다놓고 밤을 지새우고 있습니다.　　　　　　　　　　　740

그곳에서 그들은 루크레티아에게로 질주합니다.

　그녀의 침대 앞에는 부드러운 양모가 가득 든 바구니들이 놓여 있었습니다.

174　'젊은 타르퀴니우스'란 섹스투스 타르퀴니우스를 말한다.

175　섹스투스 타르퀴니우스.

176　콜라티아(Collatia)는 로마에서 동쪽으로 18킬로미터쯤 떨어진 라티움 지방의 도시이다. '콜라티아에게서 명성을 얻은 자'란 루크레티아의 남편 루키우스 타르퀴니우스 콜라티누스를 말한다. 그에 관해서는 주 171 참조.

희미한 불빛 아래 하녀들이 주어진 몫의 양모를 잣는 동안

　부드러운 목소리로 그녀는 이렇게 말합니다.

"우리 손으로 짠 이 외투를 되도록 빨리 나리에게　　　　　　　　745

　보내드려야 한다. 그러니 어서 서둘러라, 소녀들이여.

무슨 소식 듣지 못했느냐? 너희들은 나보다 더 많이 들을 수 있으니까 말이야.

　전쟁이 얼마나 남았다고 하더냐? 우리 남편들을 떠나 있게 하는

고약한 아르데아여, 너는 언젠가는 패하여 쓰러지게 되리라.

　너는 더 강한 자들에게 대항하고 있으니까 말이야.　　　　　　750

그분들이 돌아온다면 좋으련만! 하지만 내 낭군은 무모하여

　칼을 빼들고는 아무 데나 돌진하시지.

그이가 싸우는 모습이 떠오르면 나는 정신이 아찔하여

　초주검이 되고 가슴에는 싸늘한 냉기가 스며든다니까."

그녀는 눈물에 말문이 막혀 잣기 시작하던 양모를 떨어뜨리고　　755

　무릎 사이에 얼굴을 묻었습니다.

그러나 그녀에게는 그것도 어울렸습니다. 눈물은 수줍은 그녀를

　우아하게 만들어주었고, 그녀의 외모와 심성은 일치했습니다.

"두려워 마시오. 내가 왔소이다" 하고 남편이 말했습니다.

　그러자 그녀는 되살아나 남편의 목에 달콤한 짐으로서 매달렸습니다.　760

그러는 사이 왕자[177]는 미친 듯한 욕정의 불길에 휩싸이고

　눈먼 사랑의 포로가 되어 미쳐 날뜁니다.

그녀의 아름다움과 눈처럼 하얀 살빛과 금발과

　꾸밈없는 우아함이 그의 마음에 들었습니다.

그녀의 말과 목소리와 타락할 수 없는 미덕도 그의 마음에 들었습니다.　765

177　섹스투스 타르퀴니우스.

희망이 적은 만큼 그는 더욱더 원합니다.

새벽의 전령인 새의 노랫소리가 들린 뒤에야

　　젊은이들은 진영으로 발길을 돌립니다.

멀리 떨어져 있는 여인의 모습에 그는 감각이 완전히 마비됩니다.

　　그는 회상할수록 그녀가 더욱더 마음에 듭니다.　　　　　　770

그녀는 이렇게 앉아 있었고, 이렇게 옷을 입고 있었지. 그녀는 또 이렇게

　　실을 자았고, 이렇게 머리칼이 목덜미 위로 흘러내렸지.

얼굴 표정은 이랬고, 하는 말은 이랬고, 살빛은 이랬으며,

　　얼굴은 이랬고, 우아한 입은 이랬지.

마치 큰 폭풍이 지나간 뒤 바다는 차차 진정되어도　　　　　　775

　　지금은 잠잠해진 바람에 의해 아직도 너울이 일듯이,

그처럼 사랑스러운 모습은 멀리 떨어져 있어도

　　그것이 가까이 있을 때 일으킨 사랑은 그대로 남아 있었습니다.

그는 타오르고 있고 옳지 못한 사랑의 가시에 찔려

　　그래서는 안 될 침대에 폭행과 공포를 꾀합니다.　　　　　　780

"결과는 불확실해. 그래도 할 수 있는 짓은 다 해봐야지"라고 그는 말했습니다.

　　"그녀는 보게 되겠지. 운도 신도 대담한 자들을 도와주는 법이야.

우리가 가비이를 함락한 것도 다 대담했기 때문이야."

　　이렇게 말하고 그는 허리에 칼을 차고 말 등에 올랐습니다.

청동으로 장식한, 콜라티아의 문이 젊은이[178]를 받고 있을 때　　785

　　어느새 해는 얼굴을 가릴 채비를 하고 있었습니다.

적이 손님으로 가장하고 콜라티누스의 집으로 들어갑니다.

　　그는 환영받습니다. 그는 혈족이었던 것입니다.

178　섹스투스 타르퀴니우스.

사람의 마음은 참으로 잘 속는 법입니다. 불행한 여인은

　　아무 영문도 모르고 자신의 적을 위해 음식을 장만합니다.　　　790

그는 식사를 끝냈습니다. 이제 잠잘 시간입니다.

　　때는 밤이었고 온 집 안에 불빛이라고는 하나도 없었습니다.

그는 일어나 황금으로 장식한 칼집에서 칼을 빼들고

　　그대의 방으로 들어가고 있소, 정숙한 신부여.

침대에 올라 왕자는 말했습니다. "루크레티아여, 나는 손에　　　795

　　칼을 들고 있소. 이렇게 말하는 나는 타르퀴니우스요."

그녀는 아무 대꾸도 하지 않습니다. 목소리와 말할 힘과

　　무엇을 생각할 능력이 그녀의 가슴을 완전히 떠났던 것입니다.

그녀는 떨고만 있습니다. 양 우리를 멀리 떠나 헤매다가

　　사나운 늑대에게 잡혀 그 아래 누워 있는 작은 새끼 양처럼 말입니다.　　800

그녀는 어떻게 해야 합니까? 싸워야 합니까? 싸우면 여자가 지게 마련입니다.

　　소리쳐야 합니까? 그의 오른손에는 그것을 막을 칼이 있었습니다.

도망쳐야 합니까? 그러나 그의 두 손이 그녀의 가슴을 짓누르고 있습니다.

　　그때까지는 외간 남자의 손이 닿지 않았던 그녀의 가슴을 말입니다.

그녀를 사랑하는 그녀의 적은 계속 애원하고 선물을 약속하고 위협합니다.　　805

　　그러나 애원도 선물도 위협도 그녀를 움직이지 못합니다. "이래봤자 소용없소"

하고 그는 말했습니다. "나는 그대의 명예와 목숨을 빼앗을 것이오.

　　나는 간통자이지만 그대를 간통죄로 무고할 것이란 말이오. 나는 노예를 한 명

죽이고 나서 그대가 그놈과 같이 있다가 붙잡혔다는 소문을 퍼뜨릴 것이오."

　　창피당할까 두려워서 소녀[179]는 양보했습니다.　　　810

승리자여, 그대는 왜 기뻐하는가? 이 승리가 그대를 파멸시키리라.

179　루크레티아.

단 하룻밤을 위해 그대의 왕국은 얼마나 큰 대가를 치렀던가!

어느새 날이 밝았습니다. 그녀는 산발을 하고 앉아 있습니다.

마치 제 아들의 화장용 장작더미를 찾아가야 하는 어머니처럼 말입니다.

그녀는 연로하신 아버지를 성실한 남편과 함께 진영에서 부르고   815

두 사람은 각각 지체 없이 도착합니다.

그들은 그녀의 몰골을 보자 그녀가 누구의 장례식을 준비하며

무슨 재앙을 당했는지 그녀가 비통해하는 까닭을 묻습니다.

그녀는 한참 동안 침묵을 지키며 부끄러워 옷에 얼굴을 묻습니다.

하염없이 눈물이 흘러내립니다.   820

이쪽에서는 아버지가, 저쪽에서는 남편이 그녀의 슬픔을 달래며 말해주기를

간청하고 있고, 맹목적인 두려움에 자신들도 눈물을 흘리며 전율합니다.

세 번이나 그녀는 말하려 했으나 세 번이나 말문이 막혔습니다.

네 번째로 그녀는 용기를 냈으나 눈을 들지는 못했습니다.

"이것도 타르퀴니우스 덕분인가요?" 하고 그녀는 말합니다.   825

"내가 당한 치욕을 가련하게도 내가 내 입으로 말해야 하나요?"

그녀는 말할 수 있는 것은 말하고 마지막 부분은 남겨두었습니다.

그녀는 흐느꼈고, 그녀의 부인다운 두 볼은 붉게 물들었습니다.

아버지와 남편은 그녀의 강요당한 행위를 용서합니다.

"두 분이 나를 용서하셔도 나는 나를 용서하지 못해요."   830

그녀는 숨겨두었던 단검으로 지체 없이 자기 가슴을 찌르고

피투성이가 되어 아버지의 발아래 쓰러집니다.

죽어가면서도 그녀는 품위 있게 쓰러지려고 조심합니다.

그녀는 쓰러지면서도 오직 그것만을 염려했습니다.

보십시오, 남편과 아버지는 체면 불구하고 시신 위에 쓰러져   835

자신들의 공동의 손실을 탄식하고 있습니다.

브루투스도 거기 있습니다. 그의 용기는 그의 이름[180]이 거짓임을

　　드러냅니다. 그는 반쯤 죽은 육신에서 꽂혀 있던 무기를 뽑아

그녀의 고귀한 피가 뚝뚝 떨어지는 단검을 쳐들고

　　두려움 없이 위협의 말을 내뱉었기 때문입니다.　　　　　　　　840

"여기 이 용감하고 정결한 피에 걸고 맹세하노니,

　　그리고 나에게는 신이 될 그대의 혼백에 걸고 맹세하노니,

타르퀴니우스 일가는 추방으로 이 비행의 대가를 치르게 될 것이오.

　　나는 내 용기를 너무 오래 감추어왔소이다."

그녀는 누운 채 이 말을 듣고 빛이 없는 두 눈을 움직였으며　　　　845

　　머리를 흔들어 그 말에 동의하는 것 같았습니다.

대장부의 용기를 보여준 부인은 장례식장으로 운구(運柩)되고

　　눈물과 증오가 그 뒤를 따르고 있습니다.

상처는 쩍 벌어져 있습니다. 브루투스가 큰 소리로 퀴리테스들[181]을

　　불러 모아놓고 왕의 비행을 보고합니다.　　　　　　　　　　850

타르퀴니우스 일족은 도주하고 집정관이 일 년 임기의

　　권력을 쥐게 됩니다. 그날이 왕정(王政)의 마지막 날이었습니다.

내가 속은 것일까요? 아니면 봄의 전령인 제비가 온 것일까요?

　　겨울이 되돌아오는 것도 두려워하지 않고 말입니다.

하지만 프로크네[182]여, 그대는 너무 서둘렀다고 종종 탄식하게 될 것이고　　855

　　그대의 남편 테레우스는 그대가 추위를 타는 모습을 보고 기뻐할 것이오.

180　브루투스(Brutus)는 '멍청이'라는 뜻으로, 그런 이름을 갖게 된 것은 그가 바보인 척했기 때문이다.

181　퀴리테스들에 관해서는 주 127 참조.

182　프로크네와 테레우스에 관해서는 주 158 참조.

2월 27일

어느새 둘째 달은 두 밤밖에 남지 않고

    마르스가 전차에 맨 날랜 말들에게 가편(加鞭)합니다.

이날은 에퀴르리아[183]라는 적절한 이름을 갖고 있는데

    경마 경기를 신이 자신의 들판[184]에서 몸소 관람함입니다.   860

그라디부스[185]여, 그대가 오는 것은 당연합니다. 그대의 계절은

    제자리를 요구하고 있고, 그대에게서 이름을 따온 달[186]이 와 있음입니다

우리는 항구에 도착했습니다. 내 책은 달과 함께 끝났습니다.

    지금부터 내 조각배는 다른 물을 항해하게 될 것입니다.

---

183   에퀴르리아(Equirria)는 매년 2월 27일과 3월 14일에 열리는 경마 축제로, '말'이라는 뜻의 라틴어 equus에서 유래했다.

184   마르스의 들판(Campus Martius)을 말한다.

185   그라디부스(Gradivus)는 마르스의 별명 가운데 하나로, 대개 '행진하는 이'라는 뜻으로 해석한다.

186   3월(Martius).

# 제3권(liber tertius)
3월(Martius)

호전적인 마르스여, 이리 오셔서 잠시 방패와 창을 내려놓고

　　윤이 나는 머리에서 투구를 벗으십시오.

아마도 그대는 시인이 마르스와 무슨 상관이냐고 물으시겠지요.

　　지금 내가 노래할 달은 그대에게서 이름을 따왔습니다.[1]

그대도 보시다시피 미네르바의 손은 치열한 전투를 수행합니다.　　　　5

　　그렇다고 그분에게 학예(學藝)를 위한 여가가 없으십니까?[2]

팔라스[3]의 본보기를 따르십시오. 잠시 짬을 내어 창을 내려놓으십시오.

　　그대 또한 무장하지 않고 할 일이 있으십니다.

그대는 로마의 여사제[4]에게 매혹되어 이 도시에

　　위대한 씨를 주셨을 때도 무장하지 않으셨습니다.　　　　10

베스타 여신의 처녀인 실비아는(여기서 이야기를 시작하면 안 될 이유가

　　어디 있습니까?) 성물들을 세정(洗淨)하려고 아침에 물을 길러 갔습니다.

1　마르스는 로물루스의 아버지로 로마의 수호신이기도 하다.
2　미네르바는 전쟁의 여신이자 공예와 학예의 여신이기도 하다.
3　팔라스는 미네르바의 별명 중 하나로, 그 유래에 관해서는 2권 주 34 참조.
4　레아 실비아. 그녀에 관해서는 1권 주 13과 2권 주 150 참조.

그녀는 작은 길이 완만하게 아래로 내려가는 강둑에 이르렀을 때

   질그릇 항아리를 머리에서 내려놓았습니다.

그녀는 지쳐서 땅바닥에 앉아 가슴을 열고   15

   바람을 쐬며 헝클어진 머리를 매만지고 있었습니다.

그녀가 앉아 있는 동안 그늘을 지어주는 버드나무들과 새들의 노랫소리와

   졸졸거리는 시냇물 소리가 그녀를 졸리게 만들었습니다.

달콤한 휴식이 몰래 그녀의 무거운 눈 위에 앉았고

   그녀의 손은 힘없이 턱에서 미끄러져 내렸습니다.   20

마르스는 그녀를 보고는 본 것을 원하고 원하는 것을 차지하지만

   자신의 신적인 힘으로 자신이 행한 일을 느끼지 못하게 했습니다.

잠이 그녀를 떠나도 그녀는 무겁게 누워 있습니다. 당연히 그럴 것이

   그녀의 자궁에는 로마 시의 창건자가 들어 있었던 것입니다.

그녀는 나른하게 일어서지만 자기가 왜 나른하게 일어서는지 모릅니다.   25

   그녀는 나무에 기대며 이렇게 말합니다.

"내가 꿈에서 본 것이 제발 나에게 이익과 행운을 가져다주었으면!

   아니면 그것은 꿈이기에는 너무나 또렷한 것일까요?

내가 일리움의 불[5] 옆에 서 있는데 양털로 짠 내 머리띠[6]가

   내 머리에서 미끄러지더니 신성한 화로 앞에 떨어졌어요.   30

그러자 거기에서 보기에도 장관인 종려나무 두 그루[7]가

   솟아났어요. 그중 한 그루는 키가 더 컸고

묵직한 가지들을 온 지구 위로 펼쳤으며

<hr />

[5]   '일리움의 불'이란 베스타 신전의 성화를 말하는데 이 불은 아이네아스가 일리움, 즉 트로이야에서 가져온 것이라고 한다. 일리움에 관해서는 1권 주 126 참조.

[6]   '양털로 짠 머리띠'는 여기서 처녀성을 상징한다.

[7]   로물루스와 레무스. 키가 더 큰 쪽이 로물루스이다.

그 우듬지는 별들에 닿았어요.

그런데 보세요, 우리 숙부[8]가 그 나무들에 도끼를 휘두르지 뭐예요.   35

　생각만 해도 무서워서 나는 두려움에 가슴이 두근거려요.

하지만 마르스의 새인 딱따구리[9]와 암늑대[10]가 그 쌍둥이 나무를 위해 싸웠고

　그래서 그들의 도움으로 종려나무는 두 그루 다 살아남았어요."

이렇게 말하고 그녀는 아직도 허약한 몸으로 가득 찬 항아리를 들어올렸으니

　그녀는 꿈에서 본 것을 이야기하는 동안 항아리를 채웠던 것입니다.   40

그사이 레무스도 자라고 퀴리누스[11]도 자라니

　그녀의 배는 하늘이 내려준 짐으로 불룩해졌습니다.

이제 한 해가 주로를 완주하기까지는

　찬란한 태양신에게 황도대(黃道帶)에 두 개의 궁(宮)이 남았을 때

실비아는 어머니가 됩니다. 베스타[12]의 신상은   45

　처녀의 손으로 두 눈을 가렸다고 합니다. 자신의 여사제가

해산했을 때 여신의 제단은 의심할 여지없이 떨었고

　불길은 놀라 제 재 속으로 내려앉았습니다.

정의를 조롱하는 아물리우스는—그는 제 형을 이기고

　권력을 찬탈했기 때문입니다—이 소식을 듣고 쌍둥이를   50

강물에 빠뜨리라고 명령합니다. 그러나 물결은 범행을 회피했습니다.

8　아물리우스. 그에 관해서는 1권 주 13 참조. 그가 로물루스와 레무스를 죽이려고 했던 일에 관해
　　서는 2권 383~384행과 3권 49~54행 참조.

9　딱따구리에 관해서는 54행 참조.

10　암늑대에 관해서는 2권 411~422행 참조.

11　퀴리누스는 로물루스의 다른 이름이다. 1권 주 12 참조.

12　베스타는 화로의 여신으로 처녀신이고, 그녀의 여사제들도 모두 처녀이다. 베스타의 신전에 서 있
　　는 신상에 관해서는 6권 295~298행 참조.

그리하여 소년들은 마른땅 위에 남았습니다.

어린아이들이 야수의 젖을 먹고 자랐으며 딱따구리가 버림받은 아이들에게

　　종종 먹을거리를 가져다주었다는 것을 모르는 사람이 어디 있겠습니까?

그토록 위대한 가문의 유모(乳母)인 라렌티아여, 나는 그대도,　　　　　　　55

　　그리고 가난한 파우스툴루스[13]여, 그대가 베푼 도움도 묵과하지 않을 것이오.

내가 라렌탈리아 제를 언급할 때 그대들에게 명예가

　　돌아갈 것인즉, 그 축제는 사람들에게 즐거운 달인 12월에 들었습니다.

마르스의 아들들은 삼육 십팔 열여덟 살이 되었고

　　그들의 금발머리 아래로 어느새 새 수염이 돋아 있었습니다.　　　　　　60

일리아[14]의 아들 형제는 그들이 요청할 경우에는

　　모든 농부들과 가축들의 임자들에게 판결을 내려주었습니다.

그들은 가끔 죽은 도둑 떼의 피를 자랑스럽게 여기며 집으로 돌아오고

　　약탈당했던 소 떼를 몰고 자신들의 농토로 돌아갑니다.

그들은 자신들의 출신과 아버지가 누구인지 알게 되자 고무되어　　　　　　65

　　얼마 안 되는 오두막들 사이에서 이름을 날리는 것을 부끄럽게 여깁니다.

아물리우스는 로물루스의 칼에 찔려 쓰러지고

　　그들의 연로하신 외조부[15]가 다시 왕이 됩니다.

성벽들이 쌓아졌습니다. 성벽들은 비록 작았지만

13　목자 파우스툴루스가 어린 쌍둥이 형제 로물루스와 레무스를 발견하여 아내 악카 라렌티아와 함께 친자식으로 기른다. 일설에 따르면 라렌티아는 창녀였는데, 어떤 부자와 결혼하여 큰 재산을 물려받게 되자 그것을 모두 로마의 백성을 위해 썼다고 한다. 그래서 매년 12월 23일 그녀의 무덤이 있는 곳에서 그녀를 위해 라렌탈리아 제가 열렸다고 한다.

14　일리아는 레아 실비아의 다른 이름이다. 2권 주 150 참조.

15　누미토르. 레무스가 누미토르의 양 떼를 치던 목자들과 다투다가 누미토르의 면전으로 끌려가자 로물루스가 그를 구하러 간다. 그러나 쌍둥이 형제는 자신들이 누미토르의 잃어버린 외손자라는 사실이 밝혀지자 외할아버지와 힘을 모아 아물리우스를 축출하고 누미토르를 복위(復位)시킨다.

그것들을 뛰어넘는 것은 레무스에게 아무런 이득이 되지 않았습니다.[16]

전에는 숲과 가축들의 은신처만 있던 곳에 어느새 도시가 서자

    영원한 도시[17]의 아버지가 말했습니다.

"전쟁의 심판자여, ─나는 그분에게서 태어났다고 믿어지고 있거늘

    그 믿음을 뒷받침하기 위해 많은 증거를 제시할 것입니다─

우리는 로마 역년(曆年)의 시작을 그대의 이름을 따서 부를 것입니다.   75

    첫 달은 앞으로 내 아버지의 이름을 따서 불릴 것입니다."[18]

약속은 지켜져 그는 그달을 아버지의 이름을 따서 부릅니다.

    이런 경건한 행동이 신의 마음에 들었다고 합니다.

게다가 우리 선조들은 마르스를 특히 숭배했습니다.

    그것은 호전적인 국민이 자신의 기질을 따른 결과였습니다.   80

팔라스는 케크롭스[19]의 자손들이, 디아나는 미노스[20]의 크레타가,

    볼카누스는 휩시퓔레[21]의 나라가 숭배했습니다.

유노는 스파르타와 펠롭스[22] 자손들의 나라인 뮈케나이가, 솔방울 화관으로

---

16 레무스가 로마의 새 성벽을 뛰어넘음으로써 로물루스를 조롱하려다가 살해된 일에 관해서는 2권 143행, 4권 843~844행, 5권 451~454행 참조.

17 고대 로마인들은 로마를 영원한 도시(Roma aeterna: '영원한 로마'라는 뜻)라고 믿었다.

18 로물루스의 10개월 역년에서는 마르스의 달인 3월이 한 해의 첫 달이었다. 99행과 1권 39행 참조.

19 케크롭스는 아테나이(Athenae 그/Athenai)의 전설적인 왕으로, '케크롭스의 자손들'이란 여기서 아테나이인들을 말한다.

20 미노스(Minos)는 크레타의 전설적인 왕으로, 사후에 저승에서 사자(死者)의 심판관들 가운데 한 명이 되었다.

21 휩시퓔레는 에게 해 북동부에 있는 큰 섬인 렘노스의 여왕이다. 렘노스는 볼카누스(Volcanus 그/ Hephaistos)가 윱피테르에 의해 내던져졌을 때 떨어진 곳으로 볼카누스 숭배의 중심지였다.

22 펠롭스(Pelops)는 탄탈루스의 아들로 트로이야 전쟁 때 그리스군의 총사령관이었던 뮈케나이 왕 아가멤논의 할아버지이다. 펠로폰네소스(Peloponnesos: '펠롭스의 섬'이라는 뜻)라는 지명은 그의 이름에서 유래한 것이다.

머리를 장식한 파우누스는 마이날루스[23]의 들판이 숭배합니다.

마르스는 라티움이 숭배했으니 그분이 무기를 관장하기 때문입니다. 85

무기가 이 거친 종족에게 부와 영광을 주었던 것입니다.

짬이 나시면 이웃나라들의 달력을 살펴보십시오.

거기에도 여러 달 가운데 한 달은 마르스의 이름을 따르고 있을 것입니다.

그것은 알바 롱가인들에게는 셋째 달이고, 팔레리이[24]인들에게는 다섯째 달이며,

헤르니키족[25]의 나라여, 그대의 백성들 사이에서는 여섯째 달이외다. 90

아리키아[26]인들의 달력은 알바 롱가의 달력과 일치하며

텔레고누스[27]가 손수 그 높다란 성벽을 쌓아준 도시와도 일치합니다.

라우렌툼인들에게는 다섯째 달이고, 사나운 아이퀴쿨리족[28]에게는

열째 달이며, 쿠레스[29]의 백성들에게는 넷째 달입니다.

그리고 파일리그니족[30]의 전사여, 그대는 사비니족이었던 선조들처럼 95

계산하지요. 두 부족 모두에게 마르스는 넷째 달의 신입니다.

적어도 서열에서는 그들을 모두 능가할 수 있도록

로물루스는 자기 혈통의 시조[31]에게 한 해의 시작을 배당했습니다.

---

23 마이날루스는 그리스의 아르카디아 지방에 있는 산이다. 2권 191~192행 참조. 아르카디아인들이 판(Pan: 로마의 Faunus)를 숭배했던 일에 관해서는 2권 271~272행 참조.

24 팔레리이는 로마 북쪽 에트루리아 지방에 있는 도시로 팔리스키족(Falisci)의 수도이다.

25 헤르니키족은 라티움 지방에 살던 오래된 부족이다.

26 아리키아는 라티움 지방의 오래된 도시로, 알바 롱가 근처에 있었다.

27 텔레고누스는 울릭세스와 키르케의 아들로, '텔레고누스가 세운 도시'란 로마에서 남동쪽으로 24킬로미터쯤 떨어져 있던 라티움 지방의 오래된 도시 투스쿨룸을 말한다.

28 아이퀴쿨리족(Aequiculi) 또는 아이퀴족(Aequi)은 로마 동쪽 라티움의 산악지방에 살던 부족으로 기원전 4세기 로마에 정복되었다.

29 쿠레스는 사비니족의 수도이다.

30 파일리그니족은 로마 동쪽 이탈리아의 중부지방에 살던 부족으로 그들의 수도가 오비디우스가 태어난 곳인 술모이다. 그들에게는 사비니족의 피가 섞였던 것으로 알려져 있다.

31 마르스.

선조들은 오늘날처럼 초하루가 많지 않았습니다.

　　그때는 한 해가 두 달이나 짧았습니다.　　　　　　　　　　　　　　　100

정복된 그라이키아는 아직은 자신의 예술을 정복자들에게 넘겨주지

　　않았습니다. 그 민족은 달변이었으나 용감하지는 못했습니다.

잘 싸울 줄 아는 자가 로마의 예술을 이해했고

　　창을 던질 줄 아는 자가 달변이었습니다.

그때는 누가 알았겠습니까, 휘아데스[32] 성단(星團)과 아틀라스의 딸들인　　105

　　플레이야데스[33] 성단을, 그리고 하늘에는 양극(兩極)이 있다는 것을,

그리고 곰이 둘 있어 시돈[34]인들은 그중 퀴노수라를 보고 키를 잡고

　　그라이키아의 선원은 헬리케[35]를 눈여겨본다는 것을,

그리고 오라비[36]가 기나긴 한 해 동안 통과하는 황도대의 궁들을

32　휘아데스들(Hyades: '비를 내리는 별들'이라는 뜻)은 아틀라스의 일곱 또는 다섯 딸들로, 플레이
　　　야데스들과는 자매간이다. 그들은 오라비 휘아스가 사냥 도중에 죽자 슬피 울다가 죽어 하늘의 성
　　　단(星團)이 되었는데, 이 성단이 초저녁에 뜨거나 지는 것은 우기와 관계가 있는 것으로 믿어졌다.

33　플레이야데스들은 아틀라스와 플레이요네의 일곱 딸들로, 어머니와 함께 사냥꾼 오리온에게 계속
　　　쫓기게 되자 윱피테르가 그들을 불쌍히 여겨 하늘의 성단으로 만들었다고 한다. 플레이야데스라
　　　는 이름은 그들의 어머니 플레이요네에게서 유래했다고도 하고 그리스어 plein('항해하다'라는
　　　뜻)에서 유래했다고도 한다. 지중해에서는 이 별들이 5월 중순부터 11월 초까지는 밤에 보이는데,
　　　이 시기가 고대에는 항해의 적기이기 때문이다. 그중 하나를 육안으로는 거의 볼 수 없는 데 대해
　　　더러는 트로이야 왕가의 선조인 다르다누스의 어머니 엘렉트라가 트로이야의 함락을 슬퍼하여 손
　　　에 얼굴을 묻고 있는 것이라고 하고, 더러는 메로페(Merope)가 다른 자매들은 신들의 애인이 되
　　　었는데 저만 시쉬푸스라는 인간과 결혼한 것이 창피하여 모습을 드러내지 않는 것이라고 한다. 4
　　　권 169~178행 참조.

34　시돈은 페니키아의 주요 도시 중 하나이다. 여기서 '시돈인들'이란 페니키아인들을 말한다.

35　그리스인들은 작은곰자리를 퀴노수라('개꼬리'라는 뜻)라고도, 큰곰자리는 헬리케라고도 불렀다.
　　　그리스인들은 큰곰자리를 보며, 페니키아인들은 작은곰자리를 보며 항해하는 것으로 생각되었다.

36　여기서 '오라비'란 태양신으로서의 아폴로를, '누이'란 달의 여신으로서의 디아나를 말한다. 황도
　　　12궁은 양자리 또는 백양궁(白羊宮), 황소자리 또는 금우궁(金牛宮), 쌍둥이자리 또는 쌍자궁(雙
　　　子宮), 게자리 또는 거해궁(巨蟹宮), 사자자리 또는 사자궁(獅子宮), 처녀자리 또는 처녀궁(處女

누이의 말들은 단 한 달 만에 통과한다는 것을?

별들은 자유롭게 그리고 일 년 내내 관찰되지 않고 달렸습니다.

하지만 그들이 신이라는 데에는 모두 동의했습니다.

그들은 하늘을 미끄러져가는 표장(標章)들[37]은 방관했으나,

자신들의 표장들[38]을 잃어버리는 것은 범죄로 여겼습니다.

그들의 표장들은 건초로 만들어졌지만[39] 사람들은 그 건초에,

그대도 보시다시피, 독수리들에게 바치는 만큼의 경의를 표했습니다.

宮), 저울자리 또는 천칭궁(天秤宮), 전갈자리 또는 천갈궁(天蠍宮), 궁수자리·사수궁 또는 인마궁(人馬宮), 염소자리·산양좌 또는 마갈궁(磨羯宮), 물병자리 또는 보병궁(寶瓶宮), 물고기자리 또는 쌍어궁(雙魚宮)이다.

이 가운데 양자리는 프릭수스와 헬레 남매를 등에 태우고 동쪽으로 날아간 황금 양털의 숫양을 하늘로 옮겨놓은 것이라 하고, 황소자리는 윱피테르가 반한 에우로파를 무사히 크레타 섬으로 태워준 황소 또는 윱피테르의 사랑을 받다가 암소로 변한 이오를 하늘로 옮겨놓은 것이라 하고, 쌍둥이자리는 윱피테르와 레다 사이에서 태어난 쌍둥이 형제 카스토르와 폴룩스를 그들의 둘도 없는 우애를 기념하기 위해 하늘로 옮겨놓은 것이라고 한다. 저울자리는 전갈자리의 전갈이 너무 긴 데다 그 집게다리가 저울처럼 생겼다 하여 전갈자리와 저울자리로 양분된 것이다. 전갈자리의 전갈은 뛰어난 사냥꾼 오리온(Orion)을 찔러 죽인 그 전갈인데, 그것을 보낸 것은 같이 사냥하다가 오리온에게 겁탈당할 뻔했던 디아나라고도 하고 오리온이 자기는 대지에서 태어난 짐승은 무엇이든 사냥할 수 있다고 호언장담하자 대지의 여신 가이아가 화가 나서 보냈다고도 한다. 궁수자리는 반인반마(半人半馬)의 켄타우루스(Centaurus 그/Kentauros)들 가운데 한 명으로 헤르쿨레스·아킬레스·이아손 같은 그리스 영웅들을 가르친 키론을 하늘로 옮겨놓은 것이라고도 하고, 무사 여신들의 유모 에우페메(Eupheme)의 아들 크로투스(Crotus 그/Krotos: '박수'라는 뜻)가 헬리콘 산에서 사냥으로 생계를 꾸려가며 무사 여신들의 노래에 박수를 쳐서 박자를 맞추어주고 남들이 이를 모방함으로써 그들이 큰 명성을 얻자 여신들이 윱피테르에게 부탁하여 그를 하늘로 옮겨놓은 것이라고도 한다. 게자리에 관해서는 1권 주 67, 사자자리에 관해서는 1권 주 178, 처녀자리에 관해서는 1권 주 51, 염소자리에 관해서는 1권 주 174, 물병자리에 관해서는 1권 주 175 참조. 물고기자리에 관해서는 2권 458행 이하를 참조하라.

37 여기서 '하늘의 표장들'이란 별자리들을 말한다.

38 '자신들의 표장들'이란 로마인들의 군기(軍旗)를 말한다.

39 로물루스의 전사들이 건초와 나무로 된 군기를 들고 다닌 일에 관해서는 플루타르쿠스(Plutarchus 그/Ploutarchos), 『영웅전』「로물루스 전(傳)」 8장 6절 참조.

전에는 들어올린 건초 묶음(maniplus)들을 긴 막대기가 나르곤 했는데,

거기에서 소대(小隊 maniplaris)라는 말이 유래했습니다.

그래서 그들은 무지하고 자연법칙에 대한 지식이 모자라

5년 주기(lustrum)로 계산했는데, 매 주기마다 열 달씩 모자랐습니다.[40]   120

달이 열 번째로 차면 일 년이 되었습니다.

이 숫자는 당시 높이 평가되었는데

그것은 우리가 계산할 때 쓰는 손가락이 열 개이기 때문이거나,

여인이 이오 십 열 달 만에 해산하기 때문이거나,

열까지는 숫자가 불어나다가   125

그 뒤부터는 새로 시작되기 때문일 것입니다.

그래서 로물루스는 일백 명의 원로원 의원들을 열 개의 집단으로 나누었고,

열 개 부대의 창병(槍兵)을 도입했으며,

선두대열의 부대와 투창병(投槍兵)의 부대와

국비로 유지되는 말 위에서 봉사하는 자들의 부대도 그만큼 많았습니다.   130

그분은 또 티티엔세스 부족과 이른바 람네스 부족과

루케레스 부족도 같은 수로 나뉘게 했습니다.[41]

그래서 그분은 한 해를 나눌 때도 익숙한 숫자를 견지했던 것입니다.

그것은 아내가 죽은 남편을 애도하는 기간이기도 합니다.

전에는 3월 초하루에 한 해가 시작되었다는 것을 스스로   135

확신할 수 있도록 그대는 다음 증거들을 제시할 수 있을 것입니다.

이날 플라멘[42]들의 집에 만 일 년 동안 머물던 월계수[43] 가지는 치워지고

---

40 당시에는 1년이 10개월이므로 5년이 지날 때마다 10개월씩 모자랐다는 것이다.

41 이에 관해서는 2권 주 134 참조.

싱싱한 잎들이 명예로운 자리를 차지하게 됩니다.

이날 성물의 왕의 대문은 거기에 고정해놓은 포이부스의 나무[44]로 푸르고

그리고 오래된 족구의 청사여, 그대에게도 같은 일이 일어납니다.   140

베스타도 싱싱한 잎들로 치장하고는 광채를 내뿜도록

시든 월계수는 일리움의 화로[45]에서 치워집니다.

게다가 베스타의 은밀한 사당에서 새 불이 지펴지며

새로 붙은 불길은 힘을 얻는다고 합니다.

옛날에는 이때에 한 해가 시작되었다는 강력한 증거로   145

안나 페렌나[46]의 축제가 이달에 시작된다는 점을 들 수 있습니다.

또한 옛날에는 관리들도 이날 취임했다고 합니다,

믿을 수 없는 카르타고[47]여, 그대가 전쟁을 일으킬 때까지는.

---

42 플라멘에 관해서는 1권 주 141 참조.

43 대문간에 월계수 가지를 꽂아두면 그 집 안에 있는 사람들을 보호해준다고 믿었다.

44 월계수.

45 로마인들은 베스타 신전의 성화는 아이네아스가 일리움, 즉 트로이야에서 가져온 것이라고 믿었다. 주 5 참조.

46 안나 페렌나는 이탈리아의 토착 여신으로, 한 해(annus)를 의인화(擬人化)한 것으로 추정된다. 로마의 옛 달력으로는 새해의 첫 보름날인 3월의 이두스(15일)에 열리는 그녀의 축제일에는 여인들이 술을 많이 마시고 음탕한 노래를 불렀다고 한다. 그녀는 디도와 자매간인 안나와 동일시되는가 하면, 여신 테미스, 요정 아자니스, 이오, 요정 하그노(Hagno), 이나쿠스의 암소 또는 보빌라이의 안나와도 동일시되곤 한다.

47 카르타고는 포이니케(Phoenice 그/Phoinike) 지방의 유력한 도시 튀루스가 기원전 814년 북아프리카의 튀니지 지역에 세운 식민시이다. 처음에는 그리스와, 나중에는 로마와 서지중해의 패권을 다투다가 3회에 걸친 포이니 전쟁(기원전 264~241, 218~202, 149~146년)에서 로마에 패하여 폐허가 되었다. 그러나 카르타고는 율리우스 카이사르와 아우구스투스가 로마의 속주로 만든 뒤 기원후 2세기에는 서양에서는 로마 다음으로 큰 도시가 되고, 제정시대에는 발달된 농업 기술에 힘입어 연간 50만 톤의 곡물을 수출했다. 카르타고는 법률과 수사학을 위한 교육의 중심지가 되고 그 뒤에는 서양 기독교 신앙의 중심지 가운데 하나가 되기도 하지만 439년 반달족(Vandal)에게 함락되었다. 그 뒤 카르타고는 동로마제국에 편입되었다가 7세기 말 아랍인들에게 정복당했다.

끝으로 그 뒤 다섯 번째(quintus) 달은 퀸틸리스(Quintilis)라고 불렸는데,

그 뒤 일련의 달들은 숫자에서 이름을 따옵니다.[48]   150

올리브가 자라는 나라[49]에서 로마로 호송된 폼필리우스가

한 해에 두 달이 모자란다는 것을 처음으로 알아차렸는데,[50]

그것은 그가 윤회(輪廻)를 믿었던 사모스인[51]에게서 배웠거나

그의 에게리아[52]가 가르쳐주었기 때문일 것입니다.

하지만 달력은 여전히 맞지 않았습니다,   155

카이사르[53]께서 자신의 수많은 업무에 이 업무도 포함시키실 때까지는.

신이시자[54] 그토록 강력한 가문의 창시자이신 그분은 이 업무를

---

48 로마 역년의 마지막 여섯 달은 수사(數詞)에서 이름을 따오는데, 퀸틸리스(Quintilis: 수사 quinque 에서 따옴, '다섯 번째 달'이라는 뜻), 섹스틸리스(Sextilis: 수사 sex에서 따옴, '여섯 번째 달'이라 는 뜻), 셉템베르(September: 수사 septem에서 따옴, '일곱 번째 달'이라는 뜻), 옥토베르 (October: 수사 octo에서 따옴, '여덟 번째 달'이라는 뜻), 노벰베르(November: 수사 novem에서 따옴, '아홉 번째 달'이라는 뜻), 데켐베르(December: 수사 decem에서 따옴, '열 번째 달'이라는 뜻)가 그것이다. 이 중 율리우스 카이사르가 태어난 퀸틸리스에는 그의 이름이 주어져 율리우스 (Iulius)로, 아우구스투스가 죽은 섹스틸리우스에는 그의 이름이 주어져 아우구스투스(Augustus) 로 개명되었다. 이들 달 이름이 한 해의 달의 순서를 반영하는 것이라면 3월(Martius)이 한 해의 첫 번째 달임이 분명하다는 것이다.

49 에트루리아. 에트루리아 출신의 로마 왕들에 관해서는 1권 주 16 참조.

50 1권 43~44행 참조.

51 그리스 철학자 퓌타고라스를 말한다. 퓌타고라스가 태어난 사모스(Samos)는 소아시아 이오니아 지방 앞바다에 있는 섬으로, 유명한 헤라 신전이 있었다.

52 에게리아는 예언 능력이 있는 요정으로 누마 왕의 아내이자 조언자이다.

53 율리우스 카이사르. 기원전 46년에 로마의 역년이 태양력과 너무 맞지 않아 축제들이 정상보다 3 개월 이상 일찍 개최되자 율리우스 카이사르는 대사제 자격으로 달력을 개정했다. 그는 짧은 달들 에는 날들을 보태어 1년이 365일이 되게 하고 테르미날리아 제(2월 23일) 다음에 주기적으로 윤 달을 넣는 대신 4년마다 한 번씩 단 하루의 윤일(閏日)을 넣게 했다. 그는 또 기원전 46년 당해 년 에는 총 67일로 된 두 달을 보태고 마지막으로 테르미날리아 제 다음에 윤달을 넣음으로써 문제 를 해결했다고 한다.

54 율리우스 카이사르는 암살된 지 2년 뒤인 기원전 42년에 신격화된다.

자신이 처리하기에 사소한 일이라고 생각지 않으셨습니다.

하늘을 약속받으신 그분은 하늘을 미리 알아두고 싶었으니,

　낯선 신으로서 낯선 집에 들어가고 싶지 않으셨던 것입니다.　　　　160

전하는 바에 따르면 그분은 태양이 자신의 궁(宮)들로 돌아오는

　주기를 정확히 그려냈다고 합니다.

그분은 삼백오 일에 육십 일을 보태고

　거기에 또 온전한 하루의 오분의 일을 보탰습니다.

이것이 일 년의 길이입니다. 오 년마다[55] 우리는　　　　　　　　165

　이들 분수(分數)들로 이루어진 하루를 보태야 하는 것입니다.

3월 1일

"신들의 은밀한 지시를 듣는 것이 시인들에게는 허용된다면

　— 전설은 그렇다고 굳게 믿고 있습니다—

그라디부스여,[56] 말씀해주십시오, 그대는 남자들이 섬기기에 적합하거늘

　어째서 그대의 축제를 부인들이 개최하는 것입니까?"[57]　　　　170

이렇게 나는 말했습니다. 그러자 마보르스[58]가 투구를 벗더니

55　5년이 아니라 4년마다 한 번씩 윤일을 보태게 되어 있었다.

56　2권 주 185 참조.

57　군신 마르스 달의 초하루는 부인들의 축제인 마트로날리아 제(Matronalia)가 열리는 날이다. 큰 술잔치가 벌어지는 이날에는 로마의 기혼녀들에게 선물이 주어지고 그들의 남편들은 그들의 행복을 위해 기도했다고 한다. 한편 로마의 부인들 자신은 에스퀼리우스 언덕에 있는 유노 루키나(2권 436행, 3권 255행, 6권 39행 참조)의 신전에 가서 기이하게도 자신들의 노예들을 위해 음식을 장만했다고 한다. 이것은 12월 17일에 열리는 사투르누스의 축제인 사투르날리아 제(Saturnalia)를 부인들을 위해 바꾼 것이라고 할 수 있다. 사투르날리아 제에서는 로마의 가장(家長)들이 선물을 받고 그들의 노예들을 위해 잔치를 준비하기 때문이다.

58　마보르스(Mavors)는 마르스가 축약(縮約)되기 이전의 고형(古形)이다.

(하지만 오른손에는 투창을 들고 있었습니다) 내게 대답했습니다.

"전쟁의 신인 나는 이제 처음으로 평화적인 사업에 초빙받아

　　새로운 진지로 들어가는 것이라오. 하지만 나는 싫지 않소.

나는 이 영역에도 머무르기를 좋아하는데, 그것은 미네르바가　　　　　　　　　　175

　　자기만이 이런 일을 할 수 있다고 오해하지 못하게 하려는 것이라오.[59]

라티움의 날들 때문에 수고하는 시인이여,

　　그대가 구하는 것을 배우고 내 말을 명심하도록 하시오.

만약 그대가 첫 뿌리에 관해 보고하기를 원한다면, 로마는 작았소.

　　그러나 그 작은 도시에는 이런 대도시의 희망이 들어 있었소.　　　　　　180

성벽들은 이미 서 있었는데, 후일의 백성에게는 좁지만

　　당시의 무리에게는 너무 넓다고 믿어졌소.

그대가 내 아들의 궁전은 어떤 것이었느냐고 묻는다면

　　그대는 저기 저 갈대와 짚으로 만든 집[60]을 보시오.

거기 지푸라기 위에서 그는 편안한 잠의 선물을 받곤 했소.　　　　　　　185

　　하지만 그는 그런 침대에서 별들 사이로 올랐소.[61]

로마인들은 자신들이 사는 곳보다 더 큰 명성을 얻었지만

　　그들에게는 아직 아내도 장인도 없었소.

부유한 이웃은 가난한 사위를 보는 것을 창피하게 여겼고

　　그들은 또 내가 자신들의 혈통의 아버지라는 것을 거의 믿지 않았소.　　190

쇠마구간에서 살고 양 떼를 치고 약간의 황무지밖에

　　가진 게 없다는 것이 로마인들에게는 불리했소.

59　　주 2 참조.

60　　팔라티눔 언덕에 있는 로물루스의 집(Casa Romuli)을 말한다. 1권 199행 참조.

61　　로물루스는 나중에 퀴리누스라는 이름으로 신격화된다. 2권 475행 참조.

새들과 짐승들도 동류(同類)끼리 짝을 짓고,

뱀도 새끼를 낳아줄 암컷이 있는 법이오.

이방인들에게도 결혼할 권리가 있소.   195

그러나 로마인들과 결혼하려는 여인은 아무도 없었소.

나는 화가 나서, 로물루스여, 너에게 아버지의 기질을 주었느니라.

'기도는 그만둬. 네가 구하는 것은 칼이 가져다주리라'라고 나는 말했소.

그는 콘수스[62]를 위해 축제를 준비하오. 그 뒷일은 콘수스가

그날 자신의 축제에 관해 노래할 때 그대에게 이야기해줄 것이오.   200

쿠레스와 그 밖의 똑같은 고통을 당한 자들은 모두 분개했소.[63]

그래서 그때 처음으로 장인과 사위가 전쟁을 하게 되었소.

약탈당한 여인들은 어느새 어머니의 칭호를 얻게 되었고

친척간의 전쟁은 오랫동안 질질 끌었소.

그러자 여인들이 유노[64]에게 봉헌된 신전에 모였고   205

거기서 내 아들의 아내[65]가 감히 이렇게 말했소.

'오오, 똑같이 약탈당한 여인들이여—그것은 우리 모두가 당한 일이니까요—

우리는 더 이상 친척에 대한 의무를 게을리해서는 안 될 거예요.

대열들이 버티고 서 있어요. 여러분은 어느 편을 위해 신들에게 기도할 것인지

선택하세요. 여기는 남편이, 저기는 아버지가 무기를 들고 있어요.   210

문제는 여러분이 과부가 되기를 원하느냐, 아니면 고아가 되기를 원하느냐예요.

내가 여러분에게 대담하면서도 경건한 조언을 하겠어요.'

---

62 콘수스는 고대 이탈리아의, 저장된 곡식의 신이다. 그를 위하여 일 년에 두 번씩(8월 21일과 12월 15일) 콘수알리아 제(Consualia)가 열렸다.

63 로물루스가 사비니족 여인들을 납치한 일에 관해서는 2권 주 115 참조.

64 유노는 출산의 여신이기도 하다.

65 오비디우스는 『변신 이야기』 14권 829~851행에서 그 이름을 헤르실리아(Hersilia)라고 말한다.

그리고 그녀는 조언을 했고 그들은 그것에 복종하여

　머리를 풀고 몸에 슬픈 상복을 입었소.

벌써 전투대열이 죽기를 각오하고는 버티고 서 있고　　　　　　　　215

　나팔이 전투 신호를 보내려고 할 때

약탈당한 여인들이 사랑의 담보인 아이들을 가슴에 안고

　아버지들과 남편들 사이로 들어가고 있소.

그들은 머리를 쥐어뜯으며 들판 가운데에 이르렀을 때

　땅에 무릎을 꿇었고,　　　　　　　　　　　　　　　　　220

손자들은 아는 양 귀엽게 소리 지르며

　할아버지들을 향하여 작은 팔들을 내밀었소.

그렇게 할 수 있는 아이들은 처음 보는 이에게 '할아버지!' 하고 외쳤고,

　그럴 수 없는 아이들은 지금 그렇게 해보려고 시도하지 않을 수 없었소.

무기와 전의(戰意)가 떨어지니 칼들이 치워지며　　　　　　　　225

　장인들은 사위들의 손을 잡는가 하면

딸들을 칭찬하며 껴안고 있소. 할아버지가 손자를

　방패에 태우니, 그것이 방패에는 더 달콤한 용도였소.

그리하여 오이발루스[66]의 후손들인 어머니들은 그것이 비록 힘든 임무이지만

　나의 달인 3월 초하룻날을 경축하는 임무를 맡게 된 것이라오.　　　　230

그것은 그들이 칼집에서 뽑은 칼들에 대담하게 대항하여

　눈물로 마르스의 전쟁을 끝냈기 때문이거나,

아니면 어머니들이 나의 날인 이날을 관습에 따라 경축하는 것은

　일리아[67]가 행복하게도 내 덕분에 어머니가 되었기 때문이오.

66　오이발루스에 관해서는 1권 주 54 참조.

67　일리아에 관해서는 2권 주 150 참조.

게다가 그때는 차디찬 겨울도 드디어 물러가고   235

　따뜻한 햇볕에 눈도 녹아 없어지오.

나무에는 추위에 잘렸던 잎들이 돌아오고

　부드러운 어린 가지에는 물기 많은 새싹이 돋아나오.

이제는 무성한 풀들이 오랫동안 숨어 있다가 비밀 통로를 찾아내어

　그 길로 해서 대기 속으로 고개를 내밀지 않던가요?   240

이제는 들판이 비옥해지고, 이제는 가축이 새끼를 낳을 때이며,

　이제는 새도 가지 위에다 둥지와 보금자리를 짓소.

라티움의 어머니들이 이 풍요의 계절을 경축하는 것은 당연한 일이오.

　그들의 산고(産苦)에는 투쟁(militia)[68]과 기도도 포함되기 때문이오.

그 밖에도[69] 로마 왕이 망(望 excubiae)[70]을 보던 곳으로   245

　오늘날 에스퀼리우스(Esquilius)라는 이름이 붙은 언덕 위에,

내 기억이 틀리지 않는다면, 바로 이날 라티움의 여인들이

　유노[71]를 위해 신전을 세웠소.

그런데 내가 왜 여러 가지 이유를 열거하여 그대의 머리에 부담을 줘야 하죠?

　그대가 구하는 대답은 그대의 눈앞에 분명하게 드러나 있소.   250

내 어머니[72]는 신부들을 사랑하시니 내 어머니를 찾는 무리가 내 신전을

　메우는 것이오.[73] 이런 경건한 이유가 나와 어머니에게는 가장 어울리겠지요."

그대들은 여신에게 꽃을 바치시오. 이 여신은 꽃피는 식물들을 좋아하오.

68　그리고 투쟁 또는 전쟁은 마르스의 소관이므로.

69　네 번째 이유가 제시되고 있다.

70　오비디우스는 여기서 에스퀼리우스(Esquilius)라는 이름이 '망'(望)이라는 뜻의 라틴어 excubiae에
　　서 유래한 것으로 보고 있다.

71　유노 루키나에 관해서는 2권 449~452행 참조.

72　유노.

73　이날은 마트로날리아 제가 열리기 때문이다.

그대들의 머리에 싱싱한 화관을 두르시오. 그러고 나서 그대들은 말하시오.

"그대는, 루키나(Lucina)여, 우리에게 빛을(lucem) 주셨나이다."[74]   255

그리고 말하시오. "그대는 산고 때 여인들의 기도를 들어주시나이다."

그러나 임신부는 먼저 머리를 풀고 나서

부드럽게 출산할 수 있게 해달라고 여신에게 기도하시오.

이번에는 누가 내게 말해주겠소, 왜 살리이들[75]이 마르스의 천상(天上)의

무기들을 들고 다니며 마무리우스[76]를 노래하는지 말이오?   260

숲과 호숫가에서 디아나에게 시중드는 요정[77]이여, 말해주시오.

누마의 아내인 요정이여, 와서 그대 자신의 행적의 증인이 되어주시오.

저기 아리키아 계곡에는 우거진 숲에 둘러싸이고

오래된 의식으로 말미암아 신성시되는 호수가 하나 있습니다.

그곳에 제 말들의 고삐에 갈기갈기 찢겨 죽은 힙폴뤼투스[78]가   265

---

74 2권 449행 이하 참조.

75 살리이들은 마르스에게 봉사하는 로마의 사제단으로, 하늘에서 떨어졌다는 마르스의 신성한 방패 앙킬레를 들고 노래하고 춤추며 행렬을 지어 온 로마 시내를 지나갔다고 한다.

76 마무리우스는 신성한 방패 앙킬레의 복제품을 만들었다는 대장장이이다.

77 로마의 2대 왕 누마의 아내가 되었다는 에게리아. 153행 참조. 에게리아라는 이름은 '(아이를) 낳다, 출산하다'는 뜻의 라틴어 egero에서 유래한 것으로 추정되는데, 그것은 임신부가 찾아가 순산을 기원하는 아리키아의 디아나 원림과 그녀가 관계가 있음을 말해준다. 누마 왕이 죽은 뒤 에게리아가 슬픔을 이기지 못해 알바 언덕의 서쪽 기슭에 있는 디아나의 원림으로 도망치자, 디아나가 아무래도 그녀를 위로할 수 없어서 샘으로 변신시켰다고 한다(오비디우스, 『변신 이야기』 15권 482~551행 참조).

78 아테나이의 영웅 테세우스의 아들 힙폴뤼투스는 계모 파이드라의 모함으로 아버지에게 쫓겨나 바닷가를 지나다가 바닷속에서 나온 황소에 놀란 말들이 광란하는 바람에 제 말들의 고삐에 감겨 갈기갈기 찢겨 죽는다(6권 743~756행 참조). 그가 아이스쿨라피우스의 의술에 힘입어 소생하자 생전에 그의 순결성을 높이 평가하던 디아나가 그를 아리키아의 원림으로 데려가 비르비우스(Virbius)라는 이름으로 살게 했다고 한다. 또는 그 원림에는 비르비우스라는 정령이 살았는데, 말

숨어 있습니다. 그래서 말은 그곳에 들어가지 않습니다.

긴 산울타리에는 늘어진 실이 드리워져 있고 그곳에 있는

　　많은 서판(書板)들이 여신에 대한 감사의 뜻을 나타내고 있습니다.

가끔 기도가 이루어지면 여인은 이마에 화관을 두르고

　　시내에서 불타는 횃불들을 가져옵니다.　　　　　　　　　　　　270

그곳에서는 손과 발이 강한 도망자들이 왕[79] 노릇을 하지만

　　그들이 전임자들을 죽였듯이 그들도 나중에 죽임을 당합니다.

자갈이 많은 개울이 들릴락 말락 졸졸거리며 흘러내리고 있습니다.

　　나는 가끔 그 물을 마시곤 했으나 언제나 조금씩 홀짝거렸습니다.

그 물을 대주는 것은 카메나[80] 여신들이 아끼는 에게리아로　　　　275

　　그녀는 누마의 아내이자 조언자였습니다.

처음에 퀴리테스들[81]은 몹시 호전적이었습니다.

　　그래서 누마는 법의 힘과 신들에 대한 외경으로 그들을 순화하기로 했습니다.

그리하여 강자가 매사를 마음대로 하지 못하게 법이 만들어졌고,

　　전해 내려오는 의식들은 경건하게 지켜지기 시작했습니다.　　　280

[馬]은 그곳에 들어가지 못하게 되어 있는 까닭에 말 때문에 죽은 힙폴뤼투스를 그와 동일시하게
된 것이라고도 한다.

79　여기서 '왕'이란 '원림의 왕'(rex Nemorensis)이라는 수수께끼 같은 사제를 말한다. 이 사제직은
도망친 노예가 맡았으며 힘으로 이기는 자가 계승하는 것으로 생각된다. 도전자가 특정한 나무의
가지(일반적으로 아이네아스가 아버지 앙키세스를 찾아 저승으로 갔을 때 가져간 황금 가지—베
르길리우스, 『아이네이스』, 6권 136~148행, 201~211행과 635행 참조—와 같은 것으로 여겨진
다)를 꺾음으로써 현 사제의 직위를 빼앗겠다는 의사를 표시하면 도전자와 현 '원림의 왕'이 죽을
때까지 싸워서 승리자가 사제직을 얻거나 유지했다고 한다.

80　카메나는 이탈리아의 샘의 요정으로, 나중에는 노래의 여신이 되어 무사 여신과 동일시되었다. 로
마의 주요 성문 가운데 하나인 카페나 문(porta Capena) 바로 바깥에 그들의 신전이 있었는데, 베
스타의 여사제들은 카페나 문 옆에 있는 그녀의 샘에서 물을 길어가곤 했다(11~12행 참조).

81　퀴리테스들에 관해서는 2권 주 127 참조.

그들은 야만을 벗고, 정의가 무기보다 더 강하고,

　시민은 같은 시민과 드잡이하는 것을 창피하게 여기며,

얼마 전까지도 짐승 같던 사람도 제단을 보면

　불타는 화로 위에 포도주와 소금을 친 스펠트 밀을 바칩니다.

보십시오, 신들의 아버지[82]께서 구름 사이로 붉은 화염을 뿌려　　　　285

　억수 같은 비가 쏟아지게 하시더니 하늘을 맑게 하십니다.

일찍이 이렇게 자주 불이 떨어진 적은 없었습니다.

　왕은 떨고 있고 백성들의 가슴은 공포에 사로잡힙니다.

왕에게 여신이 말합니다. "너무 두려워 마시오. 벼락도 달랠 수 있고

　성난 윱피테르의 노여움도 비껴가게 할 수 있어요.　　　　　　　290

그렇지만 달래는 의식은 파우누스와 피쿠스[83]가 알려줄 수 있는데

　그들은 둘 다 로마 땅의 신들이오. 폭력을 쓰지 않으면

그들은 말하지 않을 것이니, 그들을 붙잡아 노끈으로 묶도록 하시오."

　그리고 그녀는 그들을 붙잡을 수 있는 계략을 일러주었습니다.

아벤티움 언덕 아래 참나무 그늘로 검은 원림이 하나 있습니다.　　　　295

　그것을 보는 사람은 "이곳에는 신이 살고 계셔"라고 말하게 될 것입니다.

가운데에는 풀이 자라고, 푸른 이끼에 가린 채

　마르지 않는 실개천이 바위에서 졸졸 흐르고 있었습니다.

파우누스와 피쿠스는 그 물만 마시곤 했습니다.

82　윱피테르.

83　파우누스와 피쿠스는 둘 다 이탈리아 농촌의 신이다. 파우누스는 숲 속에 살며 목자들의 가축 떼
　　　를 번성하게 하고 그 자신도 성욕(性慾)이 무한했는데 그는 가끔 파투우스(Fatuus) 또는 파투쿨루
　　　스(Fatuculus)라고 불리기도 한다. 파우누스는 흔히 그리스의 판 신과 동일시되기도 한다. 피쿠스
　　　는 파우누스의 아버지로 그 자신은 사투르누스의 아들이다. 그도 파우누스와 마찬가지로 예언 능
　　　력이 있다. 그는 마녀 키르케의 구애를 거절한 탓에 그녀에 의해 딱따구리(라/picus)로 변했다고
　　　한다(오비디우스, 『변신 이야기』 14권 308~415행 참조).

누마 왕은 그곳으로 가서 샘에 새끼 양을 제물로 바치고 나서 300

향기로운 포도주가 가득 찬 잔들을 세워놓고는

그 자신은 부하들과 함께 동굴 안에 깊숙이 숨었습니다.

숲의 신들은 낯익은 샘들에 다가가

많은 포도주로 마른 목을 축입니다.

포도주에 잠이 뒤따르자 누마는 서늘한 동굴에서 나와 305

자고 있는 자들의 손을 노끈으로 묶습니다.[84]

잠이 물러가자 그들은 노끈을 끊으려고 몸부림칩니다.

하지만 몸부림칠수록 노끈은 더 단단히 조여집니다.

그때 누마가 말합니다. "숲의 신들이여, 내 행동을 용서하시오.

내 마음이 범행과는 거리가 멀다는 것을 그대들도 알고 있다면 말이오. 310

그리고 어떻게 해야 벼락을 달랠 수 있는지 그 방법을 일러주시오."

그렇게 누마는 말했습니다. 그러나 파우누스는 뿔을 흔들며 이렇게 말합니다.

"그대는 큰 것을 구하시는구려. 하지만 그대가 그런 것을 우리를 통하여

안다는 것은 옳지 못하오. 우리 같은 신들에게는 한계가 있기 때문이오.

우리는 시골 신들이고 우리가 다스리는 곳은 높은 산들이오. 315

윱피테르의 영역은 윱피테르 그분의 소관이오.

그분을 그대는 자력으로 하늘에서 끌어내릴 수 없지만

우리의 도움을 받는다면 어쩌면 그렇게 할 수도 있을 것이오."

---

84 누마가 파우누스와 피쿠스를 사로잡는 이야기는 무엇이든 만지기만 하면 황금으로 변했다는 프뤼기아 왕 미다스(Midas)가 그리스 신화에 나오는 숲의 정령 실레누스를 생포하는 이야기를 연상시킨다. 미다스는 실레누스가 지혜롭다는 말을 듣고 그에게서 인생의 비밀을 알아내기 위하여 그가 늘 마시곤 하던 샘물에 포도주를 타서 그가 그것을 마시고 취해 누워 자고 있을 때 사로잡았다. 실레누스는 미다스에게 인간은 태어나지 않는 것이 최선이고, 일단 태어났으면 일찍 죽는 것이 차선이라고 말했다고 한다.

이렇게 파우누스는 말했고 피쿠스도 같은 생각입니다.

"그런데 이 노끈을 풀어주시오" 하고 피쿠스가 말합니다.   320

"윱피테르는 강력한 계략에 이끌려 이리로 올 것이오.

안개 낀 스튁스[85]가 내 약속의 증인이 될 것이오."

그들이 노끈에서 풀려나 무엇을 하고 어떤 주문(呪文)을 노래하며

어떤 계략으로 윱피테르를 높은 곳에 있는 자리에서 끌어내리는지

사람은 알아서는 안 됩니다. 나는 허용된 것만을,   325

경건한 시인이 입으로 말해도 되는 것만을 노래할 것입니다.

윱피테르여, 그들은 그대를 하늘에서 끌어내립니다(eliciunt). 후세 사람들은

그래서 오늘날까지도 그대를 엘리키우스(Elicius)[86]라는 이름으로 기립니다.

확실한 것은 아벤티눔 언덕 위에 있는 숲의 우듬지들이 떨었고,

대지가 윱피테르의 무게에 눌려 내려앉았다는 것입니다.   330

왕은 심장이 떨리고 온몸에서 피가 물러가고

머리털이 쭈뼛 섰습니다. 그는 정신이 돌아오자

말했습니다. "높은 곳에 계시는 신들의 왕이시자 아버지시여.

벼락을 달랠 수 있는 확실한 수단을 주소서.

우리가 그대의 제물을 정결한 손으로 만졌고,   335

지금 우리가 구하는 것을 경건한 입이 기구하고 있다면 말입니다."

신께서는 그의 기도에 머리를 끄덕이셨으나 진리를 수수께끼 속에 감추셨고

모호한 말씀으로 그를 놀라게 하셨습니다.

"머리를 잘라라." 그분께서 말씀하셨습니다. 그분에게 왕이 대답합니다.

---

85   스튁스에 관해서는 2권 주 136 참조.

86   윱피테르 엘리키우스(Iuppiter Elicius)라는 이름은 윱피테르가 번개 또는 비를 하늘에서 대지로
끌어내리기 때문에 붙여진 이름으로 생각된다.

"복종하겠나이다. 내 정원에서 파낸 양파를 자르겠나이다." 340

신께서 덧붙이셨습니다. "사람의 머리를 잘라라." 왕이 말합니다. "사람의

　머리털을 바치겠나이다." 신께서 생명을 요구하시자 "물고기의 생명을

바치겠나이다"[87]라고 누마가 대답합니다. 신께서 웃으며 말씀하셨습니다.

　"그것들로 공중을 나는 내 무기[88]들을 달래도록 하라. 그대야말로 신과 대화하지

못하도록 아무도 말릴 수 없는 인간이구려. 내일 퀸티우스[89]가 둥근 원을 345

　완전히 드러내면 이 윱피테르가 제국의 확실한 담보를 그대에게 줄 것이니라."

그분께서는 그렇게 말씀하시고는 천둥 소리 요란한 가운데 요동치는 하늘로

　올라가시고, 누마는 뒤에 남아 경배하고 있었습니다.

그는 흐뭇한 마음으로 돌아가 퀴리테스들에게 일어난 일을 이야기합니다.

　그러나 그들은 그의 말을 쉬 믿으려 하지 않습니다. 350

"하지만 지금 내가 하는 말이 실제로 일어나면" 하고 그는 말합니다. "그때는

　그대들이 내 말을 믿으리라. 자, 여기 있는 사람은 모두 내일 있을 일을 들으시오.

퀸티우스가 대지에 둥근 원을 완전히 드러내면

　윱피테르께서 제국의 확실한 담보를 주실 것이오."

그들은 의심하고 떠나가면서 약속된 것이 나타나려면 오래 걸릴 것이라고 355

　생각했습니다. 그들이 믿느냐의 여부는 이튿날에 달려 있습니다.

대지가 아침에 내린 이슬에 젖었을 때

　백성들이 왕궁의 문턱 앞에 모입니다.

---

87 플루타르쿠스도 양파와 사람의 머리털과 물고기로 벼락을 막을 수 있다며 물고기는 정어리 같은 작은 물고기라고 말하고 있다(「누마 전(傳)」 15장 4~5행 참조). 그 까닭은 알 수 없지만 오비디우스는 여기서 그것들이 인간 제물을 대신하는 것임을 암시한다.

88 벼락.

89 퀸티우스(Cynthius 그/Kynthios)는 아폴로의 별명 가운데 하나로, 아폴로가 델로스 섬의 퀸투스 (Cynthus 그/Kynthos) 산에서 태어난 까닭에 그런 별명이 붙었다. 여기에서는 태양신으로서의 아폴로를 말한다

누마가 나타나 한가운데에 있는 단풍나무 의자에 앉습니다.

　수많은 남자들이 말없이 그의 주위에 둘러서 있습니다.　　　　　　　　360

포이부스가 위쪽 가장자리만을 보여주었습니다.

　그러자 그들의 들뜬 마음은 희망과 두려움에 떨고 있습니다.

그는 일어서서 눈처럼 흰 외투로 머리를 싸고는

　이미 신들에게 잘 알려진 두 손을 들었습니다.

그는 이렇게 말했습니다. "약속하신 선물을 주실 시간이 되었나이다.　　　　365

　윱피테르시여, 그대가 약속하신 일이 이루어지게 하소서."

그가 말하는 동안 어느새 해가 원을 완전히 드러냈습니다.

　그리고 하늘에서 무서운 굉음이 들렸습니다. 신께서는 세 번이나

구름 한 점 없는 하늘에 천둥을 치셨고 세 번이나 벼락을 치셨습니다.

　그대들은 내 말을 믿으시오. 내 말이 이상하게 들릴지 모르나　　　　　370

그것은 사실입니다. 하늘이 한가운데에서 갈라지기 시작했습니다.

　군중도 지도자도 눈을 위로 향했습니다.

보십시오, 저기 방패 하나가 부드러운 미풍에 가볍게 흔들리며

　굴러떨어졌습니다. 백성의 함성은 별들에 닿습니다.

왕은 먼저 아직 목에 멍에를 메어본 적이 없는 암송아지 한 마리를　　　375

　제물로 바친 연후에야 떨어진 선물을 땅에서 집어 듭니다.

그리고 그는 그 방패를 앙킬레(ancile)라고 부르니, 그것은 모서리가 모두

　잘려나가(recisus) 모난 데(angulus)가 전혀 눈에 띄지 않기 때문입니다.[90]

그리고 나서 그는 제국의 운명이 그 방패에 달려 있음을 알고

90　앙킬레는 모서리, 즉 양옆이 잘려나간 타원형 또는 아라비아 숫자 8처럼 생긴 방패이다. 오비디우스는 앙킬레가 모난 데(angulus)가 없고 양옆이 잘려나간(recisus) 데서 그런 이름이 붙게 된 것이라고 추정하고 있다.

아주 교활한 계획을 세웁니다.   380

그는 배신자의 눈을 속이기 위하여

　　비슷한 모양의 방패를 많이 만들라고 명령합니다.[91]

마무리우스가—그는 성격이 더 완벽한지 아니면 기술이 더 완벽한지

　　말하기 어렵습니다—이 일을 해냈습니다.

인심 좋은 누마가 그에게 말했습니다. "그대의 품삯을 요구하시오.   385

　　내가 신용 있다는 말이 사실이라면 그대의 청은 결코 헛되지 않을 것이오."

왕은 전에도 살리이들에게 그들이 껑충껑충 뛰며 춤춘다 하여(saltus)

　　그런 이름을 지어주고 무기들과 노랫말을 준 적이 있었습니다.

마무리우스가 이렇게 대답했습니다. "내게 품삯으로 영광을 주십시오.

　　그리고 노래가 끝날 때 내 이름을 노래하게 해주십시오."   390

그래서 사제들은 옛날 일에 대하여 약속된 보수를 지불하느라

　　마무리우스라고 부르는 것입니다.

소녀여, 그대가 결혼할 계획이라면 그대들 두 사람이 아무리 급하더라도

　　연기하시오. 약간의 지연이 큰 이익을 가져다주기 때문이오.[92]

무기는 싸움을 일으키고 싸움은 기혼자들에게는 어울리지 않소.   395

　　무기가 감추어지고 나면 전조는 더 좋아질 것이오.

그런 날들에는 뾰족 모자를 쓰는 디알리스의 허리띠를 맨 아내[93]조차도

　　머리를 빗질하지 않는 법이라오.[94]

91　누마는 11개의 복제품을 만들게 했다.

92　오비디우스는 3월 1일 외에 2월의 사자(死者)들의 축제 기간(2권 557행 참조), 5월(5권 487~490
　　행 참조)과 6월의 처음 15일 동안(6권 21~225행 참조)에도 결혼하지 않는 것이 좋다고 말한다.

93　여기서 '디알리스의 아내'란 플라멘 디알리스(1권 주 141 참조)의 아내 플라미니카 디알리스
　　(Flaminica Dialis)를 말한다

3월 3일

이달의 세 번째 날이 떠오르는 별들을 바꾸게 되면

　두 마리 물고기 가운데 한 마리는 숨어버릴 것입니다.　　　　　400

실제로 물고기는 두 마리입니다. 그중 하나는 남풍에 가깝고 다른 하나는

　북풍에 가깝습니다. 그것들은 둘 다 바람에서 이름을 따옵니다.[95]

3월 5일

티토누스의 아내[96]가 사프란빛 볼에서 이슬을 떨어뜨리기 시작하며

　다섯 번째 아침 시간을 가져다주면

게으름뱅이 보오테스라고도 불리는 아르크토필락스[97]가　　　　　405

　물에 잠겨 그대의 시야에서 사라질 것입니다.

그러나 포도 따는 이[98]는 사라지지 않을 것입니다.

　이 별자리의 기원을 설명한다 해도 오래 걸리지는 않을 것입니다.

어떤 사튀루스와 요정의 아들인 고수머리 암펠로스는

　이스마루스[99]의 산등성이에서 박쿠스의 사랑을 받았다고 합니다.　　　　　410

94　이러한 관습에 관해서는 6권 226~230행 참조.

95　남풍(notus 그/notos)에 가까운 것은 노티오스(Notios), 북풍(boreas)에 가까운 것은 보레이오스 (Boreios)라고 한다. 물고기자리가 둘이라는 데 관해서는 2권 459~460행 참조.

96　티토누스의 아내란 새벽의 여신 아우로라를 말한다. 그녀는 티토누스(1권 주 106 참조)와 살면서 멤논이라는 아들을 낳는다. 멤논이 아이티오피아(Aethiopia)인들의 왕으로서 트로이야 전쟁 때 트로이야를 도우러 갔다가 전사하자 그녀는 죽은 아들을 위해 눈물을 흘렸는데, 그 눈물이 이슬이 되었다고 한다.

97　2권 주 59와 66 참조.

98　황도 12궁 가운데 하나인 처녀자리에 속하는 별. 이 별이 '포도 따는 이'라고 불리는 것은 가을에 이 별이 뜨면 포도 수확이 시작되기 때문이다.

99　이스마루스(Ismarus 그/Ismaros)는 트라케 지방에 있는 산이다.

박쿠스는 그에게 잎이 무성한 느릅나무 가지에 매달려 있던 덩굴 하나를 주었는데,

그 가지는 오늘날에도 소년의 이름[100]에서 이름을 따오고 있습니다.

소년은 성급하게도 큰 가지에 달려 있던 알록달록한 포도송이들을 따다가

그만 떨어졌습니다. 그러자 리베르[101]가 잃어버린 소년을 하늘로 올렸던 것입니다.

3월 6일

포이부스가 여섯 번째로 오케아누스에서 가파른 올림푸스로 오르고   415

마차를 타고 하늘 길을 지나가면

정결한 베스타의 사당에서 경배드리는 이는 누구나 감사하며

일리아의 화로에 분향하도록 하시오.

카이사르가 얻고자 했던 수많은 칭호들에

대사제[102]의 칭호가 추가되었기 때문입니다.[103]   420

그리하여 영원한 불을 카이사르의 영원한 신성(神性)이 주재하니

그대는 제국의 두 담보가 함께하는 것을 보는 것입니다.

옛 트로이야의 신들이여, 그대들을 날라온 이[104]에게 가장 어울리는

전리품이여, 그대들의 무게 덕분에 아이네아스는 적에게서 안전했거늘,

아이네아스의 자손인 사제는 친족 신들을 모시고 있는 것입니다.[105]   425

베스타[106]여, 그대 친족의 머리를 지켜주소서!

---

100 암펠로스(Ampelos)는 그리스어로 '포도나무'라는 뜻이다.

101 리베르는 박쿠스의 다른 이름이다. 1권 주 96 참조.

102 대사제에 관해서는 2권 주 3 참조.

103 아우구스투스는 기원전 12년 3월 6일에 대사제가 되었다.

104 아이네아스.

105 아우구스투스는 율리우스 카이사르의 양자가 됨으로써 자신이 아이네아스의 자손이고, 더 나아가 베누스와 윱피테르와 사투르누스의 자손이라고 주장할 수 있게 된다.

106 베스타는 윱피테르의 누이이니 아우구스투스에게는 친족인 셈이다.

그분이 신성한 손으로 돌보시는 너희들 불들이여, 안녕하시라.

　부디 화염도 지도자도 둘 다 영생하소서.

3월 7일

3월의 노나이에는 주목할 만한 것이 하나밖에 없습니다. 그날에는

　베이요비스의 신전이 두 원림[107] 앞에서 봉헌되었다고 합니다.　　　　　430

로물루스는 원림을 높은 돌담으로 두르고 나서 말했습니다.

　"그대가 뉘시든 여기서 피난처를 구하시오. 그대는 안전할 것입니다."

오오, 로마는 얼마나 미약한 시작에서 자라났던가!

　옛날의 군중이란 별로 부러워할 만한 것이 못 됩니다.

하지만 그 이상한 이름이 그대를 당황하게 하는 일이 없도록　　　　　435

　그대는 그 신이 뉘시며, 어째서 그런 이름으로 불리는지 배우도록 하시오.

그분은 젊은 윱피테르입니다. 그분의 젊은 얼굴을 보시오.

　그러고 나서 손을 보시오. 벼락을 들고 있지 않습니다.

윱피테르께서 벼락을 드신 것은 기가스들[108]이 감히 하늘을

　차지하려고 한 뒤였습니다. 처음에는 그분께서 무장하지 않으셨습니다.　　440

107　'두 원림'이란 카피톨리움 언덕의 두 봉우리를 말하는데, 그곳에는 원래 나무가 있었다고 한다.

108　기가스들은 우라누스(Uranus 그/Ouranos)가 거세될 때 땅에 떨어진 피에 의하여 대지의 여신 가이아가 낳은 거한(巨漢)들로, 윱피테르와 올륌푸스의 신들에게 반항하다가(gigantomachia) 헤르쿨레스의 도움을 받은 이 젊은 신들에게 패하여 그리스와 이탈리아의 여러 화산 아래 묻힌 것으로 여겨졌다. 신들과 기가스들 사이의 전쟁은 그리스에서는 특히 조각가들에게 매우 인기 있는 주제가 되었는데, 그들에게는 이 전쟁이 문명과 야만의 투쟁의 상징으로 여겨졌던 것이다. 올륌푸스의 신들은 각각 티탄 신족(titanomachia), 기가스들, 오투스(Otus 그/Otos)와 에피알테스(Ephialtes) 형제에게 세 번에 걸쳐 공격받는데 시인들은 가끔 이들 공격을 혼동한다. 여기서도 오투스 형제가 산들을 쌓아올려 하늘에 오르려 했던 이야기(1권 주 64 참조)가 기가스들과의 전쟁과 혼동되고 있다.

옷사가 그분의 새로운 불에 타올랐고, 옷사보다 높은 펠리온과

　　단단한 대지에 뿌리박고 있는 올림푸스도 그랬습니다.

신상 옆에는 암염소 한 마리도 서 있습니다. 크레타의 요정들이 윱피테르를

　　양육했다고 합니다. 어린 윱피테르에게 젖을 먹인 것은 그 암염소였습니다.

이제는 이름을 설명할 차례입니다. 농부들은 못 자란 곡식을　　　　　　　445

　　베그란디스(vegrandis)라 부르고 작은 것은 베스쿠스(vescus)라 부릅니다.

그것이 그 말의 뜻이라면 베이요비스[109]의 사당은

　　작은 윱피테르의 사당이라고 추측해도 안 될까요?

어느새 푸른 하늘에 별이 반짝반짝 빛나면 위를 쳐다보시오.

　　그대는 고르고의 말[馬]의 목을 보게 될 것입니다.[110]　　　　　　　450

109　오비디우스에 따르면 베이요비스(Veiovis)는 '작다'는 뜻의 ve-와 윱피테르라는 이름의 어간 iov-
　　　(윱피테르의 속격은 Iovis이다)가 결합한 것으로, '작은 윱피테르' '어린 윱피테르'라는 뜻이다.

110　여기서 '고르고의 말'이란 북쪽 하늘의 별자리 가운데 하나인 페가수스를 가리킨다. 페가수스는
　　　보이오티아 지방의 헬리콘 산(최고봉 1,478m) 정상 가까운 곳을 발굽으로 차서 힙포크레네 샘이
　　　솟아나게 한 바로 그 말로, 뒷날 영웅 벨레로폰(Bellerophon 또는 Bellerophontes)을 도와 입에서
　　　불을 뿜는 괴물 키마이라(Chimaera 그/Chimaira)를 퇴치하는 등 큰 업적을 이룩하게 해준다. 그
　　　러나 벨레로폰이 오만해져 하늘로 오르려다가 떨어지자 윱피테르는 페가수스를 가상히 여겨 하늘
　　　의 별자리가 되게 했다고 한다. 페가수스가 태어난 이야기는 다음과 같다.
　　　고르고(Gorgo 복수형 Gorgones) 자매는 모두 세 명인데 스텐노(Sthenno: '힘센 여자'라는 뜻)와
　　　에우뤼알레(Euryale: '멀리 떠돌아다니는 여자'라는 뜻)와 메두사(Medusa 그/Medousa: '여왕'이
　　　라는 뜻)가 그들이다. 그중 다른 두 명은 불사의 몸이고 메두사만이 죽을 운명을 타고났는데, 고르
　　　고라 하면 보통 그녀를 말한다. 그들은 서쪽 끝에 살았는데, 머리털은 뱀으로 되어 있고 몸은 용의
　　　비늘로 덮여 있었으며 또 눈길이 매서워 그것이 응시하면 누구나 돌로 변했다. 영웅 페르세우스
　　　(Perseus)가 미네르바 여신이 준 청동거울을 이용해 메두사를 직접 보지 않고도 그녀의 목을 베었
　　　을 때, 넵투누스에 의하여 임신 중이던 그녀의 몸에서 천마(天馬) 페가수스와 거한 크뤼사오르
　　　(Chrysaor: '황금 칼'이라는 뜻)가 튀어나온다. 그래서 페르세우스는 페가수스를 타고 다른 두 고
　　　르고 자매의 추격을 피해 달아나다가 바다 괴물에게 제물로 바쳐진 안드로메다(Andromeda)가 바
　　　위에 묶여 있는 것을 보고 메두사의 머리로 괴물을 돌로 변하게 하고는 그녀와 결혼한다. 그 뒤 메

그 말은 임신한 메두사의 베인 목에서

　갈기가 피투성이가 된 채 뛰어나왔다고 합니다.

그것이 구름 위 별 아래로 미끄러져갈 때

　하늘은 땅이 되어주고 날개는 발이 되어줍니다.

그것은 그 뒤 곧 가벼운 발굽으로 차서 아오니아의 샘[111]이

　솟아나게 했을 때 이를 갈며 익숙지 않은 재갈을 받아들였습니다.[112]

　　　　　　　　　　　　　　　　　　　　　　　　　　455

그것은 전에는 날개를 저어 하늘로 오르려 했지만 지금은 하늘을 즐기며[113]

　열하고도 다섯 개의 별과 함께 반짝반짝 빛나고 있습니다.

3월 8일

바로 이튿날 밤 그대는 크놋수스 소녀[114]의 왕관을 보게 될 것입니다.

두사의 머리는 미네르바 여신이 자신의 방패 또는 아이기스(aegis 그/aigis) 한가운데에 고정하여 적을 돌로 변하게 한다. 메두사는 처음에는 옛 신들에 속하는 괴물이었으나 헬레니즘 시대(기원전 323~31년)에는 변신(變身)의 희생자가 되었으니, 그녀는 원래는 아름다운 소녀였으나 감히 미네르바 여신과 아름다움을 다투려 하자 그녀가 특히 자랑하던 머리털을 여신이 뱀 떼로 바꿔버렸다고 한다. 또 일설에 따르면 넵투누스가 미네르바의 신전에서 그녀를 겁탈한 것을 응징하기 위해 여신이 그녀를 괴물로 만들었다고 한다.

111　'아오니아(Aonia)의 샘'이란 그리스 보이오티아(Boeotia 그/Boiotia) 지방의 남서부 무사 여신들의 원림이 있는 헬리콘 산 정상에 가까운 샘으로, 천마 페가수스의 발굽에 차여 솟아났다는 힙포크레네를 말한다. 아오니아는 보이오티아의 다른 이름이다.

112　그리스의 또 다른 영웅 벨레로폰은 페가수스에게 재갈을 얹어 입에서 불을 내뿜는 괴물 키마이라를 퇴치하는 등 혁혁한 공을 세운다. 그러나 그는 페가수스를 타고 하늘로 오르려다가 떨어져 비참하고 쓸쓸한 노년을 보내게 된다.

113　별자리가 되어.

114　미노스(Minos) 왕의 딸 아리아드네. 크놋수스는 크레타 섬 북안(北岸)에 있는 도시로 미노스의 궁전이 있던 곳이다. 아리아드네는 아테나이의 영웅 테세우스가 크레타 섬에 왔을 때 첫눈에 그에게 반해 그가 우두인신(牛頭人身)의 괴물 미노타우루스(Minotaurus 그/Minotauros)를 죽이고 미궁에서 나올 수 있도록 실꾸리를 주는 등 그를 돕지만 테세우스는 귀향 도중 그녀를 버리고 달아난다. 그러나 그녀는 그 뒤 주신 박쿠스의 아내가 된다.

테세우스의 비행 때문에 그녀는 여신이 되었습니다.   460

배은망덕한 남자에게 감아 모으라고 실을 주었던 그녀는

　다행히도 이미 거짓 맹세를 한 남편을 박쿠스로 바꿨습니다.

그녀는 자신의 새 결혼을 기뻐하며 말했습니다. "왜 내가 시골 소녀처럼

　울었을까? 그의 불성실이 나에게는 이익이 되었는데."

그사이 리베르는 머리를 길게 빗어 내린 인디아인들을 정복하고는   465

　부자가 되어 동방에서 돌아왔습니다.

포로로 잡힌 빼어난 미모의 소녀들 중에는 공주도

　한 명 있었는데, 박쿠스는 그녀가 무척 마음에 들었습니다.

그의 사랑하는 아내는 눈물을 흘렸고, 굽은 해안 길을

　산발한 채 거닐며 이렇게 말했습니다.   470

"자, 너희들 파도여, 또다시 나의 똑같은 탄식을 들어다오.

　자, 모래여, 또다시 내 눈물을 받아다오.

나는 '거짓 맹세를 한 신의 없는 테세우스여!'라고 말하곤 했지.

　그는 나를 버렸어. 그런데 지금 박쿠스가 똑같은 비행을 저지르고 있어.

지금 또 나는 '어떤 여자도 남자는 믿지 말라!'고 외칠 거야.   475

　남자의 이름만 다를 뿐, 내 처지는 똑같아.

아아, 내 운명이 처음 시작한 그대로 진행되었더라면 좋았을 것을!

　그랬더라면 나는 지금 이 순간 존재하지 않을 텐데!

리베르여, 왜 그대는 쓸쓸한 모래밭에서 죽으려던 나를 구해주었나요?

　그때 나는 내 고통을 단호하게 끝낼 수 있었는데.   480

박쿠스여, 그대는 그대의 이마를 장식하고 있는 나뭇잎보다도 더 가벼워요.

　박쿠스여, 그대를 알게 되어 나는 눈물만 흘렸어요.

하거늘 이제 그대는 감히 정부(情婦)를 내 눈앞으로 데려와

　그토록 화목하던 우리의 결혼을 깨자는 것인가요?

슬프도다. 그대의 서약은 어디로 갔으며 그대의 맹세는 또 어디로 갔나요? 485

불쌍한 내 신세여, 얼마나 자주 나는 이런 말을 되풀이해야 하나요?

그대는 테세우스를 비난하면서 그대 입으로 그를 사기꾼이라 부르곤 했지요.

그대가 그렇게 판결한 만큼 그대의 죄는 더 수치스러워요.

이 일을 나는 아무에게도 알리지 않고 말없이 고통을 참고 견딜래요.

나는 그토록 자주 속아 마땅하다고 사람들이 생각하지 않도록 말예요. 490

이 일이 누구보다도 테세우스에게 알려지지 않았으면 좋겠어요.

그대가 자기와 같은 비행을 저질렀음을 알고 그가 좋아하지 못하도록 말예요.

아마도 그이는 그 첩년이 살색이 희다고[115] 가무잡잡한 나보다 더

좋아하나 본데, 내 적들에게도 모두 그런 살색이 주어지기를!

하지만 그게 무슨 소용이죠? 바로 그 흠 때문에 그녀는 그대에게 더 495

매력적인데. 그대는 무슨 짓을 하는 거예요? 그녀는 그대의 포옹을 더럽히고

있어요. 박쿠스여, 그대는 성실하시고 그 어떤 여인도 아내의 사랑보다 더

좋아하지 마세요. 나는 언제까지나 한 남자만을 사랑해요. 아름다운 황소의 뿔이

내 어머니의 마음을 사로잡았다면[116] 그대의 뿔[117]은 내 마음을 사로잡았어요.

---

115 반어적 표현이다. 인도 원주민들은 헤로도토스 이후로 고대에는 살색이 검은 것으로 여겨졌기 때문이다.

116 미노스는 자신의 왕권의 정당성을 입증하기 위해 넵투누스에게 제물을 바치며 만약 바다에서 황소 한 마리를 보내주면 그것을 제물로 바치겠다고 약속한다. 그래서 그의 기도를 들어주었으나 미노스가 약속을 지키지 않자 넵투누스는 그 황소를 미치게 하고, 나중에는 미노스의 아내 파시파에(Pasiphae)가 그 황소에게 저항할 수 없는 애욕을 느끼게 만든다. 일설에 따르면 파시파에가 그런 애욕을 느끼게 된 것은 그녀가 베누스 숭배를 멸시했기 때문에, 또는 베누스와 마르스의 밀회를 그녀의 아버지인 태양신 헬리오스(Helios)가 볼카누스에게 일러바쳤기 때문에 베누스가 복수한 것이라고 한다. 파시파에가 참다못해 당시 크레타에 망명 중이던 장인(匠人) 다이달루스(Daedalus 그/Daidalos)에게 도움을 청하자, 그는 꼭 살아 있는 것 같은 암소 한 마리를 만들어주며 그 안에 들어가 있으라고 일러준다. 그리하여 황소가 속아 넘어가 둘 사이의 교합에서 우두인신(牛頭人身)의 괴물 미노타우루스(Minotaurus: '미노스의 황소'라는 뜻)가 태어난다. 그러자 다이달루스는

하지만 내 사랑은 칭찬할 만하지만 어머니의 사랑은 창피한 것이었어요. 500

내 사랑이 나에게 해가 되지 않게 해주세요. 박쿠스여, 그대가 내게

　사랑의 불길을 고백한 것이 그대에게 해가 되지 않았듯이 말예요.

그대가 나를 불타게 만드는 것은 놀랄 일이 아니에요. 그대는 불 속에서 태어나

　아버지의 손에 의해 불에서 낚아채어졌다니 말예요.[118]

나로 말하자면 그대가 하늘을 약속하곤 하던 여인이에요. 505

　하거늘 아아, 슬프도다. 하늘 대신 나는 어떤 선물을 받았는가!"

이렇게 그녀는 말했습니다. 리베르는 아까부터 그녀의 불평을 듣고 있었으니,

　그는 우연히 그녀를 바싹 뒤따르고 있었던 것입니다.

그는 그녀를 껴안고 키스로 그녀의 눈물을 닦아주며 말합니다.

　"우리 함께 저 하늘 꼭대기로 올라요! 그대는 침대도 510

나와 함께 썼으니 이름도 나와 함께 쓸 것이오.

　그대는 변신하면 리베라[119]라고 불리게 될 테니 말이오.

그리하여 나는 볼카노스가 베누스에게 주었고

　베누스가 그대에게 주었던 왕관의 기념물이 그대와 함께하게 할 것이오."

그는 약속을 지켜 그녀의 왕관의 아홉 보석을 불로 바꿉니다. 515

이번에는 미노스의 지시에 따라 미노타우로스를 가두어둘 미궁을 지어준다. 미노타우로스는 훗날
아테나이의 영웅 테세우스의 손에 죽는다.

117 박쿠스도 때로는 황소에 비유되고 황소의 뿔을 가진 것으로 그려지곤 한다(789행과 오비디우스,
『변신 이야기』 3권 19행 참조).

118 카드무스와 하르모니아(Harmonia)의 딸 세멜레는 윱피테르에 의하여 주신 박쿠스를 잉태한다.
그러나 그녀는 유노의 꾐에 빠져 윱피테르에게 그의 본래 모습을 보여달라고 조르다가 윱피테르
의 번갯불에 타 죽고, 뱃속의 아이는 윱피테르가 불에서 건져내 자신의 넓적다리에 집어넣었다가
달이 다 차자 꺼냈다고 한다.

119 리베라는 이탈리아의 옛 여신으로, 오비디우스는 여기서 그녀를 아리아드네와 동일시하고 있다.
리베라의 남자 짝꿍인 리베르는 대개 박쿠스와 동일시된다.

그리하여 지금 금관(金冠)은 아홉 별들로 반짝이고 있는 것입니다.[120]

3월 14일

장밋빛 날을 재빠른 마차에 실어 나르는 이[121]가

　자신의 원(圓)을 여섯 번 올리고 여섯 번 내리고 나면,

그대는 티베리스 강이 굽이치며 그 옆을 스쳐 지나가는

　캄푸스[122]의 풀밭에서 에퀴르리아[123] 제를 다시 보게 될 것입니다.　　　520

그러나 캄푸스가 홍수로 범람하게 되면

　먼지투성이의 카일리우스[124] 언덕이 말들을 받을 것입니다.

3월 15일

15일에는, 외지에서 흘러온 튀브리스[125]여, 그대의 강둑에서

　멀지 않은 곳에서 안나 페렌나의 즐거운 축제[126]가 열립니다.

평민들은 와서 푸른 풀밭 위에 여기저기 흩어져　　　　　　　　　　525

　술을 마시며 저마다 자기 짝꿍 옆에 기댑니다.

더러는 노천에서 견디고 몇몇은 천막을 치고

　또 더러는 나뭇가지로 잎이 무성한 오두막을 짓습니다.

다른 사람들은 단단한 기둥 대신 갈대를 세우고는

120 　그녀의 왕관은 북쪽왕관자리(Corona Borealis 그/Stephanos boreios)라는 별자리가 되었다.

121 　태양신.

122 　캄푸스란 캄푸스 마르티우스(Campus Martius), 즉 '마르스의 들판'을 말한다.

123 　2권 주 183 참조.

124 　카일리우스는 로마 동남부에 있는 언덕이다.

125 　튀브리스(Thybris)는 티베리스 강의 다른 이름으로 시(詩)에서 쓰인다.

126 　로마의 역년이 3월에 시작된다면(145~146행 참조), 한 해의 첫 보름날에 벌어지는 이 축제는 우리나라의 정월 대보름날 놀이에 해당할 것이다.

그 위에 옷을 펼쳐놓습니다. 530

하지만 그들은 해와 술에 뜨거워져 비우는 잔만큼

　　오래 살기를 기원하며 마시는 잔을 셉니다.

그곳에서 그대는 네스토르[127]의 나이만큼 마시는 남자와

　　마신 잔들 때문에 시빌라[128]가 되어버린 여인을 발견하게 될 것입니다.

그곳에서 그들은 또 극장에서 배운 것을 노래하고 535

　　민첩한 손으로 가사에 맞춰 박자를 치기도 합니다.

그들은 술 섞는 동이를 놓고 서투르게 윤무를 추고

　　여자 친구는 머리를 흩날리며 깡충깡충 뜁니다.

그들이 비틀거리며 집으로 돌아가니 군중에게는 구경거리가 되고,

　　그들과 마주치는 사람은 누구나 그들을 행운아라고 부릅니다. 540

나는 일전에 그 행렬을 만난 적이 있는데(이것은 언급할 만한 가치가 있는 것

　　같습니다), 어느 술 취한 노파가 어느 술 취한 노인[129]을 끌고 가고 있었습니다.

이 여신이 누구인지에 관해서는 모호한 소문들만 무성할 뿐이므로

　　나는 어떤 이야기도 숨기지 않을 참입니다.

가련한 디도[130]는 아이네아스를 향한 사랑으로 불탔고 545

---

127 네스토르는 그리스의 필로스(Pylos)를 다스리던 노왕(老王)으로, 트로이야 전쟁에 참전하여 언변
과 지혜로 두각을 나타냈다.

128 시빌라는 나폴리 근처의 쿠마이(Cumae 그/Kyme)에 살던 고령의 예언녀이다. 오비디우스에 따르
면(『변신 이야기』 14권 144행 이하 참조) 아이네아스가 조언을 구하러 그녀를 찾아갔을 때 그녀는
700살이었는데, 아직도 300년을 더 살게 되어 있었다고 한다.

129 여기서 '술 취한 노파'는 안나 페렌나를, '술 취한 노인'은 마무리우스를, 또는 축제 행렬에서 신
년(新年)과 구년(舊年)의 역을 맡아 신년이 구년과 팔짱을 끼고 끌고 가는 장면을 연출하게 되어
있는 술꾼들로 보는 이들도 있다.

130 디도는 카르타고의 전설적인 창건자이자 여왕으로, 그곳에 들른 아이네아스와 서로 사랑했으나
아이네아스가 그녀를 버리고 이탈리아로 건너가자 자살한다.

또 그녀의 운명을 위해 세워진 장작더미 위에서 불탔습니다.

그녀의 재는 수습되었고, 무덤의 대리석 위에는 그녀가 죽으며 남겨둔

이런 짤막한 시구가 적혀 있었습니다.[131]

아이네아스가 죽음의 원인과 칼을 제공했노라.

디도는 제 손에 죽어 쓰러졌노라. 550

즉시 누미디아[132]인들이 지켜주는 이 없는 왕국으로 침입하고,

무어인[133] 이아르바스[134]가 왕궁을 함락하고 차지합니다.

또한 그는 자기가 받았던 무시를 생각하고는 외칩니다. "그런데도

그녀가 그토록 자주 퇴짜 놓던 내가 엘릿사[135]의 방을 차지하고 있구나."

튀루스인들[136]은 뿔뿔이 흩어져 이리저리 거처 없이 떠돕니다, 555

마치 왕[137]이 죽고 나면 벌들이 떼 지어 흩어지듯이 말입니다.

세 번이나 곡식이 껍질을 벗기 위해 타작마당으로 운반되었고,

세 번이나 새 포도주가 빈 통들에 쏟아졌습니다.

그때 안나는 고향에서 쫓겨나 눈물을 흘리며 언니의 성벽을 떠납니다.[138]

그러나 그녀는 먼저 친언니에게 경의를 표했습니다. 560

---

131 오비디우스는 여기서 디도가 아이네아스에게 보낸 가상의 편지의 마지막 두 행(『여걸들의 서한집』 7권 195~196행)을 다시 사용하고 있다.

132 누미디아(Numidia)는 지금의 동알제리와 튀니지에 걸친 북아프리카 지역이다.

133 무어인(Maurus 복수형 Mauri)은 지금의 모로코, 서알제리, 모리타니아(Mauritania) 지역에 살던 부족들을 두루 일컫는 이름이다.

134 이아르바스는 북아프리카 지방의 왕으로 디도에게 청혼했으나 거절당한다.

135 엘릿사는 디도의 포이니케식 이름이다.

136 여기서 '튀루스인들'이란 카르타고인들을 말한다. 카르타고는 포이니케 지방의 도시인 튀루스의 주민들이 세운 식민시이다. 주 47 참조.

137 고대인들은 벌 떼의 우두머리는 왕벌이라고 믿었다. 베르길리우스, 『농경시』 4권 21행 이하 참조.

138 오비디우스는 여기서 디도와 자매간인 안나가 카르타고를 떠나는 장면을 그리면서 그녀가 바로 안나 페렌나라는 견해를 피력하고 있다.

부드러운 재는 눈물에 젖은 향유(香油)를 마시고

　그녀가 자기 머리에서 잘라 바치는 머리털도 제물로 받습니다.

그녀는 세 번이나 "안녕히 계세요"라고 말했고, 세 번이나 재를 들어

　입술에 갖다 댔습니다. 그녀에게는 언니가 거기 있는 것 같았습니다.

그리고 나서 그녀는 배와 함께 도망칠 동무들을 구하게 되자　　　　　　565

　언니가 아끼던 작품인 성벽들을 뒤돌아보며 순풍에 미끄러지듯 나아갑니다.

황량한 코쉬라[139] 섬 옆에 멜리테[140]라는 비옥한 섬이 있는데

　이 섬은 리뷔아[141] 해(海)의 파도에 난타당하고 있습니다.

안나는 오래전부터 알고 있던 왕의 환대를 기대하고 그리로 나아갑니다.

　부유한 접대자인 밧투스[142]가 그곳의 왕이었습니다.　　　　　　　　　570

그는 두 자매가 당한 일을 듣고 나서 말했습니다.

　"이 나라는 비록 작지만 그대의 것이 될 것이오."

그리고 그는 환대의 의무를 끝까지 지켰을 것입니다.

　그러나 그는 퓌그말리오[143]의 강력한 힘이 두려웠습니다.

태양이 황도대의 궁들을 두 번이나 통과하고 세 번째 해가 왔을 때　　　575

　그녀는 새 망명지를 찾지 않을 수 없었습니다. 그녀의 오라비가 와서

그녀를 넘겨주지 않으면 전쟁도 불사하겠다고 위협합니다. 왕은 전쟁이

　싫어서 말합니다. "우리는 호전적이지 않소. 그대는 안전을 위해 도망치시오."

그가 명령하자 그녀는 도망치며 자신의 배를 바람과 파도에 맡깁니다.

139　코쉬라는 말타(Malta) 섬 옆에 있는 지금의 판텔렐리아(Pantelleria) 섬을 말한다.

140　멜리테는 지금의 말타 섬을 말한다.

141　리뷔아는 북아프리카 또는 그 해안지대를 말한다.

142　밧투스는 멜리테 섬의 왕으로 북서 리뷔아에 있던 주요 도시 퀴레네를 창건했다.

143　퓌그말리오는 디도와 안나의 오라비로 튀루스 시의 왕이다. 그는 디도의 남편을 죽였는데, 디도 일
　　　행은 그를 피해 북아프리카로 망명한 것이다. 베르길리우스, 『아이네이스』 1권 338~368행 참조.

그녀의 오라비는 어떤 바다보다도 더 잔인했기 때문입니다.   580

자갈투성이인 크라티스[144] 강의 물고기가 많은 흐름 옆에는

　작은 들판이 있는데, 토착민들은 그곳을 카메레[145]라고 부릅니다.

그곳으로 그녀는 뱃머리를 돌렸고, 투석기(投石器)가 아홉 번 돌을 던져

　닿을 수 있는 거리보다 더 멀리 떨어지지 않았을 때

먼저 돛이 약한 미풍에 겨우 균형을 잡으며 느슨해지기 시작합니다.   585

　"그대들은 노(櫓)로 물을 가르시오"라고 키잡이가 말했습니다.

그들이 밧줄로 돛들을 말아 올리는 사이에

　갑자기 남풍이 굽은 고물을 덮치더니

선장이 아무리 막으려 해도 배를 난바다로 끌어내니

　뭍은 시야에서 사라지고 맙니다.   590

파도는 높이 뛰어오르고, 바다는 가장 깊은 바닥부터 뒤집히고,

　선체는 하얗게 거품이 이는 바닷물을 들이마십니다.

항해술은 바람에 정복당하고 키잡이는 더 이상 키를 잡지 않으니

　그 역시 안전을 위해 기도하고 있는 것입니다.

추방된 포이니케 여인[146]은 부풀어 오른 파도에 내던져지며   595

　눈물 젖은 눈을 옷에 묻습니다.

그때 처음으로 그녀는 언니 디도를 행복하다고 했고,

　어느 곳이든 그 시신이 뭍에 묻힌 여인이면 누구나 행복하다고 했습니다.

배는 세찬 돌풍에 라우렌툼의 해안[147]으로 떠밀려 침몰했으나

---

144 크라티스는 이탈리아 반도의 발가락 부분에 있는 강이다.

145 카메레 들판은 남이탈리아 크라티스 강 부근에 있다.

146 안나.

147 라우렌툼의 해안은 라티움 지방의 라우렌툼 시에서 가까운 곳으로 아이네아스도 이탈리아에 왔을 때 맨 처음 그곳에 상륙한다. 그는 그곳의 왕 라티누스의 딸 라비니아와 결혼한다. 그래서 그 해안

모두 배에서 내린 뒤였습니다.   600

이때 이미 경건한 아이네아스는 라티누스의 왕국과 딸만큼

　　세력이 커져 있었고 두 민족의 융합을 끝냈습니다.

그는 아내가 지참금으로 가져온 해안에서 아카테스[148]만 데리고

　　외딴길을 맨발로 거닐다가 안나가 길을 잃고 헤매는 모습을 보지만

그것이 그녀라고는 도무지 믿어지지 않았습니다.   605

　　"그녀가 왜 라티움의 들판에 온 것일까?"

아이네아스가 생각에 잠겨 있는 동안 아카테스가 "저건 안나예요"라고

　　소리칩니다. 그러자 그녀가 자기 이름을 듣고 고개를 들었습니다.

아아, 그녀는 어떻게 해야 합니까? 달아나야 하나요? 자기를 삼켜달라고 대지에

　　빌어야 하나요? 그녀는 가련한 언니의 운명이 눈앞에 떠올랐던 것입니다.   610

퀴테레아의 아들[149]은 그녀가 안절부절못하는 것을 느끼고는 눈물을 흘리며

　　— 엘릿사여, 그는 그대를 떠올렸던 것이오— 말합니다.

"안나, 그대도 가끔 듣곤 했겠지만 내게 더 나은 운명을 가져다준

　　이 땅의 이름으로 나는 맹세하거니와,

그리고 나와 동행하시어 최근에야 이곳에 정착하신 신들의 이름으로   615

　　맹세하거니와, 그분들은 내가 지체한다[150]고 가끔 야단치곤 하셨소.

하지만 나는 그녀가 죽으리라고는 생각지 않았소. 그런 일은 걱정조차

　　지대는 '지참금으로 가져온 해안'(603행 참조)이라고 불린다.
148　아카테스는 아이네아스의 전우이다.
149　'퀴테레아의 아들'이란 아이네아스를 말한다. 아이네아스의 어머니 베누스는 바다에서 태어난 뒤
　　맨 먼저 펠로폰네소스 반도 동남부 앞바다에 있는 퀴테라(Cythera 그/Kythera) 섬에 다가갔기 때
　　문에—헤시오도스, 『신들의 계보』 192～193행 참조—또는 그곳에 그녀의 이름난 신전이 있었기
　　때문에 퀴테레아라는 별명이 붙었다.
150　여기서 '지체'(遲滯)란 아이네아스가 카르타고에서 디도의 곁에 머물렀던 일을 말한다.

하지 않았소. 아아, 슬프도다. 그녀는 믿을 수 없을 만큼 용감했었는데.

그 이야기는 하지 마시오. 나는 감히 타르타루스의 집[151]으로 내려갔을 때

　　그녀의 몸에서 그녀가 당하지 말았어야 할 부상(負傷)을 보았소이다.　　　620

그건 그렇고, 어떤 계획이 그대를 우리 해안으로 인도했든 아니면 어떤 신께서

　　그렇게 하셨든 그대는 내 왕국이 제공하는 편의를 즐기시오.

내 그대에게 많이도, 그리고 엘릿사에게도 적잖이 신세졌거늘 어찌 이를 잊었겠소.

　　우리는 그대를 그대 자신의 이름으로, 그대 언니의 이름으로 환영할 것이오."

그녀는 그의 말을 믿었고—그녀에게는 달리 희망이 없었던 것입니다—　　　625

　　자신의 방랑에 관해 이야기해주었습니다.

그녀가 튀루스의 의상을 입고 그의 궁전에 들어갔을 때

　　아이네아스가 말문을 열고 나머지 무리는 침묵을 지킵니다.

"내 아내 라비니아[152]여, 이 여인을 그대에게 맡기는 것은 내게는

　　경건한 의무요. 나는 난파당했을 때 이 여인의 재산을 축냈던 것이오.　　　630

그녀는 튀루스 출신으로 리뷔아의 해안에 왕국을 갖고 있었소.

　　청컨대, 그대는 그녀를 사랑하는 언니처럼 대해주시오."

라비니아는 모든 것을 약속했으나 마음속에 근거 없는 고뇌를 숨기고

　　침묵으로 두려움을 감추고 있습니다.

그녀는 많은 선물이 자기 눈앞으로 운반되는 것을 보지만　　　　　　　　635

　　안나에게도 많은 선물이 몰래 보내지리라고 생각합니다.

151　'타르타루스의 집'이란 저승을 가리킨다. 헤시오도스에 따르면 타르타루스는 대지가 하늘에서 떨어져 있는 거리만큼 지하 깊숙한 곳에 있는 장소이다(『신들의 계보』720~721행 참조). 아이네아스는 아버지를 찾아 저승에 갔다가 디도의 혼백을 보게 된다(베르길리우스, 『아이네이스』6권 450~476행 참조).

152　라비니아는 라티누스 왕의 딸이다. 라티움 지방에 살던 루툴리족(Rutuli)의 왕 투르누스와 아이네아스는 그녀를 두고 전쟁을 하는데, 결국 아이네아스가 투르누스를 죽이고 라비니아와 결혼한다.

그녀는 어떻게 해야 할지 알지 못합니다. 그녀는 미친 듯이 미워하면서

　음모를 꾸미고 있으며 복수하고 나서 죽기를 원합니다.

밤이었습니다. 디도가 헝클어진 머리에 피투성이가 되어

　아우의 침대 앞에 나타나 말했습니다.　　　　　　　　　　　　640

"도망쳐라, 머뭇거리지 말고. 이 재앙의 집에서 도망쳐라!"

　그녀가 말하는 동안 바람이 문을 덮쳐 문이 덜커덕거렸습니다.

안나는 벌떡 일어나 낮은 창문을 통하여 급히 땅 위로 떨어졌습니다.

　(다름 아닌 두려움이 그녀를 대담하게 만들었던 것입니다.)

그녀는 두려움에 사로잡혀 허리띠도 매지 않은 채　　　　　　　645

　마치 늑대 소리를 듣고는 질겁하고 달아나는 암사슴처럼 뜁니다.

머리에 뿔이 난 누미키우스[153] 강이 욕정(欲情)의 물결로

　그녀를 휩쓸어가서 자신의 연못 속에 감추었다고 믿어지고 있습니다.

그동안 사람들은 고함을 지르며 들판을 가로질러 사라진 시돈의 여인[154]을

　찾습니다. 발자취와 발자국이 눈에 띕니다.　　　　　　　　650

강둑에 이르자 강둑에도 자국들이 있었습니다.

　내막을 알게 된 강이 붙들자 강물이 조용해졌습니다.

그녀 자신이 말하는 것 같았습니다. "나는 조용한 누미키우스 강의 요정으로

　끊임없이 흐르는 강(amnis perennis)에 숨어 있으니, 내 이름은 안나 페렌나라오."

그들은 즉시 잠시 전까지도 찾아 헤매던 들판에 앉아 흥겨운 잔치를 벌이고　　655

　거나하게 취하도록 술을 마시며 자신들과 이날을 축하합니다.

어떤 이들은 안나를 한 해(annus)의 주기를 달들로 채우는 달(Luna)이라고

153　누미키우스(Numicius)는 라티움 지방의 강으로 지금의 포사 디 프라티카(Fossa di Pratica)를 말한다. 강 또는 하신들은 뿔난 황소로 의인화되곤 했다.

154　안나. 오비디우스는 여기서 포이니케 지방의 주요 도시 가운데 하나인 시돈(Sidon)의 이름에서 따와 안나를 시돈의 여인이라고 부르는 것이다.

생각합니다. 다른 이들은 그녀를 테미스라고, 또 다른 이들은 이나쿠스의

암소[155]라고 생각합니다. 안나여, 그대는 또 그대가 윱피테르에게 처음으로

음식을 건네준 요정 아자니스[156]라고 말하는 이들도 발견할 것입니다.   660

내가 말하려는 이 이야기도 나는 내 귀로 들은 적이 있습니다.

　　또한 그것은 우리가 사실이라고 여길 수 있는 것과 그리 거리가

멀지 않습니다. 아직 호민관들의 보호를 받지 못한 옛날 평민들이 도망쳐

　　성산(聖山)[157] 위에 자리 잡고 있었습니다.

그들이 가져온 먹을거리는 벌써 떨어지고   665

　　사람이 먹기에 적합한 곡식도 떨어졌습니다.

로마 근교의 보빌라이[158]에서 태어난 안나라는 노파가 있었는데

　　그녀는 가난하지만 매우 부지런했습니다.

그녀는 희끗희끗한 머리에 가벼운 두건을 쓰고는

　　떨리는 손으로 시골 케이크를 만들어 아침마다   670

155　'이나쿠스의 암소'란 그리스 아르고스 왕 이나쿠스의 딸로, 윱피테르의 사랑을 받다가 암소로 변한 이오를 말한다(1권 주 104 참조). 테미스는 가이아와 우라누스의 딸로 법과 질서를 관장하는 여신이다. 그녀는 또 예언 능력이 있어서 아폴로가 그곳에 오기 전에는 그녀가 델피의 신탁을 관장했다.

156　아자니스는 그리스 아르카디아 지방의 요정이다. 일설에 따르면 윱피테르는 아르카디아 지방의 뤼카이우스 산에서 태어나 요정 아자니스에 의해 양육되었다고 한다.

157　티베리스 강의 지류인 아니오(Anio) 강 건너편, 로마에서 동쪽으로 4.5킬로미터쯤 떨어진 언덕이다. 기원전 494년 로마의 평민들(plebs)은 부와 권력을 독점한 귀족계급에 항의하여 로마 시내를 집단으로 이탈해 성산으로 갔다. 이때 집정관 메네니우스 라나투스(Menenius Lanatus)의 성공적인 조정으로 위기를 넘겼다고 한다. 그 뒤 평민들은 자신들의 집회를 열고 자신들의 관리를 선출하게 되었다.

158　보빌라이는 로마에서 남쪽으로 나 있는 압피아 가도(via Appia 또는 Appia) 옆의 작은 도시로, 아리키아에서 가깝다.

뜨끈뜨끈할 때 백성에게 나누어주곤 했습니다.

　백성은 이러한 보급품을 고맙게 여겼습니다.

국내에 다시 평화가 찾아오자 그들은 페렌나에게 상(像)을 세워주었습니다.

　그들이 어려울 때 그녀가 도와주었기 때문입니다.

이제 나에게는 소녀들이 외설스러운 노래를 부르는 까닭을 말하는 일이 　　　675

　남았습니다. 그들은 모여서 잡스러운 노래를 부르기 때문입니다.

안나가 최근에 여신이 되었을 때 그라디부스[159]가 그녀에게 다가가

　그녀를 옆으로 데려가더니 이렇게 말합니다.

"그대는 내 달에 경배받으니 우리는 계절을 함께하는 셈이오.

　내 큰 소망이 이루어지느냐 여부는 그대의 도움에 달려 있소. 　　　680

무장한 신인 나는 무장한 여신인 미네르바에게 빠져 사랑에 불타고 있고

　내가 이 상처를 키운 지도 벌써 오래되었소.

기능이 비슷한 신들인 우리를 그대가 결합시키시오.

　이 역할은 그대에게 어울리오, 그대 붙임성 좋은 노파여."

그는 이렇게 말했습니다. 그러나 그녀는 빈 약속으로 신을 우롱하고 　　　685

　모호하게 지연시킴으로써 어리석은 희망에 매달리게 합니다.

그가 자꾸 졸라대자 그녀가 말합니다. "분부대로 실행했다니까요.

　그녀가 졌어요. 그녀는 그대의 간청에 가까스로 손을 들었으니까요."

사랑에 빠진 그는 그 말을 믿고 신방(新房)을 준비하고

　신부처럼 베일로 얼굴을 가린 안나가 그곳으로 인도됩니다. 　　　690

마르스는 막 입 맞추려다가 안나를 보게 됩니다.

　처음에는 수치심이, 다음에는 노여움이 우롱당한 신을 엄습합니다.

159　2권 주 185 참조.

새 여신은 사랑스런 미네르바의 구혼자를 보고 웃고 있고,

베누스[160]에게는 이보다 더 재미있는 일은 아무것도 없었습니다.

그리하여 옛날의 익살과 외설스러운 시구들을 노래하게 되었으니,   695

사람들은 안나가 위대한 신을 속인 것을 기억하고는 좋아하는 것입니다.

나는 제일인자(princeps)를 찌른 칼들[161]을 그냥 지나치려던 참이었습니다.

한데 베스타가 정결한 화로에서 나에게 이렇게 말했습니다.

"그대는 주저 없이 그자들에게 일깨워주시오. 그는 나의 사제였소.

성물을 절취하는 그 손들이 무기로 친 것은 다름 아닌 나란 말이오.   700

내가 손수 그를 잡아채어가고 그의 빈 형상만 남겨두었소.

칼에 쓰러진 것은 카이사르의 그림자였소."

그분은 하늘로 올라가 그곳에서 윱피테르의 집을 보았고

지금은 큰 포룸에 신전을 봉헌받아 그것을 소유하고 있습니다.[162]

그러나 신들의 뜻을 무시하고 불의한 짓을 감행하고   705

사제의 머리를 더럽힌 그자들은 죽어 누워 있으니,

당연한 일입니다. 필립피[163]여, 증인이 되어다오,

---

160 베누스와 마르스는 한때 밀회를 즐기던 사이였다.

161 율리우스 카이사르는 기원전 44년 3월 15일 원로원 회의장에서 칼에 찔려 죽는데, 그때 그는 대사
제 직책을 맡고 있었다. 그는 암살당한 지 2년 뒤인 기원전 42년 신격화된다.

162 기원전 42년 율리우스 카이사르가 신으로 선언되자 그에게 신전(aedes Divi Iulii: '신격화된 율리
우스의 신전'이라는 뜻)이 서약되었으나 내전 때문에 기원전 29년 8월 18일에야 봉헌되었다. 그
의 신전은 포룸 로마눔에 있었다.

163 필립피는 동마케도니아의 팡가이아(Pangaea 그/Pangaion) 산기슭에 있는 도시이다. 율리우스 카
이사르의 암살을 주도한 브루투스(Marcus Iunius Brutus)와 캇시우스(Gaius Longinus Cassius)는
이곳에서 벌어진 유명한 전투에서 안토니우스(Marcus Antonius 기원전 82년경~30년)와 옥타비
아누스(뒷날의 아우구스투스)의 연합군에 패하여 자살했다. 카이사르의 암살자들은 그가 암살된
지 3년 안에 모두 죽었다. 수에투니우스(Gaius Suetonius Tranquillus 기원후 69년?~140년?), 「카

그리고 그 뼈들이 땅에 하얗게 흩어져 있는 자들도!

정의로운 무기로 아버지의 원수를 갚는 것, 이것이 바로

카이사르[164]의 일이었고 경건한 의무였고 최초의 업적이었습니다.   710

3월 16일

이튿날 새벽이 부드러운 풀들에 다시 생기를 불어넣어주면

전갈자리의 전반부를 볼 수 있습니다.

3월 17일

이두스 뒤 사흘째 되는 날에는 박쿠스의 축제[165]가 열립니다.

박쿠스여, 내가 그대의 축제를 노래하는 동안 시인에게 호의를 베풀어주소서.

나는 윱피테르께서 벼락을 가지고 다가가지 않으셨더라면   715

그대를 낳았을 세멜레에 관해 이야기하지 않을 것이며

그대가 제때에 소년으로서 태어날 수 있도록

어머니 노릇을 한 아버지의 몸에 관해서도 이야기하지 않을 것입니다.[166]

그분이 트라케인들과 스퀴타이족[167]과 그리고 그대, 향(香)을 가져다주는

인디아여, 그대의 백성에게 승리한[168] 이야기를 하자면   720

이사르들의 전기」(De vita Caesarum) 중 「윰리우스 카이사르 전」 89장 참조.

164   아우구스투스.

165   리베랄리아 제(Liberalia)를 말한다. 리베랄리아 제는 이탈리아의 풍요와 다산의 신 리베르와 그 여
       신인 리베라(주 119 참조)를 위한 축제였으나, 리베르가 박쿠스와 동일시되면서 박쿠스의 축제가
       되었다.

166   세멜레와 박쿠스의 탄생에 관해서는 주 118 참조.

167   스퀴타이족은 흑해 북안에서 시베리아에 이르는 광대한 땅에 살던 유목민족으로, 뛰어난 기마사
       수(騎馬射手)들이었다.

168   박쿠스가 인도를 정복한 일에 관해서는 465행 참조.

이야기가 길어질 것이오. 나는 또 자신의 테바이 출신 어머니의

　　비참한 사냥감이 된 그대[169]와 미쳐서 제 아들을 난도질한 뤼쿠르구스[170]도

언급하지 않을 것이오. 나는 갑자기 물고기로 변한 인간들인 튀르레니아의

　　괴물들[171]에 관해 이야기하고 싶지만 그것은 이 노래가 할 일이 아닙니다.

이 노래가 할 일은 포도나무를 심은 분이 왜 자신의 케이크를 먹으라고　　　725

　　백성을 초대하는지 그 까닭을 밝히는 것입니다.

리베르여, 그대가 태어나기 전에는 제단들에 선물이 바쳐지지 않았고

　　싸늘한 화로들 위에는 풀만 자라고 있었습니다.

하지만 기록에 따르면 그대는 강게스 강과 전(全) 동방을 정복한 뒤[172]

　　위대하신 윱피테르를 위해 만물들을 따로 제쳐놓았다고 합니다.　　　　730

그대가 처음으로 육계(肉桂)와 약탈한 향과

　　개선할 때 함께 끌고 온 황소의 고기를 구워서 바쳤습니다.

바쳐진 제물들(libamina)이라는 말은 그 창시자의 이름에서 유래했는데[173]

　　케이크들(liba)도 마찬가지입니다. 그 일부를 신성한 화로들에 바치기 때문입니다.

케이크들이 박쿠스 신에게 바쳐지는 것은 그분이 달콤한 과즙을 좋아하기　　735

　　때문입니다. 그리고 꿀은 박쿠스가 발견했다고 합니다.

169　펜테우스(Pentheus). 테바이의 왕이 된 펜테우스는 그곳에 온 박쿠스의 신성을 부인하고 배척하다가, 박쿠스의 여신도가 되어 제정신이 아닌 어머니 아가우에(Agaue)와 다른 여신도들의 손에 살해된다.

170　뤼쿠르구스는 트라케 지방에 살던 에도니족(Edoni 그/Edonoi 또는 Edones)의 왕으로, 박쿠스를 죽이려다가 미쳐서 제 아들을 포도나무인 줄 알고 도끼로 쳐서 죽인다.

171　박쿠스가 항해 도중에 자기를 노예로 팔려던 튀르레니아의 선원들을 미치게 하자, 그들은 미쳐서 바닷물로 뛰어들어 돌고래가 되었다고 한다. 오비디우스, 『변신 이야기』 3권 597~691행 참조.

172　465행 참조.

173　오비디우스에 따르면 libamina와 liba라는 라틴어는 Liber라는 이름에서 유래했다는 것인데, 사실은 '제주(祭酒)를 부어드리다' '제물을 바치다'라는 뜻의 libo에서 유래한 것으로 추정된다.

그분은 언젠가 사튀루스[174]들을 거느리고 모래가 많은 헤브루스[175] 강에서

　내려오고 있었습니다. (내 이야기에는 재미있는 익살이 들어 있습니다.)

그리고 로도페[176] 산과 꽃피는 팡가이아 산에 이르렀을 때

　그분 일행들의 손에 들려 있던 심벌즈가 맞부딪쳤습니다.　　　　　　740

보십시오, 딸랑딸랑 울리는 소리에 이끌려 온갖 날짐승이 모여들고

　벌 떼도 청동에서 나는 소리를 따라옵니다.

리베르가 떠돌아다니는 벌 떼를 모아 속이 빈 나무에 가두니

　꿀의 발견이라는 보답을 받게 됩니다.

사튀루스들과 대머리 영감[177]이 그 맛을 보고 나서　　　　　　　　　745

　모든 숲에서 노란 벌집을 찾았습니다.

영감은 벌레 먹은 느릅나무 안에서 무리가 윙윙거리는 소리를 듣고는

　밀랍(蜜蠟)도 보게 되지만 아무에게도 알리지 않습니다.

그는 당나귀의 움푹 들어간 등에 게으르게 앉아

　속이 빈 느릅나무 껍질이 있는 곳으로 당나귀를 몹니다.　　　　　　750

그는 당나귀 위에 서서 가지가 많은 나무를 잡고는

　그 줄기 안에 들어 있는 꿀을 탐욕스럽게 찾습니다.

수천 마리의 말벌이 모여들어 그의 대머리를 침으로 찌르고

　그의 얼굴과 사자코에 흔적을 남깁니다.

그는 거꾸로 떨어져 당나귀의 발굽에 차이자　　　　　　　　　　　755

　친구들을 부르며 도움을 청합니다.

사튀루스들이 달려와서 아버지의 얼굴이 부은 것을 보고 웃고,

174　사튀루스에 관해서는 1권 주 92 참조.

175　헤브루스(Hebrus 그/Hebros)는 트라케 지방에 있는 강이다.

176　로도페(Rhodope)는 트라케 지방에 있는 산이다. 팡가이아 산에 관해서는 주 163 참조.

177　'대머리 영감'이란 실레누스를 말한다. 실레누스에 관해서는 1권 주 94 참조.

그는 무릎을 다쳐 절뚝거립니다.

박쿠스 신도 웃으며 진흙을 바르는 방법을 가르쳐줍니다.

그러자 그는 가르쳐준 대로 얼굴에 진흙을 바릅니다.　　760

아버지 리베르는 꿀을 즐깁니다. 그러니 꿀을 발견한 분에게

반짝이는 꿀을 뜨거운 케이크에 부어드리는 것은 당연합니다.

여인이 축제를 주관하는 까닭은 자명합니다.

그분이 튀르수스 지팡이[178]로 모으는 것은 여인들의 무리입니다.

왜 나이 든 여인이 그렇게 하느냐고요? 그 나이는 술을　　765

더 좋아하고 포도주 섞는 동이와 묵직한 포도나무의 선물을 좋아합니다.

왜 그녀는 담쟁이덩굴 관을 쓰냐고요?[179] 박쿠스는 담쟁이덩굴을 각별히

좋아합니다. 왜 그런지 그 까닭을 배우는 데에는 시간이 걸리지 않습니다.

의붓어머니[180]가 소년을 찾고 있을 때, 그의 요람을

뉘사의 요정들이 담쟁이덩굴 잎으로 가려주었다고 합니다.　　770

이제 남은 것은, 찬란한 박쿠스여, 왜 그대의 날에 소년들에게

자유의 토가[181]가 주어지는지 그 까닭을 밝히는 일입니다.

178 튀르수스(thyrsus 그/thyrsos)는 머리 부분에 솔방울을 달고 포도덩굴 또는 담쟁이덩굴을 감은 지팡으로, 박쿠스 축제 때 박쿠스와 그의 신도들이 들고 다녔다.

179 리베랄리아 제 때 축제 참가자들은 거리에서 노파들한테 꿀 케이크를 사서 리베르에게 바치는데, '여사제들'이라고 불리는 이 노파들은 담쟁이덩굴 관을 쓰고 있었다고 한다.

180 유노. 유노는 일부일체제의 옹호자로서 남편 윱피테르가 좋아하는 여신, 여인들과 그 자식들을 박해했는데, 그녀가 소년 박쿠스를 혼내주려고 찾고 있을 때 뉘사의 요정들이 그를 숨겨주었던 것이다. 뉘사의 위치에 관해서는 여러 가지 의견이 분분하지만 아직 정설이 없다.

181 로마의 소년들은 보통 14세가 되면 자줏빛 가장자리를 댄 토가(toga: 헐거운 겉옷)를 벗고 이제 청년(iuvenis)이 되었다는 표시로 흰 '자유의 토가'(toga libera 또는 toga virilis: '남자의 토가'라는 뜻)를 입고는 윱피테르 옵티무스 막시무스의 신전에서 청춘의 여신 유벤타에게 제물을 바쳤다고 한다.

그것은 그대 자신이 언제나 소년이나 청년처럼 보이고

  그대의 나이는 그 둘 사이에 있기 때문이거나,

아니면 그대가 아버지인지라 아버지들이 자신들의 사랑의 담보인 아들들을   775

  그대의 보호와 신성(神性)에 맡기기 때문이거나,

아니면 그대는 리베르인 까닭에 자유의 옷과

  인생의 자유로운 여정은 그대로 더불어 시작되기 때문일 것입니다.

아니면 옛사람들이 더 열심히 밭갈이하고,

  원로원 의원도 아버지의 농토를 경작하고,   780

집정관이 굽은 쟁기 옆에서 자신의 속간을 받고,

  손바닥에 못이 생기는 것이 흉이 아니었을 때는

시골 백성이 놀이를 찾아 도시로 갔는데

  —하지만 그것은 신들의 명예를 높이자는 것이지 오락이 아니었으니,

포도송이를 발견한 자가 자신의 날에 지금은 횃불을 들고 다니는 여신[182]과   785

  나누어 갖는 그 놀이들을 몸소 주관했던 것입니다—

그래서 신참자(新參者)를 군중이 축하할 수 있도록

  이날이 토가를 배부하기에 부적합하지 않은 날로 보였던 것일까요?

아버지여, 그대의 부드러운 머리와 상냥한 뿔[183]을 이리로 돌리시어

  내 재능이 순풍을 가득 안게 해주소서.   790

내 기억이 틀리지 않는다면 오늘 아니면 어제는 아르게이들을 향한

  행렬이 있는 날인데, 이에 관해서는 나중에 언급할 것입니다.[184]

---

182 케레스는 딸 프로세르피나(Proserpina 그/Persephone)가 실종되자 횃불을 들고 딸을 찾아다녔다.
         리베르가 케레스와 나누어 갖는 경기란 4월 19일에 열리는 케리알리아 제(Cerialia)를 말한다.
183 박쿠스의 뿔에 관해서는 499행 참조.
184 5권 621행 참조.

솔개별[185]이 뤼카온의 암곰[186] 쪽으로 기울어집니다.

　　그러나 솔개별은 이날 밤에는 또렷이 보입니다.

그대는 무엇이 그 새를 하늘로 올렸는지 알고 싶으십니까?　　　　　795

　　사투르누스는 융피테르에 의해 권좌에서 쫓겨났습니다.[187]

그는 화가 나서 강력한 티탄 신족을 무장하도록 부추기고

　　운명의 여신들이 준 도움을 찾습니다.

어머니 대지에게서 놀라운 괴물[188]이 태어났는데

　　그것은 앞은 황소이지만 뒷부분은 뱀이었습니다.　　　　　　　800

그것을 세 운명의 여신들의 조언에 따라 사나운 스튁스가

　　세 겹의 담으로 둘러싸인 검은 숲 속에 가둡니다.

그런데 그 황소의 내장을 불에 태우는 자가

　　영원한 신들을 정복할 운명이었습니다.

브리아레우스[189]가 아다마스[190]로 만든 도끼로 죽이고　　　　　805

185　'솔개별'이 어느 별을 말하는지는 확실하지 않다. 그러나 솔개가 다시 나타나면 봄이 왔다는 신호였다고 한다.

186　'뤼카온의 암곰'이란 큰곰자리를 말한다. 2권 주 63과 65 참조.

187　사투르누스는 아버지 우라누스(Uranus 그/Ouranos)를 거세한 다음 권좌에서 축출하는데, 자신도 아들 융피테르에게 권좌에서 축출당한다. 그 과정에서 사투르누스의 형제들은 융피테르 형제들과 10년 동안 격렬한 전쟁(titanomachia)을 벌이지만, 결국 100개의 손과 50개의 머리를 가진 거한들인 헤카톤케이레스들의 도움을 받은 융피테르 형제들이 이긴다. 헤시오도스, 『신들의 계보』 173~182행과 617~721행 참조.

188　'놀라운 괴물'이란 티탄 신족을 저승에 가둔 융피테르를 축출하려고 대지의 여신 가이아가 낳은 거대한 괴물 튀폰 또는 튀포에우스(1권 주 137 참조)를 말한다.

189　브리아레우스는 3명의 헤카톤케이레스들 중 한 명으로 융피테르가 이기도록 도와주었다. 그러나 여기서는 괴물 황소를 제물로 바침으로써 융피테르를 권좌에서 축출하려 했던 것으로 그려졌다.

190　아다마스(adamas: '제압되지 않는 것'이라는 뜻)는 매우 견고한 전설적인 금속이다. 헤르쿨레스의 투구와 방패의 일부는 이 금속으로 만들어졌으며, 일반인들은 구할 수 없었던 것으로 생각된다. 아다마스는 강철(鋼鐵)이 아직도 소문으로만 알려져 있어 신들의 금속으로 여겨지던 시대에 강철

내장을 불 위에 얹으려던 참이었습니다.

그래서 윱피테르께서 새들을 시켜 그것들을 낚아채오게 하시자

솔개가 그것들을 그분께 갖다드리고 그 공로로 별들 사이로 올려진 것입니다.

3월 19일

그사이 하루가 지나고 나면 미네르바의 축제[191]가 열리는데

그것은 연속되는 다섯 날에서 그 이름을 따왔습니다. 810

첫날은 피를 보아서는 안 되는지라 검투(劍鬪)는 불법입니다.

그 이유는 바로 이날에 미네르바가 태어났기[192] 때문입니다.

이어지는 나흘 동안에는 뿌려진 모래[193] 위에서 축제가 열립니다.

호전적인 여신은 칼집에서 칼을 빼어드는 것을 좋아합니다.

소년들과 부드러운 소녀들이여, 이제 팔라스에게 기도하시오. 815

팔라스의 호감을 사는 이는 유식해질 것입니다.[194]

일단 팔라스의 호감을 산 뒤에 소녀들로 하여금 양모를 빗고

가득 감겨 있는 물렛가락을 푸는 법을 배우게 하십시오.

그녀는 또 수직의 날실 사이를 북으로 통과하는 법과

느슨하게 짜여진 천을 바디로 단단하게 하는 법도 가르쳐줍니다. 820

을 뜻하던 낱말로 추정된다.

191 퀸콰트루스. 퀸콰트루스는 3월의 이두스, 즉 15일 다음 5(quinque)일에 열리는 축제라는 뜻이지만, 일반적으로 5일 동안 개최되는 축제라는 뜻으로 받아들여졌다.

192 3월 19일에 아벤티눔 언덕에서 미네르바에게 신전이 봉헌되었기 때문에 이날을 그녀의 생일이라고 말하는 것으로 생각된다.

193 검투 경기를 위하여.

194 미네르바는 전쟁의 여신이자 공예(工藝)의 여신으로 직조공·세탁부·염색공·제화공·의사·교사·화가·조각가 등 온갖 공예에 종사하는 자들을 돌봐준다. 팔라스는 미네르바의 별명이다. 2권 주 34 참조.

184

그녀를 숭배하시오, 더럽혀진 옷에서 얼룩을 지우는 그대는.

　그녀를 숭배하시오, 청동 가마에서 양모를 염색할 준비를 하는 그대도.

어느 누구도 팔라스의 뜻을 거슬러서는 발에 맞는 샌들을 만들지 못할 것입니다,

　설사 그가 튀키우스[195]보다 재주가 있다 해도 말입니다.

설사 옛날의 에페우스[196]보다 더 손재간이 있는 사람이라 해도　　　　825

　팔라스가 그에게 화를 내면 그는 서투른 사람이 될 것입니다.

포이부스의 기술로 질병을 몰아내는 그대들[197]도

　수입의 일부를 여신에게 바치시오.

그리고 사람들에게 종종 수업료를 떼이는 그대 교사들이여,

　그녀를 모욕하지 마시오(그녀는 새 학생들을 끌어다줍니다),　　　　830

그리고 그대 끌을 쓰는 이도, 그대 납화(蠟畵) 화가도,

　그대 솜씨 좋은 석수(石手)도. 수천 가지 일이 여신의 소관입니다.

그녀는 시가(詩歌)의 여신임에 틀림없습니다. 그녀는 내가 하는 일에

　호의를 베풀어주시기를, 내가 만약 그럴 자격이 있다면.

카일리우스[198] 산이 정상에서 들판으로 내려오고　　　　835

　길이 아직은 판판하지 않아도 거의 판판한 곳에서

그대는 미네르바 캅타의 작은 사당을 볼 수 있을 터인데,

　그것은 여신이 생일에 처음 받은 것입니다.

---

195 튀키우스는 제화술(製靴術)의 발명자로 알려져 있다. 호메로스에 따르면 그는 휠레 출신이며, 텔라몬(Telamon)의 아들 아이약스(Aiax 그/Aias)를 위해 쇠가죽 일곱 겹으로 된 방패를 만들어주었다고 한다(『일리아스』 7권 219행 이하 참조).

196 에페우스는 트로이야 전쟁 때 그리스군에게 목마(木馬)를 만들어준 사람이다.

197 의사들.

198 카일리우스는 로마 동남부에 있는 봉우리가 둘인 언덕이다. 그곳에 있는 미네르바의 사당도 아벤티눔 언덕의 신전과 마찬가지로 3월 19일에 봉헌되었다.

칸타라는 이름의 어원은 확실하지 않습니다. 우리는 현명한 재능을

카피탈리스(capitalis)라고 부르는데 여신이야말로 재능이 있습니다. 840

아니면 전설에 따르면 그녀는 어머니 없이 아버지의 머리(caput)에서

방패를 들고 뛰어나왔기 때문일까요?[199]

아니면 팔레리이가 정복되었을 때 그녀가 포로(captiva)로서 우리에게

왔기 때문일까요?[200] 어떤 초기 명문(銘文)에 그런 내용이 담겨 있습니다.

아니면 그 사당에서 물건을 훔치는 것에 845

사형(死刑 capitis poena)을 내리는 법이 있기 때문일까요?

그대의 이름이 어디에서 유래했든 간에, 팔라스여,

그대는 늘 우리 지도자들의 앞을 아이기스[201]로 가려주소서!

3월 23일

닷새 중 마지막 날은 울려 퍼지는 나팔들을 청소하고[202]

강력한 여신에게 제물을 바칠 것을 요구합니다. 850

---

199 윱피테르는 가이아와 우라누스에게서 자신의 첫째 아내 메티스(Metis)가 아버지보다 더 강한 아들을 낳게 되어 있다는 말을 듣고 메티스를 삼켜버린다. 그러나 메티스는 삼켜질 때 이미 딸 미네르바를 임신하고 있었는데, 달이 다 찼을 때 불카누스 또는 프로메테우스가 도끼를 휘두르자 미네르바가 윱피테르의 머리에서 완전 무장한 채 함성을 지르며 뛰어나왔다고 한다.

200 카일리우스 사당에 모셔진 여신상은 기원전 241년 팔레리이가 로마에 함락되었을 때 그곳에서 모셔온 것이라고 한다.

201 아이기스(aegis 그/aigis)는 염소 가죽으로 된 방패 또는 옷이다. 이것은 적군을 놀라게 하고 아군을 보호하기 위하여 가장자리는 뱀의 머리들로, 한가운데는 보는 이를 돌로 보이게 한다는 메두사의 머리로 장식되어 있다. 아이기스는 윱피테르가 들고 다니지만, 호메로스 이후에는 미네르바 여신이 들고 다니는 것으로 생각되었다.

202 3월 23일과 5월 23일은 나팔을 청소하는 축제일(Tubilustrium)로, 이때는 새끼 양을 제물로 바쳤다고 한다.

186

그대가 지금 태양을 향하여 고개를 든다면 이렇게 말할 수 있을 것입니다.

"어제 태양은 프릭수스의 양모피를 밟았다"[203]고 말입니다.

사악한 계모[204]의 간계로 씨앗들이 볶이게 되자

여느 때처럼 줄기에 이삭이 열리지 않았습니다.

그러자 사자(使者)를 세발솥들이 있는 곳[205]으로 보내 델피의 신이   855

불모(不毛)의 대지에 어떤 처방을 내리는지 확실한 대답을 받아오게 했습니다.

사자도 씨앗들처럼 썩었던지라 신탁은 헬레와

젊은 프릭수스의 죽음을 요구하더라고 전합니다.

왕은 처음에 거절하지만 시민들과 시절(時節)과 이노의 강요에 못 이겨

마침내 잔혹한 명령에 복종했습니다.   860

---

203 태양이 황도 12궁 가운데 양자리에 들어섰다는 뜻이다. 프릭수스의 전설은 다음과 같다.
그리스 보이오티아 지방에 있는 오르코메누스(Orchomenus 그/Orchomenos) 시의 왕 아타마스는
네펠레(Nephele: '구름'이라는 뜻)와 결혼하여 프릭수스와 헬레 남매의 아버지가 된다. 그 뒤 네펠
레가 죽자 또는 그의 곁을 떠나자 아타마스는 세멜레의 언니 이노(Ino)와 재혼한다. 의붓자식들이
미워서 죽이기로 작정한 이노는 그곳의 여인들을 설득하여 이듬해에 뿌릴 씨앗들을 볶게 한다. 그
리하여 농사를 망쳐 나라에 기근이 들자 그녀는 델피에 있는 아폴로의 신탁소로 사절단을 보내
기근을 막을 방법을 알아오게 한다. 사절들은 돌아와 이노의 지시대로 프릭수스와 헬레를 제물로
바쳐야만 기근을 면할 수 있다는 신탁을 들었다고 거짓 보고를 한다. 그리하여 남매가 제물로 바
쳐지기 직전 어머니 네펠레가 황금 양모의 숫양 한 마리를 보내주었다. 그들은 그것을 타고 흑해
동안(東岸)에 있는 콜키스(Colchis 그/Kolchis)로 날아가다가 헬레는 현기증이 나서 그녀의 이름
에서 따와 헬레스폰투스(Hellespontus 그/Hellesponts: '헬레의 바다'라는 뜻으로 지금의 다르다
넬스 해협)라고 불리는 바다에 빠져 죽고, 프릭수스는 콜키스에 도착하여 숫양을 윱피테르에게
제물로 바치고 양모피는 마르스의 원림에 걸어두었다고 한다. 그래서 네펠레는 그 숫양을 가상히
여겨 그 형상을 별들 사이로 올려놓았다고 한다. 이 황금 양모피를 찾아 나중에 그리스의 영웅 이
아손 일행이 쾌속선 아르고(Argo)호를 타고 콜키스로 가게 된다. 일설에 따르면 숫양은 제 양털을
프릭수스에게 기념물로 주고 하늘의 별들 사이로 날아갔으며, 그래서 희미하게 반짝이는 것이라
고 한다.

204 이노.

205 델피.

프릭수스와 그의 누이는 이마에 머리띠를 두르고

　제단 앞에 서서 자신들의 공동의 운명을 탄식합니다.

마침 하늘에 떠 있던 그들의 어머니[206]가 이 광경을 보고는

　깜짝 놀라 자신의 드러난 가슴을 손으로 칩니다.

그러더니 그녀는 구름들을 데리고 용(龍)에서 태어난 도시[207]로 내려가　　865

　그곳에서 자기 자식들을 낚아챕니다.

그리고 그들이 도망칠 수 있도록 그녀가 황금으로 반짝이는 숫양 한 마리를 주자

　숫양이 넓은 바다를 위를 지나 두 사람을 태워 나릅니다.

전하는 이야기에 따르면, 누이는 약한 왼손으로 숫양의 뿔을 잡고 있다가

　그 바닷물[208]에 자기 이름을 주게 되었다고 합니다.　　870

그녀의 오라비도 떨어지는 그녀를 구하려고

　두 손을 쭉 내밀다가 하마터면 죽을 뻔했습니다.

그는 두 가지 위험을 함께한 누이를 잃게 되자,

　그녀가 검푸른 신의 아내[209]가 된 줄도 모르고 눈물을 흘렸습니다.

해안에 닿자 그 숫양은 별자리가 되고,　　875

　그것의 황금 양모피는 콜키스 땅으로 운반됩니다.

3월 26일

새벽의 여신이 샛별을 세 번 먼저 내보내면

206　네펠레.
207　테바이. 오비디우스는 여기서 아타마스가 테바이의 왕이라고 말하고 있다. 테바이를 '용에서 태
　　어난 도시'라고 하는 이유는, 테바이를 세운 카드무스가 용을 죽이고 그 이빨들을 땅에 뿌리자 무
　　장한 전사(戰士)들이 땅에서 솟아났는데, 바로 이들이 테바이 귀족이 되었기 때문이다.
208　헬레스폰투스.
209　헬레는 물에 빠진 뒤 해신 넵투누스의 아내가 된다.

그대는 밤의 길이가 낮의 길이와 같음을 알게 될 것입니다.[210]

3월 30일

그때부터 목자가 배불리 먹은 새끼 염소들을 우리에 네 번 가두고

  풀들이 새로 내린 이슬에 네 번 하얘지면,   880

그때는 야누스와 온유한 콩코르디아와

  로마의 안전과 평화의 제단에 기도해야 합니다.[211]

3월 31일

루나가 달들을 지배합니다. 이달의 주기(週期)도

  아벤티눔 언덕에서의 루나에 대한 경배로 끝납니다.[212]

---

210   오비디우스는 나팔 청소 축제일(Tubilustrium) 3일 뒤가 춘분(春分)이라고 말하고 있다.

211   아우구스투스는 기원전 10년 여기에서 언급된 세 여신, 즉 화합(Concordia)과 안전(Salus)과 평화 (Pax)를 위하여 신상을 세워주었다고 한다. 야누스가 여기서 언급된 이유는 그의 평화적인 성격 때문일 것이다.

212   달의 여신 루나에게는 아벤티눔 언덕과 팔라티눔 언덕에 신전이 바쳐졌는데, 그중 아벤티눔 언덕 에 있는 신전에서 3월 31일에 그녀의 축제가 열렸다고 한다.

# 제4권(liber quartus)
4월(Aprilis)

"쌍둥이 아모르¹의 상냥하신 어머니여, 내게 호의를 베풀어주소서" 하고

　나는 말했습니다. 그러자 그녀가 시인에게로 얼굴을 돌렸습니다.

"내게 원하는 것이 뭐죠?" 하고 그녀가 말합니다. "그대는 분명 더 큰 주제만

　노래했소.² 혹시 부드러운 가슴에 사무치는 옛 상처라도 있나요?"

"여신이여, 그대는 내 상처를 알고 계시군요" 하고 나는 대답했습니다.　　　　　　　5

　그러자 그녀가 웃었고, 그녀가 서 있는 곳에 갑자기 하늘이 개기 시작했습니다.

"아프건 건강하건 내가 그대의 군기(軍旗)를 떠난 적이 있었습니까?

　그대야말로 내 주제이고 언제나 내 과업입니다.

젊었을 때 나는 내게 어울리는 주제를 갖고 놀되 아무도 해코지하지

　않았습니다. 이제 내 말[馬]들은 더 넓은 주로를 달리고 있습니다.　　　　　　10

옛 연대기들에서 찾아낸 계절들과 그 원인들과

　별들이 대지 아래로 지는 일과 다시 뜨는 일을 나는 노래하고 있습니다.³

1　쌍둥이 아모르(Amor)란 에로스(Eros)와 안테로스(Anteros: 상대방의 사랑에 대한 응답으로서의
　사랑)를 말하며, 이들의 어머니란 베누스를 말한다.
2　오비디우스 자신이 앞서 자기는 사랑을 주제로 한 초기 작품들보다 이 작품에서는 더 큰 주제를 다
　루노라고 말한 바 있다(2권 1~18행 참조).
3　1권 1~2행과 7~8행 참조.

지금 우리는 그대가 각별히 존경받는 네 번째 달에 도착했습니다.

　아시다시피, 베누스여, 시인도 달도 그대의 것입니다."

여신은 감동하여 퀴테라[4]의 도금양[5]으로 가볍게 내 관자놀이를 건드리며　　　　15

　말했습니다. "그대가 시작한 일을 완성하도록 하시오."

나는 그것을 느꼈고, 그러자 갑자기 날들의 기원이 밝혀지는 것이었습니다.

　그것이 허용되고 순풍이 부는 동안 내 배는 앞으로 나아갈지어다.

만약 달력의 일부에 관심이 있으시다면, 카이사르[6]여,

　그대는 4월에 보호해야 할 것이 있습니다.　　　　20

그대의 위대한 가문에서 그대는 이달을 물려받으셨고,

　또 그대가 고귀한 집안에 입양됨으로써 이달은 그대의 것이 되었습니다.[7]

일리아의 아들인 아버지[8]가 긴 한 해를 등록할 때

　이 점을 보고는 그대의 선조들에 관해 기록해두었습니다.

그분은 사나운 마르스가 자신이 태어나게 된 직접적인 원인이라고 해서　　　　25

　그에게 서열(序列)의 첫째 자리를 주었듯이,[9]

둘째 달의 자리를 베누스가 차지하기를 원했으니

4　　퀴테라에 관해서는 3권 주 149 참조.

5　　도금양(挑金孃 myrtus 그/myrtos)은 남유럽에서 나는 방향성(芳香性) 상록 관목으로, 장미와 함께 베누스가 특히 좋아하는 식물이다. 베누스가 좋아하던 미소년 아도니스는 뮈르라나무 또는 뮈르투스나무에서 태어났다고 하며(1권 주 74 참조), 멧돼지에게 찢겨 죽은 아도니스의 피에서 아네모네 또는 장미가 피어났다고 한다. 또한 그녀가 죽어 누워 있는 그의 곁으로 달려가다가 장미 가시를 밟아 피가 나는 바람에 원래 흰색이었던 장미가 붉은색으로 변했다고 한다.

6　　아우구스투스.

7　　1권 주 2 참조.

8　　로물루스.

9　　1권 27~30행 참조.

그녀가 자신의 먼 조상이었음을 알게 되었기 때문입니다.

그분은 자기 씨족의 뿌리를 찾느라 여러 세기(世紀)를 뒤지다가

드디어 자신과 동족간인 신들에게 이르렀습니다.   30

어찌 그분이 다르다누스의 어머니 엘렉트라[10]가 아틀라스의 딸이고

엘렉트라는 윱피테르의 시앗이었다는 것을 모를 리 있겠습니까?

다르다노스의 아들은 에릭토니우스이고, 에릭토니우스는

트로스[11]를 낳고, 트로스는 앗사라쿠스를 낳고,

앗사라쿠스는 카퓌스를 낳습니다. 그다음이 앙키세스로   35

베누스는 그와 함께 부모라는 말을 듣는 것을 창피하게 여기지 않았습니다.

그들 사이에서 아이네아스가 태어나니, 그의 경건함은 그가 화염 사이로

성물들과 또 다른 성물인 아버지를 어깨에 메고 날랐을 때 드러났습니다.[12]

드디어 우리는 행운의 이름인 이울루스[13]에 도착했는데, 그를 통하여

율리아가(家)는 테우케르[14]에게서 비롯된 선조들로 거슬러 올라갑니다.   40

---

10   엘렉트라에 관해서는 3권 주 33 참조.

11   트로스(Tros)에게서 트로이야(Troia)라는 지명이 유래했다. 그에게는 앗사라쿠스 말고도 가뉘메데스와 일루스(Ilus 그/Ilos: 그에게서 일리온, 일리움, 일리오스라는 이름이 유래했다)라는 아들이 있었다. 미소년 가뉘메데스는 윱피테르의 독수리에 납치되어 하늘에서 윱피테르에게 술 따르는 시종이 되고, 트로이야의 왕이 된 일루스는 라오메돈을 낳고 라오메돈은 프리아무스를 낳으니 그가 곧 트로이야의 마지막 왕이다.

12   아이네아스는 트로이야가 함락되어 화염에 싸였을 때 아버지 앙키세스를 업고 그곳에서 도주했다고 한다.

13   이울루스는 트로이야가 함락되었을 때 아버지와 함께 그곳에서 도주한 아이네아스의 아들 아스카니우스(Ascanius 그/Askanios)의 다른 이름이다. 율리우스 카이사르가 속하는 율리아가(gens Iulia)는 그의 후손들이며 나아가 트로이야인들의 후손들이다.

14   테우케르(Teucer 그/Teukros)는 트로아스(Troas) 지방의 전설적인 왕이다. 다르다누스가 그곳으로 이주해왔을 때 딸 바티아(Batia 그/Bateia)를 주고 사위로 삼았는데, 나중에 그에게 후계자가 없자 다르다누스가 자연스레 왕권을 물려받게 된다.

이울루스의 아들은 포스투무스였는데 그는 우거진 숲 속에서

　태어난 까닭에 라티움 백성 사이에서는 실비우스라고 불렸습니다.[15]

그가, 라티누스여, 그대의 아버지입니다. 알바가 라티누스의 뒤를 잇습니다.[16]

　그다음으로, 알바여, 그대의 칭호를 에퓌투스가 물려받습니다.

그는 아들에게 트로이야에서 유래한 카퓌스[17]라는 이름을 주었고,　　　　　45

　그는 또, 칼페투스여, 그대의 할아버지이기도 합니다.

칼페투스가 죽은 뒤 티베리누스는 아버지의 왕국을 다스리다가

　투스쿠스 강[18]의 소용돌이에 빠져 죽었다고 합니다.[19]

하지만 그는 그전에 아들 아그립파와 손자 레뮬루스를 보았는데,

　레뮬루스는 벼락을 맞았다고 합니다.[20]　　　　　50

그들 다음에 아벤티누스가 왔는데 지역과 언덕[21]은 그의 이름에 따라

　불리고 있습니다. 그다음에는 프로카에게 왕국이 넘어갔습니다.

그 뒤를 누미토르가 잇는데 그는 비정한 아물리우스의 형입니다.

　일리아[22]와 라우수스가 누미토르에게서 태어납니다.

15　오비디우스는 실비우스(Silvius)라는 이름이 '숲'이라는 뜻의 라틴어 silva에서 유래했다고 보고 있다. 일설에 따르면 포스투무스는 아이네아스와 라비니아의 아들로, 이울루스, 일명 아스카니우스가 배다른 아우를 시기할까 봐 라비니아가 숲으로 가서 낳았다고 한다. 또 일설에 따르면 그가 포스투무스('나중에 태어난' '늦둥이의'라는 뜻)라고 불리는 것은 아버지 아이네아스가 죽은 뒤에 태어났기 때문이라고 한다.

16　아스카니우스는 아이네아스의 라비니움 시를 떠나 그 북동쪽에 알바 롱가 시를 창건하고는 그곳을 통치한다. 아스카니우스 다음에는 실비우스가 그곳의 왕이 된다. 그다음 왕은 실비우스의 아들 라티누스이다. 여기에 나오는 라티누스는 라비니아의 아버지와 이름만 같을 뿐이다.

17　카퓌스는 앙키세스의 아버지 이름이니, 트로이야인들이 쓰던 이름이다.

18　투스쿠스 강은 티베리스 강의 다른 이름이다. 1권 주 46 참조.

19　티베리누스가 티베리스 강에서 익사한 일에 관해서는 2권 389~390행 참조.

20　레뮬루스는 자기가 신이라고 주장하다가 벼락을 맞았다고 한다.

21　아벤티눔 언덕은 로마의 일곱 언덕 중 맨 남쪽에 있다. 로마의 일곱 언덕에 관해서는 1권 주 43 참조.

라우수스는 숙부의 칼에 죽고 일리아는 마르스의 마음에 들어,　　　　　55

　　퀴리누스[23]여, 그대와 그대의 쌍둥이 형제인 레무스를 낳습니다.

그분은 늘 자기 부모는 마르스와 베누스라고 주장했고,

　　또 자신의 그러한 주장을 믿어달라고 요구할 만했습니다.

또한 그분은 후손들이 이 사실을 알고 있도록

　　자기 집안의 신들에게 연속되는 달들을 주었던 것입니다.[24]　　　　60

짐작하건대, 베누스에게 바쳐진 달의 이름은 그라이키아[25] 말에서

　　유래한 것 같습니다. 여신의 이름을 바다 거품에서 따왔기 때문입니다.

어떤 사물이 그라이키아 이름으로 불린다고 해서 놀랄 필요는 없습니다.

　　이탈리아 땅은 더 큰 그라이키아[26]였기 때문입니다.

에우안데르[27]는 백성이 가득 탄 함대를 이끌고 왔고,　　　　　65

22　누미토르와 아물리우스와 일리아에 관해서는 1권 주 13과 2권 주 150 참조.

23　로물루스.

24　로물루스는 10개월로 된 달력의 첫째 달은 마르스에게, 둘째 달은 아프로디테(=베누스)에게 주었으며, 그래서 그 이름이 각각 Martius와 Aprilis가 되었다는 것이다.

25　Aprilis라는 달 이름은 베누스의 그리스어 이름인 아프로디테에서 유래했다는 것이다. 그리고 아프로디테라는 이름은 크로누스가 아버지 우라누스의 남근을 잘라 바다에 던졌을 때 그 주위에 일기 시작한 거품(그리스어로 aphros)에서 그녀가 탄생한 까닭에 붙은 것이라고 한다(헤시오도스, 『신들의 계보』 188~197행 참조). 그라이키아에 관해서는 1권 주 29 참조.

26　'더 큰 그라이키아'란 이른바 마그나 그라이키아(Magna Graecia 그/Megale Hellas)를 말한다. 마그나 그라이키아란 그리스 본토와 소아시아의 그리스 도시들이 이탈리아 반도 남부—대략 쿠마이(Cumae) 시와 타렌툼(Tarentum) 시를 잇는 선의 남쪽 지방—에 세운 식민시들에 대한 총칭이다. 이 도시들은 무역과 기름진 농토에 힘입어 고도의 문명 생활을 하고 독자적인 철학 학파도 발전시켰다. 그러나 상호간의 지나친 경쟁심과 적대감으로 말미암아 기원전 400년경 쇠퇴하기 시작하며, 기원전 300년경에는 대부분의 도시들이 로마의 보호를 받게 된다.

27　에우안데르에 관해서는 1권 471행 이하 참조.

알카이우스의 손자[28]도 왔습니다. 그들은 둘 다 그라이키아인입니다.

(몽둥이를 들고 다니던 나그네[29]는 자신의 가축 떼가 아벤티눔 언덕에서

풀을 뜯게 했고, 위대한 신[30] 자신은 알불라[31]의 물을 마셨습니다.)

네리톤 출신의 장수[32]도 왔습니다. 라이스트뤼고네스족[33]과

아직도 키르케의 이름을 갖고 있는 해안[34]이 그 증인입니다.   70

텔레고누스의 성벽[35]과 아르고스의 손들이 세운

티부르의 성벽은 이미 서 있었습니다.[36]

아트레우스의 아들[37]의 운명에 쫓겨 할라이수스[38]가 왔고,

팔레리이 땅은 그에게서 이름을 따온 것으로 생각됩니다.

거기에다 트로이야에 화친(和親)을 권했던 안테노르[39]와,   75

---

28 헤르쿨레스. 1권 575행 이하 참조.

29 헤르쿨레스.

30 헤르쿨레스.

31 알불라는 티베리누스가 익사하기 이전의 티베리스 강의 이름이다. 2권 389행 참조.

32 울릭세스(Ulixes 그/Odysseus). 네리톤(Neriton)은 울릭세스의 고향인 이타카(Ithaca 그/Ithake) 섬에 있는 산이다.

33 이탈리아의 쿠마이 시 북쪽에 있는 해안도시 포르미아이는 『오뒷세이아』(10권 80행 이하 참조)에 나오는 식인 거인족인 라이스트뤼고네스족(Laestrygones 그/Laistrygones)의 왕 라무스(Lamus 그/Lamos)가 세운 것으로 믿어졌다.

34 라티움 지방에 있는 키르케이(Circei) 곶을 말한다. 키르케는 태양신 헬리오스(Helios)의 딸로, 그녀가 살던 아이아이아(Aeaea 그/Aiaie) 섬을 찾아온 울릭세스의 전우들을 마법을 써서 돼지로 변신시키는가 하면 그를 1년 동안이나 붙들어두며(『오뒷세이아』 10권 133행 이하 참조) 그에게 아들 텔레고누스(Telegonus 그/Telegonos)를 낳아준다.

35 투스쿨룸 시를 말한다(3권 92행 참조). 텔레고누스에 관해서는 주 34 참조.

36 로마 동쪽 24킬로미터 지점에 있는 로마의 피서 도시였던 티부르(Tibur: 지금의 Tivoli)는 그리스 아르고스 출신의 티부르누스(Tiburnus) 삼형제가 건설했다고 한다.

37 아가멤논.

38 할라이수스는 아가멤논의 전우 또는 서자였는데, 아가멤논이 살해당하자 이탈리아로 도주하여 팔레리이 시를 세웠다고 한다.

아풀리아의 다우누스여, 그대의 사위인

오이네우스의 손자[40]를 덧붙이소. 나중에 안테노르에 이어

아이네아스는 일리움의 화염으로부터 우리나라로 신들을 모셔왔습니다.

그에게는 프뤼기아[41]의 이다 출신인 솔리무스라는 전우가 있었는데

술모의 성벽은 그에게서 이름을 따온 것입니다   80

—내 고향 도시인 서늘한 술모 말입니다, 게르마니쿠스여.

아아, 슬프도다. 그곳은 스퀴티아[42] 땅에서 얼마나 멀리 떨어져 있는가!

그래서 나는 이렇게 멀리서—하지만, 무사 여신이여, 비탄일랑 그만두십시오.

성스러운 주제를 슬픈 가락으로 노래하는 것은 그대가 할 일이 아닙니다.

시샘이 어딘들 못 가겠습니까? 이달이 그대에게 속하는 것을 시기하여   85

그대에게서 그것을 낚아채려는 자들이 있습니다, 베누스여.

그들의 말인즉, 봄은 만물을 열고(aperit) 혹한(酷寒)의 족쇄는 물러가고

비옥한 땅이 드러나는 까닭에

39 안테노르는 트로이야 전쟁 때 트로이야의 원로로, 헬레나와 그녀가 가져온 보물을 그리스군에게 돌려주고 그리스와 화친하기를 권한다(호메로스, 『일리아스』 7권 347행 이하 참조). 그의 노력은 실패했으나 나중에 트로이야가 함락되었을 때 그리스군이 그를 살려주었다. 그는 파플라고니아 (Paphlagonia) 지방에서 원군으로 와 있다가 전쟁터에서 왕을 잃은 에네티족(Eneti 그/Enetoi)을 이끌고 육로로 이탈리아로 가서 파타비움(Patavium: 지금의 Padua)을 세우고, 에네티족은 그 주위에 살던 베네티족(Veneti)의 선조가 되었는데, 그들이 살던 곳이 바로 베네티아(Venetia)이다.

40 오이네우스의 손자란 그리스의 영웅 디오메데스를 가리킨다. 디오메데스는 트로이야 전쟁에서 무공을 세우고 무사히 귀향했으나 아내 아이기알레아(Aegialea 그/Aigialeia)의 부정(不貞)을 알고는 이탈리아의 서남부 지방인 아풀리아로 건너가 그곳의 왕 다우누스와 동맹을 맺고 그의 사위가 된다. 디오메데스는 아르귀리파(Argyripa) 시를 세웠다고 한다.

41 프뤼기아는 소아시아의 북서 지방으로 흔히 트로이야와 같은 뜻으로도 쓰인다. 이다 산은 크레타 섬에도 있고 트로이야 근처에도 있다.

42 스퀴티아(Scythia)는 유목민족인 스퀴타이족이 살던 땅이지만, 여기서 '스퀴티아 땅'이란 오비디우스의 유배지인 흑해 서안의 토미스(Tomis: 지금의 Constantsa)를 말한다.

4월(Aprilis)이라는 이름은 열린(apertum) 계절에서 유래한 것인데도[43]

　상냥한 베누스가 그것을 움켜쥐고는 제 것이라고 주장한다는 것입니다.　90

그녀야말로 진정 누구보다도 온 세계를 조절할 자격이 있으며,[44]

　그녀야말로 어느 신 못지않은 왕국을 갖고 있습니다.

그녀는 하늘과 대지와 자신이 태어난 바다에 법도를 부여하며,

　그녀의 출현으로 모든 종족이 존속하게 되는 것입니다.

그녀는 모든 신들을―그 이름은 열거하기엔 너무나 많습니다―창조했으며,　95

　그녀는 나무와 곡식들에 생성의 원인을 제공했습니다.

그녀는 마음이 조야(粗野)한 인간을 한데 모아

　각자 제 짝과 결합하는 법을 가르쳐주었습니다.

날짐승의 모든 종족을 창조하는 것은 유혹적인 쾌감 아니겠습니까?

　가축 떼도 변덕스러운 사랑이 없다면 짝짓기를 하지 않을 것입니다.　100

사나운 숫양도 수컷끼리는 뿔로 싸우지만

　제가 좋아하는 암양의 이마에 상처 내는 일은 삼갑니다.

모든 계곡과 모든 숲이 떠는 황소도

　암소를 따라다닐 때는 야성을 버립니다.

똑같은 힘이 넓은 바닷속에 살고 있는 모든 것을 보존하며　105

　바닷물을 무수히 많은 물고기로 가득 채웁니다.

그 힘이 처음으로 인간에게서 야만적인 습관을 벗겼고,

　그 힘에서 우아한 태도와 개인의 위생이 유래했던 것입니다.

애인이 들어오지 못하게 하자 사랑하는 남자가 닫힌 문 앞에서

43　여기서 오비디우스는 4월(Aprilis)이라는 이름의 어원에 관하여 고대에 유행하던 또 다른 해석을 소개하고 있는데, 그것은 4월의 달 이름이 베누스의 그리스어 이름 Aphrodite가 아니라 '열다'는 뜻의 라틴어 aperio에서 유래했다는 것이다.

44　91~114행은 일종의 베누스 찬가이다.

밤에 노래했을 때 처음으로 세레나데가 울려 퍼졌다고 합니다. 110

고집쟁이 소녀를 꾀는 것이 웅변(雄辯)이었습니다.

　각자가 자기를 위해 호소했기 때문입니다.

이 여신은 수천 가지 재능을 일깨웠습니다. 호감을 사려는 노력에 따라

　전에는 숨어 있던 많은 것들이 드러났던 것입니다.

하거늘 누가 감히 둘째 달의 명예를 그녀에게서 빼앗으려 합니까? 115

　그런 광기(狂氣)라면 부디 나에게서 멀리 떨어져 있기를!

그 밖에 여신은 어디서나 힘이 있고 그녀의 신전들에는 경배하는 이들이

　모여들지만, 우리 도시에서 그녀는 가장 존경받고 있습니다.

로마인이여, 베누스는 그대의 트로이야를 위해 무기를 가져다주다가

　연약한 손을 창에 찔려 신음했습니다.[45] 120

그녀는 트로이야의 심사원 앞에서 천상의 두 여신을 이겼습니다.[46]

　(아아, 그들이 자신들의 패배를 잊었으면 좋으련만!)

그녀는 앗사라쿠스의 손부(孫婦)라고 불렸는데,[47] 그것은 물론 미래에

　이울루스 가계가 위대한 카이사르의 선조가 되게 하려는 것이었습니다.[48]

베누스에게 봄보다 더 어울리는 계절은 없습니다. 125

　봄에는 대지가 반짝이고, 봄에는 농토가 풀려납니다.

이때는 갈라진 흙 사이로 풀이 잎사귀를 내밀고,

　이때는 포도나무가 부풀어 오른 나무껍질 위에 싹을 틔웁니다.

45　디오메데스가 아이네아스를 내리치려는 순간 아프로디테(=베누스)가 아이네아스를 구하려다가 디오메데스의 창에 부상당한 일을 말한다(호메로스, 『일리아스』 5권 330~431행 참조).

46　이른바 파리스의 심판에 관해서는 1권 주 57 참조.

47　33~35행 참조.

48　베누스는 앗사라쿠스의 손자 앙키세스와 동침하여 아이네아스를 낳고 아이네아스는 이울루스, 일명 아스카니우스를 낳는데, 카이사르들의 집안인 율리아가 사람들은 자신들이 이울루스의 자손들이라고 주장했다.

아름다운 베누스는 아름다운 계절에 적합하며,

　여기서도 여느 때처럼 사랑하는 마르스와 결합되어 있습니다.[49]　　　　　130

봄이 되면 그녀는 굽은 배들에게 자신이 태어난 바다[50]를 항해하되

　더 이상 겨울의 위협을 두려워하지 말라고 일러줍니다.

4월 1일

여신의 의식[51]은 그대들의 몫입니다, 라티움의 어머니들과 며느리들이여.

　그리고 그것은 머리띠와 긴 옷을 두르지 않는 그대들[52]의 몫이기도 합니다.

그대들은 여신의 대리석 목에서 황금 목걸이를 벗기고　　　　　　　　　135

　장신구도 벗기시오. 여신은 전신욕(全身浴)을 해야 합니다.

그러고 나서 그녀의 목을 닦아드리고 황금 머리띠를 돌려드리시오.

　이번에는 다른 꽃들을 드리고, 이번에는 갓 핀 장미를 드리시오.

그대들도 푸른 도금양 아래에서 목욕하라고 그녀는 명령합니다.[53]

　거기에는 확실한 이유가 있으니 그대들은 배우시오.　　　　　　　　140

그녀는 벌거벗은 채 바닷가에서 물방울이 드는 머리를 말리고 있었는데,

　그때 뻔뻔스런 무리인 사튀루스들이 여신을 엿보고 있었습니다.

여신은 눈치채고 도금양으로 몸을 가렸습니다. 이것이 그녀를 구해주었고,

　그래서 그녀는 그대들도 똑같이 하라고 명령하는 것입니다.

이번에는 왜 그대들이 시원한 물에 늘 젖어 있는 곳에서　　　　　　　145

49　베누스와 마르스는 밀회를 즐기던 사이였다.

50　주 25 참조.

51　베누스의 축제인 베네랄리아 제를 말한다.

52　창녀(娼女)들을 말한다.

53　4월 1일에는 베누스의 신상을 세정(洗淨)한 뒤 신분이 높은 부인들은 평화와 정절을 기원하고, 신분이 낮은 여인들은 도금양 화관을 쓰고 남자들의 공중목욕탕에서 목욕한 뒤 포르투나 비릴리스 (Fortuna Virilis: '남자의 행운'이라는 뜻)에게 기도했다고 한다.

포르투나 비릴리스에게 분향(焚香)하는지 배우시오.

여자들은 그곳에 들어갈 때는 옷을 벗으며,

　　그래서 벌거벗은 몸에 있는 흠이 모두 드러나게 됩니다.

포르투나 비릴리스는 남자들이 보지 못하게 흠을 가릴 수 있는데,

　　조금만 분향하고 빌어도 그렇게 해줍니다.　　　　　　　　　　　　150

그대들은 귀찮게 여기지 말고 눈처럼 흰 우유에 비벼 넣은

　　양귀비 열매와 벌집에서 짜낸 흐르는 꿀을 드시오.

베누스도 처음에 열망하는 신랑[54]에게 인도되었을 때

　　이것을 마셨습니다. 그때부터 그녀는 신부가 되었던 것입니다.

그대들은 탄원하는 말로 그녀를 달래시오.　　　　　　　　　　　　155

　　아름다움과 미덕과 좋은 평판은 그녀 소관입니다.

우리 선조들의 시대에 로마에서는 정숙(貞淑)이 추락한 적이 있었습니다.[55]

　　그리하여, 선인(先人)들이여, 그대들은 쿠마이[56]의 노파에게 물었습니다.

그녀는 베누스에게 신전을 지어주라고 명령합니다. 명령이 이행되자

　　베누스는 그 뒤로 '마음을 돌린 이'(Verticordia)라는 이름을 갖게 됩니다.　　160

가장 아름다운 여신이여, 아이네아스의 자손들에게 상냥한 눈길을 주시고,

　　그대의 수많은 며느리들을 보호해주소서, 여신이여!

내가 말하는 사이 치켜든 꼬리에 무시무시한 침이 들어 있는

　　전갈자리[57]가 초록빛 바닷물 속에 잠깁니다.

54　마르스를 말하는 것으로 생각된다.

55　기원전 114년 베스타의 여사제들 중 몇 명이 음란죄로 생매장된 적이 있었다고 한다.

56　쿠마이(Cumae)는 지금의 나폴리 서쪽에 그리스인들이 이탈리아에서 맨 처음 세운 식민시로, 특히 그곳의 무녀는 고대에 널리 알려져 있었다. 여기서 '쿠마이의 노파'란 그곳의 무녀를 말한다.

57　전갈자리에 관해서는 3권 주 36 참조.

4월 2일

밤이 지나 하늘이 처음 붉어지기 시작하고,   165

　이슬에 젖은 새들이 애처로이 울고,

밤을 지새운 나그네가 반쯤 탄 횃불을 내려놓고,

　농부가 일상의 일로 돌아가면

플레이야데스들[58]이 아버지의 어깨에서 짐을 덜어주기 시작합니다.

　그들은 일곱 명이라고 하지만 보통은 여섯 명입니다.   170

그것은 그들 가운데 여섯 명만이 신들의 포옹을 받고

　—스테로페는 마르스와, 알퀴오네와

아름다운 켈라이노여, 그대는 넵투누스와, 마이아와

　엘렉트라와 타위게테는 윱피테르와 동침했다고 하기 때문입니다,

일곱 번째인 메로페는, 시쉬푸스[59]여, 인간인 그대와   175

　결혼한 것이 후회되고 창피해서 그녀만이 숨어 있기 때문이거나,

아니면 엘렉트라[60]가 트로이야의 함락을 차마 눈 뜨고 볼 수 없어서

　손으로 두 눈을 가렸기 때문일 것입니다.

4월 4일

하늘이 영원한 축(軸)을 세 번 돌게 하시고,

　티탄[61] 신이 말들을 세 번 매고 풀게 하시오.   180

58　플레이야데스들에 관해서는 3권 주 33 참조.

59　시쉬푸스는 아이올루스(Aeolus 그/Aiolos)의 아들로 코린투스 시의 전설적인 건설자이다. 당시 가장 교활한 악당으로 온갖 기만과 비행을 일삼던 그는 저승에 가서 그 죗값으로 돌덩이를 산정(山頂)으로 굴려 올리는 벌을 받는데, 산정에 닿으려는 순간 그 돌덩이가 도로 굴러내려 이 절망적인 고역을 끊임없이 되풀이하게 된다.

60　엘렉트라에 관해서는 31행과 3권 주 33 참조.

그러면 곧 베레퀸테스족[62]의 피리의 굽은 뿔이 불기 시작할 것이며,

　　이다 산에 사시는 어머니의 축제[63]가 시작될 것입니다.

거세된 사내들이 행진하며 속이 빈 팀파니를 칠 것이며

　　청동 심벌즈들이 서로 부딪쳐 요란한 소리를 낼 것입니다.

여신은 시종들의 부드러운 목덜미 위에 앉아 그들이 환호성을　　　185

　　지르는 가운데 도시의 중심가를 따라 운반될 것입니다.

무대는 소리 지르고, 구경거리들이 부릅니다. 구경하시오,

　　퀴리테스들[64]이여. 빈 법정에서는 소송이 쉬게 하시오.

나는 물어보고 싶은 것이 많았으나 심벌즈의 날카로운 소리와

　　굽은 피리의 으스스한 소리에 주눅이 들었습니다.　　　　　　190

"여신이여, 내가 누구에게 물어볼 수 있게 해주십시오." 그러자 퀴벨레가

　　유식한 손녀들[65]을 찾아내더니 그들더러 나를 도와주라고 명령했습니다.

"헬리콘[66]의 양녀들이여, 그대들은 명령받으신 것을 명심하시고

　　왜 위대한 여신은 그칠 줄 모르는 소음을 좋아하시는지 그 까닭을 밝혀주소서."

61　태양신.

62　베레퀸테스족(Berecynthes)은 소아시아에 살던 부족으로, '베레퀸테스족의 피리'란 피리가 소아시아에서 수입되었기 때문에 생긴 말이다.

63　'이다 산(주 41 참조)의 어머니'란 지모신 퀴벨레(Cybele 그/Kybele 일명 Magna Mater: '위대한 어머니'라는 뜻)를 말하며(2권 주 19 참조), 그녀의 축제란 메갈레시아(Megalesia 또는 Megalensia: '크다'는 뜻의 그리스어 megale에서 유래했다)를 말한다. 이 축제 때의 놀이들(ludi Megalenses)에는 키르쿠스 막시무스(Circus Maximus: '최대의 원형경기장'이라는 뜻)에서 치르는 전차 경주와 팔라티움 언덕에 있는 퀴벨레 신전 앞에서 공연하는 연극도 포함된다.

64　퀴리테스들이란 로마인들의 다른 이름이다(2권 주 127 참조).

65　무사 여신들을 가리킨다. 1권 주 180 참조. 윱피테르의 어머니 레아는 흔히 퀴벨레와 동일시되곤 한다. 그래서 오비디우스는 여기서 윱피테르의 딸들인 무사 여신들을 퀴벨레의 손녀들이라고 말하는 것이다.

66　헬리콘 산에 관해서는 3권 주 111 참조. '헬리콘의 양녀들'이란 무사 여신들을 말한다.

내가 그렇게 말하자 에라토가 대답했습니다— 퀴테레아의 달이 그녀에게 195

　배정된 것은 그녀 이름이 부드러운 사랑, 즉 에로스에서 유래했기 때문입니다.[67]

"사투르누스는 이런 신탁을 받았소. '가장 훌륭한 왕이여,

　그대는 그대의 아들에게 왕홀(王笏)을 빼앗기게 될 것이오.'[68]

그는 제 자식들이 두려워서 태어나는 족족 집어삼켜

　자기 뱃속 깊숙이 간직하고 있었소. 200

레아는 그토록 자주 임신하면서도 한 번도 어머니가 되지 못했다고

　종종 불평했으며 자신의 다산(多産)을 한탄했소.

그때 윱피테르가 태어났소— 오래된 증언은 믿어야 하오.

　그대는 전해 내려오는 믿음일랑 흔들지 마시오.

돌멩이 하나가 포대기에 싸인 채 신의 목구멍에 자리 잡았소. 205

　아버지는 그렇게 우롱당할 운명이었지요.

오랫동안 가파른 이다 산[69]에서는 요란한 소음이 울리고

---

67 에라토(Erato)라는 이름은 '사랑'이라는 뜻의 그리스어 eros에서 유래한 까닭에 사랑의 여신 베누스의 달에 관해 말하는 것은 그녀에게 어울린다는 뜻이다. 베누스의 별명 중 하나인 퀴테라에 관해서는 3권 주 149 참조.

68 그리스 신화에서 크로노스(Kronos 라/Saturnus)는 어머니 가이아의 사주를 받아 아버지 우라노스를 거세하고 그의 왕위를 찬탈하지만, 가이아와 우라노스는 크로노스도 제 자식들 중 한 명에게 권좌에서 축출될 것이라고 예언한다. 그러자 크로노스는 아내 레아가 낳아준 다섯 자녀, 즉 헤스티아(Hestia 라/Vesta), 데메테르(Demeter 라/Ceres), 헤라(Hera 라/Iuno), 하데스(Hades 라/Pluto), 포세이돈(Poseidon 라/Neptunus)을 태어나는 족족 삼켜버린다. 레아는 여섯째 아이를 가졌을 때 가이아와 우라노스를 찾아가 도움을 청한다. 레아는 그들이 시키는 대로 해산 직전 크레테(Krete 라/Creta) 섬으로 가 동굴 안에서 제우스를 낳고는 아기 대신 돌멩이를 포대기에 싸서 크로노스에게 건네주자, 크로노스는 내용물을 살펴보지도 않고 급히 삼키고, 제우스는 가이아가 돌본다(헤시오도스, 『신들의 계보』 453~491행 참조).

69 여기에 나오는 이다 산은 트로이야 근처에 있는 산이 아니라 크레타 섬의 이다 산을 말한다. 헤시오도스에 따르면(『신들의 계보』 484행 참조) 제우스가 태어난 곳은 아이가이온(Aigaion 라/Aegeum) 산이라고 하며, 또 일설에 따르면 딕테 산이라고도 한다. 크로노스가 아이의 울음소리를

어린 소년은 안전하게 올 수 있소.

더러는 막대기로 방패를, 더러는 빈 투구를 두들기오. 이 일은

쿠레테스들이 맡았고, 이 일은 코뤼반테스들도 맡았소.   210

비밀은 유지되었소. 그리하여 옛이야기가 오늘날에도 연출되는 것이오.

여신의 시종들이 청동과 굉음을 내는 가죽을 치니 말이오.

그들은 투구 대신 심벌즈를, 방패 대신 팀파니를 치고 있소.

하지만 피리는 예전처럼 프뤼기아[70]의 가락을 불고 있지요." [71]

여신의 말이 끝나자 내가 시작했습니다. "왜 사나운 사자의 종족이   215

그녀의 굽은 멍에 밑으로 그런 일에 익숙지 않은 갈기를 굽히는 것입니까?"

내 말이 끝나자 그녀가 시작했습니다. "야수의 야성은 그녀가 길들인 것으로

믿어지고 있소. 그것을 그녀 자신의 수레가 증언해주고 있소." [72]

"그런데 왜 그녀는 무겁게 머리에 성탑 모양의 관을 쓰고 있는 것입니까?

그녀가 최초의 도시들에 성탑을 주었기 때문인가요?"   220

그녀는 고개를 끄덕입니다. "자신의 남근을 잘라버리고 싶은 충동은 어디서

온 것입니까?" 내가 입을 다물자 피에리아[73]의 여신이 말하기 시작했습니다.

"숲 속에서 프뤼기아의 미소년 앗티스가

성탑 모양의 관을 쓰고 다니는 여신을 순결한 사랑으로 정복했소.

여신은 그를 자기 신전의 신전지기로 붙들어두고 싶어서   225

듣지 못하도록 아이의 무장한 보호자들이 춤을 추며 창으로 방패를 두드렸다고 하는데, 오비디우스는 여기서 그들의 이름이 쿠레테스들과 코뤼반테스들이라고 말하고 있다. 원래 쿠레테스들은 레아의 시종들이고 코뤼반테스들은 지모신 퀴벨레의 시종들이지만, 이 두 여신이 동일시되면서 이들도 가끔 혼동되어 사용된다.

70　프뤼기아에 관해서는 주 41 참조.
71　주 62 참조.
72　퀴벨레의 수레는 사자 같은 맹수들이 끄는 것으로 여겨졌다.
73　피에리아에 관해서는 2권 주 84 참조.

이렇게 말했소. '그대는 언제까지나 소년으로 남기를 원하도록 하라.'

그는 그러겠다고 약속하며 말했소. '만일 내가 약속을 어긴다면

　내가 그대를 속인 그 사랑이 내게는 마지막 사랑이 되기를!'

하지만 그는 속였고, 요정 사가리티스[74]를 만나자 더 이상

　이전의 그가 아니었소. 그러자 여신의 노여움이 그를 응징했던 것이오.　　230

그녀는 그 요정의 나무에 상처를 입혀 요정을 베어버렸소.

　그리하여 요정은 죽었소. 나무의 운명이 곧 요정의 운명이었으니까요.

앗티스는 실성하여 신방(新房)의 지붕이 무너져내리는 것만 같아

　도망쳐 딘뒤무스[75] 산의 꼭대기로 달려갔소.

그는 어떤 때는 '횃불들을 치워요'라고 외치고 어떤 때는 '채찍들을 치워요'라고　　235

　외치며, 가끔은 스튁스의 여신들[76]이 자기를 쫓고 있다고 맹세하곤 했소.

그는 또 날카로운 돌로 제 몸을 쪼았고,

　긴 머리를 더러운 먼지 속에 끌고 다녔소.

그러면서 그는 외쳤습니다. '당연한 벌이지. 나는 내 피로 당연한 대가를

74　사가리티스(Sagaritis)를 프뤼기아 지방의 상가리우스(Sangarius 그/Sangarios) 또는 사가리스 (Sagaris) 강으로 보는 이들도 있다. 그러나 오비디우스는 그것이 나무의 요정인 것처럼 말하고 있다. 나무의 요정(dryas)은 나무와 동시에 죽기 때문에 하마드뤼아스(hamadryas: hama는 '동시에'라는 뜻)라고도 불린다.

75　딘뒤무스는 프뤼기아 지방에 있는 산이다.

76　'스튁스의 여신들'이란 복수의 여신들을 말하는 것으로 추정된다. 스튁스에 관해서는 2권 주 136 참조. 복수의 여신들은 우라노스가 거세될 때 그 피가 대지에 떨어지면서 대지의 여신 가이아에 의해 태어난 여신들로, 원래 그 수가 정해져 있지 않았으나 나중에는 알렉토(Allecto 또는 Alecto 그/Allekto), 티시포네(Tisiphone), 메가이라(Megaera 그/Megaira) 세 명으로 정립되었다. 그들은 특히 가족 내의 범죄 행위를 응징하는 여신들로 올륌포스의 신들보다 더 오래되었으며 제우스의 지배를 받지 않는다. 그들은 흔히 손에는 횃불 또는 회초리를 들고 있으며 머리털은 뱀들로 이루어진 날개 달린 형상으로 그려지곤 했다. 그들은 피해자가 부르지 않으면 지하의 가장 깊숙한 곳에 머무르는 것으로 생각되었다.

치르고 있는 거야. 아아, 내게 파멸을 안겨준 그 부분은 없어져라!'　　　　240

　　'아아, 없어져라!' 라고 되풀이하더니 그는 사타구니의 짐을 제거했소.

　　그러자 갑자기 그에게는 남성의 표시라고는 하나도 남지 않았소.

　　그의 광기는 본보기가 되었소. 그리하여 나약한 시종들은

　　　　머리털을 흔들어대며 자신들이 경멸하는 지체를 잘라버리는 것이라오."

이렇게 아오니아의 카메나[77]는 달변의 음성으로　　　　245

　　내가 물었던 광기의 원인을 설명해주었습니다.

"청컨대 이것도 말씀해주소서, 내 작업의 안내자여. 어디서 그녀를

　　모셔왔습니까? 아니면 그녀는 언제나 우리 도시에 있는 것입니까?"

"어머니[78]는 언제나 딘뒤무스와 퀴벨레[79]와

　　이다의 사랑스러운 샘들과 일리움의 부(富)를 사랑했소.　　　　250

아이네아스가 트로이야를 이탈리아의 들판으로 옮겼을 때

　　여신은 성물을 운반하는 그의 함선들을 뒤따를 뻔했으나,

아직은 운명이 라티움을 위해 자신의 신성을 요구하지 않음을 느끼고는

　　친숙한 곳에 그대로 남았지요.

나중에 강력한 로마가 어느새 다섯 세기를 보고 나서　　　　255

　　정복된 세계 위로 머리를 들었을 때,

한 사제가 에우보이아 노래[80]의 운명적인 말을 보게 되지요.

77　　카메나에 관해서는 3권 주 80 참조. 아오니아는 그리스 보이오티아 지방의 다른 이름이다.

78　　지모신.

79　　여기서 퀴벨레는 여신이 아니라 소아시아의 산 이름이다.

80　　'에우보이아의 노래'란 이탈리아의 캄파니아(Campania) 지방에 있는 쿠마이(Cumae) 시에서 로
　　마로 가져온 신탁집(神託集 libri Sibyllini)을 말한다. 쿠마이는 그리스의 에우보이아인들이 세운
　　식민시였다. 고대의 수많은 시뷜라(Sibylla 무녀[巫女]) 가운데 가장 유명한 것은 쿠마이의 시뷜라
　　이다. 베르길리우스는 아이네아스도 그녀를 찾은 것으로 그렸는데(『아이네이스』 6권 참조), 그녀
　　의 예언들은 종려나무 잎에 기록되었다고 한다. 전설에 따르면 그녀는 모두 9권으로 된 신탁집을

그가 본 것은 이런 것이었다고 하오.

'그대의 어머니가 없다. 로마인이여, 내 이르노니 그대의 어머니를

　찾도록 하라. 그녀가 오거든 정결한 손이 그녀를 맞게 하라.'　　　　　　　260

이 수수께끼 같은 모호한 신탁에 원로원 의원들은 도대체

　어떤 어머니가 없으며, 또 어디서 모셔와야 할지 난감해했소.

그래서 그들은 파이안[81]에게 물었소. 그러자 그가 말했소. '신들의 어머니를

　모셔오도록 하라. 그녀는 이다 산에서 발견될 수 있을 것이니라.'

지도자들이 파견되었소. 하지만 당시 프뤼기아의 왕홀을 쥐고 있던　　　　　265

　앗탈루스[82]가 아우소니아[83] 남자들의 청을 거절하오.

내가 기적을 노래하겠소. 대지가 한참 동안 굉음을 내며 진동하더니

　여신이 자신의 성역에서 이렇게 말하는 것이었소.

로마의 마지막 왕 타르퀴니우스 수페르부스에게 고가로 팔겠다고 제안했는데, 그가 거부하자 그녀는 그중 세 권을 불태우고 나머지를 전과 같은 값에 살 것을 제의했으며, 그가 다시금 거부하자 세 권을 더 불태우고 나서 마지막 세 권을 처음 가격에 그에게 팔았다고 한다. 왕은 이 신탁집을 두 명의 귀족에게 맡겨 관리하게 했는데 나중에 그 수는 10명으로, 더 나중에는 15명으로 늘어난다. 이 신탁집은 일찍부터 로마에 있었고, 미래에 관한 조언을 구하거나 지진이나 역병 같은 재앙이 들 때 신의 노여움을 달래기 위한 방법을 찾고자 로마인들은 이 신탁집을 참고했다. 이 신탁집은 상자에 든 채 카피톨리움 언덕에 있던 윱피테르 옵티무스 막시무스의 신전 지하 창고에 보관되었는데 기원전 83년 대화재 때 소실되었다.

쿠마이의 시뷜라에 관한 유명한 일화에 따르면, 아폴로가 그녀를 좋아하게 되어 자기 애인이 되어주면 소원을 무엇이든 들어주겠다고 하자, 그녀는 쓸어 모아놓은 쓰레기 더미 속의 모래알만큼 많은 수명을 요구하여 천 년의 수명을 받았으나 영원한 청춘을 요구하기를 잊은 까닭에 나중에는 천장에 매달린 병에 들어가 누가 그녀에게 소원이 뭐냐고 물으면 죽는 것이라고 대답했다고 한다.

81　파이안은 여기서처럼 아폴로를 가리키기도 하고 그의 아들 아이스쿨라피우스를 가리키기도 한다. 그러나 파이안은 원래는 그들과는 무관한 의신(醫神)이었다고 한다.

82　앗탈루스는 소아시아 중서부에 있던 페르가뭄(Pergamum 그/Pergamos 또는 Pergamon) 시의 왕이었던 앗탈루스 프리무스 소테르(Attalus I Soter)를 말한다.

83　아우소니아에 관해서는 1권 주 20 참조.

'나를 모셔가는 것은 내가 바라는 바이다. 가고자 하는 나를

　망설이지 말고 보내도록 하라. 로마는 모든 신들이 모여들 만한 곳이니라.'　270

그 말에 놀라 벌벌 떨며 앗탈루스가 말했소. '떠나소서. 하지만 그대는 우리의

　여신으로 남으실 것입니다. 로마는 프뤼기아의 선조들[84]로 거슬러 올라가니까요.'

즉시 수많은 도끼들이 소나무 숲을 베기 시작하니,

　그곳은 경건한 프뤼기아인[85]이 도주할 때 선재(船材)를 대준 곳이지요.[86]

수천의 손이 모여드오. 그러자 불에 달군 물감으로 채색한　275

　속이 빈 함선에 신들의 어머니가 실리오.

여신은 자기 아들[87]의 물을 지나 가장 안전하게 운반되어

　프릭수스의 누이의 길게 뻗어 있는 해협[88]에 이르오.

그녀는 넓은 로이테움과 시게움[89]의 해안과

　테네두스[90]와 에에티온[91]의 옛 나라 옆을 지나오.　280

그녀가 레스보스[92] 섬을 뒤로하자, 퀴클라데스[93] 군도와

---

84 아이네아스와 그의 트로이야인 선조들을 말한다. 프뤼기아라는 지명은 흔히 트로이야와 같은 뜻으로 쓰인다.

85 아이네아스.

86 아이네아스 일행은 이다 산의 소나무로 함선을 만들어 트로이야를 출항한 것으로 알려져 있다.

87 퀴벨레는 레아와 동일시되곤 하는데, 그럴 경우 레아의 아들로 바다의 신인 포세이돈은 그녀의 아들인 셈이다.

88 헬레스폰투스 해협. 3권 주 203 참조.

89 로이테움은 소아시아 트로아스(Troas 그/Troias) 지방의 곶이다. 시게움(Sigeum 그/Sigeion)은 트로아스 지방의 곶이자 그곳에 있는 도시이다.

90 테네두스(Tenedus 그/Tenedos)는 트로아스 지방 앞바다에 있는 섬이다.

91 에에티온은 이다 산 남쪽에 자리 잡았던 테베(Thebe) 시의 왕으로, 헥토르의 아내 안드로마케(Andromache)의 아버지이다.

92 레스보스(Lesbos)는 에게 해 북동부 트로이야에서 멀지 않은 곳에 있는 소아시아에서 가장 큰 섬으로, 삽포(Sappho)와 알카이우스 같은 탁월한 서정시인들을 배출한 곳이다.

93 퀴클라데스(Cyclades 그/Kyklades: '둥근 군도'라는 뜻)는 소아시아 남서부와 그리스 사이에 있는

카뤼스투스[94]의 여울에 부서지는 파도가 그녀를 맞이하오.

그러고 나서 그녀는 이카리움 해[95]를 건너니, 이곳에서 이카루스는

　　추락한 날개들을 잃어버리고 광대한 바다에 이름을 주었지요.

그러고 나서 그녀는 왼쪽으로는 크레타를, 오른쪽으로는 펠롭스의 파도[96]를 　　285

　　뒤로하며 베누스의 신성한 섬인 퀴테라[97]로 나아가오.

거기서 그녀는 트리나크리아[98] 해로 향하니, 그곳은

　　브론테스와 스테로페스와 아크모니데스[99]가

발갛게 단 쇠를 담금질하는 곳이지요. 그녀는 아프리카 바다 옆을 지나

　　왼쪽으로 사르디니아[100] 왕국을 보며 아우소니아에 도착하오. 　　290

그녀는 티베리스 강이 갈라지며 폭넓게 바다로 흘러드는

　　하구(河口)[101]에 이르렀소.

모든 기사(騎士)들과 점잖은 원로원 의원들이 평민들과 섞여

　　투스쿠스 강[102]의 하구까지 마중 나가오.

군도(群島)로, 군도 전체가 델로스 섬을 중심으로 하나의 원을 이루어 그런 이름이 붙었다.

94　카뤼스투스는 에우보이아 섬의 남단에 있는 곳이다.

95　이카리움(Icarium 그/Ikaros) 해는 소아시아 서해안의 사모스(Samos) 섬과 이카리아(Icaria 그/
　　Ikaros) 섬 사이에 있는 바다이다. 이카루스가 아버지 다이달루스(Daedalus 그/Daidalos)와 함께
　　크레타 섬에서 달아날 때 너무 높이 날아 태양열에 밀랍이 녹는 바람에 날개가 떨어져서 이 바다
　　에 떨어져 죽은 까닭에 그런 이름이 붙었다.

96　'펠롭스의 파도'란 펠로폰네소스 반도의 남해안에 부서지는 파도를 말한다.

97　3권 주 149 참조.

98　트리나크리아(Trinacria 또는 Trinacris 그/Trinakria)는 시킬리아의 옛 이름이다.

99　브론테스(Brontes: '천둥장이'라는 뜻)와 스테로페스(Steropes: '벼락장이'라는 뜻)와 아크모니데
　　스(Acmonides 그/Arges?: '밝은 이'라는 뜻)는 우라누스와 가이아의 아들들이다. 시킬리아 섬의
　　아이트나 산에서 불카누스를 위해 일하는 외눈박이 거한들인 이 퀴클롭스들이 윱피테르에게 벼락
　　을 만들어주었던 것이다.

100　사르디니아(Sardinia)는 서지중해에 있는 섬이다.

101　로마의 외항(外港) 오스티아(Ostia). 리비우스, 29권 14장 12~13절 참조.

그들과 함께 어머니들과 딸들과 며느리들과   295

　　신성한 화로들을 돌보는 처녀들도 마중 나가오.

남자들은 열심히 밧줄을 끄느라 팔이 지쳐 있소.

　　낯선 함선이 힘겹게 역류(逆流)와 싸우기 때문이오.

대지는 오랫동안 말라 있었고 풀들은 가뭄에 시들어 있었소.

　　그래서 짐을 실은 함선은 진흙 여울에 앉아 있소.   300

그 자리에 있는 사람은 누구나 주어진 몫 이상으로 노력하며

　　고함 소리로 힘센 일꾼들을 격려하오.

그러나 함선은 바다 한복판의 섬처럼 꼼짝도 하지 않고,

　　사람들은 그 전조에 놀라 떨며 서 있소.

클라우디아 퀸타[103]는 고귀한 클라우수스의 후손으로   305

　　외모도 그녀의 고귀한 출신에 견줄 만했소.

그녀는 정숙했으나 남들이 믿어주지 않았소. 나쁜 소문이

　　그녀를 해코지했고 그녀가 부정(不貞)하다고 무고했소.

그녀의 우아함과 그녀가 보여주는 여러 가지 모양의 머리 손질법과

　　엄격한 노인들에 대한 입빠른 말대꾸가 그녀를 불리하게 했던 것이지요.   310

그녀는 양심에 거리낌이 없는지라 평판의 거짓을 비웃지만,

　　우리 군중은 남의 악덕을 믿기 좋아하지요.

그때 그녀가 정숙한 어머니들의 대열에서 걸어 나오더니

　　두 손으로 깨끗한 강물을 떠서

머리에 세 번 뿌린 뒤 하늘을 향하여 세 번 손을 드오.   315

102　1권 주 46 참조.

103　클라우디아 퀸타는 로마의 유명한 감찰관(監察官 censor)으로 압피아 가도를 건설한 압피우스 클
　　라우디우스의 손녀로 추정된다. 클라우수스는 원래 사비니족이었으나, 아이네아스를 도와 고대
　　로마의 명문가인 클라우디아가(家)의 시조가 되었다.

(그녀를 보는 사람은 누구나 그녀가 실성했다고 생각하오.)

그러더니 그녀는 무릎을 꿇고 여신의 신상에 시선을 고정한 채

머리를 풀고 이런 말을 하는 것이오.

'신들의 다산하신 어머니시여, 그대의 탄원자의 기도를 들어주소서,

한 가지 조건으로 말입니다. 사람들은 나를 정숙하지 못하다고 합니다.   320

그대가 나를 저주하신다면 나는 그것이 당연한 벌이라고 시인하겠습니다.

여신께서 유죄로 판결하신다면 나는 목숨으로 그 벌을 받겠습니다.

하오나 내게 죄가 없다면 행동으로 내 단정한 생활을 보증해주시고

순결한 분으로서 순결한 손을 따르소서.'

이렇게 말하고 그녀는 별로 힘들이지도 않고 밧줄을 당기는 것이었소.   325

내 이야기가 이상하게 들리겠지만, 무대가 이를 증언해주고 있소.[104]

그러자 여신은 감동하여 인도자를 따랐고, 그렇게 따름으로써

그녀를 칭찬했소. 환호성이 별들에 닿았소.

그들은 강이 구부러지는 곳(옛 사람들은 이곳을 티베리스의 홀이라고

불렀소)에 도착했는데, 그곳에서 강은 왼쪽[105]으로 방향을 바꾸지요.   330

밤이 다가왔소. 그들은 참나무 밑동에 밧줄을 매고 나서

식사를 하고 몸을 얕은 잠에 맡기오.

날이 새자 그들은 참나무 밑동에서 밧줄을 풀고 나서

먼저 화로를 갖다 놓고 분향했소.

그리고 나서 그들은 먼저 함선을 화환으로 장식하고는   335

황소도 멍에도 알지 못하는 흠 없는 암송아지 한 마리를 제물로 바쳤소.

미끄러지듯 흘러가는 알모가 티베리스로 흘러들며

---

104 이 장면은 퀴벨레의 축제인 메갈레시아 제에서 연출되었던 것으로 추정된다.

105 티베리스 강을 거슬러 오르는 사람이 볼 때 왼쪽이라는 뜻이다.

더 작은 강이 큰 강에서 제 이름을 잃어버리는 곳이 있소.

그곳에서 자줏빛 옷을 입은, 머리가 희끗희끗한 사제[106]가

　　여주인과 그녀의 성물들을 알모 강의 물에 씻었소.　　　　　　　　340

그녀의 시종들은 울부짖고, 피리는 미친 듯이 마구 불어대고,

　　연약한 손들은 쇠가죽으로 만든 북을 치고 있소. 무리가 환호하는 가운데

클라우디아가 기쁨에 빛나는 얼굴로 앞장서서 걸어가니,

　　이제야 여신의 증언으로 그녀가 정숙하다는 것을 사람들이 믿어준 것이지요.

여신 자신은 수레에 앉아 카페나 문[107]을 지나갔고,　　　　　　　　345

　　멍에를 멘 소들에게는 싱싱한 꽃들이 뿌려졌소.

나시카[108]가 그녀를 영접했소. 누가 그녀의 신전을 지었는지는 확실하지 않소.

　　지금은 아우구스투스이고, 전에는 메텔루스였소.”[109]

여기서 에라토는 멈췄습니다. 내가 다른 질문을 할 수 있도록 쉬는 것입니다.

　　“왜 그녀가 잔돈을 모으는지 그 까닭을 말씀해주소서” 하고 내가 말합니다.　　350

“백성이 동전을 모아주자 메텔루스가 그것으로 그녀의 신전을 지었소”라고

　　그녀가 말합니다. “그 뒤로 잔돈을 헌납하는 관습이 존속하는 것이지요.”

---

106 퀴벨레의 수석 사제 아르키갈루스(Archigallus)를 말한다. 그 뒤 퀴벨레의 신상(神像)은 매년 한 번씩 소달구지에 실려 알모 강으로 가서 아르키갈루스에 의해 세정되었다.

107 카페나 문(porta Capena)는 로마의 주문(主門) 가운데 하나로, 로마에서 나폴리 만의 타르라키나(Tarracina)로 이어지는 압피아 가도로 통한다.

108 기원전 204년 퀴벨레의 신상이 로마에 도착했을 때, 기원전 191년에 집정관을 지낸 적이 있는 나시카가 영접했다.

109 기원전 204년 로마에 도착했을 때 퀴벨레의 신상은 팔라티움 언덕에 있는 승리의 여신(Victoria)의 신전에 모셔졌다. 퀴벨레의 신전은 기원전 191년에 준공되었으나 기원전 111년 소실되어 메텔루스(Quintus Caecilius Metellus Numidicus, 1권 주 146 참조)가 중수한 것을 아우구스투스가 기원후 3년 다시 중수했다.

왜 사람들이 이때 더 자주 서로 식사에 초대하고

특별한 연회에 참석하는지 내가 묻습니다.

"그것은 베레퀸테스족의 여신이 집을 바꿈으로써 행운을 가져다준 까닭에" 하고   355

그녀가 말했습니다. "그들도 집을 옮겨 다님으로써 똑같은 행운을 찾는 게지요."

왜 메갈레시아[110]가 우리 도시에서는 연중(年中) 첫 번째 놀이냐고

내가 물으려는데, 여신이 먼저 알아차리고 말했습니다.

"그녀가 신들을 낳아주었소. 신들은 양친에게 복종했고,

그래서 어머니가 먼저 선물을 받는 것이지요."   360

"그런데 왜 스스로 거세한 자들을 우리는 갈리(Galli)라고 부르는 것입니까?

프뤼기아는 갈리아(Gallia)[111] 땅에서 그토록 멀리 떨어져 있는데 말입니다."

"녹색의 퀴벨레와 높은 켈라이나이[112] 사이에는

갈루스라는 건강에 좋지 않은 강물이 흐르고 있소.

그 물을 마시는 자는 미치지요. 맑은 정신을 원한다면   365

그곳을 멀리하시오. 그 물을 마시는 자는 미치니까요."

"사람들은 여주인의 식탁에 채소샐러드를 올리는 것을 부끄러이 여기지

않습니다" 하고 내가 말했습니다. "특별한 이유라도 있나요?"

"옛사람들은 순수한 우유와"라고 그녀가 말합니다.

"대지가 자진하여 생산하는 채소를 먹고 살았다 하오.   370

하얀 치즈를 짓찧은 채소와 섞는 것은

옛 여신이 옛 음식을 알아보게 하려는 것이지요."

---

110 메갈레시아는 퀴벨레의 축제로 4월 4일에 열리며 이때 연극도 공연되었다. 주 63 참조.

111 갈리아는 지금의 북이탈리아(Gallia cisalpina: '알프스 이쪽의 갈리아'라는 뜻)와 프랑스(Gallia transalpina: '알프스 저쪽의 갈리아'라는 뜻) 지역의 로마 시대 이름이다.

112 켈라이나이(Celaenae 그/Kelainai)는 프뤼기아 지방의 도시이다. 퀴벨레는 프뤼기아 지방의 산이다. 주 79 참조.

4월 5일

이튿날 팔라스의 딸[113]이 빛나고, 별들이 물러가고,

　　루나가 눈처럼 흰 말들을 멍에에서 풀 때

"일찍이 이날 퀴리날리스 언덕에서 포르투나 푸블리카[114]에게　　　　　375

　　신전이 봉헌되었지"라고 말하면 옳은 말을 하게 될 것입니다.

4월 6일

놀이가 사흘째 진행되던 날—나는 잘 기억하고 있습니다—

　　내가 구경하고 있는데 어떤 중년 남자가 내 곁에 앉더니 말했습니다.

"오늘은 카이사르가 리뷔아의 해안에서

　　고매한 유바의 음흉한 군대를 무찔렀던 날이오.[115]　　　　　　　380

카이사르는 내 지휘관이었고, 나는 그분 밑에서 대장으로 봉사한 것을

　　자랑스럽게 생각하오. 그분이 내게 직권을 부여하셨지요.

이 자리를 나는 군복무를 통하여 얻었으나,

　　그대는 평화로울 때 10인 위원회[116]의 직책을 통하여 얻었소이다."

더 이야기를 나누기 전에 갑작스런 비가 우리를 갈라놓았습니다.　　　　385

113　새벽의 여신 아우로라. 에오스의 아버지는 대개 티탄 신족인 휘페리온으로 알려져 있는데, 오비디우스는 에오스가(티탄 신족에 속하는?) 팔라스(Pallas)의 딸이라고 말하고 있다.

114　포르투나 푸블리카는 '공공의 행운의 여신'이라는 뜻으로 퀴리날리스 언덕에서 포르투나 여신에게 봉헌된 세 신전은 모두 그녀의 신전으로 추정된다. 그녀의 주(主) 축제는 4월 5일에 개최되었다. 그녀에게 봉헌된 다른 신전에 관해서는 5월 25일에 관한 글 참조.

115　기원전 46년 4월 6일 폼페이유스 편이던 누미디아 왕 유바 1세는 북아프리카의 해안도시 탑수스에서 율리우스 카이사르에게 패했다.

116　여기서의 '10인 위원회'란 오비디우스가 속해 있던 '소송 심리 10인 위원회'(decemviri stlitibus iudicandis)를 말한다. 아우구스투스 시대에는 군복무나 시민으로서의 봉사나 사제로서의 봉사 여하에 따라 극장의 좌석을 배정했다고 한다.

걸려 있던 저울자리가 하늘의 물을 쏟았던 것입니다.[117]

4월 9일

그러나 마지막 날이 놀이를 마감하기 전에

　칼을 찬 오리온은 바닷물로 잠수하게 될 것입니다.[118]

4월 10일

이튿날 새벽의 여신이 연승(連勝)하는 로마를 내려다보고,

　별들이 물러가며 포이부스에게 자리를 내주고 나면,　　　　　　　390

원형경기장은 신상들과 축제 행렬로 활기를 띠게 되고,

　바람처럼 날랜 말은 우승의 종려나무 잎을 다투게 될 것입니다.[119]

4월 12일

다음에는 케레스의 놀이[120]가 이어집니다. 그 이유를 설명할 필요는

　없을 것입니다. 여신의 선물과 공적은 명백합니다.

최초 인간들의 빵은 녹색 채소들로 이루어져 있었고,　　　　　　　395

　그것은 누가 경작한 것이 아니라 대지가 준 것입니다.

그들은 잔디에서 신선한 풀을 뜯거나,

　아니면 나무 우듬지의 부드러운 잎이 그들의 먹을거리였습니다.

117　저울자리는 4월 초가 되면 아침에 지는데, 이때는 날씨가 궂어지는 것으로 알려져 있다.
118　오리온자리가 실제로 지는 것은 4월 10일 아침이라고 한다.
119　위대한 어머니 퀴벨레의 축제는 4월 10일 키르쿠스 막시무스에서 열리는 전차 경주로 마감되는데, 그전에 신들, 즉 신상들이 카피톨리움 언덕에서 원형경기장으로 행렬을 지어 운반되었다고 한다.
120　케레스 여신의 축제인 케리알리아 제는 4월 12일에 시작되어 4월 19일에 끝난다. 케레스는 원래 자연의 생식력을 대표하는 고대 이탈리아의 여신이었으나 나중에는 그리스 신화의 데메테르와 동일시되었다.

나중에는 도토리가 알려졌습니다. 그것이 발견되자 생활이 나아졌습니다.

　　단단한 참나무가 값진 보물을 제공했던 것입니다.　　　　　　　　　400

케레스가 처음으로 인간을 더 나은 양식(糧食)으로 초대했으니,

　　그녀는 도토리를 더 나은 먹을거리로 대치했던 것입니다.[121]

그녀는 멍에 밑으로 목을 들이밀도록 황소들에게 강요했고,

　　그러자 갈아엎어놓은 흙이 처음으로 태양을 보았습니다.

이때는 구리가 값이 나갔고, 쇳덩어리는 감추어져 있었습니다.　　　　　405

　　아아, 그것은 영원히 감추어져 있었어야 하는 건데![122]

케레스는 평화를 좋아합니다. 그러니 농부들이여,

　　그대들은 영원한 평화와 평화를 바라는 지도자를 기구하시오.

그대들은 오래된 화로 위에다 여신에게 스펠트 밀과

　　톡톡 튀는 소금과 향연의 알갱이를 바치시오.　　　　　　　　　　410

향연이 없으면 송진을 먹인 횃불을 켜시오.

　　착하신 케레스는 정결하기만 하면 적은 것으로도 만족합니다.

정장(正裝)한 사제들이여, 황소에게서 그대들의 칼을 멀리하시오.

　　황소는 쟁기질하게 내버려두고 게으른 암퇘지를 제물로 바치시오.[123]

멍에에 맞는 목은 결코 도끼로 쳐서는 안 됩니다.　　　　　　　　　415

　　그것은 살아서 단단한 땅에서 자주 노력하게 하시오.

이제 처녀의 납치에 관해 이야기해야 할 대목입니다. 내 이야기는 대부분

　　그대가 이미 알고 있던 것들이고 새로 배우는 것은 많지 않을 것입니다.

121　1권 676행 참조.
122　그것으로 무기를 만들지 못하도록.
123　1권 349~353행 참조.

트리나크리스[124]는 바위곶 세 개가 넓은 바닷물 속으로 튀어나와서

　그 모양 때문에 그런 이름이 붙은 것입니다.　　　　　　　　　　　420

그곳은 케레스가 사랑하는 거처입니다. 그녀는 그곳에 수많은 도시를

　갖고 있는데, 그중에는 잘 경작한 기름진 헨나[125] 땅도 있습니다.

시원한 아레투사[126]가 한번은 신들의 어머니들을 초대하자

　금발[127]의 케레스도 신성한 연회에 참석했습니다.

그녀의 딸은 여느 때와 같이 친근한 소녀들을 데리고　　　　　　　425

　늘 다니던 풀밭을 맨발로 이리저리 거닐고 있었습니다.

그늘진 계곡 깊숙한 곳에는 높은 데서 떨어지는 물이 튀어

　축축이 젖어 있는 곳이 있었습니다.

그곳에는 자연이 지니고 있는 온갖 색채가 있었습니다.

　땅은 서로 다른 꽃들로 다채롭게 빛나고 있었습니다.　　　　　　430

그녀는 그곳을 보자 말했습니다. "친구들아, 이리 와.

　자, 우리 꽃들을 앞치마 가득 담아 가자꾸나."

그것은 시시한 전리품이지만 소녀들은 마음이 끌렸고

　열중한 나머지 힘든 줄도 몰랐습니다.

이 소녀는 나긋나긋한 버들가지로 엮은 바구니를 채웠고, 또 이 소녀는　435

　치맛자락을 채웠으며, 저 소녀는 늘어뜨린 앞치마를 채웠습니다.

124　트리나크리스는 시킬리아의 다른 이름으로, '세 개의 귀퉁이 또는 곶(akra)을 가진 섬'이라는 뜻
　　이다.
125　헨나는 시킬리아의 중앙 고원으로, 대체로 이곳에서 하데스가 페르세포네를 납치한 것으로 알려
　　져 있다.
126　아레투사는 시킬리아에 있는 샘의 요정으로, 그녀는 그리스 펠로폰네수스 반도에 있는 하신(河
　　神) 알페우스(Alpheus 그/Alpheios)에게 쫓겨 그리로 갔다고 한다.
127　익은 곡식처럼.

저 소녀는 금잔화를 모으고, 이 소녀는 제비꽃에 관심이 있으며,

　또 저 소녀는 양귀비꽃을 손톱으로 잘라냅니다. 히아신스[128]여, 너는

이 소녀들을 붙잡고, 애머랜스[129]여, 너는 저 소녀들을 머물게 하는구나.

　더러는 백리향을, 더러는 야생 양귀비를, 또 더러는 클로버를 좋아합니다.　　　440

하지만 주로 장미가 모아졌고, 거기에는 이름 없는 꽃도 있었습니다.

　그녀 자신은 연약한 크로커스와 하얀 백합을 모읍니다.

그녀는 꺾는 데 열중하여 조금씩 더 멀리 나아갔고,

　여주인[130]을 따르는 친구는 우연히 일행 중 한 명도 없었습니다.

그녀의 숙부[131]가 그녀를 보고는 자기가 본 것을 재빨리 납치하여　　　445

　검푸른 말들에 태워서 자신의 왕국으로 데려갑니다.

그녀는 비명을 질렀습니다. "아아, 사랑하는 어머니, 내가 납치당하고 있어요."

　그러면서 그녀는 입고 있던 옷의 가슴 부분을 찢었습니다.

그사이 디스를 위해 길이 열리니, 그의 말들이

　익숙하지 않은 햇빛을 잘 견디지 못하기 때문입니다.　　　450

한편 그녀에게 시중들던 또래의 친구들이 꽃을 잔뜩 모은 다음 부릅니다.

　"페르세포네[132]야, 자 와서 네게 줄 선물들 좀 봐!"

128　히아신스는 스파르타의 미소년 휘아킨투스가 아폴로가 던진 원반에 맞아 죽을 때 흘러내린 피에서 생긴 꽃이라고 한다. 아폴로와 서풍의 신 제퓌루스가 휘아킨투스를 사랑했으나 소년이 아폴로를 택하자 제퓌루스가 샘이 나서 아폴로가 던진 원반을 소년의 몸으로 인도해 죽게 만들었다고 한다.

129　애머랜스(amaranth 라/amarantus 그/amarantos: '시들지 않는 꽃'이라는 뜻)는 결코 시들지 않는다는 전설상의 꽃이다.

130　페르세포네.

131　페르세포네의 아버지 윱피테르와 형제간인 저승의 신 플루토(Pluto 그/Plouton: '부자'라는 뜻의 그리스어 ploutos에서 유래했다)를 말한다. 로마인들은 그를 또 디스(Dis: '부자'라는 뜻의 라틴어 dis에서 유래한 이름으로, 그리스어 Ploutos의 라틴어 번역이다)라고도 불렀다.

132　원전대로 그리스 이름으로 읽었다.

불러도 대답이 없자 울부짖는 소리가 산들을 메우는 가운데

　그들은 슬퍼하며 드러난 가슴을 손으로 칩니다.

케레스는 비탄 소리에 깜짝 놀라— 즉시 헨나로 가서—　　　　　455

　지체 없이 말했습니다. "불쌍한 내 신세여. 내 딸아, 너 지금 어디 있니?"

트라케의 마이나스들[133]이 머리를 풀고 다닌다는 말을 우리는 가끔

　듣곤 하는데, 그녀는 꼭 그런 모습으로 정신없이 휩쓸려갑니다.

젖꼭지를 빨던 송아지가 잡혀가면 어미 소가 울부짖으며

　숲이란 숲마다 새끼를 찾아다니듯이,　　　　　460

꼭 그처럼 여신도 신음 소리를 그치지 않고 이리저리 쏘다니며,

　헨나여, 그대의 들판에서부터 찾아다닙니다.

그곳에서 그녀는 소녀의 발자국을 발견했고,

　땅바닥이 잘 아는 무게에 눌렸던 것을 보았습니다.

돼지들이 그녀가 발견한 흔적들을 뒤죽박죽으로 만들지 않았더라면　　　465

　아마도 그날로 그녀의 방랑은 끝났을 것입니다.

그녀는 어느새 레온티니[134]와 아메나누스[135] 강과,

　풀이 무성한 아키스[136]여, 그대의 강둑을 뛰어서 지나갑니다.

그녀는 퀴아네[137]와 부드러운 아나푸스[138]의 샘들과,

　그 소용돌이들에는 아무도 다가가지 않는 겔라스[139]여, 그대도 지나갑니다.　　　470

---

133 마이나스(Maenas 그/Mainas 복수형 Maenades 그/Mainades)들은 '광란하는 여인들'이라는 뜻으로 박쿠스 신의 여신도를 말한다. 그들은 박칸테스(Bacchantes 그/Bakchantes) 또는 튀이아데스(Thyiades)라고도 불리는데, 둘 다 역시 '광란하는 여인들'이라는 뜻이다.

134 레온티니는 동시킬리아의 도시로, 쉬라쿠사이 시 북서쪽에 있다.

135 아메나누스는 동시킬리아의 해안도시 카티나(Catina 그/Katane) 시를 관류하는 강이다.

136 아키스는 시킬리아의 아이트나 산 근처에 있는 작은 강이다.

137 퀴아네는 쉬라쿠사이 시 근처에 있는 샘과 그 요정이다.

138 아나푸스는 쉬라쿠사이 시 남쪽에 있는 강이다.

그녀는 오르튀기아[140]와 메가라[141]의 들판과 판타기에스[142]와

　바닷물이 쉬마이투스[143] 강의 물을 받는 곳과

그 안에 설치된 대장간 연기에 그을린 퀴클롭스의 동굴들[144]과

　굽은 낫에서 이름을 따온 곳[145]과 히메라[146]와

디뒤메[147]와 아크라가스[148]와 타우로메눔[149]과　　　　　　　　　　　　　475

　신성한 소들을 위한 뮐라이[150]의 무성한 초지(草地)들을 뒤로했습니다.

그곳에서 그녀는 카메리나와 탑수스와 헬로루스 계곡[151]과

　언제나 서풍(西風)에게 열려 있는 에뤽스[152]가 자리 잡은 곳으로 갑니다.

그녀는 어느새 자신의 땅의 세 뿔인 펠로리아스와

　릴뤼바이움과 파퀴눔을 돌아다닙니다.[153]　　　　　　　　　　　　　　480

---

139 겔라스(Gelas)는 시킬리아 남서부에 있는 해안도시 겔라(Gela) 옆을 흐르는 강이다.

140 오르튀기아(Ortygia)는 시킬리아 섬의 쉬라쿠사이 항 입구에 있는 섬이다.

141 메가라(Megara)는 시킬리아 동해안에 있는 도시이다.

142 판타기에스는 동시킬리아의 작은 강이다.

143 쉬마이투스(Symaetus 그/Symaitos)는 동시킬리아의 강이다.

144 아이트나 산을 말하는 것으로 생각된다. 불카누스의 일꾼들로서 윱피테르에게 벼락을 만들어준 퀴클롭스들의 대장간은 아이트나 산에 있는 것으로 여겨졌다.

145 시킬리아 섬 북동단에 있는 멧사나를 말한다. 이 도시는 기원전 490년까지는 장클레라고 불렸는데 그것은 '낫'이라는 뜻의 시킬리아 말에서 유래한 이름이다.

146 히메라는 시킬리아 섬 북안에 있는 도시이다.

147 디뒤메는 북시킬리아 앞바다에 있는 섬이다.

148 아크라가스(Acragas 또는 Agrigentum 그/Akragas)는 시킬리아 남안에 있는 도시이다.

149 타우로메눔은 시킬리아 동안에 있는 도시이다.

150 뮐라이는 시킬리아 북안에 있는 도시이다.

151 카메리나는 시킬리아 남안에 있는 도시이며, 탑수스는 시킬리아 동안에 있는 곶과 작은 도시이다. 헬로루스는 동시킬리아의 강이다.

152 에뤽스는 시킬리아 서북단에 있는 산과 도시이다.

153 펠로리아스(Pelorias 또는 Peloros 그/Peloris)는 시킬리아 동북단에 있는 곶이고, 릴뤼바이움은 서시킬리아의 곶과 도시이며, 파퀴눔(Pachynum 그/Pachynos)은 시킬리아 동남단에 있는 곶이다.

그녀는 어디로 가든 그곳을 눈물겨운 탄식으로 가득 채우니,

　　그 모습은 새[154]가 이튀스를 잃고 비탄할 때와도 같습니다.

그녀는 때로는 "페르세포네야!"라고, 때로는 "내 딸아!"라고 번갈아 부릅니다.

　　그녀가 두 가지 이름을 번갈아 부르고 외치지만

페르세포네도 케레스를 듣지 못하고 딸도 어머니를 듣지 못하니,　　485

　　두 가지 이름이 번갈아 소멸되어버립니다.

그리고 목자를 만나든 농부를 만나든 그녀의 질문은

　　한 가지뿐이었습니다. "어떤 소녀가 이 길을 지나가던가요?"

어느새 세상이 동색(同色)이 되고 어둠이 만물을 덮으니,

　　경계를 게을리하지 않는 개들도 침묵을 지켰습니다.　　490

아이트나 산은 거한 튀포에우스[155]의 아가리 위에

　　높이 자리 잡고 있고, 그자는 불길을 내쉬어 땅을 불태웁니다.

그곳에서 그녀는 횃불로 쓰려고 소나무 두 그루에 불을 붙입니다.

　　그래서 오늘날에도 케레스의 축제에서는 횃불이 봉헌되는 것입니다.

그곳에는 동굴이 하나 있는데 그 벽면은 침식된 속돌들로 이루어져 있습니다.　　495

　　그곳은 사람도 짐승도 접근할 수 없는 곳입니다.

그곳에 도착하자 그녀는 고삐를 얹은 뱀들을 수레 앞에 매고는

　　물에 젖지 않고 바닷물 위를 떠돌아다닙니다.

그녀는 쉬르테스[156]와, 장클레의 카륍디스[157]여, 그대와,

　　파선(破船)의 괴물들인 니수스의 개들[158]이여, 그대들과,　　500

---

154 여기서 '새'란 프로크네를 말한다. 프로크네가 제 아들 이튀스(Itys)를 제 손으로 죽이고 슬퍼한
　　일에 관해서는 2권 주 158 참조.

155 튀포에우스에 관해서는 1권 주 137 참조.

156 쉬르테스(Syrtes 단수형 Syrtis)는 북아프리카 해안에 있는 두 개의 모래톱이다.

157 카륍디스는 이탈리아와 시킬리아 사이의 해협에 있다는 거대한 바다 소용돌이이다.

넓은 하드리아(Hadria) 해(海)[159]와 두 바다의 코린투스[160]를 피합니다.

그리하여 그녀는, 앗티카[161] 땅이여, 그대의 항구에 도착합니다.

그곳에서 그녀는 처음으로 슬픔에 잠긴 채 차디찬 바위 위에 앉는데,

그 바위를 케크롭스[162]의 후손들은 오늘날에도 '슬픔의 바위'[163]라고

부릅니다. 그녀는 여러 날 동안 꼼짝 않고 노천에서 버티며   505

달빛도 비도 견뎌냈습니다.

모든 장소에는 나름대로 운명이 있는 법입니다. 오늘날 케레스의

엘레우신[164]이라고 불리는 곳은 켈레우스 노인의 농토였습니다.[165]

그는 도토리와 딸기 덤불에서 흔들어 딴 나무딸기와

화덕을 데워줄 마른나무를 집으로 가져가고 있었습니다.   510

---

158 '파선의 괴물들인 니수스의 개들'이란 카립디스의 맞은편 동굴에 살며 지나가는 선원을 잡아먹는
무시무시한 육두(六頭) 괴물 스퀼라(Scylla 그/Skylla)를 말한다. 그녀가 강아지처럼 짖는다 하여
그녀의 머리들은 그리스 미술품에서는 흔히 개의 머리로 그려졌다. 여기서 그녀는 그리스의 메가라
(Megara) 왕 니수스의 딸로 크레타 왕 미노스에게 반해 아버지를 배신한 스퀼라와 혼동되고 있다.

159 하드리아 해란 아드리아 해를 말한다.

160 코린투스는 중부 그리스와 펠로폰네수스(Peloponnesus 그/Peloponnesos) 반도를 잇는 지협(地峽)
에 있는 도시로, 서쪽으로는 코린투스 만이, 동쪽으로는 사로니쿠스(Saronicus 그/Saronikos) 만이
있다.

161 앗티카는 중부 그리스의 남동부 지방으로 수도가 아테나이(Athenai 라/Athenae)이다. 앗티카라는
말은 대개 아테나이라는 뜻으로 쓰인다.

162 케크롭스는 아테나이의 전설적인 왕으로 '케크롭스의 후손들'이란 아테나이인들을 말한다.

163 오비디우스가 '슬픔의'(triste) 바위라고 부르는 것을 그리스인들은 '웃음 없는'(agelastos) 바위라
고 불렀는데, 엘레우신(Eleusin 그/Eleusis) 시의 파르테니온(Parthenion) 우물 옆에 있는 바로 그
바위라고 믿어졌다.

164 엘레우신은 아테나이에서 서쪽으로 20킬로미터쯤 떨어진 해안도시로, 데메테르와 페르세포네를
위한 비의(秘儀)로 유명하던 곳이다.

165 데메테르에 관한 다른 이야기들에 따르면, 엘레우신에서 데메테르를 환대한 켈레우스는 여기서처
럼 가난한 노인이 아니라 그곳의 왕이었다고 한다.

그의 조그마한 딸은 산에서 염소 두 마리를 몰고 가고 있었고,

　어린 아들은 요람에 몸져누워 있었습니다.

"어머니"라고 소녀가 말합니다. (여신은 어머니라는 말에 감동받았습니다)

　"이 외딴 곳에서 혼자 뭘 하세요?"

노인도 짐을 졌는데도 멈추어 서서는　　　　　　　　　　　　　　　　515

　누추하지만 자기 오두막의 지붕 밑으로 들어가기를 청합니다.

그녀는 거절합니다. (그녀는 노파로 변장하고는 머리에 두건을

　쓰고 있었습니다). 그가 졸라대자 그녀는 이렇게 말했습니다.

"편안하시고 언제까지나 아버지로 남으시기를! 내 딸은 납치되었소.

　아아, 그대의 운명이 내 운명보다 얼마나 더 낫습니까!"　　　　　　520

그녀는 이렇게 말했고, 눈물인 양 (신들은 눈물을 흘릴 수 없기 때문입니다)

　수정(水晶) 하나가 그녀의 뜨거운 가슴 위에 떨어졌습니다.

소녀도 노인도 똑같이 마음이 약해져서 눈물을 흘립니다.

　정직한 노인은 마침내 이런 말을 했습니다.

"그대가 찾고 있는 그대의 납치된 따님도 편안하기를!　　　　　　　525

　자, 일어서서 내 오두막의 지붕을 거절하지 마시오."

여신이 그에게 대답했습니다. "앞장서시오. 그대는 강요하는 방법을 알고 있구려."

　그러고 나서 그녀는 바위에서 일어나 노인을 따라갑니다.

그는 앞장서며 어떻게 자기 아들이 아프고 잠을 이루지 못하며

　괴로워 깨어 있는지 동행하는 여신에게 이야기해줍니다.　　　　　530

그녀는 오두막에 들어가기 전에 가꾸지 않은 땅에서

　잠을 가져다주는 부드러운 양귀비[166]를 따 모읍니다.

그녀는 양귀비를 따 모으다가 자신도 모르게 그것을 맛봄으로써

166　데메테르는 그리스 미술품에서 대개 곡식 이삭과 양귀비를 들고 있는 모습으로 그려지곤 했다.

오랜 허기를 달랬다고 합니다.

그녀가 단식 후 첫 음식을 초저녁에 든 까닭에

비의(秘儀)에 입문한 자들도 별이 뜰 때 식사하는 것입니다.[167]

문턱을 넘었을 때 그녀는 모든 것이 슬픔에 잠겨 있는 것을 봅니다.

소년이 건강을 회복할 가망은 전혀 없었습니다.

그녀는 어머니—어머니의 이름은 메타니라입니다—에게 인사하고 나서

소년의 입에 자기 입을 얹는 것을 합당하다고 여깁니다.

그러자 창백한 빛이 물러가고 갑자기 몸에 기운이 돌아오는 것이 보입니다.

그런 기운이 여신의 입에서 나왔던 것입니다.

---

167 실종된 딸을 찾아 헤매던 데메테르의 이야기를 재현한(또는 전래의 의식을 신화로 설명했을 수도 있는) 엘레우시스 비의는 그리스 달력으로 보에드로미온(Boedromion: 9~10월로 그리스에서는 파종기이다) 달의 19일에 시작된다. 사제가 '손이 깨끗하지 못한 자들과 알아들을 수 없는 말을 하는 자들', 즉 살인자와 이방인은 물러서라는 선언으로 비의의 시작을 알리면, 비의 참가자들은 아테나이에 모여 바닷물로 목욕재계한 뒤 각자 새끼 돼지를 한 마리씩 제물로 바친다. 새로 입문한 자들을 위한 입문 의식이 거행된 다음, 며칠 전에 엘레우시스에서 가져온 성물(聖物)들이 도로 엘레우시스로 돌아갈 때 새로 입문한 자들이 큰 행렬을 지어 그것들을 호송한다. 그러나 그에 앞서 제물을 바친 이튿날 입문자들은, 데메테르가 실종된 딸 때문에 슬픔에 잠겨 단식했듯이, 집에서 단식하다가 저녁에 별이 뜨면 데메테르처럼 퀴케온(kykeon)이라는 박하향의 보리 미숫가루로 단식을 끝냈다고 한다. 그들이 "이악코스여, 오, 이악코스여"(Iakch' o Iakche: 이악코스는 박코스의 다른 이름으로 추정된다)라고 리듬에 맞춰 외치며 엘레우시스에 도착하면 수천 명을 수용할 수 있는 텔레스테리온(Telesterion: '입문의 회당'이라는 뜻)에서 사제가 입문자들에게 성물들을 보여 주었다고 한다. 그 과정은 자세히 알려지지 않았지만, 회당이 잠시 어둠에 싸였다가 갑자기 밝은 불빛이 비치며 사제가 아기 신(누구인지 확실하지 않다)의 탄생을 알리면 불안감이 사라지고 모두 환성을 올렸던 것으로 추정된다. 여기서는 데메테르, 코레(Kore: '소녀'라는 뜻으로 페르세포네의 별명이다), 이악코스/박코스, 하데스 그리고 지상에 농업을 전파한 영웅 트립톨레모스가 중요한 역할을 한 것으로 생각된다. 공식적인 종교 의식에서 제외된 여성들과 비시민(非市民)들에게도 개방되었고, 다른 비의들과 마찬가지로 입문자들에게 사후의 행복한 생활을 약속했던 엘레우시스 비의는 천 년 동안 그리스 민중의 뜨거운 호응을 받다가 기원후 395년 알라리쿠스(Alaricus)가 이끄는 서(西)고트족에게 엘레우시스의 성소를 약탈당하면서 오랜 역사를 마감한다.

온 집이, 그러니까 아버지와 어머니와 딸이 기뻐합니다.

온 집이래야 그들 셋뿐이었으니까요.

그들이 금세 음식을 내놓으니 우유에 녹인 응유(凝乳)와   545

사과들과 아직도 벌집에 들어 있는 황금빛 꿀이 그것입니다.

착하신 케레스는 금식(禁食)하고 따끈한 우유를, 소년이여,

잠들게 하는 양귀비와 함께 그대에게 줍니다.

한밤중이었습니다. 평화로운 잠의 침묵이 지배하는 시간이었습니다.

그녀는 트립톨레무스[168]를 무릎에 올려놓고   550

손으로 세 번 쓰다듬더니 세 마디 주문(呪文)을,

인간은 입에 담아서는 안 되는 주문을 외며

소년의 몸을 화로의 발갛게 단 살아 있는 재 속에 묻었으니,

소년의 인간적인 찌꺼기를 불로 정화하려는 것이었습니다.

그러자 어리석게도 사랑하는 어머니가 잠에서 깨어나 미친 듯이   555

"뭐 하시는 거예요?"라고 소리 지르며 불에서 소년의 몸을 낚아챕니다.

여신이 그녀에게 말했습니다. "네 의도는 그렇지 않았지만 네 행동은

범행이었느니라. 어머니의 두려움 때문에 내 선물들이 허사가 되는구나.

그 애는 죽음을 면할 수 없을 것이로되, 처음으로 쟁기질하고

씨 뿌려 경작한 땅에서 그 보답을 받게 되리라."   560

이렇게 말하고 케레스는 구름에 싸여 그곳을 떠났습니다. 그리고 그녀는

뱀들이 있는 곳으로 가서 날개 달린 수레를 타고는 높이 날아오릅니다.

그녀는 바람에 드러난 수니움 곶[169]과 피라이우스[170]의 안전한 항구와

---

168 트립톨레무스는 케레스에게서 농사 기술을 전수받아 인간에게 전파한 전설상의 영웅이다.
169 수니움(Sunium 그/Sounion) 곶은 앗티카 지방의 동남단에 있는 곳이다.

오른쪽에 뻗어 있는 해안선을 뒤로합니다. 그곳에서 그녀는

아이가이움[171] 해로 들어가서 퀴클라데스 군도[172]를 모두 보고는   565

이오니아[173]의 거친 바다와 이카루스의 바다[174] 옆을 지나

아시아의 도시들을 통과하더니, 기다란 헬레스폰투스[175]로 향하며

공중에 뜬 채 여기저기를 떠돌아다닙니다. 그녀는 때로는

향연(香煙)을 모으는 아랍인들을, 때로는 인디아인들을 보기 때문입니다.

저 아래로 여기는 리뷔아가, 저기는 메로에[176]의 사막이 자리 잡고 있습니다.   570

이제 그녀는 서쪽의 강들인 레누스[177]와 로다누스와 파두스와,

강력한 강물의 미래의 아버지인 티베리스여, 그대를 찾아갑니다.

나는 어디로 이탈하고 있는 것인가? 그녀가 떠돌아다닌 나라들을 열거하자면

끝이 없습니다. 케레스가 지나가지 않은 곳은 지상에 한 군데도 없었습니다.

그녀는 하늘도 떠돌아다니며 차디찬 북극 바로 옆에 자리 잡고는   575

맑은 바닷물 속에 잠기는 일이 없는 별자리에게 말을 건넵니다.

"파르라시아의 별들[178]이여, 그대들은 결코 바닷물 속에

---

170 피라이우스는 아테나이 서남쪽에 있는 외항(外港)이다.

171 아이가이움(Aegaeum 그/Aigaion)은 에게 해의 라틴어 이름이다.

172 퀴클라데스 군도에 관해서는 주 93 참조.

173 이오니아는 소아시아 중서부의 해안지대와 그 부속도서들로, 기원전 1000년경부터 그리스 본토
에 살던 이오니아인들이 이주해 살면서 초기 그리스 문학과 철학에 크게 기여했다.

174 이카루스의 바다에 관해서는 주 95 참조.

175 헬레스폰투스에 관해서는 3권 주 203 참조.

176 메로에(Meroe)는 지금의 수단에 있는 나일 강 상류의 섬과 그곳의 도시이다.

177 레누스는 독일의 라인(Rhein) 강, 로다누스(Rhodanus 그/Rhodanos)는 프랑스의 론(Rhône) 강,
파두스(Padus 그/Pados)는 이탈리아의 포(Po) 강의 라틴어 이름이다.

178 '파르라시아의 별들'이란 큰곰자리에 속하는 별들을 말하는데, 이 별자리는 북반구 하늘에서는
지는 일 없이 늘 북극성 주위를 움직인다. 파르라시아(Parrhasia)는 그리스 아르카디아 지방의 소
도시로 오비디우스는 흔히 아르카디아와 같은 뜻으로 쓰고 있다(1권 478행 참조). 큰곰자리와 아
르카디아의 관계에 관해서는 2권 183~190행 참조. 헬리케가 큰곰자리의 다른 이름이라는 것에

잠기는 일이 없어 만사를 알 수 있거늘,

이 가련한 어미에게 내 딸 페르세포네를 보여주구려!"

그녀는 그렇게 말했습니다. 그녀에게 헬리케가 이런 말을 합니다.   580

"밤은 죄가 없어요. 납치된 소녀에 관해 태양에게 물어보세요.

그분은 낮에 일어나는 일을 두루 보시니까요."

태양을 찾아가자 그가 말합니다. "헛수고하지 마시오. 그대가 찾고 있는

그대의 딸은 읍피테르의 형과 결혼하여 제3의 왕국을 다스리고 있소."[179]

그녀는 오랫동안 마음속으로 신음하다가 천둥신[180]에게 말을 건넸고,   585

그녀의 얼굴에는 슬픔의 흔적들이 깊게 파여 있었습니다.

"누구에 의해 페르세포네가 내게 태어났는지 기억하신다면

이 슬픔의 반은 당연히 그대의 것이어야 해요.

내가 세상을 떠돌아다니면서 알게 된 것은 비행이 저질러졌다는 것뿐이며,

납치범은 여전히 범행의 결실을 간직하고 있어요.   590

페르세포네가 도둑과 결혼한다는 것은 부당한 일이며,

우리가 그런 식으로 사위를 구해서는 안 되지요.

설혹 귀게스[181]가 이겨서 내가 그의 포로가 되었다 해도, 나는 그대가 하늘의

홀을 쥐고 있는 지금 당한 것보다 더 고약한 일을 당하지는 않았을 거예요.

하지만 그는 벌 받지 않을 것이며, 나는 복수하지 않고 이번 일을   595

관해서는 3권 107~108행 참조.

179 오비디우스는 『변신 이야기』(5권 487~508행 참조)에서는 페르세포네가 하데스에게 납치되었다
고 알려준 것은 태양이 아니라 아레투사 샘(423행 참조)이라고 말하고 있다.

180 읍피테르.

181 귀게스는 헤카톤케이레스들 가운데 한 명이다. 그리스 신화에서 헤카톤케이레스들은 100개의 팔
과 50개의 머리를 가진 거한들로 우라노스와 가이아의 아들들이다. 그들은 티탄 신족과 벌인 전쟁
에서 올림포스 신들 편에서 싸운다. 그러나 오비디우스는 앞에서와 마찬가지로(3권 799~808행
참조) 여기서도 그들이 제우스의 적대자인 것처럼 말하고 있다.

참고 견디겠어요. 그가 내 딸을 돌려주고 지난 일을 보상한다면 말예요."

읍피테르께서는 그녀를 달래며 사랑을 핑계 삼아 그의 행위를 변명하십니다.

"그는 결코 창피스런 사위가 아니오"라고 그분께서 말씀하십니다.

"나도 그보다 더 고귀하지 못하오. 내 왕국은 하늘에 있고 다른 한 명은

　바다를 소유하고 또 다른 한 명은 공허한 카오스를 소유하고　　　　　　600

있기 때문이오.[182] 그러나 그대의 마음이 확고부동하여

　일단 맺었던 결혼의 인연을 끊기로 결심했다면,

어디 그렇게도 해봅시다. 그녀가 그곳에서 끝까지 단식했다면 말이오.[183]

　그렇지 않다면 그녀는 하계(下界)에 있는 남편의 아내가 될 것이오."

지팡이를 든 신[184]이 명령을 받고는 타르타루스[185]로 내려갔다가　　　　　　605

　희망보다 빨리 돌아와서 자기가 확실히 본 것을 전합니다.

"납치된 소녀는" 하고 그는 말했습니다. "석류나무의 단단한 껍질 속에

　감추어져 있던 씨를 세 알 먹어 끝까지 단식하지 못했습니다." [186]

그녀가 방금 납치된 양 그녀의 어머니는 마음이 괴로웠고,

　한참 뒤에야 겨우 정신을 차리고 말했습니다.　　　　　　610

"그렇다면 나에게도 하늘은 살 곳이 못 돼요.

182　그리스 신화에서 제우스 형제는 아버지 크로노스와 티탄 신족을 이긴 뒤 제비를 던져 제우스는 하늘을, 포세이돈은 바다를, 하데스는 저승을 갖고 대지와 올림포스 산은 공유하게 된다. 여기서 '카오스'란 저승을 말한다.

183　이집트인들도 사자(死者)들의 나라에 갔다가 그곳의 음식을 먹은 자는 다시는 이승으로 돌아오지 못한다고 믿었다고 한다.

184　메르쿠리우스는 신들의 전령으로서 항상 전령장(傳令杖 caduceus 그/kerykeion)을 들고 다닌다.

185　타르타루스는 여기서 저승이라는 뜻이다.

186　오비디우스는 『변신 이야기』(5권 529~538행 참조)에서는 페르세포네가 플루토의 정원에 들어갔다가 배가 고파 석류 열매를 하나 따 먹었다고 말하고 있다. 그러나 호메로스의 「데메테르 찬가」(441~447행 참조)에 따르면 페르세포네가 석류 열매 씨를 하나 먹게끔 플루토가 계략을 썼다고 한다. 그런 이유에서인지 비의에 입문하는 자들은 석류 열매를 먹지 못하게 되어 있었다고 한다.

타이나룸[187]의 계곡에 나도 받아주라고 명령하세요."

그리고 그녀는 그렇게 했을 것입니다. 만약 페르세포네가 앞으로 해마다

　　여섯 달 동안은 하늘에 있게 될 것이라고[188] 윱피테르께서 약속하시지

않았더라면. 그러자 드디어 케레스는 안색과 마음이 밝아지며　　　　　　　　615

　　곡식 이삭으로 된 화관을 머리에 씁니다.

그동안 쉬었던 농토에서는 소출(所出)이 많이 났고,

　　타작마당은 쌓여 있는 곡식 단들을 감당하지 못할 정도였습니다.

흰색이 케레스에게 어울립니다. 그대들은 케레스의 축제 때는

　　흰옷을 입으시오.[189] 이날에는 칙칙한 양모(羊毛)는 입지 않습니다.　　　620

4월 13일

4월의 이두스는 승리자(Victor)라는 별명의 윱피테르의 것이니,

　　바로 이날 그분에게 신전이 봉헌되었던 것입니다.[190]

이날은 또, 내가 잘못 알고 있는 것이 아니라면, 우리 국민에게 가장 합당한 자유가

　　자신의 전당[191]을 갖기 시작한 날이기도 합니다.

187　타이나룸은 그리스의 라코니케(Laconice 그/Lakonike) 지방에 있는 곳인데, 그곳에 저승으로 들어
　　가는 입구가 있는 것으로 믿어졌다. 여기서 '타이나룸의 계곡'이란 저승을 말한다.

188　호메로스의 「데메테르 찬가」(441~447행)에 따르면 제우스는 페르세포네가 매년 석 달은 하데스
　　의 아내로 보내고, 아홉 달은 신들과 함께 보내게 될 것이라고 선언한다.

189　1권 80행 참조. 쉬라쿠사이 시에서는 데메테르와 페르세포네의 축제에 참가하는 말들은 백마(白
　　馬)라야 한다는 규정이 있었던 것으로 생각된다. 핀다로스(Pindaros), 「올륌피아 송시」 6가(歌) 95
　　행 참조.

190　파비우스는 기원전 295년 로마 북쪽에 있는 움브리아(Umbria) 지방의 센티눔(Sentinum)에서 켈
　　트족과 삼니움(Samnium)인들과 에트루리아인들의 연합군을 격파하기 전에 윱피테르 빅토르
　　(Iuppiter Victor : '승리자 윱피테르'라는 뜻)에게 신전을 봉헌하기로 서약했다고 한다.

191　포룸 근처에 있던 자유의 전당(atrium Libertatis)을 가리키는 것으로 보는 이들도 있고, 아벤티눔
　　언덕에 있던 자유의 신전을 가리키는 것으로 보는 이들도 있다.

4월 14일

이튿날에는 안전한 항구를 찾도록 하시오, 선원(船員)이여.   625

　　서쪽에서 불어오는 바람이 우박과 섞일 것이기 때문이오.

그렇게 할 테면 하라고 하시오. 그런데도 카이사르[192]는 이날

　　우박이 쏟아지는 가운데 자신의 군대로 무티나의 팔들을 쳤습니다.

4월 15일

베누스의 이두스[193]가 지난 뒤 세 번째 날이 밝아오면,

　　사제들이여, 씨암소(foeda)를 제물로 바치시오.[194]   630

씨암소란 새끼 밴 다산의 암소로 '배다'(ferre)라는 말에서 유래한 것입니다.

　　사람들은 '출산'(fetus)이라는 말도 여기서 유래했다고 생각합니다.

이때는 가축도 잉태하고 대지도 씨앗을 잉태합니다.

　　그리하여 잉태한 대지에 잉태한 제물이 바쳐지는 것입니다.

몇 마리는 윱피테르의 성채에서 쓰러지고 서른 개의 족구(族區)[195]는   635

　　각각 한 마리씩 받아서 그 튄 피에 푹 잠깁니다.

시종들이 자궁에서 송아지들을 꺼내어

　　잘게 썬 내장을 연기가 나는 화로 위에 얹고 나면

가장 연장(年長)인 처녀[196]가 송아지들을 불에 넘겨주는데,

　　팔레스[197]의 날에 그 재로 백성들을 정화하기 위함입니다.   640

192　아우구스투스. 그는 아직 옥타비아누스였던 기원전 43년 북이탈리아의 무티나에서 안토니우스의
　　　군대를 격파한 적이 있다.

193　4월 13일.

194　이때의 의식은 포르디키디아 제(Fordicidia)라고 한다.

195　족구에 관해서는 2권 주 134 참조.

196　베스타의 여사제.

누마가 왕이었을 때는 수확은 노력에 부응하지 못했고,

　실망한 농부들이 기도해도 허사였습니다.

때로는 한 해가 차디찬 북풍에 너무 건조했고,

　때로는 농토가 끊임없는 비에 범람했기 때문입니다.

가끔은 처음 싹이 돋아날 때 케레스가 그 임자를 속이는가 하면,　　　　645

　속 빈 귀리만이 그것으로 포위된 땅 위에 서 있었습니다.

가축들은 때가 되기도 전에 미숙한 새끼를 낳았고,

　때로는 암양이 새끼 양을 낳다가 죽기도 했습니다.

그런데 오래된 숲이 하나 있었습니다. 도끼에 폭행당한 적이 없는

　이 숲은 마이날루스[198]의 신에게 바쳐진 것이었습니다.　　　　650

그분은 여기서 조용한 밤에 고요한 마음에 대답하곤 했는데,

　누마 왕은 바로 이곳에서 양 두 마리를 제물로 바칩니다.

처음 것은 파우누스를 위해, 두 번째 것은 부드러운 잠의 신을 위해

　쓰러집니다. 두 마리의 모피가 딱딱한 땅바닥 위에 펼쳐집니다.

누마는 깎지 않은 자신의 머리에 두 번 샘물을 뿌리고　　　　655

　자신의 관자놀이에 두 번 너도밤나무 잎을 두릅니다.

그는 사랑의 즐거움을 멀리하고, 그의 식탁에는 고기가 오르지 않으며,

　그의 손가락에는 반지가 끼여 있지 않습니다.

그는 신에게 규칙에 따라 기도한 다음 거친 옷을 입고

　새 양모피 위에 몸을 누입니다.　　　　660

그사이 밤의 여신이 부드러운 이마에 양귀비 화관을 쓰고 다가오고

197　팔레스는 목자와 가축 떼의 여신(또는 신)으로, 그녀의 축제인 파릴리아 제는 4월 21일에 개최된다(721행 참조).

198　마이날루스는 그리스 아르카디아 지방에 있는 산으로 '마이날루스의 신'이란 판(Pan)을 말한다. 로마인들은 판을 자신들의 파우누스와 동일시했는데, 그는 예언 능력이 있다.

검은 꿈들이 그녀의 뒤를 따릅니다.

파우누스가 나타나 딱딱한 발굽으로 양모피를 밟으며

   침상 오른쪽에서 이런 말을 합니다.

"왕이여, 대지의 여신[199]은 암소 두 마리의 죽음으로 달래야 하오.　　665

   하지만 한 마리의 암송아지가 두 생명을 제물로 바쳐야 하오."

누마는 놀라 잠에서 깨어 자기가 본 것을 곰곰이 생각하며

   이해할 수 없는, 수수께끼 같은 명령을 되새겨봅니다.

누구보다도 숲의 사랑을 받는 그의 아내[200]가 그의 궁금증을 풀어주며

   말했습니다. "그대에게 새끼 밴 암소의 내장을 요구하는 것입니다."　　670

새끼 밴 암소의 내장이 바쳐집니다. 해가 바뀔수록 더 풍년이 들고

   대지도 가축도 열매를 맺습니다.

전에 퀴테레아[201]는 이날더러 더 빨리 가라고 명령하고

   질주하는 말들이 서둘러 아래로 내려가게 했으니,

다음날 승전(勝戰)이 젊은 아우구스투스에게 그만큼 더 빨리　　675

   '임페라토르'라는 칭호를 부여하게 하려는 것이었습니다.[202]

4월 17일

어느새 네 번째 날이, 지나간 이두스를 되돌아보게 되면,

   그날 밤 휘아데스들[203]은 도리스[204]를 안습니다.

199　텔루스.

200　에게리아. 3권 154, 263, 275, 289행 참조.

201　베누스. 3권 주 149 참조.

202　아우구스투스는 기원전 43년 무티나에서 안토니우스의 군대를 격파(주 192 참조)한 공로로 4월 16일 임페라토르(imperator: '원수'[元帥]라는 뜻)라는 칭호를 받았다.

4월 19일

휘아데스들이 사라진 뒤 세 번째 날이 밝아오면,

　　원형경기장은 말들을 마구간에 따로따로 격리할 것입니다.[205]　　　680

나는 왜 여우들을 불타는 횃불을 등에 묶은 채 풀어놓는지

　　그 까닭을 말해야 할 것입니다.

카르세올리(Carseoli)[206]의 땅은 추워서 올리브 재배에는 적합하지 않으나

　　그 농토는 곡식에는 안성맞춤입니다.

작지만 언제나 비가 내리는 내 고향 파일리그니족[207]의 나라로 가던 길에　　685

　　나는 그곳을 지나간 적이 있습니다.

나는 여느 때처럼 연상의 친구 집에 들렀습니다.

　　포이부스가 지친 말들을 이미 멍에에서 푼 뒤였습니다.[208]

내 친구는 내게 많은 이야기를 들려주곤 했는데, 이 이야기도 그중 하나로

　　지금 내가 쓰고 있는 이 작품은 그 덕을 본 것입니다.　　　690

"이 들판에"라고 말하며 그는 들판을 가리킵니다. "어느 알뜰한 농부의 아내가

　　건장한 남편과 더불어 조그마한 땅뙈기를 소유하고 있었지요.

그는 자기 땅을 경작하며 쟁기를 쓰거나

　　아니면 굽은 낫을 쓰거나 아니면 괭이를 썼소.

203　휘아데스들에 관해서는 3권 주 32 참조.

204　도리스는 바다 노인 네레우스(Nereus)의 아내로, '도리스를 안는다'는 것은 별자리가 바다에 진다는 뜻이다.

205　케레스의 축제 케리알리아 제는 4월 19일 원형경기장에서 경마 경기로 끝난다는 뜻이다.

206　카르세올리는 로마에서 동쪽으로 67킬로미터 떨어져 있는 아이퀴족(Aequi)의 작은 도시이다. 카르세올리는 로마와 술모의 중간에 자리 잡고 있다.

207　파일리그니족은 로마 동쪽의 중부 이탈리아에 거주하던 부족으로, 그들의 수도가 오비디우스의 고향인 술모이다.

208　해가 진 뒤였다는 뜻이다.

그녀는 지주(支柱) 위에 세운 오두막을 쓸거나,					695

　부화하라고 암탉의 깃털 밑에 알들을 넣어주거나,

푸른 아욱이나 흰 버섯을 모으거나,

　야트막한 화덕을 쾌적한 불로 데우지요.

그녀는 또 베틀 앞에서 부지런히 손을 놀려

　겨울의 위협에 맞설 무기를 마련하지요.					700

그녀의 아들은 어린 개구쟁이로

　이오 십 열하고도 두 살이었소.

그는 골짜기의 버드나무 덤불 옆에서 여우 한 마리를 잡았는데,

　녀석은 농가에서 닭을 벌써 여러 번 채어간 적이 있었소.

그는 사로잡은 여우를 짚과 건초로 싼 뒤 불을 질렀소.				705

　여우는 불을 지르는 그의 손에서 도망쳤소.

여우는 가는 곳마다 곡식을 입고 있는 들판에 불을 놓고,

　미풍이 파괴적인 불에 힘을 주었소.

그 사건은 잊혀졌으나 그 기억은 남아 있소. 오늘날까지도

　카르세올리의 법은 여우를 일러 말하는 것을 금하고 있소.			710

그리고 그 벌로 케레스의 축제 때는 이 동물이 불타 죽는 것이오.

　녀석이 곡식을 망쳐놓았던 것과 같은 방법으로 말이오."

4월 20일

이튿날 멤논의 사프란빛 옷을 입은 어머니[209]가 넓은 대지를 보려고

　장밋빛 말들이 끄는 수레를 타고[210] 나타나면,

209　새벽의 여신 아우로라. 3권 주 96 참조.

210　호메로스는 '장밋빛 손가락을 가진 에오스'라고 말하고 있다.

태양은 털북숭이 양 떼의 길라잡이인, 헬레를 배신한 숫양을 떠납니다.[211]   715

　　그곳을 떠난 그에게 더 큰 제물이 다가옵니다.

그것이 암소인지 황소인지 쉬 알 수 없습니다.

　　앞부분은 드러나도 뒷부분은 숨어 있기 때문입니다.

그러나 그 별자리가 황소든 암소든

　　그것은 유노의 뜻에 반하여 사랑의 보답을 즐기고 있는 것입니다.[212]   720

4월 21일

밤이 가고 새벽이 떠오릅니다. 파릴리아 제가 나를 부릅니다.

　　헛되이 부르는 것이 아닙니다, 상냥한 팔레스가 내게 호의를 보여준다면.

내가 내 봉사로 그대의 축제에 경의를 표하는 것이라면,

　　상냥한 팔레스여, 목자들의 축제를 노래하는 나에게 호의를 보여주소서.

물론 나는 정화의 수단으로 가끔 송아지의 재와   725

　　콩대의 재를 손에 가득 담아오곤 했습니다.

물론 나는 한 줄로 세워놓은 세 개의 화염을 뛰어넘었고,

　　젖은 월계수 가지가 내게 물을 뿌렸습니다.

여신이 감동하여 내 작품에 호의를 보이십니다.

　　내 배는 출항하고 있고 내 돛은 어느새 바람을 안습니다.   730

백성이여, 가서 처녀의 제단에서 훈증 소독제를 구하시오.

　　베스타는 주실 것이며 베스타의 선물은 정화해줄 것이오.

211　헬레가 하늘을 날던 숫양의 등에서 바다로 떨어진 일에 관해서는 3권 주 203 참조. 이 구절은 태양이 양자리에서 황소자리로 이동한다는 뜻이다. 황도 12궁에 관해서는 3권 주 36 참조.

212　황소자리의 소가 에우로파를 크레타로 태워다준 황소이든 윱피테르의 사랑을 받다가 암소로 변한 이오이든, 그것은 윱피테르의 외도와 관계가 있는 만큼 유노가 못마땅하게 여길 수밖에 없었을 것이다.

말의 피와 송아지의 재가 훈증 소독제가 될 것이며,

　　세 번째 성분은 단단한 콩의 속 빈 대가 될 것이오.

목자여, 그대는 땅거미가 내리기 시작하면 배불리 먹은 양 떼를 정화하되　　735

　　먼저 땅에 물을 뿌리고 나서 어린 가지로 쓸도록 하시오.

잎과 가지들을 묶어 양 우리를 장식하고,

　　장식된 문들은 긴 화환들로 덮으시오.

정결한 유황에서 푸른 연기가 오르게 하고,[213]

　　유황 연기를 쐰 양이 매매 하고 울게 하시오.　　740

수컷 올리브나무의 가지와 관솔과 사비니족의 풀[214]을 태우고,

　　불붙은 월계수[215]가 화로 위에서 탁탁 소리 내게 하시오.

기장이 든 바구니가 기장 케이크를 뒤따르게 하시오.

　　농촌의 여신인 그녀는 특히 이 음식을 좋아하십니다.

그녀에게 별식과 우유 한 동이를 드리시오. 별식을 잘라드리고 나서　　745

　　따끈한 우유를 바치며 숲에 사는 팔레스에게 기도하시오.

"가축 떼와 가축 떼의 임자들을 똑같이 돌보아주소서.

　　피해(被害)는 내 우리에서 쫓겨나 도망치게 해주소서. 혹시 내가

신성한 장소에서 가축 떼에게 풀을 뜯겼거나 신성한 나무 밑에 앉았거나

　　내 양 떼가 모르고 무덤들 위에서 풀을 뜯어 먹었다면,　　750

혹시 내가 금지된 숲에 들어갔거나 요정들과

　　반(半)은 염소인 신[216]이 내 시선을 피해 달아났다면,

혹시 병든 양에게 잎을 한 바구니 주려고 내 낫이

213　그리스 로마인들은 정화할 때는 유황을 태웠다.

214　'사비니족의 풀'(herba Sabina)이란 일종의 향나무이다. 1권 343행 참조.

215　월계수에 관해서는 1권 339행 이하와 3권 137행 참조.

216　파우누스.

그늘을 드리워주는 가지를 원림에서 빼앗았다면,

내 잘못을 용서해주소서. 그리고 내가 우박을 피해 시골 사당으로   755

　내 가축 떼를 몰고 들어간 것이 내게 불리하지 않게 해주소서.

내가 웅덩이의 물을 흐리게 한 것도 내게 해가 되지 않게 해주소서.

　요정들이여, 발굽이 밟아 그대의 물을 탁하게 한 것을 용서해주소서.

여신이여, 우리를 위해 샘과 샘의 정령들을 달래주시고,

　모든 숲에 흩어져 있는 신들을 달래주소서.   760

우리가 보지 못하게 해주소서, 드뤼아스[217]들도, 목욕하는 디아나[218]도,

　한낮의 들판에 누워 쉴 때의 파우누스도.

질병을 멀리 내쫓아주소서. 사람들도 가축 떼도 건강하고

　지키는 개들의 영리한 무리도 건강하게 해주소서.

내가 아침보다 적은 수(數)를 집으로 몰고 돌아가는 일이 없게 해주시고,   765

　늑대에게서 빼앗은 양모피들을 도로 가져가며 신음하는 일이 없게 해주소서.

가증스런 굶주림은 사라지게 해주시고, 풀과 잎은 남아돌게 해주시고,

　목욕할 물과 마실 물도 남아돌게 해주소서.

내가 젖을 짤 때는 젖꼭지가 가득 차 있게 해주시고, 내 치즈가 돈벌이가 되게

　해주시고, 잔가지로 만든 내 체는 맑은 유장(乳漿)을 거르게 해주소서.   77(

숫양은 호색(好色)하게 해주시고, 암양은 잉태하여 새끼를 낳게 해주시어

217　드뤼아스는 나무의 요정이다.

218　오비디우스의 『변신 이야기』(3권 143~252행 참조)에 따르면, 젊은 사냥꾼 악타이온(Actaeon
　　　그/Aktaion)은 한낮에 사냥을 쉬고 어떤 동굴에 들어갔다가 디아나 여신이 그녀를 수행하는 요정
　　　들과 함께 목욕하는 장면을 보게 된다. 깜짝 놀란 디아나가 화가 나 그에게 샘물을 끼얹자 그는 사
　　　슴으로 변해 자기가 데리고 다니던 개 떼에게 찢겨 죽는다. 그리스 시인 테오크리토스(Theokritos
　　　라/Theocritus 기원전 3세기 전반)에 따르면(『목가』[牧歌 Eidyllion 라/Idyllium] 1권 15행 참조), 그
　　　리스의 목자들은 한낮에는 판 신의 낮잠을 방해하지 않기 위해 목적(牧笛)을 불지 않는다고 한다.

내 우리에 새끼 양들이 많이 있게 해주소서.

내 양모는 부드럽게 자라 소녀들을 괴롭히지 않게 해주시고,

　가장 섬세한 손도 긁는 일이 없게 해주소서.

내 기도가 이루어지게 해주소서. 그리고 우리가 해마다　　　　　　　775

　목자들의 여주인이신 팔레스에게 큼직한 케이크들을 바치게 해주소서.”

그렇게 여신을 달래야 하오. 동쪽을 향하여 네 번 그렇게 말하되

　흐르는 물에 손을 씻도록 하시오.

그러고 나서는 포도주 희석용 동이인 양 앞에다 접시를 갖다 놓고

　눈처럼 흰 우유와 자줏빛 과즙을 마셔도 좋소.[219]　　　　　　　780

그렇게 하자마자 빠른 발과 건장한 사지로 탁탁 소리를 내며

　불타는 짚 무더기 위를 뛰어넘도록 하시오.[220]

관습은 설명했으니, 그 기원을 설명하는 일이 남았습니다.

　수많은 설명이 나를 혼란스럽게 하며 앞으로 나아가지 못하게 합니다.

게걸스러운 불은 모든 것을 정화하고 금속의 불순물을 녹여냅니다.　　785

　그래서 그것은 목자와 양 떼를 정화하는 것일까요?

아니면 만물의 상반된 씨앗들은

　두 상극(相剋)의 신인 불과 물이기 때문에

우리 선조들은 이 두 가지 요소를 결합하여

　불과 뿌려진 물이 몸에 닿는 것을 좋다고 생각한 것일까요?　　　　790

아니면 그것들은 삶의 근원이어서 추방자는 그것들을 잃고 신부는 그것들을

　통하여 아내가 되기 때문에[221] 그들은 그 두 가지를 중시한 것일까요?

219　흰 우유와 자줏빛 과즙을 섞은 것을 부르라니카(burranica)라고 하는데, 그것은 '붉다'는 뜻의 옛
　　　말 burrum에서 유래한 것이라고 한다. '과즙'이라고 번역한 sapa는 열을 가하여 조린 햇포도주를
　　　말한다.
220　727행 참조.

어떤 이들은 그것이 파에톤[222]과 데우칼리온[223]의 홍수와

　관련이 있다고 믿지만 나는 그렇게 믿고 싶지 않습니다.

또 일부 주장에 따르면 목자들이 돌과 돌을 서로 쳤을 때　　　　　　795

　갑자기 불꽃이 튀어나왔는데,

첫 번째 불꽃은 없어지고 두 번째 불꽃은 짚으로 잡았다고 합니다.

　파릴리아 제의 불꽃은 여기에서 비롯된 것일까요?

아니면 오히려 그런 관습은 경건한 아이네아스가 패배했을 때

　그가 다치지 않고 무사히 지나가도록[224] 불이 길을 열어준 데서　　800

비롯된 것일까요? 아니면 이것이 사실에 더 가까운 것이 아닐까요?

　로마가 창건되었을 때 가정의 수호신들인 라레스들[225]을

새집으로 옮기라는 명령이 내려지자, 농부들이 이사 가며

　시골집들과 곧 떠나게 될 오두막들에 불을 지르고는

그들 자신과 가축 떼가 불 사이로 껑충껑충 뛰었던 일[226] 말입니다.　805

　그런 일이 지금도, 로마여, 너의 생일에는 일어나고 있음이라.[227]

221　로마에서 추방당한 자에게는 물과 불의 사용을 금지했으며(aqua et igni interdictus), 신부에게는
　　　신랑 집에 들어설 때 물과 불이 건네졌다고 한다.

222　파에톤은 태양신 솔(Sol 그/Helios)의 아들로, 아버지의 마차를 억지로 몰다가 고삐를 제어하지 못
　　　하자 대지가 불탈까 염려하여 윱피테르가 그에게 벼락을 던진다. 그러자 그는 벼락에 맞아 에리다
　　　누스 강(지금의 포 강)에 떨어져 죽는다.

223　데우칼리온은 프로메테우스의 아들로 윱피테르가 인간들에게 보낸 대홍수에서 아내 퓌르라
　　　(Pyrrha)와 함께 살아남는데, 그는 프로메테우스의 조언에 따라 방주를 만들어 아내와 함께 그 안
　　　에 들어감으로써 홍수를 피할 수 있었다. 나중에 그들은 등 뒤로 돌멩이를 던져 인류가 다시 태어
　　　나게 한다.

224　'그가 함락된 트로이야에서 무사히 벗어날 수 있도록'이라는 뜻이다.

225　2권 주 154 참조.

226　자신들을 정화하기 위하여.

227　아닌 게 아니라 파릴리아 제는 로마의 생일(4월 21일) 잔치로 간주되어 기원후 2세기에는 로마이
　　　아(Romaia: '로마의 축제'라는 뜻)라고 불리곤 했다고 한다.

사건 자체가 시인에게 공간을 제공합니다. 로마 시의 창건이 주제가 되었으니,

　위대한 퀴리누스여, 그대의 행적을 노래할 수 있도록 나를 도와주소서.

누미토르의 아우는 이미 벌을 받았고,[228]

　모든 목자의 무리가 쌍둥이 형제에게 복종하고 있었습니다. 　　　　810

두 형제는 농부들을 한데 모으고 성벽을 쌓기로 결정하지만,

　둘 중 누가 성벽을 쌓을 것인지는 확실하지 않습니다.

"싸울 필요 없다" 하고 로물루스가 말했습니다.

　"새들에 대한 믿음이 크니 우리도 새들을 시험해보자꾸나."[229]

그들은 합의하여 한 명[230]은 숲이 우거진 팔라티움의 바위에 오르고, 　　815

　다른 한 명은 아침에 아벤티눔의 정상에 오릅니다.

레무스는 여섯 마리를 보고 로물루스는 열두 마리를 잇달아 봅니다.

　계약에 따라 로물루스가 도시를 통치합니다.

그가 쟁기로 성벽의 윤곽을 그리기에 적당한 날을 잡습니다.

　팔레스의 축제가 다가오고 있었습니다. 그때 일이 시작되었습니다. 　820

단단한 바위가 있는 곳까지 구덩이를 파고 그 바닥에

　대지의 열매들과 인근 땅에서 가져온 흙덩이를 던집니다.

구덩이는 흙으로 채워지고 채워진 것 위에는

　제단이 세워지고 새 제단에는 불이 붙여집니다.

그러자 그는 쟁기 자루를 잡고 도랑으로 성벽의 윤곽을 표시합니다. 　　825

　하얀 암소가 눈처럼 흰 황소와 더불어 멍에를 멨습니다.

왕은 이렇게 말했습니다. "내가 도시를 창건하오니, 윱피테르시여,

228　3권 주 15 참조.

229　1권 주 40 참조.

230　로물루스.

나의 아버지 마보르스[231]와 어머니 베스타[232]여, 왕림해주소서.

그리고 청하는 것이 마땅한 그대들 모든 신들도 주목해주소서.

　　그대들의 후원으로 나의 이 일이 일어서게 해주소서.　　　　　　　　830

그것이 긴 세월 동안 존속하며 대지의 여주인으로서 통치하게 해주소서.

　　그 아래 동(東)과 서(西)가 종속되게 해주소서.”

그가 기도하자 읍피테르께서 전조를 보내주시니, 왼쪽에서 천둥을 치시고

　　왼쪽 하늘에서 벼락을 던지셨던 것입니다.[233]

그러자 시민들이 전조를 반기며 주춧돌을 놓으니　　　　　　　　　　　835

　　금세 새 성벽이 지어졌습니다.

켈레르가 이 일을 감독했는데, 로물루스 자신이 그를 불러놓고

　　이렇게 말해두었습니다. “켈레르, 자네가 할 일은 성벽이나

내가 쟁기로 만들어놓은 구덩이를 아무도 넘지 못하게 하는 것이네.

　　그런 짓을 하는 자는 죽여버리게.”　　　　　　　　　　　　　　　840

레무스가 그런 줄도 모르고 나지막한 성벽을 조롱하며

　　말했습니다. “이따위 것들이 백성을 안전하게 지켜줄 수 있을까?”

그는 지체 없이 넘었습니다. 켈레르가 대담한 자를 삽으로 쳤습니다.[234]

　　그러자 그는 피투성이가 되어 딱딱한 땅바닥 위에 눕습니다.

왕은 이 일을 알게 되자 흐르는 눈물을 속으로 삼키며　　　　　　　　845

　　슬픔을 가슴 깊이 묻습니다.

그는 남들이 보는 앞에서 눈물을 보이고 싶지 않아 용기의 본보기를 보이며

　　말합니다. “적군은 내 성벽들을 이렇게 넘을지어다!”

231　마보르스는 마르스의 옛 이름으로, 아직 축약되기 이전의 형태이다.

232　그의 어머니 레아 실비아가 베스타의 여사제인 까닭에 베스타를 어머니라고 부른 듯하다.

233　그리스인들이 오른쪽을 길한 방향으로 여긴 것과 달리 로마인들은 왼쪽을 길한 방향으로 여겼다.

234　로물루스가 레무스를 죽였다는 설도 있다(리비우스, 1권 7장 2절 참조).

그러나 그는 장례식을 허용하고 더 이상 눈물을 억제하지 못하니,

　감추어졌던 그의 경건함이 이제야 드러납니다.　　　　　　　850

그는 안치된 관(棺)에 마지막으로 입 맞추며 말합니다.

　"아우여, 잘 가거라. 나는 너를 그렇게 보내고 싶지 않았는데."

그는 화장을 하려고 시신에 기름을 발랐습니다. 파우스툴루스[235]도

　그렇게 했고 악카도 머리를 풀고 그렇게 했습니다. 퀴리테스들—

그들은 아직 그렇게 불리지 않았습니다—도 젊은이를 위해 울었습니다.　855

　마침내 눈물겨운 화장용 장작더미에 불이 붙었습니다.

대지 위에 승리자의 발을 올려놓고자

　한 도시가 일어섭니다. (당시에는 누가 그것을 믿을 수 있었겠습니까?)

너는 모든 것을 지배하고 영원히 위대한 카이사르 아래 있을지어다.

　그리고 너는 가끔 그런 이름을 가진 이를 여러 명 가질지어다.　　860

그리고 정복된 세계 위에 네가 우아하게 군림하게 되면

　모든 것이 네 어깨에도 미치지 못하게 되기를!

4월 23일

팔레스에 관해서 말했으니 이번에는 비날리아[236] 제에 관해

　말하겠습니다. 그러나 두 축제 사이에는 하루가 끼어 있습니다.

매춘부들이여, 그대들은 베누스의 신성(神性)을 찬양하구려.[237]　　865

235　파우스툴루스와 악카에 관해서는 3권 주 13 참조.

236　비날리아 제(Vinalia)는 포도주 축제로, 4월 23일에 열리는 비날리아 프리오라(priora: '앞선'이라
　는 뜻)에는 윱피테르에게 전년도 포도로 빚은 새 포도주를 헌주하고, 포도 수확기가 다가오는 8월
　19일에 열리는 비날리아 루스티카(rustica: '농촌의'라는 뜻)에는 포도가 잘 익도록 악천후가 없게
　해달라고 윱피테르에게 기도한다고 한다.

237　베네랄리아 제 때 매춘부들이 베누스를 경배하는 일에 관해서는 134~138행 참조.

베누스는 직업에 종사하는 여인들이 벌도록 도와주시오.

여신에게 분향하고 아름다움과 대중적인 인기를 빌도록 하구려.

　매력과 재치 있는 말솜씨를 빌구려.

여주인에게 그녀가 좋아하는 박하와 더불어 그녀 자신의 도금양과

　장미에 덮인 잔가지로 엮은 바구니를 바치구려.　　　　　　　　　870

지금은 콜리나 문[238] 근처에 있는 그녀의 신전을 메울 시간인데,

　그 신전은 시킬리아에 있는 산에서 이름을 따왔지요.[239]

클라우디우스[240]가 아레투사의 쉬라쿠사이를

　무력으로 함락하고, 에뤽스여, 그대도 전쟁에서 생포했을 때

베누스는 장수(長壽)하는 시뷜라의 신탁[241]에 따라 옮겨지셨으니,　　875

　자신의 자손의 도시에서 경배받기를 더 원하셨던 것입니다.

그런데 왜 베누스의 축제를 그들이 비날리아 제라고 부르며,

　왜 이날이 윱피테르의 날이기도 한지 그대들은 그 까닭을 묻는 것입니까?

투르누스[242]와 아이네아스가 라티움의 아마타[243]의 사위가 되려고

238　콜리나 문(porta Collina)은 퀴리날리스 언덕 북동쪽 끝에 있는 문이다.

239　시킬리아의 에뤽스 산에서 이름을 따온 베누스 에뤼키나(Venus Erycina)의 신전을 말한다.

240　클라우디우스(Marcus Claudius Marcellus)는 기원전 212년 시킬리아 남동부에 있는 쉬라쿠사이 시를 함락했다. 아레투사는 쉬라쿠사이 앞바다의 오르튀기아(Ortygia) 섬에 있는 샘과 샘의 요정이다. 이때 그가 시킬리아 섬 서북단에 있는 도시 에뤽스를 함락했다는 기록은 없다. 또한 베누스 에뤼키나를 로마로 옮긴 것은 클라우디우스의 승리와 무관하다. 첫 번째 신전은 시뷜라의 신탁집에 따라 파비우스(Quintus Fabius Maximus)가 기원전 217년에 서약하고 215년에 봉헌한 것인데, 카피톨리움 언덕에 서 있던 이 신전은 무슨 이유에서인지 없어지고 기록도 남은 것이 거의 없다. 그 뒤 기원전 184년에 서약한 신전이 콜리나 문 옆에 세워지자 이 신전이 카피톨리움 언덕의 신전과 혼동되었던 것으로 생각된다.

241　시뷜라의 신탁에 관해서는 주 80 참조.

242　투르누스에 관해서는 1권 주 108 참조.

전쟁을 한 적이 있었습니다. 투르누스는 에트루리아에 도움을 청합니다.   880

메첸티우스244는 유명했고 사나운 무사였습니다.

　그는 말 위에서도 강했지만 보병으로서는 더 강했습니다.

투르누스와 루툴리족은 그를 자기편으로 끌어들이려 합니다.

　그러자 에트루리아의 장군이 이렇게 말합니다.

"내 용맹은 싸구려가 아니오. 이 흉터들과 가끔 내 피가 튀었던   885

　이 무기들이 그것을 증거하고 있소.

그대가 내 도움을 바란다면, 그대의 술통에서 그대의 다음번 새 포도주를

　나와 나누시오. 그것은 결코 큰 보수가 아니오.

미룰 필요가 없소. 그대가 할 일은 주는 것이고 내가 할 일은 이기는 것이오.

　그대가 내 청을 거절하기를 아이네아스가 얼마나 바라고 있을까요!"   890

루툴리족이 동의했습니다. 메첸티우스가 무기를 입었습니다.

　아이네아스도 무기를 입고 읍피테르에게 기도했습니다.

"내 적의 포도주는 에트루리아의 왕에게 주기로 서약되었습니다. 읍피테르시여,

　그대는 라티움의 포도나무에서 나는 새 포도주를 받으실 것입니다."

더 나은 서약이 이기는 법입니다. 거한(巨漢) 메첸티우스가 쓰러지면서   895

　증오심으로 가득 찬 가슴으로 땅바닥을 칩니다.

다가온 가을은 발로 밟은 포도송이들로 얼룩졌습니다. 읍피테르께서

　사람들이 당신에게 빚진 포도주를 돌려받으시는 것은 당연한 일입니다.

그래서 그날은 비날리아라고 불렸습니다. 읍피테르께서 그것을 요구하시고,

　그것이 자신의 축제들에 포함되는 것을 좋아하십니다.   900

243　아마타는 라티움의 왕 라티누스의 아내로 라비니아의 어머니이다.

244　메첸티우스는 에트루리아에 있는 카이레(Caere) 시의 왕으로, 투르누스 편에서 싸우다가 아이네
　　　아스의 손에 죽는다.

4월 25일

4월도 엿새밖에 남지 않게 되면
   봄의 계절은 중간에 접어들 것이고,
그대가 아타마스의 딸 헬레의 숫양[245]을 찾아도 헛일입니다.
   비 올 전조들이 보이고 개[246]가 뜰 것입니다.

이날 내가 노멘툼[247]에서 로마로 돌아오고 있을 때   905
   흰옷을 입은 무리가 길을 막고 서 있었습니다.
어느 플라멘[248]이 오래된 로비고[249]의 원림으로 가고 있었는데
   개의 내장과 양의 내장을 불에 바치기 위해서였습니다.
나는 그 의식에 관해 알아보려고 당장 그에게 다가갔습니다.
   퀴리누스[250]여, 그대의 플라멘은 이런 말을 하는 것이었습니다.   910
"거칠거칠한 로비고여, 케레스의 곡식을 아끼시고
   대지의 거죽에서 매끈한 잎사귀 끝이 바람에 떨게 해주소서.
호의적인 하늘의 별자리들이 길러준 곡식이
   낫으로 벨 수 있을 만큼 익을 때까지 자라게 해주소서.
그대의 힘은 적지 않습니다. 그대가 표시해놓은 곡식은   915
   상심한 농부가 잃어버린 것으로 여깁니다.

245　3권 주 203 참조.
246　여기서 '개'란 천랑성(天狼星 Sirius 그/Seirios)을 말한다. 천랑성이 아침에 뜨는 것은 8월 초이다.
　　　여기서는 천랑성이 저녁에 지는 것을 말하는 것으로 생각되는데, 오비디우스 시대에는 그 별이 4
　　　월 말에 졌다고 한다.
247　노멘툼은 로마에서 북동쪽으로 24킬로미터쯤 떨어진 소도시로, 포도주와 별장으로 유명하다.
248　플라멘에 관해서는 1권 주 141 참조.
249　로비고(Robigo)는 녹병(綠病)의 여신이다. 그녀를 달래는 축제가 로비갈리아 제(Robigalia)이다.
250　로물루스.

바람과 비가 곡식에 피해를 준다 해도

　말라 죽은 곡식이 반짝이는 서리에 퇴색된다 해도,

티탄[251]이 젖은 이삭을 데울 때만큼 큰 피해를 주지는 않습니다.

　그것은 그대의 노여움의 시간입니다, 두려운 여신이여.　　　　　　920

부디 우리를 아껴주시고 수확에서 거칠거칠한 손을 멀리하시고

　농작물을 해치지 마소서. 해칠 수 있다는 것으로 충분합니다.

부드러운 씨앗이 아니라 단단한 쇠를 붙잡으소서.

　그리하여 남을 파괴할 수 있는 것을 먼저 파괴하소서.

그대가 검(劍)이나 해로운 무기를 먹어치우는 것이 더 유익합니다.　　925

　그것들은 필요 없고 세계는 평화롭습니다.

지금은 괭이와 단단한 쇠스랑과 굽은 쟁기가 번쩍이게 하소서.

　그것들은 농촌의 재산입니다. 녹이 무기들을 더럽히게 하소서.

그리고 누가 칼집에서 칼을 빼려고 한다면

　그것이 오래 쉰 탓에 들러붙었음을 느끼게 해주소서.　　　　　　930

그대는 곡식을 해코지하지 마시고, 그 자리에 없는 그대에게

　농부가 언제나 서약을 이행할 수 있게 해주소서."

이렇게 그는 말했습니다. 그의 오른손에는 부드럽게 보풀이 인 수건이 들려 있었고,

　그는 또 향연 통과 포도주 접시를 들고 있었습니다.

화로 위에서 그는 향연과 포도주와 양의 내장과　　　　　　　　　　935

　불결한 개의 역겨운 내장을—우리는 보았습니다—제물로 바쳤습니다.

그리고 나서 그는 내게 말했습니다. "왜 생소한 제물[252]을 바치느냐고 그대는

　묻는 것이오?" (나는 실제로 그렇게 물었습니다.) "그 이유를

251　태양신.
252　개.

알아두시오"라고 플라멘이 말합니다. "이카루스의 개[253] 라고 불리는 별이 있소.

그 별이 뜨면 대지는 바싹 마르고 곡식은 너무 일찍 익습니다.   940

별자리 개 대신 이 개가 제단 위에 올려지는 것이오.

이런 일이 일어나는 것은 단지 그 이름 때문이오."

4월 28일

티토누스의 아내[254]가 프뤼기아 사람 앗사라쿠스의 아우[255] 곁을 떠나

끝없는 세계 위로 자신의 찬란한 빛을 세 번 들어올리면,

한 여신이 수천 가지 꽃으로 만든 다채로운 화관을 쓰고 옵니다.   945

그러면 무대 위에서는 으레 더 많은 자유재량이 허용됩니다.[256]

플로라의 축제는 5월 초하루까지 계속됩니다. 그때 가서

---

253 '이카루스의 개'란 천랑성을 말한다. 이카루스는 그리스 앗티카 지방 사람으로 디오뉘소스를 환대한다. 그래서 신이 그에게 포도주 만드는 법을 가르쳐주자 그는 이웃사람들과 포도주를 나눠 마시는데, 그들은 그가 자기들에게 독약을 먹인 줄 알고 그를 죽여 묻어버린다. 그 뒤 그의 딸 에리고네(Erigone)가 자신의 개 마이라(Maera 그/Maira)의 도움을 받아 아버지의 시신을 찾게 되자 슬픔을 이기지 못해 목매어 죽고 개도 따라 죽었다고 한다. 그러자 윱피테르가 그들을 불쌍히 여겨 에리고네는 처녀자리가, 마이라는 큰개자리(Canis maior) 또는 그중 하나의 별인 천랑성이 되게 했다고 한다. 일설에 따르면 윱피테르가 에우로파에게 선물한 개가 나중에 사냥꾼 케팔루스(Cephalus 그/Kephalos)에게 넘어가 테바이의 여우를 추격하는데, 여우는 잡히지 않게 되어 있고 개는 무엇이든 잡게 되어 있어, 윱피테르가 둘 다 돌로 변하게 함으로써 또는 여우는 돌로 변하게 하고 개는 하늘의 별자리가 되게 함으로써 이 딜레마를 해결했다고 한다. 또 일설에 따르면 이 별은 오리온의 사냥개라고 한다. 그리스 로마인들은 이 별이 뜨면 폭염이 시작된다고 믿었다.

254 새벽의 여신 아우로라.

255 티토누스. 티토누스는 앗사라쿠스의 아우가 아니라 친척으로, 우리 식으로 따지면 앗사라쿠스는 티토누스의 종조부(從祖父)이다.

256 기원전 240년경 로마에 큰 흉년이 들어 10인 위원회(decemviri)가 시빌라의 신탁집에 묻자 꽃의 여신 플로라(Flora)의 신전을 짓고 그녀를 위하여 놀이를 열라는 신탁이 주어졌다. 기원전 173년부터 연중행사가 된 이 놀이에서는 노골적인 성적 암시를 포함하는 무언익살극도 공연되었다고 한다.

나는 다시 시작할 것입니다. 지금은 더 큰 과제가 나를 재촉합니다.

베스타여, 이날을 가지소서. 베스타는 친족의 집으로 받아들여졌는데,[257]

아버지들의 그러한 결정은 옳은 것이었습니다. 950

일부는 포이부스의 소유이고[258] 다른 일부는 베스타에게 돌아갔습니다.

나머지는 세 번째로 그분 자신이 소유하고 있습니다.

팔라티움의 월계수들[259]이여, 영원히 서 있어라. 참나무 잎 화관을 쓴 집도[260]

영원히 서 있을지어다. 영원한 신을 세 분[261]이나 모시는 집은 단 하나뿐입니다.

---

257 베스타가 아우구스투스의 친족이라는 데 대해서는 3권 주 105와 106 참조. 아우구스투스는 기원전 12년 대사제가 되었을 때 베스타 신전 옆에 있는 사제관에 기거하지 않고 팔라티움 언덕에 있는 자기 집에 베스타의 사당을 지어 4월 28일에 봉헌했다. 그러자 아버지들, 즉 원로원 의원들은 그날을 공휴일로 지정했다고 한다.

258 포이부스, 즉 아폴로는 이미 기원전 28년에 아우구스투스에게서 팔라티움 언덕에 신전을 봉헌받은 바 있다.

259 팔라티움 언덕에 있는 아우구스투스의 집 문설주를 장식하고 있는 월계수들을 말한다.

260 1권 주 156 참조.

261 베스타와 아폴로와 아우구스투스를 말한다.

# 제5권(liber quintus)
5월(Maius)

544행)

5월의 이름이 어디서 유래했다고 생각하는지 그대들은 내게 묻는 것입니까?

  그 유래는 나도 확실히 알지 못합니다.[1]

마치 나그네가 길이 사방으로 나 있는 것을 보면

  망설이게 되고 어디로 가야 할지 모르듯이,

나도 어디로 향해야 할지 모릅니다. 여러 가지 유래가 제시되고　　　　　　　5

  그것들이 많다는 것이 오히려 나를 난감하게 하기 때문입니다.

그대들이 말씀해주소서, 메두사에게서 태어난 말의 소중한 발자취인,

  아가닙페의 힙포크레네 샘을 자주 찾으시는 분들[2]이여.

여신들도 의견을 달리했습니다. 그분들 중에 먼저 폴뤼휨니아가 말하기 시작했고,

  다른 분들은 말없이 그분의 말씀을 새겨들었습니다.　　　　　　　　　　IO

"카오스[3] 이후에 우주에 세 가지 요소가 주어지고

1　그러나 오비디우스는 1권 41행에서 5월(Maius)이라는 이름이 '장년층'이라는 뜻의 maiores에서
　　유래한 것이라고 말한 바 있다.

2　무사 여신들. 무사 여신들의 이름과 역할에 관해서는 4권 주 65 참조. 아가닙페와 힙포크레네는 둘
　　다 그리스 헬리콘 산에 있는 샘으로, 무사 여신들에게 바쳐진 샘들이다. 메두사에 관해서는 3권 주
　　110 참조. 힙포크레네에 관해서는 3권 주 111 참조.

3　무사 여신들은 그리스 시인 헤시오도스의 『신들의 계보』에서도(114~116행 참조) 태초에 거대한
　　허공, 즉 카오스가 있었다고 가르친다.

만물이 새 형태로 구분되자마자,

대지는 자체의 무게를 견디지 못해 내려앉으며 바닷물도 끌어당겼지요.

그러나 하늘은 그 가벼움이 가장 높은 곳으로 들어올렸지요.

태양 역시 어떤 무게에도 붙들리지 않아 별들과 함께 그랬고,   15

그대들 달의 말들⁴이여, 그대들도 높이 뛰었소.

오랫동안 대지는 하늘에게, 그리고 다른 별들은 포이부스⁵에게

복종하지 않았지요. 그들의 지위는 모두 동등했지요.

가끔 저급한 신들 중에 누군가, 사투르누스여, 그대가 차지하고 있던

왕좌에 감히 앉으려고 했지요.   20

신참(新參) 신들 중에 아무도 오케아누스⁶를 배행하지 않았고

테미스⁷가 가끔은 말석을 차지하곤 했지요,

명예(Honor)와 상냥한 눈길의 얌전한 공경(恭敬 Reverentia)이

결혼 침대에 몸을 누일 때까지는 말예요.

그들에게서 위엄(威嚴 Maiestas)이 태어났지요. 이 여신은 그들을   25

부모로 여기고 있고 태어나던 날로 위대해졌지요.

그녀는 지체 없이 올림푸스 한가운데 있는 높은 자리에 앉으니,

황금으로 치장하고 자줏빛 옷을 입은 그녀의 모습은 멀리서도 보였지요.

그녀의 곁에는 부끄러움(Pudor)과 두려움(Metus)이 앉았어요. 그대는

모든 신들이 그들과 같은 모습인 것을 볼 수 있었을 거예요.   30

당장 명예에 대한 고려가 그들의 마음속에 자리 잡고,

---

4   달의 여신도 태양신이나 새벽의 여신처럼 마차를 타고 하늘을 여행하는 것으로 믿어졌다.

5   태양신으로서의 아폴로.

6   오케아누스는 우라누스와 가이아의 아들로 티탄 신족의 한 명이다. 그는 수많은 강(江)과 요정들
     의 아버지이다.

7   테미스는 우라누스와 가이아의 딸로, 예언 능력이 있으며 질서와 정의를 관장하는 여신이다.

가치 있는 자들이 존중받고, 어느 누구도 자기만족에 빠지지 않았어요.

이런 상태가 하늘에서 오래오래 지속되었지요.

고참(古參) 신이 운명에 따라 자신의 성채에서 쫓겨날 때까지는 말예요.[8]

그러자 대지가 사나운 족속이자 거대한 괴물들인 기가스들[9]을 낳았고   35

이들은 감히 윱피테르의 집으로 쳐들어가려고 했어요.

대지는 그들에게 일천 개의 손을 주고 다리 대신 뱀들을 주며 말합니다.

"위대한 신들에게 너희들의 무기를 휘두르도록 하라."

그들은 가장 높은 별들이 있는 데까지 산들을 쌓아올리고[10]

위대한 윱피테르를 전쟁으로 괴롭힐 채비를 했지요.   40

윱피테르께서는 하늘의 성채에서 벼락을 던지시며

엄청나게 무거운 것들을 그것들을 움직인 자들에게로 되돌리십니다.

신들의 이런 무기들이 위엄을 잘 지켜주자

그녀는 살아남아 그 뒤로 경배받고 있지요.

그녀는 윱피테르 옆에 앉아 그분의 가장 충실한 경호원으로서   45

힘을 행사하지 않더라도 윱피테르의 홀(笏)을 두려워하게 만들지요.

그녀는 지상에도 내려왔어요. 그리하여 로물루스도 누마도

그리고 나중에는 다른 이들도 각자 자기 시대에 그녀에게 경배했어요.

그녀는 아버지와 어머니가 경배받게 만들어주고,

그녀는 소년들과 소녀들의 동반자가 되어주지요.   50

그녀는 속간과 상아로 장식한 관직의 의자[11]에 권위를 부여하고,

---

8   사투르누스 또는 크로노스가 아들 윱피테르 또는 제우스에게 권좌에서 축출당한 일에 관해서는 1
    권 주 45와 3권 주 187 참조.
9   기가스들에 관해서는 3권 주 108 참조.
10 1권 주 64 참조.
11 1권 81~82행 참조.

그녀는 화환으로 장식한 말들에 높이 올라앉아 개선하지요."

폴뤼휨니아가 말을 끝냈습니다. 그러자 클리오와

굽은 뤼라에 밝은 탈리아가 그녀의 말이 옳다고 했습니다.

우라니아가 말하기 시작합니다. 나머지 분들은 모두 침묵을 지키니   55

그녀의 음성 말고는 아무 음성도 들을 수 없습니다.

"전에는 백발이 크게 존경받고,

노년의 주름이 높이 평가받았지요.

마르스의 업무와 대담한 전쟁은 젊은이들이 수행했고,

그들은 또 자신들의 신들을 지키기 위해 파수를 보았지요.   60

노령은 힘이 약해 무기를 들기에는 적합하지 않은 반면

가끔 조언으로 조국을 돕곤 했지요.

당시 원로원은 나이 많은 이들에게만 열려 있었고,

원로원이라는 이름도 원숙한 나이에서 유래한 것이지요.[12]

나이 많은 이들이 백성을 위해 입법(立法)했으며,   65

특정한 법은 관직을 추구할 수 있는 연령을 규정했지요.

연하자들은 아무 불평 없이 연장자를 둘러싸고 걸었으며,

연장자는 동행이 한 명뿐이라도 안쪽에서 걸었지요.

하거늘 누가 감히 나이 많은 이 앞에서 낯 뜨거운 말을 할 수 있었겠어요?

노령은 검열의 권리를 부여했지요.   70

로물루스는 이것을 보고 정선된 남자들을 '아버지들'이라 불렀고

그들에게 새 도시의 주요 업무를 맡겼지요.

그래서 나는 연장자들(maiores)이 자신들의 연령을 염두에 두고

---

12 원로원(senatus)이라는 말은 '노인들'이라는 뜻의 senes에서 유래했다는 것이다.

5월에 자신들의 이름을 부여했다고 믿어요.

그리고 누미토르가 "로물루스야, 이달은 노인들에게 드리도록 해라!"라고 말하자   75

    손자가 할아버지의 뜻을 거역하지 못했을 수도 있지요.

그것이 명예로서 제의되었다는 것을 입증해주는 무시할 수 없는 증거는

    다음 달이 젊은이들(iuvenes)에게서 이름을 따온 6월이라는 점[13]이지요."

이어서 빗질하지 않은 머리에 담쟁이덩굴 관을 쓴 칼리오페가

    말하기 시작하니 그녀는 무리 중 으뜸이었습니다.   80

"넓은 대지를 투명한 물로 에워싸고 있는 오케아누스가

    어느 날 티탄 신족 여신인 테튀스와 결혼했지요.

그들의 딸 플레이요네는, 전해 내려오는 이야기에 따르면,

    하늘을 떠메고 있는 아틀라스와 결혼해 플레이야데스들[14]을 낳았어요.

이들 자매 가운데 마이야가 가장 용모가 빼어나   85

    최고신인 윱피테르와 동침했다고 해요.

그녀는 삼나무로 덮인 퀼레네[15]의 산마루에서

    날개 달린 발로 대기를 지나가는 이[16]를 낳았지요.

그를 아르카디아인들과 급류의 라돈[17]과 거대한 마이날루스가 관습에 따라

    경배하는데, 그 나라는 달보다 더 오래되었다고 믿어지고 있지요.[18]   90

망명자 에우안데르가 아르카디아에서 라티움의 들판으로

---

13   6권 87~88행 참조.

14   3권 주 33 참조.

15   퀼레네는 그리스 아르카디아 지방에 있는 산이다. 1권 주 68 참조.

16   메르쿠리우스. 그는 날개 달린 샌들을 신고 하늘은 나는 것으로 믿어졌다.

17   라돈에 관해서는 2권 주 87 참조.

18   아르카디아가 달보다 더 오래되었다는 데 대해서는 1권 469~470행 참조.

건너오면서 신들도 함께 모셔왔지요.[19]

지금 세계의 수도인 로마가 서 있는 이곳에 그때는 나무와 풀밭과

약간의 가축 떼가 있었고, 집은 드문드문 보였지요.

그들이 도착하자 그의 예언자 어머니가 말했어요.   95

"멈춰 서라! 이 농촌이 제국의 자리가 될 것이니라."

그러자 노나크리스[20]의 영웅은 예언자 어머니에게 복종하고

낯선 땅에 손님으로서 멈춰 섰지요.

그는 이곳 토착민들에게 많은 신들, 특히 양쪽에 뿔이 난 파우누스[21]와

발에 날개가 달린 신[22]의 의식(儀式)을 가르쳐주었어요.   100

반(半)염소인 파우누스여, 루페르키들이 허리옷을 걸치고 그대를 경배하는 것은

그들의 가죽 끈이 군중으로 꽉 찬 거리들을 정화할 때이지요.[23]

그러나 그대는 달에 그대의 어머니의 이름을 주었지요,[24]

그대 굽은 뤼라의 발명자여, 도둑들의 보호자[25]여.

하지만 이것이 그대의 최초의 효도는 아니었어요. 그대는 뤼라에   105

플레이야데스의 수(數)인 일곱 현을 주었던 것으로 여겨지니까요."

그녀도 말을 마쳤습니다. 그러자 자매들이 그녀를 칭찬했습니다.

어떻게 해야 합니까? 각 패가 똑같은 수의 표를 얻었으니 말입니다.

무사 여신들이 모두 내게 똑같은 호의를 베풀어주시고,

---

19   1권 471행 이하 참조.

20   노나크리스에 관해서는 2권 주 88 참조.

21   '양쪽에 뿔이 난 파우누스의 의식'이란 루페르칼리아 제를 말한다.

22   87~88행 참조.

23   2권 267행 이하와 283행 이하 참조.

24   5월의 이름 Maius는 메르쿠리우스의 어머니 마이야(Maia)의 이름에서 유래했다는 뜻이다.

25   메르쿠리우스는 태어나던 날 아폴로의 소 떼를 훔쳐 제물로 바치고는 그 내장을 동굴 앞에서 잡은 거북의 등껍질에 현(絃)으로 달아 뤼라를 만들었다고 한다. 1권 주 68 참조.

내가 어느 한 분을 더 또는 덜 찬양하는 일이 없게 해주소서! 110

5월 1일

이 작업은 읍피테르로 더불어 시작하게 해주십시오. 초하룻날 밤에는

    읍피테르의 요람을 돌보던 별[26]을 또렷이 볼 수 있습니다.[27]

비를 가져다주는 올레누스[28]의 암염소의 별자리가 뜨고 있는 것입니다.

    그것은 젖을 먹여준 보답으로 하늘에 오른 것입니다.

크레타의 이다 산에서 명성이 자자하던 요정 아말테[29]는 115

    읍피테르를 숲 속에 숨겨주었다고 합니다.

그녀에게는 암염소 한 마리가 있었는데, 그것은 두 새끼 염소의 사랑스런 어미로

    딕테 산[30]의 염소 떼 중에서 보기에 장관이었습니다.

그것의 높다란 뿔들은 등 뒤로 구부러져 있었고,

    젖꼭지는 읍피테르의 유모에게 있을 만한 그런 것이었습니다. 120

그것은 신에게 젖을 먹였으나 나무에 한쪽 뿔이

    부러지는 바람에 매력이 반감되고 말았습니다.

---

26 마차부자리(Auriga 그/Heniochos) 가운데 일등성인 카펠라(Capella 그/Aix : '암염소'라는 뜻)를 말한다. 마차부자리는 볼카누스와 가이아의 아들 에릭토니우스가 태양신 헬리오스를 모방하여 처음으로 마차에 말들을 매는 모습을 보고는 읍피테르가 감탄하여 그를 하늘의 별자리가 되게 한 것이라고 한다. 일설에 따르면 그것은 메르쿠리우스의 아들로 오이노마우스(Oenomaus 그/Oinomaos) 왕의 마부였던 뮈르틸루스(Myrtilus 그/Myrtilos)라고도 한다. 카펠라는 아기 읍피테르에게 젖을 먹인 염소라고 한다.

27 읍피테르의 탄생과 유년시절에 관해서는 4권 주 68과 69 참조.

28 올레누스라는 이름에 관해서는 의견이 분분하다. 일설에 따르면 올레누스는 볼카누스의 아들로 그 딸들이 읍피테르를 양육했다고 하고, 또 일설에 따르면 올레누스는 그리스의 아카이아(Achaea 그/Achaia) 지방에 있는 도시로, 읍피테르는 그곳에서 염소의 젖을 먹고 자랐다고 한다.

29 아말테아는 읍피테르에게 젖을 먹인 염소의 임자인 요정이 아니라 염소 이름이라는 주장도 있다.

30 읍피테르의 탄생지에 관해서는 4권 주 69 참조.

요정이 그 뿔을 집어 싱싱한 풀로 싸고

　　과일로 채운 다음 윱피테르의 입으로 가져갔습니다.[31]

그분께서 하늘의 일을 장악하시고는 아버지의 왕좌에 앉으시고　　　　　　125

　　불패의 윱피테르보다 더 위대한 것은 아무것도 없었을 때

그분께서는 자신의 유모와 그녀의 풍요로운 뿔을 별들로 만드셨는데,

　　그것은 지금도 그 여주인의 이름을 갖고 있습니다.[32]

5월 초하루는 라레스 프라이스티테스들[33]의 제단과

　　이 신들의 작은 상(像)들을 세우는 것을 보았습니다.　　　　　　　　　130

쿠리우스[34]가 그것들을 봉헌했습니다. 그러나 긴 세월에는

　　많은 것이 파괴되고, 돌도 오래되면 손상되는 법입니다.

그분들이 그런 별명을 얻게 된 것은 그분들이 서서

　　자신들의 눈으로 모든 것을 안전하게 수호해주기 때문입니다.

그분들은 또 우리를 위해 서 있고, 도시의 성벽들 앞에 서서　　　　　　135

31　오비디우스는 그 임자에게 원하는 음식을 가득 채워준다는 이른바 '풍요의 뿔'(cornucopiae)를 암시하고 있다. 오비디우스는 『변신 이야기』(9권 87~88행 참조)에서도 그런 뿔을 언급하는데, 거기에서 그것은 데이아니라(Deianira 그/Deianeira)와의 결혼을 놓고 헤르쿨레스와 싸우던 황소 모습의 하신(河神) 아켈로우스의 머리에서 부러진 뿔이라고 말하고 있다.

32　오비디우스는 여기서 카펠라와 염소자리(Capricornus: '염소 뿔'이라는 뜻)를 둘 다 말하는 것 같다. 염소자리에 관해서는 1권 주 174 참조.

33　라레스들에 관해서는 2권 주 154 참조.

34　쿠리우스(Curius)는 로마인들이 사비니족 여인들을 납치할 때 사비니족의 왕이었으며 나중에 로물루스와 공동으로 로마를 통치한 티투스 타티우스(Titus Tatius)를 말하는 것으로 추정되는데, 쿠리우스라는 이름은 사비니족의 수도 쿠레스(Cures)에서 유래했다는 것이다. Curius 대신 Curibus('쿠레스에서'라는 뜻)로 읽는 이들도 있는데, 그럴 경우 전에 쿠레스에 서 있던 라레스 프라이스티테스들의 제단을 말하는 것이 될 것이다. 아무튼 사비니족이 라레스들을 경배했다는 것은 여러 문헌에서 입증된다고 한다.

수호해주고,[35] 우리에게 도움을 주려고 서 있습니다.

그분들의 발 앞에는 같은 돌로 만든 개 한 마리가 서 있습니다.[36]

개가 라레스들과 함께한 이유는 무엇이었을까요?

양쪽 다 주인을 섬기고, 양쪽 다 주인에게 충실합니다.

신들은 갈림길을 좋아하고,[37] 개도 갈림길을 좋아합니다.　　　　140

라레스들과 디아나의 사냥개 떼는 도둑들을 쫓아버립니다.

라레스들은 밤에 파수를 보고, 개들도 밤에 파수를 봅니다.

나는 또 쌍둥이 신들[38]의 두 개의 상(像)도 찾아보려고 했습니다.

그러나 그것들은 긴 세월에 무너져 있었습니다.

도시에는 일천의 라레스들과 그분들을 주신 지도자[39]의 수호신이　　　145

있습니다. 그리고 모든 구역이 세 분 신[40]을 경배합니다.

그런데 나는 어디를 헤매고 있는가? 이 주제를 노래할 권리는 아우구스투스의

달[41]이 줄 것입니다. 그사이 나는 보나 데아[42]에 관해 노래해야 합니다.

35　라레스들은 로마의 가정들뿐만 아니라 로마 자체의 수호신들이다.

36　라레스 프라이스티테스들은 창을 들고 개를 데리고 다니는 젊은이들로 그려졌다고 한다.

37　라레스 콤피탈레스들.

38　디오스쿠리들(Dioscuri 그/Dioskouroi). 라레스 프라이스티테스들은 나중에는 디오스쿠리들과 같은 모습으로 그려졌다고 한다.

39　아우구스투스.

40　각 구역의 사당에는 중앙에 아우구스투스의 수호신 상이 있고 그 양쪽에 라레스들의 상이 있는데, 이들 세 신상은 아우구스투스의 지시에 따라 해마다 두 번씩 꽃으로 장식되었다고 한다.

41　8월. 그러나 오비디우스의 『로마의 축제들』은 6월까지만 있기 때문에 그가 무슨 이야기를 하려 했는지 알 수 없다.

42　보나 데아(Bona Dea: '선한 여신'이라는 뜻)는 이탈리아의 여신으로 농업과 곡물의 여신 데메테르와 밀접한 관계가 있는 그리스 여신 다미아(Damia)의 영향을 받은 것으로 추정된다. 보나 데아의 여사제는 다미아트릭스(Damiatrix)라고 불린다. 기록에 따르면 그녀의 의식에는 남녀가 다 참가했다고 하나, 실제로는 해마다 한 번씩 남자들을 배제한 가운데 고위관리의 집에서 야간에 은밀히 진행되었다고 한다. 베스타의 여사제들도 참석하여 의식의 진행을 도왔다고 한다.

저절로 생긴 둔덕이 하나 있습니다. 그것은 그곳에 이름을 주었는데,

  그곳은 바위[43]라고 불립니다. 그 둔덕은 아벤티눔 언덕의 상당 부분을 이루고   150

있습니다. 바로 그곳에 레무스는 헛되이 자리 잡고 서 있었습니다.

  팔라티움 언덕의 새들이여, 너희들이 그의 형에게 최초의 전조들을 주었을 때

말이니라.[44] 거기 완만한 경사를 이루고 있는 등성이에 원로원이

  신전을 하나 세웠는데, 그것은 남자들의 눈을 몹시 싫어했습니다.

그것은 오래된 크랏시가(家)의 상속녀가 봉헌했는데,[45]   155

  그녀는 몸으로 남자를 받은 적이 없는 처녀였습니다.

리비아[46]가 그것을 다시 봉헌했으니, 그녀가 남편을 모방하고

  모든 점에서 그의 지도를 따르기 위함이었습니다.

5월 2일

이튿날 휘페리온의 딸[47]이 별들을 쫓아버리고 나서

  아침의 말들 위에서 장밋빛 등불을 들어올리면,   160

---

43   '바위'(Saxum)란 아벤티눔 언덕의 정상을 말한다.

44   4권 813~818행 참조. 아벤티눔 언덕에 자리 잡은 레무스가 먼저 새를 보았으나, 팔라티움 언덕
에 자리 잡은 로물루스가 레무스의 여섯 마리보다 두 배나 많은 열두 마리의 새를 봄으로써 로마
의 초대 왕이 되었던 것이다.

45   크랏수스(Gaius Licinius Crassus)의 딸 리키니아(Licinia)는 베스타의 여사제로 기원전 123년 아벤
티눔 바위에 사당을 봉헌했는데, 그녀가 기원전 114년 근친상간 죄로 처형당한 까닭에 그녀의 봉
헌은 무효가 되었다고 한다.

46   리비아는 아우구스투스의 아내이다.

47   헤시오도스에 따르면(『신들의 계보』 371~374행 참조) 티탄 신족인 휘페리온과 테이아(Theia)에
게는 태양신 헬리오스와 달의 여신 셀레네(Selene)와 새벽의 여신 에오스(Eos 라/Aurora)가 태어
나는데, 오비디우스는 여기서 새벽의 여신을 말하고 있다. 그녀는 셀레네와 마찬가지로 말 두 필
이 끄는 수레를 타고, 헬리오스는 말 네 필이 끄는 마차를 타고 하늘을 지나가는 것으로 여겨졌
다. 새벽의 여신의 마차에 관해서는 4권 713~714행 참조.

서늘한 북서풍(Argestes)이 곡식의 이삭 위로 스쳐 지나가고

칼라브리아[48]의 바닷물은 흰 돛들을 펼칠 것입니다.

그러나 어둑어둑한 어스름이 밤을 데리고 오면,

휘아데스의 성단 가운데 눈에 보이지 않는 것은 하나도 없습니다.

황소자리의 머리에는 일곱 개의 화염이 반짝이는데, 그라이키아의 선원은 이들을   165

비[雨]를 뜻하는 그들의 말(hyein)에서 따와 휘아데스 성단[49]이라 부릅니다.

더러는 그들이 박쿠스를 양육했다고 믿으며, 더러는 그들이

테튀스와 오케아노스 영감의 손녀들이라고 믿습니다.

아직은 아틀라스가 어깨에 올륌포스[50]의 짐을 떠메고 서 있지

않았을 때, 빼어난 용모의 휘아스가 태어났습니다.   170

때가 되자 오케아노스의 딸 아이트라가 그와 요정들을

낳았던 것입니다.[51] 그러나 휘아스가 맏이였습니다.

그는 수염이 나자마자 놀란 사슴들을 두려움에 떨게 하고

토끼도 그에게는 반가운 사냥감입니다.

나이가 들면서 더욱더 용감해지자 그는 멧돼지들이나   175

털북숭이 암사자들에게 감히 다가갑니다.

그러나 그는 새끼 낳은 암사자의 굴과 새끼들을 찾다가

자신이 리뷔아의 맹수의 피투성이 먹이가 되고 말았습니다.

어머니도 휘아스를 위해 울었고, 슬퍼하는 누이들도 휘아스를 위해

---

48 칼라브리아(Calabria)는 이탈리아 반도의 발뒤축에 해당하는 반도이다.

49 로마인들은 휘아데스들이라는 이름이 '돼지'라는 뜻의 그리스어 hys(라/sus)에서 유래한 듯이 이 성단(星團)을 수쿨라이(Suculae: '새끼 돼지들'이라는 뜻)라고 불렀다.

50 '올륌푸스'란 여기서는 하늘을 말한다.

51 오케아누스와 테튀스의 딸 플레이요네가 아틀라스에게 플레이야데스라는 딸들을 낳아주었듯이, 그녀의 언니 아이트라도 아틀라스에게 여러 딸과 휘아스(Hyas)라는 아들을 낳아준다.

울었으며, 나중에 목덜미로 하늘을 떠메게 될 아틀라스도 울었습니다.   180

하지만 누이들의 정(情)이 양친의 정을 능가했습니다.

    그래서 누이들은 하늘을 얻고[52] 휘아스는 그들에게 이름을 주었던 것입니다.

"꽃의 어머니여, 자 오시오. 우리가 즐거운 놀이들로 그대를 공경할 수

    있도록. 지난달 나는 그대의 몫을 뒤로 미룬 적이 있습니다.[53]

그대는 4월에 출발하여 5월로 넘어갑니다.   185

    한 달은 떠나면서 그대를 갖고 한 달은 오면서 그대를 갖습니다.

이달들의 가장자리가 그대의 것이고 그대에게 속하니,

    이달도 저달도 그대를 찬양하기에 적합합니다.

원형경기장에서의 놀이와 극장에서 박수갈채를 받는 종려나무 잎은 이달에

    끝납니다. 나의 이 노래도 원형경기장의 놀이와 함께 가게 해주소서.   190

그대가 뉘신지 그대 자신이 말해주소서. 인간의 판단은 속이는 법입니다.

    그대야말로 그대 이름의 가장 훌륭한 보고자가 될 것입니다."

이렇게 내가 말하자 여신은 내 물음에 이렇게 대답했습니다.

    (그녀는 말할 때 입에서 봄 장미들을 내쉽니다.)

"나는 지금은 플로라라고 불리지만 전에는 클로리스였다오.[54]   195

    내 이름의 그라이키아 문자가 라틴어에서 와전된 셈이지요.

나는 클로리스로서, 그대도 들었겠지만, 전에 축복받은 이들이 살았다는

    행복한 들판[55]의 요정이었지요.

---

52 누이들은 오라비에 대한 극진한 우애로 하늘의 성단이 되었다는 뜻이다.

53 꽃의 여신 플로라(Flora)의 축제인 플로랄리아 제는 4월 28일에 시작되어 5월 3일까지 계속되는
데, 오비디우스는 그것이 시작되는 날 이에 관한 설명을 뒤로 미룬 바 있다.

54 플로라라는 이름은 '꽃'이라는 뜻의 라틴어 flos에서 유래한 것으로, '녹황색의'라는 뜻의 그리스
여신 클로리스(Chloris)와는 상관이 없는 것으로 생각된다.

내 미모가 어떠했는지 말하면서 겸손하기란 힘든 일이오.

하지만 그것은 내 어머니에게 신(神)을 사위로 삼게 해주었지요.　　　　200

봄이 오자 나는 이리저리 거닐었어요. 제퓌루스[56]가 나를 보자

나는 떠났지요. 그는 쫓아오고 나는 달아나는데 그가 나보다 더 강했어요.

그리고 보레아스[57]가 에렉테우스의 집에서 감히 전리품을

빼앗아감으로써 아우에게 납치의 완전한 권리를 주었던 것이지요.

하지만 제퓌루스는 나를 아내라고 부름으로써 폭행을 보상해주고 있고,　　205

나는 우리 결혼에 대해 불평할 것이 아무것도 없어요.

나는 언제나 봄을 즐기고, 한 해는 언제나 찬란하고,

나무에는 잎이 달려 있고, 땅에는 언제나 꼴이 나 있으니까요.

내가 지참금으로 받은 들판에는 비옥한 정원이 하나 있어요.

산들바람이 부채질해주는 그 정원은 흐르는 샘물에 늘 젖어 있지요.　　　210

그 정원을 고귀한 꽃들로 가득 채워주며 내 남편이 말했어요.

'여신이여, 그대는 꽃의 여왕이 되시오.'

나는 가끔 색깔들을 종류별로 세어보고 싶었지만

그렇게 할 수 없었어요. 너무 많아 셀 수가 없었으니까요.

서리가 이슬이 되어 잎에서 떨어지고　　　　　　　　　　　　　　215

다채로운 잎들이 햇살에 데워지자마자,

호라이 여신들[58]이 와서 알록달록한 옷을 걷어올리고는

55　축복받은 사람들이 사후(死後)에 가서 살았다는, 대지의 끝에 있다는 엘뤼시움(Elysium 그/ Elysion pedion : '엘뤼시온 들판'이라는 뜻)을 말한다.

56　제퓌루스는 서풍의 신이다.

57　북풍의 신 보레아스는 아테나이의 전설적인 왕 에렉테우스의 딸 오레이튀이아(Oreithyia)를 납치해 아내로 삼음으로써 아우 제퓌루스에게 본보기를 보여주었다는 뜻이다.

58　호라이 여신들은 윱피테르와 테미스의 세 딸로 계절의 여신들이다.

가벼운 바구니들에 내 선물들을 모으지요.

이어서 카리스 여신들[59]이 나타나

　자신들의 천상(天上)의 모발을 장식할 화관과 화환을 엮지요.　　　　220

내가 처음으로 수없이 많은 민족들 사이에 씨를 뿌렸지요.

　그전에는 대지가 한 가지 색이었어요.

내가 처음으로 테라프네[60]의 피에서 꽃을 만들었지요.

　그 꽃잎에는 아직도 그것의 탄식이 새겨져 있지요.

나르킷수스[61]여, 잘 손질된 내 정원에는 그대의 이름도 있다오,　　　　225

　이것도 아니고 저것도 아니었던 불행한 자여.

그들의 상처에서 내 덕분에 명예가 솟아오르고 있는 크로쿠스[62]와,

　앗티스[63]와, 키뉘라스의 아들[64]에 관해서는 말할 필요도 없겠지요.

59　카리스 여신들은 윱피테르와 에우뤼노메(Eurynome)의 세 딸로, 남들에게 아름다움과 우아함을
　　　부여하는 우미(優美)의 여신들이다.

60　테라프네는 스파르타 가까이 있는 소도시이다. 휘아킨투스는 스파르타 근처에 있는 아뮈클라이
　　　(Amyklae 그/Amyklai) 왕의 아들로 아폴로의 사랑을 받았으나 그가 잘못 던진 원반에 맞아 비명횡
　　　사했는데, 그의 피에서 자란 히아신스(백합이라는 설도 있다)의 꽃잎에는 '아이고 아이고'라는 뜻의
　　　그리스 문자 'AI AI'가 새겨져 있다고 한다. 오비디우스, 『변신 이야기』 10권 162~219행 참조.

61　나르킷수스는 그리스 보이오티아 지방의 하신 케피수스(Kephisus 그/Kephisos)와 요정 레이리오
　　　페(Leiriope) 사이에서 태어난 미소년으로, 연못에 비친 자신의 아름다운 모습에 반해 그것을 안고
　　　사랑할 수 없는 것을 안타깝게 여긴 나머지 쇠진하여 수선화가 되었다고 한다. 오비디우스, 『변신
　　　이야기』 3권 402~510행 참조.

62　크로쿠스라는 미소년은 메르쿠리우스의 부주의로 죽는데, 그의 피에서 사프란(saffraan) 꽃이 피
　　　어났다고 한다. 또 일설에 따르면 크로쿠스는 스밀락스(Smilax)라는 애인과 함께 꽃으로 변했다고
　　　한다. 오비디우스, 『변신 이야기』 4권 283행 참조.

63　퀴벨레 여신의 애인 앗티스에 관해서는 4권 223~224행 참조. 그가 미쳐서 자신을 거세할 때 흘
　　　린 피에서 제비꽃이 생겨났다고 한다.

64　아도니스(Adonis)의 탄생에 관해서는 1권 주 74 참조. 아도니스는 나중에 아프로디테에게 사랑받
　　　지만 멧돼지에게 찢겨 죽는데, 그때 흘린 그의 피에서 아네모네 또는 장미가 피어났다고 한다(4권
　　　주 5와 오비디우스, 『변신 이야기』 10권 710~739행 참조).

마르스가 태어난 것도 내 기술 덕분이지요.[65] 그대는 아마도 모르고 있었겠지요.

바라건대, 윱피테르께서도 여전히 이 일을 모르고 계시면 좋겠어요.   230

미네르바가 어머니 없이 태어나자, 신성한 유노는

윱피테르에게 자신의 도움이 필요하지 않았던 것에 속이 상했지요.

그녀는 남편이 하는 행동에 불만을 호소하려고 오케아누스를 찾아갔어요.

그녀는 여행하느라 지쳐 내 집 문 앞에 멈춰 섰어요.

나는 그녀를 보자마자 물었어요. '이곳엘 다 오시다니 웬일이세요,   235

사투르누스의 따님[66]이시여?' 그러자 그녀는 자기가 가는 곳과 그 까닭을

설명해주었어요. 나는 다정한 말로 그녀를 위로하려 했지요.

그녀가 말했어요. '내 고통은 말로는 경감되지 않아요.

윱피테르가 배우자의 도움 없이도 아버지가 되어

혼자서 두 가지 명칭을 다 갖고 있다면,   240

나는 왜 남자와 접촉하지 않고 처녀 분만을 함으로써

배우자 없이 어머니가 되기를 포기해야 하지요?

나는 넓은 대지에 있는 온갖 약을 먹어볼 것이며,

바다와 타르타루스[67]의 심연들을 탐색해볼 참이오.'

그녀가 말하는데 내가 우려하는 표정을 지었어요.   245

'요정이여, 그대는 나를 도울 수 있을 것 같아 보이는구려'라고 그녀가

말했어요. 나는 세 번이나 도움을 약속하고 싶었지만, 세 번이나 혀가 말을

---

65 헤시오도스에 따르면(『신들의 계보』 924~929행 참조) 제우스의 머리에서 아테나가 태어나자 헤라가 화가 나 혼자서 헤파이스토스를 잉태했다고 한다. 그리고 아레스(Ares 라/Mars)는 일반적으로 제우스와 헤라의 아들로 알려져 있다. 그러나 오비디우스는 헤라가 혼자서 잉태한 것은 마르스라고 주장하는데, 그의 이러한 주장은 다른 문헌에는 나오지 않는다.

66 유노. 1권 주 57 참조.

67 타르타루스에 관해서는 3권 주 151 참조.

듣지 않았어요. 융피테르의 노여움이 몹시 두려웠기 때문이지요.

   '부탁이오. 나를 도와주시오. 알려준 이는 비밀로 할 것이오'라고 말하며

      그녀는 스튁스[68] 강물의 여신을 증인으로 삼았어요.   250

   '그대의 소원은' 하고 나는 말했지요. '올레누스[69] 들판이 내게 보내준

      꽃이 이루어드릴 거예요. 그것은 내 정원에 하나밖에 없어요.

   그것을 준 이가 말했어요. 〈새끼를 못 낳는 암소도 이것으로 건드리면

      어미 소가 되지요.〉 내가 건드리자 과연 지체 없이 어미 소가 되었어요.'

   나는 즉시 엄지손가락으로 달라붙는 꽃을 꺾었지요.   255

      내가 그녀를 건드리자 그녀는 그것에 닿아 잉태하더군요.

   그녀가 어느새 무거운 몸으로 트라케[70]와 프로폰티스[71] 해의

      좌안(左岸)으로 가서 소원을 이루니, 마르스가 태어났던 거예요.

   그는 내 덕분에 자기가 태어났음을 기억하고는 말했어요.

      '그대도 로물루스의 도시에 자리를 차지하게 될 것이오.'   260

   그대는 아마도 부드러운 화관만이 내 왕국이라고 생각하겠지요.

      하지만 내 신성(神性)은 들판에도 미치지요.

   곡식밭에 꽃이 만발하면 타작마당이 부유해지고,[72]

      포도나무에 꽃이 만발하면 포도주가 생기겠지요.

   올리브나무에 꽃이 만발하면 한 해가 가장 윤택해지고,   265

---

68   스튁스에 관해서는 2권 주 136 참조.

69   올레누스(Olenus 그/Olenos)라는 도시가 몇 군데 있는데, 오비디우스가 말하는 곳은 의신(醫神)
         아이스쿨라피우스의 신전이 있던 아카이아 지방의 올레누스라고 추정하는 이들도 있다.

70   전쟁의 신 마르스도 박쿠스와 마찬가지로 야만족의 땅인 트라케와 연관 있는 것으로 믿어졌다.

71   프로폰티스(Propontis: '흑해 앞바다'라는 뜻) 해는 에게 해와 흑해를 이어주는 지금의 마르마라
         (Marmara) 해를 말한다.

72   이탈리아의 플로라는 꽃이 피는 작물, 특히 곡식의 여신이다.

과일의 수확도 이때에 달려 있지요.

일단 꽃이 손상되면 살갈퀴도 콩도, 그리고 외지에서 흘러온 닐루스[73]여,

　　그대의 편두(扁豆)도 시들게 되리라.

포도주도 넓은 저장실에 잘 저장되면 꽃이 피어

　　술통 위쪽이 엷은 막으로 덮이게 되지요.　　　　　　　　　　　　270

꿀도 내 선물이요. 꿀을 주는 날짐승들을 제비꽃과 클로버와

　　잿빛 백리향으로 부르는 것은 나니까 말예요.

청년 시절에 마음이 방탕하고 몸이 건장할 때면

　　우리도 똑같은 짓을 하지요.”[74]

나는 그녀의 말을 조용히 감탄하며 듣고 있었습니다. 그녀가 말합니다.　　275

　　“그대는 무엇이든 그대가 묻는 것을 배워 알 권리가 있어요.”

내가 대답했습니다. “여신이여, 놀이들의 기원이 무엇인지 말해주시오.”

　　내가 말을 마치자마자 그녀는 내게 대답했습니다.

“사치의 다른 수단들이 아직은 효력을 발휘하지 못해

　　부자들은 가축과 넓은 땅을 갖고 있었지요.　　　　　　　　　　　280

그리고 거기에서 부와 돈이라는 낱말이 유래했어요.[75]

　　그러나 벌써 몇몇 사람은 금지된 곳에서 부를 모았으니,

공공의 초지에다 방목하는 것이 관습이 되었던 것이지요.

　　그것은 오랫동안 용인되었고 벌금을 물지 않았어요.

민중에게는 공유지를 지켜줄 보호자가 없었고,　　　　　　　　　　285

　　자신의 사유지에 방목하는 사람은 게으름뱅이로 여겨졌어요.

73　닐루스(Nilus 그/Neilos)는 나일 강의 라틴어 이름이다.

74　273과 274행은 나중에 가필된 것으로 추정되어 많은 텍스트에서 삭제되어 있다.

75　‘부유한’이라는 뜻의 locuples는 locus(‘장소’‘공간’‘땅’이라는 뜻)와 plenus(‘가득 찬’이라는 뜻)
　　의 복합어이며, ‘돈’이라는 뜻의 pecunia는 ‘가축’이라는 뜻의 pecus에서 유래했다는 것이다.

이러한 불법행위는 평민의 조영관(造營官)[76]들인 푸블리키우스 형제[77]에게

　통보되었는데, 전에는 아무도 그럴 용기가 없었던 거예요.

평민은 자신들의 권리를 회복하고, 범법자들은 벌금을 물었지요.

　그리고 공공의 이익을 위해 행동한 보호자들은 칭찬받았지요.　　　290

벌금의 일부는 나에게 주어졌고, 승리자들은

　박수갈채를 받으며 새로운 놀이들을 창설했지요.[78]

나머지는 비탈길을 내는 데 쓰였는데, 그것은 지금은

　푸블리키우스 로[79]라는 길이지만 그때는 가파른 암벽이었어요."

나는 놀이가 해마다 열리는 줄 알았습니다.[80] 여신은 그렇지 않다며　　　295

　지금까지 한 말에 다른 말을 덧붙였습니다.

"우리도 명예에 무심하지 않아요. 우리는 축제와 제단을 좋아해요.

　우리 같은 하늘의 무리는 명예욕이 강한 편이에요.

가끔 인간은 죄를 지음으로써 신들을 적으로 만들었고,

　그러면 그것을 속죄하기 위하여 마음을 끄는 제물을 바쳤지요.　　　300

---

76 조영관(aedilis 복수형 aediles)들은 원래 두 명의 평민계급 출신 관리들로, 그들이 케레스 여신의 신전(aedis)에서 평민계급에게는 특히 중요한 케레스 여신의 의식을 주관한 데서 그런 이름이 붙었다. 그들은 곧 공공건물 일반과 특히 원로원의 결정과 평민계급의 결의를 보관하는 문서보관소도 관리하게 되었다. 기원전 367년에는 귀족계급에서 두 명이 추가로 선출되어 그 수는 네 명으로 늘어났다. 그들은 해마다 선출되며, 이른바 '출세 가도'(cursus honorum)의 중요한 과정이 아니라 원로원에 진입하기 위한 말단 직책이었다. 조영관은 신전, 공공건물, 시장과 각종 놀이들(ludi)을 관장했다.

77 기원전 240년 조영관으로 뽑힌 루키우스 푸블리키우스(Lucius Publicius)와 만리우스 푸블리키우스 말레올루스(Manlius Publicius Malleolus) 형제를 말한다.

78 벌금의 일부는 케레스의 축제인 케리알리아 제의 경비로 썼다고 한다.

79 푸블리키우스 로(Clivus Publicius)는 아벤티눔 언덕으로 오르는 길로, 그곳에는 주로 민중이 찾는 케레스, 리베르, 리베라의 신전과 평민 조영관들의 본부가 있었다고 한다.

80 플로랄리아 제가 해마다 열린 것은 기원전 173년부터라고 한다.

나는 융피테르께서 벼락을 던지려다가 향연이 피어오르자

　당신의 손을 제지하시는 것을 가끔 보았어요.

그러나 우리를 홀대하면 불법은 큰 벌을 받게 되고,

　우리의 노여움은 적정 한도를 넘어서게 되지요.

테스티우스의 손자[81]를 보시오. 포이베[82]의 제단에 불이　　　　　305

81　멜레아게르. 그는 그리스 칼뤼돈(Calydon 그/Kalydon) 시의 왕 오이네우스와 그리스 아이톨리아
(Aetolia 그/Aitolia) 지방의 왕인 테스티우스의 딸 알타이아(Althaea 그/Althaia)의 아들로, 아르고
호의 원정대에 참가했다가 콜키스(Colchis 그/Kolchis)에서 귀향하여 이다스의 딸 클레오파트라
(Cleopatra 그/Kleopatra)와 결혼한다. 얼마 뒤 수확이 끝나고 나서 오이네우스가 여러 신 가운데
디아나에게만 제물을 바치지 않자 여신은 거대한 멧돼지 한 마리를 보내 칼뤼돈을 쑥대밭으로 만
든다. 그래서 멜레아게르는 전국의 영웅들을 멧돼지 사냥에 초대하는데, 스파르타의 카스토르와
폴룩스 형제, 아테나이의 테세우스, 이올코스의 이아손, 텟살리아의 피리토우스(Pirithous 그/
Peirithoos), 살라미스(Salamis)의 텔라몬(Telamon), 프티아(Phthia)의 펠레우스, 아르고스의 암피
아라우스(Amphiaraus 그/Amphiaraos) 등이 초대받았으며, 그 밖에 아르카디아의 처녀 사냥꾼 아
탈란타(Atalanta 그/Atalante)와 멜레아게르의 외삼촌들인 톡세우스(Toxeus)와 플렉십푸스
(Plexippus 그/Plexippos)도 사냥에 참가한다. 오이네우스는 아흐레 동안 이들에게 잔치를 베풀어
준다. 열흘째 되던 날 사냥이 시작되자 몇몇 영웅이 멧돼지에게 죽고 펠레우스는 창을 잘못 던지
는 바람에 같이 온 처남 에우뤼티온(Eurytion)을 죽이는 등 불상사가 없지 않았으나, 아탈란타가
맨 먼저 화살을 쏘아 맞혀 멧돼지에게 부상을 입히고 이어서 암피아라우스가 멧돼지의 한쪽 눈을
화살로 맞힌다. 그러자 멜레아게르가 칼로 멧돼지의 옆구리를 찔러 죽인다. 아탈란타를 사모하던
멜레아게르는 그녀가 맨 먼저 쏘아 맞혔다는 이유로 그녀에게 죽은 멧돼지를 상으로 준다. 멜레아
게르의 외삼촌들이 이에 불만을 터뜨리자 멜레아게르는 화가 나서 외삼촌들을 죽인다. 그러자 그
말을 전해 듣고 그의 어머니 알타이아가 그를 저주한다. 그 뒤 함께 사냥에 참가했던 쿠레테스족
(Curetes 그/Kouretes)이 멧돼지의 처분에 불만을 품고 칼뤼돈을 침공했을 때, 멜레아게르는 어머
니의 저주에 화가 나 집 안에 틀어박힌 채 전투에 참가하지 않는다. 쿠레테스족이 칼뤼돈을 함락
하기 직전에 그는 아내의 애절한 간청을 받아들여 적군을 물리치고 자신도 그때 전사한다. 후기
신화에 따르면 멜레아게르가 태어난 지 이레째 되던 날 운명의 여신들이 알타이아에게 나타나 지
금 화덕에서 타는 통나무가 다 타고 나면 아이도 죽게 되어 있다고 예언한다. 그러자 알타이아는
부랴부랴 그 통나무를 화덕에서 꺼내어 불을 끄고 상자 속에 보관해두고 있었다. 그러나 오라비들
이 아들의 손에 죽었다는 말을 듣고 그것을 불 속에 던지자 멜레아게르는 바로 그 자리에서 죽고,
그녀도 자신의 행동을 후회하고는 목매어 죽었으며, 그의 죽음을 통곡하던 누이들은 뿔닭들

없었기 때문에 그는 그 자리에 없던 불에 타 죽었어요.

탄탈루스의 증손자[83]를 보시오. 같은 여신이 그의 함선들을 붙잡았고,

　여신은 처녀이면서도 두 번씩이나 자기 화로를 무시한 것을 응징했지요.

불행한 힙폴뤼투스여, 그대는 겁먹은 말들에게 찢길 때,[84]

　디오네[85]를 공경했더라면 좋았을걸 하고 생각했을 테지.　　　　　　310

소홀히 대하다가 벌받은 이야기를 하자면 이야기가 길어질 것이오.

　나도 로마의 원로원에게 무시당한 적이 있었지요.[86]

내 고통을 표시하고 내게 가해진 모욕을 응징하기 위하여

　나는 무엇을 어떻게 해야 했을까요?

나는 괴로워서 내 임무를 저버렸어요. 나는 들판을 돌보지 않고,　　　　315

　기름진 정원도 내게는 무가치한 것이 되었어요.

백합은 떨어졌고, 그대는 또 제비꽃이 마르고,

　진홍색 사프란의 암술이 축 처지는 것을 볼 수 있었을 것이오.

제퓌루스가 가끔 내게 말하곤 했지요. '그대의 지참금을 스스로

　망치지 마시오.' 하지만 지참금은 내게는 무가치한 것이었지요.　　　320

올리브나무들은 꽃이 만발하다가 세찬 바람에 피해를 입었고,

　곡식밭에서는 꽃이 만발하다가 우박에 곡식이 망가졌으며,

포도나무들은 희망을 보여주다가 남쪽 하늘이 새카매지더니

　갑작스런 소나기에 잎이 지는 것이었어요.

(Meleagrides)로 변했다고 한다.

82　디아나.

83　아가멤논. 1권 주 84 참조.

84　3권 주 78과 6권 743~756행 참조.

85　오비디우스는 베누스를 디오네와 동일시하고 있다. 2권 461행과 주 120 참조.

86　시빌라의 신탁집 지시에 따라 기원전 238년 플로랄리아 제가 창설되기 전에도 로마인들은 플로라
　　를 숭배했다고 한다.

나는 그렇게 되기를 원치 않았고, 내 노여움도 그리 큰 편은 아니었어요.   325

　　하지만 나는 피해를 막아줄 생각은 없었어요.

그러자 원로원이 모여서 풍년이 들면

　　해마다 축제를 개최하겠다고 내 신성에 서약했지요.

나는 그 서약을 받아들였어요. 집정관 라이나스가

　　집정관 포스투미우스와 더불어 내게 서약한 놀이들을 이행했지요."[87]   330

나는 왜 이 놀이들에서는 더 심한 방탕과

　　더 자유로운 익살이 허용되는지 물어보려고 했습니다.

그러나 나는 이 신성은 엄격한 편이 아니며, 이 여신은

　　즐거움과 관련이 있는 선물만을 준다는 생각이 문득 떠올랐습니다.

모든 관자놀이에는 화환이 씌워져 있고,   335

　　잘 닦은 식탁은 장미에 묻혀 있습니다.

거나하게 취한 손님은 머리에 보리수 속껍질로 만든 관을 쓰고 춤추며

　　음주가 가르쳐주는 대로 제멋대로 재주를 부리고,

거나하게 취한 애인은 향내 나는 머리에 나긋나긋한 화관을 쓰고

　　잘생긴 여자친구의 매정한 문 앞에서 노래합니다.   340

이마에 화관을 쓰고 있는 자는 진지한 일은 하지 않으며,

　　머리를 꽃으로 장식한 자는 흐르는 물을 마시지 않는 법입니다.

아켈로우스[88]여, 그대가 포도주와 섞이지 않는 동안에는[89]

---

87 라이나스와 포스투미우스는 플로랄리아 제의 놀이를 해마다 개최하기로 결정하던 기원전 173년
에 집정관을 지냈다.

88 아켈로우스는 그리스 중서부 지방을 흐르는 그리스에서 가장 긴 강으로, 여기에서는 '물'이라는
뜻으로 쓰이고 있다.

89 그리스 로마인들은 포도주를 반드시 물로 희석하여 마셨다.

장미를 따는 것은 아무 매력도 없습니다.[90]

박쿠스는 꽃을 좋아합니다. 박쿠스가 화관을 좋아한다는 것은   345
　아리아드네의 별자리[91]를 보고도 알 수 있습니다.

플로라에게는 가벼운 무대가 어울립니다. 그녀는, 내 말을 믿으십시오,
　코투르누스[92]를 신은 여신들에 포함되어서는 안 됩니다.

왜 매춘부의 무리가 이 놀이들을 자주 찾는지 그 까닭을
　알아내는 것은 어려운 일이 아닙니다.   350

플로라는 뚱하지도 않고 잘난 체하지도 않습니다.
　그녀는 자신의 축제가 평민에게 개방되기를 바랍니다.

그리고 그녀는 아직도 꽃이 피어 있는 동안 인생을 즐기다가
　장미가 지고 나면 그 가시를 경멸하라고 조언해주고 있습니다.

한데 케레스의 축제에서는 흰옷을 입는데, 플로라는   355
　다채로운 옷을 차려입는 것이 어울리는 까닭은 무엇일까요?

이삭이 익으면 수확할 작물은 하얘지는데,
　꽃은 온갖 모양과 색깔을 갖고 있기 때문인가요?

그녀가 머리를 끄덕였습니다. 출렁이는 그녀의 머리에서 꽃이 쏟아져내리니,
　마치 장미들이 식탁 위에 뿌려지는 것 같았습니다.   360

그러나 그녀의 축제 때 횃불을 들고 다니는 까닭만은 알 수 없었습니다.
　그때 여신이 이런 말로 내 의혹을 풀어주었습니다.

"불빛이 내 축제에 어울리는 까닭은

90　음주와 화관은 불가분의 관계라는 뜻이다.
91　북쪽왕관자리(Corona Borealis 그/Stephanos boreios). 3권 495～515행 참조. 여기에서는 왕관이
　라기보다는 화환으로 그려져 있다. 오비디우스, 『변신 이야기』 8권 176～182행 참조.
92　코투르누스(cothurnus 그/kothornos)는 비극배우들이 신던 반장화(半長靴)이다.

들판이 다채로운 꽃들로 빛나기 때문이거나,

아니면 꽃도 불꽃도 색깔이 흐릿하지 않아 365

　둘 다 광채로써 우리의 시선을 끌기 때문이거나,

아니면 내 놀이에는 야간의 방종이 어울리기 때문이라고 생각하겠지요.[93]

　그중 세 번째 이유가 사실에 가장 들어맞는다고 할 수 있겠지요.”

“내가 묻고 싶은 것은 이제 많이 남지 않았습니다. 물어도 좋다면

　말입니다”라고 나는 말했습니다. “좋고말고요” 하고 그녀가 말했습니다. 370

“왜 그대를 위해 리뷔아의 사자들 대신 싸우기를 싫어하는 노루와

　겁 많은 토끼를 그물에 가두는 것입니까?”[94]

숲이 아니라 맹수들이 들어가서는 안 되는 정원과 들판이

　자신의 영역이라고 그녀는 말했습니다.

그녀는 말을 다 마치고 가벼운 대기 속으로 사라졌습니다. 375

　그러나 그녀의 향기는 남아 그녀가 여신이었음을 그대는 알 수 있을 것이오.

나소[95]의 노래가 영원히 꽃피도록

　부디 내 가슴에 그대의 선물들을 뿌려주소서!

5월 3일

세 번째 밤에는 키론[96]이 자신의 별자리를 드러낼 텐데,

93　플로랄리아 제 때의 일부 무언극은 밤에 공연되었는데, 그럴 때는 극장과 군중이 다니는 보도에 등불을 밝혔다고 한다.

94　대중의 오락거리로 짐승을 사냥하는 일은 기원전 2세기 초부터 점점 유행했다고 한다.

95　나소(Naso)는 ‘코주부’라는 뜻으로 오비디우스의 별명(cognomen)이다. 그는 여기서 코와 냄새의 밀접한 관계를 암시하는 것으로 생각된다.

96　‘키론(Chiron 그/Cheiron)의 별자리’란 켄타우루스자리(Centaurus 또는 Chiron 그/Kentauros 또는 Cheiron)를 말한다. 켄타우루스들은 머리와 가슴과 팔은 사람이고 몸통과 다리는 말인 괴물들로 익시온(Ixion)과 네펠레(Nephele: ‘구름’이라는 뜻)의 아들들이다. 그러나 키론은 사투르누스와

그의 몸은 반은 사람이고 반은 구렁말입니다.   380

펠리온은 하이모니아[97]에 있는 산으로 남쪽을 향하고 있는데,

　정상은 소나무로 푸르고 나머지는 참나무들입니다.

그곳은 필뤼라의 아들이 차지했습니다. 오래된 바위 동굴이 하나 있는데,

　정직한 노인[98]은 바로 그곳에서 살았다고 합니다.

그가 언젠가 헥토르를 죽음으로 보내게 될 손[手]들[99]에게   385

　뤼라를 연주하는 법을 가르쳐준 것으로 알려져 있습니다.

알카이우스의 손자[100]도 그곳에 왔는데, 그는 고역의 일부를 마치고

　얼마 안 되는 명령들만이 그에게 남아 있었습니다.[101] 그대는 트로이야의

두 파멸의 운명[102]이 우연히 함께 서 있는 것을 보게 되었을 것인즉,

　이쪽 소년이 아이아쿠스의 손자[103]이고, 저쪽이 윱피테르의 아들입니다.   390

필뤼라(Philyra)의 아들로 사투르누스가 아내 레아의 눈에 띄지 않으려고 말로 변신하여 그녀에게
접근한 까닭에 그런 모습이 되었다고 한다. 키론은 아폴로와 디아나에게 의술과 음악과 예언술과
사냥술을 배워 뒷날 아이스쿨라피우스와 이아손과 아킬레스 같은 이름난 영웅들의 사부가 된다.
한번은 헤르쿨레스가 그를 찾아왔을 때 키론이 그의 이름난 화살들을 살펴보다가 또는 그의 활로
쏘려다가 화살이 발등에 떨어져 죽게 되자, 윱피테르가 평소 경건하고 정직하던 그를 불쌍히 여겨
하늘의 별자리가 되게 했다고 한다.

97 하이모니아는 그리스의 텟살리아 지방을 말한다.

98 키론.

99 훗날 트로이야의 성벽 앞에서 용맹무쌍하던 트로이야의 왕자 헥토르를 죽이게 되어 있는 아킬레
　　스의 손들을 말한다.

100 헤르쿨레스.

101 그에게 부과된 12고역 가운데 이제 남은 것은 몇 가지 안 된다는 뜻이다.

102 아킬레스와 헤르쿨레스. 아킬레스는 트로이야의 맹장 헥토르를 죽여 트로이야 함락에 결정적인
　　계기를 마련하고, 헤르쿨레스는 그전에 트로이야 왕 라오메돈이 바다 괴물에게서 자신의 딸을 구
　　해주면 자기 명마(名馬)들을 주겠다던 약속을 지키지 않자 군대를 이끌고 가서 트로이야를 함락
　　한다.

103 아킬레스는 영웅 아이아쿠스의 손자이고, 헤르쿨레스는 윱피테르의 아들이다.

필뤼라의 아들인 영웅이 젊은이[104]를 환영하며

　찾아온 까닭을 묻자 젊은이가 가르쳐줍니다.

그사이 그[105]는 몽둥이와 사자 가죽[106]을 보더니 말합니다.

　"사람은 무기 못지않고 무기는 사람 못지않구려."

아킬레스는 센털이 난 털북숭이 모피를　　　　　　　　　　　395

　감히 만져보지 않고는 배길 수 없었습니다.

한편 노인[107]은 독화살[108]들을 만지작거리다가

　화살 하나가 떨어져 왼쪽 발을 찔립니다.

키론이 신음하며 몸에서 무쇠를 뽑았습니다.

　알카이우스의 손자도, 하이모니아의 소년[109]도 함께 신음합니다.　　400

키론 자신은 파가사이[110] 언덕들에서 따 모은 약초들을 섞어

　여러 가지 치료법으로 자신의 상처를 진정시킵니다.

그러나 게걸스런 독이 치료법들을 이겨

　파멸이 뼛속과 온몸으로 퍼졌습니다.

레르나[111]의 휘드라의 피가 켄타우루스의 피와　　　　　　　　405

　이미 섞인 뒤여서 구제할 시간이 없었습니다.

아킬레스는 눈물범벅이 되어 마치 아버지 앞인 양 그의 앞에 서 있었습니다.

104　헤르쿨레스.

105　키론.

106　헤르쿨레스는 네메아(Nemea)의 사자를 맨손으로 죽이고 늘 그 가죽을 입고 다녔다.

107　키론.

108　헤르쿨레스의 화살들에는 그가 죽인 레르나의 물뱀(hydra)의 피가 묻어 있어서 치명적이었다.

109　아킬레스.

110　파가사이는 그리스 텟살리아 지방의 항구도시이다.

111　레르나는 그리스 아르골리스(Argolis) 지방의 마을이다. 그곳의 호수에 사는 머리가 여럿인 물뱀
　　　을 퇴치하는 일이 헤르쿨레스의 12고역 중 하나였다.

펠레우스[112]가 죽어가고 있다면 그는 그렇게 눈물을 흘렸을 것입니다.

그는 다정한 손들로 힘없는 손들을 가끔 어루만지곤 했으니,

　스승은 자신이 형성해준 성품으로 보답받는 것입니다.　　　　　　410

아킬레스는 가끔 그에게 입 맞추고 거기 누워 있는 그를 가끔 부르며

　말했습니다. "제발 죽지 마세요. 나를 버리지 마세요, 사랑하는 아버지."

아흐레째가 되자, 가장 정직한 키론이여, 그대는

　이칠 십사 열네 개의 별[113]을 그대의 몸에 둘렀소이다.

5월 5일

굽은 거문고자리가 켄타우루스자리를 따라가고 싶어하지만, 아직은 길이　　415

　열려 있지 않습니다. 세 번째 밤이 적기가 될 것입니다.

5월 6일

내일이면 노나이가 밝아온다고 우리가 말할 때

　하늘에는 전갈자리가 반쯤밖에 보이지 않습니다.

5월 9일

그 뒤로 태백성이 예쁜 얼굴을 세 번 드러내고

　별들이 패주하며 포이부스[114]에게 세 번 자리를 내주고 나면,　　　　420

오래된 의식인 레무리아[115]의 야간 축제가 열릴 것입니다.

112　펠레우스는 아킬레스의 아버지이다.

113　24개, 26개 또는 37개라는 주장도 있다.

114　태양신으로서의 아폴로.

115　5월 9일과 11일과 13일에는 레무리아 제가 열리는데 이때 레무레스들(lemures), 즉 무덤을 떠나 전에 살던 집을 찾아가는 조상의 망령을 달랜다. 1월 11일과 15일의 카르멘탈리아 제(1권 462행

말없는 망령들에게 제물이 바쳐질 것입니다.

이전에는 한 해가 짧았고 경건한 정화의식이 아직은 알려지지 않았으며,

　그리고, 두 모습의 야누스여, 그대는 달들의 우두머리가 아니었습니다.[116]

하지만 그때도 사람들은 망자(亡者)들의 재에 선물을 바쳤고,　　　　　　　　425

　손자는 죽은 할아버지의 묘소에 경의를 표했습니다.

그것은 선조들(maiores)에게서 이름을 따온 5월에 행해졌고,[117]

　그래서 5월은 오늘날에도 오래된 관습의 일부를 지키고 있는 것입니다.

어느새 한밤중이 되어 잠을 위해 정적이 흐르고

　개들과, 얼룩덜룩한 새들이여, 너희들마저 침묵을 지키면,　　　　　　　　430

오래된 의식을 기억하고 신들을 두려워하는 자는 일어나

　(그는 발에 샌들을 매어 신지 않습니다)

한데 뭉친 손가락들 사이에 엄지손가락을 넣어 신호를 보내는데,[118]

　그것은 정적 속에서 망령과 마주치지 않기 위해서입니다.

그는 샘물에 두 손을 깨끗이 씻은 다음　　　　　　　　　　　　　　　　435

　검은콩들을 집어 듭니다. 그리고 나서 그는 돌아서서 얼굴을 돌리고는

그것들을 던집니다. 그러나 그는 던지며 말합니다.

　"나는 이것들을 놓아줍니다. 이 콩들로 나는 나와 내 가족을 되사는 것입니다."

과 617~618행 참조)처럼 이틀 이상 계속되는 축제의 경우 홀수 날에만 열리는데, 로마인들은 홀수 날을 길일로 여겼던 것이다.

116 2월에도 파렌탈리아 제(13~21일)와 그것이 절정에 달하는 페랄리아 제처럼 고인(故人)들에게 바쳐진 축제가 없지 않지만, 전에는 1년이 10개월뿐이어서 1월과 2월이 없었던 까닭에 레무리아 제가 고인들을 위한 유일한 축제라는 것이다.

117 73~74행과 1권 41행 참조.

118 엄지손가락을 집게손가락과 가운뎃손가락 사이로 내미는 이 상스러운 짓은 이탈리아어로 la fica 또는 mano fica(영어로는 fig)라고 하는데, 오늘날에도 유럽에서는 사악한 눈길을 물리치는 것으로 믿어진다.

이렇게 그는 아홉 번 말하되 돌아보지 않습니다. 그러면 망령이 그것들을

   주워 모으고 눈에 보이지 않게 뒤를 밟는다는 것입니다.   440

그는 다시 물을 만지고 테메사[119]의 청동들을 부딪치며

   망령에게 자기 집에서 나가달라고 간청합니다.

그는 "선조들의 망령들이여, 떠나십시오"라고 아홉 번 말하고 나서 돌아보며

   의식이 제대로 행해졌다고 생각합니다.

그러나 그날이 왜 레무리아 제라고 불리며, 그 이름의 출처가 어디인지   445

   나는 알지 못합니다. 그것은 어떤 신에게서 알아내야 할 것입니다.

플레이야스의 아들[120]이여, 강력한 지팡이로 존경받는 신이여, 말씀해주소서.

   그대는 스튁스의 윱피테르[121]의 궁전을 가끔 보았습니다.[122]

내가 간청하자 전령장(傳令杖)[123]을 갖고 다니는 신이 나타났습니다.

   이름의 근거를 들어보십시오. 이 근거는 신 자신이 알려준 것입니다.   450

로물루스는 아우의 망령을 무덤에 묻어주고 나서[124]

   몹시도 민첩했던 레무스에게 당연한 경의를 표했습니다.

불행한 파우스툴루스와 머리를 푼 악카[125]는

   그의 타버린 유골에 눈물을 뿌렸습니다.

그리고 나서 그들은 땅거미가 지기 시작할 무렵 슬픔에 젖어 집으로   455

---

119 테메사는 이탈리아 반도의 서남단 브룻티움 지방에 있는 도시이며 동광(銅鑛)으로 유명하다.

120 메르쿠리우스. 그의 어머니 마이야는 플레이야데스들 중 한 명이다. 플레이야스(Pleias)는 플레이야데스의 단수형이다.

121 '스튁스의 윱피테르'란 저승의 왕 플루토를 말한다. 스튁스는 저승을 흐르는 강이다.

122 메르쿠리우스는 신들의 전령이자 사자(死者)의 혼백을 저승으로 인도하는 '혼백 인도자'이다.

123 '전령장(caduceus 그/kerykeion)을 들고 다니는 신(Caducifer)'이란 메르쿠리우스를 말한다.

124 레무스가 경솔하게도 로물루스의 새 성벽을 뛰어넘다가 살해된 일에 관해서는 4권 843행 참조.

125 3권 55~56행과 주 13 참조.

돌아가서는 자신들의 딱딱한 침대 위에 그대로 쓰러졌습니다.

레무스의 피투성이가 된 망령이 침대로 다가와서

나지막한 소리로 이런 말을 속삭이는 것 같았습니다.

"나를 보시오. 나는 그대들 기도의 반(半)이자 두 번째 부분이었소.

보시오, 내가 지금은 어떠하며 전에는 어떠했는지!   460

만일 새들이 나에게 왕위를 배정해주었더라면,

나는 잠시 전에 백성 중에서 가장 강력한 자가 될 수 있었을 것이오.

지금 나는 장작더미의 화염에서 빠져나온 허상에 불과하오.

이것이 그대들이 알고 있던 레무스가 남기고 간 것이오.

아아, 내 아버지 마르스는 어디 계시오? 그대들의 말이 사실이라면   465

그분은 버려진 아이들에게 짐승의 젖꼭지를 보내주셨소.[126]

암늑대가 구해준 것을 한 시민의 분별없는 손이 죽였던 것이오.[127]

아아, 암늑대는 얼마나 더 자비로웠던가!

사나운 켈레르여, 그대도 부상당해 잔인한 혼백을 되돌려주고

나처럼 피투성이가 되어 땅 밑으로 내려가게 되기를!   470

그것은 형님의 뜻이 아니었소. 그분은 나만큼 경건했소.

그분은 내게 줄 수 있는 것은 다 주었소. 내 운명을 위해 흘린 눈물 말이오.

그대들은 눈물과 그대들이 우리를 양육했던 사실에 호소하며 그분에게 간청하시오,

내 명예를 위해 축제일을 정해주도록 말이오."

그가 부탁하는 동안 그들은 그를 껴안고 싶어서 팔을 내밉니다.   475

그러나 망령은 그들이 내민 손에서 미끄러지듯 빠져나갑니다.

환영(幻影)이 빠져나가면서 잠도 함께 가져가버리자,

---

126 2권 411~422행 참조.

127 4권 843~844행 참조.

두 사람은 아우의 부탁을 왕에게 보고합니다.

로물루스는 승낙하고 무덤에 묻힌 선조들에게 정당한 경의를

    표하는 날을 레무리아라고 부르게 됩니다.   480

그러나 오랜 세월이 흐르는 사이 이름의 맨 앞에 있는

    거친 문자가 부드러운 문자로 바뀝니다.[128]

그 뒤 곧 사람들은 침묵하는 자들의 혼백도 레무레스(lemures)라고

    불렀습니다. 이것이 이 말의 뜻이자 힘이었습니다.

하지만 우리 선조들은 이날들에는 신전들의 문을 닫습니다,   485

    마치 오늘날 사자(死者)들의 축제[129] 때 신전들의 문이 닫혀 있는 것을

그대가 보듯이 말입니다. 이때는 과부든 처녀든 결혼하기에 적합하지 않습니다.[130]

    이때 결혼하는 여인은 오래 살지 못했습니다. 또 이러한 이유에서

악한 여인들은 5월에 결혼한다고 대중이 말하는 것입니다.

    그대가 속담에 관심이 있다면 말입니다.   490

이 세 축제일[131]은 같은 시기에 들지만,

    어느 것도 다른 축제일에 바로 이어지지는 않습니다.

5월 11일

그대가 이 세 축제일의 가운데 날에 보이오티아 사람 오리온을 찾는다면

    실망할 것입니다. 이제 나는 이 별자리의 기원을 노래해야 합니다.

한번은 윱피테르와 넓은 바다를 다스리는 그의 형[132]이   495

---

128 Remuria가 Lemuria로 바뀌었다는 것이다. 그것은 peregrinus('외국의'라는 뜻)가 후기에 pelegrinus(영어의 pilgrim 참조)로 바뀌는 것과도 같다.

129 2권 563~564행 참조.

130 2권 561행 참조.

131 주 115 참조.

메르쿠리우스와 함께 길을 가고 있었습니다.

황소 한 쌍이 쟁기를 날을 위로 향한 채 집으로 운반하고,

　새끼 양이 허리를 구부리고 배불리 먹은 암양의 젖을 빨 때였습니다.

조그마한 땅뙈기를 경작하던 휘리에우스 노인이 자신의

　작은 오두막 앞에 서 있다가 우연히 그분들을 보게 되었습니다.　　　　500

그러자 그는 말했습니다. "갈 길은 먼데 낮은 얼마 남지 않았습니다.

　그리고 내 집 문은 나그네들에게 열려 있습니다."

그의 얼굴 표정도 그가 한 말과 같았습니다. 그가 다시금 청하자 그분들은

　그의 청을 받아들이되 자신들이 신이라는 것은 드러내지 않았습니다.

그분들이 시커먼 연기에 그을린, 노인의 지붕 밑으로 들어가자　　　　505

　어제부터 타던 통나무에는 아직도 약한 불이 남아 있었습니다.

그는 무릎을 꿇고 입으로 불어서 불을 키우더니

　불쏘시개를 꺼내어 잘게 쪼갭니다.

단지들이 올려져 있었습니다. 작은 것에는 콩이, 다른 것에는 채소가

　들어 있었는데, 둘 다 뚜껑 밑에서 끓고 있었습니다.　　　　510

그분들이 기다리는 동안 그는 떨리는 손으로 붉은 포도주를 권하는데,

　바다의 신이 먼저 잔을 받습니다.

그분은 다 마시고 나서 말했습니다. "다음에는 윱피테르가 마실 차례야."

　윱피테르라는 말에 그는 얼굴이 파랗게 질렸습니다.

그러나 그는 정신을 차리고 척박한 땅을 갈던 소를 잡아　　　　515

　센 불에 구워서 바칩니다.

그리고 그는 어린 소년 시절에 채워넣어

　연기에 그을린 항아리에 저장해두었던 포도주를 가져옵니다.

132　해신(海神) 넵투누스.

그분들은 곧 강가에서 나는 풀로 속을 채우고 아마(亞麻)로 덮긴 했어도

　여전히 낮은 편인 침상에 반쯤 기대어 누웠습니다.[133]　　　　　520

식탁은 때로는 고기로, 때로는 그 위에 올려놓은 포도주로 빛났습니다.

　포도주 희석용 동이는 붉은 질그릇이고, 잔은 너도밤나무였습니다.

윱피테르께서 말씀하셨습니다. "소원이 있으면 말해보라.

　너는 무엇이든 얻게 될 것이니라." 그러자 차분한 노인이 말했습니다.

"제게는 사랑하는 아내가 있었사온데, 제가 갓 청년이 되었을 때 그녀를 알게　525

　됐사옵니다. 지금은 어디 있느냐고 물으시옵니까? 단지에 들어 있사옵니다.

저는 그녀에게 맹세하며 그대들을 제 증인으로 불렀사옵니다.

　'그대만이 내 아내가 될 것이오'라고 저는 말했사옵니다.

저는 약속을 지키고 있사옵니다. 하오나 저는 소원이 바뀌었사옵니다.

　저는 남편이 아니라 아버지가 되고 싶사옵니다."　　　　　530

신들은 모두 동의하고 모두 소가죽 옆에 자리 잡고 섰습니다

　—하지만 더 이상 말하기가 부끄럽습니다.

그리고 나서 그분들은 젖은 소가죽을 흙으로 덮었습니다.

　어느새 열 달이 지나자 남자아이가 태어났습니다.

휘리에우스는 그가 이렇게 태어나자 우리온[134]이라고 부릅니다.　　　　　535

　그러나 첫 글자는 원래의 소리를 잃어버렸습니다.

그가 거한으로 자라자 델로스의 여신[135]이 그를 길동무로 삼았습니다.

　그는 여신의 보호자이자 시종이었습니다.

경솔한 말이 신들의 노여움을 사는 법입니다.

133　고대 그리스인들은 잔치 때 침상에 반쯤 기대어 누워 먹고 마시곤 했다.

134　우리온(Urion)은 '오줌'이라는 뜻의 그리스어 ouron(라/urina)에서 유래한 이름이다.

135　디아나는 델로스 섬에서 태어났다.

"내가 이길 수 없는 야수는 아무것도 없다"고 그는 말했습니다.   540

대지의 여신이 전갈 한 마리를 풀어놓았습니다.[136] 그러나 전갈은

    굽은 침(針)으로 쌍둥이 남매를 낳은 여신[137]을 공격했습니다.[138]

오리온이 막아섰습니다. 그러자 라토나가 반짝이는 별들 사이로

    그를 올리고는[139] 말했습니다. "자, 이것은 네 선행에 대한 보답이니라!"

5월 12일

하지만 왜 오리온과 다른 별들은 서둘러 하늘을 떠나는 것일까요?   545

    그리고 왜 밤은 길을 단축하는 것일까요?

그리고 왜 밝은 낮은 샛별을 앞세우며 맑은 바닷물에서 여느 때보다 더 빨리

    찬란한 빛을 끌어올리는 것일까요? 착각일까요, 아니면 무기가

절꺼덕거리는 소리일까요? 착각이 아니라 역시 무기가 절꺼덕거리는

    소리로군요. 마르스가 전쟁 신호를 보내며 오고 있습니다.   550

포룸 아우구스툼[140]에서 자신에게 주어진 명예와 신전을 보고자

    복수자 마르스(Mars Ultor)가 하늘에서 몸소 내려오는 것입니다.

신도 건물도 거창합니다. 마르스는 자신의 아들의 도시에서

---

136 대지의 여신(Tellus)은 그가 지상의 짐승들의 씨를 말릴까 염려했던 것이다.

137 라토나.

138 여기에서는 오리온이 라토나 여신을 보호하려다가 전갈에게 희생당한 것으로 되어 있지만, 일설에 따르면 대지의 여신이 보낸 전갈은 곧장 오리온을 공격했다고 한다.

139 전갈도 별자리가 되어 끊임없이 오리온을 쫓고 있다.

140 포룸 아우구스툼(forum Augustum 또는 Augusti : '아우구스투스의 포룸'이라는 뜻)은 포룸 로마눔의 북서쪽 끝에 있다. 아우구스투스는 율리우스 카이사르의 죽음을 복수하게 되면 복수자 마르스에게 신전을 지어드리겠다고 서약한 바 있는데, 기원전 2년 5월 12일이 아니라 8월 1일에 신전을 봉헌했다. 그에 앞서 기원전 20년에 아우구스투스는 파르티족(Parthi)에게 빼앗겼던 군기(軍旗)들을 도로 찾은 것을 기념하여 복수자 마르스에게 카피톨리움 언덕에 신전을 봉헌한 적이 있는데, 오비디우스는 이 신전을 앞서 말한 신전과 혼동하는 것 같다.

당연히 그렇게 거주해야 마땅할 것입니다.

이 신전은 기가스들에 대한 전승기념물들을 갖다 두기에도 555

　손색이 없습니다. 그라디부스는 당연히 이곳에서부터 잔혹한 전쟁을

시작해야 할 것입니다. 불경한 적군이 동쪽에서 우리에게 도전해오든,

　아니면 서쪽에서 적군이 제압되어야 하든 간에 말입니다.

무기들의 임자인 그분은 높다란 건물의 박공(欂栱)을 보더니,

　그 맨 위쪽에 불패(不敗)의 여신들이 있는 것을 승인합니다 560

그분은 문들에서 여러 가지 모양의 무기들과

　자신의 군대에 패배한 여러 나라의 무기들을 봅니다.

그분은 이쪽에서는 소중한 짐을 진[141] 아이네아스와

　고귀한 율리아가(家)의 수많은 선조들을 보고,

저쪽에서는 일리아의 아들[142]이 적장의 무기를 어깨에 메고 있는 것과 565

　진열된 남자들의 상 아래 그들의 이름난 업적이 새겨져 있는 것을 봅니다.

그분은 또 신전의 전면에서 아우구스투스라는 이름을 보게 되는데,

　카이사르라는 이름을 읽게 되자 건물이 더 커 보입니다.

아우구스투스는 젊은이로서 이 신전을 서약했습니다, 경건한 무기를 들었을 때.[143]

　그분은 제일인자로서 거기에서 시작하지 않을 수 없었던 것입니다.[144] 570

한쪽에는 정의로운 군대가 서 있고 다른 쪽에는 음모자들이 서 있는데,

　그분은 두 손을 뻗으며 이렇게 말했습니다.

"베스타의 사제이셨던 나의 아버지[145]께서 나를 싸움터로 부르시는 것이라면,

---

141 1권 527행 참조.

142 로물루스. 일리아에 관해서는 2권 주 150 참조.

143 율리우스 카이사르의 암살자들인 브루투스와 캇시우스를 응징하기 위하여.

144 오비디우스는 여기서 '제일인자'라는 뜻의 princeps(principium : '시작'이라는 뜻)라는 말로 일종의 언어유희를 하고 있다.

288

그리고 내가 두 분 신[146]을 위해 복수할 준비를 하고 있는 것이라면,

마르스여, 나를 도와 내 칼이 범죄자의 피를 실컷 빨게 해주시고   575

  정의로운 쪽에 그대의 호의를 보이소서.

내가 이기면 그대는 신전을 받고 복수자라 불리게 되실 것입니다."

  그렇게 그분은 서약했고, 또 적군을 패주하게 하고는 환호 속에 돌아왔습니다.

하지만 그분은 마르스가 단 한 번 그런 별명을 얻게 된 것으로

  만족하지 못하니, 파르티족[147]의 손에 들린 군기들을 뒤쫓고 있습니다.   580

그들은 대초원과 말과 화살의 보호를 받는 부족으로

  사방이 강으로 둘러싸여 있어 접근할 수가 없었습니다.

군대와 군기와 장군이 한꺼번에 없어졌을 때,

  크랏수스 부자의 죽음이 이 부족의 용기를 북돋워주었습니다.[148]

전쟁의 장식인 로마의 군기가 파르티족의 수중에 들어가 있어   585

  적군이 로마의 독수리[149]를 들고 다녔습니다.

만약 카이사르[150]의 강력한 팔들이 아우소니아 땅을 지켜주지 않았더라면

  이런 치욕은 여전히 계속되었을 것입니다.

그분은 오래된 오점과 긴 세월의 불명예를 제거했고,

  되찾은 군기는 다시 임자를 알아보았습니다.   590

파르티족이여, 달아나며 등 뒤로 쏘는 화살이 너희에게 무슨 소용 있었으며,

---

145 율리우스 카이사르. 3권 699권 참조.

146 율리우스 카이사르와 베스타.

147 파르티족은 카스피 해 남쪽에 살던 유목민족으로 뛰어난 기마사수들이었다.

148 기원전 53년 집정관 크랏수스 부자(父子)는 메소포타미아 지방 북부에 있는 카르라이(Carrhae)에서 파르티족의 기병대에게 참패해 전사하고 군기마저 빼앗기는데, 로마인들은 이를 말할 수 없는 치욕으로 여겼다.

149 로마 군단의 군기들에서는 금독수리와 은독수리가 화환으로 장식되어 있었다.

150 아우구스투스.

지형(地形)과 날랜 말들을 타는 것이 무슨 소용 있었던가?[151]

너희는 독수리들을 돌려주고 정복당한 활들도 넘겨주니,

　이제 너희는 우리 치욕의 증거들을 더 이상 갖고 있지 않구나.

두 번이나 복수해주신 신에게 신전과 별명이 봉헌되었고,　　　　　595

　이 당연한 명예는 서약의 빚을 갚는 것입니다.

그대들은 원형경기장에서 축제 놀이를 개최하시오, 퀴리테스들이여.

　용감한 신에게는 무대가 적합하지 않아 보입니다.

5월 13일

이두스까지 단 하룻밤만 남게 되면, 그대는 플레이야데스 성단을 전부 다,

　그러니까 자매들의 무리를 전부 다 보게 될 것입니다.[152]　　　　　600

그때는, 믿음직한 출전(出典)에서 내가 배운 바에 따르면,

　여름이 시작되고 따뜻한 봄철이 끝나게 됩니다.

5월 14일

이두스 전날 밤에 황소자리는 별[153]이 총총한 얼굴을 드는 모습을 보여줍니다.

　이 별자리에 관해서는 유명한 이야기가 있습니다.

윱피테르께서는 튀루스에서 온 소녀[154]에게 황소로서 등을 대주셨고　　　605

---

151 로마의 여러 문학 작품과 미술품에서는 마치 파르티족이 패하여 군기들을 넘겨준 것처럼 그려져 있지만, 사실은 아우구스투스가 기원전 20년 협상을 통해 돌려받았다고 한다.

152 플레이야데스 성단이 아침에 뜨는 것은 5월 13일이 아니라 실제로는 2주 뒤인 5월 28일이라고 한다. 율리우스 카이사르도 자신의 달력에서 플레이야데스 성단이 보이는 날(그에게는 5월 9일)이 여름이 시작되는 날이라고 말하고 있다.

153 휘아데스 성단은 황소자리의 얼굴에 자리 잡고 있다. 휘아데스 성단이 실제로 아침에 뜨는 것은 5월 16일이고 눈에 보이는 것은 6월 9일이라고 한다.

154 에우로파. 그녀는 페니키아 지방에 있는 튀루스 또는 시돈의 왕 아게노르의 딸이었다. 튀루스에

이마에는 가짜 뿔들을 달고 계셨습니다.

그녀는 오른손으로는 갈기를 잡고 왼손으로는 옷을 당겨 올렸습니다.

그녀의 두려움 자체가 새로운 매력의 원인이 되었습니다.

그녀의 옷은 바람에 부풀고, 그녀의 금발은 바람에 휘날렸습니다.

시돈의 소녀[155]여, 그대의 그러한 모습이 윱피테르께는 볼거리였습니다.   610

가끔 그녀는 소녀 같은 두 발을 해수면에서 위로 들어올렸으니,

바닷물이 튀어올라 발에 닿을까 두려웠던 것입니다.

가끔 신께서는 일부러 등을 바닷물에 담그셨으니,

소녀가 더욱더 자기 목에 꼭 매달리게 하시려는 것이었습니다.

그들이 바닷가에 닿았을 때 윱피테르께서는 아무 뿔도 없이 그녀 앞에 섰으니,   615

황소에서 도로 신으로 변신하셨던 것입니다.

황소는 하늘로 들어가고, 시돈의 여인이여, 그대는 윱피테르의 아이를

잉태합니다.[156] 그리고 대지의 삼분의 일이 그대의 이름을 갖게 됩니다.[157]

일설에 따르면 이 별자리는 인간에서 암소가 되었다가 암소에서

여신이 된 파로스의 암송아지[158]라고 합니다.[159]   620

관해서는 2권 주 37 참조.

155 에우로파. 시돈은 튀루스와 마찬가지로 페니키아 지방에 있는 도시로, 여기서는 페니키아라는 뜻
으로 쓰이고 있다.

156 에우로파는 윱피테르에게 세 아들을 낳아주는데, 그중 미노스(Minos)는 크레타의 왕이 되고, 라다
만투스(Rhadamanthus 그/Rhadamanthys)는 사후에 사자(死者)들의 심판관이 되고, 사르페돈
(Sarpedon)은 소아시아 뤼키아(Lycia 그/Lykia) 지방의 왕이 된다.

157 당시에는 세계가 에우로파, 아시아, 리뷔아(아프리카)의 세 대륙으로 이루어져 있는 줄 알았다.

158 윱피테르의 사랑을 받다가 암송아지로 변한 이오를 말한다. 그녀는 훗날 이집트의 이시스 여신과
동일시되었다(1권 주 104 참조). 파로스(Pharos)는 나일 강 하구 앞에 있는 섬으로, '파로스의'라
는 말은 라틴 작가들이 '이집트의'라는 뜻으로 사용하곤 했다.

159 4권 717~718행과 주 210 참조.

이날에는 또 처녀[160]가 참나무 다리[161] 위에서

　　짚으로 만든, 옛사람들의 허수아비[162]를 던지곤 합니다.[163]

예순이 넘는 노인은 모두 죽었다고 믿는 사람은[164]

　　우리 선조들이 범죄를 저질렀다고 나무랍니다.

전설에 따르면 이 나라가 사투르누스의 나라라고 불렸을 때,　　　　　　625

　　운명을 말씀하시는 윱피테르께서 이렇게 말씀하셨다고 합니다.

"너희들은 낫을 든 늙은이[165]에게 바치는 제물로서

　　백성 가운데 두 명을 투스쿠스 강물[166] 속에 던지도록 하라."

이 슬픈 의식은 레우카스[167]의 방식대로 해마다 되풀이되었습니다.

　　티륀스의 영웅[168]이 이 들판에 올 때까지는 말입니다.　　　　　　630

그는 짚으로 만든 퀴리테스들을 강물에 던졌고,

　　그러자 헤르쿨레스의 본보기에 따라 지금은 허수아비를 던진다고 합니다.

일설에 따르면 젊은이들이 투표권을 독점하기 위해

　　허약한 노인들을 다리에서 떨어뜨렸다고 합니다.

160　　베스타의 여사제.

161　　로마에서 가장 오래된 다리였던 수블리키우스 다리(pons Sublicius : '나무말뚝 다리'라는 뜻).

162　　그 수는 30이라는 설도 있고 27이라는 설도 있다.

163　　5월 14일 또는 15일은 아르게이들(Argei), 즉 허수아비들의 의식이 치러지는 날이다. Argei라는 말은 '아르고스인들'이라는 뜻의 그리스어 Argeioi에서 유래한 것으로 추정된다.

164　　로마에는 '60대는 다리 아래로!'(sexagenarios de ponte)라는 속담이 있었는데, 일설에 따르면 이 속담은 기원전 4세기 초 로마인들이 갈리아인들에게 포위당했을 때 식량이 부족하여 예순이 넘는 사람들은 티베리스 강에 빠뜨려 죽인 데서 유래했다고 한다.

165　　사투르누스. 1권 주 41과 45 참조.

166　　1권 주 46 참조.

167　　레우카스는 그리스 서쪽의 이오니아 해에 있는 섬으로, 600미터 높이의 석회암 암벽에서 해마다 죄수를 한 명씩 바다에 빠뜨려 죽이는 관습이 있었다고 한다. 실연한 자들의 자살로도 유명했다.

168　　헤르쿨레스. 1권 547행과 주 134 참조.

티베리스여, 사실을 말해주시오. 그대의 강안은 도시보다 더 오래되었으니, 635

　　이 의식의 기원을 그대는 잘 알 수 있을 것이오.

티베리스가 하상 한가운데서 갈대 관을 쓴 머리를 들더니

　　입을 열고는 거친 목소리로 이렇게 말했습니다.

"나는 아직 성벽도 없이 외딴 풀밭일 때 이 지역을 보았소.

　　양쪽 강가에서는 소 떼가 드문드문 풀을 뜯고 있었소. 640

지금은 여러 민족이 알고 있고 또 두려워하고 있는

　　나 티베리스는 그때는 가축들에게도 멸시의 대상이었소.

그대는 아르카디아 사람 에우안데르의 이름을 누차 말한 적이 있는데,

　　바로 그 외래인이 노(櫓)로 내 물을 휘저었소.

알카이우스의 손자[169]도 아카이아의 무리를 데리고 왔었소.[170] 645

　　내 기억이 맞는다면, 그때 내 이름은 알불라였소.[171]

팔란티움 출신의 영웅[172]은 젊은이를 환영하고

　　카쿠스는 드디어 응분의 벌을 받게 되지요.[173]

승리자는 에뤼테아의 전리품인 소 떼를 몰고 떠나는데,[174]

　　그의 일행은 더 멀리 가려고 하지 않았소. 650

그들은 대부분 아르고스를 버리고 이곳에 왔던 것이니까요.

　　그들은 이 언덕들에 희망을 걸고는 집을 세웠소.

하지만 그들은 가끔 달콤한 향수에 젖어

169　헤르쿨레스.

170　1권 543~558행 참조.

171　2권 389행과 주 111 참조.

172　에우안데르. 그가 그리스 아르카디아 지방의 남동부에 있는 팔란티움에서 온 까닭에 그의 거처가 있던 언덕을 팔라티움이라 부르게 되었다고 한다.

173　헤르쿨레스가 카쿠스와 싸운 일에 관해서는 1권 543~558행 참조.

174　1권 주 133 참조.

더러는 죽으면서 이런 작은 부탁을 했소.

'너희들은 나를 티베리스에 던지도록 하라. 내가 티베리스의 물결에 실려 655

공허한 먼지로서 이나쿠스의 강가[175]에 닿도록 말이다.'

그러나 그의 상속인은 그렇게 장례를 치르기가 싫어

이방인은 죽어서 아우소니아 땅에 묻히게 되었소.

그리고 허수아비가 그 임자 대신으로 티베리스에 던져지는 것이오,

먼 바닷길을 지나 그라이키아에 있는 집으로 돌아가도록 말이오." 660

이렇게 말하고 그는 살아 있는 바위의, 물방울이 뚝뚝 듣는 동굴 안으로

들어갑니다. 그러자, 빠른 물살이여, 너희들이 흐름을 멈춰주더구나.

5월 15일

와주소서, 그대 아틀라스의 손자여, 그대 옛날에 아르카디아의 산에서

플레이야데스들 중 한 명이 윱피테르에게 낳아주었던 이여,

그대 상계와 하계의 신들을 위한 평화와 전쟁의 중재자여, 665

그대 날개 달린 발로 여행하는 이여,

그대 뤼라의 음악을 좋아하고 기름으로 번쩍이는 레슬링장도 좋아하며

혀에 세련된 화술을 가르쳐주는 이여,[176]

그대를 위해 원로원이 이두스 날[177] 원형경기장 옆에다 신전을 지었습니다.

그래서 오늘은 그대의 축제일입니다. 670

상품을 판매하는 것을 업으로 삼는 자는 누구나 다

그대에게 분향하며 이익이 남게 해달라고 간청합니다.

---

175 아르고스의 바닷가라는 뜻이다. 이나쿠스는 그리스 아르고스 지방에 있는 강이다.

176 메르쿠리우스. 그는 경기(競技)와 이익의 수호신이기도 하다.

177 기원전 495년.

카페나 문 근처에 메르쿠리우스의 샘이 있는데,

　그 물을 마셔본 사람들의 말을 믿는다면 그것은 효험이 있습니다.

상인은 이곳으로 와서 소매를 걷어붙이고는 훈증(燻蒸)한 항아리에　　　　675

　정성스레 물을 퍼 담아 집으로 가져갑니다.

그는 그 속에 월계수 가지를 담갔다가 곧 새 임자를 만나게 될 모든 것에

　이 젖은 월계수 가지로 물을 뿌립니다.

그는 또 물방울이 뚝뚝 듣는 월계수로 자신의 머리털에도 물을 뿌리며

　속이는 버릇이 있는 입으로 기도합니다.　　　　680

"지난날의 거짓 맹세들을 씻어주소서"라고 그는 말합니다.

　"어제의 거짓말들도 씻어주소서!

내가 그대를 증인으로 삼았거나, 듣지 않으시리라 믿고

　융피테르의 신성에 걸고 거짓으로 맹세했거나,

또는 내가 알고도 다른 신이나 여신을 속인 적이 있다면　　　　685

　내 염치없는 말들을 재빠른 남풍이 쓸어가게 해주소서.

하지만 내일 또 거짓 맹세를 하는 것을 허락해주시고,

　내가 무슨 말을 하든지 신들께서 이를 무시하게 해주소서.

내게는 오직 이익만 주시고, 얻은 이익을 즐기게 해주시고,

　손님을 속인 것이 내게 도움이 되게 해주소서!"　　　　690

메르쿠리우스는 자신이 전에 오르튀기아의 소 떼[178]를 훔쳤던 일을 기억하고는

　그러한 요구에 높은 곳에서 미소 짓습니다.

178　메르쿠리우스가 태어나던 날 훔친 아폴로의 소 떼를 말한다. 아폴로가 태어난 델로스 섬은 전에는
　　오르튀기아라고 불렸다고 한다.

5월 20일

나는 훨씬 더 나은 것을 요구하는 만큼 그대는 부디 내게 알려주소서,

　포이부스[179]가 언제 쌍둥이자리[180]로 들어가는지 말입니다.

"헤르쿨레스가 행한 노고만큼 많은 수의 날[181]이　　　　　　　　　　　　　695

　달에 남아 있는 것을 그대가 볼 때지요"라고 그분은 말합니다.

"이 별자리의 기원을 말씀해주소서"라고 나는 말했습니다.

　신이 달변의 입으로 기원을 말해주었습니다.

"튄다레우스의 아들 형제[182]는 한 명은 기수(騎手)이고 한 명은 권투선수였는데,

　포이베 자매[183]를 납치했지요.　　　　　　　　　　　　　　　　　700

그러자 레우킵푸스의 사위가 되기로 약조되어 있던

　이다스 형제가 그녀들을 찾아오려고 전쟁 준비를 하고 있소.

사랑이 한쪽에게는 찾아오라고, 다른 쪽에게는 돌려주지 말라고 설득하니,

　양쪽은 같은 이유에서 싸우는 것이오.

오이발루스의 손자들[184]은 추격자들에게서 달아날 수 있었지만,　　　　705

　잽싸게 도주해서 승리자가 되는 것을 창피스럽게 여겼소.

나무가 없어 싸우기 적합한 장소가 한 군데 있는데,

　그들은 그곳에 버티고 섰소. 그곳의 이름은 아피드나[185]요.

179　태양신으로서의 아폴로.

180　쌍둥이자리에 관해서는 3권 주 36 참조.

181　12일.

182　카스토르와 폴룩스(3권 주 36 참조). 카스토르는 기수이고 폴룩스는 권투선수였다.

183　포이베와 힐라이라 자매는 튄다레우스의 아우인 레우킵푸스(Leukippus 그/Leukippos: '백마 타는 사람'이라는 뜻)의 딸들이다. 이들은 역시 튄다레우스의 아우인 멧세네(Messene) 왕 아파레우스(Aphareus)의 아들들인 이다스(Idas)와 륑케우스(Lynceus 그/Lynkeus)와 약혼한 사이였으나 카스토르 형제에게 납치된다.

184　카스토르와 폴룩스. 오이발루스는 튄다레우스의 아버지이다.

카스토르는 륑케우스의 칼에 가슴이 꿰뚫리자

　　예상하지 못했던 부상으로 땅에 쓰러졌소　　　　　　　　　　　　710

그곳에는 복수자 폴룩스가 있어 륑케우스의 목이 어깨와 이어지며

　　어깨를 단단히 누르고 있는 곳을 창으로 꿰뚫었소.

이다스가 그에게 덤벼들었으나 윱피테르의 벼락에 가까스로 제지되었소.

　　그러나 벼락이 그의 오른손에서 무기를 빼앗은 것이 아니라더군요.

폴룩스여, 그대에게는 이미 높은 하늘이 열려 있었소,　　　　　　　715

　　그대가 이렇게 말했을 때 말이오. '아버지, 제 기도를 들어주소서!

아버지께서 저를 위해 정해두신 하늘을 우리 둘 사이에 나누어주소서.[186]

　　절반의 선물이 제게는 전부보다 더 클 것이옵니다.'

이렇게 말하고 그는 번갈아 처지를 바꿈으로써 형을 죽음에서 구해주었소.

　　그들은 둘 다 별자리가 되어 요동치는 배에 도움을 주고 있지요."[187]　　720

5월 21일

아고니아 제가 무엇인지 알고 싶은 이는 야누스에게로 돌아가시오,[188]

　　비록 축제력에서는 그것이 이날도 차지하고 있지만 말입니다.

5월 22일

이날에 이어지는 밤에는 에리고네의 개가 나옵니다.

185　아피드나는 테세우스가 헬레나를 납치해 숨겨둔 곳이다. 헬레네의 오라비들인 카스토르와 폴룩스
　　　가 구출한 적이 있었다. 문맥상으로 두 형제가 멀리 앗티카까지 갔다는 것은 납득하기 어렵다.

186　그리하여 윱피테르의 아들로 죽지 않게 되어 있는 폴룩스와 튄다레우스의 아들로 죽게 되어 있는
　　　카스토르는 번갈아 하루는 지하에서 살고 하루는 올륌푸스의 신들과 함께 살게 되었다고 한다.

187　카스토르와 폴룩스는 장두 전광(檣頭電光 St. Elmo's fire)의 모습으로 나타나 선원들을 보호해주
　　　는 것으로 믿어졌다.

188　1권 317행 이하 참조.

이 별자리의 기원에 관해서는 다른 데서 이야기한 바 있습니다.[189]

5월 23일

이튿날은 볼카누스의 날인데 투빌루스트리아 제라고 불립니다.[190]

　　이때는 그가 만드는 나팔(tuba)들이 정화됩니다.[191]

5월 24일

다음 자리는 네 글자[192]로 나타내는데, 그것들을 순서대로 읽으면

　　축제 의식이나 아니면 왕의 도주를 의미합니다.

5월 25일

강력한 민족의 포르투나 푸블리카[193]여, 나는 그대를 빠뜨리지

　　않을 것입니다. 그대에게는 이튿날 신전이 봉헌되었습니다.

　　암피트리테[194]의 풍족한 물이 그날을 받아들이고 나면,[195]

725

730

---

189 천랑성에 관해서는 4권 904행, 939행과 주 246, 253 참조. 이 별이 실제로 아침에 뜨는 것은 7월 19일이고 눈에 보이게 뜨는 것은 8월 2일이다.

190 이날은 오비디우스의 『로마의 축제들』에 나타나는 두 번째 투빌루스트리아 제이다. 4권 849~850행과 주 202 참조.

191 볼카노스는 불의 신이자 불을 사용하는 공예의 신이다.

192 네 글자란 Q.R.C.F.를 말한다. 이러한 표시는 5월 24일뿐 아니라 3월 24일도 갖고 있는데, 둘 다 투빌루스트리아 제 다음날이다. 이것을 콴도 렉스 코미티오 푸게라트(Quando Rex Comitio Fugerat: '왕이 민회에서 도주한 날'이라는 뜻)의 약자로 읽어 2월 24일의 '왕의 도주'(2권 685행 참조)와 관련이 있는 것으로 해석하기도 하고, 콴도 렉스 코미티아비트 파스(Quando Rex Comitiavit Fas)로 읽어 '왕, 즉 성물의 왕이 민회에 도착하여 의식에 필요한 문구를 말하고 나면 비개정일로 시작된 날이 개정일로 바뀌는 날'이라는 뜻으로 해석하기도 하는데, 대체로 후자의 견해를 따른다.

193 4권 375~376행과 주 113 참조.

그대는 윱피테르께서 좋아하시는 노란 새[196]의 부리를 보게 될 것입니다.[197]

5월 26일

다가오는 새벽은 목동자리[198]를 우리 시야에서 데려갈 것이며,

　이튿날에는 휘아스의 별자리[199]가 나타날 것입니다.

194　암피트리테는 바다의 신 넵투누스의 아내이다.

195　'이날의 해가 지고 나면'이라는 뜻이다.

196　독수리자리. 이것은 미소년 가뉘메데스를 하늘로 납치하여 윱피테르의 술 따르는 시종이 되게 한 독수리가 하늘의 별자리가 된 것이라고 한다. 독수리가 윱피테르의 새가 된 것은 신들이 여러 가지 새를 두고 제비를 던졌을 때 독수리가 제우스의 몫이 되었다고도 하고, 윱피테르가 장성하여 티탄 신족을 공격하려고 할 때 독수리가 나타나 이를 길조로 여기고 자신의 새로 받아들였다고도 하고, 독수리만이 햇살을 향하여 날기 때문에 새들 가운데 으뜸이 되어 신들 중에서 으뜸인 윱피테르의 새가 되었다고도 한다. 독수리자리가 가뉘메데스와 관계가 있다는 것은 후기의 해석으로, 그것이 가뉘메데스의 물병자리(1권 주 175 참조)와 가깝기 때문이라고 한다. 예컨대 호메로스에 따르면 가뉘메데스는 독수리가 아닌 신들에게 납치되어 윱피테르의 시종이 되었던 것이다.

197　독수리자리가 눈에 보이게 저녁에 뜨는 것은 5월 24일이라고 한다.

198　2권 159행과 주 59 참조.

199　휘아데스 성단. 휘아스와 그의 누이들에 관해서는 163행 이하 참조.

# 제6권(liber sextus)
6월(Iunius)

이달의 이름도 기원이 확실하지는 않습니다.[1]

　　모두 열거할 테니 마음에 드는 것을 고르도록 하시오.

나는 사실을 노래하겠지만, 그것은 내가 지어낸 것이라고 말하며

　　어떤 신도 인간의 눈에는 보이지 않는다고 생각할 사람들도 있겠지요.

우리 안에는 신이 있어 그분이 움직이면 우리는 뜨거워집니다.　　　　　　5

　　그리고 이 충동에는 성스러운 정신의 씨앗들이 들어 있습니다.

특히 나에게는 신들의 얼굴을 보았다는 것이 당연한 일이었습니다.

　　내가 시인이기 때문이든, 아니면 내가 신성한 것을 노래하기 때문이든.[2]

나무가 울창한 숲이 하나 있는데, 그곳은 모든 소리에서

　　단절되어 있어 물 흐르는 소리밖에 들리지 않습니다.　　　　　　　　10

그곳에서 나는 방금 시작된 달의 기원이 무엇일까 하고

　　생각에 잠겨 있었고, 그 이름에 생각을 집중하고 있었습니다.

1　오비디우스는 앞서(1권 41행 참조) 6월이라는 이름이 '청년층'이라는 뜻의 라틴어 iuvenes에서 유래했다고 말한 바 있다. 그러나 5월의 경우(5권 1~8행 참조)와 마찬가지로 6월의 경우도 이름의 어원과 관련해 여러 가지 견해가 있음을 시인하고, 세 여신의 입으로 그것들을 말하게 하고는 어느 것이 타당한지 독자들의 판단에 맡기고 있다.

2　시적 영감은 우리 안에 있는 신성(神性)에서 비롯된다는 뜻이다.

자, 보십시오. 나는 여신들을 보았습니다. 그러나 그분들은 밭갈이 선생[3]이

   아스크라[4]의 양 떼를 따라다니다가 보았던 여신들도 아니었고,

프리아무스의 아들[5]이 물이 흔한 이다 산 골짜기에서 서로 비교해보았던   15

   여신들도 아니었습니다. 하지만 그중 한 분[6]이 거기 있었습니다.

그중 한 분이 거기 있었으니, 다름 아닌 남편의 누이 되는 분이었습니다.

   그분이 윱피테르의 성채 안에 서 있는지라,[7] 나는 그분을 알아보았습니다.

나는 떨었고, 말은 하지 않아도 창백한 안색이 내 감정을 말해주었습니다.

   그러자 여신은 자기가 자아낸 두려움을 몸소 덜어주었습니다.   20

그분이 말합니다. "오오, 시인이여. 로마의 한 해를 작성하는 이여.

   작은 운율로 감히 큰 것들을 이야기하는 이여.

그대는 그대의 시행들로 축제들에 관해 시를 짓기로 함으로써

   하늘의 신을 볼 권리를 얻었소.

그대가 무식하여 대중의 그릇된 생각에 오도되지 않도록,   25

   6월(Iunius)이라는 이름은 내 이름에서 따온 것이오.

윱피테르의 아내이자 윱피테르의 누이라는 것은 결코 작은 일이 아니오.

   내가 더 자랑스럽게 여기는 것이 오라비인지 남편인지 나도 모르겠소.

내 출생을 보게 되면, 내가 처음으로 사투르누스를 아버지로 만들었지요.

   내가 운명에 따라 사투르누스의 첫아이로 태어났으니까요.   30

---

3   '밭갈이 선생'이란 그리스의 서사시인 헤시오도스를 말한다. 그는 『일과 날』에서 밭갈이와 농사
    일에 필요한 여러 가지 지식을 제공하고 있다.

4   아스크라(Ascra 그/Askra)는 그리스 보이오티아 지방의 한촌(寒村)으로, 헤시오도스가 태어나 자
    란 곳이다. 그곳에서 그는 양 떼를 치다가 무사 여신들을 만나 시인이 되었다고 주장하고 있다.

5   파리스. 이른바 '파리스의 심판'에 관해서는 1권 주 57 참조.

6   유노.

7   카피톨리움 언덕에 있는 윱피테르 옵티무스 막시무스의 신전 안에 있는 유노의 사당을 말하거나,
    카피톨리움 언덕에 있는 유노 모네타(Iuno Moneta)의 신전(183행 참조)을 말하는 것 같다.

로마는 전에 내 아버지의 이름에서 따와 사투르니아라고 불렸고,

   그분에게는 이곳이 하늘 다음가는 나라였지요.

만일 결혼이 무가치한 것이 아니라면 나는 천둥신의 아내라 불리고 있고,

   내 신전은 타르페이유스 언덕[8] 위 윱피테르의 신전 바로 옆에 있소.

또는 시앗[9]은 5월에 제 이름을 줄 수 있었거늘,   35

   이런 명예가 나에게 주어지는 것은 시기의 대상이 되어야 한단 말이오?

그렇다면 왜 나는 여왕(regina)이자[10] 으뜸가는(princeps) 여신이라고 불리며,

   왜 내 오른손에 황금 홀이 맡겨졌지요?

또는 낮의 빛들(luces)이 모여 달을 만들고, 그것들에서 이름을 따와 나는

   '빛으로 데려다 주는 이'(Lucina)[11]라고 불리거늘, 그러한 내가 어떤 달 이름도   40

가져서는 안 된단 말인가요? 그렇다면 나는 엘렉트라의 자손들과

   다르다누스[12]의 집안에 대한 내 노여움을 풀겠다는 내 약속[13]을 후회하게

될 것이오. 나는 두 가지 이유에서 노여워했으니, 가뉘메데스의 납치에

   마음이 상했고, 이다 산의 재판관[14] 때문에 아름다움에서 졌기 때문이었소.

내 전차와 무기가 그곳에 있는데도,[15]   45

---

8 타르페이유스 언덕이란 카피톨리움 언덕 남동쪽에 있는 낭떠러지인데, 여기서는 카피톨리움 언덕
     을 가리킨다. 조국을 배신한 타르페이야와 카피톨리움 언덕에 관해서는 1권 79행과 261행 참조.
9 메르쿠리우스의 어머니 마이아.
10 유노는 유노 레기나(Iuno Regina)로서 아벤티눔 언덕에 신전을 갖고 있었을 뿐 아니라, 또한 카피
     톨리움 언덕 위의 윱피테르 옵티무스 막시무스 신전 안에 있는 그녀의 사당과 관련해서도 마치 윱
     피테르가 신들의 왕이듯이 윱피테르의 아내로서 레기나라고 불렸다고 한다.
11 루키나에 관해서는 2권 435행 이하와 449행 참조.
12 다르다누스는 플레이야데스들 중 한 명인 엘렉트라가 윱피테르에게 낳아준 아들로, 트로이야 왕
     가의 시조이다.
13 베르길리우스, 『아이네이스』 12권 791~842행 참조.
14 파리스.
15 베르길리우스, 『아이네이스』 1권 12~18행 참조. 카르타고의 주(主) 여신 타니트(Tanit)를 로마인

내가 카르타고의 성채를 지켜주지 않은 것을 나는 후회하게 될 것이오.

나는 또 스파르타와 아르고스와 나의 뮈케나이[16]와

오래된 사모스를 라티움에 종속시킨 것을 후회하게 될 것이오.

거기에 노왕 타티우스[17]와 팔레리이인들을 덧붙이시오. 그들은 유노[18]를 숭배하건만

그래도 나는 그들이 로마인들에게 종속되는 것을 참았지요.   50

내가 후회하지 않게 하시오. 나에게 더 사랑스러운 민족은 없으니, 이곳에서

나는 숭배받고, 이곳에서 나의 윱피테르와 함께 신전을 공유해야 할 것이오.

마보르스[19] 자신이 내게 말했소. "이 성벽을 나는 그대에게 맡깁니다.

그대는 그대 손자[20]의 도시에서 강력해지실 것입니다."

그의 약속은 이루어져 나는 일백 개의 제단에서 숭배받고 있지만,   55

내게는 달의 명예도 다른 어떤 명예에 못지않소.

하지만 이러한 명예는 로마만이 내게 주는 것이 아니라,

그 이웃들도 내게 같은 선물을 바치고 있지요.

그대는 숲이 우거진 아리키아와 라우렌툼 백성과

나의 라누비움[21]의 달력을 들여다보시오.   60

거기에도 유노의 달이 있소. 그대는 티부르와

들은 유노와 동일시했다.

16 호메로스에 따르면(『일리아스』 4권 51~52행 참조) 유노는 그리스의 도시 중에서 스파르타와 아르고스와 뮈케나이를 가장 좋아한다고 한다. 그 밖에 사모스 섬에 있던 그녀의 신전도 그녀를 위한 의식의 중심지 중 하나였다.

17 타티우스에 관해서는 1권 주 56 참조.

18 유노 퀴리티스(Iuno Quiritis 또는 Curritis 이 말은 '족구'[2권 527행 참조]라는 뜻의 curia 또는 '수레'라는 뜻의 currus 또는 '창'이라는 뜻의 curis에서 유래했다고 한다)에 대한 숭배는 사비니족의 왕 티투스 타티우스가 로마에 소개했다고 한다.

19 마보르스는 마르스의 옛 이름이다.

20 로물루스. 로물루스는 마르스의 아들이고 마르스는 유노의 아들이다.

21 라누비움은 알바(Alba) 호 남쪽에 있는 도시이다.

여신 프라이네스티나의 신성한 성벽[22]들을 보시오.

그대는 유노를 위한 기간(期間)을 발견하게 될 것이오. 이 도시들을

세운 것은 로물루스가 아니었소. 그러나 로마는 내 손자의 도시였소."

유노가 말을 마치자 나는 주위를 둘러보았습니다. 헤르쿨레스의 아내[23]가   65

거기 서 있었는데 얼굴에 생기가 넘쳤습니다.

"만약 어머니께서 나더러 하늘에서 완전히 떠나라고 하신다면,

나는 어머니의 뜻을 거슬러 머물고 싶지는 않아요"라고 그녀는 말합니다.

"지금도 나는 이 기간의 이름에 관해 다투려는 것이 아니라,

아양을 떨고 거의 탄원자 노릇을 하며   70

내 소유권을 간청해서라도 유지하려는 거예요.

그러면 아마 어머니께서도 내 일에 호감은 품겠지요.

어머니께서는 황금의 카피톨리움 언덕[24]과 그곳에 있는 신전을 공유하시며,[25]

당연한 일이지만, 그 정상을 윱피테르와 함께 차지하고 계세요.

하지만 내 모든 영광은 달의 기원에서 비롯되지요.   75

그러니까 나는 지금 내가 가진 유일한 명예를 염려하는 거예요.

로마인들이여, 그대들이 헤르쿨레스의 아내에게 달의 이름을 주고,

후세 사람들이 이를 기억한다고 해서 뭐가 나쁘단 말인가요?

이 나라도 내 위대한 남편 때문에 내게 어느 정도 신세를 지고 있어요.

22 로마 동쪽에 있는 프라이네스테(Praeneste : 지금의 Palestrina). 6월은 아리키아와 프라이네스테에
서는 유노니우스(Iunonius : '유노의[달]'라는 뜻)라고 불렸다고 한다.

23 유벤타는 청춘의 여신으로, 윱피테르와 유노의 딸이다. 헤르쿨레스가 신격화되어 하늘에 올랐을
때 그의 아내가 된다.

24 1권 77행 참조.

25 카피톨리움 언덕의 윱피테르 옵티무스 막시무스 신전 안에 있는 유노의 사당을 말한다.

이곳으로 그이는 약탈한 소 떼를 몰고 왔고,   80

이곳에서 카쿠스는 아버지의 선물인 화염의 도움을 받지 못하고

　아벤티눔의 땅을 피로 물들였으니까요.[26]

나는 더 가까운 일들을 말하겠어요. 로물루스는 자신의 백성을

　나이에 따라 구분하여 두 패로 나누었지요.

한쪽은 조언할 준비가 되어 있고 다른 한쪽은 전쟁할 준비가 되어 있으며,   85

　한쪽 연령은 전쟁하도록 조언하고 다른 한쪽은 그것을 수행하지요.

그리하여 그는 달들도 똑같은 기준으로 구분했으니, 6월은

　청년층(iuvenes)의 달이고 그 전달은 노년층의 달이지요."[27]

이렇게 그녀는 말했습니다. 그리하여 두 분 여신은 경쟁심에서 서로

　다투게 되어 노여움 때문에 혈육의 정도 멀어졌을 것입니다.   90

그때 우리 상냥하신 지도자[28]의 여신이자 작품인 콩코르디아[29]가

　긴 머리에 아폴로의 월계수 화환을 쓰고 나타났습니다.

그녀는 타티우스와 강력한 퀴리누스에 관해 이야기하며

　어떻게 두 왕국과 백성이 하나로 결합했고,

어떻게 장인들과 사위들이 한집에 받아들여졌는지[30] 말하고 나서   95

　"6월은 이 결합(iunctus)에서 이름을 따온 것이라오"라고 말합니다.

26　1권 543～578행 참조.

27　오비디우스는 앞서 5월(Maius)은 maiores('장년층', 여기에서는 '노년층')라는 말에서, 6월
　　(Iunius)은 iuvenes('청년층')라는 말에서 유래했다고 말한 적이 있다(1권 41행, 5권 73행과 427행
　　참조). 말하자면 6월은 어원적으로 Iuventa(s)라는 이름에서 유래했다는 것이다.

28　아우구스투스. 아폴로의 월계수 화환과 관련해서는 4권 953행 참조. 티베리우스 황제로 보는 이
　　들도 있다. 이 경우 1권 636행 이하 참조.

29　콩코르디아 여신에 관해서는 1권 637～650행 참조.

30　3권 195～228행 참조.

세 가지 이유가 제시되었습니다. 여신들이여, 나를 용서하소서.

　이 일은 내가 판정할 일이 아닙니다. 서로 대등한 자로서 이곳을 떠나소서.

페르가뭄[31]은 미(美)의 심판관[32] 때문에 파괴되었습니다.

　두 여신이 해코지하는 것이 한 여신이 도와주는 것보다 더 많습니다.　　　100

6월 1일

첫날은 그대의 날입니다, 카르나[33]여. 그녀는 돌쩌귀의 여신입니다.

　그녀의 힘은 닫힌 것을 열고 열린 것을 닫는 것입니다.

그녀가 어디서 그러한 힘을 얻게 되었는지, 전하는 이야기는 오래되어

　분명하지 않지만, 내 노래에서 그대는 확실히 알게 될 것입니다.

티베리스 강 옆에 알레르누스[34]의 오래된 원림이 하나 있습니다.　　　105

　사제들은 오늘날에도 여전히 그곳으로 제물을 가져가곤 합니다.

그곳에서 한 요정이 태어났는데—옛사람들은 그녀를 크라나에[35]라고

　불렀습니다—많은 사람들이 그녀에게 청혼했으나 성공하지 못했습니다.

그녀는 늘 시골을 쏘다니며 창을 던져 들짐승을 사냥하는가 하면,

　움푹 팬 골짜기에 매듭이 많은 그물을 치곤 했습니다. 그녀에게　　　110

화살통은 없었지만 사람들은 그녀가 포이부스의 누이[36]라고 믿었습니다.

31　페르가뭄(Pergamum 그/Pergamon 또는 Pergamos)은 소아시아 아이올리스(Aeolis 또는 Aeolia 그/Aiolis) 지방의 도시인데, 여기에서는 트로이야를 말한다.

32　파리스.

33　여기에서는 카르나(Carna)가 '돌쩌귀'라는 뜻의 cardo에서 유래한 듯 돌쩌귀의 여신 카르데아 (Cardea)와 혼동되고 있으나, '고기' 또는 '살'이라는 뜻의 caro에서 이름을 따온 생명기관들의 여신으로 추정된다.

34　알레르누스에 관해서는 2권 68행과 주 24 참조.

35　크라나에(Cranae)는 다른 곳에는 나오지 않는다.

36　디아나.

그리고, 포이부스여, 그대는 그녀를 부끄럽게 여길 필요는 없었을 것입니다.

어떤 젊은이가 그녀에게 사랑한다는 말을 하게 되면,

그녀는 즉시 이렇게 대답하곤 했습니다.

"여기는 너무 밝아요. 그리고 밝으면 나는 부끄러워요.   115

그대가 은밀한 동굴로 인도하면 내가 따라갈게요."

그가 믿고 앞장서서 걸어가는 동안 그녀는 덤불 속에 멈춰 섰습니다.

그리고 그곳에 숨어버리니 그녀를 찾을 수가 없습니다.

한번은 야누스가 그녀를 보고는 자신이 본 것에 대한 욕망에 사로잡혀

무정한 그녀에게 부드러운 말을 건넸습니다.   120

요정은 평소와 다름없이 그분에게 외딴 동굴을 찾으라 이르고는,

그분을 뒤따라가는 척하다가 안내자를 이탈했습니다.

어리석기는! 야누스는 등 뒤에서 일어나는 일도 볼 수 있습니다.

그대는 실패했소. 그분은 등 뒤로 그대의 은신처를 보고 있음이오.

그대는 실패했소, 내가 말했듯이. 그분은 바위 밑에 숨어 있던 그대를   125

붙잡아 껴안고는 원하던 것을 이룬 뒤 이렇게 말합니다.

"우리가 동침한 대가로 그대는 돌쩌귀를 관장하시오.

그대는 잃어버린 처녀성에 대하여 이런 보상을 받으시오."

그분은 이렇게 말하고 나서 문에서 재앙을 막아낼 수 있도록

그녀에게 산사나무를 하나 주었습니다.[37]   130

게걸스러운 새들이 있는데, 그것들은 피네우스[38]의 목구멍에서

---

37 산사나무(spina alba)의 효과에 관해서는 165행 이하 참조.

38 피네우스는 트라케의 전설적인 예언자이자 왕이다. 그가 재혼한 아내의 말만 믿고 본처에게서 태어난 아들들의 눈을 빼고 가두었기 때문에, 또는 신들의 비밀을 인간들에게 누설했기 때문에 신들의 노여움을 사게 되자, 신들이 그에게 하르퓌이아이들(Harpyiae 그/Harpyiai : '낚아채는 여자들'

음식을 사취(詐取)하지는 않지만 서로 같은 족속입니다.

그것들은 큰 머리와 퉁방울눈과 약탈하기에 적합한 부리와

　　잿빛 깃털이 있고, 발톱에는 갈고리가 들어 있습니다.

그것들은 밤에 날아가 유모가 지키지 않는 아이들을 공격하여　　　　135

　　요람에서 낚아챈 뒤 몸을 갈기갈기 찢습니다.

그것들은 젖을 먹은 살을 부리로 쫀다고 하며,

　　목구멍은 마신 피로 가득 찹니다.

그것들은 스트릭스(strix)들이라고 불리는데, 그런 이름이 붙은 것은

　　밤에 끔찍하게 비명을 지르는(stridere) 버릇이 있기 때문입니다.　　　140

그것들은 새들로 태어났든, 마법 때문에 그렇게 되었든,

　　아니면 마르시족[39]의 주문(呪文)에 따라 노파들이 날짐승으로

바뀐 것이든 간에 프로카[40]의 방으로 들어갔습니다. 그리하여 그곳에서

　　태어난 지 닷새밖에 안 된 프로카는 새들에게 신선한 먹이가 되었습니다.

그것들은 탐욕스러운 혀로 아이의 가슴을 빨고,　　　　　　　　　　145

　　불쌍한 소년은 울음으로 도움을 청합니다.

유모는 아이의 울음소리에 놀라 달려오지만,

　　아이의 두 볼이 벌써 단단한 발톱에 찢겨 있는 것을 발견합니다.

어떻게 한담? 아이의 안색은 갑작스런 초겨울 추위에

　　얼어 죽게 된 늦가을의 나뭇잎과도 같았습니다.　　　　　　　　　150

이라는 뜻으로 반은 여자이고 반은 새이다)을 보내 그가 음식을 먹기 전에 그것을 낚아채거나 오염시키게 했다.

39　마르시족(Marsi)은 중부 이탈리아에 살던 부족으로 그들의 수도는 마르루비움(Marruvium)이다. 그들은 마술에 능했는데, 특히 뱀독을 타지 않는 것으로 유명했으며 뱀에 물린 사람들도 기적적으로 치료해주었다고 한다.

40　프로카는 알바 롱가의 왕으로, 누미토르 전대(前代)의 왕이다.

그녀는 크라나에게 가서 사실대로 이야기합니다. 요정이 말했습니다.

"두려워 마라. 네가 돌보는 아이는 안전할 것이니라."

요정이 요람이 있는 곳으로 가자 어머니도 아버지도 울고 있었습니다.

"너희들은 눈물을 거두어라. 내가 몸소 치유하리라"라고 그녀는 말합니다.

그녀는 지체 없이 문설주들을 순서대로 철쭉나무 잎으로 세 번씩 가볍게   155
두드리고 또 문지방에다 철쭉나무 잎으로 세 번 표시를 하고 나서

문간에 물을—이 물에는 약재가 섞여 있었습니다—뿌립니다.

그녀는 두 달 된 새끼 돼지의 날내장을 손에 쥐고 말합니다.

"밤의 새들이여, 너희들은 소년의 내장을 내버려두어라.

작은 아이를 위해 작은 제물이 쓰러지고 있느니라.   160

청컨대, 너희들은 심장 대신 심장을, 내장 대신 내장을 받도록 하라.

우리는 더 나은 생명 대신 이 생명을 너희들에게 주는 것이니라."

그녀는 이렇게 제물을 바치고 나서 내장 조각들을 집 밖에 갖다놓고는

참석한 이들이 뒤돌아보지 못하게 합니다.

그러고 나서 그녀는 작은 창이 방 안에 햇빛을 들여보내는 곳에다   165

야누스에게서 얻은 산사나무 가지를 갖다놓습니다.

그 뒤로는 새들이 요람을 공격하지 않았다고 하며,

소년도 원래 안색이 돌아왔습니다.

왜 6월 초하루에는 사람들이 기름기 많은 돼지고기를 먹으며,

왜 콩을 스펠트 밀과 섞어서 볶느냐고 그대는 묻는 것입니까?   170

카르나는 옛 여신이라 전에 늘 먹던 음식을 먹으며,

수입한 진미를 탐하지 않습니다.

전에는 물고기가 사람들에게 괴롭힘을 당하지 않고 헤엄쳤고,

굴은 제 껍질 안에 안전하게 남아 있었습니다.

라티움은 부유한 이오니아가 보내는 새[41]도,

　퓌그마이이족의 피를 즐기는 새[42]도 알지 못했습니다.

공작의 경우 깃털 말고는 아무것도 즐거움을 주지 않았고,

　대지는 꾀로 잡도록 들짐승들을 보내주지 않았습니다.

돼지가 소중히 여겨졌고, 축제 때 사람들은 돼지를 잡았습니다.

　대지는 콩과 단단한 스펠트 밀만을 주었습니다.

여섯 번째 초하룻날에 이 두 가지를 섞어서 먹는 사람은

　배탈이 나지 않는다고 합니다.

이날에는 또 성채 꼭대기에 유노 모네타의 신전이 세워졌는데,

　사람들 말로는, 카밀루스여, 그대의 서약을 이행하기 위해서였다고 합니다.[43]

전에 그곳에는 만리우스[44]의 집이 있었는데, 그는 카피톨리움의

　융피테르 신전에서 갈리아의 무기를 물리친 적이 있었습니다.

위대한 신들이여, 그가, 높으신 융피테르여, 그대의 왕좌를 지키다가

　그 전투에서 전사했더라면 그로서는 얼마나 좋았겠습니까!

그는 살아남았다가 왕위를 노린다는 유죄판결을 받고 죽었습니다.

41 들꿩(attagen).
42 두루미. 두루미들과 아프리카의 난쟁이족인 퓌그마이이족과의 전투에 관해서는 호메로스, 『일리아스』 3권 3~6행 참조.
43 카피톨리움 언덕 꼭대기에 있는 유노 모네타의 신전은 카밀루스(Lucius Furius Camillus)가 중부 이탈리아의 서해안에 살던 아우룽키족(Aurunci)과의 격전 중에 서약한 것이라고 한다. 모네타에 관해서는 1권 주 167 참조.
44 만리우스는 기원전 390년 로마가 7개월 동안 갈리아인들에게 포위당했을 때 유노에게 바쳐진 신성한 거위들의 울음소리에 잠에서 깨어나 갈리아인들의 야습을 물리치고 카피톨리움 언덕을 구하고는 카피톨리누스라는 별명을 얻는다. 그러나 그는 뒷날 귀족계급과 평민계급 사이에 내전이 벌어졌을 때 왕권을 노린다는 유죄판결을 받고 타르페이우스 바위에서 아래로 내던져졌으며 그의 집은 파괴되었다.

그것이 장수(長壽)가 그에게 준 영예였습니다.

이날은 또 마르스의 축제일이기도 한데, 성벽 밖 텍타 비아[45] 옆에 있는
　그분의 신전은 포르타 카페나가 바라보고 있습니다.[46]

내 시인하노니, 그대도, 폭풍의 여신이여, 신전[47]을 받을 만했습니다.
　우리 함대가 코르시카의 바닷물에 거의 침몰할 뻔했을 때 말입니다.

사람들이 세운 이러한 기념물들은 명백합니다. 그러나 그대들이 별들에 관해　
　묻는다면, 위대하신 읍피테르의 갈고리 발톱의 새[48]는 이때에 떠오릅니다.

6월 2일

이튿날은 황소자리의 이마의 뿔들인 휘아데스들을 불러냅니다.[49]
　그러면 대지는 큰비에 흠뻑 젖습니다.

6월 3일

아침이 두 번 지나고 포이부스가 두 번 반복하여 떠오르고

45　텍타 비아(Tecta via)란 '지붕으로 덮인 길'이라는 뜻인데, 압피아 가도가 지붕으로 덮여 있었다는
　　　오비디우스의 이러한 발언은 달리 확인할 길이 없다.

46　카페나 문(porta Capena) 저쪽의 마르스 신전은 로마에서 남쪽으로 뻗어 있는 압피아 가도의 시내
　　　부터 두 번째와 세 번째 이정표석 사이에 있었다고 한다.

47　역시 카페나 문 근처에 있던 폭풍의 여신(Tempestas)의 신전을 가리킨다. 이 신전은 스키피오
　　　(Lucius Cornelius Scipio)가 코르시카(Corsica) 섬 앞바다에서 자신의 함대가 폭풍에도 무사했던
　　　것에 대한 감사의 표시로 기원전 259년에 봉헌했다고 한다.

48　독수리자리. 5권 주 196 참조. 독수리자리가 실제로 저녁에 뜬 것은 6월 3일이었다고 한다.

49　휘아데스 성단이 아침에 뜨는 것에 관해서는 5권 734행 참조.

내리는 이슬에 곡식이 두 번 젖으면,   200

이날 에트루리아와의 전쟁 때 벨로나[50]에게 신전이 봉헌되었다고 합니다.

벨로나는 라티움에 언제나 호의적입니다.

신전을 세운 이는 압피우스[51]인데, 그는 퓌르루스에게 화평을

　거부한 사람으로 마음속으로는 많은 것을 보지만 눈은 보이지 않았습니다.

신전 앞의 좁은 마당에서는 원형경기장[52] 꼭대기가 건너다보입니다.   205

　그리고 그곳에는 작지만 적잖이 중요한 원형기둥이 하나 서 있습니다.

어떤 왕이나 민족에 대항하여 무기를 들기로 결정되면,

　그곳에서 전쟁의 예고자인 창을 손으로 내보내는 것이 관습입니다.[53]

6월 4일

원형경기장의 다른 쪽 부분[54]은 보호자 헤르쿨레스[55]의 보호를 받는데,

50　벨로나는 로마의 전쟁(bellum)의 여신이다. 벨로나 여신의 신전은 클라우디우스(Appius Claudius Caecus : Caecus는 '장님'이라는 뜻)가 기원전 3세기 초 에트루리아와 삼니움(Samnium)의 연합군과 싸울 때 서약한 것이라고 한다.

51　그리스 에피루스(Epirus 그/Epeiros)의 왕 퓌르루스(기원전 319~272년)가 기원전 280년 남부 이탈리아의 루카니아(Lucania) 지방에 있는 헤라클레아(Heraclea)에서 로마군을 이긴 뒤 강화조약을 제의해왔을 때, 장님이 된 압피우스 클라우디우스는 노구를 이끌고 원로원에 나타나 그 조약을 거부하라고 설득했다고 한다.

52　플라미니우스 원형경기장(Circus Flaminius)을 말한다. 마르스 들판(Campus Martius)에 있는 이 원형경기장은 기원전 220년 플라미니우스가 세운 것이다.

53　초기 로마에서는 강화, 동맹, 선전포고, 휴전 등을 관장하는 사제단인 페티알리스(fetialis 복수형 fetiales) 가운데 한 명이 적군의 영토 위로 창을 들어올리는 것으로 전쟁을 선포했다. 그러나 나중에 로마의 영토가 확장되면서 적국이 멀어지자, 벨로나 여신의 신전 근처에 있는 약간의 땅을 적군의 영토로 가정하고 이곳으로 창을 던져 선전포고를 했다. '작은 원형기둥'이란 로마와 적국 사이의 경계를 상징하는 콜룸나 벨리카(columna bellica: '전쟁의 원형기둥'이라는 뜻)를 말하며, 그 너머로 창을 던졌다고 한다.

54　서쪽.

55　보호자 헤르쿨레스(Hercules Custos)에게는 6월 4일 신전이 봉헌되었다.

이 신이 이런 선물을 받게 된 것은 에우보이아의 노래[56] 덕분입니다.   210

그가 선물을 받는 날은 노나이 전날입니다. 그대가 제명(題銘)에 관하여 묻는다면,

　이 일을 재가한 것은 술라입니다.[57]

6월 5일

나는 노나이를 상쿠스,[58] 아니면 피디우스, 아니면 아버지 세모여,

　그대에게 배정해야 하는지 물었습니다. 상쿠스가 말합니다.

"그대가 이들 중 누구에게 배정하든 그 명예는 내 차지가 될 것이오.   215

　나는 이름이 세 가지나 있소. 그것이 쿠레스[59]의 뜻이었소."

그리하여 옛 사비니족은 퀴리날리스 언덕 꼭대기에

　신전을 지어 그에게 봉헌했던 것입니다.[60]

6월 6일

내게는 딸이 하나 있습니다.[61] 부디 그 애가 나보다 더 오래 살기를!

　그 애가 잘 지내면 나는 언제나 행복할 것입니다.   220

그 애를 시집보내고 싶었을 때, 나는 결혼하기에 적합한 시기는 언제이고

56　'에우보이아의 노래'에 관해서는 4권 257행과 주 80 참조.

57　술라는 로마의 유명한 장군이자 독재관이다. 술라가 신전을 지었는지 아니면 중수한 것인지 알 수
　　없다.

58　세모 상쿠스(Semo Sancus)는 디우스 피디우스(Dius Fidius)와 동일시되기도 하고 때로는 세모 상
　　쿠스 디우스 피디우스라고 불리기도 한다. 이 신의 기원과 정확한 성격은 알 수 없다. 세모가 무엇
　　을 뜻하는지 알 수 없다. 상쿠스는 '신성하다'는 뜻의 sanctus와, 디우스는 윱피테르의 고형인 디
　　오베 파테르(Diove Pater: '아버지 윱피테르'라는 뜻)와, 피두스는 '믿음' '신의'라는 뜻의 라틴
　　어 fides와 관계가 있을 것으로 추정된다.

59　쿠레스는 사비니족의 수도이다.

60　퀴리날리스 언덕에 있는 디우스 피디우스의 신전은 기원전 466년 6월 5일에 봉헌되었다.

61　오비디우스는 세 번 결혼해 딸 하나를 얻었는데, 그가 추방되던 날 그녀는 북아프리카에 있었다.

피해야 하는 시기는 언제인지 알아보았습니다.

그러자 신성한 이두스가 지난 뒤에는 6월이 신부에게도 유리하고

　신랑에게도 유리하다는 것을 나는 알게 되었습니다.

그러나 이달의 첫 부분은 결혼하기에 적합하지 않다는 것이 드러났습니다.[62]　　225

　디알리스[63]의 존경스러운 부인이 내게 이렇게 알려주었습니다.

"부드러운 티베리스 강의 누런 물이 일리움[64]의 베스타 신전에서

　바다로 쓰레기를 실어갈 때까지는,[65]

나는 회양목 빗으로 머리를 빗어서도 안 되고,[66]

　무쇠로 손톱을 잘라서도 안 되며,　　230

남편과 교접해서도 안 되오. 비록 그이가 윱피테르의 사제이고,

　우리의 결합이 영원한 것이기는[67] 하지만 말이오.

그대도 서두르지 마시오. 베스타의 불이 정결한 바닥 위에서 빛날 때

　그대의 딸을 결혼시키는 것이 더 좋을 게요."

6월 7일

노나이가 지난 뒤 세 번째 밤은 뤼카온[68]을 쫓아버린다고 합니다.　　235

62　결혼하지 않는 것이 좋은 기간을 몇 번 말한 적이 있는데, 2월 사자(死者)들의 축제 때(2권 557행
　　참조)와 3월 초하루, 아마도 3월 전체(3권 393행 이하 참조)와 5월(5권 487행 이하 참조)이다.

63　플라멘 디알리스에 관해서는 1권 주 141 참조.

64　베스타 신전의 성화는 트로이야, 즉 일리움에서 가져온 것이므로 '일리움의 베스타'라고 불린다.

65　'베스타 신전을 물로 청소할 때까지는'이라는 뜻이다. 713~714행 참조.

66　오비디우스에 따르면 플라멘 디알리스의 아내 플라미니카(Flaminica) 디알리스는 3월의 금혼기
　　(禁婚期)(3권 397~398행 참조)와 아르게이들의 행렬 때(5권 621~622행 참조)도 머리를 빗지 못
　　한다.

67　플라멘 디알리스는 플라미니카와 이혼하지 못하게 되어 있다. 플라미니카가 먼저 죽을 경우 플라
　　멘은 사제직을 그만두게 되어 있었다.

68　여기서 '뤼카온'이란 뤼카온의 딸 칼리스토의 아들인 아르카스, 즉 아르크토퓔락스, 일명 목동자

그러면 큰곰자리는 등 뒤에 두려워할 것이 아무것도 없습니다.[69]

그러면 나는 마르스의 들판에서 놀이를 관람하던 기억이 납니다.

그 놀이는, 미끄러지듯 흘러가는 티베리스여, 그대에게서 이름을 따왔습니다.

이날은 물방울이 뚝뚝 듣는 그물을 끌고,

작은 미끼로 청동 낚싯바늘을 가리는 이들을 위한 축제일[70]입니다.

240

6월 8일

마음(Mens)도 역시 신성을 갖고 있습니다. 신의 없는 포이누스인[71]이여,

우리는 그대와의 전쟁이 두려워 마음에 신전을 서약했음을 알고 있소.[72]

리(Bootes)를 말한다. 2권 주 59, 60, 63, 66 참조.

69 2권 주 66 참조.

70 '어부들의 놀이'(ludi Piscatorii)를 말한다.

71 '포이누스인'(Poenus)이란 개인이나 집단으로서의 카르타고인을, 경우에 따라서는 한니발을 말한다. '신의 없는 포이누스인'이라는 표현에 관해서는 3권 148행 참조. 포이누스라는 말은 페니키아의 라틴어 포이니케(Phoinice 그/Phoinike)에서 유래한 것으로, 그곳의 튀루스인들이 북아프리카에 식민시 카르타고를 세웠기 때문이다. 그리스어의 이중모음(diphthong) oi는 라틴어에서는 이중모음 oe로 바뀌는데, 이중모음 oe는 하나의 음절이므로 반드시 '오이'로 읽어야 하며 다만 드물게 poema에서처럼 oe가 독립된 두 모음, 즉 두 음절일 때는 '오에'로 읽는다. 라틴어의 이중모음 oe는 나중에 대부분 ū로 바뀐다. 그래서 Poenus(명사 겸 형용사) 외에 Punicus(형용사)라는 말이 생겨난 것이다. 로마와 카르타고의 전쟁을 우리말로 '포에니 전쟁'(기원전 264~146년)이라고 하는데, 우선 Poeni는 '포이니'라고 읽는다. 그리고 Poeni는 Poenus의 단수 속격이자 복수 주격이므로 이를 번역하면 '카르타고인의 전쟁' 아니면 '카르타고인들(이) 전쟁'이 될 텐데, 이를 '포에니 전쟁'이라고 하는 것은 역사적 사실과도, 라틴 문법과도 맞지 않는다. 로마인들 자신은 이 전쟁을 bellum Punicum(영/the Punic Wars 독/die Punischen Kriege)이라고 한다. '포에니 전쟁'이라는 표현은 외국 것을 무비판적으로 수용한 것이 아닌가 싶다. '포이누스'라는 말과 '푸니쿠스'라는 말은 비록 둘 다 페니키아라는 지명에서 유래한 것이지만, 사실상 '페니키아의'라는 뜻으로는 쓰이지 않고 '카르타고의' '카르타고인'이라는 뜻으로 쓰이므로 bellum Punicum은 '카르타고 전쟁'으로 번역하는 것이 어떨까 싶다.

72 제2차 포이니 전쟁 때인 기원전 217년 집정관 플라미니우스가 이끄는 로마군이 에트루리아 지방

포이누스인이여, 그대는 다시 전쟁을 시작했고 그러자 집정관의 죽음에

　　모두 당황하여 마우리족[73]의 무리를 심히 두려워했소.

두려움이 희망을 몰아내자 원로원은 마음에 서약하게 되었고,　　　　　　245

　　그러자 마음은 즉시 호의를 보이고 다가왔습니다.

여신에게 한 서약이 실현되던 날은 어느새 이두스가 다가오는 것을

　　보고 있지만, 그때까지는 아직도 엿새가 남아 있습니다.

6월 9일

"베스타여, 내게 호의를 보이소서. 지금 나는 그대에게 봉사하고자 입을

　　열고 있습니다. 내가 그대의 의식[74]에 접근하는 것이 허용된다면 말입니다."　　250

나는 기도에 열중하고 있었습니다. 나는 신성을 느꼈고,

　　내 앞의 땅바닥은 자줏빛으로 환히 빛나고 있었습니다.

물론 나는, 여신이여, 그대를 보지 못했습니다(시인들의 거짓말은

　　멀리 갈지어다). 남자는 결코 그대를 보아서는 안 되기 때문입니다.

하지만 나는 내가 무엇을 모르고 무엇을 잘못 알고 있는지,　　　　　　255

　　어느 누구도 가르쳐주지 않았건만 분명히 알게 되었습니다.

로마가 파릴리아 제[75]를 마흔 번째로 개최했을 때,

에 있는 트라수메누스 호 근처에서 한니발에게 참패하고 플라미니우스 자신은 전사하자, 법정관 크랏수스(Gaius Otacilius Crassus)가 시빌라의 신탁집의 지시에 따라 건전한 판단의 여신인 마음(Mens)에게 신전을 서약한다. 마음의 신전은 기원전 215년 카피톨리움 언덕에 동시에 건조된 베누스 에뤼키나(Erycina)의 신전 옆에서 봉헌되었다.

73　마우리족이란 지금의 모로코와 서알제리에 살던 무어인들을 말한다.

74　베스탈리아 제.

75　파릴리아 제에 관해서는 4권 721행 이하 참조. 파릴리아 제가 열리는 4월 21일은 로마의 창건 기념일이다(4권 801행 이하 참조). 로마는 기원전 753년에 세워졌다고 하니 베스타의 신전이 세워진 것은 기원전 713년이며, 이때 로마의 왕은 누마였다.

불을 수호해주시는 여신이 신전에 모셔졌다고 합니다.

그것은 평화를 사랑하는 왕[76]의 작품으로, 그보다 더 신을 두려워하는 사람을

　　사비니족의 땅은 일찍이 배출한 적이 없었습니다.　　　　　　　　　　　260

오늘날 그대가 보고 있는 청동 지붕은 당시에는 초가지붕이었고,

　　벽들도 나긋나긋한 잔가지들로 엮여 있었습니다.

베스타의 홀[77]들이 있는 이 조그마한 장소가

　　수염을 기른 누마의 큰 궁전(regia)이었습니다.

그러나 오늘날 남아 있는 신전의 형태는 옛날 그대로라고 하며,　　　　　265

　　그러한 형태를 하게 된 데에는 그럴 만한 이유가 있습니다.

베스타는 대지의 여신과 같습니다. 그들 둘 아래에는 잠자지 않는 불이

　　있습니다. 대지와 화로는 그들의 거처를 상징합니다.

대지는 어떤 지주로도 떠받쳐지지 않는 공과 같으니,

　　그토록 무거운 짐이 그 아래에 있는 공기 중에 매달려 있습니다.　　　　270

지구는 다름 아니라 회전하기 때문에 균형을 유지합니다.

　　어떤 부분에 압력을 가할 수 있는 모서리가 전혀 없는 것입니다.

그것은 우주의 한가운데에 자리 잡고 있어,

　　어느 한쪽에 더 닿거나 덜 닿는 일이 없습니다.

만일 그것이 둥글지 않다면 어느 한쪽에 더 가까워져서　　　　　　　　275

　　대지는 우주의 무게중심이 되지 못할 것입니다.

쉬라쿠사이의 기술에 의해 밀폐된 공기 중에 구체(球體)가 하나

　　매달려 있는데, 그것은 거대한 우주의 작은 모형입니다.[78]

76　누마.

77　'베스타의 홀'(atrium Vestae)은 베스타를 섬기는 여사제들의 거처로 베스타 신전 남동쪽에 있었
　　다. 로마의 베스타 여사제들은 원래는 네 명이었으나 나중에는 여섯 명으로 늘어났다고 한다. 그
　　들은 귀족 집안 출신으로 6~10세에 시작하여 30년 동안 봉사했다고 한다.

거기에서는 대지가 위와 아래로부터 똑같은 거리만큼 떨어져 있습니다.

그것이 가능한 것은 그 형태가 둥글기 때문입니다.　　　　　　　　　280

신전의 모습도 똑같습니다. 거기에는 튀어나온 모서리는 하나도 없고,

원형 지붕이 비를 막아주고 있습니다.[79]

그런데 왜 처녀들이 여신의 시중을 드느냐고요?

이에 대해서도 나는 그럴듯한 이유를 찾아내게 될 것입니다.

옵스[80]는 사투르누스의 씨를 받아 유노와 케레스를　　　　　　　　285

낳았다고 합니다. 베스타는 셋째 딸이었습니다.

그중 둘은 결혼하여 출산했다고 합니다.

그러나 셋 중 한 명은 끝까지 남편에게 종속되기를 거부했습니다.

하거늘 처녀가 처녀의 시중을 좋아하고 자신의 의식에

정결한 손들만 받아들인다고 해서 뭐가 이상하다는 거죠?　　　　　290

그대는 베스타를 살아 있는 화염 외에 아무것도 아니라고 생각하시오.

그대는 화염에서 어떤 실체가 태어나는 것을 결코 보지 못할 것입니다.

그리하여 그녀는 법률상으로 씨를 받지도 돌려주지도 않는 처녀이니,

처녀들이 자기를 수행하는 것을 좋아하는 것입니다.

나는 오랫동안 어리석게도 베스타의 상들이 있는 줄 알았습니다.　　　295

나중에야 나는 원형 지붕 아래 그녀의 상이 하나도 없다는 것을 알게 되었습니다.

그 신전 안에는 꺼지지 않는 불이 감추어져 있을 뿐,

베스타나 불의 초상은 하나도 없습니다.

78　그리스의 수학자 겸 천문학자인 아르키메데스(Archimedes)가 자신의 고향인 시킬리아의 쉬라쿠
사이 시에서 제작 전시한 바 있는 태양계의(太陽系儀)를 말하는 것으로 추정된다. 그것은 기원전
212년 쉬라쿠사이가 함락되면서 로마로 옮겨졌다고 한다.

79　베스타의 신전은 일반 신전과 달리 원형이었음을 알 수 있다.

80　옵스는 풍요의 여신으로, 여기에서는 그리스 신화의 레아와 동일시되고 있다.

대지는 그 자체의 힘으로 서 있습니다. 베스타도 힘으로 서 있는 까닭에(vi stando)

    그렇게 불립니다. 그녀의 그라이키아 이름도 같은 이유일 것입니다.[81]   300

그러나 화로(focus)[82]는 화염에서 이름을 따왔으며, 그것은 화로가 만물을

    데우기(fovet) 때문입니다. 하지만 화로는 전에는 집 앞에 있었습니다.

거기에서 현관(vestibulum)이라는 말이 유래한 것 같습니다.[83] 그리고 베스타가

    첫째 자리를 차지하기에 우리는 기도할 때 먼저 그녀를 부르는 것입니다.[84]

전에는 화로 앞 긴 의자들에 앉아 있는 것이 관습이었습니다.   305

    그리고 사람들은 신들[85]이 식사에 참석하신다고 믿었습니다.

오늘날에도 오래된 바쿠나[86]의 의식이 치러질 때면,

    사람들은 바쿠나의 화로 앞에 서 있거나 앉아 있습니다.

옛 관습의 일부가 오늘날까지 전해 내려오고 있으니,

    베스타에게 바쳐진 음식은 깨끗한 접시에 담는다는 것입니다.[87]   310

보시오, 화환으로 덮인 당나귀들에게 빵 덩이들이 매달려 있고

    꽃 줄들이 거친 맷돌들을 가리고 있습니다.[88]

---

81   오비디우스는 베스타와 동일시되는 그리스 신화의 헤스티아(Hestia)가 그리스어 histemi('세우다' '서 있다'는 뜻)의 완료부정사 hestanai에서 유래한 것이라고 추정하고 있다. 그러나 일반적으로는 hestia('화로'라는 뜻)에서 유래한 것으로 추정된다.

82   여기서 오비디우스는 그리스어 hestia를 focus라는 라틴어로 번역하고 있다.

83   현관이라는 뜻의 라틴어 vestibulum은 화로가 그곳에 있었기에 Vesta에서 유래했다는 것이다.

84   기도할 때 그리스의 헤스티아는 맨 먼저 부르지만, 로마의 베스타는 그렇지 않았다고 한다.

85   베스타, 라레스들(2권 주 154 참조), 가정의 수호신들(penates).

86   바쿠나는 사비니족이 섬기던 들판의 여신으로, 로마인들은 승리의 여신 빅토리아(Victoria) 또는 전쟁의 여신 벨로나와 동일시했다.

87   2권 631행 이하 참조.

농부들은 옛날에 가마에서 스펠트 밀만 볶았습니다.

　(가마의 여신은 그 자신만의 의식을 갖고 있습니다.)[89]

화덕 자체가 재 속에 묻힌 빵을 굽는데,　　　　　　　　　　　315

　따뜻한 바닥 위에는 깨진 기왓장이 놓여 있습니다.

그래서 제빵업자는 화덕과 화덕들의 여주인과

　속돌로 된 맷돌을 돌리는 당나귀를 존중하는 것입니다.

빨간 프리아푸스여, 내 그대의 치욕을 말할까요 말하지 말까요?

　그것은 짧으나 매우 재미있는 이야기입니다.[90]　　　　　　320

이마에 성탑 모양의 관을 쓰고 있는 퀴벨레[91]가

　영생하는 신들을 식사에 초대합니다.

그녀는 또 사튀루스들과 전원의 신들인 요정들도 초대합니다.

　아무도 초대하지 않았건만 실레누스도 참석합니다.

신들의 연회에 관해 이야기하는 것은 허용되지도 않거니와 시간이 많이　325

　걸릴 것입니다. 그분들은 밤새도록 술을 마셨습니다.

어떤 분들은 그늘진 이다[92] 산의 골짜기들을 정처 없이 헤맸고,

　어떤 분들은 누워서 부드러운 풀밭에서 사지를 쉬게 했습니다.

어떤 분들은 놀이를 하고 있었고, 어떤 분들은 자고 있었고,

　또 다른 분들은 팔짱을 끼고는 초록빛 땅바닥 위에서 빠른 삼박자를　330

힘차게 밟고 있었습니다. 베스타는 머리 밑에 잔디를 베고는

88　베스탈리아 제는 제빵업자들과 방앗간 주인들이 쉬는 날이다.

89　2권 525행 참조.

90　앞서 이미 이야기한 바 있다. 1권 391~440행 참조.

91　퀴벨레의 성탑 모양 관에 관해서는 4권 219~220행 참조.

92　크레타가 아니라 소아시아에 있는 이다 산을 말한다.

그대로 누워서 걱정 없이 편안히 자고 있었습니다.

그러나 빨간 정원지기[93]가 요정들과 여신들을 찾아 헤매며

이리저리 발걸음을 옮기다가 베스타를 보게 됩니다.

그가 그녀를 요정으로 여겼는지 아니면 그녀가 베스타라는 것을   335

알고 있었는지 확실하지 않습니다. 그 자신은 몰랐다고 주장합니다.

그는 비열한 희망을 품고는 심장이 두근거리는 가운데

발끝으로 걸어서 몰래 그녀에게 접근하려 합니다.

그런데 우연히 실레누스 영감이 자기가 타고 온 당나귀를

졸졸 소리를 내며 흘러가는 시냇가에 세워두었습니다.   340

기다란 헬레스폰투스의 신[94]이 막 출발하려는 순간

당나귀가 때아니게 울부짖는 것입니다.

여신은 둔중한 소리에 놀라 일어나고, 다른 분들은 모두 모여듭니다.

프리아푸스는 적대적인 손들 사이로 도망칩니다.

람프사쿠스는 늘 이 짐승을 프리아푸스에게 제물로 바치며 말합니다.   345

"우리가 이 배신자의 내장을 화염에 넘기는 것은 당연한 일입니다."

그러나 여신[95]이여, 그대는 이 일을 기억하시고는 빵 덩이로 된 목걸이를

당나귀에게 걸어주십니다. 그러면 일은 멈추고 빈 방앗간들은 조용해집니다.

천둥신의 성채[96]에는 그 가치보다도 이름 때문에 더 유명한

윱피테르 피스토르[97]의 제단이 있는데, 나는 그것의 의미를   350

---

93   프리아푸스.
94   프리아푸스.
95   베스타.
96   카피톨리움. 천둥신, 즉 윱피테르 토난스에 관해서는 2권 69~70행 참조.
97   윱피테르 피스토르(Pistor)는 '빵 굽는 윱피테르'라는 뜻이다.

말할 것입니다. 카피톨리움 언덕이 사나운 갈리아인들에게 포위되어

심한 압박을 받은 적이 있습니다.[98] 오랜 포위는 기근을 불렀습니다.

윱피테르께서 신들을 자신의 왕좌로 불러놓고 마르스에게

"시작하라!"고 말씀하십니다. 마르스가 당장 보고합니다.

"그들의 고통이 어느 정도인지 물론 아무도 모르고 있습니다.   355

그래서 나는 속이 상해 불평을 말하지 않을 수 없습니다.

하지만 그대가 그들의 고통과 치욕을 간단히 보고하기를 요구하신다면,

로마는 알페스[99]에서 온 적(敵) 아래 누워 있습니다.

이것이 그대가 세계의 지배를 약속하셨던 그 도시인가요, 윱피테르시여?

이것이 그대가 대지의 여주인으로 삼으려 하셨던 그 도시인가요?   360

그것이 이미 이웃나라들과 에트루리아의 무기를 분쇄했을 때, 희망은

전속력으로 달렸습니다. 그러나 그것은 지금 제 집에서 쫓겨났습니다.[100]

우리는 개선장군이었던 노인들이 청동 홀들에서

수놓은 겉옷[101]을 입고 죽어 누워 있는 모습을 보았습니다.

우리는 일리움의 베스타[102]의 담보물들이 원래 있던 자리에서 옮겨지는 것을   365

보았습니다.[103] 물론 로마인들은 몇몇 신이 존재한다고 믿습니다.

---

98 기원전 390년.

99 알페스(Alpes)는 알프스의 라틴어 이름이다. 고대 로마인들은 알프스를 경계로 이쪽, 즉 이탈리아
쪽은 갈리아 키살피나(Gallia cisalpina : '이쪽의 갈리아'라는 뜻)라고 불렀으며, 프랑스 쪽의 갈리
아는 갈리아 트란스알피나(Gallia transalpina : '알프스 너머의 갈리아'라는 뜻)라고 불렀다.

100 갈리아인들이 다가왔을 때 무기를 들 수 있는 사람들을 제외하고 대부분의 로마인들은 도주했다
고 한다.

101 수놓은 겉옷(toga picta)은 개선식 때 장군이 입는 옷이다. 로마인들이 카피톨리움 언덕으로 퇴각
했을 때, 갈리아인들은 시내로 들어가 겉옷을 입은 채 집 안에서 죽음을 기다리던 로마의 원로들
을 살육했다고 한다.

102 1권 528행 참조.

103 갈리아인들이 쳐들어왔을 때 베스타의 여사제들은 성물의 일부는 땅에 묻고 일부는 로마 북쪽의

하지만 그들이 그대들이 살고 있는 성채를 돌아보게 되고

　　그대들의 그토록 많은 집들이 포위되어 있는 것을 보게 된다면,

그들은 신들을 공경해보았자 소용없는 일이고

　　정성스러운 손으로 분향해도 그것이 낭비라는 것을 알게 될 것입니다.　　370

그들에게 싸울 수 있는 장소라도 주어졌으면 좋으련만!

　　그들이 무기를 들게 하시되 이기지 못하면 전사하게 하소서.

지금 그들은 먹을 것도 없이 비겁자의 운명을 두려워하며

　　자신들의 언덕에 갇힌 채 야만족 무리에게 핍박받고 있습니다."

이어서 베누스와 지팡이를 들고 자줏빛 줄무늬가 있는 겉옷을 입은 퀴리누스가　　375

　　말했고, 베스타도 자신의 라티움을 위해 많은 말을 했습니다.

윱피테르께서 말씀하셨습니다. "그 성벽은 우리 모두의 관심사요.

　　갈리아인들은 패배하여 대가를 치르게 될 것이오.

베스타여, 그대는 사실은 부족한 식량이 남아도는 것처럼 보이게 하시오.

　　그리고 그대는 그대의 집을 버리지 마시오.　　380

아직 찧지 않은 식량은 모두 속이 빈 제분기가 찧게 하시오.

　　그리고 손이 그것을 이기면 화덕이 불로 굽게 하시오."

이렇게 그분께서 명령하시자 사투르누스의 처녀 따님[104]은 오라비의 명령에

　　머리를 끄덕였습니다. 때는 한밤중이었습니다.

장수들은 전쟁의 노고에 지쳐 벌써 자고 있었습니다. 윱피테르께서　　385

　　그들을 꾸짖으며 신성한 입으로 자신의 뜻을 그들에게 알리십니다.

"너희들은 일어나 성채의 꼭대기에서 적군 한가운데로

　　너희들이 조금도 보내고 싶지 않은 재물을 던지도록 하라."

소도시 카이레(Caere)로 옮겼다고 한다.

104　베스타.

잠이 떠나자 그들은 이상한 수수께끼에 쫓겨 도대체 어떤 재물을

　　자신들의 의사에 반해 내주라는 것인지 물었습니다.　　　　　　　390

그것은 식량인 것 같았습니다. 그들이 케레스의 선물[105]을 아래로 던지자,

　　그것들이 적군의 투구와 긴 방패 위에 떨어져 덜커덕거렸습니다.

성채가 기근 때문에 함락될 것이라는 희망은 사라졌습니다.

　　적군은 격퇴되고 읍피테르 피스토르에게는 흰 제단이 세워졌습니다.

한번은 우연히 베스타의 축제일에 비아 노바[106]를　　　　　　　　395

　　포룸 로마눔과 이어주는 그 길로 해서 집으로 돌아오고 있었습니다.

그때 어떤 부인이 맨발로 내려오는 것이 보였습니다.

　　나는 어안이 벙벙하여 걸음을 멈추었습니다.

이웃에 사는 한 노파가 눈치채고는 나더러 앉으라고 하더니,

　　머리를 흔들며 떨리는 목소리로 내게 말을 거는 것입니다.　　　　400

"지금 포룸들이 있는 이곳은 전에는 습한 늪지였지요.

　　도랑은 강에서 흘러드는 물로 젖어 있었어요.

마른 제단들을 떠받쳐주고 있는 저기 저 쿠르티우스 호(湖)[107]는

105　빵 덩이.

106　비아 노바(via Nova)는 '새 길'이라는 이름과는 달리 왕정시대부터 있던 로마의 길이다. 비아 노바는 팔라티움 언덕에 있는 문인 포르타 무고니아(porta Mugonia)에서 시작하여 팔라티움 언덕의 북쪽 사면을 따라가다가 계단을 통해 팔라티움 언덕과 카피톨리움 언덕 사이에 있는 골짜기 벨라브룸으로 이어진다.

107　'쿠르티우스 호'는 포룸 로마눔 안에 있는 장소이다. 그런 이름이 붙은 것은 사비니족의 전사인 멧티우스 쿠르티우스(Mettius Curtius)가 로물루스와 싸우다가 그 '호수' 속으로 뛰어들어 목숨을 구했기 때문이라고도 하고, 그곳에 벼락이 떨어지자 기원전 445년 집정관이던 가이유스 쿠르티우스가 담을 쳤기 때문이라고도 하고, 그곳에 큰 심연이 생겼을 때 앞서 말한 가이유스 쿠르티우스가 무장한 채 군마를 타고 심연 속으로 뛰어들어 로마를 위해 자신을 제물로 바치자 심연이 메워졌기 때문이라고도 한다.

지금은 단단한 땅이지만 전에는 호수였지요.

지금은 행렬이 벨라브룸[108]을 지나 원형경기장으로 줄지어   405

　나아가는 곳에는 버드나무와 속이 빈 갈대밖에 없었어요.

가끔은 취객이 교외의 물길로 해서 집으로 돌아가다가

　노래를 부르고 뱃사공들에게 취담을 내뱉곤 했지요.

여러 가지 모습에 적합한 저기 저 신[109]은 아직은 그 이름을

　강물을 돌리는 데에서(averso amne)[110] 따오지 않았어요.   410

이곳에도 골풀과 갈대가 우거진 원림과

　신발을 신고는 접근할 수 없는 늪이 있었지요.

웅덩이들이 물러가고 강둑들이 그 물을 가두어

　지금은 땅이 말라 있어요. 하지만 그 관습은 남아 있지요.”

이렇게 노파는 그 까닭을 설명해주었습니다. “잘 가시오, 선량한 노파여.   415

　남은 생애를 편안히 보내시오”라고 나는 말했습니다.

남은 이야기는 오래전 소년 시절에 벌써 나는 알고 있었습니다.

　하지만 그렇다고 해서 말하지 않고 넘어가서는 안 될 것입니다.

108　벨라브룸은 팔라티움 언덕과 카피톨리움 언덕 사이에 있는 골짜기로, 역시 전에는 늪이었으나 오
　　비디우스 시대에는 포룸 로마눔과 포룸 보아리움(forum Boarium : ‘우시장’이라는 뜻)을 이어주는
　　번잡한 장터였다. 막시무스 원형경기장(Circus Maximus)에서 놀이가 있을 때는 카피톨리움 언덕
　　에서 원형경기장으로 향하는 행렬이 벨라브룸을 관통하는 비쿠스 투스쿠스(vicus Tuscus : ‘에트
　　루리아 거리’라는 뜻)를 지나가게 되어 있었다.

109　‘저기 저 신’이란 베르툼누스(Vertumnus 또는 Vortumnus : ‘돌리는 이’라는 뜻)를 말한다. 그는
　　이 지역의 가게 주인들에게서 제물을 받는 신으로, 원래 에트루리아의 신이었다고 하나 확실하지
　　않다. 그는 계절 변화의 신으로 여름과 가을의 과일과 곡식을 관장하며, 여러 가지 일꾼으로 변신
　　할 수 있다고 한다.

110　베르툼누스라는 이름은 티베리스 강이 벨라브룸을 적시지 않고 물줄기를 되돌리는 데서 비롯되었
　　다는 것이다.

다르다누스의 증손자인 일루스가 방금 새 성벽을 쌓았습니다.

　　(여전히 부자인 일루스는 아시아의 부를 소유하고 있었습니다.)　　　　　　420

그때 무장한 미네르바의 신상[111]이 하늘에서

　　일리움 시의 언덕들 위로 떨어진 것으로 믿어지고 있습니다.

나는 그것이 보고 싶어서 신전과 그 주위를 둘러보았습니다.

　　신전은 아직도 그곳에 남아 있습니다. 그러나 팔라스는 로마에 있습니다.

스민테우스[112]에게 상의하자 그는 그늘진 원림에 가려진 채　　　　　　　425

　　거짓말하지 않는 입으로 이렇게 말했습니다. "너희들은 하늘의 여신을

지키도록 하라. 그러면 너희들은 도시를 지키게 되리라.

　　그녀가 자리를 옮기면 권력의 자리도 그녀와 함께 옮겨지게 되리라."

일루스는 그녀를 성채 꼭대기에 가두어놓고 지킵니다.

　　이 일은 그의 후계자인 라오메돈에게 넘어갑니다.　　　　　　　　　　430

프리아무스의 치세 때는 그녀가 잘 지켜지지 않았습니다.

　　그리고 그녀가 미(美)의 경연[113]에서 진 뒤로는 그것이 그녀의 뜻이었습니다.

111　'미네르바의 신상'이란 팔라스(Pallas) 아테나(Athena 라/Minerva)의 신상인 팔라디움을 말한다. 팔라디움은 읍피테르가 트로이야의 창건자인 다르다누스 또는 그의 증손자 일루스(Ilus 그/Ilos 그의 이름에서 트로이야의 다른 이름인 일리움이 유래했다)에게 하늘에서 내려보낸 것으로, 트로이야는 그것을 가지고 있는 한 함락되지 않게 되어 있었다. 그러나 그리스의 영웅들인 오뒷세우스(Odysseus 라/Ulixes)와 디오메데스가 그것을 가져가버렸기 때문에 트로이야가 함락되었다고 한다. 이 여신상은 나중에 아테나이, 아르고스 또는 스파르타로 옮겨졌다고 한다. 로마인들은 기원전 390년 갈리아인들의 공격에서 로마를 지켜준 것으로 믿어졌던, 베스타(Vesta) 신전에 모셔두었던 여신상이 바로 팔라디움으로, 트로이야가 함락될 때 그곳에서 도망쳐 이탈리아로 건너온 트로이야의 장수 아이네아스가 그것을 가져왔다고 주장한다.

112　스민테우스는 아폴로의 별명 가운데 하나로 '쥐의 신' 또는 '쥐를 박멸하는 신'이라는 뜻이다. 아폴로는 소아시아의 해안도시 크뤼세(Chryse)에서는 그런 이름으로 경배받았다(호메로스, 『일리아스』 1권 37행 이하 참조).

113　이른바 파리스의 심판을 말한다. 1권 주 57 참조.

아드라스투스의 외손자,[114] 아니면 교활한 울릭세스,[115]

　아니면 아이네아스가 그녀를 빼돌렸다고 합니다.

범인은 확실하지 않으나 신상은 로마에 있습니다.　　　　　　　　　435

　영원한 빛으로 만물을 보는 베스타가 그것을 지키고 있습니다.

아아, 베스타의 신전에 불이 나서[116] 여신이 자신의 지붕에

　거의 묻혔을 때 원로원은 얼마나 놀랐던가!

신성한 불이 사악한 불과 함께 타올랐고,

　경건한 화염이 불경한 불길과 섞였습니다.　　　　　　　　　440

그녀의 시녀들은 겁에 질려 머리를 풀고 울고 있었습니다.

　공포 자체가 그들에게서 체력을 앗아갔던 것입니다.

메텔루스[117]가 그들 한가운데로 뛰어들며 큰 소리로 외칩니다.

　"그대들은 와서 도우시오. 우는 것은 돕는 것이 아니오.

운명의 담보물들[118]을 그대들 처녀의 손으로 집어 드시오.　　　445

　그것들은 기도가 아니라 손으로 옮겨야 한단 말이오.

아아, 슬프도다. 그대들은 망설이고 있는 것이오?" 그는 그들이 망설이고

　겁에 질려 무릎을 꿇고 엎드려 있는 모습을 보았던 것입니다.

그러자 그는 물을 푸더니 두 손을 들고 말했습니다. "성물들이여,

114　디오메데스. 그는 튀데우스와 아드라스투스의 딸 데이퓔레(Deipyle)의 아들이다. 아드라스투스는 아르고스의 왕으로 이른바 '테바이를 공격한 일곱 장수' 가운데 한 명이다.

115　울릭세스(Ulixes)는 오뒷세우스(Odysseus)의 라틴어 이름이다. 디오메데스와 오뒷세우스가 트로이야에서 팔라디움을 훔쳐낸 일에 관해서는 베르길리우스, 『아이네이스』 2권 163행 이하 참조.

116　로마의 영원한 불을 감추고 있는 베스타의 신전에는 여러 차례 불이 났는데, 여기서 오비디우스가 말하는 것은 기원전 241년의 화재라고 한다.

117　대사제였던 메텔루스. 그는 팔라디움과 다른 성물들을 구하려고 불 속으로 뛰어들다가 눈이 멀었다고 한다.

118　팔라디움과 베스타의 화염을 말한다.

나를 용서하소서. 나는 남자가 가서는 안 되는 곳으로 들어갈 것입니다.   450

그것이 범죄라면 그 벌은 내가 받게 해주시고,

　내가 사형에 처해짐으로써 로마가 구원받게 해주소서.”

이렇게 말하고 그는 뛰어들었습니다. 그가 밖으로 모시고 나온 여신은

　그의 행동을 승인했으니, 그녀는 자기 사제의 봉사 덕분에 무사했던 것입니다.

지금 카이사르의 통치 아래, 신성한 화염들이여, 너희들은 환히 빛나고,   455

　일리움의 화로에는 불이 타고, 앞으로도 탈 것입니다.

그분이 통치하는 동안에는 어떤 여사제도 신성한 머리띠를

　더럽혔다는 말을 듣지 않을 것이며, 산 채로 땅에 묻히지도 않을 것입니다.[119]

정숙하지 못한 여인은 자신이 모독한 것에 묻혀 그렇게 죽게 됩니다.

　대지의 여신과 베스타는 동일한 신성이기 때문입니다.[120]   460

오늘은 브루투스가 히스파니아 땅을 적이었던 칼라이키족의

　피로 물들임으로써 자신의 별명을 얻은 날입니다.[121]

때로는 물론 슬픔이 기쁨과 섞이는데, 그것은 축제가

　백성에게 제약 없는 즐거움을 가져다주지 못하게 하려는 것입니다.

크랏수스는 에우프라테스 강에서 독수리들과 아들과 부하들을 잃었고   465

　마지막으로 그 자신이 죽음에 넘겨졌습니다.

“파르티족이여, 왜 그리 좋아하느냐?” 하고 여신이 말했습니다. “너는 군기들을

　돌려주게 되리니, 크랏수스의 죽음을 응징할 복수자가 나타나리라.”[122]

119　부정(不貞)한 베스타는 산 채로 땅에 묻히기 전에 먼저 머리띠가 벗겨졌다고 한다.

120　267~276행 참조.

121　기원전 138년에 집정관으로 선출된 브루투스(Decimus Iunius Brutus)는 에스파냐에서 칼라이키
　　　족(Callaici)과 루시타니족(Lusitani)을 물리침으로써 칼라이쿠스(Callaicus)라는 별명을 얻고 개선
　　　장군이 된다. 히스파니아(Hispania)는 에스파냐의 라틴어 이름이다.

6월 10일

그러나 귀가 긴 당나귀들에게서 제비꽃이 벗겨지고,

   거친 맷돌들이 케레스의 곡식을 빻자마자,   470

뱃사람은 고물에 앉아서 말합니다. "낮이 물러가고

   밤이 떠오르면 우리는 돌고래자리[123]를 보게 되겠지."

6월 11일

프뤼기아의 티토누스여, 그대는 벌써 아내[124]가 그대 곁을 떠난다고 불평하는구려.

   그리고 경계를 게을리하지 않는 샛별이 동쪽 물에서 나옵니다.

선량한 어머니들이여—마트랄리아 제[125]는 그대들의 것입니다—   475

   가서 테바이의 여신[126]에게 황금빛 케이크를 바치십시오.

다리들과 대(大)원형경기장 바로 옆에 아주 유명한 구역[127]이 있는데,

   그것은 그곳에 세워진 황소의 상(像)에서 이름을 따왔습니다.

그곳에서 이날 홀을 든 세르비우스[128]의 두 손이

   마테르 마투타에게 신전을 봉헌했다[129]고 합니다.   480

그 여신이 누구이며, 왜 그녀는 하녀들을 자신의 신전 문간에서 몰아내며

---

122 5권 583행 이하와 주 147, 148, 149 참조.

123 돌고래자리에 관해서는 1권 주 105 참조.

124 1권 주 106 참조.

125 어머니들의 여신 마테르 마투타의 축제일을 말한다.

126 다음에 나오는 마테르 마투타. 그녀는 그리스 테바이의 왕 카드무스의 딸로 그리스 여신 레우코테아와 동일시되었다.

127 막시무스 원형경기장 옆에 있던 포룸 보아리움(1권 주 139 참조)을 말한다.

128 로마의 왕이었던 세르비우스에 관해서는 1권 주 16 참조.

129 포룸 보아리움에 있던 마테르 마투타의 신전은 세르비우스 왕이 처음 짓고 기원전 396년 카밀루스(Marcus Furius Camillus)가 중수했다고 한다.

(그녀는 실제로 그렇게 합니다), 왜 구운 케이크를 요구하는지,

머리에 포도송이와 담쟁이덩굴 관을 쓰고 있는 박쿠스여,

그녀가 그대의 친척이라면,[130] 그대가 시인의 작품을 인도해주소서!

윱피테르께서 세멜레의 요구를 들어주시자 그녀는 불에 타 죽었습니다.   485

그러자 이노가, 아기 박쿠스여, 그대를 받아 정성껏 길렀습니다.

유노는 그녀가 시앗에게서 낚아챈 아들을 기르는 것에 화가 났습니다.

그러나 그 아들은 그녀 언니의 혈육이었습니다.

그래서 그녀의 남편 아타마스가 복수의 여신들과 거짓 환영(幻影)에

쫓기게 되자, 어린 레아르쿠스여, 그대는 아버지의 손에 쓰러지는구나.   490

슬픔에 잠긴 어머니는 레아르쿠스의 그림자[131]를 무덤에 묻어주고,

비통한 화장용 장작더미에다 격식에 따라 온갖 명예를 베풀었습니다.[132]

그녀는 슬퍼서 머리를 쥐어뜯더니 역시 남편처럼 미쳐서 달려와서는,

멜리케르테스여, 그대를 요람에서 낚아챕니다.

두 바다의 파도를 물리치는 좁은 지협(地峽)[133]이 하나 있는데,   495

그곳은 하나의 땅이면서 두 바다에 얹어맞고 있습니다.

그녀는 실성하여 그곳으로 가서 아들을 품에 안고는

---

130 카드무스와 하르모니아(Harmonia)의 딸 세멜레는 윱피테르에 의하여 주신 박쿠스를 잉태한다.
그러나 그녀는 유노의 꾐에 빠져 윱피테르에게 그의 본연의 모습을 보여달라고 조르다가 윱피테
르의 번갯불에 타 죽는다. 이노는 언니 세멜레가 윱피테르의 번갯불에 타 죽은 뒤 윱피테르의 넓
적다리에서 태어난 그녀의 아들 박쿠스를 양육하다가 유노의 노여움을 사게 된다. 그래서 그녀의
남편 아타마스는 미쳐서 아들 레아르쿠스를 죽이고, 그녀도 미쳐서 아들 멜리케르테스를 끓는 물
속에 던져 죽이고는 자신도 아들의 시신을 안고 바닷물에 뛰어든다. 이노는 레우코테아('하얀 여
신'이라는 뜻)라는 이름의 바다 여신이, 멜리케르테스는 팔라이몬이라는 이름의 바다 신이 된다.

131 여기서 '그림자'란 혼백이라는 뜻이다.

132 격식에 따라 후히 화장해주었다는 뜻이다.

133 코린투스 지협을 말한다.

높은 암벽에서 함께 바다로 뛰어듭니다.

파노페[134]와 그녀의 일백 명의 자매들이 그들을 무사히 받아

   그들을 데리고 미끄러지듯 부드럽게 자신들의 영역을 지나갑니다.   500

그들이 거세게 소용돌이치는 티베리스 강의 하구에 이르렀을 때,

   이노는 아직 레우코테아라고 불리지 않았고, 소년은 아직 팔라이몬이라고

불리지 않았습니다. 그곳에 원림이 하나 있었는데, 세멜레의 원림이라고

   불리는지 아니면 스티물라[135]의 원림이라고 불리는지 확실하지 않습니다.

그곳에는 아우소니아[136]의 마이나스[137]들이 살았다고 합니다. 이노는 그들에게   505

   그곳에 어떤 부족이 사는지 묻습니다. 그녀는 그들이 아르카디아인들이고

에우안데르[138]가 그곳을 다스리고 있음을 알게 됩니다. 사투르누스의 따님[139]은

   자신이 여신임을 숨기고는 음흉한 거짓말로 라티움의 박쿠스 여신도들[140]을

부추깁니다. "오오, 그대들은 너무나 순진하군요. 그대들은 완전히 정신이

   나갔구려. 저 낯선 여인은 우리 무리에게 친구로서 다가오는 것이 아녜요.   510

그녀는 교활하게도 우리의 신성한 의식을 알아내려 한단 말이에요.

   하지만 그녀를 확실히 벌줄 수 있는 방법이 있기는 하지요."

그녀가 말을 마치자마자, 튀이아스[141]들은 머리를 목 위로

---

134   파노페는 바다 노인 네레우스(Nereus)의 딸들 중 한 명이다. 네레우스의 딸들은 대개 50명인 것으로 알려져 있다(헤시오도스, 『신들의 계보』 240행 이하 참조).

135   스티물라는 격렬한 충동의 여신이다.

136   1권 주 20 참조.

137   마이나스(maenas 그/mainas 복수형 maenades 그/mainades)는 '미친 여자'라는 뜻으로, 박쿠스의 여신도를 말한다. 4권 주 130 참조.

138   1권 471행 참조.

139   유노.

140   앞에 나온 마이나스들을 말한다.

141   튀이아스(thyias)는 박쿠스 여신도의 다른 이름으로, '미쳐 날뛰다'라는 뜻의 그리스어 thyein에서 유래한 말이다.

풀어 내리고는 울부짖는 소리로 대기를 가득 채우더니,

소년에게 손을 얹고는 그를 빼앗으려고 싸웁니다.   515

　　이노는 지금까지 알지 못했던 신들을 부릅니다.

"이곳의 신들과 남자들이여, 가련한 어머니를 도와주소서."

　　그녀가 외치는 소리가 가까이 있는 아벤티눔 언덕의 바위에 닿습니다.

오이타의 영웅[142]이 히베리아의 소 떼[143]를 몰고 강가에 왔다가[144]

　　그 소리를 듣고 그쪽으로 달려갑니다.   520

헤르쿨레스가 도착하자 마침 폭력을 쓰려던 여인들은

　　비겁하게도 등을 돌리고 달아나기 시작했습니다.

"여기는 어인 일이시오, 박쿠스의 이모여? (그는 그녀를 알아보았습니다.)

　　아니면 나를 괴롭히는 신[145]이 그대도 괴롭히고 있는 것이오?"라고 그는

묻습니다. 그녀는 일부는 말하고 일부는 아들의 면전이라 말하지 않았으니,   525

　　자신이 실성하여 범행을 저지른 것이 부끄러웠던 것입니다.

날랜 소문(所聞 Rumor)이 날개를 치며 날아다니자,

　　이노여, 그대의 이름은 사람들 입에 오르내립니다.

그대는 마음씨 착한 카르멘타[146]의 집에 손님으로 들어가서

　　오랜 허기를 달랬다고 합니다.   530

142　헤르쿨레스. 헤르쿨레스를 오이타의 영웅이라고 하는 이유는 그가 그리스의 오이타 산에서 산 채로 화장되었기 때문이다.

143　헤르쿨레스가 게뤼온의 소 떼(1권 주 133 참조)를 몰고 에뤼테아 섬에서 그리스로 돌아가던 도중 맨 먼저 상륙한 곳이 히베리아, 즉 에스파냐인 까닭에 그의 소 떼를 히베리아의 소 떼라고 한다. 히베리아는 에스파냐의 그리스어 이름이다.

144　1권 543~558행 참조.

145　유노. 1권 주 67과 2권 주 65 참조.

146　1권 461행 이하 참조.

테게아의 여사제[147]가 급히 데운 화덕에서 손수

　서둘러 케이크를 구워 그녀에게 주었다고 합니다.

오늘날에도 그녀는 마트랄리아 제 때는 케이크를 좋아합니다.

　그녀에게는 시골의 친절이 기교보다 더 반가운 것이지요. "이제" 하고

이노가 말합니다. "오오, 예언녀[148]여, 내 미래의 운명을 말해주세요.　　535

　그래도 된다면요. 이미 베푼 호의들에 부디 이 호의도 덧붙이도록 하세요."

잠시 뒤 예언녀에게 하늘의 힘이 내리자

　그녀의 가슴은 신성으로 가득 찹니다.

갑자기 그대는 그녀를 거의 알아볼 수 없었을 것입니다.

　그녀는 조금 전보다 그만큼 더 신성하고 그만큼 더 컸던 것입니다.　　540

"반가운 소식이에요. 이노여, 기뻐하세요. 그대의 노고는 끝났어요.

　그리고 이 나라의 백성에게 늘 호의를 베풀어주세요"라고 그녀는

말했습니다. "그대는 바다의 신이 될 거예요. 바다는 또 그대의 아들도

　차지하게 될 거예요. 그대들은 그대들의 바닷물에서 다른 이름을 갖도록 하세요.

그라이키아인들은 그대를 레우코테아라고, 우리는 마투타라고 부를 거예요.　545

　그대의 아들에게는 항구(portus)들에 대한 전권이 주어질 거예요.

우리는 그를 포르투누스(Portunus)라고 부를 것이나, 그 자신의 말[149]로는

　팔라이몬이라고 불릴 거예요. 자, 가세요. 그리고 청컨대, 그대들은

둘 다 이 나라에 호의를 보이세요!" 이노는 머리를 끄덕이며 약속했습니다.

　그들은 노고를 끝내고 개명했습니다. 그는 신이고 그녀는 여신입니다.　　550

왜 그녀가 하녀들의 접근을 금하느냐고요?

147　카르멘타. 테게아는 그리스 아르카디아 지방의 소도시이다.

148　카르멘타.

149　그리스어.

그녀는 하녀들을 미워합니다. 나는 그녀가 미워하는 까닭을 말하겠습니다.

그녀가 허용한다면 말입니다. 카드모스의 따님[150]이여, 그대의 시녀들 중 한 명을

　가끔 그대의 남편이 품에 안곤 했습니다.

뻔뻔스런 아타마스는 몰래 그녀를 사랑했고, 그녀에게서 그는　　　　　　　　555

　그대가 농부들에게 볶은 씨앗을 주었다는 것을 알아냈습니다.[151]

그대는 물론 부인하지만 소문은 그것을 확인해주었습니다.

　그것이 그대가 하녀의 무리를 미워하는 이유인 것입니다.

하지만 경건한 어머니는 자기 자식을 위해 그녀에게 기도해서는 안 됩니다.

　그녀는 어머니로서는 그리 행복하지 못했던 것 같습니다.　　　　　　　　560

다른 사람의 자식을 그녀에게 맡기는 편이 더 낫습니다.

　그녀는 자기 자식들보다도 박쿠스에게 더 잘해주었습니다.

그녀는, 루틸리우스여, 그대에게 말했다고 합니다. "어디로 서둘러 가시오?

　집정관이여, 내 날이 밝아오면 그대는 마르시족의 손에 쓰러질 것이오."[152]

결과는 그녀가 말한 대로였습니다. 톨레누스 강물은　　　　　　　　　　565

　피로 붉게 물든 채 흘러갔던 것입니다.

일 년 뒤 같은 날 디디우스[153]의 죽음이

　적군의 힘을 배가해주었습니다.

150　이노.
151　3권 주 203 참조.
152　기원전 90년에 집정관으로 선출된 루틸리우스는 로마와 동맹시들 사이의 전쟁에서 벳티우스 스카토(Vettius Scato)가 이끄는 마르시족과 싸우다가 톨레누스 강가에서 전사한다.
153　기원전 98년 집정관을 지낸 디디우스는 트라케와 에스파냐에서의 승리로 두 번이나 개선장군이 되었으나, 동맹시 전쟁에서 싸우다가 기원전 89년 전사한다.

포르투나여, 같은 날짜와 같은 봉헌자와 같은 장소는 그대의 것이기도 합니다.[154]

하지만 저기 쌓여 있는 토가[155] 아래 숨어 있는 이는 대체   570

누구입니까? 세르비우스입니다.[156] 그것은 확실합니다. 그러나 숨어 있는

까닭에 관해서는 의견이 분분하고, 나 또한 마음속으로 헷갈립니다.

여신은 자신의 은밀한 사랑을 소심하게 고백했고

또 천상의 존재로서 인간과 동침하는 것을 부끄럽게 여겼지만,

(그녀는 왕을 향한 큰 애욕에 불타고 있었고   575

이 한 남자에게만은 눈멀지[157] 않았습니다)

밤에 작은 창문(fenestra)을 통하여 그의 집에 들어가곤 했습니다.

그래서 그 문은 페네스텔라(Fenestella)[158] 라는 이름을 갖고 있는 것입니다.

지금도 그녀는 부끄러워 자신의 사랑스러운 모습을 베일 아래 숨기고 있고,

왕의 얼굴은 여러 벌의 토가에 덮여 있습니다.   580

아니면 툴리우스의 장례식이 끝난 뒤 백성이

상냥하던 지도자의 죽음에 충격을 받아

그들의 슬픔에 절제가 없고 그의 상을 보며 슬픔이 더 깊어지자,

급기야 토가들로 덮어 그를 완전히 가렸다는 것이 더 사실에 가까울까요?

세 번째 까닭에 관해서 나는 더 장황하게 설명하지 않을 수 없습니다.   585

그런데도 나는 내 말[馬]들을 단단히 제어하게 될 것입니다.

툴리아[159]는 범행의 대가로 결혼한 뒤

---

154 세르비우스 툴리우스는 마테르 마투타에게 신전을 봉헌한 날짜인 6월 11일에 행운의 여신 포르투나에게도 같은 장소인 포룸 보아리움에 신전을 지어주었다고 한다.

155 토가 (toga)는 고대 로마인들이 입던 헐거운 겉옷이다.

156 일설에 따르면 그것은 여신 자신이라고 한다.

157 행운의 여신은 흔히 눈이 먼 것으로 생각되었다.

158 페네스텔라 문 (porta Fenestella)이 어떤 문인지는 알 수 없다.

338

남편을 늘 이런 말로 부추기곤 했습니다.

"당신은 내 여동생을 죽이고 나는 당신의 아우를 죽였거늘,

　우리가 지금 경건한 삶을 산다면 우리의 결합이 무슨 이득이 되겠어요?　　　590

만약 우리에게 더 큰 일을 감행할 용기가 없다면,

　내 남편과 당신의 아내는 살았어야 할 거예요.

나는 당신에게 내 아버지의 머리와 왕국을 지참금으로 드리겠어요.

　당신이 남자라면 가서 약속된 지참금을 요구하세요.

범죄는 왕다운 일이에요. 당신 장인을 죽이고는 그분의 왕국을 빼앗고　　　595

　우리의 손을 내 아버지의 피로 물들이도록 하세요."

그런 말들에 고무되어 그는 사인(私人)인데도 높다란 왕좌에

　앉았습니다. 백성은 놀라서 무기를 가지러 달려갑니다.

유혈과 살육이 이어지고 허약한 노령이 패배합니다. 그러자 그의 사위인

　수페르부스가 장인에게서 왕홀을 빼앗아 가집니다.　　　600

그리고 왕은 자신의 궁전이 있던 에스퀼리누스 언덕[160] 기슭에서 피살되어

　딱딱한 땅바닥에 피를 흘리며 쓰러졌습니다.

그의 딸은 마차를 타고는 꼿꼿하고 오만한 자세로

　아버지의 궁전을 향하여 도시의 중심가를 지나가고 있었습니다.

마부가 시신을 보고는 눈물을 흘리며 마차를 세우자,　　　605

　그녀가 이런 말로 그를 나무랍니다.

"마차를 몰 텐가, 아니면 동정의 쓰디쓴 대가를 기다릴 텐가?

　내 이르노니, 마음 내키지 않는 이 바퀴들을 그의 얼굴 위로 몰도록 하라."

159　툴리아는 세르비우스 툴리우스의 야심 많은 딸로, 역시 야심만만한 타르퀴니우스 수페르부스(2권 주 170 참조)와 결혼한다.

160　1권 주 43 참조.

그러한 범행의 확실한 증거가 있으니, 그 거리는 그녀에게서 이름을 따와

범죄의 거리(vicus Sceleratus)라고 불립니다. 그 사건은 영원히 낙인찍힌 610

것입니다. 그러나 그녀는 나중에 자신의 아버지가 세운 신전에 감히 들어가려

했습니다. 내가 이야기하려는 것은 이상하게 들릴지 모르지만 사실입니다.

그곳에는 왕좌에 앉아 있는 툴리우스의 상이 하나 있습니다.

그것은 한 손으로 두 눈을 가리고 있다고 하며

목소리도 들렸습니다. "내 딸의 흉측한 얼굴을 보지 못하게 615

그대들은 내 얼굴을 가리도록 하라."

그 상을 가리도록 옷이 주어졌습니다. 포르투나는 옷을 치우지

못하게 하며 자신의 신전에서 이렇게 말했습니다.

"세르비우스의 얼굴이 처음으로 드러나는 바로 그날은

염치가 사라지는 첫날이 될 것이니라."[161] 620

부인들이여, 그대들은 옷을 만지기를 삼가시오.

엄숙하게 기도하면 그것으로 충분합니다.

우리 도시의 일곱 번째 왕이었던 그분[162]의 머리는

늘 로마의 옷으로 가려 있게 하십시오.

이 신전은 한 번 불탔으나,[163] 불이 상은 해코지하지 않았습니다. 625

물키베르[164] 자신이 아들을 도와주었던 것입니다.

---

161 일설에 따르면 포르투나의 신전 안에 있는 토가에 가려진 상은 여신 푸디키티아(Pudicitia : '수줍음'이라는 뜻)라고 한다.

162 세르비우스는 로마의 여섯 번째 왕으로 알려져 있다. 오비디우스는 로물루스와 함께 로마를 다스리던 공동 왕 티투스 타티우스를 로마의 왕들에 포함시킨 듯하다. 로마의 왕들은 1권 주 16 참조.

163 기원전 213년에 포르투나의 신전과 마테르 마투타의 신전이 모두 큰 화재로 소실되지만, 기원전 212년에 중수되기 시작했다.

164 물키베르(Mulciber)는 볼카누스의 다른 이름으로, 헤르쿨레스에게 살해된 괴물 카쿠스의 아버지이자 로마 왕 세르비우스 툴리우스의 전설적인 아버지이다.

툴리우스의 아버지는 볼카누스이고 어머니는 코르니쿨룸[165] 출신의

  빼어난 미인 오크레시아였기 때문입니다.

타나퀼[166]은 관습에 따라 제물을 바친 뒤, 장식한 화로에

  자신과 함께 포도주를 부으라고 그녀에게 명령했습니다.   630

거기 재 속에 남근(男根)의 형상이 있거나 아니면 있는 것처럼 보였는데,

  아마도 실제로 있었던 것 같습니다.

포로인 오크레시아는 여주인의 명령에 따라 화로에 앉습니다.

  그녀가 세르비우스를 잉태하니, 그의 가문은 하늘의 씨를 받은 것입니다.[167]

또한 그의 아버지가 증거를 보여주었으니, 그의 머리에 번쩍이는 불을 두르고   635

  그의 모발에는 화염이 뾰족하게 타오르게 했던 것입니다.[168]

콩코르디아여, 그대에게도 리비아는 웅장한 신전을 봉헌했으니,

  그대가 그녀를 사랑스런 남편과 맺어주었기 때문입니다.

후세 사람들이여, 배워 알도록 하시오. 지금 리비아의 주랑이 있는 곳은

  전에는 거대한 집[169]으로 덮여 있었습니다.   640

---

165 코르니쿨룸은 라티움 지방의 오래된 도시이다.

166 타나퀼은 로마의 다섯 번째 왕 타르퀴니우스 프리스쿠스(Tarquinius Priscus)의 아내로, 예언 능력이 있었다.

167 로물루스와 레무스도 처녀 계집종이 화로에서 나온 남근에 의해 잉태한 것이라는 설이 있다.

168 하루는 젊은 세르비우스가 자고 있는데 불길이 그의 머리 주위로 뛰어다니는 것이 보였다고 한다. 그러나 그는 아무 해도 입지 않았으며, 그가 잠을 깨자 불길은 잠잠해졌다고 한다.

169 '거대한 집'이란 기사계급 출신으로 대부호였던 베디우스(Publius Vedius Pollio)의 저택을 말한다. 그는 잔인하기로 유명했는데, 마음에 들지 않는 노예는 곰칫과의 뱀장어가 우글거리는 연못에 내던졌다고 한다. 그는 기원전 15년 세상을 떠나면서 로마의 저택과 캄파니아(Campania) 지방에 있던 별장을 아우구스투스에게 유증(遺贈)한다. 아우구스투스는 그의 저택을 헐고 그 자리에 큰 주랑을 짓고는 아내의 이름을 따서 리비아의 주랑(Portico Liviae)이라고 명명한다. 이 주랑 안에 또는 옆에 있던 콩코르디아의 신전은 기원전 7년 리비아가 봉헌한 것이다.

단 한 채의 집이 도시만큼 규모가 컸고, 많은 도시의 성벽이
  차지하고 있는 것보다 더 넓은 공간을 차지하고 있었습니다.
그 집은 땅과 높이가 같아졌는데, 그것은 그 임자가 왕권을 노렸기 때문이 아니라,
  그 사치스러움이 나쁜 본보기가 될 것 같았기 때문입니다.
카이사르는 그토록 큰 구조물을 헐어버리고
  그토록 많은 상속 재산을 파괴하는 것을 참고 견뎠습니다.
법의 집행자가 남들에게 명령하는 것을 스스로 행할 때, 이것이야말로
  감찰관직을 행사하는 방법이고 이것이야말로 본보기를 세우는 방법입니다.

6월 13일

이튿날[170]에 관해서는 별로 말할 것이 없습니다.
  이두스[171]에는 윱피테르 인빅투스[172]에게 신전이 봉헌되었습니다.

벌써 나는 소(小)퀸콰트루스[173]에 관해 설명하라는 명령을 받습니다.
  이제 내 기도(企圖)를 도와주소서, 금발의 미네르바여!
"왜 피리 취주자들은 온 시내를 행진하는 것입니까?
  가면들은 무엇을 의미하며, 긴 겉옷은 무엇을 의미하는 것입니까?"
이렇게 내가 물었습니다. 그러자 트리토니아[174]가 창을 내려놓고

170 '이튿날'이란 6월 12일을 말한다.
171 6월의 이두스는 13일이다.
172 윱피테르 인빅투스(Iuppiter Invictus)는 '불패의 윱피테르'라는 뜻으로, 윱피테르의 별명 중 하나이다.
173 6월 13일의 소(小)퀸콰트루스(Quiquatrus Minusculae)에는 피리 취주자들이 미네르바 여신을 경배한다. 3월 19~23일의 대(大)퀸콰트루스에 관해서는 3권 809~876행 참조.
174 트리토니아(Tritonia 또는 Tritogeneia)는 그리스 여신 미네르바의 별명 가운데 하나로, 그것은 그녀가 보이오티아 또는 리뷔아 또는 크레타에 있는 트리톤(Triton) 강 또는 트리토니스(Tritonis) 호

말했습니다. (내가 유식한 여신의 말을 전달할 수 있다면 좋으련만.)

"그대들의 선조들의 시대에 피리 취주자들은

　쓸모가 많았고 언제나 크게 존경받았지요.

피리는 신전에서도 연주되고 놀이에서도 연주되었소.

　피리는 또 슬픔에 잠긴 장례식 때도 연주되었지요.　　　　　660

힘든 일이지만 보수가 그것을 감미로운 것으로 만들었소.

　그런데 갑자기 이 사랑스러운 예술의 활동을 막는 시대가 이어졌소.

게다가 어떤 조영관[175]은 장례식 행진 때

　피리 취주자의 수를 단 열 명으로 제한했소.

피리 취주자들은 도시를 뒤로하고 망명지를 찾아 티부르[176]로　　　665

　가는 것이오.[177] 한때는 티부르가 망명지였으니까요. 사람들은

속이 빈 피리가 없는 것을 무대 위에서도, 제단 옆에서도 아쉬워하게 되오.

　그리고 마지막 행진에서 만가(輓歌)가 관(棺)을 인도하는 일도 없게 되지요.

티부르에는 전에는 노예였으나 오래전에 자유의 몸이 된 사람이

　살고 있었는데,[178] 그는 어떤 신분에도 어울리는 사람이었소.　　　　670

그가 자신의 시골집에서 잔치 준비를 하고

　음악가들의 무리를 초대하자 그들이 잔치 자리에 모여드오.

때는 밤이었고, 그들의 눈과 마음은 술기운에 몽롱했소.

수 옆에서 태어났기 때문이라고 한다.

175　조영관에 관해서는 5권 주 76 참조.

176　티부르에 관해서는 4권 주 36 참조.

177　리비우스, 9권 30장 5~10절 참조. 리비우스에 따르면 피리 취주자들이 기원전 311년 티부르로
　　　망명한 까닭은, 피리 취주자들은 율피테르의 신전에서는 식사할 수 없다는 전년도 법령에 반발했
　　　기 때문이라고 한다.

178　리비우스에 따르면 로마 원로원의 부탁을 받고 로마에서 망명한 피리 취주자들을 취하게 한 다음
　　　마차에 태워 로마로 보낸 것은 해방 노예가 아니라 티부르 시의 관리들이라고 한다.

그때 사자(使者)가 미리 입을 맞추고 와서 말했소.

"왜 그대는 어서 잔치를 중단하지 않으시오?   675

  보시오, 저기 그대를 자유의 몸이 되게 해주신 분이 오고 계시오."

지체 없이 손님들은 사지를 움직이는데, 사지는 술에 취해

  흐느적거렸소. 그들의 발은 비틀거리거나 미끄러졌소.

주인은 "나가시오!"라고 소리치더니 꾸물거리는 자들을

  마차에 태웠는데 그 마차에는 골풀이 깔려 있었소.   680

때와 운동과 술이 그들을 졸리게 하는데

  술 취한 무리는 자신들이 티부르로 돌아가는 줄 알고 있소.

그들은 어느새 에스퀼리우스 언덕을 넘어 로마 시내로 들어갔고,

  수레는 이튿날 아침 포룸 한가운데에 서 있었소.

그들의 외모와 수에 관해 원로원을 속이기 위해   685

  플라우티우스[179]는 그들에게 가면을 쓰라고 명령하고,

그들에게 다른 자들도 섞고 또 여자 피리 취주자들이 그들의 무리를

  늘릴 수 있도록 그들에게 긴 옷을 입게 했소.

그리하여 망명자들의 귀환은 잘 위장되어 그들이 조합(組合)의 규정을

  어기고 귀환했다는 비난을 면할 수 있었던 것이오. 그 계획은   690

갈채를 받았소. 그래서 지금 그들에게는 이두스에 신기한 옷을 입고

  옛 가락에 맞춰 익살스런 가사를 노래하는 것이 허용되는 것이지요."[180]

그녀가 이렇게 가르쳐주었을 때 내가 말했습니다. "이제 내게는

---

179 플라우티우스는 피리 취주자들에게 윱피테르의 신전에서 식사할 수 없다는 법령이 내려지던 기원
전 312년 클라우디우스(Appius Claudius)와 함께 감찰관이었다.

180 그 밖에 윱피테르 신전에서 식사하는 것도 다시 허용되었다고 한다.

왜 그날이 �퀸콰트루스라고 불리는지 그 까닭을 배우는 일만 남았습니다."

그녀가 말합니다. "3월에도 나를 위해 그런 이름의 축제가 열리지만,   695

　이들 피리 취주자 무리도 내 발명품 중 하나이지요.

내가 회양목에 띄엄띄엄 구멍을 뚫음으로써

　처음으로 기다란 피리가 소리를 낼 수 있게 만들었지요.

나는 그 소리가 마음에 들었지만 맑은 물에 비친 내 얼굴에서

　처녀의 두 볼이 부풀어 있는 것을 보았소.   700

"내게 이 예술은 그럴 만한 가치가 없어. 잘 있거라, 내 피리야"라고 말하고

　내가 그것을 던져버리자 강기슭의 잔디가 그것을 받았소.

어떤 사튀루스[181]가 그것을 주워 처음에는 사용법을 몰라 어리둥절하다가

　그것을 불면 소리가 난다는 것을 알게 되지요.

그리하여 그는 손가락을 이용하여 숨을 내쉬기도 하고 들이쉬기도 하는데,   705

　어느새 그는 요정들에게 자신의 예술을 자랑했지요.

그는 포이부스에게도 도전하지만 포이부스가 이겨 그를 매달아놓고는

　그의 몸에서 살가죽을 벗겨냈지요.[182]

하지만 이 음악의 발명자 겸 창시자는 나이고,

　그래서 그 예술은 내 축제일들을 경축하는 것이라오."   710

181　마르쉬아스. 사튀루스에 관해서는 1권 주 92 참조.

182　마르쉬아스는 피리 취주에 관한 기술을 터득하자 우쭐해진 나머지 음악의 신이기도 한 아폴로에게 음악 경연을 자청한다. 마르쉬아스와 아폴로는 무사 여신들을 심판관으로 삼아 각각 피리와 뤼라(2권 주 38 참조)를 연주하는데, 처음에는 둘이 비겼다고도 하고 마르쉬아스가 이겼다고도 한다. 그러자 아폴로가 뤼라를 거꾸로 세워 연주하며 마르쉬아스에게도 그렇게 해보라고 도전한다. 피리는 거꾸로는 불 수 없는 까닭에 마르쉬아스가 경연에서 지자, 아폴로는 이긴 자가 진 자를 마음대로 한다는 계약에 따라 소나무에 거꾸로 매달아놓고 그의 몸에서 가죽을 벗겨 그를 죽게 만든다. 마르쉬아스의 이야기는 수많은 예술 작품의 소재가 되었는데, 그중에서도 16세기 이탈리아 베네치아의 화가 틴토레토(Tintoretto)의 「아폴로와 마르쉬아스」라는 그림이 유명하다.

6월 15일

세 번째 밤이 다가오면 그때는, 도도나의 튀오네[183] 여,

　그대는 아게노르의 황소[184] 이마에 또렷이 서 있게 될 것입니다.

이날은, 티베리스여, 그대가 베스타 신전의 쓰레기를

　에트루리아의 강[185] 물을 따라 바다로 싣고 가는 날입니다.[186]

6월 16일

바람이라는 것이 조금이라도 믿을 수 있는 것이라면, 뱃사람들이여, 그대들은　　715

　제퓌루스[187]를 향해 돛을 펴시오. 내일 그는 그대들의 물 위로 순하게 불 것이오.

6월 17일

헬리아데스들의 아버지[188]가 자신의 광선(光線)을 물결 아래 담그고

　밝은 별들이 양극을 에워싸면,

휘레우스의 아들[189]이 강력한 두 팔을 대지에서 들어올릴 것입니다.

　이튿날 밤에는 돌고래자리가 보일 것입니다.　　720

---

183 튀오네는 휘아데스들(5권 163~182행 참조) 가운데 하나로 여기서는 성단 전체를 말한다. 일설에 따르면 휘아데스들은 북서 그리스에 있는 도도나의 요정들이었다고 한다. 그래서 여기서 '도도나의'라고 표현한 것이다.

184 '아게노르의 황소'란 페니키아 왕 아게노르의 딸 에우로파를 납치하여 크레타로 태워간 황소와 황소자리를 말한다(5권 603~620행 참조).

185 티베리스 강. 1권 주 46 참조.

186 베스타 신전의 오물은 매년 6월 15일에 청소되었다고 한다.

187 제퓌루스에 관해서는 5권 주 56 참조.

188 태양신 헬리오스. 헬리아데스들은 헬리오스의 딸들로, 오라비 파에톤이 아버지의 마차를 몰다가 죽자 그의 죽음을 슬퍼하여 미루나무가 되고 그들의 눈물은 호박(琥珀)이 되었다고 한다.

189 오리온. 5권 493~544행 참조. 6월 17일에는 오리온자리가 저녁이 아니라 아침에 뜬다고 한다.

이 별자리는 볼스키족[190]과 아이퀴족이, 알기두스[191] 땅이여,

　전에 그대의 들판에서 패주하는 것을 보았습니다.

이웃나라들에 승리함으로써 이름을 날린 투베르투스[192]여,

　그대는 나중에 그곳에서 눈처럼 하얀 백마들을 타고 개선했습니다.

6월 19일

이제 이달도 엿새하고도 또 엿새가 남게 되면

　이 숫자에 하루를 더 보태십시오.

그러면 태양은 쌍둥이자리[193]를 떠나고 게자리의 별들은 붉어질 것입니다.

　아벤티눔 언덕 위에서는 팔라스의 축제가 시작됩니다.[194]

6월 20일

라오메돈이여, 그대의 며느리[195]는 벌써 일어나 밤을 쫓아내고 있고,

　축축한 서리는 풀밭에서 물러가고 있습니다.

퓌르루스[196]여, 그대가 로마인들에게 공포의 대상이었을 때,

　그가 누구이든 숨마누스[197]에게 신전이 봉헌되었다고 합니다.

190 볼스키족은 리리스(Liris) 강 하류에 살던 라티움 지방의 부족으로, 기원전 5세기에 로마인들에게 정복당한다. 아이퀴족(Aequi 또는 Aequiculi)은 로마 동쪽 산악지방에 살던 부족으로 기원전 4세기에 로마인들에게 정복당한다.

191 알기두스는 로마 동남쪽 투스쿨룸 시 남쪽에 있는 산이다.

192 기원전 431년 독재관 투베르투스가 이끄는 로마군이 알바 언덕들의 동쪽 끝에 있는 알기두스 고갯길에서 볼스키족과 아이퀴족을 격파했다고 한다.

193 쌍둥이자리에 관해서는 5권 693행 이하와 3권 주 36 참조.

194 아벤티눔 언덕에 있는 미네르바의 신전은 3월 19일에 봉헌되었다(3권 811행 이하 참조). 이 신전은 아우구스투스가 중수했는데, 그 날짜가 6월 19일이었던 것으로 추정된다.

195 새벽의 여신 아우로라. 라오메돈은 트로이야의 왕으로 티토누스(1권 주 106 참조)의 아버지이다.

196 퓌르루스에 관해서는 주 51 참조.

6월 21일

갈라테아[198]가 이날도 아버지의 물결 속으로 받아들이고

　대지가 평온과 휴식으로 가득 차게 되면,

할아버지의 벼락을 맞은 젊은이[199]가 대지 위로 떠올라　　　　735

　뱀 두 마리가 감긴 두 손을 뻗을 것입니다.

파이드라의 사랑도 유명하지만 테세우스의 잘못도 유명하니,

　그는 남의 말만 믿고 자기 아들을 저주했던 것입니다.[200]

너무 경건하여 죄를 뒤집어쓴 젊은이는 트로이젠을 향하여

　가고 있었습니다. 그때 황소 한 마리가 가슴으로 물살을 가릅니다.　　740

놀라서 겁을 먹은 탓에 더 이상 제어할 수 없게 된 말들은

　주인을 낭떠러지와 단단한 바위들 사이로 끌고 갑니다.

힙폴뤼투스는 마차에서 내동댕이쳐져 고삐에 감긴 채

　끌려갔습니다. 그는 몸이 갈기갈기 찢기다가

결국 숨을 거두었습니다.[201] 그러자 디아나가 크게 분개했습니다.　　745

197　숨마누스가 어떤 신인지 알 수 없지만, 밤하늘에서 번개를 던지는 신으로서의 윱피테르를 말하는 것으로 추정된다.

198　갈라테아는 바다 노인 네레우스의 딸들 가운데 한 명이다.

199　아폴로의 아들로 의신인 아이스쿨라피우스. 그가 죽은 힙폴뤼투스(3권 주 78 참조)를 살려내자 그것이 선례가 되어 우주의 질서가 무너질까 두려워 또는 저승의 신 플루토와 운명의 여신들이 항의한 까닭에 윱피테르가 벼락으로 쳐서 그를 죽이고는 아폴로를 생각하여 뱀주인자리(Ophiuchus, Anguitenens 또는 Serpentarius 그/Ophiouchos)라는 별자리가 되게 했다고 한다. 그가 뱀 또는 뱀들을 들고 있는 까닭은 다음과 같다. 그가 크레타 왕 미노스한테서 죽은 아들 글라우쿠스를 살려내라는 명령을 받고 밀실에 갇혀 있는데, 손에 들고 있던 지팡이에 뱀 한 마리가 기어오르는 것을 보고는 깜짝 놀라 뱀을 지팡이로 때려죽인다. 그런데 잠시 뒤 다른 뱀이 입에 약초를 물고 와서 죽은 뱀의 머리에 얹자 죽은 뱀이 도로 살아나 두 마리가 함께 도망친다. 그 광경을 본 아이스쿨라피우스는 같은 약초를 써서 글라우쿠스를 살려낸다. 그리하여 뱀은 그의 보호를 받게 되어 그와 함께 하늘의 별자리가 되었다고 한다.

200　3권 주 78 참조.

348

"슬퍼하실 이유가 없습니다"라고 코로니스의 아들[202]이 말합니다.

"내가 이 경건한 젊은이에게 아무 상처 없이 목숨을 돌려줄 것이니

　슬픈 운명도 내 기술 앞에서는 굴복할 것입니다."

그는 즉시 상아 상자에서 몇 가지 약초를 꺼내는데,

　그 약초들은 전에 글라우쿠스의 혼백에 효험이 있었습니다.　　　　　750

예언자 폴뤼이두스[203]가 한 뱀이 다른 뱀을 구하기 위해

　가져오는 것을 보아두었던 그 약초들을 썼을 때 말입니다.

그는 세 번이나 젊은이의 가슴을 만지며 세 번이나 주문을 외웠습니다.

　그러자 힙폴뤼투스가 축 늘어졌던 머리를 땅바닥에서 들었습니다.

딕튄나[204]가 자신의 원림과 숲 깊숙한 곳에 그를 숨겨두고 있는데,　　　755

　그는 아리키아 호수에서는 비르비우스[205]라고 불립니다.

클뤼메누스[206]와 클로토[207]가 괴로워하는데, 그녀는 끊어진 생명의 실이 다시

　자아진 까닭에, 그는 자신의 왕국의 권리가 축소된 까닭에 그러는 것입니다.

선례가 될까 두려워 유피테르께서는 너무 과도하게 기술을 사용한 자에게

201　오비디우스, 『변신 이야기』 15권 497~529행 참조.

202　아이스쿨라피우스. 1권 주 62 참조.

203　일설에 따르면 뱀이 죽은 뱀을 살리는 데 쓴 약초로, 꿀 항아리에 빠져 죽은, 미노스의 아들 글라
　　　우쿠스를 살려낸 것은 예언자 폴뤼이두스였다. 아폴로도로스(Apollodoros 라/Apollodorus), 『도서
　　　관』(Bibliotheke 라/Bibliotheca) 3권 3장 1절 참조.

204　딕튄나는 디아나의 별명으로, 크레타 섬 북서 해안의 곶인 딕튄나에 디아나 신전이 있었던 데서
　　　비롯된 이름이다.

205　아리키아 원림과 비르비우스에 관해서는 3권 263행 이하와 주 78 참조.

206　클뤼메누스(Clymenus : '유명한 자'라는 뜻)는 저승을 다스리는 플루토의 다른 이름이다.

207　클로토(Clotho 그/Klotho : '실 잣는 이'라는 뜻)는 운명의 여신들 가운데 한 명이다. 운명의 여신
　　　들은 클로토와 라케시스(Lachesis : '나눠주는 이'라는 뜻)와 아트로포스(Atropos : '돌이킬 수 없는
　　　이'라는 뜻)의 세 자매로, 인간의 운명을 실처럼 자아서 나눠주었다가 때가 되면 가차 없이 자르는
　　　것으로 생각되었다.

벼락을 던지셨습니다. 포이부스여, 그대는 계속해서 투덜댔습니다.   760

그대의 아들은 신이 되었으니, 그대의 아버지와 화해하소서.

그분께서는 남들에게 금하시는 것을 그대를 위해 스스로 행하셨던 것입니다.

6월 22일

카이사르여, 그대가 아무리 승리하고 싶다 해도

전조가 이를 금한다면 그대는 부디 군기들을 움직이지 마십시오.

공정하신 신들은 새[鳥]들을 통해 여러 가지로 그대에게 경고한다는 사실을   765

플라미니우스와 트라수메누스 호수[208]가 증거하게 하십시오.

경솔함이 빚은 옛 재앙이 일어난 때를 그대가 묻는다면

그것은 월말에서 이오 십 열흘째 되는 날이었습니다.[209]

6월 23일

이튿날이 더 길일(吉日)입니다. 마시닛사[210]는 쉬팍스를 이겼고,

하스드루발[211]은 제 칼에 쓰러졌습니다.   770

208 주 72 참조. 플라미니우스는 군기들이 땅에서 꼼짝하지 않고 그 자신은 타고 있던 말에서 떨어지는 등 불길한 조짐이 나타났는데도 이를 무시하다가 트라수메누스 호반에서 한니발에게 참패하여 시신도 수습하지 못했다고 한다.

209 날의 수를 거꾸로 읽는 예는 725~726행 참조.

210 마시닛사는 누미디아(Numidia)의 왕이다. 그는 제2차 포이니 전쟁(기원전 218~201년) 때인 기원전 203년 로마군 사령관 스키피오(Scipio Africanus)와 힘을 모아, 서(西)누미디아인들의 왕으로 카르타고의 동맹군이었던 쉬팍스(Syphax)를 이겼다.

211 하스드루발은 한니발의 아우로 기원전 207년 움브리아(Umbria) 지방의 메타우루스(Metaurus) 강가에서 그의 카르타고군이 로마군에게 패하며 전사했다고 한다. 그가 자살했다는 이야기는 다른 곳에는 나오지 않는다.

6월 24일

시간은 미끄러지듯 지나가고, 우리는 소리 없이 세월이 지나가는

가운데 늙어가며, 날들이 달아나도 이들을 붙들어둘 고삐가 없습니다.

포르스 포르투나[212]의 축제일은 얼마나 빨리 다가왔는가!

이레 뒤에는 6월도 끝날 것입니다.

퀴리테스들이여, 그대들은 가서 즐거운 마음으로 포르스를 축하하시오.   775

티베리스 강변에 있는 그녀의 신전은 왕[213]이 선사한 것입니다.

그대들은 걸어서 또는 날랜 배를 타고 하류로 서둘러 내려가되

얼근하게 취해 집으로 돌아가는 것을 부끄럽게 여기지 마시오.

화환을 두른 배들이여, 술 취한 젊은이들의 무리를 태워 나르되

그들이 강물 한가운데에서 포도주를 많이 마시게 하라.   780

평민이 이 여신을 숭상하는 것은 그녀의 신전을 세운 이는 평민 출신으로

미천한 신분에서 왕좌에 올랐다고 전해지기 때문입니다.

여신은 또한 노예들에게도 잘 맞습니다. 이 변덕스러운 여신을 위해 근처에

두 신전을 세운 툴리우스는 계집종의 아들이기 때문입니다.

6월 26일

보십시오, 누가 거나하게 취해 근교의[214] 신전에서 돌아오다가   785

별들을 향해 이런 말을 내뱉습니다.

---

212   포르스 포르투나는 그리스 신화의 운(運) 또는 행운의 여신 튀케(Tyche)에 해당하는 이탈리아의
      여신이다. 포르스는 운 또는 행운이라는 뜻의 라틴어이다.
213   세르비우스 툴리우스. 그는 계집종의 아들로 태어났지만 운 좋게도 왕이 되었다. 6권 627∼634행
      참조.
214   포르스 포르투나의.

"오리온이여, 지금은 그대의 허리띠[215]가 감추어져 있고 내일도 아마

　감추어져 있겠지. 하지만 그 후에는 내가

그것을 보게 되겠지." 하지만 그가 취하지 않았더라면

　바로 이날이 하지(夏至)라고 말했을 것입니다.　　　　　　　790

6월 27일

샛별이 살그머니 다가올 때 라레스들[216]은 능숙한 손들이

　수많은 화관을 만드는 그곳에 신전을 하나 받았습니다.

스타토르도 같은 시기에 신전을 받는데, 그 신전은

　로물루스가 전에 팔라티움 언덕 전면에 세운 것입니다.[217]

6월 29일

이달도 운명의 여신들의 이름수[218]만큼 남아 있을 때,　　　　　795

　퀴리누스여, 그대의 자줏빛 겉옷은 신전에 모셔졌습니다.[219]

215　오리온자리 허리띠의 가운데 별이 실제로 아침에 뜨는 것은 6월 21일이고, 눈에 보이게 뜨는 것은 7월 13일이었다고 한다.

216　5권 129행 참조.

217　로마인들이 나중에 포룸 로마눔이 된 늪지대에서 사비니족과 싸울 때(1권 263행 이하와 3권 213행 이하 참조) 로물루스는 로마인들이 도망치는 것을 보고 읍피테르를 부르면서 만약 로마인들을 멈춰 서게 해주면 그곳에 읍피테르 스타토르(Iuppiter Stator : '멈춰 서게 하는 읍피테르'라는 뜻)에게 신전을 지어 바치겠다고 서약한 적이 있다고 한다. 리비우스, 1권 12장 6절과 10권 37장 15절 참조.

218　운명의 여신들은 세 명이다(주 207 참조). 로마인들은 날짜를 계산할 때 첫날과 끝 날을 포함하여 계산하는 까닭에(1권 주 159 참조) 7월 1일까지는 3일이 남았다고 보는 것이다.

219　기원전 293년 파피리우스(Lucius Papirius Cursor)가 봉헌한 퀴리날리스 언덕 위의 퀴리누스, 즉 로물루스의 신전을 기원전 16년 아우구스투스가 중수하여 아마도 6월 29일에 봉헌했던 것으로 생각된다.

6월 30일

내일은 7월 초하루가 태어나는 날입니다.

피에리아의 여신들[220]이여, 내가 시작한 일을 마지막으로 손질해주소서.

"말씀해주소서, 피에리아의 여신들이여, 대체 누가 그대들을

계모[221]가 마지못해 패배를 인정한 그 영웅[222]에게 맡긴[223] 것입니까?"   800

내가 이렇게 말하자 클리오가 다음과 같이 대답했습니다.

"저 유명한 필립푸스[224]의 기념 건조물[225]이 저기 보이는데,

정숙한 마르키아는 그분의 혈육이지요.

---

220 무사 여신들(2권 269행과 주 84 참조).

221 여기서 '계모'란 유노를 말한다.

222 헤르쿨레스. 유노는 남편 윱피테르가 바람피운 여신들과 여인들은 물론이고 그 자식들까지 미워한다. 그러나 헤르쿨레스는 온갖 시련을 극복하고 사후(死後)에 하늘로 올라 윱피테르와 유노의 딸인 유벤타와 결혼하게 된다.

223 '맡기다'라고 한 것은 무사 여신들의 헤르쿨레스 신전(aedes Herculis Musarum)에서 헤르쿨레스가 무사 여신들의 지휘자이기 때문이다.

224 아우구스투스의 어머니 아티아는 필립푸스(Lucius Marcius Philippus)와 재혼하는데, 여기에 나오는 필립푸스는 그의 전처소생의 아들로 아버지와 이름이 같다. 아들 필립푸스는 의붓어머니의 동생인 젊은 아티아와 결혼한다. 그러니까 부자(父子)가 자매와 결혼한 것이다. 아들 필립푸스와 동생 아티아의 딸이 오비디우스가 여기에서 언급하는 마르키아이다. 그러니까 마르키아는 아우구스투스의 이종 누이이다. 마르키아가(家)는 자신들이 로마의 네 번째 왕 앙쿠스 마르키우스(1권 주 16 참조)의 자손들이라고 주장했다. 마르키아는 아마도 오비디우스의 주된 후원자이자 아우구스투스와 친했던 파비우스(Paullus Fabius Maximus)와 결혼하는데, 파비이가 사람들은 자신들이 헤르쿨레스 자손들이라고 주장했다(2권 193~242행 참조).

225 오비디우스가 말하고 있는 무사 여신들의 헤르쿨레스 신전은 아들 필립푸스가 건조한 것이 아니라, 기원전 29년 이를 중수하고 필립푸스의 주랑(porticus Philippi)이라는 주랑을 덧붙였을 뿐이다. 그 신전의 창건자는 풀비우스(Marcus Fulvius Nobilior)로, 그가 감찰관직에 있던 기원전 179년에 지은 것이다. 그는 그리스에서 근무하며 그리스 미술의 걸작품들을 약탈해 로마로 가져갔는데, 이때 그가 그리스에서 무사 여신들의 지휘자로서의 헤르쿨레스(Hercules Musagetes 그/Herakles Mousegetes) 상(像)을 보게 되어 그 의식까지 로마에 도입한 것으로 추정된다.

경건한 앙쿠스에게서 이름을 따오고

그 자색(姿色)이 고귀한 출생 못지않은 마르키아 말이오.   805

그녀는 신분과 미모와 재능을 두루 갖추고 있지요.

우리가 아름다움을 칭찬한다고 해서 그대는 우리를 나쁘게 여기지 마시오.

위대한 여신들도 우리는 그 점에서 찬양하니까 말이오.

카이사르의 이모는 전에 필립푸스와 결혼했지요.

오오, 이 거룩한 집안에 어울리는 영광스러운 여인이여!"   810

이렇게 클리오가 노래하자 유식한 언니들도 동의했습니다.

알카이우스의 손자[226]도 머리를 끄덕이며 자신의 뤼라를 뜯었습니다.

---

226 헤르쿨레스. 1권 575행 참조.

부록

오비디우스의 문학세계

천병희(단국대학교 인문학부 명예교수)

오비디우스 르네상스

지식인들이 라틴어로 글을 쓰던 서양 중세에서 그리스 로마 작가들 가운데 오비디우스만큼 많이 읽힌 작가는 없다. 그래서 중세학자 트라우베(Ludwig Traube)는 서양의 12~13세기를 오비디우스 시대(aetas Ovidiana)라고 일컫는다. 그러나 단테(Dante)가 그랬듯이 서양의 작가들이 라틴어가 아닌 자국어로 글을 쓰면서부터 그리스 로마 작가들의 영향력은 점점 줄어들기 시작했다. 또한 동로마제국이 멸망한 뒤 그리스 학자들이 대거 이탈리아로 건너와 그리스 문학을 본격적으로 소개하면서 라틴 작가의 영향력은 상대적으로 더욱 줄어들었으며, 오비디우스도 예외는 아니었다. 오비디우스의 경우 그 뒤에도 셰익스피어와 밀턴(J. Milton)에게 적지 않은 영향을 주는 등[1] 여전히 많이 읽히는 라틴 작가였으나, 낭만주의 시대에는 시인으로서의 독창성이 부족하다는 이유로 완전히 변두리로 밀려나고 말았다.

그러다가 20세기의 80년대 이후 오비디우스는 고전학자들과 그리스 로마의 고전을 애호하는 독자뿐 아니라 시인과 문인 사이에서도 폭발적인 인기를 누리게 되어 제2의 '오비디우스 시대'가 도래했다고 할 정도가 되었다. 이를테면 오비디우

---

[1] Colin Burrow, *Re-embodying Ovid: Renaissance afterlives* in: *The Cambridge Companion to Ovid*, edited by Philip Hardie, Cambridge University Press, 2002, pp. 301~319 참조.

스는 데시아토(Luca Desiato)의 『흑해 해안에서』(Sulle rive Mar Nero), 머훈(Derek Mahon)의 『토미스의 오비드』(Ovid in Tomis), 멀루프(David Malouf)의 『가상적 삶』(An Imaginary Life), 란스마이어(Christoph Ransmayr)의 『마지막 세계』(Die letzte Welt) 등의 소설에서 주인공으로 나오는가 하면, 대표작 『변신 이야기』의 경우 영어권 작가들이 모작(模作)을 만들어서 1994년 이를 한데 묶은 모음집(After Ovid: New Metamorphoses)을 출간하기도 했다. 이 밖에도 수많은 전문 잡지에 오비디우스에 관한 논문이 잇달아 실리는가 하면 지금까지는 주목받지 못했던 오비디우스의 작품들에 관한 방대한 전공 논문이 나왔다. 예컨대 『로마의 축제들』에 관한 책이 5년 사이 4권이나 나왔다(Miller 1991, Barchiesi 1994, Herbert-Brown 1994, Newlands 1995). 또한 여류 라틴학자들은 미국문헌협회(American Philological Association)의 『오비디우스 모음집』(Women's Classical Caucus)에서 오비디우스를 필독 작가라고 주장하는가 하면(Helios 17, 2, 1990), 최근의 도서 시장에서 오비디우스 번역서들은 가장 인기 있는 신간에 든다.

20세기의 70년대만 해도 별로 주목받지 못하던 이 고대 작가가 이런 인기를 누리게 된 까닭은 무엇일까? 우리 시대는 그리스 로마 작가들에게 특별히 관심이 많은 것도 아니고, 이 작가들이 표방하는 것으로 믿어지는 인문주의적 교양을 여전히 최고의 이상으로 받아들일 생각은 전혀 또는 거의 없어 보이는데 말이다. 이에 관해서는 앞으로 더 연구되어야 하겠지만, 오늘날의 독자들이 오비디우스에게 매혹되는 것은 무엇보다도 그의 작품이 재미있으면서 쉽게 읽히기 때문일 것이다. 그의 작품들은 별다른 사전지식이나 주석 없이도 그런대로 부담감 없이 읽어 내려갈 수 있게 씌어졌다.

다음으로 오비디우스는 신화이든 관습이든 권력이든 거리낌 없이 비판적으로 수용한다는 점에서 '현대적'이기 때문일 것이다. 예컨대 그는 『변신 이야기』 8권(260~546행)에서 칼뤼돈(Calydon)의 멧돼지 사냥 이야기를 하면서 그리스의 가장 위대한 영웅들이 거의 다 모였어도 많은 희생을 치르게 하고, 그중 한 명인 네스토르(Nestor)는 멧돼지를 피해 장대높이뛰기를 하듯 창 자루를 짚고 나뭇가지 위로 도망치게 하는데, 이는 우리가 다른 문헌을 통해 알고 있는 이야기와 사뭇 다르다. 달리 말하면 오비디우스는 신화 속 영웅들을 우리와는 다른 머나먼 세계에 존재하는 것처럼 그리는 것이 아니라 마치 우리와 비슷한 또는 가까운 소설 속 등장인물처럼 그리고 있다. 그래서 우리는 그들에게 친근감을 느끼는 것이다.

그러나 오비디우스에게는 다른 매력도 있다. 호메로스의 『일리아스』(Ilias)에서 네스토르가 트로이아 전쟁 때 그리스의 영웅들이 모인 자리에서 기회 있을 때마다 자신의 무용담을 자랑스레 늘어놓는 장면을 알아야만 우리는 앞서 말한 네스토르의 비겁한 행동이 무엇을 뜻하는지 충분히 알 수 있다. 이렇듯 오비디우스는 겉보기와는 달리 상당한 사전지식이 있어야만 충분히 이해할 수 있는 매우 '박식(博識)한 시인'(poeta doctus)임을 우리는 여기저기에서 확인할 수 있다. 그리고 무엇보다도 이러한 이중성이 그의 지속적인 인기를 설명해줄 수 있을 것이다.

오비디우스의 생애와 작품

오비디우스의 생애에 관한 우리의 지식은 대부분 그의 작품 『비탄의 노래』(Tristia) 4권 10부에 나오는 그 자신의 진술에 의존한다. 우리가 오비디우스라고 부르는 로마 시인 푸블리우스 오비디우스 나소(Publius Ovidius Naso)는 기원전 43년 3월 20일 로마에서 동쪽으로 150킬로미터쯤 떨어진 중부 이탈리아 술모(Sulmo: 지금의 술모나[Sulmona]) 시(市)의 기사(騎士) 집안에서 태어났다. 그가 태어나기 1년 전인 기원전 44년 3월 15일, 카이사르(Gaius Iulius Caesar)가 브루투스(Brutus) 일파에게 암살당함으로써 로마는 또다시 내란에 휩쓸렸다. 이 과정에서 로마는 정치체제가 공화정에서 제정으로 넘어가고, 흔히 아우구스투스(Augustus)라고 알려진 옥타비아누스(Gaius Iulius Caesar Octavianus)가 로마의 초대 황제로 추대된다. 로마사와 로마 문학사에서는 이 시대를 흔히 '아우구스투스 시대'라고 한다.

오비디우스는 아버지의 요청에 따라 한 살 위인 형과 함께 로마로 가서 당시 엘리트 청년들이 그러하듯 법률가나 정치가가 되기 위해 수사학(修辭學)을 공부한다. 공부를 마친 뒤 그는 그리스의 아테나이와 소아시아와 시킬리아를 여행하고 로마로 돌아와 하급 관직에 취임하지만, 문학을 향한 미련 때문에 관직을 버리고 시인이 된다.

그 무렵 로마 시인들은 귀족 출신 후원자의 도움을 받곤 했다. 그는 아우구스투스 시대의 선배 시인 베르길리우스(Vergilius), 호라티우스(Horatius), 프로페르티우스(Propertius)가 아우구스투스 황제의 친구이자 조언자인 마이케나스(Gaius Maecenas 기원전 70년경~8년)의 서클에 속했던 것과 달리 멧살라(Marcus Valerius Messala Corvinus 기원전 64년~기원후 8년)의 서클에서 활동을 다. 오비디우스는 호라티우스, 프로페르티우스와는 친구로 지냈으나 베르길리우스는 먼 발치에서 보았을 뿐이다.

오비디우스는 세 번 결혼하여 둘째 부인에게서 딸을 하나 얻었으며, 그의 셋째 부인은 그가 귀양 가 있는 동안 그에게 헌신적이었다고 한다.

오비디우스는 처음에 헥사메터(hexameter)와 펜타메터(pentameter)로 이루어진 비가조(悲歌調) 대구(對句)(영/elegiac couplet 독/das Distichon)로 연애시를 써서 큰 성공을 거둔다. 지금 남아 있는 그의 시들은 『변신 이야기』에서 서사시 운율인 헥사메터가 사용된 것 말고는 모두 비가조 대구로 씌어졌는데, 이 운율은 그리스 시대부터 비가(悲歌)와 경구(警句)뿐 아니라 삶에 대한 여러 가지 성찰을 표현하는 데 널리 사용되었다.

오비디우스의 초기 작품으로는 여러 가지 사랑 이야기를 담은 연애시 『사랑의 노래』(Amores 기원전 20년)를 비롯해 신화와 전설 속의 유명 여성들이 자신들을 버렸거나 떠나 있는 남편 또는 애인에게, 예컨대 페넬로페(Penelope)가 울릭세스에게, 아리아드네(Ariadne)가 테세우스(Theseus)에게 보내는 편지 형식으로 된 『여걸들의 서한집』(Heroides, 정확하게는 Epistulae Heroidum 기원전 1세기 말)과 역시 신화적 요소와 세속적 풍습을 묘하게 엮어 어떻게 하면 여인들의 호감을 살

수 있는지 조언해주는 『사랑의 기술』(Ars Amatoria 기원전 1년), 실연한 자들에게 사랑에서 벗어날 수 있는 방법을 가르쳐주는 『사랑의 치료약』(Remedia amoris 기원후 1년) 등이 있다.

오비디우스는 기원후 2년, 『변신 이야기』와 『로마의 축제들』을 동시에 쓰기 시작한다. 기원후 8년에 완성된 것으로 추정되는 『변신 이야기』는 헥사메테로 씌어진 전 15권의 대작으로, 천지창조부터 자신의 시대에 이르기까지 신화와 전설 속 변신 이야기를 중심으로 그리스 로마 신화를 집대성한 작품이다. 풍부한 상상력과 회화적인 묘사는 이 작품에 나오는 신이나 인간이 신화 속 인물이라기보다는 당시 로마 상류사회의 인물들을 연상케 한다는 평가를 받고 있다.

이때는 베르길리우스, 호라티우스, 프로페르티우스도 세상을 떠나고 오비디우스가 로마의 문학계를 대표하고 있었다. 이렇듯 시인으로서의 최고의 명예를 누리던 그는 기원전 8년 아우구스투스 황제에 의해 로마의 변방인 흑해 서안의 토미스(Tomis: 지금의 루마니아[Constantsa])로 유배(relegatio: 재산과 시민권은 유지하는, 추방[exsilium]보다는 덜 가혹한 형벌)된다.

그러나 그는 다시 로마로 돌아가지 못하고 지금의 시베리아나 다름없는 그곳의 야만인 사이에서 생명의 위협을 느끼며 비참하고 쓸쓸한 만년을 보내다가 유배된지 10년이 지난 기원후 17년 또는 18년에 세상을 떠난다. 유배지에서의 비참한 생활과 로마로 돌아가기를 바라는 또는 로마에 더 가까운 곳으로 옮겨지기를 바라는 그의 간절한 소망은 그가 유배지에서 쓴 『비탄의 노래』(Tristia 기원후 8~12년)와 『흑해에서 온 편지』(Epistulae ex Ponto 기원후 12~16년)에 잘 나타나 있다.

오비디우스가 유배당한 이유는 지금도 수수께끼로 남아 있다.[2] 그 자신의 진술에 따르면 그는 두 가지 죄(罪 crimen), 즉 시(詩 carmen)와 과오(error) 때문에 유

---

2   J. C. Thibault, *The Mystery of Ovid's Exile*, Berkely Los Angeles 1964; R. Verdière, *Le secret du voltigeur d'amour ou le mystère de la relégation d'Ovide*, Bruxelles 1992 참조.

배되었는데, 이에 관해 자세히 언급하는 것은 바람직하지 않다는 것이다.[3] 그래서 그가 유배당한 이유를 놓고 여러 가지 설이 분분하지만 모두 가설에 지나지 않으며 앞으로도 새로운 증거가 제시되지 않는 한 그럴 수밖에 없을 것이다. 그러나 그가 말한 '시'(詩)가 『사랑의 기술』을 뜻하리라는 데에 이의를 제기하는 사람은 거의 없는 것 같다. 그렇다면 이 시는 나온 지 8년 뒤에 문제가 된 셈이다. 따라서 그가 추방당한 결정적인 이유는 '과오' 때문인 것으로 여겨진다. 이와 관련하여 오비디우스는 자신의 처지를 악타이온(Actaeon)[4]의 처지에 견주고 있다.[5]

그렇다면 오비디우스는 무엇을 '본' 것일까? 아우구스투스 자신이나 그의 바람둥이 딸 율리아(Iulia)나 아우구스투스의 재혼한 아내 리비아(Livia)가 간통하거나 그 밖에 외부에 알려져서는 안 될 짓을 하는 것을 본의 아니게 본 것일까? 아니라면, 아들이 없던 아우구스투스의 후계자가 되려고 아우구스투스의 딸 율리아의 아들들과 리비아가 데리고 온 아들 티베리우스(Tiberius)가 권력투쟁을 벌일 때 오비디우스는 율리아의 아들인 가이우스 카이사르 편이 되는데, 가이우스 카이사르가 기원후 4년 돌연사하자—당시에는 이를 계모 리비아의 음모(novercae Liviae dolus)[6]로 보는 이들도 있었다—리비아와 티베리우스가 가이우스 카이사르의 추종자들에게 보복하는 과정에서 오비디우스도 유배되었을 수 있을 것이다.

그렇게 본다면 아우구스투스가 세상을 떠나고 티베리우스가 황제가 된 뒤에도 왜 오비디우스가 유배 이유와 관련해 침묵을 지킬 수밖에 없었는지 그 까닭을 알 수 있을 것 같기도 하다. 그러나 이 견해 역시 어디까지나 하나의 가설일 뿐이다.

---

3   『비탄의 노래』 2권 207~212행과 4권 10부 95~100행 참조.
4   악타이온(그/Aktaion)은 그리스 신화에서 아리스타이오스(Aristaios)와 아우토노에(Autonoe)의 아들로, 사냥 나갔다가 우연히 아르테미스(Artemis)가 목욕하는 모습을 보게 된다. 그러자 그가 이를 자랑하지 못하도록 여신이 그를 사슴으로 변하게 하자 그의 개 떼가 덤벼들어 그를 갈기갈기 찢어버린다.
5   『비탄의 노래』 2권 103~106행 참조.
6   타키투스(Publius Cornelius Tacitus), 『연대기』(Annales) 1권 3장 참조.

오비디우스는 유배를 철회하거나 로마에 더 가까운 곳으로 유배지를 바꿔달라고 직간접으로 청원하지만, 끝내 소망을 이루지 못한 채 기원후 17년 가을 또는 18년 봄에 세상을 떠난다.

시인 오비디우스는 정치의 희생양이 되어 문명의 변방으로 밀려나고 그가 쓴 책들은 공공도서관들에서 철거되기도 했지만,[7] 결국에는 자신이 살아남아 어떤 작가들보다도 더 많이 읽히게 될 것이라고 독자에게 말하고 있다.[8] 그의 이러한 확신은 조금도 과장된 것이 아니었다. 그는 호메로스와 3대 비극시인, 베르길리우스와 더불어 그리스 로마 문학이 중세와 르네상스 시대는 물론이고 현대에 이르기까지 잊혀지지 않고 끊임없이 새로운 활력을 불어넣어주는 데 크게 기여한 작가들에 포함되고 또 포함될 것이기 때문이다.

『로마의 축제들』

『로마의 축제들』의 라틴어 원제 '파스티'(fasti)는 원래 법정에서 법률행위가 이루어지는 개정일(開廷日)인 디에스 파스티(dies fasti)와 법률행위가 이루어지지 않는 비개정일인 디에스 네파스티(dies nefasti), 선거 등을 위해 민회(民會)가 열리는 민회일인 디에스 코미티알레스(dies comitiales) 등을 기록해놓은 달력을 뜻한다. 그러나 오비디우스의 『로마의 축제들』은 로마 축제일의 여러 가지 의식과 기원(起源)을 월별로 설명하고 있다.

『로마의 축제들』은 오비디우스가 유배되던 기원후 8년 그의 의도와는 달리 완성되지 못한 것으로 생각된다. 아무튼 이 작품은 지금 1월부터 6월까지 처음 여섯 권만 남아 있다. 그는 이 작품을 끝내 완성하지는 못했지만 로마에 있을 때 써놓았던 부분을 다시 손질한 흔적은 군데군데 보인다. 예컨대 그는 트로이야인 솔리무

---

7 『비탄의 노래』 3권 1부 63~82행 참조.
8 『비탄의 노래』 4권 10부 115~132행 참조.

스(Solimus)를 언급하면서 자신이 유배되었다는 것을 분명히 말하고 있다(4권 80~83행 참조). 그리고 예언녀 카르멘타(Carmenta)는 아르카디아에서 추방당한 아들 에우안데르(Euander)에게, 그가 추방당한 것은 그의 잘못 때문이 아니라 신이 노여워했기 때문이라며 위로하고 있다(1권 481~482행 참조).

오비디우스는 티베리우스가 게르마니아(Germania)에서 승리하고 기원후 10년 콩코르디아(Concordia) 여신에게 신전을 봉헌한 일을 언급하는데(1권 645~648행 참조), 그가 유배된 것이 기원후 8년인 만큼 이 부분은 유배지에서 쓴 것이 틀림없다. 기원후 14년 아우구스투스가 세상을 떠나자 티베리우스가 제위(帝位)에 올랐음을 암시하는 구절이 두 군데나 있다(1권 533과 615행 참조). 2~6권에서는 대체로 아우구스투스가 수신인인 데 반해 작품 전체는 게르마니쿠스(Germanicus 기원전 15년~기원후 19년)에게 바치는 헌사로 시작된다.

아우구스투스는 기원후 4년 아내 리비아가 데려온 의붓아들 티베리우스를 입양하며 티베리우스도 그의 아우 드루수스(Drusus)의 아들인 게르마니쿠스를 입양하라고 요구했는데, 이는 자신의 제위가 적어도 몇 세대 동안은 남계(男系) 가족에 의해 계승되기를 바랐기 때문인 듯하다. 게르마니쿠스는 알렉산드로스 대왕에 비견되는 인기 있는 장군이자 문학에도 조예가 깊어 그리스 시인 아라토스(Aratos)가 쓴 천문학에 관한 시 『현상들』(Phaenomena 그/Phainomena)을 라틴어로 번역했으며 현재 그 단편들이 남아 있다. 그런 의미에서 게르마니쿠스는 『로마의 축제들』을 헌정받는 사람으로 적격이지만, 오비디우스는 문학적 후원뿐 아니라 자신이 유배지에서 로마로 돌아오거나 또는 유배지를 바꿀 수 있도록 그가 도와주기를 바랐던 것으로 생각된다. 이처럼 오비디우스는 때로는 게르마니쿠스에게, 때로는 티베리우스에게, 또 때로는 아우구스투스에게 말을 거는데, 이처럼 수신인이 불일치하는 까닭은 이 작품이 부분적으로 서로 다른 시기에 씌어졌고 최종 교정을 거치지 않았기 때문이라고 볼 수 있다.

『로마의 축제들』이 완성되지 않았음을 말해주는 증거로는 그 밖에도 이 작품에 더러 보이는 중복된 구절들을 들 수 있다. 이것은 작가가 그 구절들의 위치를 최종적으로 결정하지 않았다는 것을 말해준다. 가장 눈에 띄는 것은 1권과 6권에서 왜 당나귀가 프리아푸스(Priapus)[9]에게 제물로 바쳐지는지를 설명하는 대목이다. 이 두 대목은 프리아푸스가 똑같이 여신 또는 요정을 겁탈하려다 당나귀의 방해로 실패했다는 내용으로, 그 대상이 1권에서는 요정 로티스(Lotis)이고 6권에서는 베스타(Vesta)라는 차이점밖에 없기 때문이다.

이 작품의 주제는 크게 보아 별자리들의 내력을 설명하고, 달력에 표시되어 있는 축제들― 예컨대 2월 15일에 개최되는 루페르칼리아 제(Lupercalia) 같은― 의 기원을 밝히며, 개별 날짜에 얽힌 전설들― 예컨대 4월 21일에 로마가 창건되었고 2월 24일에 로마의 마지막 왕 타르퀴니우스 수페르부스(Tarquinius Superbus)가 추방당했다는 것과 같은― 을 들려주는 것이다. 그 밖에도 이 작품은 프로세르피나(Proserpina)[10]의 납치 같은 그리스 신화, 정월 초하루에 얽힌 세시풍속, 티베리스(Tiberis) 강에 던져지는 허수아비들에 관한 미신 이야기도 이따금 들려준다.

오비디우스는 이런 내용을 월별로 그리고 일별로 달력의 형식에 담아야 했던 만큼 배열에 상당한 제약을 받을 수밖에 없었을 것이다. 그러나 그는 주어진 여건 안에서 작가로서의 자유재량을 최대한 활용한 것으로 보인다. 예컨대 현재 남아 있는 여섯 권 가운데 처음 두 권은 황실 출신의 후원자에게 말을 거는 것으로, 다음 두 권은 달 이름에 대한 작가의 발언으로, 그리고 마지막 두 권은 달 이름에 관해 세 여신이 아전인수 격으로 해석하는 것으로 시작된다. 그리고 300여 명의 파비이(Fabii)가 젊은이들이 크레메라(Cremera) 강변에서 에트루리아(Etruria)인들과 용전분투하다가 전멸한 것은 2월이 아니라 7월인데도 그는 그들의 호감을 사기 위해 이것을 2월로 옮겨 이야기하고 있다. 축제가 여러 날 계속될 경우 오비디우

---

9   그리스어 이름은 프리아포스(Priapos)이다.

10   그리스어 이름은 페르세포네(Persephone)로, 농업과 곡물의 여신 데메테르(Demeter)의 딸이다.

스는 대개 그 첫날에서 다루는데, 2월 13일에 시작되는 파렌탈리아 제(Parentalia)는 그 마지막 날인 2월 21일에서 다루고 있다. 또한 플로랄리아 제(Floralia)는 4월 28일에 시작되는데 오비디우스는 이를 5월에서 다룬다.

별자리의 경우는 한결 여유가 있다. 아침에 뜨는 경우와 아침에 지는 경우, 저녁에 뜨는 경우와 저녁에 지는 경우 가운데 하나를 선택할 수 있고, 또 기원이 여러 가지일 때는 필요에 따라 그중 하나를 선택할 수 있다. 이를테면 돌고래가 별자리가 된 것은 넵투누스[11]가 암피트리테와 결혼할 수 있도록 돌고래가 성공적으로 중매를 섰기 때문이라고도 하고, 가인(歌人) 아리온이 자신의 젊은 노예들 손에 죽게 되었을 때 그를 구해주었기 때문이라고도 하는데, 오비디우스는 후자를 선택하고 있다(2권 81~82행 참조). 오비디우스는 나중에 같은 2권에서 물고기는 베누스[12]와 쿠피도[13]를 구해준 보답으로 별자리가 되었다고 말한다. 이렇게 함으로써 그의 돌고래 이야기는 물고기 이야기와 조화를 이룬다고 할 수 있을 것이다.

쌍둥이 형제 로물루스(Romulus)와 레무스(Remus) 그리고 로마의 창건에 관해서는 자그마치 여섯 대목에서 이야기되고 있다. 먼저 이들 쌍둥이 형제가 버려졌다가 구출되는 이야기는 루페르칼리아 제에 관한 대목에 나온다(2권 383~422행 참조). 로물루스의 죽음에 관한 이야기는 퀴리날리아 제(Quirinalia)에 관한 대목에 나온다(2권 481~519행 참조). 3권의 첫머리에서는 이들이 잉태되었다가 태어나 버려지는 이야기가 나온다(3권 9~70행). 로마인들이 사비니족(Sabini) 여인들을 납치한 뒤 서로 화해하는 이야기는 마트로날리아 제(Matronalia)에 관한 대목에 포함되어 있다(3권 187~228행 참조). 파릴리아 제(Parilia)에 관한 대목에는 로마의 창건과 레무스의 죽음에 관한 이야기가, 그리고 레무리아 제(Lemuria)에 관한

---

11   그리스어 이름은 포세이돈(Poseidon)으로 바다의 신이다.
12   그리스어 이름은 아프로디테(Aphrodite)이다.
13   그리스어 이름은 에로스(Eros)이다.

설명에는 레무스의 망령(亡靈)에 관한 이야기가 포함되어 있다.

이렇게 이야기를 분할하면 한 번에 몰아서 하는 것보다 산만한 느낌을 주어 불리할 수 있다. 그러나 로마의 창건자들에 관한 이야기를 반복하는 것은 독자들의 마음에 이를 깊이 각인하는 효과가 있을 뿐 아니라, 날짜와 축제가 주기적으로 순환하는 달력의 형식과도 일치한다. 그보다 규모는 작지만 에우안데르와 헤르쿨레스[14]에 관한 이야기가 되풀이되는 것도 이 점에서는 마찬가지라고 생각된다.

오비디우스는 서술에 변화를 주기 위하여 긴 이야기와 짧은 이야기를 번갈아 제시한다. 그는 매 권마다 긴 이야기를 두세 편 제시하는데, 이때 그는 축제의 상이한 측면들을 논의하거나 어떤 관습에 관하여 여러 가지 해석을 제시한다. 이런 구도에서 그는 이야기들을 대략 연대순으로 그리스 신화에서 시작하여 로마의 전설 또는 역사에서 끝내는 수법을 쓰고 있다.

예컨대 오비디우스는 루페르칼리아 제와 관련하여 사제들이 발가벗고 뛰는 이유를 대략 연대순으로 네 가지를 제시한다. 첫째, 그리스의 판(Pan) 신 자신이 발가벗고 뛴다는 것이다(2권 285~288행 참조). 둘째, 원래 판 신을 숭배했던 아르카디아의 원주민들은 옷을 입지 않았다는 것이다(2권 289~302행). 셋째, 그리스의 판과 동일시되는 로마의 파우누스(Faunus)가 소아시아 뤼디아(Lydia)의 여왕 옴팔레(Omphale)를 겁탈하려다 그녀가 헤르쿨레스와 옷을 바꿔 입는 바람에 망신만 당한 적이 있는지라 옷을 싫어한다는 것이다(2권 305~358행 참조). 끝으로, 언젠가 로물루스와 레무스와 그들의 추종자들이 발가벗고 훈련하는 도중 소도둑들이 그들의 소 떼를 몰고 가는 바람에 옷도 입지 못하고 그들을 추격했다는 것이다(2권 361~389행 참조).

오비디우스는 또 모르는 것을 신에게 묻고 대답을 듣는 인터뷰 방식을 취하기도 한다. 예를 들어 1권에서 그는 정월 초하루에 관해 야누스(Ianus)와, 4권에서는 지

14　그리스어 이름은 헤라클레스(Herakles)이다.

모신(地母神) 퀴벨레(Cybele)의 축제인 메갈레시아 제(Megale[n]sia)에 관해 무사(Musa) 여신들 중 한 명인 에라토(Erato)와, 5권에서는 여신 플로라와 그녀의 축제인 플로랄리아 제에 관해 인터뷰한다. 이때도 오비디우스는 이야기를 대략 연대순으로 배열한다. 예컨대 정월 초하루와 관련하여 야누스의 주장인즉, 그는 원래 카오스(Chaos)였다는 것이다(1권 103~114행 참조). 그는 모든 신들이 지상(地上)을 떠나기 전에 로마에서 왕이었다는 것이다(1권 235~254행 참조). 끝으로 그는 사비니족이 타티우스(Tatius) 왕의 인솔 아래 로마로 쳐들어왔을 때 그들을 물리칠 수 있도록 로마인들을 도와주었다는 것이다(1권 259~276행 참조).

오비디우스는 독자에 대해서 다양한 태도를 취하는데, 때로는 자신을 시인(vates: 정확하게는 '예언자 시인'이라는 뜻)으로 자처하는가 하면 때로는 고대 문화 연구가로 자처하기도 한다. 『로마의 축제들』은 이러한 연구의 결실인 셈이다. 그는 신들뿐만 아니라 우연히 만난 고참병이라든가 노파, 사제, 다른 지방의 옛 친구와도 인터뷰한다. 그는 또 어떤 사항에 관해 자신이 아는 대로 들은 대로 여러 가지 설명을 제시한다. 이를테면 파릴리아 제에서 정화(淨化) 목적으로 불을 사용하는 것과 관련해 그는 가능한 여러 이유를 제시하고(4권 783~806행), 1권에서는 아고날리아 제(Agonalia)와 관련하여 이 축제명의 가능한 어원을 여섯 개나 제시하는데, 이는 전형적인 학자의 태도라고 하겠다.

오비디우스는 서술자로서 독자에게 직접 말을 건네기도 한다. 이를테면 "그대는 알고 싶나요?" 또는 "그대는 묻겠지요?" 같은 수사의문(修辭疑問)이 더러 나온다(예를 들면 rogas, 2권 284행; quaeras 2권 381행; requires 2권 583행). 이런 수사의문은 물론 대부분 새로운 화제로 넘어가기 위한 상투 문구이지만, 독자의 관심을 유지 또는 고조시키기 위한 역할을 하고 있다.

또 경우에 따라 연구가가 아니라 동참자의 태도를 취하기도 하는데, 이때 그는 의식의 동참자들에게 어떻게 말하고 행동해야 하는지 지시하는 역할을 한다. 예컨대 "농부들이여, 그대들의 지역을 정화하고/ 지역의 화로들에 해마다 바치는 케이크를 올리시오!"(1권 669~670행)라든지, "농부들이여, 이것들을 나는 그대들을 위해 빌거늘 그대들도 이것들을 비시오"(1권 695행), "백성이여, 가서 처녀의 제단에서 훈중 소독제를 구하시오"(4권 731행), "목자여, 그대는 땅거미가 내리기 시작하면 배불리 먹은 양 떼를 정화하되"(4권 735행)라는 구절이 그렇다.

그가 『로마의 축제들』과 『변신 이야기』를 함께 쓰기 시작하면서 이 두 작품에는 그리스 신화와 로마의 전설과 관련해 내용상 겹치는 부분이 더러 있다. 그 경우 『변신 이야기』에서도 그 주제가 다루어지고 있음을 상기시키며 『로마의 축제들』에 나오는 신화 또는 전설을 『변신 이야기』의 문맥에서 해석하기를 권하는 듯한 느낌을 준다. 예를 들어 그는 케레스(Ceres)[15]의 축제인 케레알리아 제(Cerealia)를 다루면서 이렇게 말한다. "이제 처녀의 납치에 관해 이야기해야 할 대목입니다. 내 이야기는 대부분/그대가 이미 알고 있던 것들이고 새로 배우는 것은 많지 않을 것입니다"(4권 417~418행). 프로세르피나의 납치는 『로마의 축제들』에서 그리스 신화에 관한 가장 아름답고 가장 긴 이야기인데도 오비디우스는 이것을 『변신 이야기』 5권에 나오는 이야기와 비교해보라고 권하는 듯한 인상을 풍긴다.

오비디우스는 3월 17일에 개최되는 리베랄리아 제(Liberalia)와 관련하여 박쿠스(Bacchus)[16] 이야기를 하면서, 그가 불 속에서 잉태되고 융피테르[17]의 넓적다리에서 태어난 일, 자신을 박해한 펜테우스(Pentheus)와 뤼쿠르구스(Lycurgus)[18]를 응징한 이야기는 빼버리고 이렇게 말한다. "비참한 사냥감이 된 그대[19]와 미쳐서 제 아들을 난도질한 뤼쿠르구스도/ 언급하지 않을 것이오. 나는 갑자기 물고기로

---

15 그리스어 이름은 데메테르(Demeter)로 농업과 곡물의 여신이다.

16 그리스어 이름은 디오뉘소스(Dionysos), 일명 박코스(Bakchos)이며 주신(酒神)이다.

17 그리스어 이름은 제우스(Zeus)이다.

18 그리스어 이름은 뤼쿠르고스(Lykourgos)이다. 그는 박쿠스를 박해하다가 미쳐서 제 아들을 포도나무인 줄 알고 도끼로 쳐서 죽인다.

19 펜테우스는 테바이(Thebae)의 왕으로, 박쿠스를 박해하다가 박쿠스의 여신도(女信徒)가 된 제 어머니의 손에 죽는다.

변한 인간들인 튀르레니아의/괴물들[20]에 관해 이야기하고 싶지만[21] 그것은 이 노래가 할 일이 아닙니다./이 노래가 할 일은 포도나무를 심은 분이 왜 자신의 케이크를 먹으라고/백성을 초대하는지 그 까닭을 밝히는 것입니다"(3권 722~726행). '이 노래가 할 일'(carminis huius opus)이라는 말은 『로마의 축제들』과 『변신 이야기』가 할 일이 서로 다르다는 것을 말해준다.

칼리스토(Callisto)[22]의 이야기도 두 작품의 2권에 나오는데, 이야기의 골자는 이렇다. 디아나(Diana)[23]를 수행하는 정숙한 요정 가운데 한 명인 칼리스토가 윱피테르에게 겁탈당하여 잉태한다. 그러자 디아나가 이를 알고 그녀를 동아리에서 쫓아낸다. 그녀는 아들을 낳은 뒤 윱피테르의 아내 유노[24]의 노여움을 사서 암곰으로 변한다. 암곰이 된 칼리스토는 15년 후 사냥하러 나온 아들을 만나 그에게 살해당할 뻔했으나, 윱피테르가 이 모자(母子)를 불쌍히 여겨 큰곰과 곰의 감시자라는 별자리가 되게 한다. 하지만 유노는 여전히 분이 풀리지 않아 이 두 별자리가 목욕하지 못하게 해달라고 오케아누스(Oceanus)[25]에게 부탁한 까닭에 이 두 별자리는 오케아노스의 물에 잠기지 않는다는 것, 달리 말해서 지지 않는다는 것이다.

이 이야기는 『로마의 축제들』에서는 이들 별자리들을 설명하는 과정에서 나온다(2권 153~192행 참조). 그리고 『변신 이야기』에 나오는 이 이야기의 첫 부분과 끝 부분이 『로마의 축제들』에서는 압축되어 있다. 『변신 이야기』에서 윱피테르는

---

20 튀르레니아(Tyrrhenia)의 선원들은 박쿠스를 노예로 팔려다가 돌고래로 변한다. 튀르레니아는 에트루리아의 그리스어 이름이다.

21 『변신 이야기』 3권 597~691행.

22 그리스 신화의 칼리스토(Kallisto).

23 그리스어 이름은 아르테미스(Artemis)로 처녀신이다. 그녀는 아폴로(Apollo 그/Apollon)의 쌍둥이 누이로, 궁술과 사냥과 순결과 달의 여신이며 어린 짐승의 보호자이다.

24 그리스어 이름은 헤라(Hera)이다.

25 그리스어 이름은 오케아노스(Okeanos)이다. 그는 대지를 감돌아 흐르는 강 또는 그 신이다. 그리스인들은 별들이 지는 것은 곧 이 강물에 잠기는 것이라고 생각했다.

디아나로 변장하고 한낮의 더위를 피해 쉬는 칼리스토에게 다가가 그녀를 겁탈한다. 그래서 그녀는 다음에 디아나를 만나자 이번에도 윱피테르가 아닐까 두려워한다(2권 417~444행 참조). 『로마의 축제들』에서는 이 모든 과정이 "그녀는 인간들은 피했으나 윱피테르 때문에 죄를 짓습니다"라는 표현으로 압축되어 있다(2권 162행). 이 내용이 『변신 이야기』에서는 유노가 오케아누스와 테튀스(Tethys)를 찾아가 부탁하는 것으로 끝나며(2권 508~530행 참조), 『로마의 축제들』에서는 "아직까지도 사투르누스의 따님[26]은 노발대발하며 마이날루스[27]의 암곰이/물에 닿아 목욕하지 못하게 하라고 백발의 테튀스에게 간청하고 있습니다"(2권 191~192행)로 압축되어 있다. 오비디우스는 같은 표현이 되풀이되는 것을 피하되 두 작품을 다 아는 독자라면 무엇이 되풀이되지 않았는지 알 수 있게 언급한다. 그런 독자라면 두 작품을 비교해보며 무엇이 같고 무엇이 다른지 알 수 있을 것이다.

오비디우스는 『로마의 축제들』을 쓰면서 기원전 3세기 헬레니즘 시대의 두 문학작품, 즉 아라투스(Aratus 그/Aratos 기원전 315~240년경)[28]의 『현상들』과 칼리마쿠스(Callimachus 그/Kallimachos 기원전 305년경~240년경)[29]의 『기원 설명』(Aitia)의 영향을 많이 받은 것으로 알려져 있다. 전자는 천문학과 기상현상에 관한 시(詩)로 헥사메터로 씌어졌는데, 정치가 키케로(Cicero)와 『로마의 축제들』 1권을 헌정받은 게르마니쿠스 왕자가 라틴어로 번역한 바 있다.

『기원 설명』의 작가 칼리마쿠스는 이집트 프톨레마이우스(Ptolemaeus) 왕가의 자녀들을 가르치고 유명한 알렉산드리아 도서관에 소장되어 있던 모든 책의, 무려 120권이나 되는 방대한 목록을 작성한 바 있는 학자 겸 시인이었다. 이른바 '박식

---

26 유노.
27 마이날루스(Maenalus 그/Mainalon)는 그리스 아르카디아 지방에 있는 산으로 칼리스토는 이곳에 살았다. '마이날루스의 암곰'이란 칼리스토를 가리킨다.
28 그리스어 이름은 아라토스(Aratos)이다.
29 그리스어 이름은 칼리마코스(Kallimachos)이다.

한 시인'(poeta doctus)의 대명사가 된 그의 독창적이고 세련되고 우아하고 기지 넘치는 잘 손질된 소품(小品)들은— 그는 "큰 책은 큰 악(惡)이다"(to mega biblion to mega kakon)라고 말했다고 한다—『로마의 축제들』의 오비디우스뿐 아니라 아우구스투스 시대의 다른 로마 작가들, 이를테면 카툴루스(Catullus)와 로마의 칼리마쿠스(Callimachus Romanus)로 자처한 프로페르티우스에게도, 그리고 이들을 통해 서양 문학 전체에 큰 영향을 주었다. 비가적 대구로 씌어진 그의 『기원 설명』은 모두 네 권인데, 여기서는 그리스의 역사와 관습, 종교의식들의 기원을 밝히는 학자의 모습을 보여준다. 그는 또 처음 두 권에서는 꿈에 그리스의 헬리콘(Helicon) 산에 가서 온갖 기원에 관해 무사 여신들의 가르침을 받는다. 이로써 우리는 더 말하지 않더라도 오비디우스가 그에게 얼마나 많은 빚을 졌는지 쉽게 짐작할 수 있을 것이다.

그 밖에 오비디우스는 로마의 기념 건조물과 역사적 사건의 기원을 밝힌 프로페르티우스의 비가(悲歌) 4권과 역사가 리비우스(Livius)의 『로마 건국 이후의 역사』(Ab urbe condita) 1권에서도 영감을 얻은 것으로 생각된다. 세르비우스(Servius) 왕이 딸 툴리아(Tullia)와 사위 타르퀴니우스에게 살해당한 이야기, 타르퀴니우스의 아들 섹스투스(Sextus)가 루크레티아(Lucretia)를 겁탈했다가 그들 일가(一家)가 로마에서 축출당한 이야기가 그렇다.

그리하여 오비디우스는 이 모든 것을 하나로 엮어 『로마의 축제들』이라는 걸작을 만들어낸 것이다. 이 작품은 완성되지 못한 데다 『변신 이야기』처럼 널리 알려진 그리스 신화의 밝은 세계를 펼쳐 보이지 않고, 상대적으로 생소한 로마의 종교의식을 주로 소개하고 있다. 그러나 아우구스투스 시대 로마인들의 생활상을 생생하게 그려 보이고 달리 구할 수 없는 많은 정보를 제공하는 이 작품은 오늘날 세련된 감각과 풍부한 수사(修辭)에 힘입어 『변신 이야기』 못지않은 걸작으로 평가받고 있다.

참고문헌

텍스트, 주석, 번역

Publii Ovidi Nasonis Metamorphoses, ed. W. S. Anderson, Leipzig 1978(Bibliotheca
   Teubneriana)

Publii Ovidi Nasonis Fastorum libri sex, The Fasti of Ovid, ed. with a translation and
   commentary by J. G. Frazer, 5vols. London 1929.

Publius Ovidius Naso, *Die Fasten*, herausgegeben, übersetzt und kommmentiert von F.
   Bömer, Heidelberg 1957/58.

Ovid, *Fasti*, Book IV, edited by E. Fantham, Cambridge 1998.

연구서

Adkins, L/Adkins R. A., *Dictionary of Roman Religion*, New York 1996.

Albrecht, M. v., *Zur Funktion der Tempora in Ovids elegischer Erzählung*, in: M. v.
   Albrecht./Zinn, E.(Hrsgg.).*Ovid*, Darmstadt (Wege der Forschung 92).

Beard, A./North, J./Price, S., *Religions of Rome*, 2vols.,Cambridge 1998.

Dumézil, G., *Archaic Roman Religion*, Chicago 1970.

Fraenkel, H., *Ovid, A Poet of two worlds*, Berkeley 1945.

Hardie, P.,(editor), *The Cambridge companion to Ovid*, Cambridge 2002.

Herbert–Brown, G., *Ovid and the Fasti, a historical study*, Oxford 1994.

Holzberg, N., *Ovid, Dichter und Werk*, München ²1998.

Newlands, C., *Playing with time, Ovid and the Fasti*, Ithaca NY. 1996.

Schmitzer, U., *Ovid*, Darmstadt 2001.

Syme, S., *History in Ovid*, Oxford 1978.

Wilkinson, L. P., *Ovid recalled*, Cambridge 1995.

사전류

Deferrari, R. J./Barry, I./McGuire, R. P., *A Concordance of Ovid*, Washington, reprint Hildesheim 1988.

찾아보기

(행수는 원전 기준)

케핏수스(Cephissus 그/Kephissos)의 아들로, 물에 비친 제 모습을 사랑하다가 죽는다. 5권 225행.

나시카(Publius Cornelius Scipio Nasica) 퀴벨레 여신이 오스티아(Ostia)에 도착했을 때 영접한다. 4권 347행.

네스토르(Nestor) 그리스 펠로폰네수스(Peloponnesus 그/Peloponnesos) 반도의 퓔루스(Pylus 그/Pylos) 시를 다스리던 왕. 트로이야 전쟁에 참가한 영웅들 중에서 지혜와 언변이 출중했다. 3권 533행.

넵투누스(Neptunus 그/Poseidon) 그리스 신화의 포세이돈에 해당하는 바다의 신. 1권 525행; 4권 173행.

노나크리스(Nonacris 그/Nonakris) 그리스 아르카디아 지방에 있는 산과 그 기슭에 자리잡은 도시. 2권 275행.

노멘툼(Nomentum) 로마 북동쪽 24킬로미터 지점에 있는 소도시로 포도주와 별장으로 유명하다. 4권 905행.

누마(Numa Pompilius) 로마의 2대 왕으로 평화의 가치를 가르쳐준 입법자이자 옛 미덕, 특히 경건함의 본보기이다. 1권 43행; 2권 69, 377행; 3권 152, 276, 289, 383행; 4권 641, 663행; 5권 48행; 6권 264행.

누만티아(Numantia) 에스파냐의 소도시. 1권 596행.

누미키아(Numicia) 라티움 지방의 강. 3권 647, 653행.

누미토르(Numitor) 알바 롱가의 왕으로, 로물루스와 레무스의 외조부이다. 4권 53행.

뉘사(Nysa) 요정들이 박쿠스를 양육했다는 장소. 3권 769행.

니수스(Nisus 그/Nisos) 그리스 메가라(Megara) 시의 왕으로, 미노스에게 반해 아버지의 자줏빛 머리털을 자른 스퀼라(Scylla 그/Skylla)의 아버지이다. 4권 500행.

닐루스(Nilus 그/Neilos) 나일 강의 라틴어 이름. 5권 268행.

(ㄷ)

다르다누스(Dardanus 그/Dardanos) 윱피테르와 엘렉트라의 아들로 트로이야의 창건자. 4권 31행.

다르다니아(Dardania 그/Dardanie) 다르다누스가 소아시아 서북부 헬레스폰투스 해협 가까운 곳에 세운 도시. 흔히 트로이야의 다른 이름으로도 쓰인다. 6권 42행.

다우누스(Daunus) 이탈리아 아풀리아 지방의 전설적인 왕. 4권 76행.

대지의 여신(Tellus, Terra 또는 Gaea 그/Gaia) 1권 673행; 4권 634, 665행; 5권 17행.

데우칼리온(Deucalion 그/Deukalion) 프로메테우스(Prometheus)의 아들로, 윱피테르가 인류를 말살하려고 보낸 대홍수에서 아내 퓌르라(Pyrrha)와 함께 살아남는다. 4권 794행.

도도나(Dodona 그/Dodone) 그리스 북서부에 있는 마을. 6권 711행.

도리스(Doris) 오케아누스와 테튀스의 딸로 네레우스의 아내이다. '바다'라는 뜻으로도 사용된다. 4권 678행.

독수리자리(Aquila 그/Aetos) 북쪽 하늘의 별자리. 5권 732행; 6권 196행.

돌고래자리(Delphinus 그/Delphis) 북쪽 하늘의 별자리. 1권 457행; 2권 79행; 6권 471, 720행.

드루수스 ① Nero Claudius Drusus(기원전 38~9년) 리비아의 아들로 티베리우스 황제의 아우이자 게르마니쿠스의 아버지. 1권 597행. ② Iulius Caesar Drusus(기원전 13년경~기원후 23년) 티베리우스 황제의 아들로 게르마니쿠스의 아우. 1권 12행.

디도(Dido) 카르타고의 전설적인 창건자이자 여왕. 아이네아스와 서로 사랑하게 되었으나 아이네아스가 그녀를 버리고 떠나자 자살한다. 3권 545행.

디뒤메(Didyme) 시킬리아의 북안 앞바다에 있는 섬. 4권 475행.

디디우스(Titus Didius) 기원전 98년 집정관으로 트라케와 에스파냐에서 승리했으나, 기원전 89년 로마와 그 동맹시들 사이의 전쟁 때 전사한다. 6권 564행.

디스(Dis) 저승에서 사자(死者)들을 다스리는 플루토의 다른 이름으로, 역시 '부자'(富者)라는 뜻이다. 4권 445행.

디아나(Diana 그/Artemis) 윱피테르와 라토나의 딸. 아폴로의 쌍둥이 누이이며 사냥과 달과 출생의 여신이다. 퀸티아, 델리아, 딕튄나, 포이베라고도 불린다. 그녀의 신전 중에서는 소아시아 이오니아 지방의 에페수스(Ephesus 그/Ephesos) 시에 있는 것이 가장 유명하다. 1권 387행; 2권 155행; 3권 81행; 4권 761행; 6권 745행.

디오네(Dione) 엄밀히 말해 베누스의 어머니이지만, 흔히 베누스 자신을 가리키기도 한다. 2권 461행; 5권 309행.

디오메데스(Diomedes) 트로이야 전쟁 때 용맹을 떨친 그리스군 장수. 울릭세스와 함께 트로이야의 운명이 걸려 있는, 팔라스 아테나의 여신상인 팔라디움을 트로이야 성채에서 훔쳐낸다. 4권 76행; 6권 433행.

딕테(Dicte) 크레타 섬에 있는 산. 5권 118행.

딕튄나(Dictynna 그/Diktynna) 크레타 섬의 북서 해안에 있는 곳으로, 그곳에 디아나 여신의 신전이 있어서 디아나의 별명이 되었다. 6권 755행.

딘뒤무스(Dindymus 그/Dindymon) 소아시아 프뤼기아 지방에 있는 산. 4권 234, 249행.

(ㄹ)

라누비움(Lanuvium) 알바(Alba) 언덕의 소도시. 6권 60행.

라돈(Ladon) 그리스 아르카디아 지방의 강. 2권 274행; 5권 89행.

라라(Lara) 물의 요정. 2권 599행.

라레스들(Lares) 로마의 가정 수호신들. 2권 616, 634행; 5권 129, 133, 141, 147행; 6권 791행.

라렌탈리아 제(Larentalia) 라렌티아를 기리는 축제. 3권 57행.

라렌티아(Larentia) 일명 악카(Acca) 라렌티아. 로물루스와 레무스를 기른 어머니. 3권 55행.

라비니아(Lavinia) 라티누스 왕의 딸로 아이네아스의 아내. 1권 520행; 3권 629행.

라오메돈(Laomedon) 트로이야의 왕으로 일루스의 아들이며, 티토누스와 프리아무스의 아버지이다. 6권 430, 729행.

라우렌툼(Laurentum) 라티움 지방의 도시로, 라티누스 왕이 다스렸다. 2권 679행; 3권 599행.

라우수스(Lausus) 실비아의 오라비. 4권 55행.

라이나스(Marcus Popilliua Laenas) 기원전 173년 집정관으로 선출되어 동료 집정관 포스투미우스와 함께 여신 플로라를 위해 매년 놀이가 열리도록 정한다. 5권 330행.

라토나(Latona 그/Leto) 아폴로와 디아나의 어머니. 6권 537행.

라티누스(Latinus) ① 라우렌툼의 왕으로 라비니아의 아버지이자 아이네아스의 장인. 2권 544행. ② 알바 롱가의 왕 이울루스의 손자. 4권 43행.

라티움(Latium) 옛날에 라티니족(Latini)이 거주하던 중서부 이탈리아 지역으로, 그곳에 훗날 로마가 건설된다. 1권 238행; 6권 48행.

람네스(Ramnes) 고대 로마의 세 부족 중 하나. 3권 132행.

람프사쿠스(Lampsacus 그/Lampsakos) 소아시아 헬레스폰투스 해협에 있는 도시로 프리아푸스에게 당나귀를 제물로 바쳤다. 6권 345행.

레누스(Rhenus 그/Rhenos) 독일 라인(Rhein) 강의 라틴어 이름. 1권 286행.

레다(Leda) 카스토르와 폴룩스의 어머니. 1권 706행.

레르나(Lerna) 그리스의 아르고스(Argos) 근처에 있는 마을. 그곳 호수에 머리가 여럿인 물뱀(hydra)이 살았는데, 그 물뱀을 죽이는 것이 헤르쿨레스의 12고역 중 하나였다. 5권 405행.

레무리아 제(Lemuria) 5월 9·11·13일에 집안의 망령(亡靈)을 달래는 의식. 5권 421행.

레무스(Remus) 로물루스의 쌍둥이 아우. 로마의 성벽을 쌓을 때 로물루스 또는 그의 부하인 켈레르에게 살해당한다. 2권 134, 143, 365, 383, 385, 415, 486행; 3권 41, 49, 70행; 4권 56, 813, 841행; 5권 151, 452, 479행.

레물루스(Remulus) 알바 롱가의 왕 티베리누스의 손자. 4권 49~50행.

레아(Rhea) 크로누스(Cronus 그/Kronos)의 아내로 윱피테르 형제자매의 어머니. 로마인들이 다산의 여신 옵스, 지모신(地母神) 퀴벨레와 동일시했다. 4권 201행.

레아르쿠스(Learchus 그/Learchos) 이노와 아타마스의 아들로, 실성한 아버지에게 살해당한다. 6권 491행.

레온티니(Leontini 그/Leontinoi) 동시킬리아에 있는 도시로 쉬라쿠사이 시 북서쪽에 있다. 4권 467행.

레우카스(Leucas 그/Leukas) 그리스 서부 앞바다에 있는 섬. 5권 630행.

레우코테아(Leucothea) 이노가 여신이 된 후에 붙은 이름. 6권 501, 545행.

레우킵푸스(Leucippus 그/Leukippos) 포이베와 힐라이라의 아버지. 5권 702행.

렘노스(Lemnos) 북에게 해에 있는 섬. 3권 82행.

로물루스(Romulus) 로마의 초대 왕으로, 기원전 753년 4월 21일에 로마를 창건했다고 한다. 1권 29, 37, 199행; 2권 133, 365, 383, 385, 415, 432, 475, 482행; 3권 41, 49, 67, 69, 75, 97, 128, 184, 197, 205, 245, 431행; 4권 27, 56, 57, 813행; 5권 47, 71, 76, 451, 479행; 6권 64, 375, 793행.

로비갈리아 제(Robigalia) 녹병의 여신 로비고(Robigo)의 축제. 4권 911행.

로이테움(Rhoeteum) 소아시아 트로아스(Troas 그/Troias) 지방의 소도시. 4권 279행.

로티스(Lotis) 프리아푸스가 겁탈하려다 실패한 요정. 1권 416행.

루나(Luna) 달의 여신. 3권 883행.

루미나(Rumina) 젖 먹이는 여인의 여신으로, 루페르칼 동굴 위의 무화과나무에 이름을 주었다. 그 밑에서 암늑대가 로물루스 형제에게 젖을 먹였다고 한다. 2권 412행.

루케레스(Luceres) 고대 로마의 세 부족 가운데 하나. 3권 132행.

루크레티아(Lucretia) 콜라티누스의 아내로 로마적 정절의 상징이 되었다. 2권 741, 761, 784, 815, 831행.

루키나(Lucina) 출산의 여신으로 유노와 동일시되곤 했다. 유노 루키나에 관해서는 2권 449행; 3권 255행; 6권 39행.

루틸리우스(Publius Rutilius Lupus) 기원전 90년 마르시족(Marsi)과의 동맹시 전쟁 중 톨레누스 강변에서 전사한다. 6권 564행.

루페르칼(Lupercal) 팔라티움 언덕 기슭에 있는 동굴. 여기에서 암늑대가 로물루스와 레무스 형제에게 젖을 먹여 길렀다고 한다. 2권 381행.

루페르칼리아 제(Lupercalia) 2월 15일 루페르키들이 개최하는 축제. '루페르키들' 참조.

루페르키들(Luperci) 숲의 신 파우누스(Faunus 그/Pan)와 관계 있는 단체의 회원들. 루페르칼리아 제 때는 반나체로 로마 시내를 뛰어다니며 염소 가죽 끈으로 여인들을 쳤는데, 그러면 여인들이 다산(多産)하는 것으로 믿었다. 2권 31, 267행; 5권 101행.

뤼라(lyra) 길이가 같은 일곱 현(絃)으로 된 발현악기(撥絃樂器)이다. 뤼라를 메르쿠리우스가 만든 일에 관해서는 5권 104행.

뤼아이우스(Lyaeus 그/Lyaios) '근심에서 해방시켜주는 자'라는 뜻으로, 박쿠스의 별명 가운데 하나. 1권 395행.

뤼카온(Lycaon 그/Lykaon) 칼리스토의 아버지로 아르카스의 외할아버지. 6권 235행.

뤼카이우스(Lycaeus 그/Lykaion) 그리스의 아르카디아 지방 서남부에 있는 산. 2권 423행.

뤼쿠르구스(Lycurgus 그/Lykourgos) 트라케 왕으로, 박쿠스를 박해하다가 미친 나머지 제 아들을 포도나무인 줄 알고 도끼로 찍어 죽인다. 3권 722행.

륑케우스(Lynceus 그/Lynkeus) 이다스의 형으로 카스토르에게 부상을 입힌다. 5권 709행.

리베라(Libera) 원래는 이탈리아의 여신이었지만, 나중에는 박쿠스의 아내가 된 아리아드네와 동일시되었다. 1권 403행, 3권 512행.

리베르(Liber) 원래는 이탈리아의 식수(植樹)와 결실의 신이었으나, 나중에는 박쿠스와 동일시되었다. 1권 403행, 3권 414행.

리뷔아(Libya 그/Libye) 이집트 서쪽의 북아프리카 전역 또는 그 해안지대. 2권 209행.

리비아(Livia Drusilla 기원전 58년~기원후 29년) 아우구스투스의 아내. 전남편 클라우디우스(Tiberius Claudius Nero)에 의해 티베리우스 황제와 드루수스의 어머니가 된다. 5권 157행; 6권 637행.

릴뤼바이움(Lilybaeum 그/Lilybaion) 서시킬리아의 도시. 4권 479행.

(ㅁ)

마르쉬아스(Marsyas) 아폴로에게 음악 경연을 자청하다가 지는 바람에 산 채로 가죽이 벗겨진 사튀루스. 6권 703행.

마르스(Mars 그/Ares) 전쟁의 신으로 로물루스의 아버지이자 유노의 아들. 1권 39행; 2권 861행; 3권 21, 39, 73, 79, 87, 170, 681, 685행; 4권 57, 130, 172행; 5권 229, 465, 550행; 6권 191, 354, 703행.

마르스 들판(campus Martius) 티베리스 강변의 넓은 평지. 원래는 연병장으로 사용되었으나 제정기(帝政期)에 신전, 주랑, 극장, 체육관, 경마로 등이 들어서면서 각종 모임과 행사를 위한 만남의 장소가 되었다. 2권 859행; 3권 519행; 6권 237행.

마르키아(Marcia) 필립푸스 2세의 딸로 아우구스투스의 이종누이. 6권 802행.

마무리우스(Mamurius) 하늘에서 떨어진 방패 앙킬레의 복제품을 만든 금속공예가. 3권 260, 383행.

마보르스(Mavors) 마르스의 아직 축약되지 않은 옛 형태의 이름. 4권 828행; 6권 53행.

마시닛사(Masinissa) 누미디아(Numidia)의 왕으로 제2차 포이니 전쟁 때 로마의 동맹자. 6권 769행.

마음을 돌린 이(Verticordia) 베누스의 별명 가운데 하나. 4권 160행.

마음의 여신(Mens) 로마의 여신으로 기원전 215년 카피톨리움 언덕에서 신전을 봉헌받는다. 6권 241행.

마이날루스(Maenalus 그/Mainalon) 그리스 아르카디아 지방의 산. 2권 192행; 5권 89행.

마이야(Maia) 플레이야데스들 가운데 한 명으로 윱피테르에 의해 메르쿠리우스의 어머니가 된다. 4권 174행; 5권 85, 88, 103, 664행; 6권 35행.

마이오니아(Maeonia 그/Maionia) 소아시아 중서부에 있는 뤼디아(Lydia) 지방의 옛 이름. 2권 120행.

마테르 마투타(Mater Matuta) 어머니들의 여신으로 그리스 신화의 이노, 그리스의 여신 레우코테아와 동일시되었다. 6권 479, 480, 545, 551, 559, 569행.

마트랄리아 제(Matralia) 6월 11일에 열리는 마테르 마투타를 기리는 축제. 6권 475행.

만리우스(Marcus Manlius Capitolinus) 기원전 390년 갈리아인에게서 카피톨리움 언덕을 지켜냈으나, 기원전 384년 독재자가 되려 한다는 이유로 처형당하고 그의 집은 훗날 유노 모네타(Iuno Moneta)의 신전 터가 되었다. 6권 185행.

메갈레시아 제(Megalesia 또는 Megalensia) 4월 4일에 시작되는 지모신 퀴벨레를 기리는 축제로, 연극 공연도 포함된다. 4권 357행.

메데아(Medea 그/Medeia) 흑해 동안에 있는 콜키스(Colchis 그/Kolchis) 시의 공주로 이아손의 아내. 2권 42, 627행.

메두사(Medusa 그/Medousa) 머리털이 뱀으로 되어 있어 보는 이를 돌로 변하게 한다는 괴물. 페르세우스(Perseus)에게 목이 베인다. 3권 451행; 5권 8행.

메로페(Merope) 플레이야데스들 중 한 명으로 시쉬푸스와 결혼한다. 4권 175행.

메르쿠리우스(Mercurius 그/Hermes) 윱피테르와 마이야의 아들. 여행자와 상인과 도둑의 보호자이자 횡재의 신이며, 사자들의 혼백을 저승으로 인도한다. 2권 608행; 5권 88, 90, 100, 103, 104, 447, 496, 663, 669, 671, 690, 698행.

메첸티우스(Mezentius) 에트루리아(Etruria) 지방 카이레(Caere) 시의 왕으로, 투르누스를 도우려다 아이네아스에게 죽는다. 4권 881행.

메타니라(Metanira) 켈레우스의 아내로 트립톨레무스의 어머니. 4권 539행.

메텔루스 ①Lucius Caecilius Metellus. 기원전 241년 대사제(大司祭)로, 베스타 신전에 불이 났을 때 팔라디움을 구출한다. 6권 444행. ②Quintus Caecilius Metellus Numidicus. 기원전 109년 집정관으로, 기원전 111년에 불이 났던 퀴벨레 신전을 중수한다. 4권 348, 351행.

멜레아게르(Meleager 그/Meleagros) 오이네우스의 아들. 칼뤼돈(Calydon 그/Kalydon)의 멧돼지 사냥을 주도한다. 5권 305행.

멜리케르테스(Melicertes 그/Melikertes) 이노의 차남으로 포르투누스, 일명 팔라이몬이라는 이름의 해신(海神)이 된다. 6권 501, 547행.

멜리테(Melite) 지중해에 있는 지금의 말타(Malta) 섬. 3권 567행.

멤논(Memnon) 새벽의 여신 아우로라의 아들로 트로이야의 동맹자. 4권 714행.

멧사나(Messana) 이탈리아와 시킬리아 사이의 해협에 있는 시킬리아의 도시. 1권 595행.

목동자리 보오테스 참조.

무사 여신(Musa 그/Mousa 복수형 Musae 그/Mousai) 윱피테르와 므네모쉬네(Mnemosyne)의 아홉 딸들로 시가(詩歌)의 여신들. 4권 191행; 5권 9행.

무티나(Mutina) 북이탈리아에 있는 지금의 모데나(Modena) 시. 기원전 43년 이곳에서 옥타비아누스(Octavianus 훗날의 아우구스투스)가 안토니우스(Marcus Antonius)의 군대를 이겼다. 4권 627행.

물고기자리(Pisces 그/Ichthyes) 황도 12궁 중 하나. 2권 468행; 3권 400행.

물병자리 또는 보병궁(寶甁宮 Aquarius 그/Hydrochoos) 황도 12궁 가운데 하나인 별자리. 1권 652행; 2권 145, 457행.

물키베르(Mulciber) 볼카누스의 별명. 헤르쿨레스의 손에 죽은 괴물 카쿠스의 아버지이다. 1권 554행; 6권 626행.

뮈케나이(Mycenae 그/Mykenai) 그리스 아르골리스(Argolis) 지방에 있는 오래된 도시로 뮈케나이 문명의 중심지. 3권 83행.

뮐라이(Mylae) 시킬리아 섬 북안에 있는 소도시. 4권 476행.

미네르바(Minerva 그/Athene 또는 Athena) 지혜와 공예와 전쟁의 여신. 3권 5, 176, 681, 809, 815, 837, 850행; 5권 231행; 6권 421, 424, 435, 652, 696행.

(ㅂ)

바다뱀자리(Anguis Hydra 또는 Hydrus 그/Hydra Hydros 또는 Drakon) 남쪽 하늘의 별자리. 2권 243행.

바보들의 축제(Stultorum festa) 2권 513행.

바쿠나(Vacuna) 사비니족의 여신으로, 로마인들에 의해 승리의 여신 빅토리아(Victoria) 또는 전쟁의 여신 벨로나와 동일시되었다. 6권 308행.

박쿠스(Bacchus 그/Bakchos) 그리스 신화의 주신(酒神) 디오뉘수스(Dionysus 그/Dionysos)의 다른 이름. 윱피테르와 세멜레의 아들. 1권 300행; 3권 410, 461, 510, 713, 715, 720, 721, 729, 736, 767, 777행; 5권 167, 345행; 6권 483, 486, 562행.

밧투스(Battus) 멜리테 섬의 왕. 3권 570행.

베네랄리아 제(Veneralia) 베누스의 축제로 4월 1일에 열린다. 4권 133~134행 참조.

베누스(Venus 그/Aphrodite) 성애(性愛)의 여신으로 아이네아스의 어머니. 로마의 수호여신. 1권 39행; 4권 20, 36, 57, 62, 86, 119, 121, 124, 136, 158, 160, 673, 865, 871, 875행; 6권 375행.

베르툼누스(Vertumnus) 에트루리아의 신. 6권 409행.

베스타(Vesta 그/Hestia) 로마의 화로의 여신. 2권 69행; 3권 141, 421, 698행; 4권 828, 949행; 6권 227, 259, 263, 286, 295, 319, 376, 437, 713행.

베스타의 여사제들 4권 639행; 5권 621행; 6권 365, 457행.

베스탈리아 제(Vestalia) 6월 9일에 개최되는 베스타의 축제. 6권 249~250행 참조.

베이요비스(Veiovis) 기원전 192년 카피톨리움 언덕에서 신전을 봉헌받은 신. 3권 430행.

베이이(Veii) 로마 북쪽에 있는 에트루리아의 도시. 2권 195행.

벨라브룸(Velabrum) 팔라티움 언덕과 카피톨리움 언덕 사이의 골짜기. 6권 405행.

벨로나(Bellona) 로마의 전쟁의 여신. 6권 201행.

보나 데아(Bona Dea) '선한 여신'이라는 뜻. 그녀의 축제에는 여인들만 참가한다. 5권 148, 153행.

보레아스(Boreas) 북풍의 신. 5권 203행.

보빌라이(Bovillae) 로마에서 압피아 가도(via

Appia)를 따라 남쪽으로 가면 나오는 첫 번째 소도시로, 아리키아 시에서 멀지 않다. 3권 667행.

보오테스(Bootes) 북쪽 하늘의 별자리. 목동자리라고도 하고, 아르크토퓔락스(Arctophylax 그/Arktophylax)라고도 한다. 3권 405행; 5권 733행.

복수의 여신들(Furiae 그/Erinyes) 살인자, 특히 가족을 살해한 자를 쉴 새 없이 따라다니며 괴롭히는 여신들. 4권 236행.

볼스키족(Volsci) 라티움 지방에 살던 부족으로 기원전 5세기 로마인들에게 정복당했다. 6권 721행.

볼카누스(Volcanus, Vulcanus의 고형, 그/Hephaistos) 불의 신. 3권 82, 514행; 5권 725행; 6권 627행.

북서풍(北西風 argestes) 5권 161행.

브론테스(Brontes) 세 명의 퀴클롭스(Cyclops 그/Kyklops) 가운데 한 명. 다른 두 명인 스테로페스, 아르게스(Arges)와 더불어 윱피테르에게 벼락을 만들어준다. 4권 288행.

브루투스 ① Lucius Iunius Brutus. 기원전 510년 로마의 마지막 왕 타르퀴니우스 수페르부스를 로마에서 축출하고 최초의 두 집정관 중 한 명이 된다. 2권 717, 837행. ② Decimus Iunius Brutus. 기원전 138년 집정관으로 에스파네에서 칼라이키족(Callaici)을 이긴다. 6권 461행.

브리아레우스(Briareus 그/Briareos) 손이 100개인 거한 헤카톤케이레스들 중 한 명. 3권 805행.

비날리아 제(Vinalia) 4월 23일에 개최되는 포도주 축제. 4권 863, 877, 878행.

비르비우스(Virbius) 아리키아에서 경배받는 이탈리아의 신. 그리스의 영웅 힙폴뤼투스와 동일시되었다. 6권 756행.

비아 노바(via Nova) '새 길'이라는 뜻으로 팔라티움 언덕의 북쪽 기슭을 따라 나 있는 길. 6권 396행.

(ㅅ)

사가리티스(Sagaritis) 앗티스가 사랑하게 된 요정. 4권 229행.

사비니족(Sabini) 로마 북동부의 산악지방에 살던 부족으로, 맨 먼저 로마에 흡수되고 그 여인들은 축제 때 납치되어 로마인들의 아내가 된다. 1권 261, 273행; 2권 477행; 3권 199, 215행; 5권 93행; 6권 217행.

사투르누스(Saturnus) 원래 이탈리아 농업의 신이었으나, 나중에는 그리스 신화의 크로누스와 동일시되어 윱피테르와 유노의 아버지가 된다. 그가 이탈리아를 다스리던 때는 '황금 시대'였다고 한다. 1권 235행; 3권 796행; 4권 197, 205행; 5권 19, 34행.

사튀루스(satyrus) 말의 꼬리 또는 염소의 뿔, 귀, 뒷다리, 꼬리를 가진 숲의 정령들로 박쿠스의 시종들. 1권 397, 411행; 3권 745행; 4권 142행.

사파이이족(Sapaei) 트라케 지방의 부족. 1권 389행.

살리이들(Salii) 마르스에게 봉사하도록 누마가 봉헌한 사제단으로, 하늘에서 떨어진 신성한 방패인 앙킬레를 들고 노래하고 춤추며 해마다 로마 시내를 엄숙히 행진한다. 3권 260, 392행.

세르비우스(Servius Tullius) 로마의 제6대 왕. 오비디우스에 따르면 제7대 왕이다. 6권 569, 600, 783행.

세멜레(Semele) 카드무스의 딸로 윱피테르에 의해 박쿠스의 어머니가 된다. 3권 715행; 6권 485, 504행.

세모 상쿠스 디우스 피디우스(Semo Sancus Dius Fidius) 성격과 기원이 불확실한 신으로, 퀴리날리스 언덕에 신전을 봉헌받았다. 6권 213행.

솔리무스(Solimus 또는 Solymus) 아이네아스의 전우로 술모 시의 창건자. 4권 79행.

술라(Lucius Cornelius Sulla 기원전 131~78년) 로마의 유명한 장군이자 독재관(dictator). 6권 212행.

술모(Sulmo) 오비디우스의 출생지로, 로마에서 동쪽으로 150킬로미터쯤 떨어져 있는 지금의 술모나(Sulmona) 시. 3권 79, 80행.

숨마누스(Summanus) 밤 번개의 신. 6권 731행.

쉬라쿠사이(Syracusae 그/Syrakousai) 시킬리아의 도시. 4권 873행.

쉬리아(Syria) 아시아 남서부 지중해 연안에 있는 지금의 시리아. 2권 474행.

쉬팍스(Syphax) 누미디아의 왕자로 카르타고의 동맹자. 기원전 203년 마시닛사와 스키피오 아프리카누스에게 패한다. 6권 769행.

스민테우스(Smintheus) 아폴로의 별명 가운데 하나로 '쥐의 박멸자'라는 뜻으로 추정된다. 6권 425행.

스퀴타이족(Scythae) 흑해 북쪽에 살던 호전적인 기마(騎馬) 유목민족. 3권 719행.

스타토르(Stator) '멈춰 서게 하는 이'라는 뜻으로 윱피테르의 별명 중 하나. 로마인들이 사비니족과 싸우다가 도망치는 것을 윱피테르가 멈추어 서게 했다고 해서 붙은 별명이다. 6권 793~794행 참조.

스테로페(Sterope) 플레이야데스들 가운데 한 명. 4권 172행.

스테로페스(Steropes) 퀴클롭스들 중 한 명. 4권 288행.

스튁스(Styx) 저승의 강. 신들은 이 강에 걸고 엄숙한 맹세를 했다. 3권 802행.

스튐팔루스(Stymphalus 그/Stymphalos) 그리스 아르카디아 지방의 호수. 2권 273행.

스티물라(Stimula) 로마의 옛 여신으로, 티베리스 강 근처에 그녀의 원림이 있었다. 6권504행.

스파르타(Sparta 그/Sparte) 펠로폰네수스 반도에 있는 그리스의 도시. 3권 83행.

시리우스(Sirius 그/Seirios) 천랑성(天狼星). 큰개자리(Canis maior 그/Kyon)의 일등성. 4권 939행; 5권 723행.

시뷜라(Sibylla) 예언녀 또는 무녀(巫女). 아이네아스 때부터 나폴리 근처의 쿠마이(Cumae 그/Kyme) 시의 동굴에 살았다는 '쿠마이의 무녀'가 가장 유명하다. 4권 158, 257, 875행; 5권 210행.

시쉬푸스(Sisyphus 그/Sisyphos) 코린투스 시의 전설적 건설자로 희대의 사기꾼이다. 4권 175행.

실레누스(Silenus 그/Silenos) 사튀루스들의 우두머리이며, 박쿠스의 동반자이자 스승. 1권 399, 433행; 3권 745행; 6권 324행.

실비아(Silvia) 일명 일리아. 누미토르 왕의 딸로 마르스에 의해 로물루스와 레무스의 어머니가 된다. 2권 383행; 3권 11, 41, 233, 598행; 4권 54행.

실비우스(Silvius Postumus) 알바 롱가의 왕. 이울루스의 아들이며 라티누스의 아버지이다. 4권 42행.

쌍둥이자리(Gemini 그/Didymoi) 황도 12궁 중 하나. 5권 694행; 6권 700, 720, 727행.

(ㅇ)

아가닙페(Aganippe) 그리스의 헬리콘 산에 있는 무사 여신들에게 바쳐진 샘. 5권 7행.

아가멤논(Agamemnon) 아트레우스의 아들로

뮈케나이의 왕. 트로이야 전쟁 때 그리스군의 총사령관. 5권 307행.

아게노르(Agenor) 에우로파의 아버지. 6권 712행.

아고날리아 제(Agonalia) 1월, 3월, 5월, 12월에 열리는 종교 축제. 아고니아 제(Agonia)라고도 한다. 1권 318행 참조.

아그립파(Agrippa) 알바 롱가의 왕으로 티베리누스의 아들. 4권 49행.

아나푸스(Anapus) 시킬리아의 강. 4권 469행.

아도니스(Adonis) 베누스가 사랑한 미소년. 그가 멧돼지에게 죽었을 때 흘린 피에서 아네모네 꽃이 피어났다고 한다. 5권 227행.

아드라스투스(Adrastus 그/Adrastos) 아르고스의 왕으로 디오메데스의 외조부. 테바이를 공격한 일곱 장군 가운데 한 명. 6권 433행.

아레투사(Arethusa 그/Arethousa) 시킬리아의 샘. 4권 423행.

아르게이들(Argei) 짚으로 만든 허수아비들로, 5월 14일 티베리스 강에 던져졌다. 5권 621행이하 참조.

아르데아(Ardea) 로마 왕 타르퀴니우스가 포위했던 도시. 2권 721행.

아르카디아(Arcadia 그/Arkadia) 그리스 펠로폰네수스 반도의 내륙지방으로 판(Pan) 신의 고향이다. 1권 542행; 2권 271행; 3권 84행; 5권 89행.

아르카스(Arcas 그/Arkas) 윱피테르와 칼리스토의 아들. 아르카디아인들의 선조. 아르카스 모자(母子)는 별자리가 되어 어머니는 큰곰자리가, 아들은 아르크토필락스(Arctophylax : '곰의 감시자'라는 뜻), 일명 보오테스(Bootes 목동자리)가 된다. 1권 470행; 6권 235행.

아리스타이우스(Aristaeus 그/Aristaios) 아폴로와 요정 퀴레네의 아들로 양봉가(養蜂家). 1권 363행.

아리아드네(Ariadne) 크레타 왕 미노스의 딸. 테세우스에게 버림받고 박쿠스의 아내가 된다. 3권 460, 468, 512행; 5권 346행.

아리온(Arion) 가인(歌人)이자 뤼라 연주가로 돌고래에 의해 목숨을 건진다. 2권 83행.

아리키아(Aricia) 알바 롱가 근처에 있는 라티움 지방의 옛 도시. 6권 59행.

아마타(Amata) 라티누스 왕의 아내로 라비니아의 어머니. 4권 879행.

아말테아(Amalthea 그/Amaltheia) 아기 윱피테르에게 젖을 먹인 암염소 또는 그 암염소의 주인인 요정. 5권 115, 128행.

아메나누스(Amenanus) 시킬리아 섬의 동안에 있는 카타나(Catana 그/Katane) 시를 관류하는 강. 4권 467행.

아물리우스(Amulius) 누미토르의 아우로 형의 왕위를 찬탈한다. 레아 실비아의 숙부. 로물루스와 레무스 형제를 익사시키라고 명령한다. 3권 35, 49, 67행; 4권 53, 809행.

아벤티누스(Aventinus) 알바 롱가의 왕. 4권 551행.

아벤티눔(Aventinum 또는 collis Aventinus) 로마의 일곱 언덕 가운데 하나. 3권 884행.

아오니아(Aonia) 그리스 보이오티아 지방의 다른 이름. 3권 456행; 4권 245행.

아우구스투스(Augustus) 로마의 초대 황제. 1권 13, 531, 590, 607행; 2권 15, 127, 637행; 3권 422행; 4권 20, 348, 627, 676, 859, 952행; 5권 557, 577행; 6권 468, 646, 763행.

아우로라(Aurora 그/Eos) 새벽의 여신. 3권 403행; 4권 714행.

아우소니아(Ausonia) 남부 이탈리아 또는 이탈리아 전체의 다른 이름. 캄파니아(Campania) 지방의 아우소네스족(Ausones)에게서 따온 이름이다. 1권 55행; 2권 94행; 4권 266행; 6

권 504행.

아이게우스(Aegeus 그/Aigeus) 아테나이 (Athenae 그/Athenai) 왕으로 테세우스의 아 버지. 2권 41행.

아이네아스(Aeneas 그/Aineias) 베누스와 앙키 세스의 아들로 로마인들의 전설적 시조. 1권 527행; 2권 543, 680행; 3권 425, 601행; 4권 37, 78, 799, 879, 892행; 6권 434행.

아이스쿨라피우스(Aesculapius 그/Asklepios) 아폴로와 코로니스의 아들. 1권 291행; 6권 746, 759행.

아이아쿠스(Aeacus 그/Aiakos) 그리스 아이기 나(Aegina 그/Aigina) 섬의 왕. 아킬레스의 할아버지. 5권 390행.

아이트나(Aetna 그/Aitne) 시킬리아 섬의 큰 산. 4권 491행.

아이트라(Aethra) 휘아데스들의 어머니. 5권 171행.

아자니스(Azanis) 아르카디아의 요정. 3권 659행.

아카스투스(Acastus 그/Akastos) 그리스 텟살리 아(Thessalia) 지방의 왕으로 펠레우스의 살인 죄를 정화해준다. 2권 40행.

아카테스(Achates) 아이네아스의 전우이다. 3권 604행.

아켈로우스(Achelous 그/Acheloios) 그리스 중 서부를 관류하는, 그리스에서 가장 긴 강과 그 하신. 때로는 환유적으로 쓰여 '물'을 뜻 하기도 한다. 2권 43행.

아크모니데스(Acmonides) 퀴클롭스들 가운데 한 명. 4권 288행.

아키스(Acis) 시킬리아에 있는 강으로, 아이트 나 산에서 멀지 않은 곳을 흘러 지나간다. 4권 467행.

아킬레스(Achilles 그/Achilleus) 펠레우스와 바 다의 여신 테티스(Thetis)의 아들로 트로이야 전쟁 때 가장 용감했던 그리스 영웅. 호메로 스(Homeros)의 『일리아스』의 주인공이다. 2 권 119행; 5권 390행.

아타마스(Athamas) 처음에는 네펠레(Nephele) 와, 나중에는 이노와 결혼한다. 프릭수스와 헬레의 아버지. 6권 489, 555행.

아트레우스(Atreus) 펠롭스(Pelops)의 아들로 튀에스테스(Thyestes)의 형. 2권 627행.

아트레우스의 아들들(Atrides) 아가멤논과 메넬 라오스. 4권 73행.

아틀라스(Atlas) 티탄 신족 이아페투스(Iapetus 그/Iapetos)의 아들. 올륌포스의 신들과 티탄 신족 사이에 전쟁이 벌어졌을 때 후자를 편들 었다 하여 그 벌로 양어깨에 하늘을 떠메고 있다고 한다. 2권 490행; 4권 169행; 5권 83, 169, 180행.

아티아(Atia) 로마의 초대 황제 아우구스투스의 어머니. 6권 809행.

아폴로(Apollo 그/Apollon) 윱피테르와 라토나 의 아들로 디아나의 오라비. 음악, 시가, 예 언, 치유와 궁술의 신. 흔히 태양신과 동일시 되며, 포이부스라고도 한다. 1권 20행; 6권 425행.

아풀리아(Apulia) 이탈리아의 남동부 지방. 4권 76행.

아피드나(Aphidna 그/Aphidnai) 쌍둥이 형제 디오스쿠리들(Dioscuri 그/Dioskouroi)과 이 다스와 륑케우스 형제가 싸운 곳으로 알려진 앗티카 지방의 마을. 5권 798행.

악카(Acca 또는 Acca Larentia) 로물루스와 레 무스의 양모(養母). 4권 854행; 5권 453행.

악토르(Actor 그/Aktor) 아킬레스의 죽마고우 파트로클루스(Patroclus 그/Patroklos)의 할 아버지. 2권 39행.

악티움(Actium 그/Aktion) 그리스 중서부 아카르나니아(Acarnania 그/Akarnania) 지방에 있는 곶과 그곳에 있는 도시. 기원전 31년 그 앞바다에서 벌어진 해전에서 옥타비아누스는 안토니우스와 클레오파트라의 연합함대를 격파하여 오랜 내전을 종식시킨다. 1권 711행.

안나(Anna) 카르타고 여왕 디도의 여동생. 3권 559, 567, 582, 599, 601, 629, 647행.

안나 페렌나(Anna Perenna) 이탈리아의 여신으로 한 해[年 annus]의 의인화. 3권 145, 523, 543, 657, 677행.

안테노르(Antenor) 트로이야의 원로(元老). 4권 75, 77행.

알기두스(Algidus) 투스쿨룸 시 남쪽에 있는 산. 6권 722행.

알레르누스(Alernus) 저승과 관련이 있는 것으로 추정되는 신. 티베리스 강 하구에 원림을 갖고 있었다. 2권 67행; 6권 105행.

알모(Almo) 티베리스 강의 지류와 그 하신. 라라의 아버지. 2권 601행; 4권 337행.

알바(Alba) 아이네아스의 아들 이울루스의 증손자. 4권 43행.

알바 롱가(Alba Longa) 기원전 1152년경 아이네아스의 아들 이울루스, 일명 아스카니우스(Ascanius 그/Askanios)가 로마 남동쪽 언덕에 세운 도시로 로마의 모태가 되었다. 로물루스와 레무스의 출생지. 2권 499행.

알불라(Albula) 티베리스 강의 옛 이름. 2권 389행; 5권 646행.

알카이우스(Alcaeus 그/Alkaios) 페르세우스의 아들로 헤르쿨레스의 할아버지. 1권 575행; 4권 66행.

알퀴오네(Alcyone 그/Alkyone) 플레이야데스들 가운데 한 명. 4권 173행.

알크마이온(Alcmaeon 그/Alkmaion) 암피아라우스(Amphiaraus 그/Amphiaraos)의 아들로

아버지를 배신한 어머니를 죽인다. 2권 43행.

암펠로스(Ampelos) '포도나무'라는 뜻으로, 박쿠스가 사랑한 소년. 3권 409행.

암피트리테(Amphitrite) 해신 넵투누스의 아내. 5권 731행.

압피우스 클라우디우스(Appius Claudius Caecus) 기원전 312년의 감찰관(監察官 censor). 고대 로마의 첫 번째 가도(街道)인 압피아 가도를 건설했다. 6권 203, 690행.

앗사라쿠스(Assaracus 그/Assarakos) 트로이야의 트로스 왕의 아들로 앙키세스의 할아버지. 4권 34, 943행.

앗탈루스(Attalus 그/Attalos) 소아시아 페르가뭄(Pergamum 그/Pergamon 또는 Pergamos) 시의 왕. 4권 266행.

앗티스(Attis) 지모신(地母神) 퀴벨레의 거세된 시종. 4권 223행; 5권 227행.

앗티카(Attica 그/Attike) 중부 그리스의 가장 동쪽 지방으로 그 수도가 아테나이이다. 4권 502행.

앙쿠스 마르키우스(Ancus Marcius) 로마의 제4대 왕. 6권 803행.

앙키세스(Anchises) 아이네아스의 아버지. 4권 35, 123행.

앙킬레(ancile 복수형 Ancilia) 누마 왕 치세 때 하늘에서 떨어진, 아라비아숫자 8 모양의 작은 방패. 3권 377행.

야누스(Ianus) 로마의 문(門)의 신으로, 앞쪽과 뒤쪽에 다 얼굴이 있다. 1권 64, 69, 104, 116, 133, 171, 231, 268, 277행; 6권 129, 165행.

야니쿨룸(Ianiculum) 티베리스 강 우안의 길고 높은 산등성이. 1권 246행.

양자리(Aries 그/Krios) 황도 12궁 중 하나. 3권 852행; 4권 715, 903행.

에게리아(Egeria) 누마의 아내. 3권 154, 263,

275, 289행; 6권 669행.

에라토(Erato) 무사 여신들 가운데 한 명으로 특히 연애시를 관장한다. 4권 195행.

에렉테우스(Erechtheus) 아테나이의 전설적인 왕. 5권 204행.

에뤼테아(Erythea 그/Erytheia) 대지의 서쪽 끝에 있는 섬. 그곳에서 헤르쿨레스는 몸통이 셋인 거한 게뤼온(Geryon 또는 Geryones)의 소 떼를 몰고 돌아온다. 1권 543행; 5권 649행; 6권 80, 519행.

에뤽스(Eryx) 시킬리아 섬 서북단에 있는 곳과 그곳에 있는 도시. 4권 874행.

에리고네(Erigone) 앗티카 사람 이카리우스(Icarius 그/Icarios)의 딸. 5권 723행.

에릭토니우스(Erichthonius 그/Erichthonios) 다르다누스의 아들로 아이네아스의 선조. 4권 33행.

에스퀼리우스 언덕(mons Esquilius) 로마의 일곱 언덕 가운데 하나. 2권 435행; 3권 246행.

에에티온(Eetion) 헥토르의 아내 안드로마케(Andromache)의 아버지. 4권 280행.

에우로파(Europa 그/Europe) 페니키아 지방에 있는 튀루스 시의 왕 아게노르의 딸. 황소로 변신한 윱피테르가 크레타 섬으로 납치한다. 5권 605, 617행.

에우보이아(Euboea 그/Euboia) 그리스 중동부 지방 앞바다에 있는 에게 해의 큰 섬. 6권 210행.

에우안데르(Euander 그/Euandros) 그리스 아르카디아 지방의 왕. 로마 전설에 따르면 이탈리아로 건너와 나중에 로마가 세워진 곳에 팔란티움이라는 소도시를 세웠다고 한다. 베르길리우스(Vergilius)의 『아이네이스』에서는 아이네아스의 동맹자이다. 1권 471, 539, 543, 580행; 2권 279행; 4권 65행; 5권 91, 643, 645행.

에우프라테스(Euphrates) 메소포타미아 지방의 강. 2권 463행.

에퀴르리아(Equirria) 마르스를 위한 경마축제로 2월 27일과 3월 14일에 열린다. 2권 859행; 3권 519행.

에페우스(Epeus 그/Epeios) 트로이야의 목마(木馬)를 만든 그리스의 목수. 3권 825행.

에퓌투스(Epytus) 아이네아스의 아들 이울루스의 자손. 4권 44행.

엘레우신(Eleusin 그/Eleusis) 아테나이 서쪽에 위치한 도시로, 케레스와 페르세포네(일명 Kore: '처녀'라는 뜻)의 비의로 유명했다. 4권 507행.

엘렉트라(Electra 그/Elektra) 플레이야데스들 중 한 명. 4권 31, 174, 177행; 6권 42행.

엘리키우스(Elicius) 윱피테르의 별명 중 하나. 3권 328행

엘릿사(Elissa) 카르타고의 창건자 디도의 포이니케 이름. 3권 553, 623행.

염소자리(Capricornus 그/Aigokeros) 황도 12궁 중 하나. 1권 651행.

오리온(Orion) 남쪽 하늘의 별자리. 4권 338행; 5권 493, 534, 537, 543행; 6권 719행.

오이네우스(Oeneus 그/Oineus) 그리스 칼뤼돈(Calydons 그/Kalydon) 시의 왕. 멜레아게르와 튀데우스의 아버지이자 디오메데스의 할아버지. 4권 76행.

오이발루스(Oebalus 그/Oibalos) 스파르타의 왕. 튄다레우스의 아버지이자 헬레나(Helena 그/Helene)의 할아버지이다. 1권 260행.

오이타(Oeta 그/Oita) 그리스 텟살리아 지방과 아이톨리아(Aetolia 그/Aitolia) 지방 사이에 있는 산. 이곳에서 헤르쿨레스는 자신을 산 채로 화장하라고 명령한다. 6권 519행.

오케아누스(Oceanus 그/Okeanos) 가이아와 우

라누스(Uranus 그/Ouranos)의 아들로 티탄
신족. 테튀스의 남편이며 강(江)과 요정들의
아버지이다. 5권 21, 233, 168행; 6권 81행.

오크레시아(Ocresia) 세르비우스 툴리우스 왕의
어머니. 6권 628행.

오트뤼아데스(Othryades) 스파르타와 아르고스
의 전쟁에서 스파르타 쪽의 유일한 생존자. 2
권 665행.

올레누스(Olenus 그/Olenos) 그리스의 몇몇 도
시의 이름. 5권 251행.

올륌푸스(Olympus 그/Olympos) 그리스에서
가장 높은 산으로, 텟살리아 지방에 있다. 신
들의 거처이며 '하늘'이라는 뜻으로도 쓰인
다. 1권 307행; 3권 442행.

옴팔레(Omphale) 소아시아 뤼디아의 여왕. 헤
르쿨레스는 그녀에게 노예로 팔려가 여장(女
裝)을 하고 봉사한다. 2권 305, 352행.

옵스(Ops) 풍요와 부의 여신이며 사투르누스의
아내. 6권 286행.

옷사(Ossa) 그리스 텟살리아 지방의 높은 산. 1
권 307행; 3권 441행.

왕관자리(Corona Ariadnes 그/Stephanos
boreios) 북쪽 하늘의 별자리. 3권 459행.

왕의 도주(Regifugium) 로마의 마지막 왕 타르
퀴니우스 일가의 도주를 기념하는 축제로, 2
월 24일에 열렸다. 2권 685행; 5권 728행.

요정(nympha 그/nymphe) 샘, 시내, 나무, 숲,
산에 사는 정령. 1권 405행; 2권 291, 398행;
2권 169행; 3권 261, 262, 443행; 4권 229,
425, 752, 761행; 5권 115행.

우라니아(Urania 그/Ourania) 무사 여신들 중
한 명으로 천문학을 관장한다. 5권 55행.

운명의 여신들(Parcae 그/Moirai) 윱피테르와
테미스의 딸들로 클로토, 라케시스(Lachesis),
아트로포스(Atropos) 세 명이다. 이들은 인간

의 운명의 실을 자아 배정해주고 때가 되면
가차 없이 잘라버리는 것으로 여겨졌다. 6권
757행.

울릭세스(Ulixes) 오뒷세우스(Odysseus)의 라틴
어 이름. 트로이야 전쟁 때 웅변과 지략이 뛰
어난 그리스 영웅으로, 목마를 고안해 트로이
야를 함락시킨다. 4권 69행; 6권 433행.

원림의 왕(rex Nemorensis) 3권 271행. 3권 79
행 참조.

위엄(Maiestas) 여신. 5권 25, 45행.

유노(Iuno 그/Hera) 윱피테르의 아내로 신들의
여왕. 출산의 여신이다. 1권 55, 265 638행; 2
권 177, 436, 605행; 3권 83, 205, 246, 255행;
4권 720행; 5권 231행; 6권 16, 18, 34, 44, 26,
29, 39, 51, 52, 58, 73, 83, 99, 285, 487, 507행.

유바(Iuba) 누미디아 왕으로 카이사르에게 패
한다. 4권 380행.

유벤타(Iuventa 또는 Iuventas 그/Hebe) 윱피테
르와 유노의 딸로 청춘의 여신. 헤르쿨레스의
아내. 6권 65행.

유투르나(Iuturna) 이탈리아의 젊은 전사 투르
누스의 누이. 1권 463, 708행; 2권 585행.

율리아 아우구스타(Iulia Augusta) 아우구스투
스가 아내 리비아에게 유증(遺贈)한 이름. 1
권 536행.

율리우스 카이사르(Gaius Iulius Caesar 기원전
100~44년) 로마의 군인이자 정치가. 격렬한
내전을 종식시키고 로마의 모든 권력을 독점
했으나 기원전 44년 3월 15일 암살당한다. 1
권 530행; 3권 156, 697행; 4권 124, 379행; 5
권 573행.

윱피테르(Iuppiter 그/Zeus) 하늘의 신. 올륌푸
스 신들의 우두머리이며 유노의 남편이다. 1권
56, 201, 236, 293, 579행; 2권 118, 162, 433,
607, 668행; 3권 285, 290, 321, 330, 337,

377, 430, 660, 716, 796, 808행; 4권 32, 174, 204, 585, 621, 827, 834, 877, 892, 899행; 5권 35, 43, 86, 112, 231, 301, 495, 531, 605, 732행; 6권 18, 34, 52, 73, 358, 485, 650 664, 759, 793행.

이나쿠스(Inachus 그/Inachos) 아르고스의 왕으로 이오의 아버지. 아르고스의 강. 1권 454행; 5권 656행.

이노(Ino) 테바이의 건설자 카드무스의 딸로 세멜레의 언니이다. 나중에 바다에 투신하여 레우코테아라는 이름의 여신이 된다. 로마인들은 마테르 마투타와 동일시한다. 2권 628행; 3권 853행; 6권 485, 487, 501, 507, 514, 521, 529, 545, 553행.

이다(Ida 그/Ide) 크레타 섬의 산. 소아시아 프뤼기아 지방의 산. 4권 250, 264행.

이다스(Idas) 륑케우스의 형. 디오스쿠리들과 싸우다가 윱피테르의 벼락을 맞아 죽는다. 5권 699, 713행.

이시스(Isis) 이집트의 여신. 1권 454행.

이아르바스(Iarbas) 북아프리카의 왕으로 디도에게 청혼했다가 거절당한다. 3권 552행.

이아손(Iason) 아르고(Argo)호(號) 선원들(Argonautae 그/Argonautai)을 이끌고 흑해 동안의 콜키스로 가서 황금 양모피를 가지고 그리스로 돌아온 영웅. 1권 491행.

이오(Io) 이나쿠스의 딸. 윱피테르의 사랑을 받지만 암송아지로 변한다. 5권 619행.

이오니아(Ionia) 소아시아의 중서부 해안과 그 앞바다의 섬들. 6권 175행.

이울루스(Iulus) 아이네아스의 아들로 일명 아스카니우스(Ascanius 그/Askanios). 로마 황족(皇族)인 율리아가(gens Iulia)의 선조. 4권 39행.

이카루스(Icarus 그/Ikaros) 다이달루스(Dae-dalus 그/Daidalos)의 아들. 아버지와 함께 크레타 섬에서 도망치던 중 태양에 너무 가깝게 날다가 날개의 밀랍이 녹는 바람에 에게 해에 떨어져 익사한다. 4권 284행.

일루스(Ilus 그/Ilos) 트로이야 왕으로 다르다누스의 증손자. 트로이야 성을 증축했다. 6권 419행.

일리아(Ilia) 레아 실비아(Rhea Silvia)의 다른 이름. 누미토르의 딸로, 마르스에 의해 로물루스와 레무스의 어머니가 된다. 2권 598행; 3권 233행; 4권 54행.

일리움(Ilium, Ilion, Ilios 그/Ilios, Ilion) 트로이야 시의 다른 이름으로 일루스 왕에게서 유래한 것이다. 3권 142행.

(ㅈ)

자유의 전당(atrium Libertatis) 포룸 로마눔 근처에 있던 이 건물은 나중에 로마 최초의 공공도서관이 되었다. 4권 624행.

작은곰자리(Arctus minor 또는 Ursa minor 그/Arktos mikra, Kynosoura 또는 Phoinike) 퀴노수라 참조.

장클레(Zancle 그/Zankle) 시킬리아 섬 북동 해안에 있는 멧사나 시의 다른 이름. 4권 474, 499행.

저울자리(Libra 그/Zygos) 황도 12궁 중 하나. 4권 386행.

전갈자리(Scorpio 그/Skorpios) 황도 12궁 중 하나. 3권 712행; 4권 163행; 5권 417행.

정의의 여신(Iustitia) 1권 249행.

제퓌루스(Zephyrus 그/Zephyros) 서풍의 신으로 플로라의 남편. 5권 201, 319행.

(ㅊ)

처녀수로(Aqua Virga) 기원전 19년 아그립파가 건설한 수로로 오늘날에도 로마에 물을 공급하고 있다. 그 수원지(水源池)를 로마인들에게 맨 처음 알려준 것은 어린 소녀(virgo)였다고 한다. 1권 464행.

(ㅋ)

카드무스(Cadmus 그/Kadmos) 포이니케 튀루스 시의 왕 아게노르의 아들로, 테바이 시의 창건자이며 에우로파의 오라비. 1권 490행.

카뤼스투스(Carystus 그/Carystos) 그리스의 에우보이아 섬 남안에 있는 도시. 4권 282행.

카륍디스(Charybdis) 이탈리아와 시킬리아 사이에 있다는 전설의 바다 소용돌이. 4권 499행.

카르나(Carna) 돌쩌귀의 여신. 6권 101행.

카르멘타(Carmenta 또는 Carmentis) 원래 고대 이탈리아의 여인들과 출산의 여신이지만, 여기에서는 그리스 아르카디아인 에우안데르의 예언 능력이 있는 어머니를 말한다. 1권 463, 583, 618행; 6권 529, 541행.

카르멘탈리아 제(Carmentalia) 여신 카르멘타 또는 카르멘티스를 위한 축제로, 1월 11일과 15일에 열렸다. 1권 462행.

카르세올리(Carseoli) 로마 동쪽 67킬로미터 지점에 있는 도시로, 지금의 카르솔리(Carsoli)이다. 4권 683행.

카르타고(Carthago: 페니키아어로 '신도시'라는 뜻) 페니키아의 튀루스 시가 북아프리카에 세운 식민시. 6권 45행.

카리스(Charis 복수형 Charites) **여신들** 우미(優美)의 세 여신. 5권 217행.

카리스티아 제(Caristia) 친족들의 친목회로 2월 22일에 개최된다. 2권 617행.

카메나(Camena 복수형 Camenae) 원래 이탈리아의 요정이었으나 나중에는 그리스의 무사 여신과 동일시되었다. 3권 275행.

카메레(Camere) 남이탈리아 크라티스 강 부근에 있는 지역. 3권 582행.

카메리나(Camerina 그/Kamarina) 시킬리아 섬 남안에 있는 도시. 4권 477행.

카밀루스(Marcus Furius Camillus) 기원전 390년 갈리아인들의 침공에서 로마를 구했을 뿐 아니라 난공불락의 베이이 시를 함락하고 아이퀴족과 볼스키족을 정벌한 '로마의 구원자이자 제2의 창건자'이다. 기원전 367년에는 콩코르디아 여신의 신전을, 기원전 344년에는 유노 소스피타(Iuno Sospita)의 신전을 봉헌한 바 있다. 6권 184행.

카스토르(Castor 그/Kastor) 쌍둥이 형제 디오스쿠리들 가운데 한 명으로 폴룩스와 형제간. 스파르타 왕 튄다레우스와 레다의 아들. 그들은 쌍둥이자리라는 별자리가 되어 항해하는 뱃사람들의 길잡이가 되어주고 있다. 5권 699, 709, 719행.

카오스(Chaos) 태초의 혼돈(混沌). 1권 104행; 4권 600행.

카이니나(Caenina) 로마 북동쪽에 있는 라티움 지방의 소도시. 2권 135행.

카일리우스 언덕(mons Caelius) 로마 남동부에 있는 로마의 일곱 언덕 가운데 하나. 3권 522, 835행.

카쿠스(Cacus) 불을 내뿜는, 볼카누스의 괴물 아들로 헤르쿨레스의 손에 죽는다. 1권 550행; 5권 648행; 6권 82행.

카펠라(Capella: '암염소'라는 뜻) 북쪽 하늘의 별자리인 마차부자리(Auriga 그/Heniochos)의 일등성. 5권 113행.

카퓌스(Capys 그/Kapys) 앙키세스의 아버지. 아이네아스의 아들 이울루스의 후손이다. 4권 34, 45행.

카피톨리움 언덕(Capitolium 또는 mons Capitolinus) 로마의 일곱 언덕 가운데 가장 중요한 곳으로 그 위에 성채와 윱피테르 신전이 지어졌다. 1권 454행; 2권 667행; 6권 18, 34, 52, 73, 351행.

칼리스토(Callisto 그/Kallisto) 아르카디아의 요정. 윱피테르의 사랑을 받은 까닭에 유노에 의해 곰으로 변한다. 나중에 큰곰자리라는 별자리가 된다. 2권 156, 177, 188행.

칼리오페(Calliope 그/Kalliope) 무사 여신들 중 한 명으로 서사시를 관장한다. 5권 80행.

칼페투스(Calpetus) 아이네아스의 아들 이울루스의 후손. 4권 46행.

컵자리(Crater 그/Krater) 남쪽 하늘의 별자리. 2권 244행.

케레스(Ceres 그/Demeter) 크로누스와 레아의 딸. 페르세포네의 어머니이자 농업과 곡물의 여신. 1권 349, 671, 673, 704행; 2권 520행; 4권 393, 401, 407, 412, 421, 455, 485, 494, 507, 547, 561, 574, 615, 619, 645행; 5권 355행; 6권 285, 391행.

케리알리아 제(Cerialia) 케레스의 축제로 4월 12일에 개최된다. 3권 786행; 4권 393행.

케크롭스(Cecrops 그/Kekrops) 아테나이의 전설적 왕. 3권 81행; 4권 504행.

켈라이노(Celaeno 그/Kelaino) 플레이야데스들 중 한 명. 4권 173행.

켈레르(Celer) 로물루스의 전우로 레무스를 죽인다. 4권 837, 844행; 6권 469행.

켈레우스(Celeus) 그리스 엘레우시스 사람으로 실종된 딸을 찾아 헤매던 케레스를 자기 집에서 환대한다. 4권 508행.

코로니스(Coronis 그/Koronis) 요정. 아폴로에 의해 아이스쿨라피우스의 어머니가 된다. 1권 291행.

코뤼반테스들(Corybantes 그/Korybantes) 퀴벨레 여신의 시종들. 4권 210행.

코르니쿨룸(Corniculum) 콜라티아 근처의 소도시. 6권 628행.

코린투스(Corinthus 그/Korinthos) 펠로폰네수스 반도와 그리스 중부지방을 잇는 지협(地峽)에 위치한 도시. 4권 501행.

코미탈리스(comitalis) 로마 국민이 선거나 입법을 위해 모임을 하는 날. 1권 53행.

코쉬라(Cosyra) 말타 섬 근처에 있는 지중해의 섬. 지금의 판탈레리아(Pantelleria) 섬.

콘수스(Consus) 고대 이탈리아의, 저장된 곡식의 신. 1년에 두 번씩(8월 21일과 12월 15일) 콘수알리아 제(Consualia) 때 경배받는다. 3권 199행.

콜라티누스(Tarquinius Collatinus) 루크레티아의 남편. 2권 787행.

콜라티아(Collatia) 로마 근처의 소도시. 2권 733행.

콩코르디아(Concordia) 화합의 여신. 1권 639행; 2권 631행; 6권 91, 637행.

쿠레스(Cures) 사비니족의 수도. 2권 135, 480행; 3권 201행; 6권 216행.

쿠레테스족(Curetes) 아기 윱피테르를 보호해 준 크레타의 정령들. 4권 210행.

쿠르티우스 호(Lacus Curtius) 포룸 로마눔 자리에 있던 호수. 6권 403행.

쿠피도(Cupido) 그리스 신화의 에로스(Eros)에 해당하는 로마의 신. 에로스는 아모르(Amor)라고도 한다. 2권 463행.

퀴노수라(Cynosura 그/Kynosoura) '개꼬리'라는 뜻으로 작은곰자리의 그리스어 이름 가운데 하나. 3권 197행.

퀴레네(Cyrene 그/Kyrene) 아리스타이우스(Aristaeus 그/Aristaios)의 어머니. 북아프리카의 도시. 1권 365행.

퀴리날리스(collis Quirinalis) 로마의 일곱 언덕 가운데 하나. 4권 375행.

퀴리날리아 제(Quirinalia) 퀴리누스를 위한 축제로 2월 17일에 개최된다. 2권 475행 이하.

퀴리누스(Quirinus) 원래는 곡물과 밀접한 관계가 있는 로마의 신이었으나 나중에는 로물루스와 동일시되었다. 1권 69, 199행; 2권 475, 511행; 3권 41행; 6권 93행.

퀴리테스(Quirites) 로마인들의 다른 이름. 2권 479, 505행; 5권 631행.

퀴벨레(Cybele 그/Kybele) 소아시아 프뤼기아 지방의 지모신. 일명 위대한 어머니(Magna Mater). 프뤼기아 지방의 산. 4권 182, 183, 207, 215, 219, 221, 247, 249, 264, 291, 298, 339, 347, 350, 354, 357, 361, 367행; 6권 321행.

퀴아네(Cyane) 시킬리아의 샘. 4권 469행.

퀴테레아(Cytherea 그/Kythereia) 베누스의 별명 중 하나. 그녀가 바다 거품에서 태어난 뒤 맨 먼저 라코니아(Laconia 그/Lakonike) 지방 앞바다에 있는 퀴테라(Cythera 그/Kythera) 섬에 접근했다고 하여 붙은 이름이다. 3권 611행; 4권 15, 195, 286행.

퀸콰트루스(Quinquatrus) 미네르바를 위한 축제로 3월 19~23일과 6월 13일에 개최된다. 3권 810행; 6권 651, 694행.

퀸틸리스(Quintilis) 7월의 이전 이름. 3권 149행.

퀸티아(Cynthia) 디아나의 별명 중 하나. 그녀가 오라비 아폴로와 함께 델로스(Delos) 섬의 퀸투스(Cynthus 그/Kynthos) 산에서 태어났다고 하여 붙은 이름이다. 2권 91행.

퀼레네(Cyllene 그/Kyllene) 그리스 아르카디아 지방에 있는 산. 2권 276행.

Q. R. C. F. 5권 727행과 주 192 참조.

크놋수스(Cnossus 그/Knossos 또는 Knosos) 크레타 섬의 도시. 3권 460행.

크라나에(Cranae) 요정. 야누스에게 납치되어 카르나 여신이 된다. 6권 107, 127, 151, 169행.

크라티스(Crathis) 이탈리아의 발가락 부분에 있는 강. 3권 581행.

크랏수스(Marcus Licinius Crassus 기원전 115~53년) 율리우스 카이사르, 폼페이유스(Gnaeus Pompeius Magnus 기원전 106~48년)와 더불어 기원전 60년 제1차 삼두정치를 연다. 스파르타쿠스(Spartacus)의 노예 폭동(기원전 72~71년)을 진압하는 데는 성공했지만, 카스피 해 남쪽에 살던 기마 유목민족인 파르티족을 정벌하러 갔다가 기원전 53년 북메소포타미아의 카르라이(Carrhae) 시 전투에서 참패하고 그 자신은 전사한다. 5권 583행; 6권 465행.

크레메라(Cremera) 에트루리아 지방의 강. 2권 205행.

크레타(Creta 그/Krete) 지중해의 섬. 3권 81행.

크로쿠스(Crocus 그/Krokos) 사프란 꽃으로 변한 미소년. 5권 227행.

큰곰자리(Arctus maior 또는 Ursa maior 그/Arktos megale, Hamaxa 또는 Helike) 북쪽 하늘의 별자리 가운데 하나. 2권 183행; 3권 107, 793행.

클라우디아 퀸타(Claudia Quinta) 압피우스 클라우디우스의 손녀. 퀴벨레 여신이 탄 배를 혼자서 움직인다. 4권 305, 343행.

클라우디우스 ①Appius Claudius. 기원전 296년 벨로나 여신에게 신전을 서약한다. 6권 203행. ②Marcus Claudius Marcellus. 한니발 전쟁 때 로마의 장군. 시킬리아 섬의 쉬라쿠사이 시를 함락하지만 기원전 208년 적군의 복병에 전사한다. 4권 873행.

클라우수스(Attus Clausus) 클라우디아가(家)의 선조. 4권 305행.

클로리스(Chloris) 플로라의 이전 이름.

클로토(Clotho 그/Klotho) 운명의 여신들 중 한 명. 6권 757행.

클루시우스(Clusius) 야누스의 별명 가운데 하나로, '닫다'는 뜻의 라틴어 cludo에서 유래했다. 1권 130행.

클뤼메누스(Clymenus) 저승에서 사자(死者)들을 다스리는 하데스의 다른 이름. 6권 757행.

클리오(Clio 그/Kleio) 무사 여신들 중 한 명으로 역사를 관장한다. 5권 54행; 6권 801행.

키뉘라스(Cinyras 그/Kinyras) 퀴프루스(Cyprus 그/Kypros) 섬의 왕으로 자기 딸 뮈르라(Myrrha)에 의해 아도니스의 아버지가 된다. 5권 227행.

키론(Chiron 그/Cheiron) 크로누스와 필뤼라의 아들로 반인반마(半人半馬)의 켄타우루스(Centaurus 그/Kentauros)들 가운데 한 명. 궁술, 음악, 약초, 의술, 예언에 밝아 이아손, 아이스쿨라피우스, 아킬레스 같은 영웅들의 스승이 된다. 헤르쿨레스의 화살에 찔려 죽은 뒤 남쪽 하늘의 별자리인 켄타우루스자리, 일명 키론자리가 된다. 5권 379, 384, 413행.

키르케(Circe 그/Kirke) 태양신 헬리오스와 페르세(Perse)의 딸. 아이아이아(Aeaea 그/Aiaie) 섬을 찾아온 울릭세스를 1년 동안 붙들어둔다. 4권 70행.

키르쿠스 막시무스(Circus Maximus) 팔라티움 언덕과 아벤티눔 언덕 사이의 원형경기장. 4권 391, 680행; 6권 405행.

키르쿠스 플라미니우스(Circus Flaminius) 기원전 220년 플라미니우스가 마르스 들판에 만든 원형경기장. 6권 209행.

(ㅌ)

타나퀼(Tanaquil) 로마의 제5대 왕 타르퀴니우스 프리스쿠스(Tarquinius Priscus)의 아내로, 예언 능력이 있다. 6권 629행.

타르퀴니우스 ①Tarquinius Superbus. '오만 왕 타르퀴니우스'라는 뜻. 로마의 마지막 왕으로 기원전 510년 추방당한다. 2권 687, 718행. ②Tarquinius Sextus. 타르퀴니우스 수페르부스의 아들. 2권 691, 725, 761, 784행.

타르타루스(Tartarus 그/Tartaros) 저승의 맨 아래쪽 또는 저승. 4권 612행.

타르페이야(Tarpeia) 로마 장군의 딸로 조국을 배신하고 사비니족을 성채로 안내한다. 1권 261행.

타우로메눔(Tauromenum) 시킬리아 섬 북동부에 있는 소도시. 4권 475행.

타위게테(Taygete) 플레이야데스들 중 한 명. 4권 174행.

타이나룸(Taenarum 그/Tainaron) 그리스 라코니아 지방의 반도와 곶으로, 그곳에 저승으로 들어가는 입구가 있다고 믿어졌다. 4권 612행.

타티우스(Titus Tatius) 로마인들이 사비니족 여인들을 납치할 때 사비니족의 왕으로, 나중에 로물루스와 함께 로마의 공동 왕이 된다. 1권 260, 272행; 2권 135행; 6권 49, 93행.

탄탈루스(Tantalus 그/Tantalos) 윱피테르의 아들. 제 아들 펠롭스(Pelops)를 죽여서 그 고기로 요리를 만들어 신들을 접대한 죄로 영원한 허기와 갈증에 시달리는 벌을 받는다. 2권 627행; 5권 307행.

탈리아(Thalia 그/Thaleia) 무사 여신들 중 한 명으로 희극(喜劇)과 목가(牧歌)를 관장한다. 5권 54행.

탑수스(Thapsus) 시킬리아 섬에 있는 도시. 4권 477행.

테게아(Tegea) 아르카디아 지방의 소도시. 1권 545행.

테라프네(Therapne) 스파르타 근처의 소도시. 5권 223행.

테레우스(Tereus) 트라케 왕으로 아테나이의 공주들인 프로크네와 필로멜라(Philomela 그/Philomele) 자매를 학대하다가 나중에 후투티로 변한다. 2권 629, 856행.

테르미날리아 제(Terminalia) 경계의 신 테르미누스를 위한 축제로 2월 23일에 개최된다. 2권 639행 이하.

테르미누스(Terminus) 경계(境界)의 신. 2권 61, 641행.

테메사(Temesa) 남이탈리아의 브룻티움(Bruttium) 지방의 소도시. 동광(銅鑛)으로 유명하다. 5권 441행.

테미스(Themis) 가이아와 우라누스의 딸로, 질서와 법도의 여신. 3권 659행; 5권 21행.

테바이(Thebae 그/Thebai) 그리스 보이오티아 지방의 수도로 카드무스가 세웠다. 3권 721행.

테세우스(Theseus) 아테나이의 전설적 왕으로 아이게우스 또는 넵투누스의 아들. 힙폴뤼투스의 아버지. 3권 460행; 6권 737행.

테스티우스(Thestius 그/Thestios) 그리스 아이톨리아 지방의 왕으로 레다와 알타이아(Althaea 그/Althaia)의 아버지. 5권 305행.

테튀스(Tethys) 오케아누스의 아내. 휘아데스들의 어머니. 2권 191행; 5권 81, 168행.

텔레고누스(Telegonus 그/Telegonos) 울릭세스와 키르케의 아들로 투스쿨룸 시의 전설적 건설자. 3권 92행; 4권 71행.

텔루스(Tellus) 로마의 대지의 여신. '대지의 여신' 참조.

템페(Tempe) 텟살리아 지방의 계곡. 4권 477행.

톨레누스(Tolenus) 루틸리우스가 전사한 강. 6권 565행.

투르누스(Turnus) 루툴리족(Rutuli)의 젊은 왕으로, 라비니아를 두고 싸우다가 아이네아스의 손에 죽는다. 1권 463행; 4권 879행.

투베르투스(Aulus Postumius Tubertus) 기원전 431년 아이퀴족과 볼스키족을 이긴 로마의 장군. 6권 723행.

투빌루스트리아 제(Tubilustria) 나팔을 정화하는 축제일로 3월 23일, 5월 23일 등에 개최된다. 3권 849행; 5권 525행.

투스쿠스(Tuscus) '에트루리아의' '에트루리아인'이라는 뜻. 1권 233행

투스쿨룸(Tusculum) 라티움 지방의 오래된 도시. 로마 동남쪽 24킬로미터 지점의 알바 언덕에 자리 잡고 있다. 4권 71행.

툴리아(Tullia) 세르비우스 툴리우스 왕의 딸. 6권 587행.

튀데우스(Tydeus) 오이네우스의 아들로 테바이를 공격한 일곱 장수 중 한 명. 1권 491행.

튀레아(Thyrea) 아르고스인들과 스파르타인들이 영유권을 다투던 펠로폰네소스 반도의 한 지역. 2권 663행.

튀루스(Tyrus 그/Tyros) 포이니케 지방의 항구 도시. 5권 605행.

튀르레니아(Tyrrhenia) 에트루리아의 그리스어 이름. 3권 723행.

튀오네(Thyone) 휘아데스들 가운데 한 명. 6권 711행.

튀키우스(Tychius 그/Tychios) 그리스 영웅 아이약스(Aiax 그/Aias)의 방패를 만든 갖바치. 제화술(製靴術)의 발명자. 3권 824행.

튀포에우스(Typhoeus 또는 Typhon) 가이아의 아들로 거대한 괴물. 윱피테르에게 맞서 싸우다가 그의 벼락에 제압되어 시킬리아의 아이트나 산 밑에 누워 있다고 한다. 1권 573행; 2권 461행; 4권 491행.

튄다레우스(Tyndareus 그/Tyndareos) 스파르

타 왕. 카스토르와 폴룩스의 아버지. 카스토르와 폴룩스 참조.

트라수메누스(Trasumenus 또는 Trasimenus) 에트루리아 지방의 호수. 제2차 포이니 전쟁 중인 기원전 217년 이곳에서 벌어진 전투에서 로마군은 한니발 군대에 전멸당한다. 6권 765행.

트라케(Thrace 그/Thraike) 그리스 북동쪽에 있는 지방. 4권 458행; 5권 257행.

트로스(Tros) 트로이야의 왕. 4권 33행.

트로이야(Troia) 소아시아 서북부에 있던 도시. 6권 419행.

트리나크리스(Trinacris) 시킬리아의 다른 이름. 4권 420행.

트리비아(Trivia) '삼거리의 여신'이라는 뜻으로 헤카테 또는 디아나의 별명. 1권 389행.

트리크레네(Tricrene) 아르카디아 지방의 산. 2권 276행.

트리토니아(Tritonia) 미네르바의 별명 중 하나. 6권 655, 696행.

트립톨레무스(Triptolemus 그/Triptolemos) 케레스한테서 농사 기술을 배워 인간에게 전한 영웅. 4권 550행.

트몰루스(Tmolus 그/Tmolos) 소아시아 뤼디아 지방의 산. 2권 313행.

티륀스(Tiryns) 펠레폰네수스 반도 북동부에 있는 도시. 1권 547행.

티베리누스(Tiberinus) 알바 롱가의 왕으로 이울루스의 후손. 4권 47행.

티베리스(Tiberis) 로마 시를 관류하는 강. 2권 385행; 5권 635행; 6권 228행.

티부르(Tibur) 로마 동쪽 24킬로미터 지점에 있는 라티움 지방의 고도(古都)로, 로마인들이 즐겨 찾던 피서지. 4권 71행; 6권 61, 656행.

티탄(Titan) 휘페리온의 아들. 태양신 헬리오스

(Helios 라/Sol). 때로는 '태양'. 1권 617행; 2권 73행; 4권 180행.

티탄(Titan) **신족** 우라누스와 가이아의 자녀들로 크로누스의 통치를 받다가 윱피테르와 올륌푸스 신들에게 축출당한다. 3권 797행; 5권 81행.

티토누스(Tithonus 그/Tithonos) 트로이야의 왕자로 새벽의 여신 아우로라의 남편이 된다. 1권 461행; 3권 403행; 4권 943행; 6권 473행.

티티엔세스(Titienses) 고대 로마의 세 부족 가운데 하나. 3권 131행.

(ㅍ)

파가사이(Pagasae 그/Pagasai) 텟살리아 지방의 항구도시. 1권 491행; 5권 401행.

파노페(Panope) 네레우스의 딸들 중 한 명. 6권 499행.

파렌탈리아 제(Parentalia) 죽은 가족의 망령(亡靈)을 달래는 제사. 페랄리아 제 참조. 2권 533행.

파르라시아(Parrhasia) 그리스 아르카디아 지방의 소도시. 2권 276; 4권 577행.

파르티족(Parthi) 카스피 해 남쪽에 살던 기마 유목민족. 5권 585행.

파리스(Paris) 트로이야 왕 프리아무스의 아들. 세 여신 유노, 미네르바, 베누스의 미인 경연 대회에서 베누스에게 유리한 판정을 내려 절세미인 헬레나를 아내로 삼게 되지만 다른 두 여신의 미움을 산다. 6권 15, 16, 44행.

파릴리아 제(Parilia) 가축 떼를 보호해주는 팔레스 여신의 축제로 4월 21일에 개최된다. 4권 721, 783, 820행; 6권 257행.

파비우스(Quintus Fabius Maximus Cunctator) 제2차 포이니 전쟁 때 지연 전술로 로마를 파멸에서 구한다. 2권 241행.

파비이(Fabii)가(家) 고대 로마의 가문으로 자신들이 헤르쿨레스의 후손들이라고 주장했다. 2권 196, 377행.

파에톤(Phaeton) 태양신 헬리오스의 아들. 4권 793행.

파우누스(Faunus) 이탈리아의 농촌과 가축 떼의 신. 흔히 그리스의 판(Pan)과 동일시되곤 했다. 2권 268, 303, 361, 424행; 3권 84, 291행; 4권 663, 762행; 5권 99행.

파우스툴루스(Faustulus) 로물루스와 레무스의 양부. 3권 56행; 4권 854행; 5권 453행.

파이드라(Phaedra 그/Phaidra) 미노스의 딸로 테세우스의 아내. 6권 737행.

파이안(Paean) 치유의 신으로서 아폴로의 다른 이름. 4권 263행.

파일리그니족(Paeligni) 로마 동쪽의 중부 이탈리아에 살던 부족. 3권 95행; 4권 685행.

파종제(播種祭 feriae sementivae) 케레스와 대지의 여신 텔루스를 위한 농촌 축제. 1권 658행.

파툴키우스(Patulcius) 야누스의 다른 이름으로 '열려 있다'는 뜻의 라틴어 pateo에서 유래했다. 1권 129행.

판(Pan) 그리스의 숲과 목자의 신으로 양 떼의 보호자. 로마의 파우누스 또는 실바누스(Silvanus)와 동일시되었다. 파우누스 참조.

판타기에스(Pantagies) 시킬리아 동부 지방의 작은 강. 4권 471행.

팔라디움(Palladium 그/Palladion) 팔라스 아테나(Pallas Athena)의 목상(木像). 트로이야 전쟁 때 트로이야에서 없어졌다가 로마의 베스타 신전에 안치되었다. 6권 424, 435행.

팔라스(Pallas) ① 아테나(=미네르바)의 별명 가운데 하나. 3권 80행; 6권 728행. ② 에우안데르의 아들. 1권 521행.

팔라이몬(Palaemon 그/Palaimon) 그리스의 바다의 신. 원래는 이노의 아들 멜리케르테스. 6권 501, 547행.

팔라티움(Palatium 또는 collis Palatinus) 로마의 일곱 언덕 중 하나. 1권 199행; 3권 184행.

팔란티움(Pallantium 그/Pallantion) 그리스 아르카디아 지방의 소도시로 에우안데르가 태어난 곳. 5권 647행.

팔레리이(Falerii) 로마 북쪽의 도시. 3권 843행.

팔레스(Pales) 가축 떼를 보호하는 농촌의 여신 (또는 신). 그녀를 위한 축제가 4월 21일에 열리는 파릴리아 제이다. 4권 640, 722, 747행.

페가수스(Pegasus 그/Pegasos) 북쪽 하늘의 별자리 가운데 하나. 3권 450행; 5권 8행.

페랄리아 제(Feralia) 파렌탈리아 제의 마지막 날(2월 21일)로, 망령의 무덤에 음식을 바친다. 2권 533행.

페르세포네(Persephone 라/Proserpina) 윱피테르와 케레스의 딸. 저승의 신 플루토에게 저승으로 납치되어 그의 아내가 된다. 4권 445, 583, 587, 614행.

페르시아(Persis) 고대 페르시아 제국의 영토. 1권 385행.

페브루아(februa) 정화의 수단. 2권 19, 22, 27, 28행; 4권 726행.

펠라스기족(Pelasgi 그/Pelasgoi) 그리스와 에게 해의 선주민. 대개 '그리스인들'이라는 뜻으로 쓰인다. 2권 281행.

펠레우스(Peleus) 아킬레스의 아버지. 바다의 여신 테티스의 남편. 2권 39, 40행.

펠리온(Pelion) 그리스 텟살리아 지방의 산. 켄타우루스인 키론이 살던 곳이다. 3권 441행.

평화(平和 Pax) 로마의 여신. 로마의 동전에는 오른손에 풍요의 뿔을, 왼손에 메르쿠리우스의 전령장 또는 올리브나무 가지를 들고 있는 젊은 여인의 모습으로 그려지곤 했다. 1권

704, 709행.

포도 따는 이(Vindemitor 그/Trygeter) 황도 12 궁 중 하나인 처녀자리(Virgo 그/Parthenos)에 속하는 별. 3권 407행.

포룸 로마눔(Forum Romanum) 포룸은 '장터'라는 뜻. 팔라티움 언덕과 카피톨리움 언덕 사이의 늪지를 메운 장터였으나 나중에는 사회, 정치, 종교 생활의 중심지가 되었다. '포룸'이라고 하면 포룸 로마눔을 말한다. 1권 258행; 6권 396, 401행.

포룸 보아리움(Forum Boarium) 팔라티움 언덕과 티베리스 강 사이에 있는 포룸으로 '쇠전''우시장'이라는 뜻. 그러나 쇠전으로 사용된 적은 없었던 것으로 추정된다. 6권 487행.

포룸 아우구스툼(Forum Augustum) 카피톨리움 언덕 동북쪽에 있는 포룸으로 기원전 2년 아우구스투스가 봉헌했다. 5권 552행.

포룸 율리움(Forum Iulium 또는 Caesaris) 포룸 아우구스툼 남서쪽에 있으며, 기원전 46년 율리우스 카이사르가 봉헌했다. 1권 258행.

포르나칼리아 제(Fornacalia) 화덕의 여신 포르낙스를 위한 축제. 2권 527행; 6권 314행.

포르낙스(Fornax) 로마의 화덕의 여신. 2권 525행.

포르리마(Porrima) 예언 또는 출산의 여신으로서 카르멘타의 이름. 1권 633행.

포르미아이(Formiae) 라티움 지방의 해안도시. 4권 69행.

포르스 포르투나(Fors Fortuna) 그리스의 운(運)의 여신 튀케(Tyche)와 동일시되는 이탈리아 여신. 그녀를 위한 축제는 6월 24일에 개최된다. 6권 773행.

포르타 카르멘티스(porta Carmentis) 카피톨리움 언덕 기슭 카르멘타의 사당과 제단 근처에 있는 문. 2권 201행.

포르타 카페나(porta Capena) 로마의 주요 문들 중 하나로 압피아 가도로 연결된다. 5권 673행; 6권 192행.

포르타 페네스텔라(porta Fenestella) 위치 불명의 문. 6권 578행.

포르투나(Fortuna) 행운의 여신. 6권 517, 569, 613행.

포르투나 비릴리스(Fortuna Virilis) '남자의 행운'이라는 뜻. 포르투나는 베네랄리아 제에서 이 이름으로 경배받는다. 4권 145행.

포르투나 푸블리카(Fortuna Publica) '공공의 행운'이라는 뜻. 그녀의 주요 축제는 4월 5일이다. 5권 729행.

포르투누스(Portunus) 로마의 항구의 신. 원래는 멜리케르테스로, 그리스의 신 팔라이몬과 동일시되었다. 6권 547행.

포스투무스(Silvius Postumus) 이울루스의 아들. 4권 41행.

포스투미우스(Lucius Postumius Albinus) 기원전 173년 로마의 집정관. 라이나스 참조.

포스트베르타(Postverta) 예언 또는 출산의 여신으로서 카르멘타의 이름. 1권 633행.

포이누스(Poenus 복수형 Poeni) 카르타고인. 3권 148행; 6권 242행.

포이베(Phoibe 그/Phoibe) ① Phoebus의 여성형으로 디아나를 말한다. 디아나가 달의 여신인 까닭에 '달'이라는 뜻으로도 쓰인다. 2권 163행; 5권 306행; 6권 235행. ② 레우킵푸스의 딸. 5권 699행.

포이부스(Phoebus 그/Phoibos) '빛나는 자'라는 뜻으로, 태양신으로서의 아폴로를 말한다. '태양'이라는 뜻으로도 쓰인다. 1권 291행; 2권 247, 713행; 4권 951행; 5권 17행.

폭풍의 여신(Tempestas 복수형 Tempestates) 6권 193행.

폴로에(Pholoe) 아르카디아 지방에 있는 산. 2권 273행.

폴룩스(Pollux 그/Polydeukes) 카스토르와 쌍둥이 형제간으로 디오스쿠리들 가운데 한 명. 나중에 카스토르와 함께 하늘로 올려져 황도 12궁 가운데 하나인 쌍둥이자리가 된다. 5권 715행.

폴뤼이두스(Polyidus 그/Polyidos) 죽은 글라우쿠스를 소생시킨 예언자. 6권 751행.

폴뤼휨니아(Polyhymnia 그/Polynmia) 무사 여신들 가운데 한 명으로 찬가(讚歌)와 무언극을 관장한다. 5권 9행.

폼필리우스(Pompilius) 누마 참조.

푸리우스(Furius) 카밀루스 참조.

푸블리키우스(Publicius) 기원전 240년 조영관(aedilis)을 지낸 Lucius와 Manlius Publicius Malleolus의 성(姓). 5권 288, 294행.

퓌그마이이족(Pygmaei 그/Pygmaioi : '엄지둥이'라는 뜻) 아프리카의 전설적 난쟁이족. 6권 176행.

퓌그말리오(Pygmalio) 디도와 안나의 오라비. 3권 574행.

퓌르루스(Pyrrhus 그/Pyrrhos) 그리스 에피루스(Epirus 그/Epeiros)의 왕. 6권 203, 732행.

퓌타고라스(Pythagoras) 기원전 530년경 활동한 그리스의 철학자이자 수학자. 3권 153행.

프로세르피나(Proserpina) 페르세포네 참조.

프로카(Proca) 알바 롱가의 왕. 4권 52행; 6권 147행.

프로쿨루스(Iulius Proculus) 신격화한 로물루스를 본 사람. 2권 499행.

프로크네(Procne 그/Prokne) 트라케 왕 테레우스의 아내. 2권 629, 855행.

프로테우스(Proteus) 변신술에 능한 바다의 신. 1권 367행.

프뤼기아(Phrygia) 소아시아의 서북 지방. '트로이야'라는 뜻으로도 쓰인다. 4권 79, 223, 272, 274행; 6권 473행.

프리아무스(Priamus 그/Priamos) 트로이야 전쟁 때 트로이야의 왕. 6권 431행.

프리아푸스(Priapus 그/Priapos) 남성 생식력의 신. 1권 391, 415, 435행; 6권 319, 345행.

프릭수스(Phrixus 그/Phrixos) 아타마스와 네펠레의 아들. 황금 양모피의 숫양을 타고 콜키스로 도망친다. 3권 858, 867행.

프린켑스(princeps) '제일의' '으뜸가는'이라는 뜻의 라틴어 형용사. 공화정 말기에 이 말은 '으뜸가는 원로원 의원' 또는 '으뜸가는 시민'이라는 뜻으로 쓰였다. 아우구스투스와 그의 후계자들은 이 칭호를 좋아했는데, 그것은 자신들의 전제정치를 은폐하기 위해서였다. 3권 697행.

플라멘(Flamen) 특정한 신을 모시는 사제.

플라멘 디알리스(Flamen Dialis) 윱피테르를 모시는 플라멘. 1권 587행; 2권 282행; 3권 397행; 6권 226행.

플라멘 퀴리날리스(Flamen Quirinalis) 퀴리누스, 즉 로물루스를 모시는 플라멘. 4권 907, 910행.

플라미니우스(Gaius Flaminius) 기원전 223년, 220년, 217년 집정관. 기원전 217년 제2차 포이니 전쟁 때 그가 이끌던 로마군은 에트루리아 지방의 트라수메누스 호수 근처에서 한니발에게 참패하고 그 자신은 전사한다. 6권 765행.

플라우티우스(Gaius Plautius Venox) 기원전 312년 감찰관. 피리 취주자들이 로마로 귀환할 수 있게 도와준다. 6권 685행.

플레이야데스들(Pleiades) 아틀라스와 플레이요네의 일곱 딸. 사냥꾼 오리온에게 쫓기다가 윱피테르에 의해 하늘의 성단(星團)이 된다. 3권 105행; 4권 169행; 5권 84, 599행.

플레이요네(Pleione) 플레이야데스들의 어머니. 5권 83행.

플로라(Flora) 이탈리아의 꽃의 여신. 5권 195, 201, 210, 229, 260, 262, 277, 329, 312, 328, 331, 355행.

플로랄리아 제(Floralia) 플로라를 위한 축제로, 4월 28일~5월 3일에 개최된다. 4권 947행; 5권 185, 277, 329행.

플루토(Pluto 그/Plouton) 저승을 다스리는 신. 그리스 신화의 하데스(Hades). 디스(Dis) 참조.

피네우스(Phineus) 트라케의 눈먼 예언자 왕. 6권 131행.

피디우스(Fidius) 세모 상쿠스 디우스 피디우스 참조.

피라이우스(Piraeus 그/Peiraieus) 아테나이의 외항(外港). 4권 563행.

피쿠스(Picus) 예언 능력이 있는 이탈리아의 옛 신. 흔히 파우누스의 아버지로 여겨지기도 한다. 3권 291행.

필뤼라(Philyra) 오케아누스의 딸로 키론의 어머니. 5권 383, 391행.

필립푸스(Lucius Marcius Philippus) 아티아의 남편. 마르키아의 아버지. 6권 801행.

필립피(Philippi 그/Philippoi) 마케도니아의 도시. 기원전 42년 이곳에서 벌어진 전투에서 카이사르의 암살자들인 브루투스와 캇시우스가 안토니우스와 옥타비아누스의 연합군에게 패하여 자살한다. 3권 707행.

(ㅎ)

하르퓌이아(Harpyia) 얼굴은 여자이고 몸은 새인 괴물. 6권 131행.

하스드루발(Hasdrubal) 한니발의 아우. 6권 770행.

하이모니아(Haemonia) 그리스 텟살리아 지방의 다른 이름. 2권 40행.

하이무스(Haemus 그/Haimos) 북트라케 지방의 산맥. 1권 390행.

한니발(Hannibal) 제2차 포이니 전쟁 때 로마를 유린한 카르타고의 명장. 3권 148행; 6권 242행.

할라이수스(Halaesus) 아가멤논의 전우로, 아가멤논이 피살되자 이탈리아로 망명하여 팔레리이 시를 세운다. 4권 73행.

헤르니키족(Hernici) 라티움 지방의 부족. 3권 90행.

헤르쿨레스(Hercules 그/Herakles) 윱피테르와 알크메네의 아들. 1권 543, 550행; 2권 305, 332행; 5권 387, 632, 645행; 6권 65, 80, 82, 207, 521, 799행.

헤시오도스(Hesiodos) 기원전 700년경의 그리스 서사시인. 6권 14행.

헤카테(Hecate 그/Hekate) 달과 마법과 저승과 관계 있는 여신으로 세 얼굴을 갖고 있다. 1권 141행.

헤카톤케이레스들(Hekatoncheires: '팔이 100개인 자들'이라는 뜻) 우라누스와 가이아의 아들들로 팔이 100개, 머리가 50개인 거한들. 3권 805행; 5권 35행.

헥토르(Hector 그/Hektor) 프리아무스와 헤쿠바(Hecuba 그/Hekabe)의 아들로 안드로마케(Andromache)의 남편. 5권 385행.

헨나(Henna) 시킬리아 섬 중앙에 있는 옛 도시. 4권 422행.

헬레(Helle) 아타마스와 네펠레의 딸로 프릭수스의 누이. 3권 857, 870행.

헬레스폰투스(Hellespontus 그/Hellespontos) 오늘날의 다르다넬스(Dardanelles) 해협. 3권

870; 4권 278행.

헬로루스(Helorus) 시킬리아의 강. 4권 477행.

헬리아데스들(Heliades) 태양신 헬리오스의 딸들. 6권 717행.

헬리케(Helice 그/Helike) 큰곰자리의 그리스어 이름 중 하나. 3권 108행, 4권 580행.

헬리콘(Helicon 그/Helikon) 그리스 보이오티아 지방의 산으로 무사 여신들의 성역. 3권 456행; 4권 193행.

호라이(Horae 그/Horai) 윱피테르와 테미스의 세 딸로 계절의 여신들. 1권 125행; 5권 217행.

황금 양모피(aurea lana) 프릭수스와 헬레를 등에 태우고 흑해 동안의 콜키스로 날아간 숫양의 모피. 3권 876행.

황소자리(Taurus 그/Tauros) 황도 12궁 가운데 하나. 4권 717행; 5권 165, 603, 605, 619행; 6권 197, 712행.

휘리에우스(Hyrieus) 그리스 보이오티아 사람으로 오리온의 아버지. 5권 499, 535행; 6권 719행.

휘아데스들(Hyades) 아틀라스의 딸들. 오라비 휘아스가 사냥하다가 죽자 이를 슬퍼한 나머지 죽어서 하늘의 성단이 된다. 3권 105행; 4권 678, 679행; 5권 164, 166, 605행; 6권 197, 711행.

휘아스(Hyas) 휘아데스들의 오라비. 5권 172, 734행.

휘아킨투스(Hyacinthus) 아폴로가 사랑하던 미소년. 4권 439행; 5권 223행.

휘페리온(Hyperion) 티탄 신족으로 태양신 헬리오스의 아버지 또는 태양신의 다른 이름. 1권 385행.

휩시퓔레(Hypsipyle) 렘노스 섬의 여왕. 3권 82행.

히메라(Himera) 시킬리아 북안에 있는 도시. 4권 475행.

힐라이라(Hilaera 그/Hilaira) 레우킵푸스의 딸. 5권 699행.

힙포크레네(Hippocrene 그/Hippou krene) 헬리콘 산에 있는 무사 여신들의 샘. 날개 달린 말 페가수스의 발굽에 차여 생겨났다고 한다. 3권 456행; 5권 7행.

힙폴뤼투스(Hippolytus 그/Hippolytos) 테세우스의 아들. 계모인 파이드라의 모함 때문에 비참하게 죽는다. 3권 265행; 5권 309, 744행; 6권 756행.